HEYNE <

Das Buch

Die Menschheit hat sich in den unendlichen Weiten des Weltalls ausgebreitet. Überall sind neue Siedlungen entstanden, und jede Welt birgt neue Gefahren. Als der interplanetarische Händler Haviland Tuf eines der letzten Saatschiffe der Erde erwirbt, beginnt seine Odyssee quer durch den Weltraum. Eine Odyssee, auf der Haviland Tuf mit immer neuen Schwierigkeiten der unzähligen Zivilisationen in den Weiten der Galaxis konfrontiert wird – und die er allein mithilfe seiner stoischen Gelassenheit, seinem kalten Intellekt und den nahezu unerschöpflichen Schätzen in den Datenbanken seines Schiffes lösen muss. Seien es Hungersnöte, die einen ganzen Planeten an den Rand des Überlebens bringen, seien es unerforschte Monster in den Meerestiefen einer neu besiedelten Welt, die Sorgen und Nöte der Menschen sind überall in der Galaxis dieselben. Dies ist die Geschichte, wie Haviland Tuf vom einfachen Händler zum gefeierten Retter der Menschheit wird …

Mit »Planetenwanderer« beweist sich George R. R. Martin erneut als der größte epische Geschichtenerzähler unserer Zeit.

Der Autor

George R. R. Martin, 1948 in Bayonne/New Jersey geboren, veröffentlichte seine ersten Kurzgeschichten im Jahr 1971 und gelangte damit in der Science-Fiction-Szene zu frühem Ruhm. Gleich mehrfach wurde ihm der renommierte Hugo Award verliehen. Sein mehrteiliges Epos »Game of Thrones« wird einhellig als Meisterwerk gepriesen. George R. R. Martin lebt in Santa Fe, New Mexico.

GEORGE R. R. MARTIN

PLANETEN WANDERER

Roman

WILHELM HEYNE VERLAG
MÜNCHEN

Titel der amerikanischen Originalausgabe:
TUF VOYAGING
Deutsche Übersetzung von Berit Neumann

MIX
Papier aus verantwortungsvollen Quellen
FSC® C014496

Verlagsgruppe Random House FSC® N001967

Taschenbuchausgabe 10/2016

Printed in Germany
Redaktion: Bernhard Kempen
Umschlaggestaltung: Nele Schütz Design, München,
unter Verwendung shutterstock/Home Art
Satz: Schaber Datentechnik, Austria
Druck und Bindung: GGP Media GmbH, Pößneck

ISBN: 978-3-453-31756-7

www.diezukunft.de

INHALT

PROLOG

Katalog sechs
Artikel-Nummer 37433-800912-5442894
ShanDellor-Zentrum für kulturelle und wissenschaftliche Entwicklung
Xenoanthropologische Abteilung

Artikelbeschreibung: Stimmaufzeichnungskristall
Fundort: Hro B'rana (co/Ord. SQ, V7715, I21)
Vorläufige Datierung: aufgezeichnet vor ungef. 276 Standardjahren
Klassifiziert unter:
- Sklavenrassen, Hrangan
- Legenden und Mythen, Hruun
- Medizinische Krankheit, nicht identifiziert
- Handelsposten, aufgegeben

Hallo? Hallo?

Ja, jetzt funktioniert es. Gut.

Ich bin Rarvik Hortventzy, zweiter Geschäftsführer, und spreche eine Warnung aus für jeden, der meine Worte findet.

Die Abenddämmerung bricht jetzt an, für mich zum letzten Mal. Die Sonne ist hinter den westlichen Klippen versunken und hat das Land in Blut getaucht, und nun frisst sich das Zwielicht unerbittlich seinen Weg bis zu mir. Die Sterne leuchten auf, einer nach dem anderen, aber der einzige Stern von Belang scheint Nacht und Tag, Tag und Nacht. Er ist immer bei mir, der hellste Stern am Himmel nach der Sonne. Es ist der Seuchenstern.

Heute habe ich Janeel begraben. Mit meinen eigenen Händen habe ich sie begraben, habe im harten, felsigen Boden gegraben, bis meine Arme vor Schmerz brannten. Als mein Martyrium vollbracht war, als ich den letzten Spaten dieses elenden außerirdischen Drecks auf ihren Kopf geworfen hatte, als der letzte Stein auf ihren Grabhügel gelegt war, da stellte ich mich über sie und spuckte auf ihr Grab.

Es ist alles ihre Schuld. Das hatte ich ihr auch gesagt, nicht nur einmal, sondern sehr oft, als sie dalag und starb; und als ihr Ende nahe war, hatte sie ihre Schuld schließlich auch zugegeben. Es war ihre Schuld, dass wir hierherkamen. Ihre Schuld, dass wir nicht gingen, als wir es noch konnten. Ihre Schuld, dass sie jetzt tot ist – ja, kein Zweifel –, und ihre Schuld, dass ich unbegraben verrotten werde, wenn meine Zeit kommt, mein Fleisch ein Festessen für die Bestien der Dunkelheit und die Flieger und Nachtjäger, mit denen wir einst Handel zu treiben gehofft hatten.

Der Seuchenstern funkelt nur leicht, scheint tief über dem Land in einem klaren, hellen Licht. Das ist falsch, hatte ich Janeel einmal gesagt. Ein Seuchenstern sollte rot sein. Er sollte glühen, sich mit scharlachroter Strahlung umhüllen, sollte Omen für Feuer und Blut in die Nacht hinausflüstern. Diese klare, weiße Reinheit, was hat sie mit Seuchen zu tun? Es war in den ersten Tagen, als unser Charterschiff uns soeben abgesetzt hatte, um unseren stolzen kleinen Handelsposten zu eröffnen, als es uns abgesetzt hatte und dann fortgeflogen war. Damals war der Seuchenstern nur einer von fünfzig Sternen der Magnitude eins an diesem fremden Himmel und kaum auszumachen. Damals belächelten wir ihn, belächelten den Aberglauben dieser Primitiven, dieser zurückgebliebenen Rohlinge, die glaubten, Krankheiten kämen vom Himmel.

Dann wuchs der Seuchenstern. Nacht um Nacht brannte er immer heller, bis er sogar am Tage sichtbar war. Lange vor dieser Zeit hatte die Seuche begonnen.

Die Flieger ziehen ihre Kreise am dunkler werdenden Himmel. Es sind Gleiter, und von Weitem sehen sie sogar schön aus. Sie erinnern mich an die Schattenmöwen meiner Heimat Budakhar über dem glühenden Meer auf dem Planeten Razyar. Nur dass hier kein Meer ist, sondern nur Berge und Hügel und trockene Ödnis, und ich weiß auch, dass diese Flieger gar nicht mehr schön sind, wenn sie einem nahe kommen. Hagere und schreckliche Kreaturen sind sie, halb so groß wie ein Mensch, mit Haut wie gegerbtes Leder, die straff über die seltsamen hohlen Knochen gezogen ist. Ihre Flügel sind trocken und hart wie Trommelfelle, ihre Krallen scharf wie Dolche, und unter ihrer großen knochigen Stirn, die aus dem schmalen Schädel herausragt wie eine gebogene Klinge, sitzen Augen, die grauenhaft rot sind.

Jaleen erzählte mir, sie wären intelligent. Sie haben eine Sprache, sagte sie. Ich habe ihre Stimmen gehört, dünne, schneidende, kreischende Stimmen, die an den Nerven zerren. Ich habe nie gelernt, ihre Sprache zu sprechen, auch Jaleen nicht. Intelligent, sagte sie.

Wir wollten mit ihnen Handel treiben. Oh, sie wollten nichts von uns oder unserem Handel wissen. Sie waren schlau genug, um zu stehlen, ja, und da endete ihre Intelligenz auch schon. Jetzt haben sie und wir etwas gemeinsam: den Tod.

Die Flieger sterben. Die Nachtjäger mit ihren plumpen, verdrehten Gliedmaßen und den knotigen Händen mit den zwei Daumen und den Augen, die in ihren wulstigen Schädeln brennen wie Glut in einem erlöschenden Feuer, oh, auch sie sterben. Sie sind beängstigend stark, und diese seltsamen großen Augen können auch dann in der Dunkelheit sehen, wenn Sturmwolken selbst den Seuchenstern verdecken. In ihren Höhlen flüstern die Jäger von den großen Denkern, den Meistern, denen sie einst dienten, denen, die eines Tages zurückkehren und sie wieder in den Krieg zurückrufen werden. Allerdings kommen die Denker nicht, und die Nachtjäger sterben – genau wie die Flieger, genau wie die anderen, scheueren Spezies, deren Leichen wir in den Feuersteinhügeln finden, genau wie die niederen Tiere, genau wie die Pflanzen und Bäume, genau wie Janeel und ich.

Janeel erzählte mir, dies würde eine Welt voller Gold und Juwelen für uns sein, doch es ist eine Welt des Todes. Hro B'rana war ihr Name in den uralten Karten; ich werde sie nicht so nennen. Sie kannte die Namen aller ihrer Völker. Ich erinnere mich nur an einen – *Hruun*. Das ist der wahre Name der Nachtjäger. Eine Sklavenrasse der Hrangan, sagte sie, des großen Feindes, jetzt verschwunden, bezwungen vor tausend Jahren, ihre Sklaven verlassen und dem Untergang geweiht. Es war eine verlorene Kolonie, sagte sie, eine Handvoll intelligenter Lebewesen, die Handel treiben wollten. Sie wusste so viel und ich so wenig, aber jetzt habe ich sie begraben und auf ihr Grab gespuckt, und ich kenne die ganze Wahrheit. Wenn sie Sklaven waren, dann waren es sicherlich schlechte Sklaven, denn ihre Herren hatten sie in eine Hölle unter dem grausamen Licht des Seuchensterns gebracht.

Unser letztes Versorgungsschiff kam vor einem halben Jahr vorbei. Wir hätten fortgehen können. Die Seuchen hatten schon begonnen. Die Flieger krochen auf den Gipfeln der Berge, fielen von den Klippen. Ich hatte sie dort gefunden, ihre Haut war entzündet und sonderte Flüssigkeit ab, in ihren ledrigen Flügeln waren große Risse. Nachtjäger mit bläulichen Furunkeln kamen zu uns und kauften Unmengen von Regenschirmen von uns, um sich vor der Strahlung des Seuchensterns zu schützen. Als das Schiff gelandet war, hätten wir fortgehen können. Aber Janeel sagte, dass wir bleiben sollten. Sie hatte Namen für die Krankheiten, die die Flieger und die Nachtjäger tötete. Sie hatte Namen für die Medikamente, die diese Krankheiten heilen würden. Eine Sache zu benennen bedeutet auch, sie zu verstehen, dachte sie. Wir könnten Heiler sein, ihr Vertrauen gewinnen, und unser Glück wäre gemacht. Sie kaufte die gesamten Medikamente, die das Schiff transportierte, und bestellte weitere, und wir begannen damit, diese Krankheiten zu behandeln, deren Namen sie alle kannte.

Als die nächste Krankheit auftauchte, benannte sie auch diese. Und die nächste und die nächste und die nächste. Nun gab es unzählige Krankheiten. Zuerst gingen ihr die Medikamente aus, und auch bald darauf die Namen, und an diesem Morgen habe ich ihr Grab ausgehoben. Sie war eine schlanke, aktive Frau, aber im Sterben wurde sie sehr steif, und ihre Gliedmaßen blähten sich zur doppelten Größe auf. Ich musste ein großes Grab ausheben, um ihre starre, geschwollene Leiche unterzubringen. Ich habe der Sache, die sie getötet hat, einen Namen gegeben: Janeels Seuche nenne ich sie. Ich habe keine Ahnung von Namen. Meine eigene Krankheit ist anders als ihre und hat keinen Namen. Wenn ich mich bewege, jagt eine glühende Flamme durch meine Knochen, und meine Haut ist grau und brüchig geworden. Jeden Morgen, wenn ich aufwache, finde ich auf meinem Bettzeug Stückchen meines Fleisches, das mir von den Knochen gefallen ist, und Blutflecken von den feuchten rohen Stellen darunter.

Der Seuchenstern steht riesig und hell über mir, und jetzt verstehe ich, warum er weiß ist. Weiß ist die Farbe der Sauberkeit, oh, und der Seuchenstern säubert dieses Land. Jetzt lässt seine Berührung alles verderben und verrotten. Es liegt eine gewisse Ironie darin, nicht wahr?

Wir haben viele Waffen mitgebracht und nur wenige verkauft. Die Nachtjäger und die Flieger können keine Waffen einsetzen gegen diese Sache, die sie bezwingt, und haben von Anfang an mehr Vertrauen in Regenschirme gesetzt als in Laser. Ich selbst habe mich mit einem Flammenwerfer aus unserem Lager bewaffnet und mir ein Glas dunklen Wein eingeschenkt.

Ich werde hier in der Kühle sitzen und meine Gedanken in diesen Kristall sprechen, und ich werde meinen Wein trinken und den Fliegern zusehen, den wenigen, die noch am Leben sind, wie sie am Nachthimmel tanzen und schweben. Von ganz weit weg sehen sie sehr wie die Schattenmöwen über meinem glühenden Meer aus. Ich werde meinen Wein trinken und mich daran erinnern, wie das Meer rauschte, als ich ein Junge in Budakhar war und von den Sternen träumte, und wenn der Wein alle ist, werde ich den Flammenwerfer benutzen.

(Lange Stille)

Mir fällt nichts mehr ein, was ich noch sagen könnte. Janeel hatte immer etwas zu sagen und wusste viele Namen, aber ich habe sie heute früh begraben.

(Lange Stille)

Wenn meine Worte jemals gefunden werden …

(Lange Stille)

Wenn dies hier gefunden wird, nachdem der Seuchenstern wieder abgenommen hat, so wie die Nachtjäger es voraussagen, dann lasst euch nicht täuschen. Dies ist kein fairer Planet, kein Platz zum Leben. Hier ist der Tod, hier sind Seuchen ohne Zahl. Der Seuchenstern wird wieder scheinen.

(Lange Stille)

Mein Wein ist alle.

(Ende der Aufzeichnung)

DER SEUCHENSTERN

»Nein«, teilte Kaj Nevis den anderen energisch mit. »Schluss damit. Verdammt noch mal, wir wären doch echt bescheuert, irgendeines der großen Transportunternehmen mit einzubeziehen.«

»Ach, Quatsch mit Soße«, blaffte Celise Waan zurück. »Wir müssen da irgendwie hin, nicht wahr? Also brauchen wir ein Schiff. Ich habe schon mal Schiffe von Starslip gechartert, und die sind wunderbar komfortabel. Die Besatzung ist höflich und die Küche mehr als angemessen.«

Nevis bedachte sie mit einem vernichtenden Blick. Er hatte das Gesicht dafür – scharf und kantig, mit streng zurückgekämmtem Haar und einem großen Krummsäbel als Nase, die kleinen dunklen Augen halb verborgen unter großen schwarzen Augenbrauen. »Zu welchem Zweck haben Sie diese Schiffe gechartert?«

»Nun, für Felduntersuchungen natürlich«, entgegnete Celise Waan. Sie pflückte ein weiteres Sahnebällchen vom Teller, der vor ihr stand, hob es geziert zwischen Daumen und Zeigefinger hoch und steckte es sich in den Mund. »Ich habe viele wichtige Forschungen überwacht. Die Mittel dafür hat das Zentrum zur Verfügung gestellt.«

»Lassen Sie mich das noch mal in aller Deutlichkeit klarstellen«, sagte Nevis. »Das hier ist keine Feldforschung. Wir schnüffeln nicht in den Paarungsriten irgendwelcher Ureinwohner herum.

Wir buddeln nicht nach irgendwelchem obskuren Wissen, auf das kein vernünftiger Mensch irgendetwas geben würde, wie Sie es normalerweise tun. Diese kleine Verschwörung hier sucht nach einem Schatz von beinahe unvorstellbarem Wert. Wenn wir ihn finden, haben wir auch nicht die Absicht, ihn den zuständigen Behörden zu übergeben. Sie brauchen mich, um die Vorkehrungen auf nicht ganz legalen Wegen zu treffen. Und Sie vertrauen mir so wenig, dass Sie mir erst sagen wollen, wo das verdammte Ding ist, wenn wir unterwegs sind, und Löw hat einen Leibwächter angeheuert. Schön, interessiert mich alles nicht. Aber machen Sie sich eines klar – ich bin nicht der einzige Mann von zweifelhaftem Ruf auf ShanDellor. Hier steht ein riesiger Profit in Aussicht und riesige Macht. Wenn Sie anfangen, sich um die *cuisine* zu sorgen, dann gehe ich. Ich habe Besseres zu tun, als hier zu sitzen und Ihre Speckröllchen zu zählen.«

Celine Waan schnaubte verächtlich. Sie war eine große, runde, rotgesichtige Frau mit einem lauten, feuchten Schnauben. »Starslip ist eine angesehene Firma«, sagte sie. »Und das Bergungsrecht …«

»… ist bedeutungslos«, sagte Nevis. »Wir haben ein Gesetzeswerk hier auf ShanDellor, ein anderes auf Kleronomar, ein drittes auf Maya, und keines von ihnen hat irgendeine Bedeutung. Und wenn man das ShanDi-Recht anwendet, würden wir nur ein Viertel dessen bekommen, was wir finden, wenn überhaupt. Angenommen, Ihr Seuchenstern-Ding ist wirklich das, wofür Löw es hält, und angenommen, es ist noch funktionstüchtig, dann wird derjenige, der die Kontrolle darüber hat, eine überwältigende militärische Überlegenheit in diesem Sektor haben. Starslip und die anderen großen Transportunternehmen sind genau so gierig und rücksichtslos, wie ich es bin, das verspreche ich Ihnen. Des Weiteren sind sie so groß und mächtig, dass die planetaren Regierungen sie sehr genau beobachten werden. Für den Fall, dass es Ihrer Aufmerksamkeit entgangen sein sollte, lassen Sie sich von mir darauf hinweisen, dass wir nur vier sind. Fünf, wenn man die Söldnerin mitzählt«, sagte er und deutete mit einem Nicken auf Rica Morgenstern, die ihn mit einem eisigen Grinsen bedachte. »Ein großes Linienschiff hat allein mehr als fünf Konditoren. Sogar auf einem kleinen Kurierschiff wäre die Mannschaft zahlenmäßig stärker als wir. Wenn die sehen, was wir haben, glauben Sie, dass wir es auch nur eine Sekunde lang behalten dürften?«

»Wenn die uns betrügen, werden wir sie verklagen«, sagte die fette Anthropologin mit dem Hauch eines trotzigen Tonfalls. Sie schnappte sich das letzte Sahnebällchen.

Kaj Nevis lachte sie aus. »Vor welchem Gericht? Auf welchem Planeten? Es würde voraussetzen, dass man uns am Leben lässt, was angesichts der Umstände äußerst unwahrscheinlich ist. Sie sind eine bemerkenswert dumme und hässliche Frau.«

Jefri Löw hatte dem Streit mit unbehaglichem Gesichtsausdruck zugehört. »Halt! Stopp!«, unterbrach er ihn schließlich. »Keine Beleidigungen, Nevis. Nicht so. Wir sind schließlich alle Partner«. Löw war ein kleiner, quadratischer Mann und trug eine Chamäleonjacke von militärischem Schnitt, die mit Ordensbändern von längst vergessenen Einsätzen dekoriert war. Der Stoff sah im schummrigen Licht des kleinen Restaurants grau aus, ein Grau, das zu Löws borstigem, spatenförmig geschnittenem Bart passte. Auf seiner breiten, allmählich kahl werdenden Stirn lag ein dünner Schweißfilm. Kaj Nevis machte ihn nervös, denn der Mann hatte schließlich einen gewissen Ruf. Löw schaute sich hilfesuchend zu den anderen um.

Celise Waan zog einen Schmollmund und starrte auf den leeren Teller vor ihr, als ob ihr Blick ihn wieder mit Sahnebällchen füllen könnte. Rica Morgenstern – die »Söldnerin«, wie Nevis sie genannt hatte – lehnte sich mit einem Ausdruck sardonischer Freude in den hellgrünen Augen im Sitz zurück. Unter ihrem bräunlichen Overall und dem silbrigen Kettenhemd sah ihr langer, durchtrainierter Körper entspannt, ja fast träge aus. Es ging sie nichts an, wenn sich ihre Arbeitgeber Tag und Nacht streiten wollten.

»Beleidigungen bringen nichts«, stellte Anittas fest. Es war schwer zu sagen, was der Cybertech dachte. Sein Gesicht bestand sowohl aus poliertem Metall und durchsichtigem Plastik als auch aus Fleisch und war nur minimal ausdrucksfähig. Die blau schimmernden Stahlfinger seiner rechten Hand waren mit ihren mokkafarbenen fleischigen Gegenstücken der Linken verschränkt. Er musterte Nevis mit den zwei glänzenden silbermetallenen Augen, die sich leicht in schwarzen Plastiksockeln bewegten. »Kaj Nevis hat einige stichhaltige Argumente angesprochen. Er ist auf diesem Gebiet erfahren, wir sind es nicht. Warum hätten wir ihn in dieses Unternehmen einbeziehen sollen, wenn wir nicht bereit sind, auf seinen Rat zu hören?«

»Ja, das ist wahr«, stimmte Jefri Löw zu. »Was schlagen Sie also vor, Nevis? Wie wollen wir den Seuchenstern erreichen, wenn wir die Transportunternehmen vermeiden müssen?«

»Wir brauchen ein Schiff«, sprach Celine Waan laut das Offensichtliche aus.

Kaj Nevis lächelte. »Die Transportunternehmen haben nicht das Monopol auf Schiffe. Deshalb hatte ich vorgeschlagen, dass wir uns heute lieber hier treffen als in Löws Büro. Diese Kaschemme liegt nahe am Hafen. Der Mann, den wir brauchen, wird hier sein, da bin ich mir sicher.«

Jefri Löw schaute skeptisch drein. »Ein Unabhängiger? Einige von denen haben einen etwas, nun, zweifelhaften Ruf, nicht wahr?«

»So wie ich«, erinnerte Nevis ihn.

»Trotzdem. Ich habe gehört, dass es dabei um Schmuggel oder sogar Piraterie geht. Wollen wir dieses Risiko wirklich eingehen, Nevis?«

»Wir wollen überhaupt kein Risiko eingehen«, sagte Kaj Nevis. »Und das werden wir auch nicht tun. Man muss nur die richtigen Leute kennen. Ich kenne eine ganze Menge Leute. Die richtigen Leute. Die falschen Leute.« Er machte eine kleine Kopfbewegung. »Zum Beispiel die dunkelhaarige Frau mit dem ganzen schwarzen Schmuck da hinten. Das ist Jessamyn Caige, die Herrin der *Freies Wagnis*. Wir könnten sie ohne Zweifel anheuern. Zu einem sehr angemessenen Preis.«

Celise Waan reckte den Hals, um einen Blick zu erhaschen. »Die da? Ich hoffe, ihr Schiff hat ein Schwerkraftnetz. Von Schwerelosigkeit wird mir schlecht.«

»Wann werden Sie sie ansprechen?«, fragte Jefri Löw.

»Gar nicht«, sagte Kaj Nevis zu ihnen. »Oh, ich habe Jessamyn ein- oder zweimal eine Fracht für mich transportieren lassen, aber das Risiko, tatsächlich mit ihr zu fliegen, würde ich nicht eingehen, und ich denke nicht im Traum daran, sie in etwas so Großes einzuweihen. Die *Freies Wagnis* hat eine neunköpfige Crew – mehr als genug, um mit mir und der Söldnerin fertigzuwerden. Ich will Sie nicht kränken, Löw, aber Sie und der Rest von Ihnen zählen nicht.«

»Ich möchte Sie nur wissen lassen, dass ich Soldat bin«, sagte Jefri Löw beleidigt. »Ich kenne mich im Kampf aus.«

»Das war vor hundert Jahren vielleicht so«, erwiderte Nevis. »Wie ich bereits sagte, der Rest von Ihnen zählt nicht. Und Jessamyn würde uns schneller umbringen, als Sie spucken können.« Die kleinen, dunklen Augen blickten jeden von ihnen der Reihe nach an. »Deshalb brauchen Sie mich. Ohne mich wären Sie naiv genug, Jessamyn zu engagieren – oder eines der Transportunternehmen.«

»Meine Nichte steht bei einem sehr erfolgreichen unabhängigen Händler in Diensten«, sagte Celise Waan.

»Und wer soll das sein?«, erkundigte sich Kaj Nevis.

»Noah Wackerfuss«, sagte sie, »von der *Welt der günstigen Angebote.*«

Nevis nickte. »Der fette Noah. Das wäre ein Spaß, da bin ich mir sicher. Ich möchte nur erwähnen, dass sich *sein* Schiff in ständiger Schwerelosigkeit befindet. Schwerkraft würde den alten Blödmann umbringen – nicht dass es etwas ausmachen würde. Wackerfuss ist nicht besonders blutrünstig, das stimmt. Es steht fünfzig zu fünfzig, dass er uns nicht umbringen würde. Allerdings ist er genauso gierig und gerissen wie alle anderen. Und letztendlich würde er einen Weg finden, einen vollen Anteil an der Beute einzufordern. Wenn nicht sogar alles. Und sein Schiff hat eine zwanzigköpfige Besatzung – allesamt Frauen. Haben Sie Ihre Nichte jemals nach der genauen Natur ihrer Dienste gefragt?«

Celine Waan lief rot an. »Muss ich mir die Andeutungen dieses Mannes anhören?«, fragte sie Löw. »Es war meine Entdeckung. Ich muss mich von diesem drittklassigen Gangster nicht beleidigen lassen, Jefri.«

Löw runzelte unglücklich die Stirn. »Es ist jetzt wirklich genug. Nevis, es ist nicht nötig, dass Sie so mit Ihrem Wissen protzen. Wir sind uns einig, dass wir Sie aus gutem Grund eingeweiht haben, dessen bin ich mir sicher. Sie müssen doch eine Idee haben, wen wir anheuern können, damit er uns zum Seuchenstern bringt, nicht wahr?«

»Natürlich«, stimmt Nevis zu.

»Wen?«, fragte Anittas.

»Der Mann ist auch so eine Art unabhängiger Händler. Kein besonders erfolgreicher. Und er sitzt jetzt seit einem halben Jahr auf ShanDellor fest, auf der Suche nach Fracht. Er muss langsam verzweifelt sein – verzweifelt genug, denke ich, dass er diese Chance ergreifen wird. Er hat ein kleines, verbeultes Schiff mit einem langen, lächerlichen Namen. Es ist nicht gerade luxuriös, aber es wird uns dorthin bringen, und das ist das Einzige, was zählt. Es gibt keine Crew, um die man sich Sorgen machen muss, nur den Mann selbst. Und er – nun, er selbst ist auch ein wenig lächerlich. Er wird uns keinen Ärger machen. Er ist groß, aber verweichlicht, innerlich wie äußerlich. Er hält sich Katzen, habe ich gehört. Mag Menschen nicht besonders. Trinkt eine Menge Bier, isst zu viel. Ich bezweifle sogar, dass er Waffen trägt. Es wird berichtet, dass er sich kaum über Wasser halten kann, von Planet zu Planet flitzt und absurden, billigen Schmuck und nutzlose kleine Kinkerlitzchen von seinem ramponierten Schiff verkauft. Wackerfuss hält den Mann für eine Witzfigur. Aber selbst wenn er Unrecht hätte, was kann ein einzelner Mann schon ausrichten? Wenn er es wagen sollte, uns zu bedrohen, können die Söldnerin und ich ihn erledigen und an seine Katzen verfüttern.«

»Nevis, davon will ich nichts hören!«, protestierte Jefri Löw. »Ich will keine Toten bei diesem Unternehmen.«

»Nein?«, sagte Nevis. Er nickte in Richtung Rica Morgenstern. »Warum haben Sie sie dann angeheuert?« Sein Lächeln war irgendwie ziemlich schmutzig, und sie erwiderte es mit einem spöttischen, boshaften Grinsen. »Nun gut«, sagte Nevis. »Ich wusste, dass wir hier richtig sind. Da ist unser Mann.«

Keiner von ihnen außer Rica Morgenstern war allzu versiert in der Kunst der heimlichen Beobachtung; die anderen drei drehten sich um und starrten auf die Tür und auf den Mann, der soeben hereingekommen war. Er war sehr groß, beinahe zweieinhalb Meter, und sein großer weicher Bauch wölbte sich über einem dünnen Metallgürtel. Er hatte große Hände, ein langes, seltsam unbehaartes Gesicht und eine steife, unbeholfene Körperhaltung; überall war seine Haut weiß wie gebleichte Knochen, und es schien, als hätte er kein einziges Haar an sich. Er trug glänzende blaue Hosen und ein Hemd in tiefem Kastanienbraun, dessen Ballonärmel an den Enden ausgefranst waren.

Er musste ihre prüfenden Blicke gespürt haben, denn er drehte den Kopf und starrte zurück. Sein blasses Gesicht war ausdruckslos. Er starrte weiter. Celise Waan schaute zuerst zur Seite, dann Jefri Löw und schließlich Anittas. »Wer ist das?«, wollte der Cyborg von Kaj Nevis wissen.

»Wackerfuss nennt ihn Tuffy«, sagte Nevis. »Sein richtiger Name, so wurde mir erzählt, ist Haviland Tuf.«

Haviland Tuf nahm die Letzte der grünen Sternenbastionen mit einem Feingefühl, das seine Körpergröße Lügen strafte, und richtete sich dann auf, um zufrieden das Spielbrett zu betrachten. Das gesamte Spielfeld war rot; Kreuzer und Schlachtschiffe und Sternenbastionen und alle Kolonien, überall rot. »Ich muss den Sieg fordern«, sagte er.

»Schon wieder«, sagte Rica Morgenstern. Sie streckte sich, um die Knoten zu lösen, die sich während des stundenlangen Spiels in ihren Gliedmaßen gebildet hatten. Sie hatte die tödliche Grazie einer Löwin, und unter ihrem Kettenhemd ruhte ihr Nadler in einem Schulterholster.

»Vielleicht könnte ich so vermessen sein, einen weiteren Wettstreit vorzuschlagen«, sagte Haviland Tuf.

Morgenstern lachte. »Nein, danke. Sie sind einfach zu gut. Ich bin die geborene Spielerin, aber mit Ihnen ist es kein Spiel. Ich habe es satt, Zweite zu sein.«

»Ich habe in den Spielen, die wir bisher gemacht haben, höchstmögliches Glück gehabt«, sagte Haviland Tuf. »Ohne Zweifel ist mein Glück jetzt verspielt, und bei Ihrem nächsten Versuch werden Sie meine armseligen Streitkräfte auslöschen.«

»Oh, zweifelsohne«, erwiderte Rica Morgenstern grinsend, »aber verzeihen Sie mir, wenn ich den Versuch aufschiebe, bis die Langeweile tödlich zu werden droht. Zumindest bin ich besser als Löw. Nicht wahr, Jefri?«

Jefri Löw saß in einer Ecke des Kontrollraums des Schiffs und studierte einen Stoß alter militärischer Texte. Seine Tarnjacke hatte denselben Braunton angenommen wie die Synthaholz-Verkleidung des Schotts hinter ihm. »Das Spiel entspricht nicht den tatsächlichen militärischen Prinzipien«, sagte er mit einer Spur Verärgerung in der Stimme. »Ich habe die gleiche Taktik angewandt wie Stephan Cobalt Nordstern, als die dreizehnte Menschliche Flotte Hrakkean einkesselte. Tufs Gegenschlag war in Anbetracht der Umstände völlig falsch. Wenn die Regeln ordnungsgemäß verfasst worden wären, hätte er vernichtet werden müssen.«

»In der Tat«, sagte Haviland Tuf. »Sie haben mir gegenüber einen Vorteil, Sir. Sie haben schließlich das große Glück, Militärhistoriker zu sein, und ich bin nur ein einfacher Händler. Ich kann Ihre Vertrautheit mit den großen Feldzügen der Geschichte nicht teilen. Welch ein Glück für mich, dass bisher die Unzulänglichkeiten des Spiels selbst und mein außerordentliches Glück zusammengetroffen sind, um meine Unwissenheit wettzumachen. Trotzdem würde ich die Gelegenheit willkommen heißen, meine Fähigkeiten in militärischen Prinzipien zu festigen. Wenn Sie so gütig wären, sich noch einmal an dem Spiel zu versuchen, werde ich sorgfältig Ihre subtilen Strategien studieren, sodass ich künftig einen klügeren, authentischeren Ansatz in mein armseliges Spiel bringen kann.«

Jefri Löw, dessen silberne Flotte in jedem Spiel der vergangenen Woche die Erste gewesen war, die vernichtet wurde, räusperte sich und schaute unbehaglich drein. »Ja, ähm, wissen Sie, Tuf …«, begann er.

Ein plötzlicher Schrei und ein Schwall gotteslästerlicher Flüche aus dem angrenzenden Raum bewahrten ihn vor weiteren Peinlichkeiten. Haviland Tuf war unverzüglich auf den Beinen, Rica Morgenstern unmittelbar darauf.

Sie betraten den Verbindungsgang im gleichen Moment, als Celise Waan aus den Wohnräumen getorkelt kam, gefolgt von einem kleinen, flinken, schwarz-weißen Wesen, das hinter ihnen in den Kontrollraum raste. »Fangt es!«, schrie Celise Waan ihnen zu. Ihr Gesicht war gerötet und geschwollen, und sie sah wütend aus.

Die Tür war klein und Haviland Tuf groß. »Zu welchem Zweck, wenn ich fragen darf?«, fragte er und versperrte ihr den Weg.

Die Anthropologin streckte die linke Hand aus. Auf ihrer Handfläche waren drei kurze, tiefe Kratzer, die bluteten. »Schauen Sie, was es mir angetan hat!«, sagte sie.

»In der Tat«, sagte Haviland Tuf. »Und was haben Sie ihr angetan?«

Kaj Nevis tauchte aus den Wohnräumen auf, mit einem dünnen, harten Lächeln im Gesicht. »Sie hat es aufgehoben, um es quer durch den Raum zu schleudern.«

»Es war auf meinem Bett!«, sagte Celise Waan. »Ich wollte ein kleines Nickerchen machen, und diese verdammte Kreatur schlief auf meinem Bett!« Sie drehte sich zu Nevis um. »Und Sie, wischen Sie sich das Grinsen aus dem Gesicht. Es ist schlimm genug, dass wir alle in diesem schäbigen kleinen Schiff zusammengepfercht sind. Ich weigere mich einfach, das bisschen Platz, das ich habe, mit den dreckigen kleinen *Tieren* dieses unmöglichen Menschen zu teilen. Und das ist *Ihre* Schuld, Nevis. Sie haben uns hierhergebracht! Tun Sie jetzt was. Ich verlange, dass Sie Tuf dazu bringen, sich von diesem bösartigen Ungeziefer zu trennen, hören Sie, ich verlange es!«

»Bitte entschuldigen Sie«, sagte Rica Morgenstern hinter Tufs Rücken. Er blickte sich um und trat zur Seite. »Ist dies ein Exemplar des bösartigen Ungeziefers, an das Sie gedacht hatten?«, fragte Morgenstern mit einem Grinsen, als sie in den Gang trat. Mit der linken Hand hielt sie eine Katze gegen ihre Brust gedrückt und streichelte sie mit ihrer rechten. Es war ein riesiger Kater mit langem, weichem, grauem Fell und arroganten gelben Augen. Er musste an die zwanzig Pfund wiegen, aber Rica hielt ihn so leicht, als wäre er ein Katzenbaby. »Was schlagen Sie vor, was Tuf mit dem alten Pilzchen hier tun sollte?«, fragte sie, als die Katze zu schnurren begann.

»Es war die andere Katze, die mich verletzt hat, die schwarzweiße«, sagte Celise Waan, »aber die da ist genauso schlimm. Sehen Sie sich mein Gesicht an! Sehen Sie, was sie mir angetan haben! Ich kann kaum atmen, ich bekomme überall Ausschlag, und jedes Mal, wenn ich ein kleines Nickerchen machen will, wache ich mit einer von ihnen auf meiner Brust auf. Gestern habe ich mir einen kleinen Imbiss gegönnt und hatte ihn nur für einen kleinen Moment abgestellt, und als ich zurückkam, hatte die Schwarzweiße meinen Teller umgeworfen und rollte meine Gewürztörtchen durch den Schmutz, als wenn es Spielzeug wäre! Nichts ist sicher vor diesen Tieren. Ich habe zwei Lichtstifte und meinen schönsten pinkfarbenen Ring verloren. Und nun *das*, dieser *Angriff!* Wirklich, das ist einfach unzumutbar. Ich muss darauf bestehen, dass diese verdammten Tiere sofort in den Frachtraum gebracht werden. *Sofort,* hören Sie?«

»Mein Hörvermögen ist ausreichend, vielen Dank«, sagte Haviland Tuf. »Wenn Ihr vermisstes Eigentum bis zum Ende unserer Reise nicht wieder aufgetaucht ist, werde ich Ihnen mit größter

Freude den Gegenwert ersetzen. Ihre Forderung Pilzchen und Sodom betreffend muss ich bedauerlicherweise ablehnen.«

»Ich bin Passagier in diesem Witz von einem Raumschiff!«, schrie Celise Waan ihn an.

»Müssen Sie sowohl meine Intelligenz als auch mein Gehör beleidigen?«, entgegnete Tuf. »Ihr Status als Passagier ist offensichtlich, Madam, es ist unnötig, es ausdrücklich zu betonen. Gestatten Sie mir jedoch zu bemerken, dass dieses kleine Schiff, das Sie so freimütig beleidigt haben, meine Heimat und mein Lebensunterhalt ist. Und während Sie zweifelsohne ein Passagier sind und sich daher gewisser Rechte und Voraussetzungen erfreuen dürfen, haben Pilzchen und Sodom logischerweise wesentlich ältere Rechte, da dies ihr permanenter Wohnsitz ist, um es mal so auszudrücken. Ich nehme für gewöhnlich keine Passagiere an Bord der *Füllhorn der Exzellenten Güter und Niedrigen Preise*. Wie Sie bemerkt haben dürften, reicht der zur Verfügung stehende Platz kaum für meine eigenen Bedürfnisse aus. Bedauerlicherweise habe ich kürzlich verschiedene berufliche Unbeständigkeiten erleiden müssen, und es ist nicht zu leugnen, dass mein Vorrat an Standards äußerst unzureichend zu werden drohte, als Kaj Nevis mich ansprach. Ich habe alle Anstrengungen unternommen, um Sie an Bord dieses Schiffs aufzunehmen, das Sie derartig beschimpfen, und schließlich habe ich sogar meine eigenen Wohnräume für Ihre kollektiven Bedürfnisse aufgegeben und mein bescheidenes Lager im Kontrollraum aufgeschlagen. Ungeachtet meiner unbestreitbaren Erfordernisse beginne ich jetzt den törichten und selbstlosen Impuls zu bedauern, der mich dazu trieb, diesen Charter anzunehmen, insbesondere da die Bezahlung, die ich erhalten habe, kaum ausgereicht hat, um den Treibstoff und die Versorgung für diese Reise zu beschaffen und die ShanDi-Steuern zu bezahlen. Ich fürchte, Sie haben in schmerzhafter Weise Vorteil aus meiner Leichtgläubigkeit gezogen. Nichtsdestotrotz stehe ich zu meinem Wort und werde mein Bestes tun, um Sie zu Ihrem mysteriösen Ziel zu befördern. Für die Dauer dieser Reise muss ich jedoch darauf bestehen, dass Sie Pilzchen und Sodom genauso ertragen, wie ich Sie ertragen werde.«

»Das werde ich niemals tun!«, erklärte Celise Waan.

»Daran habe ich keine Zweifel«, sagte Haviland Tuf.

»Ich werde das nicht länger ertragen«, sagte die Anthropologin. »Es gibt keinen Grund, warum wir alle in einem Raum zusammengepfercht sein müssen wie Soldaten in einer Kaserne. Dieses Schiff hat von außen nicht annähernd so klein gewirkt.« Sie streckte einen pummeligen Arm aus. »Wohin führt diese Tür?«

»Zu den Lade- und Frachträumen«, antwortete Haviland Tuf gleichgültig. »Es gibt sechzehn davon. Selbst der kleinste ist zugegebenermaßen doppelt so groß wie meine bescheidenen Wohnräume.«

»Aha!«, sagte Waan. »Und transportieren wir irgendwelche Fracht?«

»Laderaum sechzehn ist mit Plastikreproduktionen cooglianischer Orgienmasken vollgepackt, die ich auf ShanDellor unglücklicherweise nicht verkaufen konnte, ein Umstand, den ich einzig und allein der Schuld von Noah Wackerfuss zuschreibe, der meine Preise unterboten und mich um meine kleine Hoffnung auf Profit gebracht hat. In Lagerraum zwölf verwahre ich gewisse persönliche Dinge, diverse Ausrüstungsgegenstände, Liebhaberstücke und Krimskrams. Der Rest des Schiffs ist absolut leer, Madam.«

»Ausgezeichnet!«, sagte Celise Waan. »In diesem Fall werden wir die kleineren Frachträume zu Privatquartieren für jeden von uns umgestalten. Es sollte kein Problem sein, unser Bettzeug umzuräumen.«

»Keineswegs«, sagte Haviland Tuf.

»Dann tun Sie es!«, fuhr Celise Waan ihn an.

»Wie Sie wünschen«, sagte Tuf. »Möchten Sie gegebenenfalls einen Druckanzug ausleihen?«

»Was?«

Rica Morgenstern grinste. »Die Laderäume sind nicht an das Lebenserhaltungssystem angeschlossen. Keine Luft, keine Wärme, kein Druck. Nicht einmal Schwerkraft.«

»Passt doch genau für Sie«, bemerkte Kaj Nevis.

»In der Tat«, sagte Haviland Tuf.

Tag und Nacht waren an Bord eines Raumschiffs bedeutungslos, aber der uralte Rhythmus des menschlichen Körpers stellte seine Anforderungen, und die Technik musste sich ihnen anpassen. Daher hatte die *Füllhorn* wie jedes andere Schiff auch, mit Ausnahme der riesigen Dreischicht-Kriegsschiffe und der Linienschiffe der Transportunternehmen, einen Schlafzyklus – eine Zeit der Stille und Dunkelheit.

Rica Morgenstern erhob sich von ihrem Lager und überprüfte ihren Nadler, einfach der Gewohnheit halber. Celise Waan schnarchte laut; Jefri Löw warf sich hin und her, gewann Schlachten in seinem Kopf; Kaj Nevis träumte von Reichtum und Macht. Auch der Cybertech schlief, obwohl es eine tiefere Art von Schlaf war. Um der Langeweile der Reise zu entfliehen, hatte sich Anittas auf einem der Feldbetten niedergelegt, in den Schiffscomputer eingeloggt und sich selbst abgeschaltet. Seine Cyberhälfte überwachte seine Biohälfte. Sein Atem war langsam wie ein Gletscher und sehr regelmäßig, seine Körpertemperatur abgesunken, sein Energieverbrauch fast auf null heruntergefahren, aber die lidlosen silbermetallenen Sensoren, die ihm als Augen dienten, schienen sich manchmal leicht zu bewegen, als ob sie eine unsichtbare Vision verfolgten.

Leise verließ Rica Morgenstern den Raum. Oben in der Kontrollkammer saß einsam Haviland Tuf. Sein Schoß war ausgefüllt mit grauem Kater, seine riesigen blassen Hände bewegten sich über die Computertastatur. Sodom, die kleinere schwarz-weiße Katze, spielte zu seinen Füßen. Tuf hörte es nie, wenn Rica hereinkam; niemand hörte Rica Morgenstern, wenn sie es nicht wollte.

»Sie sind immer noch auf«, sagte sie von der Tür aus und lehnte sich gegen den Rahmen.

Tufs Sitz wirbelte herum, und er betrachtete sie leidenschaftslos. »Eine höchst bemerkenswerte Schlussfolgerung«, sagte er. »Hier sitze ich vor Ihnen, wach, beschäftigt, angetrieben von den Notwendigkeiten meines Schiffs. Aus den spärlichen Beweisen, die Ihnen Ihre Augen und Ohren liefern, kommen Sie zu der Schlussfolgerung, dass ich noch nicht schlafe. Ihr Urteilsvermögen ist furchteinflößend.«

Rica Morgenstern kam in den Raum geschlendert und streckte sich auf Tufs Lager aus, das nach dem letzten Schlafzyklus immer noch ordentlich gemacht war. »Auch ich bin wach«, sagte sie lächelnd.

»Ich kann es kaum glauben.«

»Glauben Sie es ruhig«, sagte Rica. »Ich schlafe nicht viel, Tuf. Zwei oder drei Stunden pro Nacht. Das gehört zu meinem Beruf.«

»Zweifelsohne.«

»An Bord eines Schiffs ist es wohl auch ein bisschen eine Angewohnheit. Ich langweile mich, Tuf.«

»Ein Spielchen vielleicht?«

Sie lächelte. »Vielleicht ein etwas anderes Spielchen.«

»Ich bin immer begierig, neue Spiele kennenzulernen.«

»Gut. Lassen Sie es uns mit dem Verschwörungsspiel versuchen.«

»Mit dessen Regeln bin ich nicht vertraut.«

»Oh, die sind sehr einfach.«

»In der Tat? Vielleicht wären Sie so gütig, sie mir zu erläutern.« Tufs langes Gesicht war ruhig und unverbindlich.

»Sie hätten dieses letzte Spiel nie gewonnen, wenn Waan mir vertraut hätte, als ich sie darum gebeten hatte«, sagte Rica beiläufig. »Allianzen, Tuf, können für alle beteiligten Parteien von Vorteil sein. Sie und ich sind hier die Außenseiter. Wir sind die Söldner. Wenn Löw mit dem Seuchenstern Recht hat, werden sich die anderen einen unvorstellbar großen Reichtum teilen, und Sie und ich werden unseren Lohn erhalten. Erscheint mir nicht sehr gerecht.«

»Gerechtigkeit ist oftmals schwer zu entscheiden und noch schwerer zu erreichen«, sagte Haviland Tuf. »Ich könnte mir wünschen, dass meine Entschädigung großzügiger wäre, aber zweifelsohne könnten viele dieselbe Klage führen. Es ist trotz alledem der Lohn, den ich verhandelt habe und den ich akzeptieren werde.«

»Verhandlungen kann man neu eröffnen«, schlug Rica Morgenstern vor. »Die anderen brauchen uns. Uns beide. Wenn wir zusammenarbeiten würden, wären wir vielleicht in der Lage, auf ... nun ... besseren Bedingungen zu bestehen. Voller Anteil. Eine Teilung durch sechs. Was denken Sie?«

»Ein verlockender Gedanke, der vieles für sich hat. Man könnte wohl die Vermutung wagen, dass es unehrlich ist, wohl wahr, aber die wahre Raffinesse verlangt eine gewisse moralische Flexibilität.«

Rica Morgenstern studierte das lange, weiße, ausdruckslose Gesicht einen Moment lang und grinste dann. »Das kann nicht Ihr Ernst sein, Tuf! Ganz tief drinnen brauchen Sie für alles eine Regel.«

»Regeln sind das Wesen aller Spiele, ihr Herz, wenn Sie so wollen. Sie geben unseren kleinen Wettkämpfen Struktur und Bedeutung.«

»Aber manchmal macht es mehr Spaß, alles etwas freier auszulegen. Ist auch effektiver.«

Tuf stellte dic Fingerspitzen vor seinem Gesicht zusammen. »Obwohl ich mit meinem armseligen Lohn nicht zufrieden bin, muss ich doch den Vertrag mit Kaj Nevis erfüllen. Ich möchte nicht, dass er schlecht über mich oder die *Füllhorn der Exzellenten Güter und Niedrigen Preise* spricht.«

Rica lachte. »Oh, ich bezweifle, dass er schlecht über Sie reden wird, Tuf. Ich bezweifle, dass er überhaupt über Sie reden wird, wenn Sie erst Ihren Zweck erfüllt haben und er Sie entlassen hat.« Es freute sie zu sehen, dass ihre Bemerkung Tuf zu einem Blinzeln genötigt hatte.

»In der Tat«, sagte er.

»Sind Sie denn gar nicht neugierig auf das alles? Darauf, wo wir hinfliegen, und warum Waan und Löw das Ziel geheim gehalten haben, bis wir an Bord waren? Und warum Löw einen Leibwächter angeheuert hat?«

Haviland Tuf streichelte Pilzchens langes graues Fell, aber seine Augen blieben stets auf Rica Morgensterns Gesicht gerichtet. »Neugier ist mein großes Laster. Ich fürchte, Sie haben mich bis aufs Herz durchschaut und versuchen jetzt, meine Schwäche auszunutzen.«

»Die Neugier ist der Katze Tod«, sagte Rica Morgenstern.

»Eine unangenehme Vorstellung, aber sicherlich auf den Punkt gebracht«, bemerkte Tuf.

»Aber die Befriedigung holte sie ins Leben zurück«, fuhr Rica fort. »Löw weiß, dass es etwas Gewaltiges ist. Und gewaltig gefährlich. Um das zu bekommen, was sie wollen, brauchten sie Nevis oder jemanden wie Nevis. Sie haben eine schöne Viertelung vereinbart, aber Kaj hat diesen gewissen Ruf, dass man sich doch fragt, ob er sich mit einem Viertel zufriedengeben wird. Ich bin hier, um dafür zu sorgen, dass er genau das tut.« Sie zuckte mit den Achseln und klopfte auf den Nadler in ihrem Schulterholster. »Außerdem bin ich seine Versicherung gegen alle anderen Komplikationen, die auftreten könnten.«

Sie lächelte eiskalt. »Sie müssen es Löw ja nicht erzählen«, sagte sie, stand auf und streckte sich. »Denken *Sie* darüber nach, Tuf. So wie ich es sehe, hat Nevis Sie unterschätzt. Unterschätzen Sie ihn nicht. Oder mich. Unterschätzen Sie mich nie, nie, niemals. Es wird die Zeit kommen, in der Sie sich wünschten, Sie hätten einen Verbündeten. Und sie könnte früher kommen, als Sie denken.«

Drei Tage vor dem Ziel beschwerte sich Celise Waan erneut über das Essen. Tuf hatte einen würzigen Gemüseauflauf nach Halagreen-Art serviert, ein wohlschmeckendes Gericht, wenn man davon absah, dass es während der Reise bereits zum sechsten Mal serviert wurde. Die Anthropologin schob ihr Gemüse auf dem Teller herum, verzog das Gesicht und sagte: »Warum können wir nicht etwas Reales zu essen bekommen?«

Tuf hielt inne, spießte geschickt einen Pilz mit seiner Gabel auf und hob ihn vor sein Gesicht. Er betrachtete ihn eine Weile ruhig, neigte den Kopf leicht zur Seite und betrachtete ihn aus einem anderen Blickwinkel, drehte ihn um, betrachtete auch die Unterseite und tippte ihn schließlich vorsichtig mit einem Finger an. »Ich verstehe den Sinn Ihrer Beschwerde nicht, Madam«, sagte er schließlich. »Zumindest dieser Pilz erscheint meinen eigenen armseligen Sinnen durchaus real. Sicher, er ist nur ein kleiner Teil des Ganzen. Vielleicht ist der Rest des Auflaufs nur eine Illusion. Obwohl ich das nicht glaube.«

»Sie wissen, was ich gemeint hatte«, sagte Celise Waan mit schriller Stimme. »Ich will Fleisch.«

»In der Tat?«, sagte Haviland Tuf. »Ich für meinen Teil will unermesslichen Reichtum. Derartige Fantasien sind leicht geträumt, aber sehr viel weniger leicht realisiert.«

»Ich habe dieses ganze Gemüse satt«, kreischte Celine Waan. »Wollen Sie mir wirklich erzählen, dass in diesem ganzen verdammten Schiff kein Stückchen Fleisch zu haben ist?«

Tuf stellte seine Fingerspitzen zusammen. »Es war sicherlich nicht meine Absicht, einen derartig falschen Eindruck zu vermitteln. Ich selbst esse zwar kein Fleisch, aber trotzdem ist eine kleine armselige Menge Fleisch an Bord der *Füllhorn der Exzellenten Güter und Niedrigen Preise* vorhanden, das gebe ich freimütig zu.«

Ein Ausdruck unglaublicher Befriedigung überzog Celise Waans Gesicht. Sie schaute einen nach dem anderen der Speisenden an. Rica Morgenstern versuchte ein Grinsen zu unterdrücken; Kaj Nevis versuchte es noch nicht einmal; Jefri Löw schaute mürrisch drein. »Sehen Sie«, sagte sie zu ihnen, »ich habe Ihnen doch gesagt, dass er das ganze gute Essen für sich behält.« Mit voller Absicht ergriff sie ihren Teller und warf ihn quer durch den Raum. Er traf scheppernd ein metallenes Schott und verteilte den würzigen Auflauf über Rica Morgensterns ungemachtes Bett. Rica lächelte süßlich. »Wir haben doch gerade erst das Bettzeug gewechselt, Waan«, sagte sie.

»Interessiert mich nicht«, sagte Celise Waan. »Ich werde erst einmal etwas Ordentliches zu essen bekommen. Ich nehme an, der Rest von Ihnen möchte sich daran beteiligen.«

Rica lächelte. »O nein, meine Gute. Es ist alles für Sie.« Sie aß ihren Auflauf auf und wischte den Teller mit einem Stück Zwiebelbrotrinde sauber. Löw schaute unbehaglich drein, und Kaj Nevis sagte: »Wenn Sie es schaffen, Tuf dieses Fleisch abzuringen, gehört es ganz allein Ihnen.«

»Ausgezeichnet!«, rief sie. »Tuf, bringen Sie mir dieses Fleisch!«

Haviland Tuf betrachtete sie ungerührt. »Sicher, der Vertrag, den ich mit Kaj Nevis geschlossen habe, verpflichtet mich, Sie während der Dauer dieser Reise zu verpflegen. Es wurde jedoch nichts über die Natur dieser Verpflegung gesagt. Immer nutzt man mich aus. Jetzt muss ich Ihre kulinarischen Launen befriedigen, wie es scheint. Nun gut, das scheint mein Los in diesem armseligen Leben zu sein. Aber ich selbst bin ebenfalls von einer Laune getrieben. Wenn ich Ihrer Laune nachgeben soll, wäre es dann nicht nur gerecht, wenn Sie im Gegenzug die meine befriedigen würden?«

Waan runzelte misstrauisch die Stirn. »Was meinen Sie damit?«

Tuf spreizte die Hände. »Es ist wirklich nichts – im Gegenzug für das Fleisch, das Sie erbitten, geht es mir lediglich um ein kleines augenblickliches Laster. Ich bin durchaus neugierig geworden, und ich möchte diese Neugier gern befriedigen. Rica Morgenstern hat mich gewarnt, dass meine unbefriedigte Neugier mit Sicherheit der Tod meiner Katzen sein wird.«

»Ich hätte nichts dagegen«, sagte die fette Anthropologin.

»In der Tat«, sagte Tuf. »Allerdings muss ich Einspruch erheben. Ich biete Ihnen einen Handel an – Nahrung von der Art, die Sie so melodramatisch gefordert haben, gegen ein paar nutzlose Stückchen Information, deren Preisgabe Sie nichts kosten wird. Wir treffen bald im Hro-B'rana-System ein, Ihrem vereinbarten Ziel. Ich wüsste nur zu gern, warum wir dorthin reisen und welcher Natur das ist, was Sie auf diesem Seuchenstern zu finden hoffen, von dem ich Sie sprechen hörte.«

Celise Waan drehte sich wieder zu den anderen um. »Wir haben gute Standards für gutes Essen bezahlt. Das ist Erpressung. Jefri, sagen Sie doch auch mal was!«

»Ähm«, machte Jefri Löw. »Es spielt wirklich keine Rolle, Celise. Er wird es sowieso erfahren, wenn wir dort eintreffen. Vielleicht ist es an der Zeit, ihm alles zu sagen.«

»Nevis«, sagte sie, »wollen Sie nicht irgendwas unternehmen?«

»Warum?«, fragte er. »Es macht doch verdammt noch mal keinerlei Unterschied. Sagen Sie's ihm, und holen Sie sich Ihr Fleisch. Oder auch nicht. Mir ist es egal.«

Waan starrte Kaj Nevis an und dann noch finsterer in Haviland Tufs regungsloses, blasses Gesicht, verschränkte die Arme und sagte: »Nun gut, wenn es also sein soll, werde ich eben für mein Abendbrot singen.«

»Eine normale Sprechstimme wird völlig genügen«, sagte Tuf.

Celise Waan ging nicht darauf ein. »Ich mache es kurz. Die Entdeckung des Seuchensterns ist mein größter Triumph, der Gipfel meiner Karriere, aber keiner von Ihnen hat den Verstand oder die Höflichkeit, die Arbeit wertzuschätzen, die darin steckt. Ich bin Anthropologin am ShanDellor-Zentrum für die Förderung von Kultur und Wissenschaft. Meine akademische Spezialrichtung ist das Studium primitiver Kulturen einer ganz besonderen Art – Kulturen auf Kolonialwelten, die als Folge des Großen Krieges der Isolation und dem technischen Rückschritt anheimgefallen sind. Selbstverständlich waren auch viele Planeten der Menschheit davon betroffen, und viele von ihnen sind intensiv erforscht worden. Ich habe auf einem weniger bekannten Gebiet gearbeitet – der Erforschung nichtmenschlicher Kulturen, insbesondere denen der ehemaligen hranganischen Sklavenplaneten. Einer dieser Planeten, die ich untersucht habe, war Hro B'rana. Einst war es eine blühende Kolonie, Brutplatz für Hruun und Dactyloiden und niedere Sklavenrassen der Hrangan, aber heute ist es eine Wüstenei. Die intelligenten Wesen, die dort noch leben, haben ein kurzes, unschönes, brutales Dasein, aber wie die meisten vergessenen Kulturen haben auch sie Erzählungen von einem untergegangenen goldenen Zeitalter. Aber das Interessanteste an Hro B'rana ist eine Legende; eine Legende, die nur sie haben – die Legende vom Seuchenstern.

Lassen Sie mich darauf hinweisen, dass die Verwüstungen auf Hro B'rana ganz beträchtlich sind und es dort nur sehr wenige Lebewesen gibt, im Verhältnis zu der Tatsache, dass die Umweltbedingungen gar nicht so schlecht sind. Warum? Nun, die degenerierten Nachkommen sowohl der Hruun als auch der Dactyloiden-Kolonisten haben, obwohl beide Kulturen äußerst verschieden sind und sich sogar bekämpfen, eine gemeinsame Antwort darauf: den Seuchenstern. In jeder dritten Generation, immer dann, wenn sie sich wieder aus ihrem Elend erhoben haben, wenn die Bevölkerung wieder zunimmt, wird der Seuchenstern an ihrem Nachthimmel größer und größer. Und wenn dieser Stern der hellste am Himmel geworden ist, beginnt die Zeit der Seuchen. Krankheiten überziehen Hro B'rana, eine schlimmer als die andere. Die Heiler sind hilflos. Pflanzen verdorren, Tiere verenden, und drei Viertel der intelligenten Bewohner sterben. Diejenigen, die überleben, werden in die brutalste Art des Daseins zurückgeworfen. Dann nimmt der Seuchenstern wieder ab, und gleichzeitig verschwinden auch die Krankheiten auf Hro B'rana für weitere drei Generationen. So geht die Legende.«

Haviland Tufs Gesicht war während Celise Waans Schilderung ausdruckslos geblieben. »Interessant«, sagte er jetzt. »Ich muss allerdings annehmen, dass unsere gegenwärtige Expedition einfach nur deshalb unternommen wurde, um Ihre Karriere durch die Untersuchung dieses fesselnden Volksmärchens zu befördern.«

»Nein«, gab Celise Waan zu. »Das war ursprünglich meine Absicht, ja. Die Legende schien ein ausgezeichnetes Thema für eine

Arbeit zu sein. Ich hatte versucht, Mittel für Felduntersuchungen vom Zentrum zu bekommen, aber man lehnte meine Bitte ab. Ich war sehr sauer, das kann ich Ihnen sagen. Diese kurzsichtigen Narren. Dann erwähnte ich meinen Ärger und den Grund dafür gegenüber meinem Kollegen Jefri Löw.«

Löw räusperte sich. »Ja«, betonte er. »Und mein Fachgebiet ist, wie Sie wissen, die Militärgeschichte. Natürlich faszinierte mich dieses Thema. Ich vergrub mich also in den Datenbanken des Zentrums. Unsere Aufzeichnungen sind längst nicht so umfassend wie die von Avalon oder Newholme, aber es war keine Zeit für weiterreichende Forschungen. Wir mussten schnell handeln. Sehen Sie, meine Theorie ... nun, eigentlich ist es mehr als eine Theorie ... ich glaube, tatsächlich bin ich mir ziemlich sicher, dass ich weiß, was der Seuchenstern ist. Es ist keine Legende, Tuf! Es ist real. Es muss ein aufgegebenes Schiff sein, ja, verlassen, aber immer noch funktionstüchtig, und es führt seine Programme weiterhin aus, mehr als ein Jahrtausend nach dem Kollaps. Verstehen Sie? Erkennen Sie es?«

»Ich muss zugeben, dass es mir schwerfällt«, sagte Tuf, »da mir Ihre Vertrautheit mit dem betreffenden Objekt fehlt.«

»Es ist ein Kriegsschiff, Tuf, ein Kriegsschiff in einer langen elliptischen Bahn um Hro B'rana. Es ist eine der schrecklichsten Waffen, die die Alte Erde jemals gegen die Hrangan eingesetzt hat, auf seine eigene Art genauso schrecklich wie diese mystische Höllenflotte, von der man aus den letzten Tagen vor dem Kollaps spricht. Aber es hat genauso ein riesiges Potenzial zum Guten in sich! Es ist der Speicher der fortgeschrittensten biogenetischen Forschung des Föderalen Imperiums, ein funktionierendes Artefakt, vollgepackt mit Geheimnissen, die für den Rest der Menschheit verlorengegangen sind.«

»In der Tat?«, sagte Tuf.

»Es ist ein Saatgutschiff«, schloss Jefri Löw, »ein Saatgutschiff der biologischen Kriegsführung des Ökologischen Ingenieurskorps.«

»Und es gehört *uns*«, sagte Kaj Nevis mit einem kleinen grimmigen Lächeln.

Haviland Tuf musterte Nevis kurz, nickte und stand auf. »Meine Neugier ist gestillt«, verkündete er. »Jetzt muss ich wohl meinen Anteil der Vereinbarung erfüllen.«

»Ahhh«, sagte Celise Waan, »mein Fleisch.«

»Die Menge ist reichlich, wenn auch die Vielfalt zugegebenermaßen klein ist«, sagte Haviland Tuf. »Ich sollte Ihnen die Art der Zubereitung überlassen, die Ihrem Gaumen am angenehmsten ist.« Er ging zu einem Vorratsraum, gab einen Kode ein und holte einen kleinen Karton heraus, den er unter dem Arm zurück zum Tisch trug. »Dies ist das einzige Fleisch an Bord meines Schiffs. Ich kann weder für die Qualität noch den Geschmack bürgen. Ich habe allerdings auch noch keinerlei Beschwerden gehört.«

Rica Morgenstern brach in lautes Gelächter aus, und Kaj Nevis kicherte. Haviland Tuf entnahm dem Karton vorsichtig und systematisch ein Dutzend Dosen Katzenfutter und stellte sie vor Celise Waan auf. Sodom sprang auf den Tisch und begann zu schnurren.

»Es ist nicht so groß, wie ich dachte«, sagte Celise Waan in ihrem gewohnt gereizten Tonfall.

»Madam«, sagte Haviland Tuf, »die Augen können sich oft täuschen. Mein Hauptsichtschirm ist zugegebenermaßen bescheiden, nur einen Meter in der Diagonalen, was zwangsläufig die Größe eines jeden darauf dargestellten Objektes beschränkt. Das Schiff selbst ist von beträchtlicher Ausdehnung.«

Kaj Nevis meldete sich zu Wort: »Wie beträchtlich?«

Tuf faltete die Hände über seinem runden Bauch zusammen. »Ich kann es nicht mit Bestimmtheit sagen. Die *Füllhorn der Exzellenten Güter und Niedrigen Preise* ist nur ein bescheidenes Handelsschiff, und ihre Sensoren könnten besser sein.«

»Dann eben ungefähr«, fuhr ihn Nevis an.

»Ungefähr«, wiederholte Tuf. »Unter Betrachtung des Blickwinkels, in dem mein Bildschirm es jetzt darstellt, und der längsten Achse als ›Länge‹ genommen, sollte das Schiff, dem wir uns jetzt nähern, ungefähr dreißig Standardkilometer lang sein, ungefähr fünf Kilometer breit, ungefähr drei Kilometer hoch, abgesehen von der Kuppelsektion mittschiffs, die etwas höher ist, und dem vorderen Turm, der sich ungefähr einen weiteren Kilometer vom Deck, auf dem er steht, in die Höhe erhebt.«

Sie hatten sich alle im Kontrollraum versammelt, selbst Anittas, der aus seinem computergesteuerten Schlaf erweckt wurde, als sie die Geschwindigkeit drosselten. Plötzlich wurde es still, und sogar Celise Waan schienen kurz die Worte auszugehen. Alle starrten sie auf den Bildschirm, auf das lange, schwarze, verdrehte Objekt, das vor den Sternen dahinglitt und auf dem hier und dort kleine Lichter schienen und Energie pulste.

»Ich hatte recht«, murmelte Jefri Löw schließlich, um die Stille zu unterbrechen. »Ein Saatgutschiff – ein ÖIK-Saatgutschiff! Nichts anderes könnte so groß sein!«

Kaj Nevis lächelte. »Verdammt«, sagte er.

»Das System muss riesig sein«, sagte Anittas nachdenklich. »Das Erdimperium war viel weiter entwickelt als wir. Wahrscheinlich ist es eine Künstliche Intelligenz.«

»Wir sind reich«, gurgelte Celise Waan, die ihre zahlreichen und vielfältigen Klagen für den Moment vergessen hatte. Sie griff nach Jefri Löws Hand und tanzte mit ihm hüpfend im Kreis herum. »Wir sind reich, reich, wir sind reich und *berühmt*, wir sind alle reich!«

»Das ist nicht gänzlich korrekt«, sagte Haviland Tuf. »Ich zweifle nicht daran, dass Sie in der näheren Zukunft tatsächlich wohlhabend sein werden, im Moment jedoch enthält Ihre Tasche nicht mehr Standards als zuvor. Auch werden weder Rica Morgenstern noch ich Ihre Aussichten auf ökonomische Verbesserung teilen.«

Nevis starrte ihn an. »Wollen Sie sich beschweren, Tuf?«

»Das käme mir niemals in den Sinn«, sagte Tuf leise. »Ich wollte lediglich Celise Waans Falschaussage korrigieren.«

Kaj Nevis nickte. »Gut«, sagte er. »Doch bevor irgendjemand von uns auch nur ein wenig reicher wird, müssen wir an Bord dieses Dings gehen und nachsehen, in welchem Zustand es ist. Selbst als Wrack sollte es uns zu einem netten Finderlohn verhelfen, aber wenn dieses Schiff funktionstüchtig ist, gibt es keine Grenzen, überhaupt keine Grenzen.«

»Es ist offensichtlich funktionstüchtig«, sagte Jefri Löw. »Es lässt seit tausend Standardjahren jede dritte Generation Seuchen auf Hro B'rana regnen.«

»Ja«, sagte Nevis, »ja, das stimmt, aber das ist noch nicht alles. Es treibt jetzt tot im Orbit. Was ist mit den Triebwerken? Der Zellbibliothek? Den Computern? Wir müssen eine ganze Menge überprüfen. Wie gelangen wir an Bord, Löw?«

»Man müsste andocken können«, antwortete Jefri Löw. »Tuf, diese Kuppel, sehen Sie sie?« Er zeigte darauf.

»Meine Sehkraft ist unbeeinträchtigt.«

»Nun, ich glaube, darunter ist ein Landedeck. Es ist so groß wie ein Raumhafen. Wenn wir in der Lage sind, die Kuppel zu öffnen, können Sie mit Ihrem Schiff einfach hineinfliegen.«

»Wenn«, sagte Haviland Tuf. »Ein sehr problematisches Wort. So kurz und so oft mit Enttäuschung und Frustration verbunden.« Wie um seine Aussage zu unterstreichen, leuchtete ein kleines rotes Licht unterhalb des Hauptbildschirms auf. Tuf hob einen langen bleichen Finger. »Passen Sie auf!«, sagte er.

»Was ist das?«, fragte Nevis.

»Kommunikation«, erklärte Tuf. Er beugte sich vor und berührte einen abgenutzten Knopf auf seinem Lasercom.

Der Seuchenstern verschwand vom Bildschirm. An seiner Stelle erschien ein müde dreinschauendes Gesicht – das Gesicht eines Mannes in mittleren Jahren, der in einem Kommunikationsraum saß. Tiefe Linien hatten sich in seine Stirn und sein Kinn gegraben, er hatte volles schwarzes Haar und müde blaugraue Augen. Er trug eine Uniform wie aus einem historischen Film und auf dem Kopf eine grüne Schirmmütze mit dem Emblem eines goldenen Theta. »Hier ist die *Arche*«, erklärte er. »Sie sind in unsere Verteidigungssphäre eingetreten. Identifizieren Sie sich, oder es wird auf Sie geschossen. Dies ist unsere erste Warnung.«

Haviland Tuf drückte den Sendeknopf. »Hier ist die *Füllhorn der Exzellenten Güter und Niedrigen Preise*«, sagte er laut und deutlich. »Ich bin Kapitän Haviland Tuf. Wir sind harmlose und unbewaffnete Händler von ShanDellor. Erbitten Landeerlaubnis, *Arche.*«

Celise Waan japste. »Es ist bemannt! Die Besatzung ist immer noch am Leben!«

»Eine faszinierende Entwicklung«, sagte Jefri Löw und strich sich durch den Bart. »Vielleicht ist das ein Nachfahre der ursprünglichen Crew der *Arche*. Oder vielleicht wurde die Chronowarp-Technik eingesetzt! Das Gewebe der Zeit verändern, sie beschleunigen oder anhalten, ja, auch dazu könnten sie in der Lage sein. Chronowarp! Denken Sie nur!«

Kaj Nevis machte ein schnaubendes Geräusch. »Tausend verdammte Jahre, und Sie wollen mir erklären, dass diese Leute noch am Leben sind? Was zur Hölle sollen wir davon halten?«

Das Gesicht auf dem Bildschirm flackerte kurz. Dann sagte derselbe müde Mann in der Uniform des Erdimperiums: »Hier ist die *Arche*. Ihre Identifikationsdaten sind unzureichend kodiert. Sie bewegen sich durch unsere Verteidigungssphäre. Identifizieren Sie sich, oder es wird auf Sie geschossen. Dies ist unsere zweite Warnung.«

»Sir«, sagte Haviland Tuf, »ich muss protestieren! Wir sind unbewaffnet und ungeschützt. Wir stellen keine Gefahr für Sie dar. Wir sind friedliche Händler, Gelehrte, Mitmenschen. Unsere Absichten sind nicht feindlich, und darüber hinaus fehlt es uns an Mitteln, einem so formidablen Schiff wie der *Arche* irgendeinen Schaden zuzufügen. Müssen Sie uns derart aggressiv begegnen?«

Der Bildschirm flackerte. »Hier ist die *Arche*. Sie sind in unsere Verteidigungssphäre eingedrungen. Identifizieren Sie sich umgehend, oder Sie werden zerstört. Dies ist unsere dritte und letzte Warnung.«

»Aufzeichnungen«, sagte Kaj Nevis mit einer gewissen Begeisterung. »Das ist es. Keine Kältekammern, keine verdammten Stasisfelder. Da ist überhaupt niemand. Irgendein Computer spielt uns Aufzeichnungen vor.«

»Ich fürchte, Sie haben recht«, sagte Haviland Tuf. »Die Frage muss lauten: Wenn der Computer darauf programmiert wurde, sich nähernden Schiffen aufgezeichnete Botschaften vorzuspielen, worauf könnte er sonst noch programmiert worden sein?«

Jefri Löw mischte sich ein. »Die Kodes!«, sagte er. »In meinen Unterlagen habe ich einen ganzen Satz Kodes des Föderalen Imperiums und ID-Sequenzen auf Kristallchips. Ich gehe sie holen.«

»Ein ausgezeichneter Plan«, sagte Haviland Tuf, »mit nur einem winzig kleinen Schwachpunkt, und der wäre die Zeit, die wir brauchen, um diese Chips zu finden und zu nutzen. Wenn wir die Muße dazu hätten, würde ich Ihrem Vorschlag mit Freuden zustimmen. Ich fürchte jedoch, dass wir sie nicht haben. Die *Arche* hat soeben auf uns gefeuert.«

Haviland Tuf beugte sich vor. »Ich werde uns von hier wegbringen«, verkündete er. Doch während seine langen bleichen Finger über die Tasten huschten, wurde die *Füllhorn* plötzlich heftig durchgeschüttelt. Celise Waan schrie und stürzte, Jefri Löw taumelte gegen Anittas, und sogar Rica Morgenstern musste sich an Tufs Stuhllehne festhalten, um nicht hinzufallen. Dann gingen alle Lichter aus. Haviland Tufs Stimme erklang aus der Dunkelheit. »Ich fürchte, ich habe zu viel versprochen«, sagte er, »oder vielleicht, genauer gesagt, zu langsam gehandelt.«

Einen langen Moment waren sie in Stille, Dunkelheit und Angst verloren und warteten auf den zweiten Treffer, der ihnen das Ende bereiten würde.

Dann ebbte die Dunkelheit etwas ab, schwache Lichter leuchteten auf allen Konsolen um sie herum auf, als die Instrumente der *Füllhorn* flackernd zu einem Halbleben erwachten. »Wir sind nicht völlig zerstört worden«, erklärte Haviland Tuf vom Kommandosessel, in dem er stocksteif saß. Seine großen Hände streckten sich über die Computertastatur aus. »Ich werde einen Schadensbericht erstellen. Vielleicht können wir uns noch zurückziehen.«

Celise Waan gab ein Geräusch von sich, ein hohes, dünnes, hysterisches, anhaltendes Jammern. Sie lag immer noch auf dem Deck ausgebreitet. Kaj Nevis drehte sich zu ihr um. »Halt's Maul, du verdammte Kuh!«, bellte er und trat nach ihr. Ihr Jammern verwandelte sich in Schluchzen. »Wir sind totes Fleisch, wenn wir hier so rumsitzen«, sagte Nevis laut. »Der nächste Schuss wird uns in unsere Einzelteile zerlegen. Verdammt noch mal, Tuf, bewegen Sie dieses Ding!«

»Unsere Bewegung ist unvermindert«, entgegnete Tuf. »Der Treffer, den wir erhalten haben, hat unsere Geschwindigkeit nicht beeinflusst, allerdings hat er uns etwas von unserem Kurs zur *Arche* abgebracht. Vielleicht werden wir deshalb nicht mehr beschossen.« Er studierte die schwachen grünen Darstellungen, die sich auf einem der kleineren Bildschirme entwickelten. »Ich fürchte, mein Schiff wurde etwas lädiert. Jetzt auf Sternenantrieb zu gehen wäre nicht anzuraten, da die Belastung uns zweifelsohne in Stücke zerreißen würde. Die Lebenserhaltungssysteme haben ebenfalls Schaden genommen. Die Hochrechnungen deuten darauf hin, dass wir in ungefähr neun Standardstunden keinen Sauerstoff mehr haben werden.«

Kaj Nevis fluchte, Celise Waan schlug mit der Faust auf das Deck ein. »Ich könnte Sauerstoff sparen, wenn ich mich noch einmal herunterfahre«, bot Anittas an. Keiner beachtete ihn.

»Wir könnten die Katzen töten«, schlug Celise Waan vor.

»Können wir uns fortbewegen?«, fragte Rica Morgenstern.

»Die Steuertriebwerke funktionieren noch«, sagte Tuf, »aber ohne die Möglichkeit, auf Sternenantrieb zu gehen, werden wir ungefähr zwei ShanDi-Jahre benötigen, um wenigstens Hro B'rana zu erreichen. Vier von uns könnten Zuflucht in den Druckanzügen suchen. Die viralen Atempacks können auf unbegrenzte Dauer Sauerstoff aufbereiten.«

»Ich weigere mich, zwei Jahre lang in einem Druckanzug zu leben«, sagte Celise Waan nachdrücklich.

»Ausgezeichnet«, sagte Tuf. »Da ich nur vier Druckanzüge habe und wir sechs Personen sind, wäre das recht hilfreich. Wir werden noch lange Ihres noblen Opfers gedenken, Madam. Doch bevor wir diesen Plan umsetzen, finde ich, dass wir eine andere Möglichkeit in Betracht ziehen sollten.«

»Und welche wäre das?«, fragte Nevis.

Tuf fuhr in seinem Kommandosessel herum und blickte im Zwielicht des abgedunkelten Kontrollraums einen nach dem anderen an. »Wir müssen darauf hoffen, dass Jefri Löws Kristallchips wirklich den korrekten Annäherungskode enthalten, sodass wir an die *Arche* andocken können, ohne das Ziel irgendwelcher uralten Waffen zu werden.«

»Der Chip!«, sagte Löw. Man konnte ihn kaum erkennen. In der Dunkelheit hatte seine Chamäleonjacke einen tiefschwarzen Farbton angenommen. »Ich gehe ihn holen!« Er eilte zu den Wohnquartieren.

Pilzchen tappte leise durch den Raum und sprang auf Tufs Schoß. Tuf legte eine Hand auf ihn, und der große Kater begann laut zu schnurren. Es war ein irgendwie beruhigendes Geräusch. Vielleicht würde sich alles doch noch zum Guten wenden.

Aber Jefri Löw war schon zu lange weg.

Als sie ihn schließlich zurückkommen hörten, waren seine Schritte bleiern, niedergeschlagen.

»Nun?«, fragte Nevis, »Wo ist er?«

»Weg«, sagte Löw. »Ich habe überall nachgeschaut. Er ist weg. Ich könnte schwören, dass ich ihn bei mir hatte. Meine Aufzeichnungen – Kaj, wirklich, ich wollte sie mitbringen. Ich konnte natürlich nicht alles mitnehmen, aber ich habe die meisten der wichtigen Aufzeichnungen kopiert, die Sachen, von denen ich dachte, dass sie wichtig werden könnten – Material über den Krieg, über das ÖIK, einiges Geschichtliches über diesen Sektor. Meine graue Tasche, Sie wissen schon. Da war mein kleiner Computer drin und mehr als dreißig Kristallchips. Ich habe mir letzte Nacht noch mal einige angeschaut, erinnern Sie sich, im Bett? Ich habe das Material über das Saatgutschiff durchgesehen, das bisschen, das wir wissen, und Sie haben mir noch gesagt, dass Sie deswegen nicht schlafen können. Ich hatte einen Chip voller alter Kodes, ich weiß es ganz genau, und ich dachte wirklich, ich hätte ihn mitgebracht. Aber er ist nicht da.« Er kam näher. Sie sahen, dass er einen Handcomputer bei sich trug, den er ihnen fast wie eine Offerte entgegenstreckte. »Ich bin die Box viermal durchgegangen und habe alle Chips durchsucht, die ich in meinem Bett, auf dem Tisch oder sonst wo hatte. Er ist nicht da. Es tut mir leid. Es sei denn, einer von Ihnen hat ihn?« Jefri Löw schaute sich im Raum um. Niemand sagte etwas. »Ich muss die Kodes wohl auf ShanDellor zurückgelassen haben«, sagte er. »Wir waren so in Eile, dass ich …«

»Sie seniler alter Narr«, sagte Kaj Nevis. »Ich sollte Sie auf der Stelle töten und etwas Sauerstoff für uns sparen.«

»Wir sind tot«, jammerte Celise Waan, »wir sind tot, tot, tot.«

»Madam«, sagte Haviland Tuf und streichelte Pilzchen, »Sie sind wieder einmal vorschnell. Sie sind jetzt weniger tot als noch vor ein paar Minuten.«

Nevis schaute ihn an. »Aha? Sie haben eine Idee, Tuf?«

»In der Tat«, sagte Tuf.

»Und zwar?«, wollte Nevis wissen.

»Die *Arche* ist unsere einzige Rettung«, sagte Tuf. »Wir müssen an Bord gehen. Ohne Jefri Löws Kodekristall können wir die *Füllhorn der Exzellenten Güter und Niedrigen Preise* nicht nahe genug heranbringen, um anzudocken, ohne dass man wieder auf uns schießt. So weit, so gut. Allerdings ist mir ein interessanter Gedanke gekommen.« Er hob einen Finger. »Vielleicht zeigt die *Arche* einem kleineren Ziel gegenüber weniger Feindseligkeit – einem Menschen in einem Druckanzug, sagen wir, angetrieben von Luftstrahlen.«

Kaj Nevis schaute nachdenklich drein. »Und wenn dieser Mensch die *Arche* erreicht, was dann? Sollte er vielleicht am Rumpf anklopfen?«

»Unpraktikabel«, gab Tuf zu, »aber ich glaube, ich habe eine Methode, auch dieses Problem zu lösen.«

Sie warteten. Tuf streichelte Pilzchen. »Fahren Sie fort«, sagte Kaj Nevis ungeduldig.

Tuf blinzelte. »Fortfahren? In der Tat. Ich fürchte, ich muss Sie um Nachsicht bitten. Meine Gedanken sind abgelenkt. Mein armes Schiff hat bedauerliche Schäden erlitten. Mein armseliges Dasein liegt in Trümmern, und wer wird mir die notwendigen Reparaturen bezahlen? Wird Kaj Nevis, der schon bald großen Reichtum genießen wird, mich mit Großzügigkeit überschütten? Ich fürchte nicht. Werden Jefri Löw und Anittas mir ein neues Schiff kaufen? Unwahrscheinlich. Wird die verehrte Celise Waan mir einen Bonus gewähren, der über meinen vereinbarten Lohn hinausgeht, um meinen großen Verlust zu ersetzen? Sie hat bereits in Aussicht gestellt, gerichtlich gegen mich vorzugehen, mein armes Schiff beschlagnahmen und meine Landeerlaubnis einziehen zu lassen. Wie soll ich also damit fertigwerden? Wer wird mir beistehen?«

»Machen Sie sich deswegen keine Sorgen!«, sagte Kaj Nevis. »Wie können wir in die *Arche* gelangen? Sie sagten, Sie hätten eine Möglichkeit?«

»Sagte ich das?«, fragte Haviland Tuf. »Ich glaube, Sie haben recht, Sir. Allerdings fürchte ich, dass die Last meiner Sorgen diese Möglichkeit aus meinem armen, gequälten Gehirn gelöscht hat. Ich habe es vergessen. Ich kann an nichts anderes mehr denken als an meine leidige finanzielle Misere.«

Rica Morgenstern lachte und schlug Tuf klatschend auf den breiten Rücken.

Er blickte zu ihr auf. »Und jetzt werde ich auch noch von der brutalen Rica Morgenstern grob mit Fäusten geschlagen. Bitte rühren Sie mich nicht an, Madam.«

»Das ist Erpressung«, kreischte Celise Waan. »Man sollte Sie dafür einsperren!«

»Und jetzt wird meine Integrität angezweifelt, und ich werde mit Drohungen überschüttet. Ist es ein Wunder, dass ich nicht denken kann, Pilzchen?«

Kaj Nevis schnaubte. »In Ordnung, Tuf. Sie haben gewonnen.« Er schaute sich im Kreis um. »Höre ich irgendwelche Einwände dagegen, unseren Tuffy zu einem vollwertigen Partner zu machen? Teilen wir durch fünf?«

Jefri Löw räusperte sich. »Das ist das Mindeste, was er verdient, wenn sein Plan funktioniert.«

Nevis nickte. »Sie sind dabei, Tuf.«

Haviland Tuf erhob sich mit immenser, umständlicher Würde und schob Pilzchen von seinem Schoß. »Meine Erinnerungen kehren zurück!«, verkündete er. »Es gibt vier Druckanzüge in der Kammer dort drüben. Wenn jemand so freundlich wäre, einen davon anzuziehen und mir behilflich zu sein, werden wir gemeinsam einen äußerst nützlichen Ausrüstungsgegenstand aus Lagerraum Nummer zwölf holen.«

»Was zur Hölle«, entfuhr es Rica Morgenstern, als sie zurückkamen und ihre Beute zwischen sich trugen. Sie lachte.

»Was ist das?«, wollte Celise Waan wissen.

Haviland Tuf, der riesig in seinem silberblauen Druckanzug aufragte, stellte die Beine auf den Boden und half Kaj Nevis, es aufzurichten. Dann nahm er den Helm ab und begutachtete ihre Beute mit Befriedigung. »Es ist ein Raumanzug, Madam«, sagte er. »Ich würde meinen, dass das offensichtlich ist.«

Es *war* ein Raumanzug, irgendwie schon, aber es war einer, wie ihn keiner von ihnen je zuvor gesehen hatte, und wer auch immer ihn konstruiert hatte, hatte dabei nicht an Menschen gedacht. Er überragte sie alle, sogar Tuf; die verzierte Stirn des großen, vorstehenden Helms befand sich gut drei Meter über dem Deck und berührte fast die Oberkante des Schotts. Es gab vier dicke Arme mit zweifachen Gelenken, die in glänzenden, gezackten Greifern endeten; die Beine waren dick genug, um kleine Baumstämme aufzunehmen, und die Füße waren große kreisrunde Teller. Auf dem breiten buckeligen Rücken ragten vier riesige Tanks empor, eine Radarantenne war auf der rechten Schulter angebracht, und überall war das starre schwarze Metall, aus dem er bestand, mit fremdartigen, verschlungenen Mustern in Rot und Gold verziert. Er stand zwischen ihnen wie ein gepanzerter goldener Riese.

Kaj Nevis zeigte mit einem Daumen auf die Panzerung. »Da ist er also«, sagte er. »Und nun? Wie kann dieses Ungeheuer uns helfen?« Er schüttelte den Kopf. »Das sieht mir aus wie ein Stück Schrott.«

»Ich bitte Sie«, sagte Tuf. »Dieser Mechanismus, den Sie so gering schätzen, ist eine geschichtsträchtige Antiquität. Ich habe dieses faszinierende außerirdische Artefakt für nicht gerade geringe Kosten auf Unqi erstanden, als ich den dortigen Sektor passierte. Das ist ein original unqinischer Kampfanzug, Sir, aus der Hameriin-Dynastie, die vor ungefähr fünfzehnhundert Jahren zugrunde ging, lange bevor die Menschheit die unqinischen Sterne erreichte. Er ist vollständig restauriert worden.«

»Was kann man damit *machen*, Tuf?«, fragte Rica Morgenstern, die wie immer schnell zum Wesentlichen kam.

Tuf blinzelte. »Seine Fähigkeiten sind zahlreich und vielfältig. Ein absoluter Glückstreffer in Anbetracht unserer gegenwärtigen prekären Lage. Er hat ein verstärktes Exoskelett und kann bei voller Kraft die Stärke seines Besitzers annähernd verzehnfachen. Weiterhin beinhaltet seine Ausstattung einen äußerst exzellenten

Schneidlaser, der entwickelt wurde, um durch einen halben Meter dicke Hartlegierung zu schneiden oder durch Stahlplatten von wesentlich größerer Dicke, wenn man ihn direkt aufsetzt. Kurz gesagt, dieser Kampfanzug wird unsere Eintrittskarte in dieses uralte Kriegsschiff sein, das unsere einzige Rettung darstellt.«

»Hervorragend«, sagte Jefri Löw, und klatschte zustimmend in die Hände.

»Das könnte funktionieren«, fügte Kaj Nevis hinzu. »Wo ist der Haken?«

»Ich muss einige Defizite bezüglich des Manövrierens im tiefen Raum eingestehen«, entgegnete Tuf. »Unsere Ressourcen beinhalten vier Standard-Druckanzüge, aber nur zwei Antriebspacks. Der unqinische Kampfanzug hat, was ich mit Freuden erwähnen möchte, seine eigenen Antriebsdüsen. Ich schlage folgenden Plan vor: Ich werde in den Kampfanzug steigen und die *Füllhorn der Exzellenten Güter und Niedrigen Preise* verlassen, begleitet von Rica Morgenstern und Anittas in Druckanzügen mit Antriebspacks. Wir werden uns der *Arche* mit aller gebotenen Geschwindigkeit nähern. Wenn wir die Reise sicher hinter uns gebracht haben, werden wir die äußerst exzellenten Fähigkeiten des Kampfanzuges nutzen, um uns durch eine Luftschleuse Zugang zu verschaffen. Ich habe gehört, dass Anittas Experte für alte kybernetische Systeme und veraltete Computer ist. Nun gut. Wenn wir erst einmal drinnen sind, wird es ihm zweifelsohne keine Schwierigkeiten bereiten, die Kontrolle über die *Arche* zu erlangen und das derzeit laufende feindselige Programm abzubrechen. An diesem Punkt wird Kaj Nevis in der Lage sein, mein angeschlagenes Schiff anzudocken, und wir alle werden in Sicherheit sein.«

Celise Waan lief dunkelrot an. »Sie lassen uns hier zum Sterben zurück«, kreischte sie. »Nevis, Löw, wir müssen sie aufhalten!

Wenn sie erst einmal in der *Arche* sind, werden sie uns in die Luft jagen! Wir können ihnen nicht trauen.«

Haviland Tuf blinzelte. »Warum muss meine Anständigkeit laufend durch derartige Beschuldigungen infrage gestellt werden? Ich bin ein ehrbarer Mann. Die Art des Vorgehens, die Sie mir unterstellen, wäre mir nie in den Sinn gekommen.«

»Es ist ein guter Plan«, sagte Kaj Nevis. Er lächelte und öffnete seinen Druckanzug. »Anittas, Söldnerin, anziehen.«

»Wollen Sie wirklich zulassen, dass sie uns hier zurücklassen?«, verlangte Celise Waan von Jefri Löw zu wissen.

»Ich bin mir sicher, dass sie uns keinen Schaden zufügen werden«, sagte Löw und kraulte sich den Bart, »und wenn sie es tun sollten, Celise, was schlagen Sie vor, wie ich sie daran hindern sollte?«

»Lassen Sie uns den Kampfanzug zur Hauptschleuse bringen«, sagte Haviland Tuf zu Kaj Nevis, während Morgenstern und der Cybertech sich anzogen. Nevis nickte, befreite sich endgültig von seinem Druckanzug und ging, um Tuf zu helfen.

Unter großen Anstrengungen hievten sie den riesigen unqinischen Anzug hinunter zur Hauptschleuse der *Füllhorn*. Tuf legte seinen Druckanzug ab und entriegelte die gepanzerte Einstiegsluke, zog eine Trittleiter heran und stieg schwerfällig hinein. »Einen Moment noch, Tuffy«, sagte Kaj Nevis und griff ihm an die Schulter.

»Sir«, sagte Haviland Tuf, »ich wünsche nicht berührt zu werden. Nehmen Sie die Hände von mir.« Er drehte sich um und blinzelte überrascht. Kaj Nevis hielt ein Vibramesser in der Hand. Die schlanke, summende Klinge, die massiven Stahl durchschneiden konnte, hing schwirrend weniger als einen Zentimeter von Tufs Nase entfernt.

»Ein guter Plan«, sagte Kaj Nevis, »aber lassen Sie uns eine Kleinigkeit verändern. Ich werde den Superanzug tragen und mit

Anittas und der kleinen Rica gehen. Sie werden hierbleiben und sterben.«

»Ich stimme diesem Austausch nicht zu«, sagte Haviland Tuf. »Ich bin verärgert, dass auch Sie den unbegründeten Verdächtigungen meiner Motive verfallen sind. Ich versichere Ihnen, wie ich auch Celise Waan versichert habe, dass mir der Gedanke an Verrat nie in den Sinn gekommen ist.«

»Komisch«, sagte Kaj Nevis. »Er ist *mir* aber in den Sinn gekommen. Schien mir auch eine verdammt gute Idee zu sein.«

Haviland Tuf setzte einen Ausdruck gekränkter Würde auf. »Ihr niederträchtiges Vorhaben geht nicht auf, Sir«, stellte er fest. »Anittas und Rica Morgenstern stehen hinter Ihnen. Es ist allgemein bekannt, dass Rica Morgenstern angeheuert wurde, um derartige Verhaltensweisen Ihrerseits abzuwehren. Ich rate Ihnen, sich jetzt zu ergeben. Es macht vieles leichter für Sie.«

Kaj Nevis grinste.

Rica hielt ihren Helm unter dem Arm. Sie beobachtete die Situation, schüttelte leicht den hübschen Kopf und seufzte. »Sie hätten mein Angebot annehmen sollen, Tuf. Ich hatte Ihnen gesagt, dass die Zeit kommen würde, zu der Sie es bedauern könnten, keinen Verbündeten zu haben.« Sie setzte ihren Helm auf, verschloss ihn und griff sich ein Antriebspack. »Lass uns gehen, Nevis.«

Verstehen zeigte sich schließlich auf Celise Waans breitem Gesicht. Man musste ihr zugutehalten, dass sie diesmal nicht in Hysterie verfiel. Sie schaute sich nach einer Waffe um, fand nichts Brauchbares und griff sich schließlich Pilzchen, der in ihrer Nähe stand und alles neugierig beobachtete. »Sie, Sie, SIE!«, schrie sie und schleuderte die Katze quer durch den Raum. Kaj Nevis duckte sich. Pilzchen jaulte mächtig und prallte von Anittas ab.

»Würden Sie es freundlichst unterlassen, mit meinen Katzen zu werfen«, sagte Haviland Tuf.

Nevis, der sich rasch von dem Schrecken erholte, schwang sein Vibramesser bedrohlich vor Tuf hin und her, und Tuf wich langsam zurück. Nevis hielt lange genug inne, um sich Tufs abgelegten Druckanzug zu greifen und ihn geschickt in mehrere lange, silberblaue Streifen zu zerschneiden. Dann stieg er vorsichtig in den unqinischen Kampfanzug. Rica Morgenstern versiegelte ihn von außen. Nevis benötigte einige Zeit, um sich an das fremdartige Kontrollsystem zu gewöhnen, aber nach fünf Minuten leuchtete das gewölbte Visier in einem unheilvollen Rot, und die schweren oberen Gliedmaßen bewegten sich bedächtig. Er schaltete versuchsweise die unteren, mit Greifzangen bestückten Arme ein, während Anittas die innere Tür der Schleuse öffnete. Kaj Nevis stapfte hinein, klapperte mit den Greifzangen, gefolgt vom Cybertech und schließlich Rica Morgenstern.

»Tut mir leid, Leute«, vermeldete sie, als die Tür zuglitt. »Es ist nichts Persönliches. Nur Arithmetik.«

»In der Tat«, sagte Haviland Tuf. »Subtraktion.«

Haviland Tuf saß in der Dunkelheit wie auf einem Thron in seinem Kommandosessel und beobachtete die flackernden Anzeigen vor ihm. Pilzchen, dessen Würde sehr gekränkt worden war, hatte sich in seinem Schoß niedergelassen und ließ es gnädigerweise zu, dass man ihn kraulte. »Die *Arche* schießt nicht auf unsere ehemaligen Gefährten«, teilte er Jefri Löw und Celise Waan mit.

»Das ist alles meine Schuld«, sagte Jefri Löw.

»Nein«, antworte Celise Waan. »Es ist *seine* Schuld.« Sie stieß mit ihrem fetten Daumen in Tufs Richtung.

»Sie sind eine nicht besonders dankbare Frau«, stellte Haviland Tuf fest.

»Dankbar? Wofür sollte ich denn dankbar sein?«, fuhr sie ihn verärgert an.

Tuf legte die Fingerspitzen aneinander. »Unsere Lage ist nicht völlig hoffnungslos. Als Erstes hat uns Kaj Nevis einen funktionstüchtigen Druckanzug gelassen«, führte er aus.

»Und kein Antriebssystem.«

»Unser Sauerstoff wird angesichts unserer verringerten Anzahl doppelt so lange reichen«, sagte Tuf.

»Trotzdem wird er zu Ende gehen«, blaffte Celise Waan zurück.

»Kaj Nevis und seine Vasallen haben den unqinischen Kampfanzug nicht benutzt, um die *Füllhorn der Exzellenten Güter und Niedrigen Preise* zu zerstören, als sie uns verlassen hatten, wozu sie durchaus in der Lage gewesen wären.«

»Nevis zieht es vor, uns langsam sterben zu sehen«, entgegnete die Anthropologin.

»Das glaube ich nicht. Viel wahrscheinlicher ist es, dass er sich dieses Raumschiff als letzte Zuflucht zurückbehält, sollte sein Plan, die *Arche* zu betreten, irgendwie misslingen«, mutmaßte Tuf. »Einstweilen haben wir also Obdach, Nahrung und die Möglichkeit zu manövrieren, wenn auch begrenzt.«

»Was wir haben, ist ein beschädigtes Schiff, dem ziemlich schnell die Luft ausgeht«, sagte Celise Waan. Sie wollte noch etwas anderes sagen, aber in diesem Augenblick kam Sodom voller Energie und Spiellaune in den Kontrollraum gestürmt und jagte einem kleinen Schmuckstück hinterher, das sie vor sich herrollte. Es landete vor Celise Waans Füßen. Sodom stürzte sich darauf und versetzte ihm einen Hieb, sodass es sich schnell weiterdrehte. Celise Waan schrie auf. »Mein Glühstein-Ring! Ich habe schon danach gesucht! Verflucht sollst du sein, du dreckiger kleiner Dieb!« Sie beugte sich hinunter und griff nach dem Ring. Sodom versuchte dasselbe, worauf Celise Waan der Katze einen kräftigen

Hieb mit der Faust versetzen wollte. Doch sie verfehlte sie. Sodoms Krallen waren treffsicherer. Celise Waan schrie auf.

Haviland Tuf war aufgestanden. Er hob die Katze und den Ring auf, klemmte sich Sodom sicher unter den Arm und händigte den Ring steif seiner blutenden Besitzerin aus. »Ihr Eigentum«, sagte er.

»Ich schwöre Ihnen, bevor ich sterbe, werde ich dieses Biest am Schwanz greifen und sein Gehirn an einem Schott zerschmettern – wenn es überhaupt ein Gehirn hat.«

»Sie würdigen die guten Seiten der Katzenartigen in keiner Weise« sagte Tuf, der zu seinem Sessel zurückgekehrt war. Er beruhigte Sodom auf die gleiche Weise, wie er es zuvor mit Pilzchen getan hatte. »Katzen sind höchst intelligente Tiere. Es ist sogar hinlänglich bekannt, dass alle Katzen über einen Hauch von Psi-Begabungen verfügen. Die Primitiven der Alten Erde haben sie deswegen verehrt.«

»Ich habe Primitive studiert, die Fäkalien verehrt haben«, sagte die Anthropologin gereizt. »Dieses Tier ist ein dreckiges Biest!«

»Die Katzenartigen sind äußert reinlich«, erwiderte Tuf ruhig. »Sodom ist kaum mehr als ein Katzenbaby, und ihre Verspieltheit und ihr chaotisches Temperament sind ungezügelt. Sie ist in der Tat eine äußerst eigensinnige Kreatur, aber das macht auch ihren Charme aus. Sie ist neugierig und hat so ihre Angewohnheiten. Wer könnte sich nicht an der Freude erwärmen, die sie dabei empfindet, mit kleinen Dingen herumzuspielen, die jemand liegen gelassen hat? Wer könnte sich nicht über die närrische Regelmäßigkeit amüsieren, mit der sie ihre Spielsachen unter den Konsolen hier in diesem Raum verliert? Wirklich, wer? Nur die äußerst Sauertöpfischen und Herzlosen.« Tuf blinzelte schnell – einmal, zweimal, dreimal. Auf seinem langen, sonst unbewegten Gesicht spiegelte sich ein Sturm von Emotionen wider. »Auf, Sodom«, sagte er und wischte vorsichtig die Katze von seinem Schoß. Er erhob sich und sank dann mit steifer Würde auf die Knie. Auf Händen und Knien kroch Haviland Tuf nun durch den Raum und tastete unter den Konsolen nach etwas.

»Was tun Sie da?«, wollte Celise Waan wissen.

»Ich suche nach Sodoms verlorenen Spielsachen«, sagte Haviland Tuf.

»Ich blute, und uns geht der Sauerstoff aus, und Sie suchen nach *Katzenspielzeug!*«, rief sie außer sich.

»Ich denke, ich habe mich klar genug ausgedrückt«, sagte Tuf. Er zog eine Handvoll kleiner Dinge unter einer der Konsolen hervor und kurz darauf eine weitere. Nachdem er den Arm in ganzer Länge unter die Konsole geschoben und alles systematisch abgetastet hatte, gab er es schließlich auf, sammelte seine Fundstücke zusammen, klopfte sich ab und machte sich daran, die Wertstücke vom Staub zu trennen. »Interessant«, sagte er.

»Was?«

»Das gehört Ihnen«, sagte er zu Celise Waan. Er reichte ihr einen weiteren Ring und zwei Leuchtstifte. »Das sind meine«, stellte er fest und schob zwei weitere Leuchtstifte, drei rote Kreuzer, ein gelbes Schlachtschiff und ein silbernes Sternenfort beiseite. »Und dies, glaube ich, gehört Ihnen«. Er hielt es Jefri Löw hin, einen geschliffenen Kristall in der Größe eines Daumennagels.

Löw war sofort auf den Beinen. »Der Chip!«

»In der Tat«, sagte Haviland Tuf.

Der Moment der Ungewissheit schien ewig anzuhalten, nachdem Tuf die Landeanfrage gelasert hatte. Ein dünner Riss erschien in der Mitte der großen schwarzen Kuppel, dann ein weiterer, der im rechten Winkel zum ersten verlief. Dann ein dritter, ein vierter und immer mehr. Die Kuppel zerteilte sich in hundert schmale tortenstückförmige Teile, die im Rumpf der *Arche* versanken.

Jefri Löw stieß die angehaltene Luft aus. »Es funktioniert«, sagte er in ehrfurchtsvollem und dankbarem Tonfall.

»Ich bin bereits vor einiger Zeit zu dieser Schlussfolgerung gekommen«, sagte Tuf, »als wir die Verteidigungssphäre erfolgreich durchflogen haben, ohne beschossen zu werden. Dies ist nur noch eine zusätzliche Bestätigung.«

Sie beobachteten die Fortschritte auf dem Bildschirm. Unter der Kuppel erschien ein Landedeck, das so groß war wie die Häfen mancher kleinerer Planeten. Auf dem Deck verteilten sich kreisförmig angeordnete Landebuchten, von denen mehrere belegt waren. Während sie warteten, leuchtete ein Ring blau-weißer Lichter um eine freie Bucht auf.

»Es läge mir fern, Ihnen Ihr Verhalten vorzuschreiben«, sagte Haviland Tuf, den Blick auf die Instrumente gerichtet, die Hände in vorsichtiger, methodischer Bewegung. »Ich würde jedoch empfehlen, dass sich jeder von Ihnen sorgfältig anschnallt. Ich fahre jetzt die Landestützen aus und programmiere das Schiff für die Landung in der vorgesehenen Bucht, aber ich bin mir nicht sicher, welchen Schaden die Landestützen genommen haben, ebenso, ob alle drei Landestützen stehen bleiben. Daher rate ich zur Vorsicht.«

Das Landedeck gähnte schwarz unter ihnen. Sie setzten zu einem würdevollen Sinkflug in die höhlenartige Tiefe an. Der beleuchtete Ring um die Landebucht wuchs und wuchs auf dem Bildschirm, ein zweiter zeigte das blasse blaue Licht der Schwerkrafttriebwerke der *Füllhorn*, das sich an weit entfernten Metallwänden und den Umrissen anderer Schiffe brach. Auf einem dritten sahen sie, wie sich die Kuppel wie ein Dutzend scharfer

Zähne wieder schloss, als wären sie soeben von einem riesigen, durch den Weltraum fliegenden Tier verschlungen worden.

Die Landung war überraschend sanft. Sie ließen sich mit einem Seufzer und einem Flüstern und nur einem winzigen Ruck nieder. Haviland Tuf schaltete die Maschinen aus und verbrachte einen Moment damit, die Instrumente und die Darstellungen auf den Bildschirmen zu studieren. Dann drehte er sich zu den anderen um. »Wir sind gelandet«, verkündete er, »und es ist nun an der Zeit, Pläne zu schmieden.«

Celise Waan schnallte sich eilig ab. »Ich muss hier raus«, sagte sie, »Nevis und diese Schlampe Rica finden und den beiden ein gutes Stück meiner selbst zuteilwerden lassen.«

»Ein gutes Stück Ihrer selbst ist ein Widerspruch in sich«, sagte Haviland Tuf. »Ich denke, dass Ihre geplante Vorgehensweise äußerst unklug ist. Unsere früheren Gefährten müssen wir jetzt als unsere Gegner betrachten. Nachdem sie uns dem Tod überlassen haben, werden sie zweifelsohne nicht sehr erfreut sein, uns am Leben zu sehen, und könnten durchaus Maßnahmen ergreifen, diesen Umstand zu ändern.«

»Tuf hat recht«, sagte Jefri Löw. Er ging von einem Bildschirm zum nächsten und starrte fasziniert darauf. Das uralte Saatgutschiff hatte seinen Mut und seine Vorstellungskraft neu entfacht, und er knisterte förmlich vor Energie. »Wir gegen sie, Celise. Das ist Krieg. Sie werden uns töten, wenn sie können, daran besteht kein Zweifel. Wir müssen ebenso skrupellos sein! Jetzt ist die Zeit für kluges Taktieren gekommen.«

»Ich verbeuge mich vor Ihrem militärischen Sachverstand«, sagte Tuf. »Welche Strategie schlagen Sie vor?«

Jefri Löw zupfte an seinem Bart. »Nun«, sagte er, »nun, lassen Sie mich nachdenken. Wie ist die Situation hier? Sie haben Anittas. Der Mann ist selbst ein halber Computer. Wenn er sich erst einmal mit dem Schiffssystem verbunden hat, sollte er in der Lage sein festzustellen, wie viel von der *Arche* noch funktionstüchtig ist, ja, und er könnte vielleicht auch eine gewisse Kontrolle über das Schiff ausüben. Das könnte gefährlich werden. Vielleicht versucht er es genau in diesem Moment. Wir wissen, dass sie als Erste an Bord gegangen sind. Sie könnten wissen, dass wir an Bord sind, oder auch nicht. Vielleicht haben wir den Vorteil des Überraschungsmoments!«

»Sie haben den Vorteil, über die gesamte Bewaffnung zu verfügen«, sagte Haviland Tuf.

»Kein Problem!«, sagte Jefri Löw. Er rieb eifrig die Hände aneinander. »Dies ist schließlich ein Kriegsschiff. Das ÖIK war auf biologische Kriegsführung spezialisiert, das stimmt, aber dies war ein Schlachtschiff, und ich bin mir sicher, dass die Besatzung irgendeine Art von Handwaffen hatte. Es muss eine Waffenkammer geben. Jetzt müssen wir sie einfach nur finden.«

»In der Tat«, sagte Haviland Tuf.

Löw war nun in voller Fahrt. »Unser Vorteil, nun ja, nicht dass ich unbescheiden wirken möchte, aber unser Vorteil bin ich. Unabhängig von dem, was Anittas in den Computern entdeckt, stolpern sie im Dunkeln herum. Aber ich habe die alten Schiffe des Föderalen Imperiums studiert. Ich weiß alles über sie.« Er runzelte die Stirn. »Nun, zumindest alles, was nicht verlorengegangen oder geheim war. Zumindest weiß ich einiges über die allgemeinen Pläne dieser Saatgutschiffe. Wir müssen zuerst die Waffenkammer finden, und die müsste ganz in der Nähe sein. Es war Standard, die Waffen nahe beim Landedeck zu lagern, für Bodentrupps und so. Nachdem wir uns bewaffnet haben, sollten wir nach – hm, lassen Sie mich nachdenken – ja, genau, nach der Zellbibliothek suchen, das ist von entscheidender Bedeutung. Die Saatgutschiffe hatten riesige Zellbibliotheken, Klonmaterial von buchstäblich Tausenden von Planeten, gelagert in einem Stasisfeld. Wir müssen herausfinden, ob die Zellen noch lebensfähig sind. Wenn das Stasisfeld versagt hat und die Proben verdorben sind, haben wir lediglich ein sehr großes Schiff erbeutet. Aber wenn die Systeme immer noch arbeiten, ist die *Arche* buchstäblich unbezahlbar!«

»Während ich die Bedeutung der Zellbibliothek zu würdigen weiß«, sagte Tuf, »erscheint mir von noch größerer Wichtigkeit, die Brücke ausfindig zu machen. Ausgehend von der vielleicht unbegründeten, aber nichtsdestotrotz verlockenden Annahme, dass niemand von der ursprünglichen Crew der *Arche* nach einer tausend Jahre währenden Reise noch am Leben ist, sind wir auf diesem Schiff mit unseren Feinden allein, und diejenige Partei, die als Erste die Kontrolle über die Funktionen des Schiffs erlangt, wird sich eines überaus formidablen Vorteils erfreuen.«

»Ein gutes Argument, Tuf!«, erklärte Löw. »Also lassen Sie uns anfangen.«

»Genau«, sagte Celise Waan. »Ich will raus aus dieser Katzenfalle.«

Haviland Tuf hob einen Finger. »Einen Moment, bitte. Es hat sich ein Problem ergeben. Wir sind drei an der Zahl, haben jedoch nur einen einzigen Druckanzug zur Verfügung.«

»Wir sind im Innern eines Schiffs«, sagte Celise Waan mit einer Stimme, die vor Sarkasmus troff. »Wozu brauchen wir Anzüge?«

»Vielleicht für nichts«, gab Tuf zu. »Es ist wahr, wie Sie schlussfolgern, dass das Landefeld als sehr große Luftschleuse zu fungieren scheint; meine Instrumente zeigen an, dass wir jetzt von einer durchaus atembaren Sauerstoff-Stickstoff-Atmosphäre umgeben sind, die hineingepumpt wurde, als die Kuppel vollständig geschlossen war.«

»Also, wo ist das Problem, Tuf?«

»Zweifelsohne bin ich etwas übervorsichtig. Ich habe jedoch so meine Befürchtungen. Diese *Arche*, wenn auch verlassen und aufgegeben, versieht dennoch ihren Dienst. Zeugnis dafür sind die Seuchen, die regelmäßig über Hro B'rana kommen. Zeugnis dafür ist die Effizienz, mit der sie sich selbst gegen uns verteidigte. Wir wissen bis jetzt nicht, warum dieses Schiff verlassen wurde oder wie die letzten Mitglieder der Besatzung ihr Ende fanden, aber es ist klar, dass es in ihrer Absicht lag, dass die *Arche* fortbesteht. Vielleicht war die äußere Verteidigungssphäre nur die erste von mehreren automatischen Verteidigungslinien.«

»Eine faszinierende Vorstellung«, sagte Jefri Löw. »Fallen?«

»Von ganz besonderer Art. Die Atmosphäre, die uns erwartet, könnte mit Krankheiten, Seuchen und biologischen Erregern durchsetzt sein. Wollen wir ein solches Risiko eingehen? Mir wäre in einem Druckanzug bedeutend wohler, obwohl jeder von Ihnen natürlich in seiner Entscheidung frei ist.«

Celise Waan schaute unbehaglich drein. »Ich sollte den Anzug bekommen«, sagte sie. »Wir haben nur den einen, und Sie schulden ihn mir, nachdem ich so fürchterlich behandelt wurde.«

»Wir müssen nicht erneut darüber diskutieren, Madam«, sagte Tuf. »Wir sind auf einem Landedeck. Um uns herum erkenne ich neun andere Raumschiffe unterschiedlichster Bauart. Eines ist ein Kampfschiff der Hruun, eines ein rhiannesischer Händler, zwei sind mir unbekannt. Und fünf sind einfach irgendwelche Shuttles, zweifelsohne Bestandteil der ursprünglichen Ausstattung der *Arche*. Nach meiner Erfahrung sind Raumschiffe stets mit Druckanzügen ausgestattet. Es ist daher meine Absicht, unseren einzigen verbliebenen Raumanzug anzuziehen, hinauszugehen und diese Schiffe in unserer Nachbarschaft zu untersuchen, bis ich Anzüge für jeden von Ihnen gefunden habe.«

»Das gefällt mir nicht«, fuhr Celise Waan ihn an. »*Sie* gehen raus, und wir sitzen hier drinnen fest.«

»Das sind die Unbeständigkeiten des Lebens«, sagte Tuf, »dass jeder von uns manchmal etwas akzeptieren muss, was ihm nicht gefällt.«

Die Luftschleuse bereitete ihnen einige Mühe. Es war eine kleine Notschleuse mit manuellen Kontrollen. Sie hatten keine Probleme, die äußere Tür zu öffnen, hineinzugelangen und sie hinter sich zu versiegeln. Die innere Tür war eine andere und schwierigere Sache.

Atmosphäre floss in die große Kammer, sobald die äußere Tür geschlossen war, aber die innere Tür blieb irgendwie versperrt. Rica Morgenstern versuchte es als Erste, doch das riesige Metallrad bewegte sich nicht, der Hebel ließ sich nicht herunterdrücken. »AUS DEM WEG«, sagte Kaj Nevis, dessen Stimme durch die außerirdischen Kommunikationskreise des unqinischen Kampfanzugs in ein schnarrendes Kratzen verwandelt und von zusätzlichen Lautsprechern ohrenbetäubend verstärkt wurde. Er wälzte sich hinter sie, die riesigen Tellerfüße dröhnten laut auf dem Deck, und die großen oberen Arme des Kampfanzugs packten das Rad und drehten daran. Das Rad widerstand einen Moment lang, verdrehte und verbog sich dann und löste sich schließlich völlig aus der Tür.

»Gut gemacht«, sagte Rica über die Lautsprecher ihres Anzugs. Sie lachte.

Kaj Nevis grollte etwas Unverständliches. Er ergriff den Hebel und versuchte ihn zu bewegen, schaffte es jedoch nur, ihn abzubrechen.

Anittas näherte sich dem widerspenstigen inneren Schleusenmechanismus. »Eine Reihe von Zahlenfeldern«, sagte er und zeigte darauf. »Die richtige Zahlenkombination würde uns, wenn wir sie wüssten, ohne Zweifel automatisch Eintritt verschaffen. Es gibt auch einen Computerausgang. Wenn ich mich anschließen könnte, wäre ich vielleicht in der Lage, den richtigen Kode aus dem System zu ziehen.«

»WAS HÄLT DICH AUF?«, fragte Kaj Nevis. Seine Helmscheibe glühte unheilverkündend.

Anittas hob die Arme und drehte hilflos die Hände.

Jetzt, wo auch seine organischen Körperteile vom Silberblau seines Raumanzugs bedeckt waren und seine silbermetallischen Augen durch Plastik schauten, sah er noch mehr wie ein Roboter aus als sonst. Dagegen sah Kaj Nevis, der riesig über ihm aufragte, wie ein noch größerer Roboter aus. »Dieser Anzug«, sagte Anittas, »ist schlecht konstruiert. Ich kann mich nicht direkt anschließen, ohne ihn auszuziehen.«

»DANN ZIEH IHN AUS«, sagte Nevis.

»Ob das in Ordnung ist?«, fragte Anittas. »Ich bin mir nicht sicher.«

»Hier drinnen ist Luft«, warf Rica Morgenstern ein. Sie zeigte auf die entsprechende Anzeigetafel.

»Keiner von euch hat seinen Anzug ausgezogen«, bemerkte Anittas. »Wenn ich einen Fehler mache und statt der inneren die äußere Tür öffne, könnte ich sterben, bevor ich sie wieder versiegeln kann.«

»DANN MACH KEINEN FEHLER«, dröhnte Kaj Nevis.

Anittas verschränkte die Arme. »Die Luft könnte ungesund sein. Dieses Schiff ist seit tausend Standardjahren verlassen, Kaj Nevis. Selbst das fortgeschrittenste System bricht von Zeit zu Zeit zusammen, erleidet Fehler und Pannen. Ich bin nicht bereit, mein Leben zu riskieren.«

»AHA?«, donnerte Nevis. Ein knirschendes Geräusch ertönte. Einer der unteren Arme hob sich langsam, die gezackten Metallgreifer öffneten sich, packten Anittas in der Mitte und nagelten ihn an die nächste Wand. Der Cybertech protestierte zeternd. Einer der oberen Arme näherte sich ihm, und ein riesiger Metallhandschuh griff unter den Kragen seines Raumanzugs. Er zog. Der Helm und das gesamte Oberteil des Raumanzugs wurden Anittas abgerissen. Auch sein Kopf wurde beinahe mit abgerissen.

»ICH MAG DIESEN ANZUG«, verkündete Kaj Nevis. Er zwickte den Cybertech mit dem Greifer. Metallgewebe zerriss, und Blut sickerte hervor. »DU ATMEST, NICHT WAHR?«

Anittas hyperventilierte fast. Er nickte. Der Kampfanzug warf ihn auf den Boden. »DANN MACH DICH AN DIE ARBEIT«, sagte Nevis zu ihm.

Zu diesem Zeitpunkt wurde Rica Morgenstern immer nervöser. Sie trat unauffällig zurück, lehnte sich gegen die äußere Tür, so weit entfernt von Nevis, wie es ging, und überdachte die Situation, während Anittas seine Handschuhe und die Reste seines zerstörten Anzugs ablegte und die stählernen Finger seiner rechten Hand in die wartenden Computeranschlüsse steckte. Sie hatte ihr Schulterholster über den Druckanzug gezogen, also wäre ihr Nadler griffbereit, aber seine Gegenwart schien ihr plötzlich nicht mehr so beruhigend zu sein wie sonst. Sie studierte die Dicke der unqinischen Panzerung und fragte sich, ob sie bei der Wahl ihrer Verbündeten vielleicht unklug gewesen war. Eine Drittelung war besser als Jefri Löws karges Gehalt, auf jeden Fall. Aber was war, wenn Nevis entschied, dass er nicht durch drei teilen wollte?

Sie hörten ein scharfes, plötzliches *Popp*, und die innere Tür glitt auf. Dahinter lag ein schmaler Korridor, der ins Schwarze führte. Kaj Nevis bewegte sich zur Tür und starrte in die Dunkelheit, während sein glühendes Visier dunkelrote Reflexionen an die Wände warf. Dann drehte er sich schwerfällig um. »DU,

SÖLDNERIN!«, donnerte er Rica Morgenstern entgegen. »GEH, UND ERKUNDE ES!«

Sie traf eine Entscheidung. »Aye, aye, Boss.« Sie zog ihren Nadler, bewegte sich schnell durch die Tür und den Korridor entlang, folgte ihm ungefähr zehn Meter bis zu einer Kreuzung. Von dort schaute sie zurück. Nevis füllte mit seiner gewaltigen Panzerung die Schleusentür aus. Anittas stand neben ihm. Der Cybertech, der normalerweise so still, ruhig und effizient war, zitterte. »Bleibt genau dort«, rief Rica ihnen zu. »Es ist nicht sicher!« Dann drehte sie sich um, wählte irgendeine Richtung und rannte wie der Teufel.

Haviland Tuf brauchte wesentlich länger, um die Anzüge zu finden, als er erwartet hatte. Das nächstgelegene der anderen Raumschiffe war das Hruun-Kampfschiff, eine unförmige grüne Maschine, die vor Waffen starrte. Sie war jedoch fest verriegelt, und obwohl Tuf sie mehrere Male umkreiste und die verschiedenen Instrumente studierte, die danach aussahen, als könnten sie ihm Zugang verschaffen, brachte keiner seiner drückenden, stoßenden, ziehenden oder streichelnden Versuche den gewünschten Erfolg. Schließlich war er gezwungen aufzugeben und weiterzugehen.

Das zweite Schiff, eins der fremdartigen, stand weit offen, und er durchwanderte es mit einer gewissen intellektuellen Faszination. Das Innere war ein Gewirr aus schmalen Korridoren, deren Wände so unregelmäßig und knotig waren wie in einer Höhle und sich weich anfühlten. Die Instrumente waren unverständlich. Die Raumanzüge oder das, was für ihn nach Raumanzügen aussah, waren vielleicht funktionstüchtig, jedoch konnte sie niemand anziehen, der größer als einen Meter war oder einen bilateralsymmetrischen Körperbau hatte.

Der rhiannesische Händler, sein dritter Versuch, war leergeräumt. Tuf konnte nichts Nützliches finden.

Schließlich blieb ihm nichts anderes übrig, als den langen Weg zu den fünf entfernten Shuttles zu nehmen, die Seite an Seite in passende Landebuchten geschmiegt standen. Es waren große Schiffe, größer als die *Füllhorn der Exzellenten Güter und Niedrigen Preise*, mit schwarzer Außenhülle und schnittigen Tragflächen, aber sie waren eindeutig von Menschen entworfen und schienen in gutem Zustand zu sein. Tuf fand schließlich den Weg in ein Shuttle, dessen Landebucht von einer Metallplatte mit einem eingravierten Tier und einer Beschriftung verziert wurde, die erklärte, dass dies die *Greif* sei. Die Raumanzüge befanden sich dort, wo sie sein sollten. Sie waren in ausgezeichnetem Zustand, wenn man bedachte, dass sie tausend Jahre alt waren, und außerdem recht hübsch: von tiefgrüner Farbe, mit goldenen Helmen, Handschuhen und Schuhen und einem goldenen Theta auf der Brust. Tuf wählte zwei aus und trug sie zurück durch die widerhallende, halb beleuchtete Weite des Landedecks zu dem vernarbten, verkrüppelten Tropfen, der seine *Füllhorn* auf den drei schiefen Landestützen darstellte.

Als er zum Fuß der Rampe kam, die hinauf zur Hauptschleuse führte, wäre er beinahe über Pilzchen gestolpert.

Der große Kater saß auf dem Deck. Er stand auf, gab einen klagenden Laut von sich und rieb sich an Tufs beschuhten Füßen.

Haviland Tuf hielt einen Moment inne und starrte auf den alten grauen Kater hinab. Er beugte sich unbeholfen nach unten, hob den Kater empor und streichelte ihn eine Weile. Als er die Rampe zur Luftschleuse hinaufging, folgte ihm der Kater, und Tuf hielt es für notwendig, ihn davonzuscheuchen. Mit einem Raumanzug unter jedem Arm trat er durch die Luftschleuse.

»Das wurde aber Zeit!«, meinte Celise Waan, als Tuf eintrat.

»Ich hab doch gesagt, dass Tuf uns nicht im Stich lassen würde«, sagte Jefri Löw.

Haviland Tuf ließ die Raumanzüge aufs Deck fallen, wo sie wie eine Pfütze aus Grün und Gold lagen. »Pilzchen ist draußen«, sagte Tuf mit flacher, emotionsloser Stimme.

»Nun ja«, sagte Celise Waan. Sie griff sich einen Anzug und zwängte sich in das grüne Metallgewebe. Er spannte sich bedenklich um ihre Mitte. Die Mitglieder des Ökologischen Ingenieurskorps waren augenscheinlich schlanker als sie gewesen. »Hätten Sie mir nicht einen größeren mitbringen können?«, beschwerte sie sich. »Sind Sie sich wirklich sicher, dass diese Anzüge noch funktionieren?«

»Die Konstruktion scheint unbeschädigt«, sagte Tuf. »Es wird nötig sein, die Atempacks mit allem zu füllen, was an lebenden Bakterien von den Schiffskulturen übrig ist. Wie ist Pilzchen nach draußen gelangt?«

Jefri Löw räusperte sich unbehaglich. »Nun«, sagte er. »Celise hatte Angst, dass Sie nicht zurückkommen würden, Tuf. Sie waren so lange weg. Sie dachte, Sie hätten uns hier zurückgelassen.«

»Eine niederträchtige und unbegründete Unterstellung«, sagte Tuf.

»Ähm, ja«, erwiderte Löw. Er wandte den Blick ab und griff sich seinen eigenen Anzug.

Celise Waan zog sich einen goldenen Schuh an und versiegelte ihn. »Es ist Ihre Schuld«, sagte sie zu Tuf. »Wenn Sie nicht so lange weggeblieben wären, wäre ich nicht so unruhig geworden.«

»In der Tat?«, sagte Tuf. »Und was, wenn ich es wagen darf zu fragen, hat Ihre Unruhe mit Pilzchen zu tun?«

»Nun, ich dachte, Sie würden nicht zurückkommen, und wir mussten doch hier raus«, sagte die Anthropologin. Sie versiegelte ihren zweiten Schuh. »Aber Sie haben mir Angst gemacht, wissen Sie, mit all Ihrem Gerede über Krankheiten. Also habe ich die Katze durch die Luftschleuse geschickt. Ich hatte zuerst versucht, diese verdammte schwarz-weiße zu kriegen, aber sie ist ständig weggerannt und hat mich angefaucht. Die graue ließ sich von mir hochnehmen. Ich hab sie hinausgeworfen, und wir haben sie über die Bildschirme beobachtet. Ich dachte mir, auf diese Weise könnten wir sehen, ob sie krank wird oder nicht. Wenn sie keine Symptome zeigte, nun, dann wäre es für uns wahrscheinlich sicher gewesen, nach draußen zu gehen.«

»Ich verstehe das Prinzip«, sagte Haviland Tuf.

Sodom kam in den Raum gesprungen und spielte mit etwas. Sie sah Tuf und kam mit typisch kätzischem Stolz auf ihn zu.

»Jefri Löw«, sagte Tuf, »wenn Sie bitte Sodom nehmen, in die Wohnquartiere zurückbringen und dort einschließen würden.«

»Äh, natürlich«, sagte Löw. Er nahm Sodom hoch, als sie an ihm vorbeiging. »Warum?«

»Ich würde es von nun an vorziehen, Sodom sicher und von Celise Waan getrennt zu wissen«, sagte Tuf.

Celise Waan, den Helm unter den Arm geklemmt, machte ein spöttisches Geräusch. »Ach, Blödsinn! Der Grauen geht es gut.«

»Erlauben Sie mir, Ihnen ein Konzept nahezubringen, mit dem Sie eventuell nicht vertraut sind«, sagte Haviland Tuf. »Es wird als Inkubationszeit bezeichnet.«

»ICH BRINGE DIESE SCHLAMPE UM«, drohte Kaj Nevis, während er und Anittas auf dem Weg durch den dunklen Gang waren. »VERDAMMT SEI SIE. HEUTZUTAGE GIBT ES KEINE ANSTÄNDIGEN SÖLDNER MEHR.« Der riesige Kopf des Kampfanzugs drehte sich zum Cybertech um, das Visier glühte. »BEEILUNG!«

»Ich kann mit Ihnen nicht Schritt halten«, sagte Anittas, während er versuchte, ihn einzuholen. Er hatte Seitenstechen von seinen Bemühungen, bei Nevis zu bleiben. Seine Cyberhälfte war stark wie Metall und schnell wie elektronische Schaltkreise, aber seine Biohälfte war armes, müdes, wundes Fleisch, und aus den Schnitten, die Nevis ihm zugefügt hatte, rann immer noch Blut. Außerdem war ihm schwindlig und heiß. »Es ist nicht mehr weit«, sagte er. »Diesen Korridor entlang und dann nach links, dritte Tür. Es ist eine wichtige Nebenstation. Ich habe sie gefühlt, als ich angeschlossen war. Ich werde mit dem Hauptsystem verschmelzen können.« Und ausruhen, dachte er. Er fühlte sich unglaublich erschöpft, und seine Biohälfte schmerzte und pulsierte.

»ICH WILL, DASS DIE VERDAMMTEN LICHTER AN SIND«, kommandierte Nevis. »UND DANN WILL ICH, DASS DU SIE FÜR MICH FINDEST. VERSTEHST DU?«

Anittas nickte und strengte sich noch etwas mehr an. Zwei kleine, heiße, stecknadelkopfgroße, rote Punkte brannten auf seinen Wangen, ungesehen von seinen silbermetallenen Augen, und für einen Moment verschwamm sein Blick, und er hörte ein lautes Summen in den Ohren. Er hielt inne.

»WAS IST JETZT SCHON WIEDER LOS?«, wollte Nevis wissen.

»Ich erlebe einen gewissen Funktionsverlust«, sagte Anittas. »Ich muss den Computerraum erreichen und meine Systeme überprüfen.« Er machte einen Schritt vorwärts und taumelte. Dann verließ ihn das Gleichgewicht völlig, und er fiel.

Rica Morgenstern war sich ganz sicher, dass sie die anderen los war. Kaj Nevis war in seinem riesigen metallenen Affenkostüm durchaus imposant, kein Zweifel, aber er war auch alles andere als leise. Rica hatte Augen wie eine von Tufs Katzen, ein weiterer

Vorteil ihres Berufs. Wo sie genug sehen konnte, rannte sie; in den Korridoren, die völlig schwarz waren, tastete sie sich so schnell und leise weiter, wie sie nur konnte. Hier unten war die *Arche* ein Gewirr von Räumen und Gängen. Sie bahnte sich einen Weg durch das Labyrinth, bog ab, drehte um und bog noch einmal ab, machte kehrt und lief wieder zurück, während sie darauf horchte, dass Nevis' hallende Schritte beständig leiser wurden und schließlich ganz verhallten.

Erst als sie wusste, dass sie in Sicherheit war, begann Rica Morgenstern mit der Erkundung des Labyrinths, in dem sie sich befand. In die Wände waren Leuchtplatten eingelassen. Einige reagierten auf die Berührung ihrer Hände, andere nicht. Sie erhellte ihren Weg, wo sie nur konnte. Die erste Sektion, durch die sie kam, bestand aus Unterkünften – kleine Schlafräume an engen Korridoren, jeder mit einem Bett, einem Schreibtisch, Computerkonsole und Bildschirm. Einige Räume waren leer und sauber, in anderen waren die Betten ungemacht und Kleidungsstücke auf dem Boden verstreut. Alles war gepflegt und sauber. Entweder waren die Bewohner letzte Nacht ausgezogen, oder die *Arche* hatte diesen ganzen Teil des Schiffs versiegelt und in gutem Zustand gehalten, bis ihre Ankunft ihn irgendwie aktiviert hatte.

Die nächste Sektion hatte nicht so viel Glück gehabt. Hier waren die Räume voller Staub und Schutt, und in einem fand sie ein uraltes Skelett, eine Frau, die immer noch wie schlafend in ihrem Bett lag, das schon vor Jahrhunderten in sich zusammengefallen war. Was für einen Unterschied ein bisschen Luft ausmachen konnte, dachte Rica.

Die Korridore führten zu anderen, breiteren Korridoren. Sie schaute in Lagerräume, in Kammern voller Ausrüstung und solche, die mit leeren Käfigen vollgestopft waren, in makellos weiße

Laboratorien, die sich in endloser Folge an den Seiten eines Korridors aneinanderreihten, der so breit war wie die Boulevards in Shandi-Stadt. Dieser führte sie schließlich zu einer Kreuzung mit einem noch größeren Gang. Sie zögerte, war sich einen Moment unsicher und zog ihren Nadler. Hier ging es zum Kontrollraum, dachte sie sich – oder auf jeden Fall zu etwas Wichtigem. Sie trat hinaus auf den Hauptgang und entdeckte etwas in einer Ecke, schwache Schatten, in kleinen Wandnischen zusammengekauert. Vorsichtig bewegte sich Rica darauf zu.

Als sie nahe genug war, lachte sie und steckte ihre Waffe ins Holster zurück. Die dunklen Schatten waren eine Reihe von Fahrzeugen – kleine, dreirädrige Vehikel, jedes mit zwei Sitzen und großen, weichen Ballonreifen. Sie waren in Ladebuchten in der Wand geparkt.

Rica zog eines heraus, schwang sich geschmeidig auf den Fahrersitz und legte den Starthebel um. Laut Anzeige war der Wagen voll aufgeladen. Er hatte sogar einen Scheinwerfer, der erfreulicherweise wunderbar die Dunkelheit und die Schatten vor ihr durchschnitt, vielen Dank. Grinsend rollte sie den breiten Gang hinunter. Sie war nicht sehr schnell, aber verdammt noch mal, wenigstens bewegte sie sich fort.

Jefri Löw führte sie zu einer Waffenkammer. Dies war der Ort, an dem Haviland Tuf Pilzchen tötete.

Löw leuchtete in weiten, aufgeregten Bögen mit einer Handlampe und staunte über die Regale mit Lasergewehren, Projektilwaffen, Schallkanonen und Blendgranaten. Celise Waan jammerte, dass sie sich mit Waffen nicht auskannte, und glaubte ohnehin nicht, dass sie jemanden töten könnte. Schließlich war sie Wissenschaftlerin und keine Soldatin, und für sie war all das einfach nur barbarisch.

Haviland Tuf hielt Pilzchen im Arm. Der große Kater hatte laut geschnurrt, als Tuf wieder aus der *Füllhorn* gekommen war und ihn aufgehoben hatte, aber jetzt nicht mehr. Nun gab er ein mitleiderregendes Geräusch von sich, halb miauend, halb hustend. Wenn Tuf versuchte, ihn zu streicheln, fiel ihm das lange, graue, weiche Fell büschelweise aus. Pilzchen schrie. Tuf konnte sehen, dass etwas in seinem Maul wuchs, ein Gewebe feiner, schwarzer Haare wucherte aus einer schwarzen, pilzartigen Masse. Pilzchen jaulte wieder, immer lauter. Er versuchte sich zu befreien und schlug seine Krallen erfolglos gegen Tufs metallenen Anzug. Seine großen, gelben Augen waren mit einem Film überzogen.

Die anderen hatten nichts davon mitbekommen, ihre Gedanken waren bei größeren Dingen als der Katze, die Tuf sein ganzes Leben lang begleitet hatte. Jefri Löw und Celise Waan stritten miteinander. Tuf hielt Pilzchen sehr ruhig, obwohl der Kater immer noch gegen ihn ankämpfte. Er streichelte ihn ein letztes Mal und sprach beruhigend auf ihn ein. Dann, mit einer einzigen schnellen, sauberen Bewegung, brach er der Katze das Genick.

»Nevis hat schon einmal versucht, uns zu töten«, sagte Jefri Löw zu Celise Waan. »Ihre Gewissensbisse interessieren mich wirklich nicht, auch Sie müssen Ihren Beitrag leisten. Sie können nicht erwarten, dass Tuf und ich die gesamte Last unserer Verteidigung übernehmen.« Hinter dem dicken Plastikvisier seines Raumanzugs runzelte Löw die Stirn. »Ich wünschte, ich wüsste mehr über diesen Kampfanzug, den Nevis trägt. Tuf, kann Laserfeuer diese unqinische Panzerung durchdringen? Oder wäre eine Projektilwaffe effektiver? Eher ein Laser, denke ich. Tuf?« Er drehte sich um, schwang die Handlampe vor und zurück, sodass wilde Schatten über die Wände der Kammer tanzten. »Tuf, wo sind Sie? Tuf?«

Aber Haviland Tuf war fort.

Die Tür zum Computerraum ließ sich nicht öffnen. Kaj Nevis trat dagegen. Das Metall beulte sich in der Mitte nach innen ein, und der obere Rand der Tür riss aus dem Rahmen. Nevis trat noch einmal und noch einmal zu, seine schweren, gepanzerten Füße schlugen mit fürchterlicher Kraft gegen das dünne Metall der Tür. Dann schob er die verbogenen Überreste des Hindernisses aus dem Weg und trat ein, Anittas in seine steifen unteren Arme gekauert. »ICH MAG DIESEN VERDAMMTEN ANZUG«, sagte er. Anittas stöhnte.

Die Nebenstation war von einem dünnen, aufgeregten Infraschallbrummen erfüllt. Winzige bunte Lichter blinkten wie Glühwürmchen.

»In den Schaltkreis«, sagte Anittas. Er machte eine schwache Handbewegung, die sowohl eine Geste als auch eine Zuckung hätte sein können. »Bring mich in den Schaltkreis«, wiederholte er. Die Teile von ihm, die immer noch organisch waren, sahen schrecklich aus. Seine Haut war mit Tropfen aus schwarzem Schweiß bedeckt; winzige Tröpfchen, glänzend wie flüssiges Ebenholz, drangen aus jeder Pore. Schleim rann ihm ungehindert aus der Nase, und er blutete aus seinem einzigen organischen Ohr. Er konnte weder stehen noch gehen, und auch sein Sprechvermögen schien sich zu verschlechtern. Das tiefrote Glühen des Kampfanzughelms verlieh ihm eine hochrote Hautfarbe, die ihn noch schlechter aussehen ließ. »Schnell«, sagte er Nevis. »Der Schaltkreis, bitte, bring mich in den Schaltkreis.«

»HALT'S MAUL, ODER ICH LASS DICH HIER FALLEN«, antwortete Nevis. Anittas zitterte, als würde ihm die Lautstärke von Nevis' Stimme physische Qualen bereiten. Nevis durchsuchte den Raum, bis er das Interface gefunden hatte. Er schleppte den Cybertech dorthin und ließ ihn in einen weißen Plastikstuhl fallen, der aus der Konsole und dem Boden zu wachsen schien. Anittas schrie auf.

»HALT'S MAUL!«, wiederholte Nevis. Unbeholfen ergriff er den Arm des Cybertechs und riss ihn fast aus dem Gelenk. In dem verdammten Anzug war es schwer, seine Kraft einzuschätzen, und feine Bewegungen waren noch schwieriger, aber er wollte ihn nicht ausziehen – er *mochte* diesen Anzug, o ja. Anittas schrie wieder. Nevis ignorierte ihn, spreizte die Stahlfinger des Cybertechs und rammte sie in die Schnittstelle. »DA!«, sagte er und trat zurück.

Anittas fiel nach vorn, sein Kopf schlug gegen das Metall und Plastik der Konsole. Sein Mund stand offen. Blut tropfte heraus, vermischt mit einer dicken, schwarzen Flüssigkeit, fast wie Öl. Nevis runzelte die Stirn. Hatte er ihn zu spät hierhergebracht? Hatte der gottverdammte Cybertech ihn verlassen, war er in seinen Händen verreckt?

Dann blinkten die Lichter auf, und das dünne, aufgeregte Brummen nahm zu, und all die winzigen kleinen bunten Lämpchen gingen an und aus, an und aus, an und aus. Anittas war im Schaltkreis.

Rica Morgenstern rollte den Hauptgang entlang. Sie fühlte sich trotz allem beinahe fröhlich, als die Dunkelheit vor ihr schlagartig hell wurde. An der Decke erwachten die Leuchtplatten eine nach der anderen aus ihrem langen Schlummer, rasten die Kilometer entlang und verwandelten die Nacht in einen Tag so hell, dass ihr für einen Moment die Augen schmerzten.

Überrascht hielt sie an und beobachtete, wie sich die Welle aus Licht bis ins Unendliche fortsetzte. Sie blickte sich um. In der Richtung, aus der sie gekommen war, lag der Korridor immer noch im Dunkeln.

Sie bemerkte etwas, das zuvor, in der Dunkelheit, nicht offensichtlich gewesen war. In den Boden des Korridors waren sechs dünne parallele Linien eingelassen, durchscheinende Führungsstreifen aus Plastik in Rot, Blau, Gelb, Grün, Silber und Violett. Jeder führte zweifelsohne irgendwohin. Schade, dass sie nicht wusste, welcher wohin führte.

Doch während sie nachdachte, glühte die silberne Spur von innen heraus auf. Sie streckte sich vor ihr in die Ferne, ein dünnes, funkelndes, silbriges Band. Gleichzeitig wurde das Deckenlicht genau über ihr dunkel. Rica runzelte die Stirn und fuhr ihren Wagen ein paar Meter weiter, hinaus aus den Schatten und zurück ins Licht. Aber als sie anhielt, ging auch dieses Licht aus. Das Silberband auf dem Boden pulsierte eindringlich. »Also gut«, sagte Rica, »machen wir es auf deine Art.« Sie beschleunigte den Wagen und fuhr den Korridor entlang, während die Lichter hinter ihr ausgingen.

»Er kommt«, schrie Celise Waan, als der Korridor aufleuchtete. Sie schien einen guten Meter in die Höhe zu springen.

Jefri Löw hatte Stellung bezogen und blickte finster drein. Er hielt ein Lasergewehr in der Hand. Eine Pistole mit hochexplosiven Pfeilen steckte in einem Holster an seiner einen Hüfte und eine Schallkanone an seiner anderen. Eine riesige Zwei-Mann-Plasmakanone war auf seinem Rücken festgeschnallt. Er trug einen Gurt mit Mentalbomben über der rechten Schulter, einen Gurt mit Blendgranaten über der linken und ein großes Vibramesser am Oberschenkel. Im Innern seines goldenen Helms lächelte Jefri Löw, sein Blut pulste. Er war zu allem bereit. Er hatte sich seit über hundert Jahren nicht mehr so gut gefühlt, seit seinem letzten Einsatz mit Skaeglays Freiwilligen gegen die Schwarzen Engel. Zur Hölle mit diesem ganzen verstaubten Akademiekram. Jefri Löw war ein Mann der Tat, und jetzt fühlte er sich wieder jung.

»Leise, Celise«, sagte er. »Niemand kommt. Das sind nur wir. Die Lichter sind angegangen, das ist alles.«

Celise Waan schien nicht davon überzeugt zu sein. Auch sie war bewaffnet, aber sie schleifte das Lasergewehr über den Boden, weil sie fand, dass es zu schwer war, und Jefri Löw hatte fast Angst davor, was geschehen würde, wenn sie versuchte, eine ihrer Blendgranaten scharf zu machen und zu werfen. »Schauen Sie.« Sie zeigte nach vorn. »Was ist das?«

In den Boden waren zwei Bänder aus farbigem Plastik eingelassen, wie Jefri Löw sehen konnte. Eins war schwarz, das andere orange. Jetzt leuchtete das orangefarbene auf. »Das ist eine Art computergestützter Wegweiser«, verkündete er. »Lassen Sie uns ihm folgen.«

»Nein«, sagte Celise Waan.

Jefri Löw runzelte die Stirn. »Hören Sie, ich bin der Kommandeur, und Sie tun, was ich sage. Wir werden mit allem fertig, was uns begegnen könnte. Also bewegen Sie sich.«

»Nein«, erwiderte Celise Waan trotzig. »Ich bin müde. Es ist nicht sicher. Ich bleibe genau hier.«

»Ich gebe Ihnen einen direkten Befehl«, sagte Jefri Löw ungeduldig.

»Ach, Quatsch mit Soße. Sie können mir keine Befehle erteilen. Ich bin eine weise Gelehrte, und Sie sind nur ein wissenschaftlicher Mitarbeiter.«

»Wir sind hier nicht im Zentrum«, sagte Löw verwirrt. »Kommen Sie jetzt?«

»Nein.« Sie setzte sich in die Mitte des Korridors und verschränkte die Arme.

»Na schön. Dann viel Glück«. Jefri Löw kehrte ihr den Rücken zu und folgte allein dem orangefarbenen Licht. Hinter ihm sah seine Armee trotzig und mürrisch zu, wie er verschwand.

Haviland Tuf war an einem seltsamen Ort angekommen.

Er war ohne Plan oder Ziel endlose dunkle und enge Korridore entlanggelaufen, trug Pilzchens schlaffen Körper in den Armen und dachte angestrengt nach. Schließlich war er durch einen dieser Korridore in so etwas wie eine große Höhle gelangt. Die Wände wichen an allen Seiten zurück. Er wurde von einer dunklen Leere verschluckt, und seine Schritte sandten Echos aus, die von fernen Wänden zurückgeworfen wurden. Da waren Geräusche in der Dunkelheit – ein tiefes Brummen, kaum noch zu hören, und ein lauteres Geräusch, eine Art Rauschen und Gurgeln, wie Ebbe und Flut in einem endlosen unterirdischen Ozean. Aber er war nicht unter der Erde, erinnerte sich Tuf. Er war an Bord eines uralten Raumschiffs, das die *Arche* genannt wurde, von Schurken umgeben, und Pilzchen war durch seine eigene Hand gestorben.

Er ging weiter. Wie lange, konnte er nicht sagen. Seine Schritte hallten. Der Boden war eben und leer und schien unendlich zu sein. Schließlich lief er im Dunkeln genau in etwas hinein. Er hatte sich langsam bewegt, also hatte er sich nicht verletzt, aber durch den Zusammenstoß hatte er Pilzchen fallen gelassen. Er tastete umher, versuchte herauszufinden, welche Art Gegenstand ihn aufgehalten hatte, aber durch das Gewebe seines Anzuges war das schwer festzustellen. Es war groß und gewölbt.

Das war der Moment, in dem das Licht anging.

Doch für Haviland Tuf war es keine Lichtexplosion; was an diesem Ort an Beleuchtung existierte, war schwach, trübe und gedämpft. Wie es so von oben herabschien, warf es überall geheimnisvolle schwarze Schatten und verlieh den beleuchteten Bereichen einen seltsamen grünlichen Schimmer, als wäre alles von einem leuchtenden Moos überzogen.

Tuf sah sich um. Es war eher ein Tunnel als eine Höhle. Er hatte ihn in gesamter Breite durchschritten, vielleicht einen Kilometer, wie er schätzte. Aber die Breite war nichts im Gegensatz zur Länge; sie musste der gesamten Länge des Schiffs entlang seiner Hauptachse entsprechen, denn er schien in beiden Richtungen im Dunkel zu verschwinden. Die Decke über ihm war ein Schleier aus grünen Schatten. Hoch, hoch über ihm hallten Echos von den kaum erkennbaren Wölbungen wider. Es gab Maschinen, ziemlich viele Maschinen – Computerstationen, die in die Wände eingelassen waren, seltsame Gerätschaften, die Haviland Tuf noch nie gesehen hatte, flache Arbeitstische mit eingebauten mechanischen Armen und Mikrohänden. Das Bemerkenswerteste in diesem riesigen, hallenden Schlauch waren jedoch die Tanks.

Überall waren Tanks. Sie waren in jeder Richtung an den Wänden aufgereiht, so weit das Auge sehen konnte, und ein paar hingen sogar von der Decke. Einige der Tanks waren riesig, ihre aufgeblähten durchsichtigen Wände groß genug, um die *Füllhorn* aufzunehmen. Andere waren Zellen von der Größe einer Männerhand, Tausende von ihnen erstreckten sich vom Boden bis zur Decke wie künstliche Bienenwaben. Die Computer und Arbeitsplätze verloren sich dagegen in Bedeutungslosigkeit; kleine Details, die man schnell übersah. Und jetzt entdeckte Haviland Tuf die Quelle des Rauschens und Gurgelns, das er gehört hatte. Die meisten Tanks waren leer, das konnte er durch das grünliche Leuchten erkennen, aber ein paar – einer hier, einer dort, zwei etwas weiter entfernt – schienen voller farbiger Flüssigkeiten zu sein, die blubberten oder durch die leisen Bewegungen halb sichtbarer Dinge darin aufgewühlt wurden.

Lange betrachtete Haviland Tuf die Szenerie. Angesichts dieser Ausmaße fühlte er sich sehr klein. Schließlich wandte er sich ab und beugte sich hinunter, um Pilzchen ein weiteres Mal aufzunehmen.

Während er kniete, sah er, wogegen er im Dunkeln gelaufen war: ein Tank, mittelgroß, mit runden, durchsichtigen Wänden. Dieser Tank war mit einer dichten, trüben, gelblichen Flüssigkeit gefüllt, die von roten Wirbeln durchzogen wurde. Tuf hörte ein feines Gurgeln und spürte eine schwache Vibration, als würde sich darin etwas rühren. Er beugte sich vor, starrte hinein und hob dann den Blick immer weiter empor.

Aus dem Inneren des Tanks, schwimmend, ungeboren und doch am Leben, starrte der Tyrannosaurus auf ihn hinab.

Im Schaltkreis gab es keinen Schmerz. Im Schaltkreis hatte er keinen Körper. Im Schaltkreis war er Geist, reiner, süßer, weißer Geist, und er war Teil von etwas Riesigem und Machtvollem und unendlich Größerem als er selbst, größer als irgendeiner von ihnen. Im Schaltkreis war er mehr als nur ein Mensch, mehr als nur ein Cyborg, mehr als eine bloße Maschine. Im Schaltkreis war er so etwas wie ein Gott. Zeit bedeutete nichts im Schaltkreis; er war leicht wie ein Gedanke, so leicht, wie sich Siliziumschaltkreise öffneten und schlossen, so leicht wie die Befehle, die durch die Supraleiter schossen, so leicht wie der Strahl der Mikrolaser, die ihr unsichtbares Netz in der Zentralmatrix woben. Im Schaltkreis hatte er tausend Ohren und tausend Augen und tausend Hände, die er zu Fäusten ballen und mit denen er zuschlagen konnte; im Schaltkreis konnte er überall zugleich sein.

Er war Anittas. Er war die *Arche*. Er war Cybertech. Er war mehr als fünfhundert Nebenstationen und Monitore, er war zwanzig Imperial 7400, die von zwanzig verstreuten Nebenstationen aus die zwanzig Sektionen des Schiffs steuerten, er war Kriegsherr, Kodebrecher, Astrogator, Bordklinik, Schiffslogbuch, Bibliothekar, Biobibliothekar, Mikrochirurg, Klonwärter, Wartung und Reparatur, Kommunikation und Verteidigung. Er war all die Hardware und all die Software und all die Back-up-Systeme und all die sekundären und tertiären Back-ups. Er war zwölfhundert Jahre alt und dreißig Kilometer lang, und sein Herz war die Zentralmatrix, knapp zwei Quadratmeter groß und doch unendlich. Er schaute hierhin und dorthin und überallhin und ging weiter, sein Bewusstsein raste durch die Schaltkreise, verzweigte sich, tanzte, ritt auf den Laserstrahlen. Wissen durchrann ihn wie eine Sturzflut, wie ein großer, wilder Fluss, mit all der kühlen, beständigen, weißen Kraft eines Hochspannungskabels. Er war die *Arche*. Er war Anittas. Und er starb.

Tief unten in seinen Gedärmen, tief in den Innereien des Schiffs, unten in der Nebenstation siebzehn an Luftschleuse neun, ließ Anittas seine silbermetallenen Augen umherschweifen und fokussierte sie auf Kaj Nevis. Er lächelte. Sein halb menschliches Gesicht verzog sich zu einer grotesken Grimasse. Seine Zähne waren aus Chromstahl. »Du Narr«, sagte er zu Nevis.

Der Kampfanzug kam einen bedrohlichen Schritt näher. Ein Greifer hob sich mit knirschendem, metallischem Geräusch, öffnete und schloss sich. »PASS AUF, WAS DU SAGST.«

»Narr, sagte ich, weil du ein Narr bist«, teilte Anittas ihm mit. Sein Lachen war ein schreckliches Geräusch, voller Schmerz und metallischer Echos, und seine Lippen bluteten stark, hinterließen feuchte rote Schlieren auf den glänzenden silbernen Zähnen. »Du hast mich umgebracht, Nevis, wegen nichts – wegen deiner Ungeduld. Ich hätte dir alles geben können. Es ist leer, Nevis. Das Schiff ist leer, alles ist tot. Und das System ist auch tot. Ich bin allein hier. Kein anderes Bewusstsein im Schaltkreis. Es ist ein Kretin, Nevis. Die *Arche* ist ein schwachsinniger Riese. Sie hatten Angst, diese Erdimperialen. Sie hatten wahre Künstliche Intelligenzen entwickelt. O ja, sie hatten ihre großen KI-Kriegsschiffe, ihre Roboterflotten, aber die KIs hatten ihren eigenen

Willen, und es hat Zwischenfälle gegeben. Es ist alles aufgezeichnet – da war Kandabaer und die Sache bei Lear und die Revolte der *Alecto* und der *Golem*. Die Saatgutschiffe waren zu mächtig, sie wussten das, als sie sie bauten. Die *Arche* hatte eine zweihundertköpfige Besatzung – Strategen und Wissenschaftler und Ökoingenieure und Personal und Offiziere –, und sie konnte außerdem mehr als tausend Soldaten befördern und sie alle ernähren und auf voller Leistung laufen und ganze Planeten verseuchen, o ja. Und alles funktionierte über dieses System, Nevis, aber es ist ein sicheres System, ein großes System und ein fortschrittliches System, ein System, das sich selbst reparieren und verteidigen kann und das tausend Dinge auf einmal tun kann – wenn man es ihm sagt. Die zweihundert Menschen machten es effizient, aber steuern kann man es mit einem einzigen, Nevis. Nicht effizient, nein, nicht mit voller Kapazität, aber man kann es. Es kann sich selbst erhalten – es hat kein Bewusstsein, keine KI, es wartet auf Befehle –, und ein Mensch kann ihm sagen, was zu tun ist. Ein einzelner Mensch! Ich hätte es ohne Probleme tun können. Aber Kaj Nevis ist ungeduldig geworden und hat mich umgebracht.«

Nevis kam noch näher. »DU HÖRST DICH GAR NICHT TOT AN«, sagte er, öffnete und schloss seine Greifer mit einem plötzlichen, bedrohlichen Schnappen.

»Aber ich bin es«, sagte Anittas. »Ich ziehe Kraft aus dem System, verstärke meine Cyberhälfte, verleihe mir selbst die Kraft zum Sprechen. Doch währenddessen sterbe ich. Seuchen, Nevis. Das Schiff war in seinen letzten Tagen fürchterlich unterbesetzt, nur zweiunddreißig waren geblieben, und dann gab es einen Angriff, einen Hruun-Angriff. Sie hatten den Kode geknackt, die Kuppel geöffnet und waren gelandet. Sie hatten die Hallen gestürmt, mehr als hundert. Sie waren überlegen und drohten damit, das Schiff zu übernehmen. Die Verteidiger bekämpften sie mit allen Mitteln. Sie versiegelten komplette Sektionen der *Arche*, saugten die ganze Luft ab, schalteten den Strom aus. Dadurch besiegten sie ein paar. Sie stellten ihnen Hinterhalte, kämpften Meter für Meter. Es gibt immer noch Stellen in der *Arche*, die durch den Kampf zerstört sind und nicht mehr funktionieren, die die *Arche* nicht selbst reparieren kann. Sie haben Seuchen und Krankheiten und Parasiten freigelassen, und aus den Tanks holten sie ihre Monster-Haustiere, und sie kämpften und starben und gewannen. Am Ende waren alle Hruun tot. Und weißt du was, Kaj Nevis? Bis auf vier waren auch alle Verteidiger tot. Einer war schwer verwundet, zwei weitere krank, und der letzte war innerlich tot. Willst du ihre Namen wissen? Nein, ich glaube nicht. Du bist nicht neugierig, Kaj Nevis. Das macht nichts. Tuf würde sie wissen wollen, genauso wie der alte Löw.«

»TUF? LÖW? WOVON REDEST DU? SIE SIND TOT, ALLE BEIDE.«

»Falsch«, sagte Anittas. »Sie sind beide in diesem Moment an Bord. Löw hat die Waffenkammer gefunden. Er ist ein wandelndes Arsenal, und er sucht nach dir. Tuf hat etwas noch viel Wichtigeres gefunden. Rica Morgenstern folgt der silbernen Spur zum Hauptkontrollraum, dem Sessel des Kapitäns. Siehst du, Kaj Nevis, die ganze Bande ist hier. Ich habe jeden Teil der *Arche* aufgeweckt, der noch funktioniert, und ich führe sie alle an der Hand.«

»DANN HALT SIE AUF!«, befahl Nevis. Er zögerte nicht. Der große metallene Greifer bewegte sich und ergriff Anittas an seiner organischen Kehle. Schwarzer Schweiß tropfte hinunter auf die gezahnten Finger des Greifers. »HALTE SIE JETZT SOFORT AUF!«

»Ich bin noch nicht fertig, Kaj Nevis«, sagte der Cybertech. Sein Mund war voller Blut. »Die letzten Imperialen wussten, dass sie nicht weitermachen konnten. Sie verschlossen das Schiff, überließen es dem Vakuum, der Stille und der Leere. Sie ließen es verrotten. Allerdings nicht völlig, wie man sieht. Sie fürchteten einen weiteren Angriff, von den Hruun oder vielleicht später von jemand Unbekanntem. Also befahlen sie der *Arche*, sich selbst zu verteidigen. Sie machten die Plasmakanone und die externen Laser scharf und hielten die Verteidigungssphäre aufrecht, wie wir zu unserem Leidwesen erfahren mussten. Und sie programmierten das Schiff, grausame Rache für sie zu nehmen, immer und immer wieder nach Hro B'rana zurückzukehren, von wo die Hruun gekommen waren, und Geschenke in Form von Seuchen und Pestilenz und Tod zu überbringen. Um zu vermeiden, dass die Hruun immun wurden, setzten sie die Tanks mit den Krankheitserregern einer ständigen Strahlung aus, damit endlose Mutationen angeregt wurden, und sie richteten ein Programm zur automatischen genetischen Manipulation ein, um immer neue und tödlichere Viren zu erzeugen.«

»INTERESSIERT MICH NICHT«, sagte Kaj Nevis. »HAST DU DIE ANDEREN AUFGEHALTEN? KANNST DU SIE TÖTEN? ICH WARNE DICH. TU ES JETZT, ODER ICH WERDE DICH TÖTEN!«

»Ich bin doch sowieso schon tot, Kaj Nevis«, sagte Anittas. »Das habe ich dir doch erklärt. Die Seuchen. Sie haben noch eine zweite Verteidigungslinie aufgebaut. Sollte das Schiff noch einmal aufgebrochen werden, wurde die *Arche* darauf programmiert, sich selbst zu wecken und die Gänge mit Luft zu füllen, o ja, aber diese Luft ist mit einem Dutzend verschiedener Krankheitserreger verseucht. Die Seuchentanks hatten seit tausend Standardjahren gekocht und geschäumt, Kaj Nevis, sie mutierten unablässig. Es gibt keinen Namen für das, womit ich mich angesteckt habe. Irgendeine Art von Sporen, denke ich. Es gibt Antigene, Medikamente, Impfstoffe – die *Arche* hat auch so etwas hergestellt –, aber es ist zu spät für mich, viel zu spät. Ich habe es eingeatmet, und es frisst meine Biohälfte bei lebendigem Leibe auf. Meine Cyberhälfte kann es nicht fressen. Ich hätte dieses Schiff für uns erobern können, Kaj Nevis. Gemeinsam hätten wir die Macht eines Gottes gehabt. Stattdessen sterben wir.«

»*DU* STIRBST«, stellte Nevis richtig. »UND DAS SCHIFF GEHÖRT MIR.«

»Wohl kaum. Ich hab den schwachsinnigen Kretin recht geräuschvoll angestoßen, Kaj Nevis, und er erwacht wieder. Immer noch ein Kretin, o ja, aber wach und bereit für Befehle, für die du weder das Wissen noch die Macht hast. Ich führe Jefri Löw geradewegs hierher, und Rica Morgenstern ist auf dem Weg zum Hauptkontrollraum. Außerdem ...«

»KEIN AUSSERDEM«, sagte Nevis barsch. Der Greifer schnitt durch Metall und Knochen und trennte den Kopf des Cybertechs mit einem einzigen, weichen Schnitt sauber ab. Der Kopf kullerte von Anittas' Brust, fiel auf den Boden und rollte weiter. Blut schoss aus dem Hals, und ein dickes, herausragendes Kabel gab ein letztes vergebliches Zischen von sich und stieß einen blauweißen Funken aus, bevor der Körper an der Computerkonsole zusammensackte. Kaj Nevis zog den Arm zurück und holte aus, schlug immer wieder auf die Konsole ein, bis sie zerstört war und Hunderte Splitter aus Plastik und Metall auf dem Boden verstreut lagen.

Er hörte ein hohes, dünnes Surren.

Kaj Nevis drehte sich um, sein Visier glühte in einem hellen Blutrot, und suchte nach der Quelle.

Vom Boden schaute der Kopf zu ihm auf. Die Augen, diese glänzenden, silbrigen Augen, folgten seinen Bewegungen. Der Mund öffnete sich zu einem feuchten Grinsen. »Außerdem, Kaj

Nevis«, sagte der Kopf zu ihm, »habe ich die letzte Verteidigungslinie aktiviert, die von den letzten Imperialen programmiert worden war. Das Stasisfeld ist ausgeschaltet. Die Monster erwachen jetzt. Die Wächter werden kommen und dich vernichten.«

»VERDAMMT SOLLST DU SEIN!«, schrie Nevis. Er setzte einen riesigen, flachen Fuß auf den Kopf des Cybertechs und trat mit seinem ganzen Gewicht darauf. Stahl und Knochen zerbrachen unter dem Druck, und Nevis bewegte den Fuß vor und zurück, vor und zurück, bis unter dem Absatz nur noch eine gräulich rote Masse zurückgeblieben war, durchsetzt von weißen und silbernen Flocken.

Und dann, endlich, hatte er Ruhe.

Über eine lange Strecke, zwei Kilometer oder mehr, verliefen die sechs Spuren auf dem Boden parallel, wobei nur die silberne leuchtete. Zuerst bog die rote an einer Kreuzung nach rechts ab. Die violette endete einen Kilometer weiter vor einer breiten Tür, die sich als Eingang zu einem blitzblanken automatisierten Küchen- und Speisesaal-Komplex erwies. Rica Morgenstern war in Versuchung, eine Pause zu machen und ihn etwas genauer zu untersuchen, aber die silberne Spur pulsierte, und die Deckenlampen gingen eine nach der anderen aus und trieben sie vorwärts, weiter den Hauptgang hinunter.

Schließlich gelangte sie an ihr Ziel. Der breite Korridor, dem sie gefolgt war, bog plötzlich nach links ab und traf auf einen anderen, ebenso großen Korridor. Die Kreuzung bildete ein riesiges Rad, von dem wie Speichen ein halbes Dutzend kleinerer Gänge abzweigten. Die Decke war sehr hoch über ihr. Als sie nach oben schaute, sah Rica mindestens drei weitere Ebenen, die über Stege, Brücken und große, umlaufende Balkone miteinander verbunden waren. In der Mitte des Rades befand sich ein einziger großer

Schacht, der vom Boden bis zur Decke reichte – eindeutig ein Fahrstuhl.

Die blaue Spur folgte der einen Speiche, die gelbe einer zweiten, die grüne einer dritten. Die leuchtende silberne Spur führte geradewegs zur Fahrstuhltür. Die Tür öffnete sich vor ihr. Rica lenkte ihr Fahrzeug zum Fuß des Schachtes, hielt an, stieg ab, zögerte. Der Fahrstuhl lockte sie. Aber darin sah es fürchterlich eng aus.

Sie zögerte zu lange.

Alle Lichter gingen aus.

Es gab nur noch die silberne Spur, eine einzige, dünne Linie, die wie ein Finger geradeaus zeigte. Und den Fahrstuhl, der immer noch hell erleuchtet war.

Rica Morgenstern runzelte die Stirn, zog ihren Nadler und trat ein. »Nach oben, bitte«, sagte sie. Die Tür schloss sich, und der Fahrstuhl stieg empor.

Jefri Löw lief beschwingt weiter, trotz des Gewichts der vielen Waffen, die er trug. Er fühlte sich besser, seit er Celise Waan hinter sich gelassen hatte; diese Frau war sowieso ein einziges Ärgernis, und er bezweifelte, dass sie während eines Kampfes von großem Nutzen sein würde. Er hatte die Möglichkeit in Betracht gezogen, sich heimlich davonzustehlen, und wieder verworfen. Er hatte keine Angst vor Kaj Nevis und seinem Kampfanzug. Oh, er war ausgezeichnet gepanzert, daran gab es keinen Zweifel, aber er war letztlich außerirdischer Herkunft, und Löw war mit den tödlichsten Waffen des Erdimperiums bestückt, den Höhepunkten des technologischen und militärischen Könnens des Föderalen Imperiums der Alten Erde kurz vor ihrem Ende. Er hatte noch nie etwas von den Unqisch gehört, also konnten es keine großartigen Krieger sein. Zweifelsohne irgendeine obskure Hrangan-Sklavenrasse. Er würde mit Nevis kurzen Prozess machen, wenn er ihn fand, und mit dieser verräterischen Rica Morgenstern ebenso – mit ihr und ihrem dummen Nadler. Er wollte doch mal sehen, wie ein Nadler es mit einer Plasmakanone aufnehmen würde. Ja, das wollte er wirklich gern sehen.

Löw fragte sich, welche Pläne Nevis und seine Anhänger mit der *Arche* hatten. Bestimmt irgendwas Illegales und Unmoralisches. Nun, eigentlich war es egal, denn er würde sich dieses Schiff holen – er, Jefri Löw, Wissenschaftlicher Mitarbeiter im Fach Militärgeschichte am ShanDellor-Zentrum und ehemaliger Zweiter Taktischer Analyst des Dritten Flügels von Skaeglays Freiwilligen. Er war dabei, ein ÖIK-Saatgutschiff zu übernehmen, vielleicht mit Tufs Hilfe, wenn er ihn finden konnte, aber er würde es auch ohne ihn schaffen. Danach würde er diesen Schatz nicht einfach aus materiellen Gründen verkaufen. Nein, er würde das Schiff bis nach Avalon bringen, zur Großen Akademie des Menschlichen Wissens, und es dort unter der Voraussetzung übergeben, dass er es für seine Studien benutzen durfte. Dieses Projekt würde ihn den Rest seines Lebens beschäftigen, und nach seinem Ende würde man ihn, Jefri Löw, Wissenschaftler und Krieger, im gleichen Atemzug mit Kleronomas höchstpersönlich nennen, der die Akademie zu dem gemacht hatte, was sie jetzt war.

Löw schritt mit erhobenem Kopf in der Mitte des Korridors entlang, folgte der orangefarbenen Spur, und dabei pfiff er einen lebhaften Marsch, den er vor gut vierzig Jahren bei Skaeglays Freiwilligen gelernt hatte. Er pfiff und ging, ging und pfiff.

Bis die Spur erlosch.

Celise Waan saß lange Zeit auf dem Boden, hatte die Arme fest über der Brust verschränkt, und ihr Gesicht war zu einer verdrießlichen Miene eingefroren. Sie saß, bis der Klang von Löws Schritten endgültig nicht mehr zu hören war. Sie saß und grübelte über all die Beleidigungen und üblen Sachen nach, die sie hatte erleiden müssen. Sie alle waren unmöglich, jede Einzelne von ihnen. Sie hätte es besser wissen müssen, statt ihr Schicksal einer derart aussichtslosen und respektlosen Crew anzuvertrauen. Anittas war mehr Maschine als Mensch, Rica Morgenstern war eine unverschämte kleine Göre, Kaj Nevis war nicht besser als ein gemeiner Krimineller, und Haviland Tuf war einfach unaussprechlich. Sogar Jefri Löw, ihr Kollege, hatte sich am Ende als nicht vertrauenswürdig erwiesen. Der Seuchenstern war *ihre* Entdeckung, und sie hatte die anderen hierhergeführt, und was hatte es ihr eingebracht? Unbequemlichkeiten, Grobheiten und schließlich Einsamkeit. Jedenfalls hatte Celise Waan nicht vor, es noch länger zu erdulden. Sie hatte sich entschieden, dieses Schiff mit keinem der anderen zu teilen. Es war ihr Fund, und sie würde nach Shandi-Stadt zurückkehren und es gemäß dem Bergungsrecht von ShanDellor für sich beanspruchen, was ihr gutes Recht war, und wenn irgendeiner ihrer niederträchtigen Gefährten eine Beschwerde vorzubringen hätte, würde sie das in einem Prozess klären lassen. In der Zwischenzeit würde sie mit keinem von ihnen ein Wort wechseln, nie wieder.

Ihr Hinterteil schmerzte immer mehr, und ihr schliefen die Beine ein. Sie hatte lange Zeit in derselben Position dagesessen. Auch der Rücken tat ihr weh, und sie hatte Hunger. Sie fragte sich, ob es an Bord dieses Wracks irgendeinen Ort gab, an dem sie ein bescheidenes Mahl bekommen könnte. Vielleicht gab es einen. Die Computer schienen zu arbeiten, auch die Verteidigungssysteme und sogar die Beleuchtung, also funktionierte vielleicht auch die Verpflegungsausgabe. Sie stand auf und beschloss nachzusehen.

Für Haviland Tuf war es offensichtlich, dass irgendetwas geschehen sein musste. Der Geräuschpegel im großen Saal war langsam, aber beständig angestiegen. Er konnte klar und deutlich einen tiefen, summenden Ton ausmachen, und diese gurgelnden Geräusche waren ebenfalls besser zu hören. Und im Tyrannosaurus-Tank schien die Nährflüssigkeit dünner zu werden und die Farbe zu ändern. Die roten Wirbel waren verblasst oder weggesaugt worden, und die gelbliche Flüssigkeit wurde immer transparenter. Tuf sah, wie sich an einer Seite des Tanks ein Greifarm entfaltete. Es schien, als würde er dem Reptil eine Injektion geben, obwohl Tuf Schwierigkeiten hatte, Einzelheiten zu erkennen, da das Licht sehr schwach war.

Haviland Tuf entschied sich zum taktischen Rückzug. Er trat vom Sauriertank zurück und folgte dem Gang. Nach einer kurzen Strecke kam er zu den Computerstationen und Arbeitsplätzen, die er zuvor gesehen hatte. Tuf hielt inne. Er hatte wenig Mühe, die Natur und den Zweck dieser Kammer zu verstehen, auf die er zufällig gestoßen war.

Die *Arche* trug in ihrem Herzen eine riesige Zellbibliothek mit Gewebeproben von buchstäblich Millionen verschiedener Pflanzen und Tiere und viraler Lebensformen von unzähligen Planeten, so hatte Jefri Löw es ihm erzählt. Diese Proben wurden geklont, wie es die Strategen und Ökoingenieure des Schiffs für nötig erachteten, und so konnten die *Arche* und ihre verlorenen Schwesterschiffe Krankheiten aussenden, um die Bevölkerung eines Planeten zu dezimieren, Insekten, um die Ernte zu vernichten, sich schnell vermehrende Armeen kleiner Tiere, um die Ökologie und Nahrungskette ins Chaos zu stürzen, oder sogar schreckliche Raubtiere, um Angst und Schrecken unter den Feinden zu verbreiten. Das alles begann mit dem Klonen.

Tuf hatte den Klonraum gefunden. An den Arbeitsplätzen gab es eine Ausstattung, die offensichtlich für komplexe Mikrochirurgie bestimmt war, und in den Tanks wurden zweifelsohne die Zellproben gehütet und bis zur Reife herangezogen. Löw hatte ihm auch von der Chronowarp-Technik erzählt, diesem verlorengegangenen Geheimnis der Erdimperialen, einem Feld, das im wörtlichen Sinne die Zeit selbst krümmen und verändern konnte, wenn auch räumlich sehr begrenzt und mit riesigen Energiekosten. Auf diese Art wurden die Klone innerhalb von Stunden zur Reife gebracht oder jahrtausendelang unverändert am Leben gehalten.

Haviland Tuf betrachtete die Arbeitsplätze, die Computerstation und Pilzchen, dessen kleinen Körper er immer noch mit sich trug.

Das Klonen begann mit einer einzigen Zelle.

Die entsprechenden Verfahren waren ohne Zweifel im Computer gespeichert. Vielleicht gab es sogar ein Instruktionsprogramm. »In der Tat«, verkündete Haviland Tuf sich selbst. Es schien völlig logisch. Er war kein Cybertech, so viel stand fest, aber er war ein intelligenter Mann, der in seinem Leben schon mit vielen Computern gearbeitet hatte.

Haviland Tuf trat an die Arbeitsstation, legte Pilzchen vorsichtig neben die Haube des Mikroschirms und schaltete die Computerkonsole ein. Er konnte zuerst keinen Sinn in den Befehlen sehen, aber er gab nicht auf. Nach ein paar Minuten war er in seine Arbeit vertieft – so vertieft, dass er das laute gurgelnde Geräusch hinter sich nicht hörte, als die gelbe Flüssigkeit aus dem Dinosauriertank abfloss.

Kaj Nevis kam aus der Nebenstation gestürmt und suchte jemanden, den er umbringen konnte.

Er war wütend – wütend auf seine eigene Ungeduld und Unüberlegtheit. Anittas hätte von großem Nutzen sein können, doch

Nevis hatte einfach nicht die Möglichkeit in Betracht gezogen, dass die Luft im Schiff kontaminiert sein könnte. Er hätte den verdammten Cybertech natürlich letzten Endes sowieso getötet, aber das wäre nicht weiter schwierig gewesen. Und jetzt fiel alles auseinander. Nevis fühlte sich im Kampfanzug sicher, aber auch unbehaglich. Es gefiel ihm nicht, dass Tuf und die anderen irgendwie an Bord gekommen waren. Tuf wusste schließlich mehr über diesen verdammten Anzug als er, vielleicht kannte er auch seine Schwachstellen.

Kaj Nevis hatte bereits selbst eine dieser Schwachstellen herausgefunden – sein Luftvorrat ging zu Ende. Ein moderner Druckanzug wie der, den Tuf trug, besaß einen Luftfilter. Die Bakterien, die diesem Filter zugesetzt wurden, verwandelten Kohlendioxid in Sauerstoff mit der gleichen Geschwindigkeit, in der ein Mensch Sauerstoff in Kohlendioxid verwandelte, sodass keine Gefahr bestand, jemals zu wenig Sauerstoff zu haben, bis diese verdammten Viecher irgendwann starben. Aber dieser Kampfanzug war primitiv; er verfügte über einen großen, aber begrenzten Sauerstoffvorrat in den vier großen Tanks auf dem Rücken. Und die Anzeige in seinem Helm teilte ihm mit, dass einer dieser Tanks fast leer war, wenn er es richtig deutete. Blieben also noch drei, was ihm genug Zeit verschaffen sollte, die anderen loszuwerden, wenn er sie nur finden würde. Trotzdem bereitete es Nevis Unbehagen. Er war umgeben von perfekt atembarer Luft, aber nach allem, was mit dem Cybertech geschehen war, wäre er verdammt, wenn er seinen Helm öffnen würde. Der organische Teil von Anittas' Körper war schneller verfallen, als Nevis für möglich gehalten hätte, und das schwarze Zeug, das den Cybertech von innen heraus aufgefressen hatte, war ekelhafter als alles, was Kaj bisher in seinem Leben gesehen hatte, das voller ekelhafter Anblicke gewesen war. Lieber würde er ersticken, hatte Kaj Nevis entschieden.

Aber diese Gefahr bestand nicht. Wenn die verdammte *Arche* kontaminiert werden konnte, dann konnte sie auch wieder gesäubert werden. Er würde den Kontrollraum finden und herausbekommen, wie das ging. Eine saubere Sektion würde schon genügen. Natürlich hatte Anittas gesagt, dass Rica Morgenstern bereits im Kontrollraum war, aber das beunruhigte ihn nicht. Tatsächlich war er begierig auf dieses Wiedersehen.

Er wählte ganz spontan eine Richtung und setzte sich in Bewegung, seine gepanzerten Schritte donnerten über das Deck. Sollen sie ihn ruhig hören – was kümmerte es ihn. Er *mochte* diesen Anzug.

Rica Morgenstern machte es sich im Sessel des Kapitäns bequem und sah sich die Anzeigen an, die sie auf den Hauptschirm projiziert hatte. Gut gepolstert, groß, überzogen mit bequemem altem Plastik, fühlte sich der Stuhl an wie ein Thron. Ein guter Platz zum Ausruhen. Das Problem war nur, dass man von hier aus kaum etwas anderes tun konnte, als sich auszuruhen. Die Brücke war augenscheinlich so entworfen worden, dass der Kapitän in seinem Sessel saß und Befehle gab und die anderen Offiziere – es gab neun weitere Arbeitsstationen auf der Oberbrücke und zwölf auf der unteren Kontrollebene – das ganze Programmieren und Knöpfedrücken erledigten. Da sie nicht die Weitsicht besessen hatte, mit neun Gehilfen an Bord gekommen zu sein, war Rica gezwungen, auf der gesamten Brücke hin und her zu laufen, von einer Station zur nächsten, um die *Arche* wieder in Gang zu bekommen.

Sie brauchte eine Weile – es war eine ermüdende Arbeit –, und wenn sie bestimmte Befehle an der falschen Station eingab, passierte gar nichts. Aber langsam, Stück für Stück, bekam sie den Dreh heraus. Zumindest kam es ihr so vor, als ob sie Fortschritte machte.

Und sie war in Sicherheit. Das war ihr erstes Ziel gewesen, den Fahrstuhl so zu blockieren, dass niemand anderes nach oben kommen und sie überraschen konnte. Solange sie hier war und die anderen dort unten, behielt Rica Morgenstern die Trumpfkarte in der Hand. Jede Sektion des Schiffs hatte seine eigene Nebenstation, und jede spezielle Funktion, von der Verteidigung über das Klonen zum Antrieb oder der Datenspeicherung, hatte seinen eigenen Subnexus und Kommandoposten, aber von hier oben konnte sie alles überblicken und jeden Befehl widerrufen, den jemand anderes eingeben wollte. Wenn sie es bemerkte. Und wenn sie herausfand, wie. Das war das Problem. Sie konnte jeweils nur eine Station besetzen, und sie konnte nur etwas tun, wenn sie die korrekte Befehlsfolge herausfand. Das tat sie, ja, durch Versuch und Irrtum, aber es war ein langwieriger und umständlicher Vorgang.

Sie ließ sich in ihren gepolsterten Thron zurückfallen, beobachtete die Anzeigen und war aus mehreren Gründen stolz auf sich. Wie es schien, hatte sie es geschafft, einen schiffsweiten Statuscheck auszulösen. Die *Arche* hatte ihr bereits einen vollständigen Schadensbericht über jene Sektionen und Systeme geliefert, die seit tausend Jahren nicht mehr funktionstüchtig waren und auf eine Reparatur warteten, die das Schiff selbst nicht leisten konnte. Jetzt sagte sie ihr, welche Programme gegenwärtig liefen.

Die Liste der Bioverteidigung war auf beängstigende Weise besonders beeindruckend. Sie schien nicht enden zu wollen. Von drei Vierteln der Krankheiten, die losgelassen wurden, um sie zu begrüßen, hatte Rica noch nie etwas gehört, aber sie klangen äußerst unangenehm. Anittas war zurzeit zweifelsohne derjenige mit den meisten Krankheiten im Universum. Offensichtlich sollte es ihr nächstes Ziel sein, die Brücke vom Rest des Schiffs zu trennen, zu bestrahlen und zu desinfizieren und zuzusehen, dass sie hier etwas unverseuchte Luft hereinbekam. Ansonsten würde ihr Anzug in ein oder zwei Tagen ziemlich übel stinken.

Oben auf dem Bildschirm stand:

BIO-VERTEIDIGUNGSPHASE EINS (MIKRO)
BERICHT VOLLSTÄNDIG
BIO-VERTEIDIGUNGSPHASE ZWEI (MAKRO)
BERICHT WIRD EINGELEITET

Rica runzelte die Stirn. Makro? Was zum Teufel bedeutete das? Große Seuchen?

STAND-BY-BIOWAFFEN BEREIT: 47

sagte ihr der Schirm, und es folgten einige kryptische Informationen mit einer längeren Liste von nummerierten Tierarten. Es war eine langweilige Liste. Rica ließ sich wieder in den Kapitänssessel zurückfallen. Als die Liste zu Ende war, liefen weitere Mitteilungen über den Bildschirm.

ALLE KLON-PROZESSE ABGESCHLOSSEN
FEHLFUNKTIONEN IN TANKS: 671, 3312, 5579
FEHLFUNKTIONEN ABGEBROCHEN
STASISFELDER AUFGEHOBEN
FREISETZUNGSZYKLUS EINGELEITET

Rica Morgenstern war sich nicht sicher, ob sie das hören wollte. Freisetzungszyklus, dachte sie. Was wurde da freigesetzt? Einerseits war Kaj Nevis immer noch da draußen, und wenn diese zweite Verteidigungsphase ihm irgendwie Unbehagen bereitete, ihn verwirrte oder gar aus dem Weg schaffte, wäre das nur zu ihrem Vorteil. Andererseits stand sie schon vor der Aufgabe, mit all diesen Krankheiten fertigzuwerden. Noch mehr Probleme konnte sie nicht gebrauchen. Die Berichte kamen in immer schnellerer Folge herein.

SPEZIES #22-743-88639-04090
HEIMATPLANET: VILKAKIS
GEBRÄUCHLICHER NAME: HAUBENDRAKULA

hieß es. Rica setzte sich aufrecht. Sie hatte schon von Vilkakis und den Haubendrakulas gehört. Bösartige Wesen. Eine Art fliegender nachtaktiver Blutsauger, wenn sie sich recht erinnerte. Nicht sehr intelligent, aber unglaublich geräuschempfindlich, und irrsinnig aggressiv. Die Mitteilung erlosch. An ihrer Stelle erschien eine einzige Zeile.

FREISETZUNG INITIIERT

sagte ihr der Schirm. Die Zeile blieb eine Weile stehen und wurde dann durch eine kürzere ersetzt, ein einziges Wort, das einmal, zweimal, dreimal aufblinkte und dann verschwand:

FREIGESETZT

War es möglich, dass jetzt ein Haubendrakula Kaj Nevis als Mittagsmahlzeit verspeiste? Unwahrscheinlich, dachte Rica. Nicht solange er diesen blöden gepanzerten Anzug trug. »Großartig«, sagte sie laut. Sie hatte keinen Kampfanzug, was bedeutete, dass die *Arche* ihr Probleme bereitete und nicht Nevis.

SPEZIES #13-412-71425-88812
HEIMATPLANET: ABBATOIR
GEBRÄUCHLICHER NAME: HÖLLENKÄTZCHEN

Rica hatte keine Ahnung, was ein Höllenkätzchen war, aber sie hatte auch keine Lust, es herauszufinden. Sie hatte natürlich schon von Abbatoir gehört – einem merkwürdigen kleinen Planeten, der drei verschiedene Arten von Kolonisten verschlungen hatte. Seine Lebensformen galten im Allgemeinen als unangenehm. Unangenehm genug, um sich vielleicht durch Nevis' Kampfanzug zu beißen? Das schien zweifelhaft.

FREISETZUNG INITIIERT

Wie viele Dinge wollte dieses Schiff noch ausspucken? Etwas über vierzig, erinnerte sie sich. »Furchtbar«, sagte sie verbittert. Fülle das Schiff mit über vierzig hungrigen Monstern, von denen jedes allein ausreichte, um sich an Mutters liebster Tochter gütlich zu tun. Nein, so ging das nicht, ganz und gar nicht. Rica stand auf und schaute sich auf der Brücke um. Wohin musste sie also gehen, um diesem Unsinn ein Ende zu bereiten?

FREIGESETZT

Rica schwang sich aus dem Kapitänssessel, kehrte zielstrebig in den Bereich zurück, den sie als Verteidigungskommandostation identifiziert hatte, und befahl ihr, das laufende Programm abzubrechen.

SPEZIES #76-102-95994-12965
HEIMATPLANET: JAYDEN ZWEI
GEBRÄUCHLICHER NAME: WANDERNDES NETZ

Lichter flammten vor ihr auf, und der kleine Bildschirm auf der Konsole teilte ihr mit, dass die externe Verteidigungssphäre der *Arche* nun abgeschaltet war. Aber auf dem Hauptschirm ging die Parade weiter.

FREISETZUNG INITIIERT

Rica gab einen Schwall von Flüchen von sich. Ihre Finger bewegten sich flink über die Tastatur, versuchten dem System zu sagen, dass es nicht die externe Verteidigung war, die sie herunterfahren wollte, sondern die Bioverteidigung Phase zwei. Die Maschine schien sie nicht zu verstehen.

FREIGESETZT

Schließlich erhielt sie eine Antwort vom System. Es teilte ihr mit, dass sie sich an der falschen Konsole befand. Sie runzelte die Stirn und sah sich um. Natürlich. Das hier war die äußere Verteidigung, Waffensysteme. Es musste auch eine Art Bio-Kontrollstation geben.

SPEZIES #54-749-37377-84921
HEIMATPLANET: PSC92, TSC749, UNBENANNT
GEBRÄUCHLICHER NAME: ROLLRAMME

Rica ging zur nächsten Station

FREISETZUNG INITIIERT

Das System beantwortete ihren Abbruchbefehl mit einer verwirrenden Information. Kein aktives Programm auf diesem Untersystem.

FREIGESETZT

Vier, dachte Rica mürrisch. »Das reicht«, sagte sie laut. Sie ging zur nächsten Station hinüber, hämmerte den Abbruchbefehl hinein, ging weiter, ohne darauf zu warten, ob sie irgendeine Wirkung erzielte, hielt an einer anderen Tastatur an, um einen weiteren Abbruchbefehl einzugeben, und ging weiter.

SPEZIES #67-001-00342-10078
HEIMATPLANET: ERDE (AUSGESTORBEN)
GEBRÄUCHLICHER NAME: TYRANNOSAURUS REX

Jetzt rannte sie. Rennen, abbrechen, rennen, abbrechen, rennen, abbrechen.

FREISETZUNG INITIIERT

Sie machte die Runde einmal um die gesamte Brücke, so schnell sie konnte. Als sie fertig war, konnte sie nicht einmal sagen, welcher Befehl an welcher Station Wirkung gezeigt hatte. Aber oben auf dem Schirm war folgende Botschaft zu lesen:

FREISETZUNGSZYKLUS ABGEBROCHEN
BIOWAFFEN ABGEBROCHEN: 3
BIOWAFFEN FREIGESETZT: 5
STAND-BY BIOWAFFEN BEREIT: 39

Rica Morgenstern stemmte die Hände in die Hüften und runzelte die Stirn: Fünf sind frei. Das war nicht allzu schlecht. Sie dachte, sie hätte es schon nach vieren geschafft, aber sie musste einen Sekundenbruchteil zu spät gekommen sein. Na gut. Was zur Hölle war überhaupt ein Tyrannosaurus Rex?

Schließlich war niemand anderes da draußen außer Nevis.

Ohne die Spur, die ihn führte, hatte sich Jefri Löw schon nach kurzer Zeit im Gewirr der miteinander verbundenen Gänge verirrt. Schließlich wandte er eine simple Taktik an: Ziehe die breiteren Korridore den schmaleren vor, gehe nach rechts, wenn die Kreuzungsgänge dieselbe Größe haben, gehe nach unten, wann immer es möglich ist. Es schien zu funktionieren. Auf einmal hörte er ein Geräusch.

Er drückte sich gegen die Wand, obwohl dieser Versuch, sich zu verstecken, ein wenig durch den unschönen Buckel der Plasmakanone auf seinem Rücken zunichtegemacht wurde. Er horchte. Ja, eindeutig, ein Geräusch. Direkt vor ihm. Schritte. *Laute* Schritte, zwar noch etwas entfernt, aber sie kamen genau auf ihn zu – auf Kaj Nevis in seinem Kampfanzug.

Jefri Löw nahm die Plasmakanone ab, lächelte zufrieden und stellte sie auf dem Stativ auf.

Der Tyrannosaurus brüllte.

Es war, so dachte Haviland Tuf, ein durch und durch beängstigender Laut. Verärgert presste er die Lippen fest zusammen und drückte sich noch einen halben Meter tiefer in die Nische hinein. Er fühlte sich äußerst unbehaglich. Tuf war ein großer Mann, und hier unten war nur wenig Platz. Er hockte mit unbequem untergeschlagenen Beinen da, den Rücken schmerzhaft gekrümmt, und sein Kopf drückte gegen den Arbeitsplatz über ihm. Aber er wollte nicht undankbar sein. Es war eine kleine Nische, das stimmte schon, aber sie hatte ihm die Möglichkeit verschafft, sich zu verstecken. Glücklicherweise war er flink genug gewesen, dieses Versteck zu finden. Er hatte ebenfalls Glück, dass dieser Arbeitsplatz mit den Greifarmen und Mikroscannern und dem Computerterminal auf einem schweren, dicken Metalltisch angebracht war, der aus dem Boden und der Wand hervorragte, und nicht einfach auf einem zerbrechlichen Möbelstück, das man leicht zur Seite stoßen konnte.

Trotzdem war Haviland Tuf nicht gänzlich zufrieden mit sich. Er kam sich töricht vor; seine Würde war aufs Entschiedendste in Mitleidenschaft gezogen. Ohne Zweifel war seine Fähigkeit, sich ganz auf eine Sache zu konzentrieren, auf ihre Art bemerkenswert. Allerdings könnte man diesen Grad der Konzentration als sträflich bezeichnen, wenn sie es einem sieben Meter großen fleischfressenden Reptil erlaubte, sich an einen heranzuschleichen.

Der Tyrannosaurus brüllte wieder. Tuf konnte spüren, wie die Arbeitsstation über ihm vibrierte. Der massige Kopf des Dinosauriers erschien ungefähr zwei Meter vor seinem Gesicht, als sich das Tier, von seinem großen Schwanz im Gleichgewicht gehalten, vorbeugte und versuchte, an ihn heranzukommen. Glücklicherweise war der Kopf zu groß und die Nische zu klein. Das Reptil zog sich zurück und brüllte frustriert; Echos hallten überall in der Hauptklonkammer wider. Sein Schwanz schlug umher und knallte in die Arbeitsstation, der schützende Tisch erbebte durch den Aufschlag, irgendetwas zerbrach da oben, und Tuf zuckte zusammen.

»Geh weg«, sagte er, so ruhig er konnte. Er legte die Hände über dem Bauch zusammen und bemühte sich um einen strengen Ausdruck.

Der Tyrannosaurus schenkte ihm keine Beachtung.

»Diese unüberlegten Versuche werden dir nichts nützen«, führte Tuf aus. »Du bist zu groß, und der Tisch ist zu stabil gebaut, was dir schon längst klar wäre, wenn du ein Gehirn hättest, das größer als ein Pilz ist. Darüber hinaus bist du zweifelsohne ein Klon aus den genetischen Informationen, die in einem Fossil enthalten waren. Daher könnte man anführen, dass ich ein übergeordnetes Recht auf Leben habe, wenn man zugrunde legt, dass du ausgestorben bist und es eigentlich auch bleiben solltest. Scher dich fort!«

Die Antwort des Tyrannosauriers war ein wilder Satz nach vorn und ein feuchter Brüller, der Tuf mit feinen Tröpfchen Dinosaurierspucke besprühte. Der Schwanz ging erneut auf ihn nieder.

Als sie das erste Mal die flüchtige Bewegung aus dem Augenwinkel bemerkte, quiekte Celise Waan panisch auf.

Sie wich zurück, drehte sich um und sah – was sah sie eigentlich? Da war nichts. Aber sie war sich ganz sicher, dass sie etwas gesehen hatte, da oben an dieser offenen Tür. Was also? Nervös löste sie die Pfeilpistole aus dem Holster. Das Lasergewehr hatte sie schon vor einer Weile zurückgelassen. Es war sperrig und schwer, und die Schlepperei hatte sie ermüdet. Nebenbei bezweifelte sie, dass sie irgendetwas damit treffen würde. Die Pistole war in ihren Augen viel praktischer. Wie Jefri Löw ihr erklärt hatte, verschoss sie explosive Plastikpfeile, also musste sie nicht einmal genau treffen, sondern einfach nur in die Nähe des Ziels kommen.

Vorsichtig ging sie zu der offenen Tür. Sie hielt daneben inne, hob die Pistole, entsicherte sie mit dem Daumen und blickte dann schnell in den Raum.

Nichts.

Es war eine Art Vorratsraum, wie sie sah, voll mit verpackten Ausrüstungsgegenständen, die sich hoch auf Schwebeschlitten stapelten. Sie sah sich unsicher um. Hatte sie es sich nur eingebildet? Nein. Als sie sich wieder umdrehen wollte, sah sie es schon wieder: ein winziges spitzes Wesen, das am äußersten Rand ihres Blickfeldes erschien und sofort wieder verschwand, bevor sie es genau erfassen konnte.

Aber dieses Mal hatte sie gesehen, wohin es verschwunden war. Sie eilte ihm nach, fühlte sich jetzt mutiger, denn schließlich war es ziemlich klein gewesen.

Sie hatte es in die Enge getrieben, sah sie, als sie den turmhohen Ausrüstungsschlitten umrundet hatte. Aber was war es? Die Pistole im Anschlag ging Celise Waan näher.

Es war eine Katze. Sie starrte sie unentwegt an, der Schwanz peitschte hin und her. Es war eine seltsame Katze. Ziemlich klein – ein Kätzchen, um genau zu sein. Es war mattweiß, mit lebhaft scharlachroten Streifen, einem übergroßen Kopf und erstaunlich funkelnden karmesinroten Augen.

Eine weitere Katze, dachte Celise Waan. Das fehlte ihr gerade noch: eine weitere Katze.

Die Katze fauchte sie an.

Etwas überrascht wich sie zurück. Auch Tufs Katzen hatten sie von Zeit zu Zeit angefaucht, vor allem diese widerliche schwarzweiße, aber doch nicht *so*. Dieses Fauchen war beinahe, nun, reptilienartig. Irgendwie schaurig. Und ihre Zunge … sie schien eine sehr lange, sehr eigenartige Zunge zu haben.

Sie fauchte wieder.

»Komm, Kätzchen«, rief sie. »Komm, Kätzchen.«

Es starrte sie an, ohne zu blinzeln, kalt, hochmütig. Dann zog es sich zurück und spuckte nach ihr. Die Spucke traf sie genau in der Mitte des Visiers. Es war ein dickes, grünliches Zeug, und es beeinträchtigte für einen Moment ihre Sicht, bis sie es mit dem Armrücken wegwischte.

Celise Waan entschied, dass sie genug von Katzen hatte. »Liebes Kätzchen«, sagte sie. »Komm her, Kätzchen. Ich habe ein Geschenk für dich.«

Es fauchte wieder und wich zurück, um zu spucken.

Celise Waan knurrte und schickte es in die Hölle.

Die Plasmakanone würde Kaj Nevis recht mühelos aus dem Weg schaffen, daran hatte Jefri Löw keinen Zweifel. Die Dicke der

Panzerung dieses außerirdischen Kampfanzugs war eine unbekannte Größe. Wenn sie irgendwie vergleichbar war mit den gepanzerten Anzügen, die die Sturmtruppen des Föderalen Imperiums während des Tausendjährigen Krieges getragen hatten, könnte sie Laserfeuer reflektieren, kleineren Explosionen widerstehen, Schallattacken ignorieren, aber eine Plasmakanone konnte fünf Meter dicke, massive Platten aus Hartlegierung schmelzen. Ein ordentlicher Plasmaball würde auf der Stelle jede Art von Panzerung in Schlacke verwandeln, und Nevis würde zu Asche verbrennen, bevor er überhaupt registrieren konnte, was ihn getroffen hatte.

Das Problem war die Größe der Plasmakanone. Sie war unglücklicherweise ziemlich sperrig, und die sogenannte transportable Version mit den kleinen Energiepatronen benötigte nach jedem Schuss fast eine ganze Standardminute, um in der Energiekammer einen neuen Plasmaball zu generieren. Jefri Löw war sich auf äußerst unangenehme Weise bewusst, dass er wahrscheinlich keine Chance auf einen zweiten Schuss hätte, wenn er Kaj Nevis nicht traf. Außerdem war die Plasmakanone sogar auf ihrem dreibeinigen Stativ unhandlich, und seit Jefris letztem Einsatz waren viele Jahre vergangen, und selbst damals waren seine Stärken eher seine Intelligenz und sein taktisches Gespür gewesen und nicht seine Reflexe. Nach so vielen Jahrzehnten am ShanDellor-Zentrum hatte er kein großes Vertrauen mehr in seine Auge-Hand-Koordination.

Also heckte Jefri Löw einen Plan aus.

Glücklicherweise waren Plasmakanonen häufig für automatisierte Parameterverteidigung ausgelegt, und diese hier verfügte über einen Standardcomputer und eine Feuerautomatik. Jefri Löw stellte das Stativ in der Mitte eines breiten Korridors auf, ungefähr zwanzig Meter von einer großen Kreuzung entfernt. Er programmierte ein extrem enges Schussfeld und kalibrierte den Zielwürfel mit der größtmöglichen Präzision. Dann schaltete er die Feuerautomatik ein und trat voller Zufriedenheit zurück. Er sah, wie sich im Innern der Energiepatrone der Plasmaball bildete, heller und heller strahlte, und nach einer Minute flammte das Bereitschaftslicht auf. Jetzt war die Kanone scharf, und ihr Computer war erheblich schneller und akkurater, als Löw jemals bei manueller Steuerung hätte sein können. Sie war auf die Mitte der Kreuzung vor ihm gerichtet, aber sie würde nur auf Objekte feuern, die bestimmten programmierten Bedingungen entsprachen.

So konnte Jefri Löw ohne Sorge durch den Zielwürfel der Kanone laufen, während Kaj Nevis in seinem absurd großen Kampfanzug sein blaues Wunder erleben würde. Jetzt müsste er nur noch Nevis in die richtige Position locken.

Es war ein taktischer Geniestreich, eines Napoleon oder Chin Wu oder Stephan Cobalt Nordstern würdig. Jefri Löw war äußerst zufrieden mit sich selbst.

Die schweren Schritte waren lauter geworden, während Löw an der Plasmakanone gearbeitet hatte, aber seit einer Minute oder so wurden sie wieder leiser. Nevis hatte offensichtlich eine falsche Abzweigung genommen und würde von selbst nicht in die richtige Position kommen. Nun gut, dachte Jefri Löw, er würde ihn schon hierherbringen.

Voller Vertrauen in seine Fähigkeiten ging er mitten durch das Zentrum des Zielgebietes, hielt dort kurz inne, lächelte, und lief dann den kreuzenden Gang hinunter, um die Aufmerksamkeit seiner ahnungslosen Beute auf sich zu lenken.

Oben auf dem großen, gewölbten Bildschirm rotierte die *Arche* als dreidimensionaler Querschnitt.

Rica Morgenstern, die den Kapitänssessel für einen weniger komfortablen, aber dafür effizienteren Posten an einer der Arbeitsstationen der Brücke aufgegeben hatte, studierte die Darstellung und die Daten, die darunter aufleuchteten, mit einiger Verärgerung. Es schien, dass sie eine ganze Menge mehr Gesellschaft hatte, als sie angenommen hatte.

Das System stellte Eindringlinge als leuchtend rote Lichtpunkte dar. Es gab sechs Punkte. Einer von ihnen befand sich auf der Brücke. Da Rica ziemlich allein war, war das offensichtlich sie. Aber fünf weitere? Selbst wenn Anittas immer noch am Leben war, hätten es nur zwei weitere Punkte sein dürfen. Das passte nicht.

Vielleicht war die *Arche* gar nicht völlig verlassen – vielleicht war immer noch jemand an Bord. Aber das System bestand darauf, autorisiertes Personal der *Arche* als grünen Punkt darzustellen, und es war nichts Grünes zu sehen.

Andere Schatzsucher? Höchst unwahrscheinlich.

Das konnte nur bedeuten, dass Tuf, Löw und Waan doch noch irgendwie angedockt hatten. Das klang am sinnvollsten. Und das System zeigte tatsächlich eine Lebensform in einem Schiff oben auf dem Landedeck.

In Ordnung. Das passte. Sechs rote Punkte entsprachen ihr und Nevis und Anittas (wie hatte er diese verdammten Seuchen überleben können? Das System zeigte ausdrücklich nur *lebende* Organismen) sowie Tuf und Waan und Löw. Einer der anderen war immer noch in der *Füllhorn*, und der Rest …

Es war einfach, Kaj Nevis auszumachen. Das System zeigte auch Energiequellen an, und zwar als winzige gelbe Sternchen, und nur einer der roten Punkte war von winzigen gelben Sternchen umgeben. Das musste Nevis in seinem Kampfanzug sein.

Aber was war der zweite gelbe Punkt, der dort so hell in einem leeren Korridor auf Deck sechs leuchtete? Eine höllisch starke

Energiequelle, aber was? Rica verstand es nicht. Ein zweiter roter Punkt hatte sich in seiner unmittelbaren Nähe befunden, aber dann hatte er sich fortbewegt, schien Nevis zu verfolgen und kam ihm beständig näher.

Außerdem waren da noch die schwarzen Punkte, die Biowaffen der *Arche*. Die riesige Zentralachse, die den Kern des asymmetrischen, spitz zulaufenden Zylinders des Schiffs bildete, quoll über vor schwarzen Punkten, aber sie blieben an ihrem Platz. Andere schwarze Punkte, die nur die freigesetzten Monster sein konnten, bewegten sich durch die Gänge. Nur dass es mehr als fünf waren. Es gab einen Klumpen davon – dreißig oder mehr einzelne Organismen, die sich zusammen wie ein formloser schwarzer Tintenfleck über den Schirm bewegten und von Zeit zu Zeit Strahlen aussandten. Einer der Strahlen hatte sich einem roten Licht genähert und war dann plötzlich verloschen.

Im Zentralkern befand sich ebenfalls ein roter Punkt.

Rica fragte nach einer Darstellung dieser Sektion, und der Bildschirm zeigte ihr einen größeren Querschnitt. Das rote Licht war ziemlich nahe bei einem sich bewegenden schwarzen Punkt, was auf irgendeine Konfrontation hindeutete. Sie studierte die Daten unter der Grafik. Dieser spezielle schwarze Punkt war Spezies #67-001-00342-10078, der Tyrannosaurus Rex. Er war ziemlich groß, daran bestand kein Zweifel.

Sie bemerkte mit einigem Interesse, dass sich sowohl ein rotes Licht als auch eines der wandernden schwarzen Kaj Nevis näherten. Das schien interessant zu werden. Es sah ganz danach aus, dass sie die Party verpassen würde, wenn da unten gleich die Hölle losbrach.

Und sie war hier oben, sicher und geschützt, und beobachtete alles. Rica Morgenstern lächelte.

Kaj Nevis stapfte einen Gang entlang und wurde immer wütender, als eine plötzliche Explosion ihn hinten am Helm traf. Der Lärm im Innern seines Helms war grauenvoll. Die Kraft der Explosion hatte ihn nach vorn gestoßen und umgeworfen. Er schlug mit dem Gesicht zuerst auf den Boden, zu langsam, um den Sturz mit den Armen aufhalten zu können.

Doch der Anzug absorbierte die größte Wucht des Aufschlags, und Nevis blieb unverletzt. Liegend überprüfte er schnell seine Anzeigen und lächelte wölfisch: Der Kampfanzug war unbeschädigt, unzerbrechlich. Er rollte sich auf die Seite und kam schwerfällig auf die Beine.

Zwanzig Meter entfernt stand auf einer Gangkreuzung ein Mann in einem grün-goldenen Druckanzug, bewaffnet, als hätte er soeben ein Militärmuseum ausgeraubt, und hielt eine Pistole in einer behandschuhten Hand. »Wir sehen uns wieder, Schurke!«, rief die Gestalt über ihre externen Lautsprecher.

»ABER SICHER, LÖW«, entgegnete Nevis. »WIE SCHÖN, SIE ZU SEHEN. KOMMEN SIE HER, UND GEBEN SIE MIR DIE HAND.« Er klapperte mit den Greifern. Der rechte war immer noch mit dem Blut des Cybertech beschmiert; er hoffte, dass Jefri Löw es bemerkt hatte. Wie schade, dass sein Schneidlaser eine so kurze Reichweite hatte, aber das machte nichts. Er würde Löw einfach einfangen, ihm sein Spielzeug wegnehmen und dann eine Weile mit ihm spielen – ihm vielleicht die Beine ausreißen oder seinen Anzug aufbrechen und die verdammte Luft den Rest erledigen lassen.

Kaj Nevis stapfte vorwärts.

Jefri Löw blieb stehen, hob seine Pfeilpistole, zielte sorgfältig mit beiden Händen und feuerte.

Der Pfeil traf Nevis an der Brust. Es gab eine laute Explosion, aber dieses Mal war er darauf vorbereitet. Seine Ohren schmerzten, doch er taumelte nicht einmal. Etwas von der verschnörkelten Verzierung der Panzerung war schwarz geworden, aber das war auch schon der schlimmste Schaden. »DU VERLIERST, ALTER MANN«, sagte Nevis. »ICH MAG DIESEN ANZUG.«

Jefri Löw blieb ruhig und überlegt. Er steckte seine Pfeilpistole ins Holster, nahm ein Lasergewehr von der Schulter, zielte und feuerte.

Der Strahl streifte Nevis' Schulter, traf eine Wand und hinterließ ein kleines schwarzes Loch.

»Reflektierender Mikroüberzug«, sagte Jefri Löw. Er steckte das Lasergewehr weg.

Nevis hatte mehr als drei Viertel der Entfernung zwischen ihnen mit langen, kraftvollen Schritten zurückgelegt. Schließlich schien Jefri Löw die Gefahr zu bemerken. Er senkte das Lasergewehr, drehte sich um und verschwand um eine Ecke.

Kaj Nevis beschleunigte seine Schritte und folgte ihm.

Haviland Tuf war überhaupt nicht ungeduldig.

Er saß ruhig da, die Hände über dem gewölbten Leib gefaltet, und hatte Kopfschmerzen von den wiederholten Schlägen, mit denen der Tyrannosaurier den schützenden Tisch bedachte. Er bemühte sich nach Kräften zu ignorieren, dass die Schläge das Metall über ihm verbeult hatten und es für ihn immer unbequemer wurde. Es fiel ihm schwer, das grauenhafte, bestialische Brüllen zu überhören, diese exzessiven und melodramatischen Äußerungen des Appetits auf Fleisch, den der Tyrannosaurier von Zeit zu Zeit unter Beweis stellte, indem er sich vorbeugte und mit seinen unzähligen großen Zähnen vergeblich nach Tuf in seiner Zuflucht schnappte. Tuf dachte stattdessen an süße rodelyianische Plop-Beeren in Honigbutter, versuchte sich daran zu erinnern, welcher spezielle Planet die stärksten und bittersten

Biere hatte, und entwickelte eine ausgezeichnete neue Strategie, Jefri Löw zu überraschen, falls sie je wieder gegeneinander spielen sollten.

Schließlich trug sein Plan Früchte.

Das rasende Reptil entfernte sich gelangweilt und frustriert.

Haviland Tuf wartete, bis es draußen wirklich ruhig und friedlich geworden war. Umständlich faltete er sich auseinander und blieb eine Weile auf dem Bauch liegen, während die Nadelstiche in seinen Beinen erst aufflackerten, dann nachließen und schließlich ganz verschwanden. Dann schob er sich nach vorn und streckte vorsichtig den Kopf heraus.

Schwaches grünes Licht. Dumpfes Summen, ferne gurgelnde Geräusche. Nirgends eine Bewegung.

Vorsichtig erhob er sich.

Der Dinosaurier hatte das, was von Pilzchens bemitleidenswertem Körper übrig geblieben war, mehrfach mit dem kräftigen Schwanz getroffen. Der Anblick erfüllte Haviland Tuf mit einer großen und bitteren Trauer. Die Ausrüstung dieser speziellen Arbeitsstation lag in Trümmern.

Aber es gab ja noch andere Arbeitsstationen, und er brauchte nur eine einzige Zelle.

Haviland Tuf entnahm eine Zellprobe und schritt schwerfällig zur nächsten Arbeitsstation. Dieses Mal nahm er sich vor, auf den Klang von Dinosaurierschritten hinter sich zu achten.

Celise Waan war zufrieden. Sie hatte sich ziemlich geschickt angestellt, kein Zweifel. Dieses blöde kleine Katzending würde sie nicht noch einmal belästigen. Ihr Visier war ein wenig verschmiert, wo die Katzenspucke es getroffen hatte, doch ansonsten hatte sie sich großartig geschlagen. Sie steckte ihre Pistole geschickt ins Holster zurück und schritt hinaus in den Korridor.

Die Schlieren auf dem Visier störten sie ein wenig. Sie befanden sich in der Nähe ihrer Augen und trübten ihre Sicht. Sie wischte mit dem Handrücken daran herum, aber dadurch schien sie die Schlieren nur noch mehr zu verteilen. Wasser, das brauchte sie jetzt. Nun gut. Sie war sowieso auf der Suche nach Nahrung, und wo Nahrung war, war auch immer Wasser.

Munter schritt sie den Korridor hinunter, ging um eine Ecke und blieb abrupt stehen.

Keinen Meter entfernt stand ein weiteres dieser verdammten Katzendinger und starrte sie frech an.

Dieses Mal handelte Celise Waan entschlossener. Sie griff nach ihrer Pistole. Sie hatte zwar leichte Probleme, sie hervorzuziehen, und der erste Schuss verfehlte diese ekelhafte Kreatur vollständig und pustete die Tür eines angrenzenden Raumes weg. Die Explosion war laut und erschreckend. Die Katze fauchte, drehte sich um, spuckte genauso, wie es die erste getan hatte, und lief dann fort.

Celise Waan wurde dieses Mal an der linken Schulter vom Speichel getroffen. Sie versuchte einen zweiten Schuss anzubringen, aber durch die Schlieren auf dem Visier ihres Helms war für sie nur schwer zu erkennen, wohin sie zielte.

»Quatsch mit Soße«, sagte sie laut vor Verärgerung. Es wurde immer schwieriger, etwas zu sehen. Das Plastik vor ihren Augen schien irgendwie wolkig zu werden. Die Ränder ihres Visiers waren immer noch klar, aber wenn sie geradeaus blickte, war alles undeutlich und verzerrt. Sie musste wirklich schnell diesen Helm sauber bekommen.

Sie wandte sich in die Richtung, von der sie dachte, dass sie das Katzending genommen hatte, und lief langsam, um nicht zu stolpern. Sie versuchte etwas zu hören. Sie vernahm einen leisen kratzenden Ton, als wäre das Biest in der Nähe, aber sie war sich nicht sicher.

Ihr Visier wurde trüber und trüber. Es war, als würde sie durch Milchglas schauen. Alles war weiß und wolkig. Das geht so nicht, dachte Celise Waan. Das geht überhaupt nicht. Wie konnte sie dieses abscheuliche Katzenbiest zur Strecke bringen, wenn sie halb blind war? Es gab keinen anderen Weg, sie musste diesen blöden Helm abnehmen.

Doch der Gedanke daran ließ sie innehalten; sie erinnerte sich an Tuf und seine dringende Warnung vor den Krankheitserregern in der Schiffsluft. Richtig, aber Tuf war ein so lächerlicher Mensch! Hatte sie irgendeinen Beweis gesehen für das, was er sagte? Nein, keinen einzigen. Sie hatte seine große graue Katze nach draußen geworfen, doch die hatte nicht den Eindruck erweckt, als würde sie unter dieser Erfahrung leiden. Tuf hatte sie mit sich herumgetragen, als sie ihn das letzte Mal gesehen hatte. Natürlich hatte er dieses ganze Gewese um Inkubationszeit und so gemacht, aber wahrscheinlich war es nur seine Absicht gewesen, ihr Angst einzujagen. Er schien es zu genießen, ihr Feingefühl zu verletzen, genauso wie er es mit diesem ekelhaften Katzenfutter-Trick gemacht hatte. Zweifelsohne würde er es auf perverse Art amüsant finden, wenn sie aus Angst wochenlang in diesem engen, unbequemen und stinkenden Anzug blieb.

Plötzlich dämmerte ihr, dass Tuf höchstwahrscheinlich für diese Katzendinger verantwortlich war, die sie so belästigten. Der bloße Gedanke daran machte Celise Waan wütend. Der Mann war ein barbarischer Schuft!

Sie konnte jetzt kaum noch etwas sehen. Das milchige Zentrum ihres Visiers war beinahe undurchsichtig geworden.

Resolut und verärgert entriegelte Celise Waan ihren Helm, nahm ihn ab und schleuderte ihn in den Korridor, so weit sie nur konnte.

Sie nahm einen tiefen Atemzug. Die Luft im Schiff war etwas kalt und leicht ätzend, aber sie war weniger abgestanden als die aufbereitete Luft aus den Tanks des Anzuges. Nun, sie schmeckte gut! Celise Waan lächelte. Nichts war schlecht an dieser Luft. Sie schaute nach vorn und suchte nach Tuf, um ihm ordentlich die Meinung zu sagen.

Dann blickte sie rein zufällig nach unten und keuchte auf.

Ihr Handschuh … der Rücken ihrer linken Hand, die Hand, die sie benutzt hatte, um die Katzenspucke abzuwischen, nun ja, in der Mitte des goldenen Stoffs hatte sich ein großes Loch gebildet, und sogar das Metallgewebe darunter sah, nun ja, *korrodiert* aus.

Diese Katze! Diese verdammte Katze! Wenn diese Spucke ihre bloße Haut getroffen hätte, dann hätte sie … dann könnte sie … und plötzlich erinnerte sie sich daran, dass sie ihren Helm nicht mehr trug.

Weiter unten im Gang tauchte das Katzending plötzlich aus einem offenen Raum auf.

Celise Waan kreischte, riss die Pistole hoch und feuerte dreimal in schneller Folge. Aber das Ding war zu schnell. Es rannte davon und verschwand hinter einer Ecke.

Sie würde sich nicht sicher fühlen können, solange dieses scheußliche Ding frei herumlief, entschied sie. Wenn sie es entkommen ließ, würde es sich im nächsten unaufmerksamen Moment auf sie stürzen, genau wie Tufs verhasstes schwarz-weißes Haustier es so gern tat. Celise Waan öffnete die Pistole, legte eine neue Ladung Explosivpfeile ein und nahm vorsichtig die Verfolgung auf.

Jefri Löws Herz klopfte, wie es seit Jahren nicht mehr geklopft hatte; seine Beine schmerzten und er atmete in kleinen, kurzen

Stößen. Adrenalin schoss durch seine Adern. Er trieb sich selbst immer weiter voran. Nur noch ein kleines Stückchen, diesen Korridor entlang und dann um die Ecke, dann vielleicht noch zwanzig Meter bis zur nächsten Kreuzung.

Das Deck unter seinen Füßen bebte jedes Mal, wenn Kaj Nevis auf einem schweren, gepanzerten Untertassenfuß landete, und ein- oder zweimal verlor Jefri Löw fast den Halt, aber die Gefahr schien das alles nur noch zusätzlich zu würzen. Er rannte, wie er als Jugendlicher gerannt war, und selbst Nevis' gewaltige, schneller werdende Schritte reichten nicht aus, um ihn einzuholen, obwohl er fühlen konnte, wie der andere immer näher kam.

Er hatte eine Blendgranate gezogen, während er lief. Als er Nevis' verdammten Greifer einen Meter hinter seinem Rücken hörte, entsicherte Jefri Löw sie, warf sie über seine Schulter, rannte noch schneller und warf sich um die letzte Ecke.

Dann wirbelte er herum, genau in dem Moment, als ein plötzlicher geräuschloser Blitz von blau-weißer Brillanz den Korridor erleuchtete, den er gerade verlassen hatte. Sogar das reflektierte Licht, das von den Wänden zurückstrahlte, verwirrte ihn für einen Augenblick. Er hielt inne und beobachtete die Kreuzung. Hätte Nevis direkt hineingeblickt, hätte ihm die Blendgranate die Netzhaut weggebrannt, und die Strahlung hätte ihn innerhalb von Sekunden getötet.

Das einzige Anzeichen von Nevis war ein riesiger, vollkommen schwarzer Schatten, der drohend auf die Kreuzung fiel.

Jefri Löw zog sich zurück und ging keuchend rückwärts.

Langsam trat Kaj Nevis auf die Kreuzung. Sein Visier war so dunkel, dass es fast schwarz aussah, aber als Löw es genauer betrachtete, kehrte das rote Glühen zurück und leuchtete immer heller. »VERDAMMT SEIST DU MIT ALL DEINEN BLÖDEN SPIELSACHEN«, dröhnte Nevis.

Nun, das macht nichts, dachte Jefri Löw. Die Plasmakanone würde das erledigen, daran bestand kein Zweifel, und er befand sich nur noch etwa zehn Meter von der Schusszone entfernt. »Gibst du auf, Nevis?«, spottete er und lief mühelos rückwärts weiter. »Ist der alte Soldat zu schnell für dich?«

Aber Kaj Nevis rührte sich nicht.

Für einen Moment war Jefri Löw verwirrt. Hatte die Strahlung ihn schließlich doch erreicht, sogar durch den Anzug hindurch? Nein, das konnte es nicht sein. Sicher würde Nevis die Jagd jetzt nicht aufgeben, nicht nachdem Löw ihn so nahe an die Schusszone und seine Plasmaball-Überraschung gelotst hatte.

Nevis lachte.

Er blickte auf etwas über Löws Kopf.

Jefri Löw sah nach oben, gerade im richtigen Moment, um zu sehen, wie sich etwas von der Decke löste und auf ihn zugeflattert kam. Es war vollkommen schwarz und flog mit breiten dunklen Fledermausflügeln, und er erhaschte einen kurzen Blick auf gelbe Schlitzaugen mit dünnen roten Pupillen. Dann faltete sich die Dunkelheit über ihn wie ein Umhang, und ledriges, feuchtes Fleisch umschloss ihn, um seinen plötzlichen, überraschten Schrei zu ersticken.

Das war alles ziemlich interessant, dachte Rica Morgenstern.

Wenn man erst einmal das System begriffen und die richtigen Befehle herausgefunden hatte, konnte man alles Mögliche in Erfahrung bringen. Wie zum Beispiel das ungefähre Gewicht und die Körpereigenschaften der kleinen Lichter, die sich über den Bildschirm bewegten. Der Computer lieferte einem sogar eine dreidimensionale Simulation, wenn man ihn nur freundlich fragte. Rica fragte ihn freundlich.

Jetzt wurde alles klar.

Anittas war tatsächlich tot. Der sechste Eindringling, der in Tufs *Füllhorn*, war lediglich eine von Tufs Katzen.

Kaj Nevis in seinem Superanzug jagte Jefri Löw im Schiff herum. Nur dass einer der schwarzen Punkte, der Haubendrakula, soeben Löw erwischt hatte.

Der rote Punkt, der Celise Waan darstellte, hatte aufgehört, sich zu bewegen, obwohl sie noch nicht tot war. Die kriechende schwarze Masse kam auf sie zu.

Haviland Tuf war allein in der Zentralachse, tat irgendetwas in einen Klontank und versuchte dem System beizubringen, den Chronowarp einzuschalten. Rica ließ den Befehl durchgehen.

All die anderen Biowaffen waren draußen in den Korridoren.

Rica entschied sich, den Dingen dort unten noch eine Weile ihren Lauf zu lassen, bevor sie eingreifen würde.

Inzwischen hatte sie das Programm gefunden, mit dem sich das Schiffsinnere von all den Seuchen befreien ließ. Zuerst würde sie alle Notschleusen schließen und jede Sektion einzeln versiegeln müssen. Dann konnte der Prozess beginnen. Atmosphäre absaugen, filtern, bestrahlen, zur Sicherheit besonders stark, und wenn die gereinigte Luft wieder einströmte, war sie mit allen nötigen Antigenen versetzt. Kompliziert und zeitraubend – aber effektiv.

Und Rica hatte es nicht besonders eilig.

Zuerst waren ihr die Beine weggesackt.

Celise Waan lag mit vor Angst zugeschnürter Kehle in der Mitte des Korridors, wo sie hingefallen war. Es war alles so plötzlich passiert. Eben noch war sie auf der Jagd nach dem Katzending den Gang entlanggeeilt. Und dann war Schwindel wie eine Welle über sie hinweggeschwappt, und auf einmal fühlte sie sich zu schwach, um weiterzulaufen. Sie hatte sich entschieden, eine

Weile auszuruhen, hatte sich niedergekniet, um zu Atem zu kommen. Aber es half nichts. Es ging ihr immer schlechter, und als sie aufzustehen versuchte, waren ihre Beine unter ihr weggeknickt, und sie war vornüber aufs Gesicht gefallen.

Danach konnte sie die Beine gar nicht mehr bewegen. Sie konnte sie noch nicht einmal spüren. Sie konnte gar nichts unterhalb ihrer Hüfte fühlen, und die Lähmung kroch langsam in ihrem Körper empor. Noch konnte sie die Arme bewegen, aber es tat weh, und ihre Bewegungen waren bleiern und schwerfällig.

Ihre Wange wurde gegen das harte Deck gepresst. Sie versuchte den Kopf zu heben und schaffte es nicht. Ihr gesamter Oberkörper schüttelte sich mit einem plötzlichen stechenden Schmerz.

Zwei Meter von ihr entfernt lugte ein Katzending um die Ecke. Es stand da und starrte sie an, mit Augen, die riesig und furchteinflößend waren. Das Maul öffnete sich zu einem Fauchen.

Celise Waan versuchte einen Schrei zu unterdrücken.

Sie hielt immer noch die Pistole in der Hand. Langsam, ruckweise, zog sie sie vors Gesicht. Jede Bewegung tat höllisch weh. Sie zielte, so gut sie konnte, schielte an der Pistole entlang und feuerte.

Der Pfeil traf tatsächlich.

Ein Schauer aus Katzending-Stücken ergoss sich über sie. Ein Stück, roh und feucht und ekelerregend, landete auf ihrer nackten Wange.

Sie fühlte sich etwas besser. Zumindest hatte sie das Biest getötet, das sie so gequält hatte. Zumindest war sie davor in Sicherheit. Obwohl sie immer noch krank und hilflos war. Vielleicht sollte sie sich etwas ausruhen. Ein kleines Schläfchen, ja, nach einem kleinen Schläfchen würde sie sich besser fühlen.

Ein neues Katzending sprang in den Korridor.

Celise Waan knurrte, versuchte sich zu bewegen, gab es dann aber auf. Ihre Arme wurden schwerer und schwerer.

Eine zweite Katze folgte der ersten. Celise Waan drückte die Pistole wieder gegen ihre Wange, versuchte zu zielen. Sie wurde abgelenkt, als eine dritte Katze erschien. Der Pfeil ging weit daneben und explodierte folgenlos irgendwo im Korridor.

Eine der Katzen spuckte sie an. Sie traf sie genau zwischen die Augen.

Der Schmerz war unglaublich. Hätte sie sich bewegen können, hätte sie sich die Augen aus den Höhlen gerissen, wäre auf dem Boden herumgerollt, hätte an ihrer Haut gezerrt. Aber sie konnte sich nicht bewegen. Sie schrie.

Ihr Sichtfeld verschwamm zu einem hässlichen Farbenwirbel und verlosch dann.

Sie hörte … Pfoten. Kleine, leichte, tapsende Fußtritte. Katzenschritte.

Wie viele waren es?

Celise spürte ein Gewicht auf ihrem Rücken. Und dann noch eines und noch eines. Irgendetwas rieb sich an ihrem nutzlosen rechten Bein, sie konnte gerade noch fühlen, wie es sich bewegte.

Wieder ein Spuckgeräusch, und der Schmerz loderte an ihrer Wange auf. Sie waren überall um sie herum, auf ihr, krochen über sie hinweg. Sie konnte spüren, wie steifes Fell gegen ihre Hand rieb. Irgendetwas biss in das Fleisch ihres Halses. Sie schrie. Das Beißen ging weiter. Es dauerte an, zog, riss an ihr mit kleinen, scharfen Zähnen.

Ein anderes knabberte an ihrem Finger. Irgendwie verlieh ihr der Schmerz Kraft. Sie schlug danach, zog die Hand zurück. Als sie sich bewegte, erklang um sie herum eine Kakophonie aus Fauchen, als die Katzendinger protestierten. Sie spürte, wie sie ihr ins

Gesicht bissen, in ihre Kehle, ihre Augen. Etwas versuchte, in ihren Anzug zu kriechen.

Ihre Hand bewegte sich langsam, unbeholfen. Sie wischte Katzendinger zur Seite, wurde gebissen, machte weiter. Sie fummelte an ihrem Gürtel herum und schließlich spürte sie es, rund und hart in ihrer Hand. Sie löste es, brachte es vor ihr Gesicht, hielt es ganz fest.

Wo war der Stift, um es zu entsichern? Ihr Daumen suchte danach. Da. Sie drehte ihn halb herum, drückte ihn ein, wie Löw es ihr gezeigt hatte.

Fünf, zählte sie leise, vier drei zwei eins.

In ihrem letzten Augenblick sah Celise Waan das Licht.

Kaj Nevis hatte viel Spaß, während er die Show genoss.

Er wusste nicht, was zur Hölle das für ein verdammtes Ding war, aber für Jefri Löw war es mehr als genug. Seine Flügel falteten sich über ihm zusammen, als es ihn traf, und ein paar Minuten lang schrie er und kämpfte, rollte mit diesem Ding, das seinen Kopf und seine Schultern einhüllte, auf dem Boden herum. Er sah aus wie ein Mann, der mit einem Regenschirm kämpfte. Es war ein regelrechter Comic.

Nach einer Weile lieb Löw still liegen, nur noch seine Beine zuckten schwach. Das Schreien hörte auf. Ein saugendes Geräusch erfüllte den Korridor.

Nevis war amüsiert und erfreut, aber er entschied, dass es das Beste war, nichts dem Zufall zu überlassen. Das Ding war mit seinem Futter beschäftigt. Nevis ging darauf zu, so leise er konnte, was nicht sehr leise war, und packte es. Es machte ein feuchtes schmatzendes Geräusch, als es er von dem abzog, was von Jefri Löw übrig war.

Verdammt, dachte Nevis, es hat einen höllisch guten Job gemacht. Die gesamte Vorderseite von Löws Helm war eingedrückt.

Das Ding hatte eine Art knöchernen Saugrüssel, und es hatte ihn direkt durch Löws Visier gestoßen und das meiste von seinem Gesicht weggesaugt. Hässlich. Das Fleisch sah beinahe flüssig aus, und die Knochen schienen hindurch.

Das Monster flatterte wild in seinem Griff und gab ein hohes, widerliches Geräusch von sich, halb Kreischen und halb Wimmern. Kaj Nevis hielt es auf Armeslänge von sich entfernt und ließ es flattern, während er es studierte. Es schlug gegen seinen Arm, immer wieder, ohne Erfolg. Er mochte diese Augen; es waren wirklich böse, gruselige Augen. Das Ding könnte recht nützlich sein, dachte er und stellte sich vor, wie es wäre, ein paar Hundert dieser Dinger eines Nachts über Shandi-Stadt abzuwerfen. Oh, sie würden seinen Preis bezahlen. Sie würden ihm alles geben, was er verlangen würde – Geld, Frauen, Macht, den ganzen verdammten Planeten, wenn es das wäre, was er wollte. Es würde großen Spaß machen, dieses Schiff zu besitzen.

In der Zwischenzeit jedoch würde dieses spezielle Exemplar nur stören.

Kaj Nevis ergriff einen Flügel mit jeder Hand und zerriss es in zwei Hälften. Dann ging er lächelnd den Weg zurück, den er gekommen war.

Haviland Tuf überprüfte zum wiederholten Mal die Instrumente und regulierte geringfügig den Flüssigkeitszufluss. Zufrieden faltete er die Hände über dem Bauch und nahm seine Position am Tank ein.

Darin wirbelte und schäumte eine undurchsichtige schwarzrote Flüssigkeit. Tuf wurde ein wenig schwindlig, während er es beobachtete; das war ein Nebeneffekt des Chronowarp, wie er wusste. In diesem winzigen Tank, so klein, dass er ihn fast mit seinen zwei großen Händen umfassen konnte, waren ungeheure Urkräfte am Werk, und auf seinen Befehl hin eilte die Zeit voran. Es erfüllte ihn mit einem einzigartigen Gefühl der Ehrfurcht und der Hochachtung.

Das Nährstoffbad wurde nach und nach dünner, beinahe durchsichtig. Darin, so bildete Tuf sich ein, konnte er vage erkennen, wie ein dunkles Etwas Gestalt annahm und wuchs, sichtbar wuchs, wie die Ontogenese vor seinen Augen stattfand. Vier Pfoten, ja, er konnte sie sehen. Und einen Schwanz. Das war eindeutig ein Schwanz, entschied Tuf.

Er ging zu den Instrumenten zurück. Seine Kreation sollte nicht für die Krankheitserreger anfällig sein, die Pilzchen getötet hatten. Er erinnerte sich an die Impfung, die der Tyrannosaurus kurz vor seiner unerwarteten und unangenehmen Freisetzung erhalten hatte. Zweifelsohne gab es einen Weg, die entsprechenden Antigene und Prophylaxen vor Vollendung des Geburtsprozesses zu verabreichen. Haviland Tuf machte sich daran, genau das zu tun.

Die *Arche* war beinahe vollständig gesäubert. Rica hatte die Sperren in drei Vierteln des Schiffs versiegelt, und das Sterilisationsprogramm lief mit der ihm eigenen, unveränderbaren, automatisierten Logik ab. Landedeck, Maschinenraum, Antriebsraum, Kontrollturm, Brücke und neun andere Sektionen zeigten jetzt auf der Statusübersicht des Bildschirms ein sauberes Blassblau. Nur die große Zentralachse und die Hauptkorridore und Laborbereiche in deren unmittelbarer Nähe wurden immer noch von diesem rostroten Farbton überschattet, der eine mit Krankheiten und Tod in all seinen Myriaden Formen durchsetzte Atmosphäre anzeigte.

Genauso wollte Rica Morgenstern es haben. In diesen miteinander verbundenen zentralen Sektionen lief ein anderer Prozess mit ebenso unbarmherziger Logik ab. Und am Ende würde er ihr die alleinige und vollständige Kontrolle über das Saatschiff und sein gesamtes Wissen, seine Macht und seinen Reichtum verschaffen. Daran hatte sie keinen Zweifel.

Jetzt, da ihre Umgebung sauber und sicher war, hatte Rica dankbar den Helm abgenommen. Sie hatte sich auch etwas zu Essen bestellt – eine dicke weiße Portion Proteine von einem Wesen, das Fleischtier genannt wurde und das die *Arche* seit einem Jahrtausend in Frischestasis gehalten hatte. Sie spülte die Proteine mit einem großen Glas gekühltem Süßwasser hinunter, das leicht nach milidianischem Honig schmeckte. Sie genoss die Mahlzeit, während sie weiter die Berichte verfolgte.

Die Dinge da unten hatten sich beträchtlich vereinfacht. Jefri Löw war tot. Irgendwie schade; eigentlich war er harmlos gewesen, wenn auch unglaublich naiv. Celise Waan war ebenfalls aus dem Spiel, und überraschenderweise hatte sie es geschafft, die Höllenkätzchen mit sich zu nehmen. Kaj Nevis hatte den Haubendrakula entsorgt.

Niemand mehr übrig außer Nevis und Tuf … und ihr.

Rica grinste.

Tuf war kein Problem. Er war damit beschäftigt, eine Katze zu machen. Um ihn konnte sie sich leicht kümmern, auf die eine oder andere Art. Nein, das einzige wirkliche Hindernis, das jetzt noch zwischen Rica und dem Gewinn stand, war Kaj Nevis mit dem unqinischen Kampfanzug. Kaj verspürte zum jetzigen Zeitpunkt wahrscheinlich große Zuversicht. Gut. Lass ihn nur, dachte sie.

Rica Morgenstern beendete ihre Mahlzeit und leckte sich die Fingerspitzen ab. Es wurde Zeit für ihre Zoologiestunde, dachte sie sich. Sie rief die Berichte über die drei Biowaffen auf, die immer noch im Schiff umherstreiften. Wenn keine davon geeignet war, was soll's, in der Stasis hatte sie noch neununddreißig weitere, die nur darauf warteten, freigesetzt zu werden. Sie konnte sich ganz einfach ihren gewünschten Vollstrecker aussuchen.

Ein Kampfanzug? Was sie hatte, war besser als hundert Kampfanzüge.

Als sie die zoologischen Profile gelesen hatte, grinste Rica Morgenstern breit.

Vergiss deine Vorbehalte. Das einzige Problem besteht darin, die richtigen Maßnahmen einzuleiten. Sie überprüfte den Lageplan oben auf dem Bildschirm und überlegte, wie verschlungen die Gedankengänge des alten Kaj Nevis sein mochten.

Nicht annähernd verschlungen genug, vermutete Rica.

Der verdammte Korridor hörte gar nicht mehr auf und schien immer nur zu anderen Korridoren zu führen. Seine Anzeigen verrieten ihm, dass er seine Atemluft bereits aus dem dritten Tank bezog. Kaj Nevis wusste, dass er die anderen schnell finden und aus dem Weg schaffen musste, sodass er sich mit der Frage beschäftigen konnte, wie das verdammte Schiff funktionierte.

Er marschierte gerade einen besonders langen, breiten Korridor entlang, als plötzlich eine Art Plastikstreifen, der in den Boden eingelassen war, unter seinen Füßen aufleuchtete.

Nevis hielt inne und runzelte die Stirn.

Die Spur leuchtete bedeutungsvoll. Sie führte genau geradeaus und bog an der nächsten Kreuzung nach rechts ab.

Nevis machte einen Schritt. Der Abschnitt der Spur hinter ihm verblasste.

Er wurde irgendwohin geführt. Anittas hatte etwas davon gemurmelt, Menschen auf dem Schiff herumzuführen, bevor er ihm seinen kleinen Haarschnitt verpasst hatte. So machte er das also. Konnte der Cybertech immer noch am Leben sein und in den Computern der *Arche* herumspuken? Nevis bezweifelte es. Anittas war ihm ziemlich tot vorgekommen, und er hatte eine Menge Erfahrung damit, Menschen totzumachen. Wer war es dann? Morgenstern, natürlich. Sie musste es sein. Der Cybertech hatte gesagt, er hätte sie zum Kontrollraum geführt.

Also, wohin versuchte sie ihn zu führen?

Kaj Nevis dachte einen Augenblick darüber nach. In seinem Anzug fühlte er sich nahezu unverwundbar. Aber warum sollte er es darauf ankommen lassen? Außerdem war Morgenstern eine verräterische kleine Schlampe. Sie führte ihn vielleicht nur für immer im Kreis herum, bis ihm die Luft ausging.

Er drehte sich entschlossen um und stapfte in die entgegengesetzte Richtung der verführerischen silbernen Führungslinie davon.

An der nächsten Abzweigung blitzte eine grüne Spur auf und führte nach links.

Kaj Nevis ging nach rechts.

Der Weg endete an zwei spiralförmigen Rolltreppen. Als Nevis anhielt, setzte sich die eine in Bewegung und wand sich nach oben. Er schnitt eine Grimasse und ging auf der sich nicht bewegenden nach unten.

Er stieg drei Decks hinab. Unten war der Korridor dunkel und schmal und führte in zwei Richtungen. Bevor Nevis eine Wahl treffen konnte, hörte er ein metallisch kratzendes Geräusch, und eine Schiebetür kam aus der Wand hervor und riegelte den rechten Gang ab.

Die Schlampe versucht es weiter, dachte er wütend. Er blickte nach links. Der Korridor schien etwas breiter zu werden, aber auch dunkler, und hier und dort standen alte Maschinen herum. Nevis gefiel der Anblick nicht.

Wenn Morgenstern glaubte, sie könnte ihn in eine Falle locken, indem sie ein paar Türen schloss, dann musste sie sich schon etwas Besseres einfallen lassen. Nevis drehte sich zu der versiegelten Passage um, hob einen Fuß und trat zu. Der Lärm war ohrenbetäubend. Er trat immer wieder zu und setzte dann auch die gepanzerten Fäuste ein. Er brachte die gesamte verstärkte exoskelettale Kraft des Kampfanzugs zum Einsatz.

Grinsend stieg er über die Reste der Schiebetür in den dunklen, engen Gang, den Morgenstern ihm hatte verbieten wollen. Unter seinen Füßen war nacktes Metall, die Wände berührten fast seine Schultern. Es war irgendeine Art Verbindungsweg, überlegte Nevis, aber er führte vielleicht zu etwas Wichtigem. Warum hatte Morgenstern sonst versucht, ihn davon fernzuhalten?

Seine Untertassenfüße dröhnten auf den Bodenplatten. Er ging weiter. Es wurde dunkler, aber Kaj Nevis war fest entschlossen. An einer Stelle machte der Gang einen scharfen Rechtsknick, fast zu eng für seinen Kampfanzug. Er musste sich mit angezogenen Armen und halb gebeugten Beinen vorbeiquetschen.

Hinter der Kurve erschien ein kleines Lichtquadrat über seinem Kopf. Nevis ging darauf zu. Dann blieb er abrupt stehen. Was war das?

Da war eine Art schwarzer Klumpen, der vor ihm in der Luft schwebte.

Kaj Nevis ging vorsichtig darauf zu.

Der dunkle Klumpen war klein und rund, kaum größer als eine Männerfaust. Nevis blieb ungefähr einen Meter davon entfernt stehen und musterte ihn. Ein weiteres Monster – genauso hässlich wie jenes, das sich an Jefri Löw gütlich getan hatte, nur unheimlicher. Es war braun und klumpig, und sein Versteck sah aus, als wäre es aus Stein. Das Wesen selbst sah fast aus wie ein Stein; Nevis bemerkte nur an seinem Maul, dass es lebendig war – ein feuchtes, schwarzes Loch in der steinernen Haut. Im Innern des Mauls war alles nass und grün und in Bewegung; und er konnte Zähne ausmachen. Zumindest sahen sie wie Zähne aus, nur dass sie aus Metall zu bestehen schienen. Er glaubte, drei Reihen gesehen zu haben, halb verdeckt von gummiartigem grünem Fleisch, das langsam und beständig pulsierte.

Das Unheimlichste war jedoch, wie unglaublich bewegungslos es war. Zuerst dachte Nevis, dass es irgendwie in der Luft schweben würde. Aber dann kam er ein wenig näher und sah, dass er sich geirrt hatte. Es hing in der Mitte eines unglaublich feinen Netzes, dessen Fäden so dünn waren, dass man sie kaum noch sehen konnte. Die Enden waren tatsächlich unsichtbar. Nevis konnte die dicksten Teile nahe der Mitte ausmachen, wo die Kreatur saß und pulsierte, aber das Netz schien dünner und dünner zu werden, je weiter es sich ausbreitete, und man konnte überhaupt nicht erkennen, wo es mit der Wand oder dem Boden verbunden war, ganz gleich, wie angestrengt man auch schaute.

Eine Spinne also. Eine ziemlich gruselige. Das steinerne Erscheinungsbild erinnerte ihn an eine Lebensform auf Siliziumbasis. Er hatte schon gelegentlich davon gehört. Wirklich gottverdammt selten. Also hatte er es hier mit einer Art Siliziumspinne zu tun. Immerhin!

Kaj Nevis ging näher heran. Verdammt, dachte er. Das Netz oder das, was er für das Netz hielt … zur Hölle, das verdammte Ding saß nicht etwa in dem Netz, es war *Teil* des Netzes. Diese feinen, dünnen Spinnenfäden wuchsen aus dem Körper heraus, wie er jetzt sah. Er konnte kaum die Verbindungen ausmachen. Und es waren mehr, als er gedacht hatte – Hunderte, vielleicht Tausende, die meisten davon zu dünn, als dass man sie überhaupt hätte erkennen können, aber wenn man sie aus dem richtigen Blickwinkel betrachtete, konnte man sie im Licht fein silbrig glänzen sehen.

Unsicher trat Nevis einen Schritt zurück, trotz des Schutzes, den sein gepanzerter Anzug ihm bot, und aus irgendeinem Grund, den er nicht benennen konnte. Hinter der Siliziumspinne schimmerte Licht am Ende des Verbindungsganges. Dort musste irgendetwas Wichtiges sein; deshalb gab sich Rica Morgenstern so große Mühe, ihn davon fernzuhalten.

Das war es, dachte er sich mit grimmiger Befriedigung. Da hinten war höchstwahrscheinlich dieser verdammte *Kontrollraum*, und Rica hatte sich darin verkrochen, und diese dumme Spinne war ihre letzte Verteidigungslinie. Sie war zwar gruselig, aber was zur Hölle konnte sie ihm sonst noch anhaben?

Kaj Nevis erhob die Greifarme und wollte mit dem rechten Greifer das Netz zerschneiden.

Die glänzenden, blutverschmierten, gezähnten Metallblätter schlossen sich weich und leicht um die nächste sichtbare Spinnwebe. Glänzende, blutverschmierte, gezähnte Bruchteile von unqinischem Metall fielen scheppernd auf die Bodenplatten.

Nun vibrierte das ganze Netz.

Kaj Nevis starrte auf seinen unteren rechten Arm. Der halbe Greifer war abgetrennt. Galle stieg ihm die Kehle hoch. Er trat einen Schritt zurück, einen weiteren, einen dritten, brachte Abstand zwischen sich und dem *Ding* da hinten.

Eintausend Spinnweben, dünner als Garn, wurden zu eintausend Beinen. Sie hinterließen eintausend Löcher in den Metallwänden, wenn sie gingen, und zerschnitten den Boden bei der leichtesten Berührung.

Nevis rannte. Er lief, bis er an die enge Stelle kam, wo der Gang abbog.

Er wollte gerade die massigen Arme des Anzuges senken und versuchen, sich durch die Enge zu quetschen, als das Wandernde Netz ihn erreichte. Es bewegte sich auf und ab hüpfend auf ihn zu, es wurde von tausend Beinen in der Luft gehalten, und sein Maul pulsierte. Nevis stieß angstvolle, erstickte Laute aus. Eintausend monomolekulare Siliziumarme umschlossen ihn.

Nevis erhob eine riesige kraftvolle Hand, um den Kopf des Dings zu ergreifen und zu Brei zu zerquetschen, aber die Arme waren überall und schlossen sich langsam um ihn. Er wollte sie wegstoßen, und sie schnitten durch Metall, Fleisch, Knochen, Blut spritzte aus dem Stumpf an seinem Handgelenk. Er schrie kurz auf.

Dann zog sich das Wandernde Netz um ihn zusammen.

Ein haarfeiner Riss erschien im Plastik des leeren Tanks. Das Kätzchen schlug danach. Der Riss wurde länger. Haviland Tuf langte hinein, ergriff das Kätzchen mit seiner großen Hand und brachte es nahe vor sein Gesicht. Es war winzig und ein wenig schwächlich; vielleicht hatte er die Geburt zu früh eingeleitet. Bei seinem nächsten Versuch würde er vorsichtiger sein, aber dieses Mal hatten die Unsicherheit seiner Position und die Notwendigkeit, sich ständig nach umherwandernden Tyrannosauriern umzuschauen, zu einer gewissen unangebrachten Eile geführt.

Nichtsdestotrotz wertete er den Versuch als Erfolg. Das Kätzchen miaute. Haviland Tuf beschloss, dass er es mit einer Nuckelflasche von Hand würde aufziehen müssen, obwohl er keinen Zweifel daran hatte, dieser Aufgabe gewachsen zu sein. Die Augen des Kätzchens waren kaum geöffnet, und sein langes, graues Fell war noch nass von der Flüssigkeit, die es bis vor Kurzem umgeben hatte. War Pilzchen wirklich jemals so klein gewesen?

»Ich kann dich nicht Pilzchen nennen«, teilte er seinem neuen Gefährten feierlich mit. »Genetisch gesehen bist du zwar Pilzchen, aber Pilzchen war Pilzchen, und du bist du, und ich will dich nicht verwirren. Ich werde dich Gomorrha nennen, eine passende

Ergänzung zu Sodom.« Das Kätzchen bewegte sich in seiner Handfläche und öffnete und schloss ein Auge, als hätte es verstanden; denn, wie Tuf wusste, waren alle Katzen leicht parapsychisch begabt.

Er blickte sich um. Hier gab es nichts mehr zu tun. Vielleicht war es an der Zeit, seine ehemaligen und unwürdigen Gefährten ausfindig zu machen und zu versuchen, irgendeine auf gegenseitigem Vorteil beruhende Einigung zu erreichen. Mit Gomorrha auf dem Arm setzte er sich in Bewegung, um sie zu suchen.

Bis auf die Schreie war es jetzt vorbei, entschied Rica Morgenstern, als Nevis' rotes Licht vom Bildschirm verschwand. Jetzt blieben nur noch sie und Tuf, was in der Praxis bedeutete, dass sie die Herrin der *Arche* war.

Was zur Hölle würde sie damit anfangen, fragte sie sich. Schwer zu sagen. Sie irgendeinem Waffenkonsortium oder dem meistbietenden Planeten verkaufen? Eher nicht. Sie vertraute niemandem, der so viel Macht hatte. Denn Macht korrumpierte. Vielleicht sollte sie sie behalten und einsetzen. Sie war schließlich bereits korrupt genug, also sollte sie dagegen immun sein. Aber es würde ein schrecklich einsames Leben allein in dieser Leichenhalle sein. Sie konnte natürlich eine Besatzung anheuern – Freunde an Bord bringen, Liebhaber, Lakaien. Nur, wie konnte sie ihnen vertrauen? Rica runzelte die Stirn. Es war ein verzwicktes Problem, aber sie hatte sehr viel Zeit, sich damit zu beschäftigen. Sie würde später darüber nachdenken.

Im Moment hatte sie ein wesentlich dringenderes Problem zu bewältigen. Tuf hatte soeben die zentrale Klonkammer verlassen und lief in den Gängen umher. Was würde sie mit ihm anstellen?

Sie studierte die Anzeigen. Das Wandernde Netz hing warm und gemütlich in seiner Höhle und fraß wahrscheinlich noch.

Die Rollramme mit ihren ganzen vier Tonnen befand sich unten im Hauptgang von Deck sechs, rollte hin und her wie eine wild gewordene überdimensionale Kanonenkugel, knallte gegen die Wände und suchte irgendetwas Organisches, das sie überrollen, zerschmettern und verspeisen konnte.

Der Tyrannosaurier war auf der richtigen Ebene. Was tat er gerade? Rica rief mehr Details ab und lächelte. Wenn sie ihren Anzeigen glauben konnte, dann fraß er. *Was* fraß er? Zunächst fiel ihr nichts ein. Dann dämmerte es ihr. Es verspeiste die Überreste des alten Jefri Löw und des Haubendrakulas. Der Schauplatz passte.

Wenn man es genau betrachtete, befand er sich sogar ziemlich nahe bei Tuf. Unglücklicherweise lief er in die falsche Richtung, als er sich wieder in Bewegung setzte. Vielleicht sollte sie ein Treffen arrangieren.

Aber sie durfte Tuf nicht unterschätzen. Er war dem Reptil schon einmal entkommen, und er war vielleicht in der Lage, es ein weiteres Mal zu tun. Und selbst wenn sie ihn auf die gleiche Ebene wie die Rollramme führte, stellte sich dasselbe Problem. Tuf besaß eine gewisse Bauernschläue. Sie würde es nie schaffen, den alten Tuffy an der Nase herumzuführen, wie sie es mit Nevis getan hatte. Er war zu raffiniert. Sie erinnerte sich an die Spiele, die sie an Bord der *Füllhorn* gespielt hatten. Tuf hatte sie alle gewonnen.

Noch ein paar Biowaffen freisetzen? Kein Problem.

Rica Morgenstern zögerte. Ach, verdammt, dachte sie, es gab einen einfacheren Weg. Es wurde Zeit, dass sie selbst zur Tat schritt.

Über der einen Armlehne des Kapitänsthrons hing ein Diadem aus irisierendem Metall, das Rica zuvor aus einem Staufach geholt hatte. Sie nahm es, legte es unter einen Scanner, um die Stromspannung zu überprüfen, und schob es sich verwegen auf den Kopf. Dann setzte sie den Helm auf, versiegelte den Anzug und zog den Nadler. Sie musste mal wieder in die Bresche springen.

Auf seiner Wanderung durch die Gänge der *Arche* hatte Haviland Tuf eine Art Fahrzeug gefunden – einen kleinen, offenen, dreirädrigen Wagen. Er hatte eine ganze Weile stehen müssen, und davor hatte er sich unter einen Tisch gekauert. Er war nur zu froh, jetzt sitzen zu können. Er fuhr mit ruhiger, beständiger, angenehmer Geschwindigkeit, hatte sich im Sitz zurückgelehnt und blickte geradeaus. Gomorrha saß auf seinem Schoß.

Tuf fuhr kilometerweit durch Korridore. Er war ein vorsichtiger und methodischer Fahrer. An jeder Kreuzung hielt er an, schaute nach rechts, schaute nach links und wog seine Entscheidung sorgfältig ab, bevor er weiterfuhr. Zweimal bog er ab, teilweise geführt von reiner Logik, teilweise aus purer Laune, blieb aber meistens auf den breitesten Korridoren. Einmal hatte er angehalten und war ausgestiegen, um ein paar Türen zu untersuchen, die einen interessanten Eindruck machten. Er sah nichts, begegnete niemandem. Von Zeit zu Zeit bewegte sich Gomorrha auf seinem Schoß.

Dann erschien Rica Morgenstern vor ihm.

Haviland Tuf stoppte den Wagen in der Mitte einer großen Kreuzung. Er schaute nach rechts und blinzelte ein paarmal. Er schaute nach links. Dann starrte er geradeaus, die Hände über dem Bauch gefaltet, und beobachtete, wie sie ihm langsam näher kam.

Sie blieb ungefähr fünf Meter vor ihm im Korridor stehen. »Eine kleine Spazierfahrt?«, fragte sie. In ihrer rechten Hand hielt sie den wohlbekannten Nadler. In ihrer linken Hand befand sich ein Bündel Streifen, die auf den Boden hinabhingen.

»In der Tat«, sagte Haviland Tuf. »Ich war eine Weile beschäftigt gewesen. Wo sind die anderen?«

»Tot«, sagte Rica Morgenstern. »Verschwunden. Fort. Aus dem Spiel eliminiert. Nur wir beide sind noch übrig, Tuf.«

»Eine bekannte Situation«, sagte Tuf emotionslos.

»Dies ist das letzte Spiel, Tuf«, sagte Rica Morgenstern. »Keine Revanche. Und dieses Mal werde ich gewinnen.«

Tuf streichelte Gomorrha und sagte nichts.

»Tuf«, sagte sie liebenswürdig. »Sie sind unschuldig an allem. Ich habe nichts gegen Sie. Nehmen Sie Ihr Schiff, und verschwinden Sie.«

»Wenn Sie damit die *Füllhorn der Exzellenten Güter und Niedrigen Preise* meinen«, sagte Haviland Tuf, »möchte ich Sie daran erinnern, dass sie beträchtliche Schäden erlitten hat, die noch nicht repariert sind.«

»Dann nehmen Sie sich irgendein anderes Schiff.«

»Das werde ich nicht tun«, sagte Tuf. »Mein Anspruch auf die *Arche* ist vielleicht rangniedriger als der von Celise Waan, Jefri Löw, Kaj Nevis und Anittas, aber da Sie mir gesagt haben, dass sie alle nun tot sind, ist mein Anspruch sicherlich genauso viel wert wie der Ihre.«

»Nicht ganz«, sagte Rica Morgenstern. Sie hob den Nadler. »Das hier verleiht meinem Anspruch etwas mehr Nachdruck.«

Haviland Tuf betrachtete das Kätzchen auf seinem Schoß. »Lass dies deine erste Lektion über die bösen Dinge des Universums sein«, sagte er laut. »Was bedeutet schon Fairness, wenn die eine Seite eine Waffe hat und die andere nicht? Überall herrscht brutale Gewalt, und Intelligenz und gute Absichten werden stets mit Füßen getreten.« Er starrte wieder auf Rica Morgenstern. »Madam«, sagte er, »ich nehme Ihren Vorteil zur Kenntnis. Aber ich muss protestieren. Die verstorbenen Mitglieder Ihrer Gruppe haben mir einen vollen Anteil an diesem Unternehmen zugesprochen, bevor wir die *Arche* betreten haben. Meines Wissens waren Sie nie entsprechend beteiligt. Daher genieße ich Ihnen gegenüber einen legalen Vorteil.« Er hob einen Finger. »Weiterhin vertrete ich die Meinung, dass Besitztum mit Nutzen verbunden ist sowie mit der Fähigkeit, etwas zu nutzen. Die *Arche* sollte optimalerweise unter dem Kommando der Person stehen, die das Talent, den Intellekt und den Willen gezeigt hat, den effektivsten Nutzen aus ihren unzähligen Kapazitäten zu ziehen. Ich plädiere dafür, dass ich diese Person bin.«

Rica Morgenstern lachte. »Ach wirklich?«

»In der Tat«, sagte Haviland Tuf. Er nahm Gomorrha in die Hand und hob das Kätzchen hoch, damit Rica Morgenstern es sehen konnte. »Sehen Sie den Beweis. Ich habe dieses Schiff erforscht und die Klongeheimnisse des untergegangenen Erdimperiums entschlüsselt. Es war eine ehrfurchtsvolle und berauschende Erfahrung, die ich gern wiederholen würde. In der Tat habe ich mich entschieden, das grobe Gewerbe des Händlers für den ehrbareren Beruf des Ökoingenieurs aufzugeben. Ich hoffe, Sie haben nicht die Absicht, sich mir in den Weg zu stellen. Seien Sie versichert, dass ich Sie mit einer Möglichkeit ausstatten werde, nach ShanDellor zurückzukehren, und ich werde persönlich dafür sorgen, dass Sie genau den Bruchteil des Lohnes erhalten, der Ihnen von Jefri Löw und den anderen versprochen wurde.«

Rica Morgenstern schüttelte ungläubig den Kopf. »Sie sind unglaublich, Tuffy.« Sie trat vor und ließ den Nadler um ihren Finger kreisen. »Sie denken also, dass Sie dieses Schiff bekommen werden, weil Sie es nutzen können und ich nicht?«

»Sie haben den Sinn erfasst«, sagte Tuf anerkennend.

Rica lachte wieder. »Hier, den brauche ich nicht«, sagte sie gelassen und warf ihm den Nadler zu.

Tuf griff danach und fing ihn in der Luft auf. »Mir scheint, dass mein Anspruch unerwartet und entschieden bekräftigt wurde. Ich könnte jetzt damit drohen, Sie zu erschießen.«

»Aber das werden Sie nicht tun«, sagte Rica. »Regeln, Tuf. Sie spielen nach Regeln. Ich dagegen werfe sie gern über Bord.« Sie schlang sich die verhedderten Streifen, die sie getragen hatte, um die Schultern. »Wissen Sie, was ich gemacht habe, während Sie sich ein Kätzchen geklont haben?«

»Offensichtlich weiß ich es nicht«, sagte Haviland Tuf.

»Offensichtlich«, wiederholte Rica hämisch. »Ich war auf der Brücke, Tuf, habe mit dem Computer gespielt und alles gelernt, was ich über das ÖIK und die *Arche* wissen muss.«

Tuf blinzelte. »In der Tat?«

»Es gibt da oben einen riesigen Bildschirm«, sagte sie. »Denken Sie an eine Art großes Spielfeld, Tuf. Ich habe jeden Zug beobachtet. Die roten Spielsteine, das waren Sie und die anderen. Auch ich. Und die schwarzen Steine waren die Biowaffen, wie das System sie nennt. Ich für meinen Teil ziehe den Klang des Wortes *Monster* vor. Ist kürzer. Weniger formal.«

»Dennoch mit einer starken Nebenbedeutung versehen«, warf Tuf ein.

»Oh, ganz sicher. Aber zurück zum Wesentlichen. Wir sind durch die Verteidigungssphäre gekommen, wir haben sogar die Seuchenverteidigung bezwungen, aber Anittas wurde getötet und hat sich eine kleine Rache überlegt. Also hat er die Monsterverteidigung ausgelöst. Und ich habe da oben gesessen und zugesehen, wie die roten und die schwarzen Steine einander gejagt haben. Aber etwas fehlte, Tuf. Wissen Sie, was?«

»Ich vermute, das ist eine rhetorische Frage«, sagte Tuf.

»In der Tat«, ahmte Rica Morgenstern ihn mit einem Lachen nach. »Die *Grünen* fehlten, Tuf! Das System war darauf programmiert, Eindringlinge in Rot darzustellen, die eigenen Biowaffen in Schwarz und das autorisierte Personal der *Arche* in Grün. Es gab natürlich keine Grünen. Aber das brachte mich auf eine Idee, Tuf. Die Monsterverteidigung war mit Sicherheit eine allerletzte Option. Aber war sie wirklich nur für den Fall gedacht, dass das Schiff aufgegeben und verlassen ist?«

Tuf verschränkte die Hände. »Ich denke nicht. Die Existenz des Bildschirms schließt die Existenz von jemandem ein, der besagten Bildschirm überwacht. Außerdem muss die Möglichkeit in Betracht gezogen werden, dass alle drei Gruppen an Bord und gleichzeitig aktiv sind, wenn das Schiff darauf programmiert war, Schiffsbesatzung, Eindringlinge und monströse Verteidiger simultan und in verschiedenen Farben darzustellen.«

»Ja«, sagte Rica Morgenstern. »Jetzt zur Schlüsselfrage.«

Im Korridor hinter ihr bemerkte Haviland Tuf eine Bewegung. »Entschuldigen Sie …«, begann er.

Rica winkte ab. »Wenn man geplant hatte, diese Schreckgestalten loszulassen, um im Notfall Eindringlinge loszuwerden, *wie hat man dann die eigenen Leute davor beschützt, getötet zu werden?*«

»Eine interessante Zwickmühle«, gab Tuf zu. »Ich würde wirklich gern die Antwort auf dieses Rätsel hören. Ich fürchte jedoch, dass ich dieses Vergnügen aufschieben muss.« Er räusperte sich. »Es liegt mir wirklich fern, Sie bei einem so interessanten Vortrag zu unterbrechen. Ich fühle mich jedoch verpflichtet, Sie darauf hinzuweisen …« Das Deck bebte.

»Ja«, sagte Rica grinsend.

»Ich fühle mich verpflichtet, Sie darauf hinzuweisen«, wiederholte Tuf, »dass ein wirklich großer fleischfressender Dinosaurier im Gang hinter Ihnen aufgetaucht ist und gegenwärtig versucht, sich an uns heranzuschleichen. Obwohl er nicht besonders gut darin ist.«

Der Tyrannosaurier brüllte.

Rica Morgenstern ließ sich nicht beirren. »Wirklich?«, sagte sie laut lachend. »Sie erwarten doch nicht ernsthaft von mir, dass ich auf diese alte Da-ist-ein-Dinosaurier-hinter-dir-Masche hereinfalle. Ich hätte mehr von Ihnen erwartet, Tuf.«

»Ich protestiere! Ich bin mir völlig sicher«. Tuf schaltete den Motor seines Fahrzeugs ein. »Bedenken Sie die Geschwindigkeit, mit der ich mein Fahrzeug aktiviert habe, um vor der Kreatur flüchten zu können. Wie können Sie an mir zweifeln, Rica Morgenstern? Sicherlich hören Sie, wie das Biest donnernd näher kommt, vernehmen sein Gebrüll?«

»Welches Gebrüll?«, fragte Rica. »Nein, im Ernst, Tuf, ich wollte Ihnen etwas sagen. Die Antwort. Wir haben ein kleines Teil des Puzzles vergessen.«

»In der Tat«, sagte Tuf. Der Tyrannosaurier bewegte sich mit alarmierender Schnelligkeit auf sie zu. Er hatte schlechte Laune, und sein Gebrüll machte es schwer, Rica Morgenstern zu verstehen.

»Das Ökologische Ingenieurskorps bestand nicht nur aus Klonern, Tuf. Diese Leute waren Militärwissenschaftler. Sie waren *genetische Ingenieure* ersten Grades. Sie konnten Lebensformen von zahllosen Planeten wiedererschaffen und sie in ihren Tanks zum Leben erwecken, aber sie konnten noch mehr als das. Sie konnten auch mit der DNS selbst herumspielen, konnten diese Lebensformen verändern, sie an ihre eigenen Zwecke anpassen!«

»Natürlich«, sagte Tuf. »Bitte entschuldigen Sie mich, aber ich fürchte, dass ich jetzt vor dem Dinosaurier davonlaufen muss.« Der Tyrannosaurier befand sich zehn Meter hinter Rica. Er hielt an. Sein peitschender Schwanz schlug gegen die Wände, und Tufs Wagen erbebte davon. Speichel tropfte von seinen Fangzähnen, und seine stummeligen Vorderbeine krallten sich ungeschickt und verärgert in die Luft.

»Das wäre sehr unhöflich«, sagte Rica. »Denn hier ist die Antwort, Tuf. Diese Biowaffen, diese Monster – sie wurden tausend Jahre lang in Stasis gehalten, vielleicht sogar noch länger. Aber sie waren nicht einfach nur Monster. Sie waren für einen speziellen Zweck geklont worden, nämlich um das Schiff gegen Eindringlinge zu verteidigen, und zu diesem Zweck wurden sie auch genetisch manipuliert.« Der Tyrannosaurier machte einen Schritt, zwei, drei, dann stand er genau hinter ihr, und sein Schatten hüllte sie in Dunkelheit.

»Wie manipuliert?«, fragte Haviland Tuf.

»Ich dachte schon, Sie würden nie danach fragen«, sagte Rica Morgenstern. Der Tyrannosaurier beugte sich vor, brüllte, öffnete die gewaltigen Kiefer und umfasste ihren Kopf. »Telepathie«, sagte sie zwischen seinen Zähnen.

»In der Tat«, stellte Haviland Tuf fest.

»Eine einfache telepathische Fähigkeit«, verkündete Rica aus dem Innern der Tyrannosaurierkiefer. Sie langte nach oben und pflückte mit einem leisen *Tsk*-Geräusch etwas aus seinen Zähnen. »Einige der Monster besaßen fast gar keine Intelligenz, der pure Instinkt. Sie haben eine grundlegende instinktive Aversion. Die komplexeren Monster besitzen eine telepathische Unterwürfigkeit. Die Kontrollinstrumente waren Psi-Verstärker. Hübsche kleine Dinger, wie Kronen. Ich trage jetzt eine. Es verleiht keine telepathischen Kräfte oder ähnlich Dramatisches. Es bewirkt nur, dass einige der Monster mich meiden und andere mir gehorchen.« Sie duckte sich unter dem Dinosauriermaul hinweg und tätschelte laut die Seite seines Kiefers. »Runter, Junge«, sagte sie.

Der Tyrannosaurier brüllte und senkte den Kopf. Rica Morgenstern entwirrte Zaumzeug und Sattel und legte es an. »Ich habe ihn die ganze Zeit kontrolliert, während wir uns unterhalten haben«, sagte sie beiläufig. »Ich habe ihn hierhergerufen. Er ist *hungrig*. Er hat Löw gefressen, aber Löw war klein und außerdem tot, und er hat seit tausend Jahren nichts anderes gefressen.«

Haviland Tuf blickte auf den Nadler in seiner Hand. Er schien mehr als nutzlos zu sein. Außerdem war er sowieso ein schlechter Schütze. »Es würde mir große Freude bereiten, ihm einen Stegosaurier zu klonen.«

»Nein, danke«, sagte Rica, als sie das Zaumzeug festzog. »Sie kommen aus dem Spiel nicht mehr raus. Sie wollten spielen, Tuffy, und ich fürchte, jetzt verlieren Sie auf der ganzen Linie. Sie hätten gehen sollen, als ich Ihnen die Chance dazu gegeben hatte. Lassen Sie uns Ihren Anspruch betrachten. Löw und Nevis und die anderen haben Ihnen einen vollen Anteil angeboten, ja, aber wovon? Ich fürchte, Sie erhalten jetzt einen vollen Anteil von allem, was auch die anderen erhalten haben, ob Sie nun wollen oder nicht. So viel zu Ihren juristischen Argumenten. Und was Ihren moralischen Anspruch bezüglich des höheren Nutzens betrifft«, sie gab dem Dinosaurier einen Klaps und grinste, »so denke ich, dass ich demonstriert habe, dass ich die *Arche* einem effektiveren Nutzen zuführen kann als Sie. Noch etwas tiefer.« Das Tier lehnte sich noch weiter nach vorn, und Rica schwang sich auf den Sattel in seinem Nacken. »Auf!«, bellte sie. Der Tyrannosaurier erhob sich.

»So legen wir Rechtmäßigkeit und Moral beiseite und kehren zur Gewalt zurück«, sagte Tuf.

»Ich fürchte, ja«, sagte Rica vom Rücken ihrer grausamen Echse. Sie bewegte sich langsam vorwärts, als würde Rica ihren Weg ertasten. »Sagen Sie nicht, ich hätte nicht fair gespielt, Tuf. Ich habe den Dinosaurier, aber Sie haben meinen Nadler. Vielleicht gelingt Ihnen ja ein Glückstreffer. Also sind wir beide bewaffnet.« Sie lachte. »Nur dass ich bis an die Zähne bewaffnet bin.«

Haviland Tuf stand da und warf den Nadler zu ihr zurück. Es war ein guter Wurf. Rica beugte sich zu einer Seite und fing ihn auf. »Was jetzt?«, fragte sie. »Geben Sie auf?«

»Ihre Skrupel die Fairness betreffend haben mich beeindruckt«, sagte Tuf. »Ich möchte Sie nicht übervorteilen. Sie haben einen Anspruch, ich habe einen Anspruch. Sie haben ein Tier.« Er streichelte sein Kätzchen. »Auch ich habe ein Tier. Jetzt haben Sie eine Waffe.« Er aktivierte seinen Wagen und fuhr rückwärts von der Kreuzung, rollte schnell den Gang hinunter, zumindest so schnell, wie er im Rückwärtsgang fahren konnte.

»Dann also auf Ihre Art«, sagte Rica. Das Spiel war zu Ende. Sie war ein wenig traurig. Tuf wendete sein Fahrzeug, um vorwärts statt rückwärts flüchten zu können. Der Tyrannosaurier öffnete weit das Maul, und Speichel rann von seinen halbmeterlangen Zähnen. Er brüllte einen Schrei aus purem, rotem, primitivem, Millionen Jahre altem Hunger und rannte hinter ihm her.

Er stürmte den Korridor entlang und auf die Kreuzung.

Zwanzig Meter entfernt im kreuzenden Korridor wurde das Minigehirn der Plasmakanone darauf aufmerksam, dass etwas, das die programmierten Zieldimensionen übertraf, die Schusszone betreten hatte. Ein ganz leises Klicken ertönte.

Haviland Tuf hatte sich vom grellen Licht abgewandt; er brachte seinen Körper zwischen Gomorrha und die Hitze und das fürchterliche Geräusch. Es dauerte glücklicherweise nur einen kurzen Moment, obwohl der Geruch nach verbranntem Reptil an dieser Stelle wohl für Jahre anhalten würde, und zweifellos würden Teile des Decks und der Wände ersetzt werden müssen.

»Auch ich hatte eine Waffe«, sagte Haviland Tuf zu seinem Kätzchen.

Später, viel später, als die *Arche* gesäubert war und er und Sodom und Gomorrha sich in der Kapitänssuite gemütlich eingerichtet hatten, als er all seine persönlichen Dinge eingeräumt und sich um die Leichen gekümmert hatte, als alle Reparaturen erledigt waren, die er erledigen konnte, und er herausbekommen hatte, wie man diese fürchterlich laute Kreatur beruhigen konnte, die unten auf Deck sechs lebte, machte sich Haviland Tuf daran, das Schiff methodisch zu durchsuchen. Am zweiten Tag fand er eine Kleiderkammer, aber die Männer und Frauen des ÖIK waren kleiner als er gewesen und auch viel schlanker, daher passte ihm keine der Uniformen.

Er fand jedoch eine Mütze, die er mitnahm, weil sie ihm gefiel. Es war eine grüne Schirmkappe, und sie passte genau auf seinen kahlen, milchweißen Kopf. An der Vorderseite war in Gold das Theta angebracht, das einst das Siegel des Korps gewesen war.

»Haviland Tuf«, sagte er zu seinem Spiegelbild, »Ökoingenieur.«

Das hört sich gar nicht mal so schlecht an, dachte er.

BROT UND FISCHE

Sie hieß Tolly Mune, aber man gab ihr alle möglichen Namen.

Diejenigen, die ihre Domäne zum ersten Mal betraten, gebrauchten ihren Titel mit einer gewissen Ehrfurcht. Seit mehr als vierzig Standardjahren war sie Hafenmeisterin, und davor war sie stellvertretende Hafenmeisterin gewesen – sie gehörte schlicht zum Inventar der großen Orbitalgemeinschaft, die offiziell als der Hafen von S'uthlam bekannt war. Auf der Oberfläche des Planeten war das Büro im Flussdiagramm der Bürokratie nur ein Kästchen unter vielen, aber oben in der Umlaufbahn war der Hafenmeister Vorarbeiter, Geschäftsführer, Richter, Bürgermeister, Schiedsrichter, Gesetzgeber, Chefmechaniker und Oberbulle in einer Person. Also nannte man sie die HM.

Der Hafen hatte klein angefangen und war über die Jahrhunderte größer geworden. S'uthlams Bevölkerungswachstum machte den Planeten zu einem immer bedeutenderen Markt und einem Schlüsselglied im Netzwerk des interstellaren Handels in diesem Sektor. Im Mittelpunkt des Hafens lag die Station selbst, ein hohler Asteroid von etwa sechzehn Kilometern Durchmesser, mit Parks, Geschäften und Schlafsälen, Lagerhäusern und Labors. Sechs vorherige Stationen, jede größer als die letzte, waren inzwischen aufgegeben worden und hingen am Spinnennest wie fette metallene Keimlinge an einer Steinkartoffel. Die älteste war vor dreihundert Jahren gebaut worden und nicht größer als ein mittelprächtiges Raumschiff.

Spinnennest hieß es jetzt, weil es in der Mitte des Netzes saß, eines verschlungenen silbermetallenen Netzes, ausgeworfen in die Dunkelheit des Alls. Sechzehn gigantische Streben ragten von der Station aus in alle Richtungen. Die neueste war vier Kilometer lang und immer noch im Bau; sieben der ursprünglichen (die achte war bei einer Explosion zerstört worden) strebten zwölf Kilometer weit in den Weltraum hinaus. In diesen großen Röhren waren die Industriebereiche des Hafens untergebracht – Lagerhäuser, Fabriken, Werften, Passagierschleusen und Verladezentren sowie Schleusen und Reparaturbuchten für alle im Sektor bekannten Raumschiffe. Lange pneumatische Röhrenzüge fuhren durch die Mitte der Streben, transportierten Fracht und Passagiere von Sperre zu Sperre, zum überfüllten, lauten, geschäftigen Knotenpunkt des Spinnennestes und zum Fahrstuhl nach unten.

Andere, dünnere Röhren zweigten von den Streben ab und noch dünnere Gänge wiederum von diesen, durchkreuzten immer wieder das Nichts und verbanden alles zu einem Muster, das jedes Jahr komplexer wucherte, da immer mehr Anbauten hinzukamen.

Und zwischen den Strängen des Netzes hingen die Fliegen – Shuttles, die mit Ladungen, die für den Fahrstuhl zu groß oder zu gefährlich waren, zwischen der Oberfläche und S'uthlam hin und her flogen; Minenschiffe, die mit Erz und Eis von den Splittern reinkamen; Lebensmittelfrachter von den Terraform-Farmasteroiden, die als Speisekammer bezeichnet wurden; und alle Arten interstellaren Verkehrs: luxuriöse Linienschiffe der Transportunternehmen, Kaufleute von Planeten wie dem nahe gelegenen Vandeen oder den weit entfernten Caissa und Newholme, Handelsflotten von Kimdiss, Kriegsschiffe von Bastion und Citadel, sogar außerirdische Raumschiffe, Freie Hruun, Raheemai, Gethsoiden und andere, noch fremdartigere Spezies. Sie alle zog es zum Hafen von S'uthlam, und sie waren willkommen.

Diejenigen, die im Spinnennest lebten, die in den Bars und Casinos arbeiteten, die Fracht bewegten, kauften und verkauften, die Schiffe reparierten und auftankten – sie nannten sich selbst Spinnchen, und das stellte durchaus eine Auszeichnung dar. Für sie und für die Fliegen, die so oft kamen, dass man sie als Stammkunden bezeichnen konnte, war Tolly Mune »Ma Spider« – jähzornig, gemein, mit rauem Humor, erschreckend kompetent, allgegenwärtig, unverwüstlich, so groß wie eine Naturgewalt und doppelt so bösartig. Einige von denen, die ihr in die Quere gekommen waren oder ihr Missfallen erregt hatten, mochten die Hafenmeisterin nicht besonders; für sie war sie die Stählerne Witwe.

Sie war eine grobknochige, muskulöse, hässliche Frau – so hager wie jeder echte S'uthlamese, aber so groß (beinahe zwei Meter) und so breit (diese Schultern!), dass man sie auf dem Planeten schon für eine Missgeburt gehalten hatte. Ihr Gesicht war zerknittert und angenehm wie altes Leder. Nach Lokalzeit war sie fünfunddreißig Jahre alt, also fast neunzig Standardjahre, aber sie sah nicht eine Stunde älter aus als sechzig. Sie führte das auf das Leben im Orbit zurück. »Schwerkraft macht einen verdammt alt«, war ihr Kommentar dazu. Mit Ausnahme einiger Kurbäder der Sternenklasse, den Krankenhäusern und Touristenhotels im Spinnennest sowie den großen Linienschiffen mit ihren Schwerkraftnetzen drehte sich der Hafen in ewiger Schwerelosigkeit, und der freie Fall war Tolly Munes Element.

Ihr Haar hatte die Farbe von Silber und Eisen. Wenn sie arbeitete, war es fest zusammengebunden, aber nach Dienstende schwebte es wie ein Kometenschweif hinter ihr her und folgte jeder ihrer Bewegungen. Und wie sie sich bewegte! Dieser große, hagere, grobknochige Körper war fest und anmutig; leicht wie ein Fisch im Wasser schwamm sie durch die Speichen des Netzes und die Korridore, durch die Hallen und Parks des Spinnennestes. Ihre langen Arme und dünnen, muskulösen Beine schoben, tasteten und beförderten sie vorwärts. Schuhe trug sie nie; mit den Füßen war sie fast so geschickt wie mit den Händen.

Sogar draußen im tiefen Raum, wo Spinnchen-Veteranen sperrige Anzüge trugen und sich schwerfällig an Führungsleinen entlangbewegten, wählte Tolly Mune lieber Mobilität und figurbetonte Hautanzüge. Hautanzüge boten nur minimalen Schutz gegen die harte Strahlung von S'ulstar, aber Tolly Mune war hoffnungslos stolz auf die tief blauschwarze Färbung ihrer Haut und schluckte lieber jeden Morgen Unmengen von Pillen gegen Krebs, statt die langsame, plumpe Sicherheit zu wählen. Draußen in der strahlenden, harten Schwärze zwischen den Fäden des Netzes war sie Herrin der Lage. An den Hand- und Fußgelenken trug sie Antriebsdüsen, und niemand konnte besser damit umgehen als sie. Sie huschte ungehindert von Fliege zu Fliege, überprüfte dort etwas, besuchte hier jemanden, nahm an allen möglichen Sitzungen teil, überwachte die Arbeiten, begrüßte bedeutende Fliegen, stellte Personal ein und entließ es wieder – löste alle nur möglichen Probleme.

Oben in ihrem Netz war Hafenmeisterin Tolly Mune, Ma Spider, die Stählerne Witwe, all das, was sie immer hatte sein wollen, jeder Aufgabe gewachsen und mehr als zufrieden mit den Karten, die sie gezogen hatte.

Dann kam ein Nachtzyklus, in dem sie durch ihren stellvertretenden Hafenmeister aus festem Schlaf gerissen wurde. »Hoffentlich ist es verdammt wichtig«, sagte sie, als sie ihn über ihren Videoschirm anstarrte.

»Sie sollten lieber die Überwachung einschalten«, sagte er.

»Warum?«

»Eine Fliege ist im Anflug«, sagte er. »Eine große Fliege.«

Tolly Mune machte ein mürrisches Gesicht. »Sie würden es nicht wagen, mich grundlos aufzuwecken. Lassen Sie hören.«

»Eine *wirklich* große Fliege«, betonte er. »Das sollten Sie sich ansehen. Es ist die größte verdammte Fliege, die mir je untergekommen ist. Ohne Witz, das Ding ist dreißig Ka-Emm lang.«

»Zur Hölle«, sagte sie im letzten unkomplizierten Augenblick ihres Lebens – bevor sie Bekanntschaft mit Haviland Tuf machte.

Sie schluckte eine Handvoll strahlend blauer Antikarzinogene, spülte sie mit einem kräftigen Zug aus einer Bierblase hinunter und studierte die holografische Erscheinung, die vor ihr schwebte. »Ein großes Schiff haben Sie da«, sagte sie beiläufig. »Was zur Hölle ist das?«

»Die *Arche* ist ein Saatschiff für die biologische Kriegsführung des Ökologischen Ingenieurskorps«, antwortete Haviland Tuf.

»Das ÖIK?«, fragte sie. »Was Sie nicht sagen.«

»Muss ich mich wiederholen, Hafenmeisterin Mune?«

»Meinen Sie jetzt das Ökologische Ingenieurskorps des ehemaligen Föderalen Imperiums?«, fragte sie. »Das auf Prometheus stationiert war? Die Spezialisten für Klonen, biologische Kriegsführung – die alle möglichen Umweltkatastrophen maßgeschneidert haben?« Während sie sprach, behielt sie Tufs Gesicht im Auge. Er dominierte den größten Teil ihres kleinen, engen, unordentlichen und nur selten besuchten Büros im Spinnennest. Seine holografische Projektion stand wie ein riesiger weißer Geist inmitten des schwerelosen Durcheinanders. Von Zeit zu Zeit schwebte ein zerknülltes Stück Papier durch ihn hindurch.

Tuf war groß. Tolly Mune hatte Fliegen getroffen, die sich in den Holografien gern vergrößerten, sodass sie eindrucksvoller wirkten, als sie eigentlich waren. Vielleicht machte dieser Haviland Tuf das auch. Obwohl sie das irgendwie nicht glaubte – zu dieser Sorte schien er nicht zu gehören. Und das bedeutete, dass er wirklich ungefähr zweieinhalb Meter groß war, einen guten halben Meter größer als der größte Vertreter aller Spinnchen, den sie je getroffen hatte. Und der war genau so ein Freak wie Tolly selbst gewesen. S'uthlamesen waren kleine Menschen – das lag an der Ernährung und den Genen.

Tufs Gesicht gab absolut nichts preis. Ruhig legte er seine langen Finger auf den gewölbten Bauch. »Eben dieses«, entgegnete er. »Ihr historisches Wissen ist bemerkenswert.«

»Ich danke Ihnen«, sagte sie liebenswürdig. »Korrigieren Sie mich, wenn ich mich irre, aber Geschichtswissen hin oder her – ich glaube mich erinnern zu können, dass das Föderale Imperium vor … etwa tausend Jahren zusammengebrochen ist. Und dass damit auch das ÖIK verschwand – aufgelöst, zurückberufen nach Prometheus oder zur Alten Erde, im Kampf zerstört, aus dem von Menschen besiedelten Raum geflohen, was auch immer. Natürlich, die Prometheaner verfügen immer noch über einen Haufen alter Biotechnologie, heißt es. Hier draußen kommen nicht viele Prometheaner vorbei, also kann ich das nicht mit Bestimmtheit sagen. Aber sie reagieren ein bisschen misstrauisch, wenn es darum geht, ihr Wissen in irgendeiner Form weiterzugeben, habe ich gehört. Also, lassen Sie mich mal sehen, ob ich das jetzt richtig verstanden habe. Sie haben ein voll funktionstüchtiges, tausend Jahre altes ÖIK-Saatschiff, das Sie einfach so gefunden haben, Sie sind die einzige Person an Bord, und das Schiff gehört Ihnen?«

»Korrekt«, sagte Haviland Tuf.

Sie grinste. »Und ich bin die Kaiserin des Krebsnebels.«

Tufs Gesicht blieb ausdruckslos. »Ich fürchte, ich bin mit der falschen Person verbunden worden. Ich hatte darum gebeten, mit dem Hafenmeister von S'uthlam zu sprechen.«

Sie gönnte sich einen weiteren Schluck Bier. »Ich bin die verdammte Hafenmeisterin!«, bellte sie. »Schluss mit diesem himmelschreienden Unsinn, Tuf! Sie sitzen da draußen in einem Ding, das mir verdächtig nach einem Kriegsschiff aussieht und dreißigmal größer ist als das größte sogenannte Schlachtschiff in unserer sogenannten Planetaren Verteidigungsflottille, und Sie machen verdammt viele Leute äußerst nervös. Die Hälfte der Erdwürmer in den großen Hotels denkt, dass Sie ein Alien sind, das gekommen ist, um uns die Luft zu stehlen und unsere Kinder zu fressen, und die andere Hälfte ist sich nicht sicher, ob Sie ein Spezialeffekt sind, den wir aufmerksamerweise zu ihrer Unterhaltung bereitgestellt haben. Hunderte von ihnen leihen sich gerade Anzüge und Vakuumschlitten aus, und in ein paar Stunden werden sie alle über Ihren Rumpf krabbeln. Meine Leute wissen genauso wenig, was zum Teufel sie von Ihnen halten sollen. Also kommen Sie verdammt noch mal zur Sache, Tuf. Was wollen Sie?«

»Ich bin enttäuscht«, sagte Tuf. »Ich bin unter großen Schwierigkeiten hierhergeeilt, um die Spinnchen und Cybertechs von Port S'uthlam zu konsultieren, die für ihr Können weithin berühmt sind und die in Bezug auf ehrbares und moralisches Handeln niemandem nachstehen. Ich hatte nicht erwartet, mit Ablehnung und unbegründeten Verdächtigungen konfrontiert zu werden. Ich möchte gewisse Umbauten und Reparaturen durchführen lassen, sonst nichts.«

Tolly Mune hörte nur mit halbem Ohr zu. Sie starrte auf die Füße der holografischen Projektion. Dort war plötzlich ein kleines, haariges, schwarz-weißes Wesen erschienen. »Tuf«, sagte sie, und ihre Kehle war ein wenig trocken. »Entschuldigen Sie bitte, aber irgendein gottverdammter Schädling reibt sich da an Ihrem Bein.« Sie nuckelte an ihrem Bier.

Haviland Tuf beugte sich nach unten und nahm das Tier auf den Arm. »Katzen kann man nicht direkt zu den Schädlingen zählen, Hafenmeisterin Mune«, sagte er. »Die Katze ist sogar ein erbarmungsloser Feind der meisten Schädlinge und Parasiten, und dies ist nur eine der vielen faszinierenden und nützlichen Eigenschaften dieser erstaunlichen Spezies. Ist Ihnen bekannt, dass Katzen von den Menschen einst als Gottheiten verehrt wurden? Das ist Sodom.«

Die Katze gab ein tiefes, grollendes Geräusch von sich, als Tuf sie in die Beuge eines massigen Arms legte und langsam und gleichmäßig über ihr schwarz-weißes Fell strich.

»Oh«, sagte sie. »Ein … Haustier … kann man das so sagen? Die einzigen Tiere auf S'uthlam sind Fleischlieferanten, aber wir haben Besucher, die Haustiere besitzen. Lassen Sie Ihre … Katze, nicht wahr?«

»In der Tat«, sagte Tuf.

»Gut, lassen Sie sie nicht vom Schiff. Ich erinnere mich an das eine Mal, als ich stellvertretende HM war, da passierte uns der schönste Schlamassel … Irgendeine verdammte Fliege verlor ihr verflixtes Haustier zur gleichen Zeit, als dieser Aliengesandte uns besuchte, und unsere Sicherheitsleute machten einen Fehler nach dem anderen. Sie glauben nicht, wie aufgebracht alle waren.«

»Die Leute sind oft zu leicht erregbar«, sagte Haviland Tuf.

»An was für Umbauten und Reparaturen hatten Sie gedacht?«

Tuf antwortete mit einem schwerfälligen Schulterzucken. »Ein paar Kleinigkeiten – für Experten, die so fähig sind wie die Ihren, zweifellos leicht auszuführen. Wie Sie schon bemerkt haben, ist die *Arche* in der Tat ein ausgesprochen altes Schiff, und die Unbeständigkeiten des Krieges und die Jahrhunderte der Verwahrlosung haben ihre Spuren hinterlassen. Ganze Decks und Sektionen sind ohne Energie und funktionieren nicht mehr. Sie sind so stark beschädigt, dass die bemerkenswerten Selbstinstandsetzungskapazitäten des Schiffes nicht mehr ausgereicht haben. Ich möchte, dass diese Teile des Schiffs repariert und vollständig wiederhergestellt werden.

Darüber hinaus verfügte die *Arche*, wie Sie vielleicht aus Ihren historischen Studien wissen, einst über eine zweihundertköpfige Besatzung. Das Schiff ist ausreichend automatisiert, sodass ich in der Lage war, es allein zu steuern – allerdings nicht ohne gewisse Unannehmlichkeiten, wie ich gestehen muss. Die Hauptsteuerzentrale auf der Brücke des Turms ist eine ermüdende Tagestour von meinen Wohnquartieren entfernt. Die Brücke selbst ist mir für meine Zwecke zu ineffizient gestaltet und zwingt mich dazu, ständig von einer Arbeitsstation zur nächsten zu laufen, um die Vielzahl der komplexen Aufgaben zu bewältigen, die erforderlich sind, um das Schiff zu betreiben. Gewisse andere Funktionen nötigen mich, die Brücke gänzlich zu verlassen und in der ungeheuerlichen Weite des Schiffs hin und her zu wandern. Wieder andere Aufgaben konnte ich gar nicht ausführen, weil ich dazu an zwei Orten, die kilometerweit voneinander entfernt auf verschiedenen Decks liegen, gleichzeitig hätte sein müssen. In der Nähe meiner Wohnquartiere liegt ein kleiner, recht komfortabler zusätzlicher Kommunikationsraum, der voll funktionsfähig zu sein scheint. Ich hätte gern, dass Ihre Cybertechs das Kommandosystem so programmieren und umgestalten, dass ich in Zukunft in der Lage bin, alles von dort aus zu erledigen, ohne den anstrengenden Tagesmarsch zur Brücke unternehmen zu müssen – ja sogar, ohne meinen Sessel zu verlassen.

Von diesen größeren Aufgaben einmal abgesehen habe ich noch ein paar kleinere Änderungen im Sinn. Einige unbedeutende Modernisierungen vielleicht. Der Einbau einer Küche mit einer vollständigen Auswahl an Gewürzen und Aromen sowie eine große Rezeptbibliothek, sodass ich mich etwas abwechslungsreicher und gaumenfreundlicher beköstigen kann als mit der furchtbaren Armeenahrung, auf die die *Arche* derzeit programmiert ist. Eine große Auswahl an Bieren und Weinen und die Gerätschaften, die notwendig sind, um künftig während längerer Reisen durch den Raum meinen eigenen Vorrat zu brauen. Die Aufstockung meiner bestehenden Unterhaltungsmöglichkeiten durch die Anschaffung einiger Bücher, Holospiele und Musikchips aus diesem Jahrtausend. Ein paar neue Sicherheitsprogramme. Andere unbedeutende, winzige Änderungen. Ich werde Ihnen eine Liste zukommen lassen.«

Tolly Mune hörte ihm erstaunt zu. »Gottverdammt«, sagte sie, als er fertig war. »Sie besitzen wirklich ein verlassenes ÖIK-Saatschiff, nicht wahr?«

»In der Tat«, sagte Haviland Tuf.

Ein bisschen eingebildet, dachte sie und grinste. »Ich möchte mich entschuldigen. Ich werde ein Team aus Spinnchen und Cybertechs zusammenstellen, sie zu Ihnen rüberschicken, damit sie sich das Ganze anschauen, und dann werden wir Ihnen einen Kostenvoranschlag erstellen. Aber rechnen Sie nicht damit, dass das bis übermorgen erledigt ist. Es ist ein großes Schiff, und es wird eine Weile dauern, bis die Techniker sich damit zurechtgefunden haben. Ich werde auch ein paar Sicherheitskräfte postieren, sonst werden bald alle möglichen Schaulustigen durch Ihre Gänge trampeln und Souvenirs mitgehen lassen.« Nachdenklich musterte sie sein Hologramm von oben bis unten. »Ich brauche Sie, um meine Leute einzuweisen und ihnen zu sagen, wo es langgeht. Danach wäre es besser, wenn Sie ihnen aus dem Weg gehen würden, damit sie in Ruhe Amok laufen können. Sie können diese verdammte Monstrosität nicht ins Netz bringen, weil sie dummerweise zu groß ist. Haben Sie eine Möglichkeit, da rauszukommen?«

»Die *Arche* ist großzügig mit Shuttles ausgestattet, die allesamt funktionsfähig sind«, sagte Haviland Tuf. »Aber ich habe wenig Lust, mein behagliches Quartier zu verlassen. Zweifellos ist mein Schiff groß genug, sodass meine Anwesenheit Ihre Leute nicht ernsthaft behindern wird.«

»Zur Hölle, Sie wissen das, und ich weiß das, aber sie arbeiten besser, wenn sie nicht das Gefühl haben, dass ihnen jemand über die Schulter schaut«, sagte Tolly Mune. »Außerdem denke ich, dass Sie vielleicht auch mal aus dieser Blechdose rauswollen. Wie lange sind Sie jetzt schon allein darin eingeschlossen?«

»Mehrere Standardmonate«, gab Tuf zu, »auch wenn ich nicht ganz allein bin. Ich erfreue mich der Gesellschaft meiner Katzen und habe Spaß daran, die Fähigkeiten der *Arche* auszuloten und mein Wissen über ökologische Technologien zu erweitern. Allerdings werde ich Ihr Argument in Betracht ziehen – vielleicht ist ein wenig Erholung wirklich angebracht. Man sollte die Gelegenheit, eine neue Küche zu kosten, stets wahrnehmen.«

»Warten Sie, bis Sie s'uthlamesisches Bier probiert haben! Und der Hafen bietet auch andere Möglichkeiten der Zerstreuung – Trainingszentren, Hotels, Sportanlagen, Drogenhöhlen, Sensorien, Sexsalons, Livetheater, Spielhallen.«

»Mit manchen Spielen kenne ich mich sehr wohl aus«, sagte Tuf.

»Und es gibt touristische Angebote«, fuhr Tolly Mune fort. »Sie können einfach mit einem Röhrenzug den Fahrstuhl runter zur Oberfläche fahren, und alle Bezirke S'uthlams gehören Ihnen.«

»In der Tat?«, sagte Tuf. »Sie haben mein Interesse geweckt, Hafenmeisterin Mune. Ich fürchte, ich bin von Natur aus neugierig. Das ist meine große Schwäche. Unglücklicherweise schließen meine Mittel einen längeren Aufenthalt aus.«

»Machen Sie sich deswegen keine Sorgen«, entgegnete sie lächelnd. »Wir schlagen es einfach auf Ihre Reparaturrechnung drauf und rechnen später ab. Und jetzt steigen Sie in Ihr gottverdammtes Shuttle und kommen zu ... lassen Sie mich nachschauen ... Dock neun-elf ist frei. Besichtigen Sie zuerst das Spinnennest, und dann nehmen Sie den Zug nach unten. Sie werden eine gottverdammte Sensation sein. Sie sind schon in den Nachrichten, wissen Sie. Die Erdwürmer und die Fliegen werden Sie nicht mehr in Ruhe lassen.«

»Ein verdorbenes Stück Fleisch mag diese Aussicht anziehend finden«, sagte Haviland Tuf. »Ich jedoch nicht.«

»Nun«, sagte die Hafenmeisterin, »dann bleiben Sie eben inkognito.«

Kurz nachdem Haviland Tuf sich für die Reise nach unten angeschnallt hatte, schob der Steward im Röhrenzug einen Wagen mit Getränken heran. Tuf hatte in den Restaurants des Spinnennestes s'uthlamesisches Bier probiert und fand es dünn, wässrig und bemerkenswert geschmacklos. »Beinhaltet Ihr Angebot eventuell auch einige Gerstenprodukte, die auf anderen Planeten gebraut wurden?«, fragte er. »Wenn dem so ist, würde ich sehr gern eines erwerben.«

»Sicher«, sagte der Steward. Er griff in den Wagen und brachte eine Saugblase mit einer dunkelbraunen Flüssigkeit zum Vorschein. Darauf prangte ein kursiver Schriftzug, den Tuf als Shan-Dellar-Schrift erkannte. Ein Kartenlesegerät wurde gereicht, und Tuf tippte seine Kodenummer ein. Die s'uthlamesische Währung war die Kalorie; der Preis für die Blase betrug allerdings fast das Viereinhalbfache des tatsächlichen Kaloriengehalts des Biers. »Importkosten«, erklärte der Steward.

Tuf saugte mit großer Würde an der Blase, während der Röhrenzug den Fahrstuhl zur Oberfläche des Planeten hinuntersauste. Es war keine komfortable Reise. Haviland Tuf hatte die Preise für Plätze der Sternenklasse unerschwinglich hoch gefunden und sich daher mit der Premiumklasse zufrieden gegeben, der nächstbesten, die verfügbar war – nur um festzustellen, dass er in einen Sitz gequetscht wurde, der anscheinend für ein s'uthlamesisches Kind entworfen worden war (ein *kleines* s'uthlamesisches Kind) und der in einer Reihe von acht gleichartigen Sitzen stand, die durch einen schmalen Mittelgang getrennt waren.

Pures Glück hatte ihm zu einem Sitz am Gang verholfen; Tuf hegte ernste Zweifel, ob er die Reise ohne diese Platzierung überhaupt hätte unternehmen können. Sogar hier war es unmöglich, sich zu bewegen, ohne den nackten dünnen Arm der Frau zu seiner Linken zu streifen, eine Berührung, die Tuf äußerst unangenehm fand. Wenn er in der für ihn gewohnten Weise dasaß, stieß sein Kopf gegen die Decke, also war er gezwungen, sich zusammenzukauern und einen ärgerlich steifen Nacken hinzunehmen. Weiter hinten im Röhrenzug befanden sich die Sitze der ersten, zweiten und dritten Klasse. Tuf war entschlossen, deren zweifelhaften Komfort um jeden Preis zu vermeiden.

Als die Reise nach unten begann, zog sich die Mehrheit der Passagiere Abschirmhelme über den Kopf und wählte die gewünschte persönliche Zerstreuung. Das Angebot, so bemerkte Haviland Tuf, bestand aus drei verschiedenen Musikprogrammen, einem historischen Drama, zwei Schleifen mit erotischen Fantasien, einem Geschäftsinterface, etwas, das als »geometrische

Pavane« aufgeführt war, und der direkten Stimulation des Lustzentrums im Gehirn. Tuf zog in Betracht, die geometrische Pavane zu erkunden, bis er bemerkte, dass der Privatsphärenhelm für seinen Kopf zu klein war – sein Schädel war für s'uthlamesische Verhältnisse übermäßig groß und lang.

»Sind Sie die große Fliege?«, fragte eine Stimme von der anderen Seite des Ganges.

Tuf wandte sich um. Die S'uthlamesen saßen in stiller Isolation da, die Köpfe von den dunklen, augenlosen Helmen umschlossen. Abgesehen von einigen Stewards weiter hinten im Wagen war der Mann im Sitz auf der anderen Seite des Ganges und eine Reihe hinter ihm der einzige Passagier, der immer noch in der realen Welt weilte. Langes, geflochtenes Haar, kupferfarbene Haut und rundliche, fleischige Wangen brandmarkten ihn ebenso als Außenweltler wie Tuf selbst. »Die große Fliege, nicht wahr?«

»Ich bin Haviland Tuf, ein ökologischer Ingenieur.«

»Ich wusste, dass Sie 'ne Fliege sind«, sagte der Mann. »Ich auch. Ich bin Ratch Norren, von Vandeen.« Er hielt ihm eine Hand hin.

Haviland Tuf betrachtete die Hand. »Das uralte Ritual des Händeschüttelns ist mir vertraut, Sir. Mir ist aufgefallen, dass Sie keine Waffen tragen. Soweit ich weiß, war dieser Brauch ursprünglich dazu gedacht, diese Tatsache unter Beweis zu stellen. Ich bin ebenfalls unbewaffnet. Sie können Ihre Hand nun zurücknehmen, wenn Sie so freundlich wären.«

Ratch Norren grinste und zog den Arm zurück. »Sie sind 'n komischer Kauz«, sagte er.

»Sir«, sagte Haviland Tuf. »Ich bin weder ein komischer Kauz noch eine große Fliege. Ich würde meinen, dass dies für jede Person von normaler menschlicher Intelligenz offensichtlich ist. Vielleicht gelten auf Vandeen andere Maßstäbe.«

Ratch Norren hob die Hand und kniff sich in die Wange. Es war eine runde, volle, fleischige Wange, bedeckt mit rotem Puder, und er verpasste ihr einen guten, kräftigen Kniff. Tuf entschied, dass dies entweder ein besonders perverser Tick oder eine vandeenische Geste war, deren Bedeutung ihm unbekannt war. »Diese Fliegensache«, sagte der Mann, »das ist nur Spinnchen-Geplapper. Eine Redensart. Die nennen alle Außenweltler Fliegen.«

»In der Tat?«, sagte Tuf.

»Sie sind doch der, der mit diesem riesigen Kriegsschiff angekommen ist, nicht wahr? Der in allen Nachrichten war?« Norren wartete nicht auf eine Antwort. »Warum tragen Sie diese Perücke.«

»Ich reise inkognito«, sagte Haviland Tuf, »obwohl Sie meine Tarnung anscheinend durchschaut haben, Sir.«

Norren kniff sich wieder in die Wange. »Nennen Sie mich Ratch«, sagte er und sah Tuf von oben bis unten an. »Ziemlich miese Tarnung, muss ich schon sagen. Perücke oder nicht, Sie sind immer noch ein großer, fetter Riese mit der Hautfarbe eines Pilzes.«

»In Zukunft werde ich Make-up auflegen«, sagte Tuf. »Glücklicherweise verfügt keiner der einheimischen S'uthlamesen über Ihre Scharfsinnigkeit.«

»Die sind nur zu höflich, etwas zu sagen. So ist das eben auf S'uthlam. Es gibt so viele von ihnen. Die meisten können sich keine wirkliche Privatsphäre leisten, also ist es ihnen wichtig, sie vorzutäuschen. Man wird in der Öffentlichkeit keinerlei Notiz von Ihnen nehmen, bis Sie selbst bemerkt werden wollen.«

Haviland Tuf sagte: »Die Einwohner von Port S'uthlam, denen ich bisher begegnet bin, schienen weder unangemessen zurückhaltend zu sein noch sich mit übermäßigen Verhaltensregeln herumzuschlagen.«

»Die Spinnchen sind anders«, entgegnete Ratch Norren leichthin. »Da oben geht es lockerer zu. Lassen Sie sich von mir einen kleinen Rat geben. Verkaufen Sie Ihr Schiff nicht hier, Tuf. Bringen Sie es nach Vandeen. Wir würden Ihnen einen wesentlich besseren Preis dafür zahlen.«

»Ich beabsichtige nicht, die *Arche* zu verkaufen«, erwiderte Tuf.

»Es ist nicht nötig, mit mir zu schachern«, sagte Norren. »Ich verfüge sowieso nicht über die Autorität, es zu kaufen. Oder über das Geld. Ich wünschte, ich hätte es.« Er lachte. »Fliegen Sie einfach nach Vandeen, und kontaktieren Sie unseren Koordinierungsvorstand. Sie werden es nicht bereuen.« Er blickte sich um, als wollte er sich vergewissern, dass die Stewards weit genug entfernt waren und die anderen Passagiere immer noch unter ihren Abschirmhelmen träumten. Dann senkte er die Stimme zu einem verschwörerischen Flüstern. »Nebenbei bemerkt: Selbst wenn der Preis keine Rolle spielen sollte – ich habe gehört, dass Ihr Kriegsschiff über einen Antrieb der Albtraumklasse verfügt, richtig? Sie wollen doch den S'uthlamesen keine solche Macht in die Hände geben. Ohne Quatsch, ich liebe sie, wirklich, ich komme regelmäßig geschäftlich hierher, und sie sind gute Leute, wenn man einen oder zwei von ihnen allein trifft. Aber es gibt so *viele* von ihnen, Tuffy, und sie gebären und gebären wie gottverdammte Nagetiere. Sie werden schon sehen. Vor ein paar Jahrhunderten gab es genau aus diesem Grund einen großen räumlich begrenzten Krieg. Die Suthies haben überall Kolonien gegründet und sich jedes Stückchen Land gegriffen, das sie bekommen konnten. Auch wenn dort zufällig jemand anders lebte, waren die Suthies einfach ruck, zuck in der Überzahl. Wir haben dem schließlich ein Ende bereitet.«

»Wir?«, fragte Haviland Tuf.

»Offiziell Vandeen, Skyrmir, Henrys Welt und Jazbo, aber wir hatten Hilfe von vielen Neutralen, müssen Sie wissen. Der Friedensvertrag beschränkte die S'uthlamesen auf ihr eigenes Sonnensystem. Aber wenn Sie ihnen Ihr Höllenschiff geben, könnten sie vielleicht wieder ausbrechen.«

»Ich war der Meinung, die S'uthlamesen seien überaus ehrbare und moralische Leute.«

Ratch Norren kniff sich wieder in die Wange. »Ehrbar, moralisch, sicher, sicher. Leute, mit denen man wunderbar Handel treiben kann, und die Mädels kennen ein paar heiße erotische Tricks. Ich sage Ihnen, ich habe hundert Suthie-Freunde, und ich liebe jeden Einzelnen von ihnen. Aber allein die haben inzwischen schon ungefähr tausend Kinder. Diese Leute vermehren sich in rasendem Tempo, das ist das Problem, Tuf, hören Sie auf Ratch. Das sind alles Lebensjünger, wissen Sie.«

»In der Tat?«, sagte Haviland Tuf. »Und was, wenn ich fragen darf, ist ein Lebensjünger?«

»Lebensjünger«, wiederholte Norren ungeduldig. »Anti-Entropisten, Kinder-Kultler, Helix-Rammler, Genpool-Planscher. Religiöse Fanatiker, Tuffy, religiöse Irre.« Er wäre noch fortgefahren, aber in diesem Moment kam der Steward mit seinem Getränkewagen den Gang herunter. Norren zog sich auf seinen Sitz zurück, und Haviland Tuf hob einen langen, blassen Finger, um die Aufmerksamkeit des Stewards auf sich zu lenken. »Ich möchte noch eine Blase, wenn Sie so freundlich wären«, sagte er. Den Rest der Reise hockte er still auf seinem Sitz und saugte nachdenklich an seinem Bier.

Tolly Mune schwebte im Durcheinander ihres Zimmers, trank und dachte nach. Eine Wand bildete einen riesigen Videoschirm, sechs Meter lang und drei Meter hoch. Üblicherweise programmierte Tolly ihn so, dass er Landschaftspanoramen zeigte. Ihr gefiel es, ein Fenster zu haben, das eine Aussicht auf die hohen, kühlen Berge von Skyrmir bot oder auf die trockenen Canyons von Vandeen mit ihren gewundenen Wildwasserflüssen oder die endlosen Lichter von S'uthlam selbst, die sich über die Nacht verteilten, der glänzende Silberturm, der die Basis des Fahrstuhls bildete und der höher und höher und höher in den dunklen und mondlosen Himmel stieg und sogar die vier Kilometer hohen Turmhäuser der Sternenklasse deutlich überragte.

Aber heute Nacht hatte sie eine Sternenlandschaft auf der Wand ausgebreitet, und dagegen hob sich grimmig, metallisch und erhaben das riesige Raumschiff namens *Arche* ab. Selbst ein so großer Bildschirm wie der ihre – eines der Privilegien ihres Status als Hafenmeisterin – konnte die wahren Ausmaße des Schiffes nicht wiedergeben.

Und die Dinge, die es repräsentierte – die Hoffnungen, die Gefahren –, waren unvergleichlich größer als die *Arche* selbst, wie Tolly Mune genau wusste.

Sie hörte das Summen der Komm-Einheit. Der Computer hätte sie nicht gestört, wäre es nicht der Anruf gewesen, den sie erwartet hatte. »Ich nehme ihn entgegen«, sagte sie. Die Sterne verschwanden, die *Arche* verschwand, und der Videoschirm zeigte für einen Moment ineinander zerfließende Farben, die schließlich das Gesicht des Ersten Ratsherrn Josen Rael bildeten, des Führers der Mehrheit des Hohen Planetaren Rates.

»Hafenmeisterin Mune«, sagte er. In der unbarmherzigen Vergrößerung konnte sie die ganze Anspannung in seinem langen Nacken, die Verkniffenheit seiner dünnen Lippen, das harte Glitzern in seinen dunkelbraunen Augen erkennen. Sein runder, haarloser Schädel war gepudert, und trotzdem kam er ins Schwitzen.

»Ratsherr Rael«, entgegnete sie. »Es freut mich, dass Sie anrufen. Haben Sie den Bericht durchgesehen?«

»Ja. Ist die Leitung sicher?«

»Natürlich«, sagte sie. »Sprechen Sie offen.«

Er seufzte. Josen Rael war in der planetaren Politik seit einem Jahrzehnt eine Institution. Zuerst hatte er als Kriegsrat für Schlagzeilen gesorgt, später war er zum Landwirtschaftsrat aufgestiegen, und seit vier Standardjahren war er der Führer der größten Fraktion im Rat, der Technokraten, und entsprechend der mit Abstand mächtigste Mann auf S'uthlam. Die Macht hatte ihn alt, hart und müde werden lassen, und so wie heute hatte Tolly Mune ihn noch nie gesehen. »Sie sind sich also sicher, dass Ihre Daten stimmen?«, fragte er. »Ihre Leute haben keine Fehler gemacht? Diese Sache ist zu wichtig, um Fehler zu machen, das muss ich Ihnen wohl nicht ausdrücklich sagen. Das ist wirklich ein ÖIK-Saatschiff?«

»Verdammt richtig«, sagte Tolly Mune. »Es ist beschädigt und in schlechtem Zustand, ja, aber das verflixte Ding ist immer noch mehr oder weniger funktionsfähig, und die Zellbibliothek ist intakt. Wir haben das überprüft.«

Rael fuhr sich mit langen, gespreizten Fingern durch das dünner werdende weiße Haar. »Ich sollte mich wohl freuen. Wenn das hier vorbei ist, werde ich für die Nachrichten so tun müssen, als würde ich mich freuen. Aber im Moment muss ich unablässig an die Gefahren denken. Wir haben eine Ratssitzung abgehalten. Unter Ausschluss der Öffentlichkeit. Wir dürfen nicht riskieren, dass zu viel durchsickert, bevor die Angelegenheit geregelt ist. Der Rat war sich im Großen und Ganzen einig – Technokraten, Expansionisten, Nuller, die Kirchenpartei, die Randgruppenfraktionen.« Er lachte. »Während meiner ganzen Dienstjahre habe ich noch nie eine solche Einmütigkeit erlebt. Hafenmeisterin Mune, wir müssen dieses Schiff haben.«

Tolly Mune hatte gewusst, dass das kommen würde. Sie wäre nicht so lange Hafenmeisterin geblieben, wenn sie die politischen Rangeleien dort unten nicht durchschaut hätte. S'uthlam steckte, seit sie denken konnte, in endlosen Krisen. »Ich werde versuchen, es für Sie zu kaufen«, sagte sie. »Dieser Haviland Tuf hat sich ursprünglich als unabhängiger Händler durchgeschlagen, bevor er über die *Arche* gestolpert ist. Meine Leute haben sein altes Schiff auf dem Landedeck gefunden, und es ist in schrecklichem Zustand. Händler sind gierige Missgeburten, ausnahmslos. Das sollten wir ausnutzen können.«

»Bieten Sie ihm an, was immer notwendig ist«, sagte Josen Rael. »Haben Sie verstanden, Hafenmeisterin? Sie verfügen über ein unbegrenztes Budget.«

»Verstanden«, sagte Tolly Mune. Aber es gab noch eine andere offene Frage. »Und wenn er nicht verkaufen will?«

Josen Rael zögerte. »Schwierig«, murmelte er. »Der Mann muss verkaufen. Eine Weigerung wäre tragisch. Nicht für ihn, aber vielleicht für uns.«

»Was ist, wenn er nicht verkaufen will?«, wiederholte Tolly Mune. »Ich muss die Alternativen kennen.«

»Wir müssen das Schiff haben«, sagte Rael. »Wenn sich dieser Tuf als unvernünftig erweist, lässt er uns keine andere Wahl. Der Hohe Rat wird sein Enteignungsrecht wahrnehmen und das Schiff konfiszieren. Der Mann erhält natürlich eine Entschädigung.«

»Verdammt. Sie reden davon, das Schiff mit Gewalt zu übernehmen.«

»Nein«, sagte Josen Rael. »Alles würde sich im Rahmen der Gesetze abspielen – das habe ich überprüft. Im Notfall muss das Recht auf Privateigentum hinter dem Wohl der Mehrheit zurücktreten.«

»Ach, verdammt und zugenäht, das ist eine scheinheilige Begründung, Josen«, sagte Tolly Mune. »Als Sie hier oben waren, hatten Sie mehr gesunden Menschenverstand. Was haben die da unten mit Ihnen angestellt?«

Er schnitt eine Grimasse, und für einen kurzen Augenblick sah er ein bisschen aus wie jener junge Mann, der ein Jahr lang an ihrer Seite gearbeitet hatte, als sie stellvertretende Hafenmeisterin war und er dritter Assistenzadministrator für interstellaren Handel. Dann schüttelte er den Kopf, und der alte, müde Politiker war wieder da. »Ich fühle mich nicht gut bei der Sache, Ma«, sagte er. »Aber welche Wahl haben wir? Ich habe Hochrechnungen gesehen. Massenhungersnöte in den nächsten siebenundzwanzig Jahren, wenn sich nicht etwas grundlegend ändert, und ich sehe keine Änderung. Bevor es dazu kommt, werden die Expansionisten die Macht zurückgewinnen, und dann herrscht hier vielleicht wieder Krieg. Wie auch immer, Millionen werden sterben – Milliarden vielleicht. Was sind dagegen die Rechte dieses einen Mannes?«

»Da widerspreche ich Ihnen nicht, Josen, doch es gibt andere, die es tun würden, das wissen Sie. Aber keine Sorge. Sie möchten praktisch sein – ich werde Ihnen ein paar gottverdammt praktische Dinge zum Nachdenken geben. Selbst wenn wir dieses Schiff von Tuf legal *kaufen*, werden uns die Vandeeni und Skyrmir und der Rest der Alliierten die Hölle heißmachen, auch wenn ich bezweifle, dass sie irgendwas unternehmen werden. Wenn wir uns das Schiff jedoch gewaltsam unter den Nagel reißen, ist das etwas ganz anderes. Man könnte es eventuell als Piraterie bezeichnen. Man könnte die *Arche* zum Kriegsschiff erklären – was sie ja nebenbei bemerkt auch war, und ein verflixter Weltenzerstörer dazu – und sagen, wir würden den Vertrag verletzen, und dann wären sie wieder hinter uns her.«

»Ich werde persönlich mit ihren Gesandten sprechen«, sagte Josen Rael müde. »Ich werde ihnen versichern, dass das Kolonisationsprogramm nicht wieder aufgenommen wird, solange die Technokraten an der Macht sind.«

»Und die werden Ihnen das abnehmen? Das glauben Sie doch selbst nicht. Können Sie ihnen zusichern, dass die Technokraten *niemals* die Macht verlieren werden? Wie wollen Sie das anstellen? Gedenken Sie, die *Arche* zu benutzen, um eine wohltätige Diktatur aufrechtzuerhalten?«

Der Ratsherr presste fest die Lippen zusammen, und ein Anflug von Rot kroch seinen langen, dunklen Hals hinauf. »Sie sollten mich besser kennen. Zugegeben, es ist nicht ungefährlich. Das Schiff ist tatsächlich ein außerordentliches Machtmittel. Lassen Sie uns das nicht vergessen. Wenn die Alliierten gegen uns mobilmachen, werden wir die Trumpfkarte in der Hand halten.«

»Unsinn«, sagte Tolly Mune. »Es muss repariert werden, und wir müssen es erst einmal beherrschen lernen. Die verwendete Technologie ist seit Jahrtausenden verloren. Wir müssten sie monatelang studieren, vielleicht jahrelang, bevor wir dieses gottverdammte Ding wirklich einsetzen könnten. Allerdings werden wir diese Chance nie erhalten. Die Armada der Vandeeni wäre innerhalb weniger Wochen hier, um uns das Schiff abzunehmen, und die anderen würden nicht viel länger auf sich warten lassen.«

»Nichts davon muss Sie bekümmern, Hafenmeisterin«, sagte Josen Rael kühl. »Der Hohe Rat hat das Thema in aller Ausführlichkeit diskutiert.«

»Versuchen Sie nicht, mich herumzukommandieren, Josen. Erinnern Sie sich an die Zeit, als Sie Narcoblaster genommen haben und völlig breit waren? Sie wollten nach draußen gehen und herausfinden, wie schnell Urin im Weltraum kristallisiert. Ich war diejenige, die Ihnen ausgeredet hat, sich den Pimmel abzufrieren, geschätzter Erster Ratsherr. Putzen Sie sich die verflixten Ohren, und hören Sie mir zu. Vielleicht ist ein Krieg nicht meine Angelegenheit, aber der Handel ist es. Der Hafen ist unsere Lebensader. Wir importieren im Augenblick dreißig Prozent unserer Rohkalorien …«

»Vierunddreißig Prozent«, korrigierte Rael.

»Vierunddreißig Prozent«, stimmte Tolly Mune zu. »Und diese Zahl steigt immer weiter, das wissen wir beide nur zu gut. Für diese Nahrungsmittel bezahlen wir mit unserem technologischen Können – sowohl mit Fertiggütern als auch mit den Gewinnen, die der Hafen abwirft. Wir versorgen, reparieren und bauen mehr Raumschiffe als jeder andere Planet in diesem Sektor, und wissen Sie auch, warum? Weil ich mir meinen verflixten Arsch aufgerissen habe, um dafür zu sorgen, dass wir die *Besten* sind. Tuf selbst hat das gesagt. Er ist wegen der Reparaturen hierhergekommen, weil wir einen Ruf haben – den Ruf, moralisch, ehrlich und fair zu sein und gute Arbeit zu leisten. Was geschieht mit diesem Ruf, wenn wir sein verflixtes Schiff konfiszieren? Wie viele andere Händler werden *ihre* Schiffe zur Reparatur hierherbringen, wenn wir uns einfach nehmen, was wir brauchen? *Was wird aus meinem gottverdammten Hafen?*«

»Es würde sicherlich eine nachteilige Wirkung haben«, gab Josen Rael zu.

Tolly Mune bedachte ihn mit einem lauten, ordinären Geräusch. »Unsere Wirtschaft wäre am Ende«, sagte sie unverblümt.

Rael schwitzte jetzt heftig. Die Feuchtigkeit rann seine breite, runde Stirn herab. Er tupfte den Schweiß mit einem Taschentuch ab. »Dann müssen Sie dafür sorgen, dass das nicht passiert, Hafenmeisterin Mune. Sie müssen dafür sorgen, dass es nicht so weit kommt.«

»Wie?«

»Kaufen Sie die *Arche*«, sagte er. »Ich übertrage Ihnen sämtliche Befugnisse, schließlich scheinen Sie die Situation gut genug zu durchschauen. Bringen Sie diesen Tuf zur Vernunft. Die Verantwortung liegt bei Ihnen.« Er nickte, und der Schirm wurde schwarz.

Auf S'uthlam spielte Haviland Tuf den Touristen.

Es ließ sich nicht abstreiten, dass dieser Planet auf seine Art eindrucksvoll war. Während seiner Jahre als Händler, als er mit der *Füllhorn der Exzellenten Güter und Niedrigen Preise* von Stern zu Stern gesprungen war, hatte Haviland Tuf mehr Planeten besucht, als ihm auf Anhieb einfallen wollten – aber S'uthlam würde er so bald nicht vergessen. Er hatte eine stattliche Anzahl atemberaubender Sehenswürdigkeiten bestaunt: die Kristalltürme von Avalon, die Himmelsnetze von Arachne, die aufgewühlten Wasser von Alt-Poseidon und die schwarzen Basaltberge von Clegg. Die Stadt S'uthlam – die alten Namen bezeichneten jetzt nur noch Distrikte und Stadtbezirke, nachdem die uralten Städte vor Jahrhunderten zu einer einzigen aufgeblähten Megalopolis zusammengewachsen waren – konnte ihnen allen das Wasser reichen.

Tuf hegte eine gewisse Begeisterung für große Gebäude, und er betrachtete sowohl bei Tag als auch bei Nacht von Aussichtsplattformen in ein, zwei, fünf, neun Kilometern Höhe das Panorama der Stadt. Ganz egal, wie hoch er kletterte – die Lichter wollten nicht aufhören, breiteten sich endlos in alle Richtungen über das Land aus, ohne dass eine Grenze zu erkennen gewesen wäre. Rechtwinklig und eintönig standen vierzig und fünfzig Stockwerke hohe Gebäude in endlosen Reihen dicht nebeneinander, eines größer als das andere, im ewigen Schatten der verspiegelten Türme, die um sie herum aufragten, um die Sonne zu trinken. Ebenen waren auf Ebenen aufgebaut, die wieder auf anderen

Ebenen standen. Die rollenden Bürgersteige kreuzten sich in Mustern von labyrinthischer Verworrenheit. Unter der Oberfläche existierte ein riesiges Netzwerk aus unterirdischen Straßen, wo Röhrenzüge und Lieferkapseln mit mehreren Hundert Stundenkilometern durch die Dunkelheit rasten, und unter diesen Straßen gab es Keller und Untergeschosse und Tunnel und Unterführungen und Promenaden und unterirdische Wohnhäuser – eine komplette zweite Stadt, die sich genauso tief in die Erde bohrte, wie sich ihr Spiegelbild an der Oberfläche in die Lüfte erhob.

Tuf hatte die Lichter der Metropole von der *Arche* aus gesehen, aus der Umlaufbahn: Die Stadt verschlang einen halben Kontinent. Von der Oberfläche sah es aus, als könnte sie Galaxien verschlingen. Es gab noch andere Kontinente, und auch sie erstrahlten nachts im Glanz der Zivilisation. In diesem Meer aus Licht gab es keine Inseln der Dunkelheit, die S'uthlamesen hatten keinen Platz, um sich den Luxus von Parks zu leisten. Tuf hatte nichts dagegen, er hatte Parks schon immer für eine perverse Einrichtung gehalten, die in erster Linie dazu diente, die zivilisierte Menschheit daran zu erinnern, wie roh und brutal und unbequem das Leben gewesen war, als sie noch in der Natur hausen musste.

Haviland Tuf war auf seinen Reisen einer großen Vielzahl von Kulturen begegnet, und er gelangte zu der Feststellung, dass die Kultur der S'uthlamesen nicht schlechter war als irgendeine andere. Es war eine Welt der Vielfalt, der schwindelerregenden Möglichkeiten, eines Reichtums, der sich sowohl in Lebensfreude als auch in Dekadenz ausdrückte. Es war eine kosmopolitische Welt, die an das Netzwerk, das die Sterne verband, angeschlossen war, und sie plünderte offen die Musik, Dramen und Sensorien, die von anderen Planeten importiert wurden, und benutzte diese unaufhörlichen Stimuli, um ihre eigene kulturelle Matrix endlos umzugestalten und zu verändern. Die Stadt bot mehr Erholungsmöglichkeiten und mehr Unterhaltung unterschiedlichster Art, als Tuf jemals irgendwo gesehen hatte – genügend Auswahl, um einen Touristen mehrere Standardjahre lang zu beschäftigen, wollte er alles ausprobieren.

Während seiner Wanderjahre hatte Haviland Tuf die fortgeschrittenen wissenschaftlichen und technologischen Zauberkünste von Avalon und Newholme, Tober-im-Schleier, Alt-Poseidon, Baldur, Arachne und einem Dutzend anderer Planeten an der Spitze der menschlichen Entwicklung gesehen. Das technologische Niveau auf S'uthlam war dem der fortschrittlichsten Welten ebenbürtig. Schon der Orbitalfahrstuhl war ein eindrucksvolles Meisterwerk – die Alte Erde hatte solche Konstrukte angeblich in den längst vergangenen Tagen vor dem Kollaps gebaut, und auf Newholme war einst einer errichtet worden, dann jedoch während des Krieges eingestürzt. Aber sonst hatte Tuf nirgendwo ein derartig kolossales Bauwerk gesehen, nicht einmal auf Avalon selbst, wo man an solchen Fahrstühlen geforscht und sie aus wirtschaftlichen Gründen abgelehnt hatte. Und die Bürgersteige, die Röhrenzüge, die Fabriken – alles war hochentwickelt und effizient. Sogar die Regierung schien zu funktionieren.

S'uthlam war eine Welt der Wunder.

Haviland Tuf sah sich auf ihr um, bereiste sie und testete ihre Wunder drei Tage lang, bevor er zu seinem kleinen, vollgestopften Erste-Klasse-Schlafquartier in der neunundsiebzigsten Etage eines Hotelturms zurückkehrte und den Manager zu sich bestellte. »Ich wünsche, dass Sie Vorbereitungen für meine sofortige Rückreise zu meinem Schiff treffen«, erklärte er ihm. Er saß auf dem Rand seines schmalen Bettes, das er aus einer Wand geklappt hatte; die Stühle waren unangenehm klein. Er faltete seine großen weißen Hände sorgfältig über dem Bauch.

Der Manager, ein winziger Mann, kaum halb so groß wie Tuf, schien verblüfft zu sein. »Ich hatte Sie so verstanden, dass Sie noch für zehn weitere Tage bleiben wollten.«

»Das ist richtig«, bestätigte Tuf. »Allerdings liegt es in der Natur von Plänen, geändert zu werden. Ich wünsche in den Orbit zurückzukehren, sobald es irgend möglich ist. Ich wäre äußerst dankbar, wenn Sie sich um die Vorbereitungen kümmern würden, Sir.«

»Es gibt so vieles, was Sie noch nicht gesehen haben!«

»In der Tat. Allerdings finde ich das, was ich gesehen habe – wie klein der Anteil an der Gesamtheit auch gewesen sein mag –, mehr als ausreichend.«

»Mögen Sie S'uthlam nicht?«

»Es leidet an einem Übermaß an S'uthlamesen«, entgegnete Haviland Tuf. »Man könnte auch noch andere Makel nennen.« Er hob einen einzelnen langen Finger empor. »Das Essen ist miserabel, zum größten Teil chemisch erzeugt, meistens ohne Geschmack, von einer ausgesprochen unangenehmen Textur, voll von unüblichen und störenden Farben. Außerdem sind die Portionen unzureichend. Ich könnte auch so kühn sein, die ständige aufdringliche Anwesenheit einer großen Anzahl von Nachrichtenreportern zu erwähnen. Ich habe gelernt, sie an den Multifokuskameras zu erkennen, die sie als drittes Auge in der Stirn tragen. Vielleicht haben Sie sie auch schon in Ihrer Lobby, dem Sensorium und dem Restaurant herumlungern sehen. Meiner groben Schätzung nach müssten es ungefähr zwanzig sein.«

»Sie sind eine Berühmtheit«, sagte der Manager. »Eine Person des öffentlichen Interesses. Ganz S'uthlam möchte etwas über Sie erfahren. Nun gut, wenn Sie keine Interviews geben möchten – die Spanner haben es doch nicht gewagt, in Ihre Privatsphäre einzudringen? Die Moral dieser Berufsgruppe ist …«

»… ohne Zweifel tadellos«, griff Haviland Tuf den Satz auf. »Und ich muss zugeben, dass sie sich zurückgehalten haben. Nichtsdestotrotz konnte ich jeden Abend, wenn ich in diesen viel zu kleinen Raum zurückgekehrt bin und die Nachrichten abgerufen habe, mich selbst begutachten, wie ich über die Stadt blicke, geschmacklose Gummispeisen zu mir nehme, diverse touristische Attraktionen besuche und Sanitäreinrichtungen betrete. Eitelkeit ist einer meiner großen Fehler, wie ich zugeben muss, aber trotz allem wurde ich des Charmes dieser traurigen Berühmtheit schnell überdrüssig. Überdies sind die meisten Kameraeinstellungen außerordentlich wenig schmeichelhaft, und der Humor der Nachrichtenkommentatoren war fast schon beleidigend.«

»Das lässt sich leicht ändern«, entgegnete sein Gastgeber. »Sie hätten früher zu mir kommen sollen. Wir können Ihnen eine Abschirmung vermieten, die man am Gürtel befestigt, und wenn irgendein Spanner sich auf zwanzig Meter nähert, wird sein drittes Auge gestört, und er bekommt rasende Kopfschmerzen.«

»Weniger leicht zu ändern«, sagte Tuf ausdruckslos, »ist das völlige Fehlen von tierischem Leben, das mir aufgefallen ist.«

»Schädlinge?«, erwiderte der Manager mit angsterfülltem Blick. »Sie regen sich darüber auf, dass es hier keine *Schädlinge* gibt?«

»Nicht alle Tiere sind Schädlinge. Auf vielen Planeten werden Vögel, Hunde und andere Spezies als Haustiere gehalten und geliebt. Ich selbst mag Katzen. Eine wirklich zivilisierte Welt würde Katzen einen Platz bieten, aber auf S'uthlam könnte die Bevölkerung sie wohl nicht von Läusen und Mückenlarven unterscheiden. Als ich die Absprachen für meinen Aufenthalt hier getroffen habe, versicherte mir Hafenmeisterin Tolly Mune, dass ihre Leute sich um meine Katzen kümmern würden, und ich habe besagte Zusicherung akzeptiert. Aber wenn kein S'uthlamese je zuvor einem Tier außer dem Menschen begegnet ist, glaube ich, dass ich allen Grund habe, die Qualität der Pflege anzuzweifeln, die sie gegenwärtig erhalten.«

»Wir haben Tiere«, widersprach der Manager. »Draußen in den agroindustriellen Zonen. Haufenweise Tiere – ich habe entsprechende Aufzeichnungen gesehen.«

»Zweifellos haben Sie das«, sagte Tuf. »Ein Film über eine Katze und eine Katze sind allerdings zwei völlig unterschiedliche Dinge und müssen unterschiedlich behandelt werden. Aufzeichnungen kann man in einem Regal lagern. Katzen dagegen nicht.« Er zeigte auf den Manager. »Darüber wollte ich mich jedoch nicht beschweren. Die Krux dieser Angelegenheit, wie ich eingangs erwähnte, liegt mehr in der Anzahl der S'uthlamesen als in ihrem Verhalten. Es sind zu viele, Sir. Ich bin ständig von ihnen angerempelt worden. In Restaurationen stehen die Tische zu dicht beieinander, die Stühle sind für meine Größe unzureichend, und manchmal setzen sich Fremde neben mich und stoßen mich mit den Ellbogen an. Die Sitze in Theatern und Sensorien sind eng und schmal. Die Bürgersteige sind überlaufen, die Foyers sind überlaufen, die Röhrenzüge sind überlaufen – überall gibt es Menschen, die mich ohne meine Erlaubnis oder Zustimmung berühren.«

Der Manager setzte ein professionelles Lächeln auf. »Ach, die Menschheit!«, rief er mit wachsender Begeisterung. »Der Ruhm von S'uthlam! Die von Menschen wimmelnden Straßen, das Meer von Gesichtern, das endlose Schauspiel des Lebens! Gibt es etwas Belebenderes, als sich an den Schultern seiner Mitmenschen zu reiben?«

»Möglicherweise nicht«, sagte Haviland Tuf ausdruckslos. »Allerdings habe ich den Eindruck, dass ich ausreichend belebt wurde. Weiterhin erlaube ich mir die Bemerkung, dass der durchschnittliche S'uthlamese zu klein ist, um sich an meiner Schulter zu reiben, und daher gezwungen war, sich ständig an meinen Armen, meinen Beinen und meinem Bauch zu reiben.«

Das Lächeln des Managers verschwand. »Sie haben die falsche Einstellung, Sir. Um unsere Welt voll und ganz genießen zu können, müssen Sie lernen, sie mit s'uthlamesischen Augen zu sehen.«

»Ich bin nicht gewillt, mich auf Knien fortzubewegen«, entgegnete Haviland Tuf.

»Sie sind doch nicht lebensfeindlich, oder?«

»Natürlich nicht. Das Leben ist seinen Alternativen unbedingt vorzuziehen. Meiner Erfahrung nach gibt es allerdings auch des Guten zu viel. Dies scheint auf S'uthlam zuzutreffen.« Er hob eine Hand, um den Hotelbesitzer an einer Erwiderung zu hindern. »Im Besonderen«, fuhr Tuf fort, »habe ich – zweifelsohne vorschnell und ungerechtfertigt – eine Antipathie gegenüber einigen ausgewählten Exemplaren des Lebens entwickelt, auf die ich rein zufällig während meiner Ausflüge gestoßen bin. Ein paar haben mir gegenüber sogar offene Feindseligkeit zum Ausdruck gebracht oder gaben mir Schimpfnamen, die sich eindeutig abschätzig auf meinen Leibesumfang bezogen.«

»Nun ja«, sagte der Manager und wurde rot. »Entschuldigen Sie, aber Sie sind, ähm, recht stattlich, und auf S'uthlam ist es, ähm, gesellschaftlich inakzeptabel, ähm, übergewichtig zu sein.«

»Gewicht, Sir, ist allein eine Frage der Schwerkraft und entsprechend großen Schwankungen unterworfen. Außerdem bin ich nicht willens, Ihnen die Autorität zuzubilligen, unter diesen äußerst subjektiven Kriterien über mein Gewicht zu urteilen. Die Ästhetik variiert von Planet zu Planet, genauso wie Genotypen und Erbanlagen. Ich bin mit meinem gegenwärtigen Gewicht äußerst zufrieden. Um nun auf das eigentliche Thema zurückzukommen – ich wünsche meinen Aufenthalt unverzüglich zu beenden.«

»Wie Sie meinen. Ich werde im ersten Röhrenzug morgen früh einen Platz für Sie reservieren lassen.«

»Das genügt mir nicht. Ich würde es vorziehen, auf der Stelle abzureisen. Ich habe den Fahrplan studiert und festgestellt, dass in drei Standardstunden ein Zug geht.«

»Der ist voll«, erwiderte der Manager. »Außer Sitzen in der zweiten und dritten Klasse ist da nichts mehr frei.«

»Ich werde es ertragen, so gut es geht«, sagte Haviland Tuf. »Zweifelsohne wird mich die Nähe so vieler Menschen äußerst belebt haben, wenn ich den Zug verlasse.«

Tolly Mune schwebte im Lotussitz in der Mitte ihres Büros und blickte auf Haviland Tuf hinunter.

Für Fliegen und Erdwürmer, die die Schwerelosigkeit nicht gewohnt waren, hatte sie einen speziellen Stuhl. Alles in allem war es ein eher unbequemer Stuhl, aber er war fest angeschraubt und mit einem Netzgeschirr versehen, um den Sitzenden an Ort und Stelle zu halten. Tuf hatte sich mit unbeholfener Würde hinübermanövriert und darauf festgeschnallt, während sie es sich ungefähr auf Höhe seines Kopfes bequem gemacht hatte. Ein Mann von Tufs Größe war sicher nicht daran gewöhnt, während einer Unterhaltung zu jemandem aufzublicken. Tolly Mune dachte sich, dass ihr das einen gewissen psychologischen Vorteil verschaffen könnte.

»Hafenmeisterin Mune«, sagte Tuf und schien von seiner niedrigen Position bemerkenswert unbeeindruckt zu sein. »Ich muss protestieren. Mir ist durchaus bewusst, dass die wiederholte Bezugnahme auf meine Person als ›Fliege‹ nur ein Beispiel des farbenfrohen hiesigen Slangs ist, mit der keine Beleidigung intendiert ist. Trotzdem muss ich einen gewissen Anstoß an diesem offensichtlichen Versuch nehmen, mir, sagen wir mal, die Flügel auszureißen.«

Tolly Mune grinste auf ihn herab. »Tut mir leid, Tuf. Unser Angebot ist verbindlich.«

»In der Tat«, sagte Haviland Tuf. »Verbindlich. Ein interessantes Wort. Wäre ich nicht von der bloßen Anwesenheit einer derart hochgeschätzten Persönlichkeit wie der Ihren beeindruckt, und würde ich nicht befürchten, Sie zu kränken, könnte ich möglicherweise anmerken, dass diese Verbindlichkeit an Sturheit grenzt. Meine mir eigene Höflichkeit hindert mich daran, Gier, Habsucht und Weltraumpiraterie auch nur zu erwähnen, obwohl das meiner Seite dieser heiklen Verhandlungen durchaus förderlich wäre. Ich muss allerdings darauf aufmerksam machen, dass die Summe von fünfzig Millionen Standards um ein Vielfaches größer ist als das Bruttosozialprodukt vieler Planeten.«

»Kleinerer Planeten«, schränkte Tolly Mune ein. »Außerdem ist dies ein großer Auftrag. Sie haben da ein verdammt großes Schiff.«

Tuf verzog keine Miene. »Ich muss zugeben, dass die *Arche* in der Tat ein großes Schiff ist. Allerdings möchte ich zu bedenken geben, dass dies nur von geringer Bedeutung ist – es sei denn, Sie berechnen den Preis üblicherweise nach Quadratmetern statt nach Stunden.«

Tolly Mune lachte. »Es geht hier nicht darum, einen alten Frachter mit ein paar neuen Impulsringen auszustatten oder Ihr Navigationssystem neu zu programmieren. Wir reden hier über mehrere Tausend Stunden Arbeit, selbst wenn ich drei Spinnchen-Teams in Dreierschichten einteile; wir reden von umfangreichen Eingriffen ins System, für die wir die besten Cybertechs brauchen, die wir haben; wir reden von der Herstellung von Gegenständen, die seit Hunderten von Jahren nicht mehr in Gebrauch waren, und das ist erst der Anfang. Wir müssen dieses verdammte Museumsstück gründlich untersuchen, bevor wir anfangen können, es auseinanderzunehmen, weil wir sonst nicht mehr in der Lage wären, es wieder zusammenzusetzen. Wir müssen ein paar Spezialisten vom Planeten davon überzeugen, sich den Fahrstuhl heraufzubequemen, vielleicht sogar von außerhalb des Systems. Bedenken Sie die Zeit, die Energie, die Kalorien. Allein die Liegegebühren … *Das Ding ist dreißig Kilometer lang,* Tuf! Sie können es nicht ins Netz bringen. Wir müssen ein Spezialdock um die *Arche* herumbauen, und selbst dann beansprucht sie den Liegeplatz von dreihundert normalen Schiffen. Sie wollen gar nicht wissen, was das kosten würde, Tuf.« Sie führte auf ihrem Armbandcomputer ein paar schnelle Berechnungen durch und schüttelte den Kopf. »Wenn Sie einen Monat hier wären, und das ist eine wirklich optimistische Schätzung, dann wären das bereits etwa eine Million Kals an Liegegebühren. Mehr als dreihunderttausend Standards in Ihrer Währung.«

»In der Tat?«, sagte Haviland Tuf.

Tolly Mune breitete hilflos die Hände aus. »Wenn Sie unseren Preis nicht mögen, könnten Sie Ihre Geschäfte natürlich auch woanders tätigen.«

»Dieser Vorschlag ist undurchführbar. Unglücklicherweise scheint nur eine Handvoll Planeten über das Fachwissen zu verfügen, meinen Ansprüchen zu genügen – was eine Menge über das gegenwärtige Niveau menschlicher Technologie aussagt.«

»Nur eine Handvoll?« Tolly Mune zog einen Mundwinkel hoch. »Vielleicht haben wir unsere Dienstleistung zu preiswert angeboten.«

»Madam«, fuhr Haviland Tuf fort, »Sie wollen doch sicher nicht so unfein sein, aus meiner naiven Freimütigkeit einen Vorteil zu ziehen.«

»Nein«, sagte sie. »Wie ich schon sagte, unser Preis ist verbindlich.«

»Allem Anschein nach haben unsere Verhandlungen einen toten Punkt erreicht. Sie haben Ihren Preis. Ich unglücklicherweise nicht.«

»Das hätte ich nicht erwartet. Mit einem solchen Schiff sollte man meinen, dass Sie mit Kalorien nur so um sich werfen können.«

»Zweifelsohne werde ich alsbald eine lukrative Karriere auf dem Gebiet ökologischer Technologien anstreben. Unglücklicherweise habe ich diese Tätigkeit noch nicht aufgenommen, und bei meinem letzten Handel musste ich einige unerklärliche finanzielle Rückschläge hinnehmen. Vielleicht sind Sie an einigen exzellenten Plastikreproduktionen von cooglianischen Orgienmasken interessiert? Sie geben ungewöhnliche und stimulierende Wanddekorationen ab und sollen außerdem über gewisse mystische aphrodisierende Eigenschaften verfügen.«

»Ich fürchte nicht«, entgegnete Tolly Mune. »Aber wissen Sie was, Tuf? Heute ist Ihr Glückstag.«

»Sie wollen mich doch nicht auf den Arm nehmen! Selbst wenn Sie mir einen fünfzigprozentigen Preisnachlass gewähren oder die doppelte Leistung zum gleichen Preis anbieten würden, bin ich nicht in der optimalen Lage, daraus einen Vorteil zu ziehen. Ich werde schonungslos offen zu Ihnen sein, Hafenmeisterin Mune, und zugeben, dass ich gegenwärtig unter einer zeitweiligen Unzulänglichkeit an Mitteln leide.«

»Ich hätte da eine Lösung.«

»In der Tat?«

»Sie sind Händler, Tuf. Ein Schiff, das so groß ist wie die *Arche*, brauchen Sie doch eigentlich gar nicht, oder? Und von ökologischen Technologien haben Sie keine Ahnung. Dieses Wrack ist Ihnen überhaupt nicht von Nutzen. Aber es hat einen beträchtlichen Wiederverwertungswert.« Sie lächelte herzlich. »Ich habe mit Leuten unten auf S'uthlam gesprochen. Der Hohe Rat ist der

Meinung, dass es ganz in Ihrem Interesse sein könnte, wenn Sie uns Ihren Fund verkaufen würden.«

»Ihre Sorge rührt mich«, sagte Haviland Tuf.

»Wir werden Ihnen eine großzügige Wiederverwertungsgebühr bezahlen. Dreißig Prozent des geschätzten Wertes des Schiffes.«

»Gemäß der von Ihnen angestellten Schätzung«, sagte Tuf tonlos.

»Ja, aber das ist noch nicht alles. Wir legen noch eine Million Standards in bar drauf, zusätzlich zur Wiederverwertungsgebühr, und wir geben Ihnen ein neues Schiff. Einen brandneuen Langschlepper Neun, den größten Frachter, den wir herstellen, mit vollautomatisierter Küche, Passagierquartieren für sechs Personen, Schwerkraftnetz, zwei Shuttles, Frachtschleusen, die groß genug sind, um an die größten Handelsschiffe von Avalon und Kimdiss anzudocken, dreifache Redundanz, die neuesten Schlauberger-Computer, stimmaktiviert, und sogar bewaffnet, wenn Sie wollen. Sie werden der am besten ausgestattete unabhängige Händler in diesem Sektor sein.«

»Es liegt mir fern, eine solche Großzügigkeit zu missbilligen«, sagte Tuf. »Der bloße Gedanke an Ihr Angebot bringt mich einer Ohnmacht nahe. Und doch, obwohl ich ohne Zweifel mit dem schönen neuen Schiff, das Sie mir angeboten haben, wesentlich bequemer reisen könnte, ist mir klar geworden, dass ich eine gewisse verschrobene sentimentale Anhänglichkeit hinsichtlich der *Arche* hege. Verfallen und nutzlos, wie sie ist, ist sie nichtsdestotrotz das letzte verbliebene Saatschiff des untergegangenen Ökologischen Ingenieurskorps – ein lebendiges Stück Geschichte, ein Monument der Tapferkeit und des Genies und auch jetzt noch von einigem Nutzen. Vor einiger Zeit, als ich einsam und so gut ich konnte durch das All flog, hatte ich die Idee, das unstete Leben eines Händlers aufzugeben und stattdessen den Beruf des ökologischen Ingenieurs zu ergreifen. So unlogisch und zweifelsohne dumm diese Entscheidung auch war, so übt sie doch immer noch einen gewissen Reiz auf mich aus, und ich fürchte, dass meine Starrköpfigkeit äußerst ausgeprägt ist. Deshalb, Hafenmeisterin Mune, muss ich Ihr Angebot mit dem größten Bedauern ablehnen. Ich werde die *Arche* behalten.«

Tolly Mune ließ sich seitlich wegkippen, drehte sich mit dem Kopf nach unten und stieß sich leicht von der Decke ab, sodass sie genau vor Tufs Gesicht zum Stillstand kam. Sie zeigte mit dem Finger auf ihn. »Zur Hölle damit«, sagte sie. »Mir fehlt die Geduld, um jede einzelne Kalorie zu feilschen, Tuf. Ich bin eine vielbeschäftigte Frau, und ich habe weder die Zeit noch die Energie für Ihre Händlerspielchen. Sie werden verkaufen – ich weiß es, und Sie wissen es –, also lassen Sie es uns zu Ende bringen. Nennen Sie Ihren Preis.« Sie stupste leicht mit der Fingerspitze gegen seine Nase. »Nennen«, stups, »Sie«, stups, »Ihren«, stups, »Preis«, stups.

Haviland Tuf löste seine Gurte und stieß sich vom Boden ab. Er war so riesig, dass sie sich fast zierlich vorkam – *sie*, die ihr halbes Leben als Riesin gegolten hatte. »Bitte stellen Sie freundlicherweise Ihre Angriffe auf meine Person ein«, sagte er. »Das wird auf meine Entscheidung keinen positiven Einfluss haben. Ich fürchte, dass Sie mich zutiefst missverstehen, Hafenmeisterin Mune. Ich bin Händler gewesen, das ist wahr, aber ein schlechter – vielleicht, weil ich es nie geschafft habe, die Fähigkeit des Feilschens zu entwickeln, die Sie mir fälschlicherweise unterstellen. Ich habe meine Position kurz und prägnant dargelegt. Die *Arche* steht nicht zum Verkauf.«

»Seit meinen Jahren dort oben hege ich eine gewisse Zuneigung für Sie«, sagte Josen Rael über eine abgeschirmte Verbindung,

»und es ist nicht zu leugnen, dass Ihre Leistungen als Hafenmeisterin beispielhaft waren. Andernfalls würde ich Sie jetzt entlassen. Sie haben ihm gestattet, in sein Schiff zurückzukehren? Wie *konnten* Sie nur? Ich hatte Ihnen etwas mehr Vernunft zugetraut.«

»Und ich hatte Sie für einen Politiker gehalten«, erwiderte Tolly Mune mit einer Spur von Verachtung. »Josen, überlegen Sie, welche Folgen es hätte, wenn ich ihn mitten im Spinnennest festsetzen würde. Tuf ist nicht gerade unauffällig, selbst wenn er unter seine alberne Perücke schlüpft und versucht, unerkannt zu bleiben. Hier oben wimmelt es von Vandeeni, Jazbots, Henrys und was noch alles, und alle beobachten Tuf und die *Arche* und warten auf unseren nächsten Schachzug. Er ist sogar schon von einem gottverdammten Agenten der Vandeeni kontaktiert worden. Sie wurden beobachtet, als sie im Röhrenzug ein ausführliches Gespräch führten.«

»Ich weiß«, erwiderte der Ratsherr betrübt. »Trotzdem hätte etwas … Sie hätten ihn heimlich einsperren können.«

»Und was hätte ich dann mit ihm machen sollen?«, wollte Tolly Mune wissen. »Ihn umbringen und zur nächstbesten Luftschleuse hinauswerfen? Das werde ich nicht tun, Josen, und denken Sie nicht einmal daran, jemand anderen damit zu beauftragen. Wenn Sie das versuchen sollten, werde ich Sie in die Nachrichten bringen und die ganze verflixte Geschichte auffliegen lassen.«

Josen Rael tupfte sich den Schweiß von der Stirn. »Sie sind hier nicht die Einzige, die Prinzipien hat«, verteidigte er sich. »Ich würde so etwas niemals auch nur vorschlagen. Trotzdem müssen wir dieses Schiff haben, und nachdem Tuf sich jetzt wieder an Bord befindet, ist unser Auftrag noch schwieriger geworden. Die *Arche* verfügt über ausgezeichnete defensive Waffen. Ich habe verschiedene Szenarien durchgespielt, und es spricht einiges dafür, dass er in der Lage sein könnte, einen Totalangriff unserer gesamten Planetaren Verteidigungsflottille zu überstehen.«

»Oh, verflixte Hölle, sein Liegeplatz ist nur fünf Ka-Emm von der Endstation von Röhre neun entfernt. Ein gottverdammter Totalangriff würde wahrscheinlich den Hafen zerstören und den Fahrstuhl auf Ihren verflixten Kopf fallen lassen! Halten Sie sich zurück, und überlassen Sie mir die Angelegenheit. Ich bringe ihn so weit, dass er verkauft, und ich mache es auf legalem Weg.«

»Sehr gut«, sagte der Ratsherr. »Ich gebe Ihnen noch etwas mehr Zeit. Aber ich warne Sie, der Hohe Rat verfolgt diese Angelegenheit genau, und er ist ungeduldig. Sie haben drei Tage. Wenn Tuf bis dahin keinen Übergabevertrag unterzeichnet hat, schicke ich ein paar Sturmtruppen hoch.«

»Keine Sorge«, sagte Tolly Mune. »Ich habe einen Plan.«

Die Kommunikationszentrale der *Arche* war länglich und schmal, an den Wänden waren Reihen leerer, dunkler Bildschirme angebracht. Haviland Tuf hatte es sich dort mit seinen Katzen bequem gemacht. Sodom, das stürmische, schwarz-weiße Weibchen, hatte sich zum Schlafen auf seinem Schoß zusammengerollt, während der langhaarige graue Gomorrha, kaum den Kinderschuhen entwachsen, auf Tufs breiter Schulter hin und her wanderte, sich an seinem Nacken rieb und laut schnurrte. Tuf hatte seine Hände geduldig auf dem Bauch gefaltet, während mehrere Computer seine Aufträge entgegennahmen und durchsahen, weiterleiteten, überprüften, übermittelten und mit Querverweisen versahen. Er wartete bereits seit einiger Zeit. Als die geometrische Pavane auf dem Bildschirm schließlich erlosch, blickte er in die scharf geschnittenen Gesichtszüge einer älteren s'uthlamesischen Frau. »Ich bin Kuratorin«, stellte sie sich vor, »zuständig für die Datenbanken des Rates.«

»Ich bin Haviland Tuf an Bord des Raumschiffs *Arche*«, erwiderte er.

Sie lächelte. »Ich kenne Sie aus den Nachrichten. Wie kann ich Ihnen behilflich sein?« Sie blinzelte. »Igitt, da sitzt etwas in Ihrem Nacken.«

»Ein Kätzchen, Madam. Ein überaus freundliches Tier.« Er griff nach oben und kraulte Gomorrha unter dem Kinn. »Ich benötige bei einer Sache von minderer Bedeutung Ihre Unterstützung. Da ich der hoffnungslose Sklave meiner Neugier und stets bemüht bin, mein bescheidenes Wissen zu erweitern, habe ich kürzlich damit begonnen, mich mit Ihrem Planeten zu beschäftigen – mit seiner Geschichte, seinen Gebräuchen, seiner Folklore und Politik, den herrschenden gesellschaftlichen Eigenheiten und dergleichen. Natürlich habe ich alle Standardwerke und landläufigen Datendienste zu Rate gezogen, aber es gibt eine spezielle Information, die ich bisher nicht erhalten konnte – sicher nur eine Kleinigkeit und zweifelsohne lächerlich leicht zu finden, wenn ich denn wüsste, wo ich suchen muss. Aber nichtsdestotrotz fehlt sie unerklärlicherweise in allen Quellen, die ich durchgesehen habe. Im Streben nach diesem kleinen Datenkrümel habe ich das s'uthlamesische Fortbildungszentrum und Ihre planetare Zentralbibliothek kontaktiert, die mich beide an Sie verwiesen haben. Und hier bin ich.«

Die Miene der Kuratorin war immer reservierter geworden. »Ich verstehe. Die Datenbanken des Rates sind der Öffentlichkeit im Allgemeinen nicht zugänglich, aber vielleicht kann ich eine Ausnahme machen. Was suchen Sie?«

Tuf hob einen Finger. »Eine winzig kleine Information, wie ich bereits sagte, aber ich stünde tief in Ihrer Schuld, wenn Sie so freundlich wären, meine Frage zu beantworten und meine brennende Neugier zu befriedigen. Wie groß genau ist die gegenwärtige Bevölkerung von S'uthlam?«

Das Gesicht der Frau wurde kalt und finster. »Diese Information ist vertraulich«, sagte sie unmissverständlich. Der Bildschirm wurde schwarz.

Haviland Tuf wartete einen Moment, bevor er wieder auf den Datenservice zugriff, mit dem er gearbeitet hatte. »Ich bin an einem groben Überblick über die s'uthlamesischen Religionen interessiert«, sagte er dem Suchprogramm, »und im Besonderen an einer Beschreibung des Glaubens und der Ethik der Kirche der Lebensentfaltung.«

Einige Stunden später war Tuf tief in seine Lektüre versunken. Er spielte geistesabwesend mit Sodom, die aufgewacht und nun munter und hungrig war, als Tolly Munes Ruf ihn erreichte. Schnell speicherte er die Informationen ab, die er gerade durchgesehen hatte, und schaltete ihr Gesicht auf einen anderen Bildschirm des Raumes. »Hafenmeisterin.«

»Ich habe gehört, dass Sie versuchen, Ihre Nase in planetare Geheimnisse zu stecken, Tuf«, sagte sie und grinste ihn an.

»Ich versichere Ihnen, dass ich nichts dergleichen beabsichtige«, entgegnete Tuf. »Auf jeden Fall bin ich ein äußerst ineffektiver Spion, denn mein Versuch war ein völliger Reinfall.«

»Lassen Sie uns gemeinsam zu Abend essen. Vielleicht kann ich Ihnen dann Ihre kleine Frage beantworten.«

»In der Tat? In diesem Fall, Hafenmeisterin, gestatten Sie mir, Sie zum Abendessen in die *Arche* einzuladen. Meine Kochkunst ist – obwohl nur durchschnittlich – nichtsdestotrotz wohlschmeckender und wesentlich reichhaltiger als die Kost, die in Ihrem Hafen erhältlich ist.«

»Es tut mir leid«, sagte Tolly Mune. »Aber da ich zu viel zu tun habe, Tuf, kann ich meine Station nicht verlassen. Doch das ist kein Grund zur Aufregung. Soeben ist ein großer Frachter von der Speisekammer eingetroffen – von unseren Farm-Asteroiden, nicht weit von hier entfernt, terraformt und höllisch fruchtbar. Der HM hat als Erster Zugriff auf die Kalorien. Frischer Neogras-Salat, Tunnelschwein-Schinkensteaks und Sauce mit braunem Zucker, Gewürzschoten, Pilzbrot, Geleefrucht in echter Schlagsahne und Bier.« Sie lächelte. »*Importiertes* Bier.«

»Pilzbrot? Ich esse zwar kein tierisches Fleisch, aber der Rest Ihres Menüs klingt äußerst vielversprechend. Ich werde Ihre nette Einladung mit Freuden annehmen. Wenn Sie ein Dock für meine Ankunft vorbereiten wollen, werde ich mit der *Mantikor* rüberkommen.«

»Nehmen Sie Dock vier. Das liegt gleich neben dem Spinnennest. Ist das Sodom oder Gomorrha?«

»Sodom«, antwortete Tuf. »Gomorrha hat sich auf eine seiner mysteriösen Wanderungen begeben, wie es für Katzen typisch ist.«

»Ich habe noch nie ein lebendes Tier gesehen«, sagte Tolly Mune fröhlich.

»Ich werde Sodom zu Ihrer Aufklärung mitbringen.«

»Wir sehen uns bald«, sagte Tolly Mune und unterbrach die Verbindung.

Sie speisten bei fünfundzwanzigprozentiger Schwerkraft.

Die Kristallkammer hing an der Unterseite des Spinnennestes, nach außen hin eine Kuppel aus transparentem kristallinem Plastahl. Jenseits der fast unsichtbaren Wände der Kuppel waren sie von der schwarzen Klarheit des Alls umgeben, von Feldern aus kühlen, lichten Sternen und dem komplexen Muster des Netzes. Unter ihnen lag die felsige Außenhülle der Station. Transportröhren überzogen die Oberfläche, an Verbindungsstellen hingen die aufgeblähten silbrigen Blasen der Habitate. Statuenhafte Minarette und glänzende Pfeiltürme der Sternenklassehotels ragten in die kalte Dunkelheit empor. Direkt über ihnen hing die riesige

Kugel von S'uthlam – blassblau und braun, mit wirbelnden Wolkenmustern bedeckt. Der Fahrstuhl raste darauf zu, höher und höher, bis der riesige Schaft zu einem dünnen, hellen Faden wurde und sich dem Auge endgültig entzog. Die Perspektiven waren verwirrend und mehr als nur ein wenig beunruhigend.

Der Saal wurde üblicherweise nur für große Staatsakte benutzt. Zuletzt war er vor drei Jahren geöffnet worden, als Josen Rael nach oben gekommen war, um einem durchreisenden Würdenträger die Ehre zu erweisen. Aber Tolly Mune zog alle Register. Das Essen wurde von einem Chefkoch zubereitet, den sie sich für diese Nacht von einem Luxuslinienschiff ausgeliehen hatte; das Bier wurde von einem Händler requiriert, der zu Henrys Welt unterwegs war; das Geschirr war eine seltene Antiquität aus dem Museum für Planetare Geschichte, und der große Feuerebenholztisch, gefertigt aus glänzendem schwarzem Holz und durchzogen von langen, scharlachroten Masern, bot Platz für zwölf. Und die Speisen wurden von einer leisen, diskreten Phalanx von Kellnern in gold-schwarzer Livree serviert.

Tuf betrat seine Katze kraulend den Raum, bewunderte den luxuriösen Tisch und blickte zu den Sternen und zum Netz empor.

»Sie können die *Arche* sehen«, erklärte ihm Tolly Mune. »Dort, der helle Punkt auf der anderen Seite des Netzes, von uns aus gesehen links oben.«

Tuf folgte ihrem Blick. »Wird dieser Effekt durch eine dreidimensionale Projektion erzielt?«, fragte er und streichelte seine Katze.

»Teufel, nein. Das alles ist real, Tuf.« Sie grinste. »Keine Sorge, hier droht keine Gefahr. Das ist dreifacher Plastahl. Weder der Planet noch der Fahrstuhl werden auf uns herunterfallen, und die Wahrscheinlichkeit, dass die Kuppel von einem Meteoriten getroffen wird, ist astronomisch gering.«

»Ich bemerke eine Menge Verkehr. Wie hoch ist die Wahrscheinlichkeit, dass die Kuppel von einem Touristen mit einem gemieteten Vakuumschlitten, von einem verlorenen Spannungsprüfer oder einem ausgebrannten Impulsring getroffen wird?«

»Höher«, gab Tolly Mune zu. »Aber sobald etwas Derartiges geschieht, werden die Luftschleusen versiegelt, Sirenen werden ertönen, und ein Fach mit Notfallausrüstung wird aufspringen. Dergleichen ist in jedem Gebäude vorgeschrieben, das an Vakuum grenzt. Hafenverordnung. Außerdem haben wir für den unwahrscheinlichen Fall, dass etwas passiert, Hautanzüge, Sauerstoffpacks und sogar einen Laserschneidbrenner, falls wir versuchen wollten, den Schaden zu reparieren, bevor die Spinnchen hier sind. Aber in all den Jahren, seit der Hafen existiert, ist es erst zwei- oder dreimal passiert, also sollten Sie einfach den Ausblick genießen und nicht nervös werden.«

»Madam«, sagte Haviland Tuf mit umständlicher Würde, »ich war nicht nervös, sondern lediglich neugierig.«

»Natürlich«, sagte sie und zeigte auf einen Stuhl. Tuf nahm umständlich Platz und streichelte in aller Ruhe Sodoms schwarzweißes Fell, während die Kellner die Teller mit den Vorspeisen und Körbe mit heißem Pilzbrot brachten. Es gab zwei verschiedene Vorspeisen – winzige Pasteten, gefüllt mit scharf gewürztem Käse, sowie Pilzpaste und etwas, das aussah wie kleine Schlangen oder vielleicht große Würmer, die in einer aromatischen Orangensoße gekocht waren. Tuf gab zwei davon seiner Katze, die sie gierig verschlang, bevor er eine Pastete nahm, daran roch und vorsichtig hineinbiss. Er schluckte und nickte. »Vorzüglich«, erklärte er.

»Das ist also eine Katze.«

»In der Tat.« Tuf brach etwas Pilzbrot ab, und eine Dampfwolke stieg aus dem Innern des Fladens empor. Systematisch bestrich er es mit einer dicken Schicht Butter.

Tolly Mune griff ebenfalls nach einem Stück Brot und verbrannte sich die Finger an der heißen Kruste. Aber sie verzog keine Miene – es wäre nicht gut gewesen, vor Tuf eine Schwäche zu zeigen. »Gut«, sagte sie während des ersten Bissens. Sie schluckte. »Sie müssen wissen, Tuf, diese Mahlzeit, die wir uns gerade gönnen – die meisten S'uthlamesen essen nicht so gut.«

»Diese Tatsache ist meiner Aufmerksamkeit nicht entgangen.« Tuf nahm eine weitere Schlange zwischen Daumen und Zeigefinger und hielt sie Sodom hin, die halb seinen Arm hinaufkletterte, um sie zu erreichen.

»Tatsächlich«, sagte Tolly Mune, »entspricht der Kaloriengehalt dieser Mahlzeit dem, was der durchschnittliche Bewohner des Planeten in einer Woche zu sich nimmt.«

»Allein aufgrund der Vorspeisen und des Brotes würde ich vermuten, dass wir bereits mehr Gaumenfreuden genossen haben als der durchschnittliche S'uthlamese während seines ganzen Lebens«, entgegnete Tuf gelassen.

Der Salat wurde serviert. Tuf probierte ihn und befand ihn für gut. Tolly Mune schob ihr Essen am Tellerrand hin und her und wartete, bis die Kellner zu ihren Plätzen an der Wand zurückgekehrt waren. »Tuf«, sagte sie, »ich denke, Sie haben eine Frage.«

Haviland Tuf blickte von seinem Teller auf und betrachtete sein Gegenüber. Sein langes weißes Gesicht blieb ausdruckslos. »Richtig«, sagte er. Auch Sodom blickte Tolly aus zusammengekniffenen Augen an, die so grün waren wie das Neogras im Salat.

»Neunundddreißig Milliarden«, sagte Tolly Mune leise.

Tuf blinzelte. »In der Tat?«

Sie lächelte. »Ist das alles, was Sie dazu zu sagen haben?«

Tuf blickte zu dem riesigen Globus von S'uthlam empor. »Da Sie meine Meinung hören wollen, Hafenmeisterin, darf ich mir die Bemerkung erlauben, dass ich mich frage, ob der Planet über uns, obwohl er ziemlich groß zu sein scheint, tatsächlich groß genug ist. Ohne Ihre Sitten, Ihre Kultur und Ihre Zivilisation tadeln zu wollen, kommt mir in den Sinn, dass eine Bevölkerung von neununddreißig Milliarden Menschen insgesamt als ein wenig übertrieben betrachtet werden könnte.«

Tolly Mune grinste. »Was Sie nicht sagen!« Sie lehnte sich zurück, winkte einen Kellner heran und bestellte ein Getränk. Das Bier war dick und braun, mit einer stark duftenden Blume, und es wurde in riesigen zweihenkeligen Krügen aus geschliffenem Glas serviert. Sie hob ihren etwas schwerfällig an und beobachtete, wie die Flüssigkeit herumschwappte. »An eine Eigenschaft der Schwerkraft werde ich mich nie gewöhnen«, sagte sie. »Flüssigkeiten gehören in Saugblasen, verdammt noch mal. Das hier sieht so verdammt … unordentlich aus, als würde gleich ein Unglück geschehen.« Sie nahm einen Schluck und tauchte mit einem Schaumschnurrbart wieder auf. »Aber es schmeckt.« Sie wischte sich den Mund mit dem Handrücken ab. »Es wird Zeit, dieses verdammte Wortgefecht zu beenden, Tuf«, fuhr sie fort, als sie den Krug mit der übertriebenen Vorsicht eines Menschen, der selbst an diese geringe Schwerkraft nicht gewöhnt war, zurück auf den Tisch stellte. »Sie hatten offensichtlich einen Verdacht hinsichtlich unseres Bevölkerungsproblems, sonst hätten Sie nicht danach gefragt. Und Sie haben alle anderen Informationen geradezu aufgesaugt. Warum?«

»Neugierde ist eine meiner schlechten Angewohnheiten, Madam, und ich habe hauptsächlich versucht, das Puzzle S'uthlam zu vervollständigen, vielleicht in der schwachen Hoffnung, dass ich durch Beobachtung einige Mittel finden würde, unsere gegenwärtige ausweglose Situation zu beenden.«

»Und?«

»Sie haben die Vermutung bestätigt, die ich hinsichtlich Ihrer exzessiven Bevölkerung gezwungenermaßen angestellt habe. Dank dieser Information wird mir alles klar. Ihre sich ausbreitenden Städte streben immer höher hinauf, weil Sie Ihre wachsende Bevölkerung unterbringen müssen, ebenso wie Sie vergeblich darum kämpfen, Ihre landwirtschaftlichen Gebiete vor Übergriffen zu schützen. In Ihrem stolzen Hafen ist beeindruckend viel los, und Ihr riesiger Fahrstuhl bewegt sich unablässig auf und ab, weil Ihnen die Kapazitäten fehlen, Ihre Bevölkerung selbst zu ernähren und Sie deswegen Nahrungsmittel von anderen Planeten importieren müssen. Von Ihren Nachbarn werden Sie gefürchtet und vielleicht sogar gehasst, weil Sie vor Jahrhunderten versucht haben, Ihr Bevölkerungsproblem durch Emigration und Annexion nach außen zu verlagern – bis Sie durch einen grausamen Krieg aufgehalten wurden. Ihre Bürger halten keine Haustiere mehr, weil S'uthlam keinen Platz für nichtmenschliche Spezies hat, die kein direktes, effizientes und notwendiges Glied innerhalb der Nahrungskette sind. Aufgrund der Unbilden von jahrhundertelangem Hunger und der Lebensmittelrationierung, die ökonomisch notwendig war, sind Sie im Durchschnitt deutlich kleiner als die menschliche Norm. So folgte Generation auf Generation, jede kleiner und dünner als die letzte, im Kampf darum, mit immer weniger Nahrung auszukommen. All dieses Elend ist direkt auf Ihren Bevölkerungsüberschuss zurückzuführen.«

»Sie hören sich nicht so an, als würden Sie das gutheißen, Tuf.«

»Es liegt nicht in meiner Absicht, Sie zu kritisieren. Sie haben durchaus Ihre Erfolge vorzuweisen. In erster Linie sind Sie ein fleißiges, kooperatives, moralisches, zivilisiertes und erfinderisches Volk, und Ihre Gesellschaft, Ihre Technologie und speziell der Stand Ihres intellektuellen Fortschritts sind bewundernswert.«

»Unsere Technologie«, entgegnete Tolly Mune trocken, »ist das Einzige, das unsere gottverdammten Ärsche gerettet hat. Wir importieren vierunddreißig Prozent unserer Rohkalorien. Weitere zwanzig Prozent bauen wir auf dem an, was uns an landwirtschaftlicher Nutzfläche verblieben ist. Der Rest unserer Nahrung kommt aus den Lebensmittelfabriken und wird aus petrochemischen Erzeugnissen hergestellt. Dieser Anteil steigt jedes Jahr. Und das muss er auch. Nur die Lebensmittelfabriken können schnell genug reagieren, um mit der Bevölkerungskurve Schritt zu halten. Allerdings haben wir ein gottverdammtes Problem.«

»Ihnen geht das Erdöl aus«, vermutete Haviland Tuf.

»Da haben Sie verdammt recht«, bestätigte Tolly Mune. »Eine nicht erneuerbare Ressource und so weiter.«

»Zweifelsohne können Ihre Regierungsbehörden ungefähr einschätzen, wann die Hungersnot über Sie kommen wird.«

»In siebenundzwanzig Standardjahren. Mehr oder weniger. Der Zeitpunkt ändert sich laufend in Abhängigkeit von verschiedenen Faktoren. Es könnte zu einem Krieg kommen, bevor es zu einer Hungersnot kommt. Das glauben einige unserer Experten. Oder vielleicht kommt es zu einem Krieg *und* einer Hungersnot. Auf jeden Fall werden eine Menge Leute sterben. Wir sind zivilisierte Menschen, Tuf, das haben Sie selbst gesagt. So gottverdammt zivilisiert, wie Sie es nicht für möglich halten würden. Kooperativ, ethisch, lebensbejahend, all dieser Kram. Aber sogar das bricht zusammen. Die Bedingungen in den unterirdischen Städten werden immer schlechter, seit Generationen schon, und einige unserer Führer gehen so weit zu sagen, dass die Menschen dort degenerieren, sich in verdammte *Schädlinge* verwandeln. Mord, Vergewaltigung, sämtliche nur denkbaren Gewaltverbrechen – die Rate steigt jedes Jahr. Innerhalb der letzten achtzehn Monate gab es zwei Berichte über Kannibalismus. All das wird in den kommenden Jahren noch viel schlimmer werden. Es nimmt mit der verflixten Bevölkerungskurve zu. Verstehen Sie meine Botschaft, Tuf?«

»In der Tat.«

Die Kellner kehrten zurück und trugen das Hauptgericht herein. Fleischscheiben stapelten sich hoch auf der Platte, noch ofenwarm und dampfend, und sie konnten zwischen vier verschiedenen Gemüsesorten wählen. Haviland Tuf sah zu, wie sein Teller übervoll mit Gewürzschoten, Quetschkartoffeln, Süßwurzeln und Buttersprossen gefüllt wurde, und bat den Kellner, für Sodom mehrere dünne Schinkenscheiben aufzuschneiden. Tolly Mune selbst nahm sich eine dicke Scheibe Schinken und tränkte sie in brauner Soße, aber nach dem ersten Bissen verspürte sie keinen Appetit mehr. Sie sah Tuf beim Essen zu. »Nun?«, fragte sie ungeduldig.

»Vielleicht kann ich Ihnen in dieser verzwickten Lage ein wenig zu Diensten sein«, sagte Tuf, während er geschickt eine Gabel voll Gewürzschoten aufspießte.

»Sie könnten uns sogar sehr zu Diensten sein. Verkaufen Sie uns die *Arche*. Das ist der einzige Ausweg, Tuf, das wissen Sie. Ich weiß es. Nennen Sie Ihren Preis. Ich appelliere an Ihren gottverdammten Sinn für Moral. Verkaufen Sie, und Sie werden Millionen das Leben retten – vielleicht Milliarden. Sie werden nicht nur reich sein, sondern auch ein Held. Sagen Sie ein Wort, und wir benennen den gottverdammten Planeten nach Ihnen.«

»Eine interessante Vorstellung. Obwohl ich, ungeachtet meiner Eitelkeit, fürchte, dass Sie die Macht des alten Ökologischen Ingenieurskorps ziemlich überbewerten. Jedenfalls steht die *Arche* nicht zum Verkauf, wie ich Ihnen bereits gesagt habe. Vielleicht könnte ich es wagen, Ihnen eine offensichtlichere Lösung Ihrer Probleme vorzuschlagen. Wenn sie sich als wirkungsvoll erweist, gestatte ich Ihnen gern, eine Stadt oder einen kleinen Asteroiden nach mir zu benennen.«

Tolly Mune lachte und gönnte sich einen kräftigen Schluck Bier. Sie brauchte ihn. »Also los, Tuf. Spucken Sie's aus. Sagen Sie mir Ihre einfache, offensichtliche Lösung.«

»Dazu fällt mir eine Vielzahl von Begriffen ein«, sagte Tuf. »Bevölkerungskontrolle ist das Schlüsselwort, erreichbar durch biochemische oder mechanische Geburtenkontrolle, sexuelle Abstinenz, kulturelle Konditionierung, gesetzliche Verbote. Die Mechanismen können variieren, aber das Endergebnis wird das gleiche sein. Die S'uthlamesen müssen sich mit einer etwas verringerten Fortpflanzungsrate abfinden.«

»Unmöglich.«

»Das dürfte wohl kaum der Fall sein. Anderen Planeten, noch dazu wesentlich älteren als S'uthlam, ist das gelungen.«

»Das spielt überhaupt keine Rolle.« Tolly Mune vollführte eine heftige Bewegung mit ihrem Krug, und Bier ergoss sich über den Tisch, doch sie sah darüber hinweg. »Damit gewinnen Sie keinen Preis für originelle Einfälle, Tuf. Das ist alles andere als eine neue Idee. Tatsächlich haben wir eine politische Fraktion, die das seit, verdammt, Hunderten von Jahren predigt. Die Nuller nennen wir sie. Sie wollen die Bevölkerungskurve auf null bringen. Ich würde sagen, sieben, vielleicht acht Prozent der Bürger unterstützen sie.«

»Eine Massenhungersnot wird die Anzahl der Anhänger ihrer Sache zweifelsohne ansteigen lassen«, bemerkte Tuf und hob eine schwer beladene Gabel mit Quetschkartoffeln. Sodom miaute zustimmend.

»Dann wird es viel zu spät sein, und das wissen Sie verdammt genau. Das Problem besteht darin, dass die wimmelnden Massen da unten wirklich nicht glauben, dass es so weit kommen wird –

ganz egal, was die Politiker sagen, und egal, wie viele entsetzliche Voraussagen sie in den Nachrichten hören. Das haben wir früher auch schon gehört, sagen sie, und verdammt, das haben sie. Großmutter und Urgroßvater haben die gleichen Voraussagen über eine Hungersnot gehört. Aber bisher ist es S'uthlam immer wieder gelungen, die Katastrophe zu vermeiden. Die Technokraten stehen seit Jahrhunderten an der Spitze, weil sie ununterbrochen daran gearbeitet haben, den Tag des Zusammenbruchs um eine Generation hinauszuschieben. Sie finden immer eine Lösung. Die meisten Bürger sind überzeugt, dass sie auch in Zukunft *immer* eine Lösung finden werden.«

»Derartige Lösungen sind, wie Sie andeuten, ihrer Natur nach stets nur Notbehelfe«, gab Haviland Tuf zu bedenken. »Das muss doch offensichtlich sein – die einzige wirkliche Lösung liegt in der Bevölkerungskontrolle.«

»Sie verstehen uns nicht, Tuf. Geburtenbeschränkungen sind der großen Mehrheit der S'uthlamesen ein Gräuel. Sie bekommen nie eine ausreichende Anzahl von Leuten zusammen, die das akzeptieren – bestimmt nicht genug, um irgendeine verdammt unreale Katastrophe zu vermeiden, an die sowieso keiner glaubt. Ein paar außerordentlich dumme und außerordentlich idealistische Politiker haben es versucht, und sie wurden über Nacht gestürzt, als unmoralische Lebensgegner denunziert.«

»Aha. Sind Sie eine religiöse Frau, Hafenmeisterin Mune?«

Sie zog eine Grimasse und trank noch einen Schluck Bier. »Teufel, nein. Wahrscheinlich bin ich Agnostikerin. Ich weiß es nicht, ich denke nicht viel darüber nach. Aber ich bin auch eine Nullerin, obwohl ich das da unten nie zugeben würde. Eine Menge Spinnchen sind Nuller. In einem kleinen, abgeschlossenen System wie dem Hafen werden die Auswirkungen uneingeschränkter Fortpflanzung schnell offensichtlich und verdammt beängstigend. Da unten ist das nicht so verflixt klar. Und die Kirche … kennen Sie die Kirche der Lebensentfaltung?«

»Ich bin oberflächlich mit ihren Grundsätzen vertraut.«

»S'uthlam wurde von den Ältesten der Kirche der Lebensentfaltung besiedelt. Sie befanden sich auf der Flucht vor der religiösen Verfolgung auf Tara, und sie wurden verfolgt, weil sie sich so verdammt schnell fortpflanzten und bald den Planeten übernommen hätten, was dem Rest von Tara nicht sehr gefiel.«

»Ein verständliches Gefühl.«

»Aus dem gleichen verdammten Grund ist das Kolonialisierungsprogramm gescheitert, das die Expansionisten vor ein paar Jahrhunderten begonnen hatten. Die Kirche … nun, ihre Grundüberzeugung lautet, dass es die Bestimmung des intelligenten Lebens sei, das Universum zu erfüllen, dass das Leben das höchste Gut sei. Lebensfeindlichkeit – Entropie – ist das ultimativ Böse. Die Kirche glaubt, dass Leben und Nichtleben in einem, sagen wir, Wettbewerb stehen. Wir müssen uns entfalten, sagt die Kirche, durch immer höhere Stadien von Bewusstsein und Genie bis hin zur letztendlichen Göttlichkeit, und wir müssen diese Göttlichkeit rechtzeitig erreichen, um den Hitzetod des Universums abzuwenden. Da die Evolution sich durch den biologischen Mechanismus der Fortpflanzung entfaltet, müssen wir uns fortpflanzen, müssen immerzu expandieren und den Genpool bereichern, unsere Saat über die Sterne verstreuen. Die Geburten zu begrenzen … damit könnten wir den nächsten Schritt der Evolution beeinträchtigen, vielleicht ein Genie abtreiben, einen Protogott, den Träger eines mutierten Chromosoms, das die Spezies auf die nächste, transzendente Sprosse der Leiter heben könnte.«

»Ich denke, dass ich die Grundlagen dieses Glaubens begreife.«

»Wir sind ein freies Volk, Tuf«, sagte Tolly Mune mit Nachdruck. »Religiöse Mannigfaltigkeit, freie Wahl, all das. Bei uns gibt es

Erikaner, Altchristen, Kinder der Träumer. Wir dulden Bastionen der Stahlengel und Melder-Kommunen – was Sie wollen. Aber mehr als achtzig Prozent der Bevölkerung gehört immer noch der Kirche der Lebensentfaltung an, und ihr Glaube ist zurzeit vielleicht sogar stärker, als er es je zuvor gewesen ist. Diese Leute sehen sich um, und sie sehen all die offensichtlichen Früchte der Lehren ihrer Kirche. Wenn Milliarden von Menschen leben, sind darunter eine Million Genies, und man hat den Stimulus virulenter Kreuzbefruchtung, den ungezügelten Wettkampf um Verbesserungen der Art im Kampf ums Dasein. Also ist es verflixt und zugenäht nur logisch, dass es auf S'uthlam so oft zu wundersamen technologischen Durchbrüchen kommt. Diese Leute sehen unsere Städte, unseren Fahrstuhl, sie sehen die Besucher, die von hundert Welten kommen, um hier zu lernen, sie sehen, wie wir sämtliche Nachbarwelten in den Schatten stellen. Sie sehen *keine* Katastrophe, und die Kirchenoberhäupter sagen, dass alles gut wird, also warum zum Teufel sollte irgendjemand aufhören, sich fortzupflanzen!« Sie schlug fest auf den Tisch und drehte sich zu einem Kellner um. »Du!«, bellte sie. »Mehr Bier. Und zwar schnell.« Sie wandte sich wieder Tuf zu. »Also kommen Sie mir nicht mit solchen naiven Vorschlägen. Geburtenbeschränkungen sind in unserer Situation völlig undurchführbar. Unmöglich. Verstehen Sie das, Tuf?«

»Es gibt keinen Grund, meine Intelligenz in Zweifel zu ziehen.« Er streichelte Sodom, die sich, mit Schinken überfressen, auf seinem Schoß ausgestreckt hatte. »Die Misere von S'uthlam berührt mich zutiefst. Ich werde mich bemühen, alles mir Mögliche zu tun, um das Leid auf Ihrem Planeten zu lindern.«

»Dann verkaufen Sie uns die *Arche?*«

»Das ist eine unbegründete Schlussfolgerung«, entgegnete Tuf. »Allerdings werde ich tun, was in meinen Möglichkeiten als ökologischer Ingenieur steht, bevor ich zu anderen Planeten weiterreise.«

Die Kellner brachten das Dessert – fette, blaugrüne Geleefrüchte, die in Schüsseln voller angedickter Sahne schwammen. Sodom roch die Sahne und sprang neugierig auf den Tisch, während Haviland Tuf den langen Silberlöffel nahm, der ihm gereicht worden war.

Tolly Mune schüttelte den Kopf. »Bringen Sie das weg«, bellte sie. »Das ist viel zu fett. Ich möchte nur Bier.«

Tuf blickte auf und hob einen Finger. »Einen Moment! Es besteht keine Notwendigkeit, Ihre Portion dieser köstlichen Süßspeise verkommen zu lassen. Sodom wird sich sicher darüber freuen.«

Die Hafenmeisterin trank aus einem frischen Krug braunen Biers und runzelte die Stirn. »Ich weiß nicht mehr, was ich noch sagen soll, Tuf. Wir stecken hier in einer Krise. Wir müssen dieses Schiff haben. Das ist Ihre letzte Chance. Werden Sie verkaufen?«

Tuf sah sie an. Sodom machte sich schnell über das Dessert her. »Meine Position bleibt unverändert.«

»Dann tut es mir leid. Ich wollte das nicht tun.« Sie schnippte mit den Fingern. In der Stille dieses Augenblicks, in der nur Sodom zu hören war, die ihre Sahne schleckte, wirkte das Geräusch wie ein Pistolenschuss. Ringsherum an den kristallenen Wänden griffen die großen, aufmerksamen Kellner in ihre schwarz-goldenen Jacken und brachten Nervenpistolen zum Vorschein.

Tuf blinzelte und drehte den Kopf erst nach rechts, dann nach links, und schließlich sah er jeden Mann der Reihe nach prüfend an, während sich Sodom über die Geleefrucht hermachte. »Verrat«, sagte er tonlos. »Ich bin zutiefst enttäuscht. Mein Vertrauen und meine Gutmütigkeit sind missbraucht worden.«

»Sie haben mich dazu gezwungen, Tuf. Sie verdammter Narr …«

»Dergleichen vulgäre Beschimpfungen verstärken diesen Betrug eher, als dass sie ihn rechtfertigten«, sagte Tuf mit dem Löffel in der Hand. »Werde ich jetzt hinterrücks ermordet?«

»Wir sind zivilisierte Menschen«, sagte Tolly Mune zornig. Sie war wütend auf Tuf, auf Josen Rael, auf die gottverdammte Kirche der Lebensentfaltung und am meisten auf sich selbst, weil sie es so weit hatte kommen lassen. »Nein, Sie werden nicht getötet. Wir werden nicht einmal dieses gottverdammte Schiffswrack stehlen, um das Sie so sehr besorgt sind. Wir halten uns an die Gesetze, Tuf. Sie sind verhaftet.«

»In der Tat. Bitte nehmen Sie meine Kapitulation entgegen. Ich bin stets bemüht, mich an alle einschlägigen Gesetze zu halten. Wessen werde ich beschuldigt?«

Tolly Mune lächelte dünn und freudlos. Sie wusste genau, dass man sie im Spinnennest heute Abend die Stählerne Witwe nennen würde. Sie zeigte auf das andere Ende des Tisches, wo Sodom saß und sich die Sahne von den Schnurrhaaren leckte. »Sie haben illegale Schädlinge in den Hafen von S'uthlam eingeschleust«, sagte sie.

Vorsichtig legte Tuf den Löffel auf den Tisch und faltete die Hände über dem Bauch. »Ich erinnere mich daran, Sodom auf Ihren ausdrücklichen Wunsch hin mitgebracht zu haben.«

Tolly Mune schüttelte den Kopf. »Das hilft Ihnen nicht weiter, Tuf. Ich habe unser Gespräch aufgezeichnet. Sicher, ich habe gesagt, dass ich noch nie zuvor ein lebendiges Tier gesehen hätte, aber das war eine einfache Feststellung, und kein Gericht könnte es als Aufforderung an Sie verstehen, eine kriminelle Verletzung unserer Gesundheitsstatuten zu begehen. Zumindest keines unserer Gerichte.« Ihr Lächeln war beinahe entschuldigend.

»Ich verstehe. Lassen Sie uns in diesem Fall auf zeitraubende juristische Intrigen verzichten. Ich bekenne mich schuldig und bezahle die vorgesehene Strafe für dieses leichte Vergehen.«

»Einverstanden«, sagte Tolly Mune. »Die Strafe beläuft sich auf fünfzig Standards.« Sie winkte, und einer ihrer Männer trat vor und nahm Sodom vom Tisch. »Natürlich«, fügte sie hinzu, »muss der betreffende Schädling vernichtet werden.«

»Ich hasse Schwerkraft«, sagte Tolly Mune zu Josen Raels vergrößertem lächelndem Gesicht, nachdem sie ihren Bericht über das Abendessen beendet hatte. »Sie erschöpft mich, und ich will gar nicht daran denken, was diese ganze gottverdammte *Last* mit meinen Muskeln und meinen inneren Organen anstellt. Wie könnt ihr Würmer so leben? Und das ganze verflixte Essen! Es war obszön, wie er es runtergeschlungen hat, und die *Gerüche* …«

»Hafenmeisterin, wir haben Wichtigeres zu besprechen«, sagte Rael. »Hat alles geklappt? Haben wir ihn?«

»Wir haben seine Katze«, sagte sie mürrisch. »Genauer gesagt: *Ich* habe seine gottverdammte Katze.« Wie aufs Stichwort jaulte Sodom und presste ihr Gesicht gegen den Plastahl-Maschendrahtkäfig, den die Sicherheitsleute in einer Ecke ihres Apartments aufgestellt hatten. Die Katze jaulte viel; in der Schwerelosigkeit fühlte sie sich eindeutig unwohl, und wenn sie versuchte, sich zu bewegen, wirbelte sie unkontrolliert herum. Jedes Mal, wenn sie gegen die Seite des Käfigs knallte, verzog Tolly Mune schuldbewusst das Gesicht. »Ich war mir sicher, dass er den Transfer unterzeichnen würde, um seine verflixte Katze zu retten.«

Josen Rael wirkte verärgert. »Ich halte nicht allzu viel von Ihrem Plan, Hafenmeisterin. Warum im Namen des Lebens sollte jemand einen Schatz in der Größenordnung der *Arche* aufgeben, um ein Tier zu retten? Schließlich haben Sie mir erzählt, dass er noch weitere Exemplare der gleichen Schädlingsart an Bord seines Schiffs hat.«

»Weil er eine emotionale Beziehung zu diesem besonderen Schädling hat«, sagte Tolly Mune mit einem Seufzen. »Allerdings ist Tuf noch gerissener, als ich dachte. Er hat meinen Bluff durchschaut.«

»Dann vernichten Sie diesen Schädling doch. Zeigen Sie ihm, dass wir meinen, was wir sagen.«

»Oh, seien Sie vernünftig, Josen!«, entgegnete sie ungeduldig. »Wie würden wir dann dastehen? Wenn ich die verdammte Katze töte, habe ich gar nichts mehr. Tuf weiß das, und er weiß, dass ich es weiß, und er weiß, dass ich weiß, dass er es weiß. Zumindest haben wir auf diese Weise etwas, das er will. Wir befinden uns in einer Pattsituation.«

»Wir werden das Gesetz ändern«, schlug Josen Rael vor. »Lassen Sie mich ... Ja, die Strafe dafür, Schädlinge in den Hafen einzuschmuggeln, sollte die Konfiszierung des für den Schmuggel verwendeten Schiffs beinhalten!«

»Ein gottverdammter Geniestreich«, sagte Tolly Mune. »Zu schade, dass die Charta rückwirkende Gesetze verbietet.«

»Bisher habe ich von Ihnen noch keinen besseren Plan gehört.«

»Leider habe ich im Augenblick keinen, Josen. Aber das wird sich ändern. Ich werde ihm das Schiff abschwatzen. Ich werde es ihm abschwindeln. Wir wissen, dass er Schwächen hat. Essen, seine Katzen. Vielleicht gibt es noch mehr – etwas, das wir ausnutzen können. Ein Gewissen, einen Trieb, eine Schwäche für Drinks, für Glücksspiele.« Sie legte eine nachdenkliche Pause ein. »Glücksspiele«, wiederholte sie. »Genau. Er liebt Spiele.« Sie zeigte mit einem Finger auf den Bildschirm. »Halten Sie sich raus. Sie haben mir drei Tage gegeben, und meine Zeit ist noch nicht um. Also halten Sie die Füße still.« Sie wischte seine Gesichtszüge vom riesigen Videoschirm und ersetzte sie durch die

Dunkelheit des Weltalls, in dem die *Arche* vor einem Feld leuchtender Sterne schwebte.

Die Katze schien sich an das Bild auf dem Schirm zu erinnern und gab ein dünnes, klagendes Miauen von sich. Tolly Mune schaute hinüber, runzelte die Stirn und bat darum, zu ihrer Sicherheitsüberwachung durchgestellt zu werden. »Tuf«, bellte sie. »Wo steckt er jetzt?«

»Im Sternenklasse-Spielsalon des Weltblick-Hotels, Ma Spider«, erwiderte die diensthabende Beamtin.

»Im Weltblick?«, stöhnte sie. »Er musste sich natürlich einen gottverdammten Würmer-Palast aussuchen! Was haben wir da, volle Schwerkraft? Ach, zum Teufel, was soll's? Sehen Sie nur zu, dass er dort bleibt. Ich komme runter.«

Als sie ihn fand, spielte er Fünfseitiges Dilemma gegen zwei ältere Erdenwürmer – gegen einen Cybertech, den sie vor ein paar Wochen wegen Systemplünderung suspendiert hatte, und gegen einen mondgesichtigen, fleischigen Handelsagenten von Jazbo. Dem Berg von Spielmarken nach zu urteilen, der sich vor ihm auftürmte, gewann Tuf mit Leichtigkeit. Sie schnippte mit den Fingern, und die Salonhostess schob ihr einen Stuhl herüber. Tolly Mune setzte sich neben Tuf und berührte ihn leicht am Arm. »Tuf«, sagte sie.

Er drehte den Kopf und rückte von ihr ab. »Bitte sehen Sie freundlicherweise davon ab, Hand an meine Person zu legen. Hafenmeisterin Mune.«

Sie zog die Hand zurück. »Was tun Sie hier, Tuf?«

»Im Moment probiere ich eine interessante neue Strategie gegen den Unterhändler Dez aus. Ich fürchte, sie wird sich als unzuverlässig erweisen, aber wir werden sehen. Im Übrigen bin ich bemüht, ein paar magere Standards durch die Anwendung statistischer

Analysen und angewandter Psychologie zu verdienen. S'uthlam ist keineswegs preiswert, Hafenmeisterin Mune.«

Der Jazboite, dessen langes Haar von irisierenden Ölen glänzte und dessen fettes Gesicht von Rangnarben geziert wurde, lachte rau und enthüllte einen Mund voller polierter schwarzer Zähne, die mit winzigen karmesinroten Edelsteinen besetzt waren. »Ich fordere Sie heraus, Tuf«, sagte er und berührte einen Knopf unter seiner Station, um seine Spielaufstellung auf die erleuchtete Oberfläche des Tisches zu bringen.

Tuf beugte sich kurz vor. »In der Tat«, sagte er. Ein langer bleicher Finger bewegte sich in angemessener Weise, und seine eigene Formation wurde innerhalb des Spielkreises sichtbar. »Ich fürchte, Sie haben verloren, Sir. Mein Experiment hat sich als erfolgreich erwiesen, wenngleich zweifellos durch reinen Zufall.«

»Verflucht seien Sie und Ihr verdammtes Glück!«, sagte der Jazboite und stand unsicher auf. Weitere Spielmarken wechselten den Besitzer.

»Sie spielen ziemlich gut«, sagte Tolly Mune zu Tuf. »Aber das wird Ihnen verdammt wenig helfen. Hier hat das Haus die besten Chancen. Sie werden nie so viel Geld gewinnen, wie Sie brauchen.«

»Dessen bin ich mir durchaus bewusst«, entgegnete Tuf.

»Lassen Sie uns reden.«

»Damit sind wir doch in diesem Augenblick beschäftigt.«

»Lassen Sie uns *unter vier Augen* reden«, drängte sie.

»Während unserer letzten Unterhaltung unter vier Augen wurde ich von Männern mit Nervenpistolen bedroht, verbal angegriffen, grausam betrogen, eines geliebten Gefährten beraubt, und mir wurde die Möglichkeit versagt, mein Dessert zu genießen. Ich bin nicht besonders auf weitere Einladungen erpicht.«

»Ich spendiere Ihnen einen Drink«, sagte Tolly Mune.

»Nun gut.« Tuf erhob sich schwerfällig, sammelte seine Spielmarken ein und wünschte den anderen Spielern viel Glück. Die beiden gingen zu einer Privatkabine am anderen Ende der Spielhalle. Tolly Mune schnaufte vor Anstrengung leicht, weil sie gegen die Schwerkraft ankämpfen musste. Im Innern der Kabine plumpste sie in die Kissen, bestellte geeiste Narcoblaster für zwei und aktivierte die Vorhänge.

»Der Genuss narkotischer Getränke wird kaum Einfluss auf mein Entscheidungsvermögen haben, Hafenmeisterin Mune«, sagte Haviland Tuf. »Auch wenn ich gewillt bin, Ihre Großzügigkeit als Wiedergutmachung für Ihre kürzliche Perversion der zivilisierten Gastfreundschaft zu akzeptieren, bleibt meine Position nichtsdestotrotz unverändert.«

»Was wollen Sie, Tuf?«, sagte sie müde, nachdem die Drinks gekommen waren. Die schlanken Gläser waren vom Frost beschlagen, der Schnaps darin kobaltblau und eiskalt.

»Wie jeder Angehörige der menschlichen Spezies habe auch ich viele Wünsche. Im Moment wünsche ich am dringendsten, dass Sodom sicher in meine Obhut zurückkehrt.«

»Ich hatte Ihnen doch gesagt, dass ich die Katze gegen das Schiff eintauschen werde.«

»Wir haben diesen Vorschlag diskutiert, und ich habe ihn als ungerecht abgelehnt. Müssen wir das alles noch einmal durchgehen?«

»Ich habe ein neues Argument«, sagte sie.

»In der Tat?« Tuf nippte an seinem Drink.

»Betrachten wir einmal die Frage der Eigentumsverhältnisse, Tuf. Mit welchem Recht gehört Ihnen die *Arche?* Haben Sie sie gebaut? Hatten Sie irgendeinen Anteil an ihrer Planung? Nein, zum Teufel.«

»Ich habe sie gefunden«, sagte Tuf. »Gut, dieser Fund geschah in Gesellschaft von fünf anderen Personen, und es kann nicht geleugnet werden, dass deren Ansprüche an diesem Eigentum in einigen Fällen die meinen überstiegen. Allerdings sind sie tot, und ich bin am Leben. Dies verstärkt meine Ansprüche erheblich. Weiterhin befindet sich das fragliche Artefakt im Moment in meinem Besitz. In vielen ethischen Systemen ist der Besitz der Schlüssel, oftmals sogar die überragende Determinante, die über Eigentumsverhältnisse entscheidet.«

»Es gibt Welten, wo der Staat alles von Wert besitzt, wo Ihnen Ihr gottverdammtes Schiff einfach abgenommen würde.«

»Dessen bin ich mir bewusst. Ich habe absichtlich derartige Planeten vermieden, als ich meinen Zielort auswählte«, sagte Haviland Tuf.

»Wir könnten Ihr verdammtes Schiff einfach beschlagnahmen, wenn wir wollten, Tuf. Vielleicht ist es ja die Macht, die über Eigentum entscheidet.«

»Es ist wahr, dass Sie über die leidenschaftliche Loyalität unzähliger Lakaien mit Nervenpistolen und Lasern verfügen, während ich allein bin, ein bescheidener Händler und ein am Anfang seiner Karriere stehender ökologischer Pionier, nur von seinen harmlosen Katzen begleitet. Trotzdem bin auch ich nicht ohne gewisse kleine Reserven. Es wäre theoretisch möglich, dass ich Verteidigungsmechanismen in die *Arche* einprogrammiert habe, die eine derartige Beschlagnahmung eventuell weniger einfach durchführbar machen, als Sie es sich vorstellen. Natürlich ist diese Annahme rein hypothetisch, aber Sie sollten gut daran tun, sie in Betracht zu ziehen. Auf jeden Fall wäre eine brutale militärische Aktion nach den Gesetzen von S'uthlam illegal.«

Tolly Mune seufzte. »In einigen Kulturen bestimmt der Nutzen das Eigentum. Andere setzen auf die Notwendigkeit.«

»Ich bin mit diesen Doktrinen nicht unvertraut.«

»Gut. S'uthlam braucht die *Arche* nötiger als Sie, Tuf.«

»Falsch. Ich brauche die *Arche*, um meinen gewählten Beruf auszuüben und meinen Lebensunterhalt zu verdienen. Ihr Planet hat keine Verwendung für das Schiff selbst, sondern eher für die ökologische Technologie. Daher hatte ich Ihnen meine Dienste angeboten, doch mein großzügiges Angebot wurde verschmäht und als unzureichend bezeichnet.«

»Nutzen«, unterbrach ihn Tolly Mune. »Wir haben einen ganzen gottverdammten Planeten voller brillanter Wissenschaftler. Sie sind nur ein Händler, wie Sie selbst zugegeben haben. Wir können besseren Nutzen aus der *Arche* schlagen.«

»Ihre brillanten Wissenschaftler sind größtenteils Spezialisten für Physik, Chemie, Kybernetik und ähnliche Gebiete. S'uthlam ist auf den Gebieten der Biologie, Genetik oder Ökologie nicht besonders weit fortgeschritten. Dies ist in zweifacher Hinsicht offensichtlich. Wenn Sie über derartige Sachkenntnisse verfügen würden, wie Sie andeuten, würden Sie erstens die *Arche* nicht so dringend benötigen, und zweitens hätten Sie nie zugelassen, dass Ihre Umweltprobleme die gegenwärtigen bedenklichen Ausmaße erreichen. Daher stelle ich Ihre Behauptung infrage, Ihre Leute würden das Schiff effektiver nutzen. Seit ich in Besitz der *Arche* gelangt bin und meine Reise hierher angetreten habe, war ich damit beschäftigt, mich pflichtbewusst in das Studium zu vertiefen, und ich kann mit einer gewissen Berechtigung behaupten, dass ich nun der einzige qualifizierte ökologische Ingenieur der menschlichen Spezies bin – Prometheus eventuell ausgenommen.«

Haviland Tufs langes weißes Gesicht blieb ausdruckslos; er feilte sorgfältig an jeder Äußerung und feuerte sie in kühlen Salven ab. Doch obwohl er so unerschütterlich war, spürte Tolly Mune, dass sich hinter Tufs ruhiger Fassade eine Schwäche verbarg – Stolz und eine Eitelkeit, die sie sich nutzbar machen konnte. Sie richtete einen Finger auf sein Gesicht. »Worte, Tuf. Nichts als verflixte leere Worte. Sie können sich als ökologischer Ingenieur bezeichnen, aber das bedeutet gar nichts. Sie könnten auch behaupten, Sie seien eine Geleefrucht, aber in einer Schüssel Rahm würden Sie immer noch ziemlich dämlich aussehen!«

»In der Tat«, sagte Tuf.

»Ich wette mit Ihnen«, sagte sie und ging zum Angriff über, »dass Sie gar nicht wissen, was zur Hölle Sie mit diesem verdammten Schiff tun sollen.«

Haviland Tuf blinzelte und legte die Handflächen auf der Tischplatte zusammen. »Das ist eine interessante Behauptung. Fahren Sie fort.«

Tolly Mune lächelte. »Ihre Katze gegen das Schiff«, sagte sie. »Ich habe unser Problem bereits beschrieben. Lösen Sie es, und Sie bekommen Sodom zurück, gesund und munter. Wenn Sie verlieren, bekommen wir die *Arche*.«

Tuf hob einen Finger. »Ihre Intrige ist durchschaut. Obwohl Sie mir eine formidable Aufgabe gestellt haben, wäre ich nicht abgeneigt, eine solche Herausforderung anzunehmen, wären die vorgeschlagenen Einsätze nicht so unausgeglichen. Die *Arche* und Sodom gehören beide mir, obwohl Sie sich skrupellos, wenn auch legal, in den Besitz Letztgenannter gebracht haben. Daher scheint es, dass ich, falls ich gewinne, einfach nur zurückerhalte, was rechtmäßig mir gehört, wohingegen Sie die Aussicht auf einen großen Gewinn haben. Das ist ungerecht. Ich habe ein Gegenangebot. Ich bin wegen gewisser Reparaturen und Umbauten nach S'uthlam gekommen. Im Fall meines Erfolgs lassen Sie diese Arbeiten kostenfrei durchführen.«

Tolly Mune hob ihr Getränk an die Lippen, um einen Moment nachdenken zu können. Das Eis war matschig geworden, aber der Narcoblaster hatte es immer noch in sich. »Reparaturen für fünfzig Millionen Standards umsonst? Das ist zu viel.«

»Das war auch meine Meinung«, sagte Tuf.

Sie grinste. »Die Katze«, sagte sie, »mag anfangs Ihnen gehört haben, aber jetzt gehört sie uns. Was jedoch die Reparaturen anbelangt, Tuf – da gebe ich Ihnen Kredit.«

»Zu welchen Bedingungen und Zinsen?«, fragte er.

»Wir kümmern uns um die Wiederinstandsetzung«, erklärte sie lächelnd. »Wir werden umgehend damit beginnen. Wenn Sie gewinnen – was Sie nicht werden –, bekommen Sie Ihre Katze zurück, und wir geben Ihnen ein zinsfreies Darlehen in Höhe der Reparaturrechnung. Sie können uns von dem Geld bezahlen, das Sie da draußen« – sie winkte vage in Richtung des restlichen Universums – »mit Ihren verdammten Ökotechnologien verdienen. Aber wir haben ein Pfandrecht auf die *Arche*. Wenn Sie nicht in fünf Standardjahren die Hälfte des Geldes zurückgezahlt haben oder alles in zehn, gehört das Schiff uns.«

»Die ursprüngliche Schätzung von fünfzig Millionen Standards war übertrieben hoch«, sagte Tuf. »Augenscheinlich ein überzogener Betrag, allein in der Absicht, mich dazu zu zwingen, Ihnen mein Schiff zu verkaufen. Ich schlage vor, wir setzen die Summe von zwanzig Millionen Standards als Basis für diese Vereinbarung fest.«

»Lächerlich!«, erwiderte sie. »Meine Spinnchen könnten Ihr gottverdammtes Schiff für zwanzig Millionen Standards noch nicht einmal *streichen*. Aber ich werde auf fünfundvierzig runtergehen.«

»Fünfundzwanzig Millionen«, schlug Tuf vor. »Da ich allein an Bord der *Arche* bin, ist es nicht zwingend notwendig, dass alle Decks und Systeme vollständig wiederhergestellt werden. Ein paar abgelegene Decks mit Funktionsstörungen sind nicht von elementarer Bedeutung. Ich werde meinen Arbeitsauftrag dergestalt kürzen, dass nur die Reparaturen eingeschlossen sind, die für meine Sicherheit, meinen Komfort und meine Bequemlichkeit nötig sind.«

»Wenn Sie meinen«, sagte sie. »Ich gehe auf vierzig Millionen.«

»Dreißig«, beharrte Tuf, »scheinen mir mehr als genug.«

»Lassen Sie uns nicht wegen ein paar Millionen Standards streiten«, sagte Tolly Mune. »Sie werden verlieren, also spielt es sowieso keine Rolle.«

»Ich stehe da auf einem etwas anderen Standpunkt. Dreißig Millionen.«

»Siebenunddreißig«, sagte sie.

»Zweiunddreißig«, entgegnete Tuf.

»Anscheinend treffen wir uns bei fünfunddreißig. In Ordnung!« Sie streckte die Hand aus.

Tuf betrachtete ihre Hand. »Vierunddreißig«, sagte er ruhig.

Tolly Mune lachte und zog die Hand zurück. »Was soll's? Vierunddreißig.«

Haviland Tuf stand auf.

»Nehmen Sie noch einen Drink«, sagte sie mit einer einladenden Handbewegung. »Auf unsere kleine Wette.«

»Ich fürchte, ich muss ablehnen«, sagte Tuf. »Ich werde feiern, nachdem ich gewonnen habe. Einstweilen wartet viel Arbeit auf uns.«

»Ich kann nicht glauben, dass Sie das getan haben«, sagte Josen Rael ausgesprochen heftig. Tolly Mune hatte die Lautstärke an ihrer Komm-Einheit aufgedreht, um den ständigen nervtötenden Protest der gefangenen Katze zu übertönen.

»Seien Sie doch vernünftig, Josen«, sagte sie mürrisch. »Das ist gottverdammt brillant.«

»Sie haben die Zukunft unseres Planeten *verwettet!* Milliarden und Abermilliarden Leben! Erwarten Sie ernsthaft, dass ich Ihren kleinen Pakt auch noch gutheiße?«

Tolly Mune saugte an ihrer Bierblase und seufzte. Dann sagte sie in dem Tonfall, in dem sie einem Kind, das besonders schwer von Begriff ist, etwas erklären würde: »Wir *können nicht verlieren*, Josen. Denken Sie darüber nach, falls dieses wurmstichige Ding in Ihrem Schädel durch die Schwerkraft nicht zu sehr geschrumpft ist, um einen klaren Gedanken fassen zu können. Warum zur Hölle wollten wir die *Arche?* Natürlich, um uns zu ernähren. Um die Hungersnot zu vermeiden, um das Problem zu lösen, um ein verflixtes biologisches Rätsel zu lösen. Um Brot und Fische zu vermehren.«

»Brot und Fische?«, wiederholte der Erste Ratsherr verdutzt.

»Unendlich oft. Das ist eine klassische Anspielung, Josen. Christlich, glaube ich. Tuf versucht, Fischbrötchen für dreißig Milliarden zu machen. Ich glaube zwar, dass er nur Mehl ins Gesicht bekommen und sich an einer Fischgräte verschlucken wird, aber das spielt keine Rolle. Wenn er versagt, bekommen wir dieses gottverdammte Saatschiff, ganz einfach und legal. Wenn er Erfolg hat, *brauchen* wir die *Arche* nicht mehr. So oder so gewinnen wir. Und auf die Art, wie ich alles eingefädelt habe, schuldet uns Tuf immer noch vierunddreißig Millionen Standards, selbst wenn er gewinnt. Wenn er es wie durch ein Wunder schafft, stehen die Chancen gut, dass wir das Schiff trotzdem bekommen, falls er seinen verdammten Schuldschein nicht einlösen kann.« Sie trank noch einen Schluck Bier und grinste ihn an. »Josen, Sie haben verdammtes Glück, dass ich Ihren Job nicht haben will. Ist Ihnen jemals in den Sinn gekommen, dass ich ein ganzes Stück gerissener bin als Sie?«

»Sie sind auch ein ganzes Stück weniger diplomatisch, Ma«, sagte er, »und ich bezweifle, dass Sie in meinem Job auch nur einen Tag überstehen würden. Ich kann allerdings nicht abstreiten, dass Sie den Ihren gut erledigen. Ich nehme an, Ihr Plan ist realisierbar.«

»Sie *nehmen es an?*«

»Es gilt, politische Sachzwänge zu berücksichtigen. Sie müssen bedenken, dass die Expansionisten das Schiff für sich wollen. Im Vorgriff auf den Tag, an dem sie die Macht wiedererlangen. Glücklicherweise sind sie eine Minderheit. Wir werden sie im Rat mal wieder überstimmen.«

»Sehen Sie zu, dass Sie das tun, Josen«, sagte Tolly Mune. Sie unterbrach die Verbindung und saß schwebend im Zwielicht ihres Heims. Auf dem Videoschirm kam die *Arche* wieder in Sicht. Ihre Arbeitsmannschaften waren jetzt überall im Schiff und errichteten ein Behelfsdock. Das richtige würde später folgen. Sie erwartete, dass die *Arche* für ein paar Jahrhunderte da sein würde, also brauchten sie Platz, um das verdammte Ding unterzubringen, und selbst wenn Tuf sich durch irgendeinen dummen Zufall damit aus dem Staub machen sollte, war eine grundlegende Erweiterung des Netzes lange überfällig und würde Hunderte neuer Andockmöglichkeiten schaffen. Wenn Tuf die Rechnung bezahlte, sah sie keinen Sinn darin, den Bau noch länger aufzuschieben. Eine lange, durchsichtige Plastahlröhre wurde Stück für Stück zusammengesetzt, um das riesige Saatschiff mit dem Ende der nächstgelegenen Hauptspeiche zu verbinden, sodass Spinnchen-Teams und Schiffsladungen mit Material es einfacher erreichen konnten. Cybertechs waren bereits an Bord und mit dem Computersystem des Schiffs verbunden, das sie so umprogrammierten, dass es Tufs Anforderungen gerecht wurde und um, rein zufällig, irgendwelche internen Verteidigungsmechanismen aufzuspüren, die er eingegeben haben könnte. Geheimbefehl von der Stählernen Witwe persönlich; Tuf wusste nichts davon. Es war nur eine kleine zusätzliche Vorkehrung für den Fall, dass er ein schlechter Verlierer sein sollte. Sie wollte keine Monster oder Seuchen aus ihrem Überraschungspaket hüpfen sehen, wenn sie es öffnete.

Was Tuf anbelangte, so berichteten ihre Quellen, dass er sich fast ununterbrochen in seinem Computerraum aufhielt, seit er den Spielsalon des Weltblick verlassen hatte. Mit ihrer Autorität als Hafenmeisterin hatte sie die Datenbanken des Rates autorisiert, ihm jede Information zu geben, die er verlangte, und er verlangte wirklich eine ganze Menge, den Berichten nach zu urteilen, die sie erhielt. Die Computer der *Arche* spuckten umfangreiche Vorausberechnungen und Simulationen aus. Tolly Mune musste zugeben, dass er sein Bestes tat.

Der Käfig in der Ecke wackelte, als Sodom dagegenkrachte und ein leises, verletztes Miauen von sich gab. Die Katze tat ihr leid. Auch Tuf tat ihr leid. Vielleicht konnte sie ihm, wenn er versagte, den Langschlepper neun trotzdem geben.

Siebenundvierzig Tage vergingen.

Siebenundvierzig Tage, in denen die Mannschaften in Dreierschichten arbeiteten, sodass die Aktivitäten um die *Arche* gleichbleibend intensiv blieben. Das Netz kroch hinaus zum Saatschiff und überzog es; Kabel schlängelten sich darüber wie Weinranken, ein Netzwerk pneumatischer Röhren führte in die Luftschleusen hinein und aus ihnen heraus, als wäre es ein Sterbender in einer Klinik; Plastahlblasen schwollen auf der Hülle wie riesige, fette, silberne Pickel; Ranken aus Stahl und Aluminiumlegierungen überzogen das Schiff wie Kletterpflanzen; Vakuumschlitten schwirrten über die ungeheuren Ausmaße wie Stechmücken, die vom Feuer angezogen wurden; und überall, innen und außen, waren Armeen von Spinnchen unterwegs. Siebenundvierzig Tage vergingen, und die *Arche* war repariert, überholt, modernisiert und aufgetankt.

Siebenundvierzig Tage vergingen, ohne dass Haviland Tuf sein Schiff auch nur für eine Minute verlassen hätte. Zuerst lebte er in seinem Computerraum, so berichteten die Spinnchen, und ließ die Simulationen Tag und Nacht laufen, und die Daten brandeten über ihn hinweg. In diesen letzten Wochen wurde er meistens gesehen, wie er mit einem kleinen dreirädrigen Wagen die dreißig Kilometer der riesigen Zentralachse des Saatschiffs entlangfuhr, eine grüne Schirmmütze auf dem Kopf, eine kleine langhaarige graue Katze im Schoß. Er nahm nur flüchtig und oberflächlich Notiz von den s'uthlamesischen Arbeitern, aber von Zeit zu Zeit kam er herüber, um Instrumente an einzelnen Arbeitsstationen zu rekalibrieren oder die endlosen Reihen von Fässern zu kontrollieren, die entlang der hohen Wände aufgestapelt waren. Die Cybertechs bemerkten, dass bestimmte Klonprogramme liefen und dass der Chronowarp in Betrieb war und enorme Mengen Energie verbrauchte. Siebenundvierzig Tage vergingen, in denen Tuf in fast völliger Abgeschiedenheit arbeitete, nur von Gomorrha begleitet.

Siebenundvierzig Tage vergingen, während derer Tolly Mune weder mit Tuf noch mit dem Ersten Ratsherrn Josen Rael sprach. Ihre Pflichten als Hafenmeisterin, die sie seit Beginn der *Arche*-Krise vernachlässigt hatte, waren mehr als ausreichend, um sie auf Trab zu halten. Sie musste Streitfälle anhören und entscheiden, den Transport koordinieren, Baustellen überwachen, hochdekorierte Fliegendiplomaten unterhalten, bevor sie den Fahrstuhl hinunterfuhren, Budgets entwerfen, Lohnlisten unterzeichnen. Und sie musste sich um eine Katze kümmern.

Anfangs befürchtete Tolly Mune das Schlimmste. Sodom verweigerte die Nahrungsaufnahme, schien nicht in der Lage zu sein, sich an die Schwerelosigkeit anzupassen, verpestete die Luft im Apartment der Hafenmeisterin mit ihren Ausscheidungen, und bestand darauf, die erbärmlichsten Geräusche von sich zu geben, die zu hören die Hafenmeisterin je das Missvergnügen hatte. Sie war sogar so besorgt, dass sie sie zum Chef-Schädlingsspezialisten brachte, der ihr versicherte, dass der Käfig geräumig genug war und die Proteinportionen mehr als angemessen waren. Die Katze stimmte dem jedoch nicht zu und fuhr fort zu kränkeln, zu miauen und zu fauchen, bis Tolly Mune davon überzeugt war, dass der Irrsinn, entweder feliner oder humaner Natur, nicht mehr lange auf sich warten ließ.

Schließlich unternahm sie etwas. Sie setzte die Nahrungspaste ab und fütterte das Tier mit den Fleischstäbchen, die Tuf von der *Arche* geschickt hatte. Die Wildheit, mit der Sodom darüber herfiel, wenn sie die Enden durch die Gitterstäbe steckte, war erstaunlich. Einmal leckte sie an Tolly Munes Finger, nachdem sie ein Stückchen in Rekordzeit vertilgt hatte; es war ein seltsames Gefühl, aber nicht ganz unangenehm. Die Katze rieb sich auch am Käfig, als würde sie Zärtlichkeit suchen; Tolly berührte sie versuchsweise und wurde mit weitaus angenehmeren Geräuschen belohnt als jenen, die die Katze zuvor ausgestoßen hatte. Die Berührung des schwarz-weißen Fells des Tieres war beinahe sinnlich.

Nach acht Tagen ließ sie sie aus dem Käfig. Die äußeren Grenzen des Büros wären ein ausreichendes Gefängnis, dachte sie. Kaum hatte Tolly Mune die Käfigtür zur Seite geschoben, sprang Sodom auch schon hindurch, doch als ihr Sprung sie quer durch den Raum segeln ließ, stieß sie vor Unbehagen ein heftiges Fauchen aus. Tolly schwebte ihr hinterher und packte sie, während sie sich überschlug, aber die Katze hieb wild um sich und hinterließ lange Kratzer auf ihrem Handrücken. Nachdem die Medtechs gekommen und wieder gegangen waren, rief Tolly Mune die Sicherheit an. »Requirieren Sie ein Zimmer im Weltblick«, sagte sie. »Ein Turmzimmer mit Schwerkraftkontrolle. Sagen Sie ihnen, dass sie das Netz auf ein viertel G einstellen sollen.«

»Wer ist der Gast?«, fragte man sie.

»Ein Hafengefangener«, gab sie zurück. »Bewaffnet und gefährlich.«

Nach dem Umzug besuchte sie das Hotel täglich nach der Arbeit – zuerst nur, um ihre Geisel zu füttern und ihr Wohlergehen zu überprüfen. Am fünfzehnten Tag blieb sie lange genug, um ein paar Kalorien aufzunehmen und der Katze die Zärtlichkeit zu geben, nach der sie so sehr verlangte. Die Persönlichkeit des Tieres hatte sich dramatisch verändert. Sie gab freudige Geräusche von sich, wenn sie zu ihrer täglichen Inspektion die Tür öffnete (obwohl sie weiterhin ständig zu entkommen versuchte), rieb sich unaufgefordert an ihrem Bein, hielt ihre Krallen eingezogen und schien sogar fett zu werden. Wann immer Tolly Mune sich hinsetzte, sprang Sodom sofort auf ihren Schoß. Am zwanzigsten Tag übernachtete sie dort. Am sechsundzwanzigsten Tag zog sie vorübergehend ein.

Siebenundvierzig Tage vergingen, und am Ende hatte sich Sodom daran gewöhnt, bei ihr zu schlafen, auf ihrem Kopfkissen zusammengerollt, ihr weiches, schwarz-weißes Fell gegen die Wange der Hafenmeisterin gedrückt.

Am achtundvierzigsten Tag rief Haviland Tuf an. Falls er erschrocken darüber war, seine Katze auf ihrem Schoß zu sehen, ließ er es sich nicht anmerken. »Hafenmeisterin Mune«, sagte er.

»Schon aufgegeben?«, fragte sie ihn.

»Wohl kaum«, entgegnete Tuf. »Tatsächlich bin ich bereit, meine Siegerprämie zu beanspruchen.«

Das Treffen war viel zu wichtig für eine Televerbindung, selbst für eine abgeschirmte Leitung, hatte Josen Rael bestimmt. Die Vandeeni könnten über Mittel und Wege verfügen, die Schilde zu durchdringen. Und jetzt, da Tolly Mune direkt mit Tuf verhandelt hatte und ihn auf eine Art verstehen konnte, zu der der Rat nicht in der Lage war, wurde ihre Anwesenheit zwingend notwendig. Ihre Abneigung gegen die Schwerkraft hielt man für unwesentlich. Sie nahm den Fahrstuhl hinunter zur Oberfläche, zum ersten Mal in mehr Jahren, als sie es für möglich gehalten hätte, und wurde von einem Lufttaxi zum höchsten Raum des Ratsturms gebracht.

Der riesige, zugige Saal hatte eine gewisse spartanische Würde. Er wurde von einem langen, breiten Konferenztisch mit einer spiegelglatten Bildschirmoberfläche dominiert. Josen Rael saß in beherrschender Position in einem schwarzen Stuhl mit hoher Lehne; über seinem Kopf hing der Globus von S'uthlam in einem dreidimensionalen Relief. »Hafenmeisterin Mune«, sagte er und nickte ihr zu, als sie sich auf einen freien Sitz am unteren Ende des Tisches kämpfte.

Um sie herum drängten sich die Mächtigen – der Innere Rat, die Elite der Technokratenfraktion, einflussreiche Bürokraten. Ihr halbes Leben war vergangen, seit sie das letzte Mal nach unten befohlen worden war, aber Tolly Mune schaute Nachrichten und erkannte viele der Leute – den jungen Rat für Landwirtschaft, umgeben von seinen Unterräten und Assistenten für Botanische Forschung, Ozeanische Entwicklung und Nahrungsmittelherstellung. Der Kriegsrat und sein Cyborg-Taktiker. Der Transportadministrator. Die Kuratorin der Datenbanken und ihr Chefanalytiker. Die Räte für Innere Sicherheit, Wissenschaft und Technologie, Interstellare Beziehungen, Industrie. Der Kommandeur der Planetaren Verteidigungsflottille. Der Chef der planetaren Polizei. Sie alle nickten ihr ausdruckslos zu.

Vernünftigerweise verzichtete Josen Rael auf jegliche Förmlichkeit. »Sie hatten eine Woche Zeit, um Tufs Voraussagen und das Saatgut und die Proben zu begutachten, die er uns zur Verfügung gestellt hat«, wandte er sich an den Rat. »Nun?«

»Es ist schwer, mit auch nur annähernder Genauigkeit zu urteilen«, sagte der Datenanalytiker. »Seine Voraussagen könnten auf den Punkt genau stimmen, sie könnten aber auch völlig falsch sein, wenn sie von fehlerhaften Voraussetzungen ausgehen. Es ist mir nahezu unmöglich, sie auf ihre Akkuratheit hin zu untersuchen, bis … nun, ich würde sagen, es wird mehrere Ernten dauern, mehrere Jahre. Die Sachen, die Tuf für uns geklont hat, diese Pflanzen und Tiere und dergleichen – das alles ist neu auf S'uthlam. Bis wir konkrete Erfahrungen damit haben, um zu bestimmen, wie sie sich unter S'uthlams Bedingungen entwickeln, können wir uns nicht sicher sein, was sie bewirken werden.«

»Wenn überhaupt«, sagte die Rätin für Innere Sicherheit, ein kleiner, kantiger Klotz von einer Frau.

»Wenn überhaupt«, wiederholte der Analytiker.

»Sie sind viel zu konservativ«, unterbrach sie der Rat für Landwirtschaft. Er war der Jüngste im Raum, ungestüm und freimütig, und im Moment sah sein Lächeln aus, als könnte es sein dünnes Gesicht in zwei Teile spalten. »Meine Berichte sind allesamt überaus positiv.« Er hatte einen hohen Turm kristallener Datenchips vor sich auf dem Konferenztisch liegen. Er breitete sie aus und schob einen in einen Schlitz an seiner Station; lange Reihen von Ergebnissen scrollten über den verspiegelten Tisch unter der polierten Oberfläche. »Das ist unsere Analyse dessen, was er Omni-Korn nennt«, sagte der Ratsherr. »Unglaublich, wirklich unglaublich. Eine genetisch zugeschnittene Hybride, vollständig essbar. *Vollständig essbar,* meine Damen und Herren Räte, jeder Teil dieser Pflanze. Die Stängel wachsen hüfthoch, wie Neogras, sehr viele Kohlehydrate, eine knackige Textur, und mit ein wenig Dressing schmecken sie gar nicht mal so übel, aber primär kann man sie als Futterpflanze für Fleischlieferanten nutzen. Die Köpfe enthalten ein exzellentes Getreidekorn mit einem besseren Korn-Spreu-Verhältnis als Nanoweizen oder S'Reis. Die Ernte ist leicht zu transportieren, ohne Kühlung dauerhaft lagerbar, nicht zu zerquetschen und reich an Proteinen. Und die Wurzeln bestehen aus essbaren Knollen! Nicht nur das, sondern es wächst außerdem so verdammt schnell, dass wir pro Saison doppelt so oft wie bisher ernten werden. Alles nur Vermutungen, natürlich, aber ich gehe davon aus, dass wir, wenn wir statt Nanoweizen, Neogras und S'Reis jetzt Omni-Korn anbauen, auf denselben Flächen drei- bis viermal so viele Kalorien ernten werden.«

»Es muss einige Nachteile geben«, warf Josen Rael ein. »Das klingt zu gut, um wahr zu sein. Wenn dieses Omni-Korn so perfekt ist, warum haben wir nicht schon früher davon gehört? Tuf hat es sicher nicht in diesen paar Monaten gezüchtet.«

»Natürlich nicht. Das gibt es schon seit Jahrhunderten. Ich habe einen Querverweis in den Datenbanken gefunden, ob Sie es glauben oder nicht. Es wurde während des Krieges vom ÖIK als Armeenahrung entwickelt. Das Zeug wächst so schnell, dass es ideal ist, wenn man sich nicht sicher sein kann, ob man die Felder abernten wird, die man bestellt, oder ob man sie schließlich, ähm, höchstpersönlich düngt. Aber es wurde nie für Zivilisten adaptiert. Der Geschmack wurde als schlecht beschrieben. Nicht furchtbar oder unangenehm, verstehen Sie, einfach nur schlechter im Vergleich zu anderen existierenden Getreidesorten. Außerdem laugt es den Boden in sehr kurzer Zeit aus.«

»Aha«, sagte die Rätin für Innere Sicherheit. »Also ist es eine Falle?«

»Für sich gesehen, ja. Fünf Jahre lang hat man vielleicht reichliche Ernten, und dann ist Schluss. Aber Tuf hat auch ein paar Tiere mitgeschickt – unglaubliche Dinger, Superwürmer und andere den Boden auflockernde Organismen – und Symbionten, ein schleimiger Schimmelpilz, der zusammen mit dem Omni-Korn wächst, ohne es zu schädigen, und der von – halten Sie sich fest – Luftverschmutzung und bestimmten Arten petrochemischer Abfälle lebt und diese nutzt, um den Boden wiederherzustellen und zu düngen.« Er warf die Hände empor. »Das ist ein unglaublicher Durchbruch. Wenn das von unseren eigenen Forschungsteams entwickelt worden wäre, hätten wir bereits einen Feiertag ausgerufen.«

»Was ist mit den anderen Sachen?«, fragte Josen Rael knapp. Das Gesicht des Ersten Ratsherrn spiegelte nichts vom Enthusiasmus seines Untergebenen wider.

»Fast genauso aufregend«, war die Antwort. »Die Ozeane – wir waren *nie* in der Lage, eine anständige Kalorienausbeute im Verhältnis zu ihrer Größe zu erzielen, und die letzte Regierung hat sie mit ihren Seebesen beinahe leergefischt. Tuf schenkt uns ein Dutzend neuer Arten schnell wachsender Fische und eine Auswahl an Plankton …« Er kramte vor sich herum, fand einen weiteren Datenchip und führte ihn ein. »Hier, dieses Plankton, es wird die Schifffahrtswege zukleistern, sicher, aber neunzig Prozent unseres Handels findet unterirdisch oder in der Luft statt, also spielt das keine Rolle. Die Fische werden sich davon ernähren, und unter den richtigen Bedingungen wird das Plankton so dick wachsen, dass es das Wasser bis zu einer Tiefe von drei Metern bedecken wird wie ein riesiger graugrüner Teppich.«

»Eine erschreckende Aussicht«, sagte der Kriegsrat. »Ist es essbar? Für Menschen, meine ich.«

»Nein.« Der Landwirtschaftsrat grinste. »Aber wenn es abstirbt und sich zersetzt, dient es als hervorragendes Rohmaterial für unsere Nahrungsmittelfabriken, wenn uns das Erdöl ausgeht.«

Am anderen Ende des Tisches lachte Tolly Mune laut auf. Köpfe drehten sich zu ihr um. »Ich will verdammt sein«, sagte sie. »Er hat uns tatsächlich Brot und Fische gegeben.«

»Plankton ist eigentlich kein Fisch«, sagte der Ratsherr.

»Wenn es in diesem gottverdammten Ozean lebt, ist es ein verflixter Fisch, wenn Sie mich fragen.«

»Brot und Fische?«, fragte der Ratsherr für Industrie.

»Fahren Sie mit Ihrem Bericht fort«, sagte Josen Rael ungeduldig. »Gibt es noch mehr?«

Das gab es. Es gab eine nahrhafte Flechte, die auf den höchsten Bergen wachsen konnte, und eine andere, die sogar ohne Luft in harter Strahlung überlebte. »Noch mehr Speisekammer-Asteroiden«, verkündete der Landwirtschaftsrat, »ohne dass wir Jahrzehnte und Milliarden Kalorien für das Terraforming aufwenden müssen.« Es gab parasitäre Futterranken, die S'uthlams dampfende äquatoriale Sümpfe besiedeln und die stinkenden und giftigen einheimischen Arten, die jetzt dort im Überfluss wuchsen, schrittweise verdrängen und ersetzen würden. Es gab ein Getreide mit dem Namen Schneehafer, das in der gefrorenen Tundra wachsen würde, und Tunnelknollen, die sogar die gefrorene Erde in der Nähe eines Gletschers mit riesigen luftgefüllten Gängen durchziehen würden, an deren Wänden buttriges braunes Nussfleisch wuchs. Es gab genetisch verbesserte Rinder, Schweine, Hühner und Fische, eine neue Vogelart, die, so behauptete Tuf, die wichtigste landwirtschaftliche Seuche auf S'uthlam eliminieren würde; und neunundsiebzig neue Arten essbarer Pilze und Schwämme, die in der Dunkelheit der unterirdischen Städte gezüchtet und mit menschlichen Ausscheidungen gedüngt werden konnten.

Als der Ratsherr seinen Bericht beendet hatte, herrschte Stille.

»Er hat gewonnen«, sagte Tolly Mune grinsend. Der Rest war Josen Raels Aufgabe, aber sie wollte auf gar keinen Fall weiter hier sitzen und Politik spielen. »Ich will verdammt sein, Tuf hat es wirklich geschafft.«

»Das wissen wir nicht«, sagte die Kuratorin der Datenbanken.

»Es wird Jahre dauern, bevor wir aussagekräftige Statistiken haben«, sagte der Analytiker.

»Es könnte eine Falle sein«, warnte der Kriegsrat. »Wir müssen vorsichtig sein.«

»Ach, zur Hölle damit«, sagte Tolly Mune. »Tuf hat bewiesen, dass …«

»Hafenmeisterin!«, unterbrach Josen Rael sie streng.

Tolly Mune schloss den Mund; diesen Ton hatte sie noch nie von ihm zu hören bekommen. Auch die anderen sahen ihn an.

Josen Rael holte ein Tuch hervor und wischte sich den Schweiß von der Stirn. »Haviland Tuf hat ohne Zweifel bewiesen, dass die *Arche* für uns viel zu wertvoll ist, um auch nur in Betracht zu ziehen, sie aufzugeben. Wir werden jetzt besprechen, wie wir sie am besten übernehmen, mit minimalen Verlusten an Leben und ohne diplomatische Auswirkungen befürchten zu müssen.« Er rief die Ratsfrau für Innere Sicherheit auf.

Hafenmeisterin Tolly Mune hörte ihrem Bericht stumm zu und lauschte eine Stunde lang der anschließenden Diskussion, während sie sich über Taktiken stritten, über die richtige diplomatische Haltung, die effektivste Verwendung des Saatschiffs, welche Behörde sich darum kümmern sollte, und was man in den Nachrichten bringen würde. Die Diskussion versprach die halbe Nacht zu dauern, aber Josen Rael sagte klipp und klar, dass sie keine Pause machen würden, bevor die Affäre nicht bis ins letzte Detail geklärt sei. Essen wurde bestellt, es wurde nach Dokumenten geschickt, Untergebene und Spezialisten wurden gerufen und wieder entlassen. Josen Rael gab Order, dass man sie unter keinen Umständen stören sollte. Tolly Mune hörte zu. Schließlich erhob sie sich unsicher. »Entschuldigung«, sagte sie. »Es … es ist diese verflixte Schwerkraft. Ich bin nicht daran gewöhnt. Wo ist die nächste Toi… Toilette … rrgh.«

»Natürlich, Hafenmeisterin«, sagte Josen Rael. »Draußen, der linke Gang, die vierte Tür.«

»Ich danke Ihnen«, sagte sie. Die anderen redeten weiter, während Tolly Mune nach draußen wankte. Sie konnte sie durch die Tür hören. Dort hielt ein Polizist Wache. Sie nickte ihm zu, schritt flott an ihm vorbei und bog nach rechts ab.

Sobald sie außer Sicht war, rannte sie los.

Auf dem Dach requirierte sie ein Lufttaxi. »Zum Fahrstuhl«, bellte sie, »und zwar schnell.« Sie zeigte dem Fahrer ihr Prioritätsband.

Ein Zug wollte gerade abfahren. Er war voll. Sie stieß einen Passagier der Sternenklasse zur Seite. »Ein Notfall im Netz«, sagte sie. »Ich muss dringend zurück.« Sie legten einen Rekordaufstieg hin, denn schließlich war sie Ma Spider, und im Spinnennest wartete ein Transporter, um sie zu ihrem Quartier zu bringen.

Sie schwebte hinein, verriegelte die Tür, schaltete ihr Komm ein, kodierte es, eine Aufzeichnung des Gesichts ihres Stellvertreters zu übermitteln, und versuchte, zu Josen Rael durchgestellt zu werden. »Es tut mir leid«, sagte der Computer mit synthetischem Mitleid. »Er ist in einer Besprechung und darf zurzeit nicht gestört werden. Möchten Sie eine Nachricht hinterlassen?«

»Nein«, sagte sie. Als sie ihren Vorarbeiter auf der *Arche* anrief, zeigte sie ihr eigenes Gesicht. »Wie läuft's so, Frakker?«

Er sah müde aus, aber für sie brachte er ein Lächeln zustande. »Wir machen großartige Fortschritte, Ma«, sagte er. »Ich schätze mal, einundneunzig Prozent sind geschafft. In weiteren sechs, sieben Tagen sind alle Arbeiten erledigt, und dann müssen wir nur noch aufräumen.«

»Die Arbeiten sind beendet«, sagte Tolly Mune.

»Was?« Er sah verwirrt aus.

»Tuf hat uns belogen«, sagte sie schnell. »Er ist ein Betrüger, eine verflixte Missgeburt, und ich ziehe meine Leute ab.«

»Ich verstehe nicht«, sagte der Cybertech.

»Tut mir leid. Die Einzelheiten sind geheim, Frakker. Sie wissen, wie das so läuft. Verlassen Sie einfach die *Arche*. Alle. Spinnchen, Cybertechs, Sicherheitsleute, alle. Ich gebe Ihnen eine Stunde, dann komme ich rüber, und wenn ich in diesem Wrack noch irgendjemanden außer Tuf und seinen gottverdammten Schädlingen finde, verschiffe ich ihre Ärsche schneller in die Speisekammer, als Sie *Stählerne Witwe* sagen können, verstanden?«

»Äh, ja.«

»Ich sagte, *jetzt!*«, bellte Tolly Mune. »*Bewegen Sie sich,* Frakker.«

Sie warf ihn aus der Leitung, schaltete eine Hochsicherheitsabschirmung zu und tätigte ihren letzten Anruf. Haviland Tuf hatte die *Arche* ärgerlicherweise instruiert, alle Anrufe abzublocken, während er ruhte. Sie brauchte fünfzehn unbezahlbare Minuten, die richtige Formulierung zu finden, um die idiotische Maschine davon zu überzeugen, dass dies ein Notfall war.

»Hafenmeisterin Mune«, antwortete Tuf, als sein Abbild schließlich vor ihr Gestalt annahm. Er trug einen absurden flauschigen Mantel, der vor seinem mehr als üppigen Bauch gegürtet war. »Womit habe ich den einzigartigen Genuss Ihres Anrufs verdient?«

»Die Neuausrüstung ist zu neunzig Prozent abgeschlossen«, sagte Tolly Mune. »Alles Wichtige ist erledigt. Mit dem, was wir noch nicht geschafft haben, werden Sie leben müssen. Meine Spinnchen krabbeln gerade das Netz hinab, und zwar schnell. Sie werden alle weg sein in, äh, jetzt sind es noch um die vierzig Minuten. Wenn diese Zeit um ist, will ich Sie aus dem Hafen haben, Tuf.«

»In der Tat?«, sagte Haviland Tuf.

»Sie sind raumflugtauglich«, sagte sie. »Ich habe Ihre Daten gesehen. Sie werden das Dock auseinanderreißen, aber es bleibt keine Zeit, es abzukoppeln, und es ist ein kleiner Preis im Vergleich zu dem, was Sie getan haben. Geben Sie Gas, verlassen Sie unser System, und schauen Sie nicht zurück – es sei denn, Sie wollen zu einer gottverdammtem Salzsäule erstarren.«

»Ich verstehe nicht«, sagte Haviland Tuf.

Tolly Mune seufzte. »Ich auch nicht, Tuf, ich auch nicht. Diskutieren Sie nicht mit mir. Bereiten Sie sich auf den Start vor.«

»Darf ich vermuten, dass Ihr Hoher Rat mein bescheidenes Angebot als befriedigende Lösung für Ihre Krise befunden hat, sodass ich der rechtmäßige Gewinner unserer Wette bin?«

Sie stöhnte. »Ja, wenn es das ist, was Sie hören wollen. Sie haben großartiges Ungeziefer geliefert, alle lieben das Omni-Korn, der Schleimschimmel war ein richtiger Hit, Sie gewinnen, Sie sind brillant, Sie sind wunderbar. Und jetzt hauen Sie ab, Tuf, bevor jemand daran denkt, der kränklichen alten Hafenmeisterin eine Frage zu stellen, und bemerkt, dass ich weg bin.«

»Sie sehen mich einigermaßen verwirrt«, sagte Haviland Tuf, faltete die Hände gelassen über dem Bauch und starrte sie an.

»Tuf«, presste Tolly Mune zwischen den Zähnen hervor. »Sie haben Ihre gottverdammte Wette gewonnen, aber Sie werden Ihr Schiff verlieren, wenn Sie nicht endlich aufwachen und verschwinden. Hauen Sie ab! Muss ich noch deutlicher werden, verdammt noch mal? Verrat, Tuf. Gewalt, Betrug. Genau in diesem Augen-

blick diskutiert der Hohe Rat von S'uthlam die Einzelheiten, wie er sich die *Arche* unter den Nagel reißen und Sie aus dem Weg schaffen kann, und er überlegt, welche Art von Parfüm den Gestank am besten überdeckt. Verstehen Sie jetzt? Sobald sie zu Ende geredet haben, und das wird nicht mehr lange dauern, werden sie die Befehle geben, und die Sicherheitskräfte werden sich bei Ihnen mit Vakuumschlitten und Nervenpistolen einfinden. Die Planetare Verteidigungsflottille hat im Augenblick vier Schiffe der Protektor-Klasse und zwei große Schlachtschiffe im Netz, und wenn die in Alarmbereitschaft gehen, dürften Sie es nicht mehr schaffen, von hier zu verschwinden. Ich will keine verdammte Weltraumschlacht, die meinen Hafen zusammenschmilzt und meine Leute tötet.«

»Eine verständliche Abneigung«, sagte Tuf. »Ich sollte augenblicklich die Durchführung des Abreiseprogramms initiieren. Eine kleine Schwierigkeit verbleibt jedoch.«

»Welche?«, fragte sie voller Ungeduld.

»Sodom befindet sich immer noch in Ihrem Gewahrsam. Ich kann S'uthlam nicht verlassen, bevor sie nicht sicher zu mir zurückgekehrt ist.«

»Vergessen Sie die verflixte Katze!«

»Ein selektives Gedächtnis gehört nicht zu meinen Fähigkeiten«, sagte Tuf. »Ich habe meine Seite unserer Abmachung erfüllt. Sie müssen Sodom zurückbringen, oder Sie brechen den Vertrag.«

»Ich *kann* nicht«, sagte Tolly Mune zornig. »Jede Fliege, jeder Wurm und jedes Spinnchen in der Station weiß, dass diese verdammte Katze unsere Geisel ist. Wenn ich mit Sodom unter dem Arm einen Zug betrete, wird man es bemerken, und irgendjemand wird Fragen stellen. Warten Sie auf diese Katze, und Sie riskieren alles.«

»Nichtsdestotrotz«, sagte Haviland Tuf, »fürchte ich, dass ich darauf bestehen muss.«

»Gott verdamme Sie!«, fluchte die Hafenmeisterin. Mit einem einzigen wütenden Fingerschnippen löschte sie sein Abbild.

Als sie das hoch aufragende Atrium des Weltblick erreichte, begrüßte sie der Empfangschef mit einem strahlenden Lächeln. »Hafenmeisterin!«, rief er glücklich. »Wie schön, Sie zu sehen! Man hat Sie ausrufen lassen, wissen Sie. Wenn Sie vielleicht den Anruf in meinem privaten Büro …«

»Tut mir leid«, sagte sie, »dringende Geschäfte. Ich werde mich von meinem Zimmer aus darum kümmern.« Sie rauschte an ihm vorbei zu den Fahrstühlen.

Vor der Tür standen die Wachen, die sie dort postiert hatte. »Hafenmeisterin Mune«, sagte der linke Mann. »Wir wurden angewiesen, nach Ihnen Ausschau zu halten. Sie sollen umgehend im Sicherheitsbüro anrufen.«

»Selbstverständlich«, sagte sie. »Sie beide gehen runter ins Atrium, und zwar schnell.«

»Gibt es dort ein Problem?«

»Ein ziemlich großes. Einen Aufruhr. Ich glaube nicht, dass die Belegschaft allein damit klarkommt.«

»Wir werden uns darum kümmern, Ma.« Sie rannten zusammen los.

Tolly Mune ging hinein. Der Raum war eine Erleichterung; nur ein Viertel G, verglichen mit der vollen Schwerkraft des Korridors und des Atriums. Es war eine Turmsuite. Hinter einem dreifachen Fenster aus transparentem Plastahl waren die riesige Kugel von S'uthlam, die felsige Oberfläche des Spinnennestes, und die Brillanz des Netzes ausgebreitet. Sie konnte sogar den hellen Strich der *Arche* sehen, die im gelben Licht von S'ulstar leuchtete.

Sodom schlief zusammengerollt auf dem Schwebekissen vor dem Fenster, aber die Katze sprang herunter, als Mune eintrat, und kam laut schnurrend über den Teppich gesprungen. »Ich bin auch froh, dich zu sehen«, sagte Tolly Mune und nahm das Tier hoch. »Aber jetzt muss ich dich hier rausbringen.« Sie schaute sich nach etwas um, das groß genug war, um ihre Geisel zu verstecken.

Die Komm-Einheit schrie sie an. Sie ignorierte es und setzte ihre Suche fort. »Verdammt noch mal!«, rief sie wütend. Sie musste diese verflixte Katze verstecken, aber wie? Sie versuchte, sie in ein Handtuch zu wickeln, aber Sodom gefiel das überhaupt nicht.

Die Komm-Einheit wurde freigeschaltet – Sicherheitsüberbrückung. Der Chef der Hafensicherheit starrte sie an. »Hafenmeisterin Mune«, sagte er, vorläufig noch respektvoll, obwohl sie sich fragte, wie lange das so bleiben würde, wenn ihm die Situation klar geworden war. »Da sind Sie ja. Der Erste Ratsherr scheint zu glauben, dass Sie Schwierigkeiten haben. Gibt es ein Problem?«

»Ganz und gar nicht«, sagte sie. »Gibt es einen Grund, in meine Privatsphäre einzudringen, Danja?«

Er schaute verlegen drein. »Ich möchte mich entschuldigen, Ma. Befehle. Wir wurden instruiert, Ihren Aufenthaltsort augenblicklich festzustellen und zu melden.«

»Tun Sie das«, sagte sie.

Er entschuldigte sich noch einmal, und der Bildschirm wurde schwarz. Augenscheinlich hatte ihn noch niemand darüber informiert, dass die *Arche* geräumt wurde. Gut, das gab ihr etwas Luft. Sie schritt ein letztes Mal systematisch den Raum ab, nahm sich gute zehn Minuten, überall nach etwas zu suchen, in das sie Sodom hineinstecken konnte, bevor sie es schließlich aufgab. Sie musste einfach nur frech geradewegs zu den Docks gehen und einen Vakuumschlitten, Hautanzüge und einen Transportbehälter für die Katze beschlagnahmen. Sie ging auf die Tür zu, öffnete sie, trat hinaus …

… und sah die Wachen auf sich zurennen.

Sie zog sich wieder nach innen zurück. Sodom protestierte jaulend. Tolly Mune verriegelte die Tür dreifach und aktivierte den Privatsphärenschild. Das hielt die Leute jedoch nicht davon ab, gegen die Tür zu hämmern. »Hafenmeisterin Mune«, rief einer von draußen, »da war kein Aufruhr. Öffnen Sie bitte, wir müssen miteinander reden.«

»Gehen Sie!«, bellte sie. »Das ist ein Befehl!«

»Tut mir leid, Ma«, entgegnete er. »Wir sollen die Katze nach unten bringen. Das kommt direkt vom Rat, sagen sie.«

Hinter ihr meldete sich erneut die Komm-Einheit. Dieses Mal war es die Ratsfrau für Innere Sicherheit persönlich. »Tolly Mune«, sagte die Frau, »Sie werden für eine Befragung gesucht. Ergeben Sie sich unverzüglich.«

»Ich bin doch hier!«, gab Tolly Mune zurück. »Stellen Sie Ihre gottverdammten Fragen.« Die Wachen schlugen weiter gegen die Tür.

»Begründen Sie Ihre Rückkehr zum Hafen«, sagte die Frau.

»Ich arbeite hier«, antwortete Tolly Mune zuckersüß.

»Ihre Handlungsweise stimmt nicht mit unseren Grundsätzen überein. Sie wurde vom Hohen Rat nicht genehmigt.«

»Die Handlungsweise des Hohen Rates wurde von mir auch nicht genehmigt«, sagte die Hafenmeisterin. Sodom fauchte den Bildschirm an.

»Seien Sie so freundlich, und begeben Sie sich in Haft.«

»Das werde ich nicht tun.« Sie hob einen kleinen, schweren Tisch hoch – das war einfach bei unter einem Viertel G – und warf ihn in den Videoschirm. Die gedrungene Gestalt der Ratsfrau löste sich in einem Schauer aus Glas und Funken auf.

An der Tür hatten die Wachen den Überbrückungskode eingegeben. Sie widerrief ihn mit der Priorität der Hafenmeisterin und hörte einen von ihnen fluchen. »Ma«, sagte der andere, »das bringt doch nichts. Öffnen Sie jetzt. Sie kommen hier nicht raus, und man braucht nicht länger als zehn oder zwanzig Minuten, um Ihre Priorität zu löschen.«

Er hatte recht, wurde Tolly Mune bewusst. Sie war gefangen, und wenn sie erst einmal die Tür entriegelt hatten, war alles vorbei. Sie sah sich hilflos um, suchte nach einer Waffe, einem Ausweg, irgendetwas. Aber es gab nichts.

Ganz hinten am Ende des Netzes leuchtete die *Arche* im Sonnenlicht. Sie sollte jetzt startklar sein. Sie hoffte, dass Tuf daran dachte, sie fest zu verriegeln, sobald die letzten Spinnchen draußen waren. Aber würde er ohne Sodom gehen? Sie blickte auf die Katze herab und streichelte ihr Fell. »Der ganze Ärger nur deinetwegen«, sagte sie. Sodom schnurrte. Sie blickte erneut zur *Arche* hinüber, dann zur Tür.

»Wir könnten Gas hineinpumpen«, sagte einer der Wachmänner. »Der Raum ist schließlich nicht luftdicht.«

Tolly Mune lächelte.

Sie setzte Sodom auf das Schwebekissen zurück, kletterte auf einen Stuhl und zog die Abdeckung von der Notfallsensorenbox. Es war lange her, seit sie das letzte Mal mechanische Arbeiten ausgeführt hatte. Sie brauchte einen Moment, um die Stromkreise zu verfolgen, und noch ein bisschen länger, um herauszufinden, wie sie den Sensor überzeugen konnte, dass die Luftversiegelung gebrochen war.

Als sie es geschafft hatte, setzte das furchtbare Schrillen einer Alarmsirene ein. Es gab ein plötzliches Zischen und Schäumen an den Ecken der Tür, als die Luftversiegelung aktiviert wurde. Die Schwerkraft ließ nach, die Luft zirkulierte nicht mehr, und am anderen Ende des Raums öffnete sich ein Fach mit der Notfallvakuumausrüstung.

Tolly Mune ging schnell darauf zu. Es waren Atempacks darin, Luftstrahlantriebe, ein halbes Dutzend Hautanzüge. Sie zog sich an. »Komm her«, sagte sie zu Sodom. Die Katze mochte den ganzen Lärm nicht. »Vorsichtig jetzt, zerkratz nicht das Gewebe.« Sie schob Sodom in einen Kugelhelm, verband ihn mit einem Hautanzug, hängte ein Atempack ein und drehte es voll auf, über den empfohlenen Druck hinaus. Der Hautanzug blähte sich auf wie ein Ballon. Die Katze kratzte am Innern des Plastahlhelmes und jaulte mitleiderregend. »Tut mir leid«, sagte Tolly Mune. Sie ließ Sodom mitten im Raum schweben, während sie den Laserschneidbrenner aus der Halterung löste.

»Wer hat behauptet, das sei ein verdammter Fehlalarm?«, sagte sie und stieß sich mit dem Schneidbrenner in der Hand zum Fenster hin ab.

»Vielleicht möchten Sie etwas gewürzten Pilzwein«, sagte Haviland Tuf. Sodom rieb sich an seinen Beinen. Gomorrha saß auf seiner Schulter, sein langer grauer Schwanz zuckte, und er starrte hinunter auf die schwarz-weiße Katze, als versuchte er sich daran zu erinnern, wer das wohl war. »Sie scheinen müde zu sein.«

»Müde?« Tolly Mune lachte. »Ich habe mich gerade aus einem Sternenklassehotel gebrannt und mehrere Kilometer im offenen Raum zurückgelegt, mit nichts als Luftstrahldüsen und meinen Füßen, während ich eine Katze in einem übermäßig aufgeblasenen Hautanzug hinter mir hergezogen habe. Ich musste die erste Sicherheitseinheit abhängen, die man aus dem dockwärtigen Bereitschaftsraum herbeigerufen hatte, und einen Laserschneidbrenner benutzen, um den Schlitten der zweiten Einheit lahmzulegen. Die ganze Zeit musste ich ihren Fallstricken ausweichen, ständig mit Ihrer verdammten Katze im Schlepptau. Dann bin ich eine halbe Stunde auf der Außenhaut der *Arche* herumgeklettert und habe dabei wie eine Hirnkranke gegen den Rumpf geklopft und zugeschaut, wie mein Hafen verrücktspielt. Zweimal habe ich die Katze verloren und musste sie wieder einfangen, sonst wäre sie nach S'uthlam abgetrieben, und jedes Mal, wenn ich den Antrieb zu stark hochgefahren habe, ging's ab mit uns. Dann tauchte ein verdammtes *Schlachtschiff* über mir auf. Ich hatte die Freude der Ungewissheit, wann zur Hölle Sie Ihre Verteidigungssphäre aktivieren würden, und kam in den Geschmack eines aufregenden Feuerwerks, als die Flottille beschloss, Ihre Schilde zu testen. Ich hatte viel Zeit, darüber nachzudenken, ob man mich wohl sehen würde, während ich da wie ein Parasit über die Haut eines verdammten Tieres kroch, und Sodom und ich haben uns bestens darüber unterhalten, was wir tun, wenn es den Leuten in den Sinn kommt, eine Horde Sicherheitskräfte auf Schlitten herüberzuschicken. Wir kamen zu dem Schluss, dass ich ein ernstes Wort mit ihnen reden und Sodom ihnen die Augen auskratzen würde. Und dann haben Sie uns *endlich* bemerkt und uns genau in dem Moment hereingezogen, als die gottverdammte Flottille mit Plasmatorpedos das Feuer auf uns eröffnete. Und Sie denken, ich könnte vielleicht *müde* sein?«

»Es gibt keinen Grund für Sarkasmus«, sagte Haviland Tuf.

Tolly Mune schnaubte. »Haben Sie einen Vakuumschlitten?«

»Ihre Leute haben bei ihrem hastigen Aufbruch vier zurückgelassen.«

»Gut. Ich werde mir einen davon nehmen.« Ein Blick auf die Instrumente sagte ihr, dass Tuf das Saatschiff inzwischen gestartet hatte. »Was ist da draußen los?«

»Die Flottille jagt mich weiter«, sagte Tuf. »Allen voran die Schlachtschiffe *Doppelhelix* und *Charles Darwin*, dicht gefolgt von ihrem Geleitschutz, und ein Haufen brüllender Kommandeure stößt grobe Drohungen aus, starken martialischen Tobak sowie unaufrichtige Bitten. Ihre Anstrengungen sind ohne Erfolg. Meine Verteidigungsschilde sind nun, nachdem Ihre Spinnchen sie so kenntnisreich wieder voll funktionsfähig gemacht haben, jeder Bewaffnung der s'uthlamesischen Armee gewachsen.«

»Lassen Sie es lieber nicht darauf ankommen«, sagte Tolly Mune säuerlich. »Gehen Sie einfach auf Sternenantrieb, sobald ich weg bin, und machen Sie, dass Sie von hier verschwinden.«

»Das scheint ein guter Rat zu sein«, stimmte Tuf ihr zu.

Tolly Mune betrachtete die Reihen der Videoschirme an beiden Seiten des langen, schmalen Kommunikationsraums, den sie zu Tufs Kontrollzentrum umgestaltet hatten. Im Stuhl versunken und unter der Schwerkraft zusammengedrückt, sah sie plötzlich alt aus und fühlte sich auch so.

»Was wird aus Ihnen?«, fragte Tuf.

Sie sah ihn an. »Ach, das kommt ganz darauf an. Ehrenlose Entlassung. Haft – vielleicht eine Verhandlung wegen Hochverrats. Keine Angst, die werden mich schon nicht hinrichten. Hinrichtungen sind lebensfeindlich. Ich rechne mit einem Aufenthalt in einer Gefängnisfarm auf einem Speisekammer-Asteroiden.« Sie seufzte.

»Ich verstehe«, sagte Haviland Tuf. »Vielleicht sollten Sie mein Angebot, Sie aus dem s'uthlamesischen System zu bringen, noch einmal in Erwägung ziehen. Ich wäre nur zu glücklich, Sie nach Skyrmir oder Henrys Welt zu bringen. Wenn Sie wünschen, sich weiter vom Schauplatz des Verlustes Ihrer Bürgerrechte zu entfernen, denke ich, dass Vagabond während des Langen Frühlings sehr angenehm ist.«

»Sie würden mich zu einem Leben unter Schwerkraft verurteilen«, sagte sie. »Nein, danke. Dies ist mein Planet, Tuf. Dies sind meine verflixten Leute. Ich gehe zurück und nehme, was kommt. Außerdem lasse ich Sie nicht so einfach vom Haken, Tuf.« Sie zeigte auf ihn. »Sie schulden mir etwas, Tuf.«

»Vierunddreißig Millionen Standards, soweit ich mich erinnere«, sagte Tuf.

Sie grinste.

»Madam«, sagte Tuf, »dürfte ich wohl so frei sein und fragen …«

»Ich habe das nicht für Sie getan«, sagte sie schnell.

Haviland Tuf blinzelte. »Ich entschuldige mich, wenn es den Anschein hatte, ich würde meine Nase in Ihre Angelegenheiten stecken. Das war nicht meine Absicht. Ich fürchte, die Neugierde wird eines Tages mein Untergang sein, aber fürs Erste muss ich darauf bestehen. *Warum* haben Sie das getan?«

Hafenmeisterin Tolly Mune hob die Schultern. »Ob Sie es glauben oder nicht, ich habe es für Josen Rael getan.«

»Den Ersten Ratsherrn?« Tuf blinzelte erneut.

»Für ihn und die anderen. Ich kenne Josen von Anfang an. Er ist kein schlechter Mensch, Tuf. Er ist nicht böse. Keiner von ihnen ist böse. Sie sind anständige Männer und Frauen, die ihr Bestes tun. Sie wollen nur ihre Kinder ernähren.«

»Ich verstehe Ihre Logik nicht«, sagte Haviland Tuf.

»Ich habe in dieser Besprechung gehockt, Tuf. Ich saß da und hörte sie reden, und ich hörte, was die *Arche* aus ihnen gemacht hat. Sie waren ehrbare, moralische Menschen, und die *Arche* hatte sie in Betrüger und Lügner verwandelt. Sie glauben an den Frieden, und sie redeten über den Krieg, den sie führen müssten, um Ihr verflixtes Schiff zu bekommen. Ihre gesamte Weltanschauung basiert auf der Heiligkeit des menschlichen Lebens, und sie diskutierten gedankenlos darüber, wie viele Tote es geben würde – angefangen mit Ihnen. Haben Sie jemals Geschichte studiert, Tuf?«

»Ich beanspruche keine speziellen Kenntnisse für mich, aber ich habe auch nicht völlig ignoriert, was früher gewesen ist.«

»Es gibt ein uraltes Sprichwort, Tuf. Von der Alten Erde. Macht korrumpiert, heißt es, und absolute Macht korrumpiert absolut.«

Haviland Tuf sagte nichts. Sodom sprang auf seine Knie und ließ sich nieder. Er streichelte sie mit seiner großen, blassen Hand.

»Der Traum von der *Arche* hat bereits begonnen, meinen Planeten zu korrumpieren«, erklärte Tolly Mune. »Was zur Hölle hätte sie aus uns gemacht, wenn wir sie tatsächlich besessen hätten? Ich möchte es gar nicht wissen.«

»In der Tat«, sagte Tuf. »Eine weitere Frage schließt sich an.«

»Und die lautet?«

»Ich verfüge jetzt über die *Arche*«, sagte Tuf, »und damit über nahezu absolute Macht.«

»O ja«, sagte Tolly Mune.

Tuf wartete, sagte nichts.

Sie schüttelte den Kopf. »Ich weiß nicht. Vielleicht habe ich es nicht zu Ende gedacht. Vielleicht hat sich alles nur so ergeben. Vielleicht bin ich die größte verdammte Närrin, die im Umkreis von mehreren Lichtjahren zu finden ist.«

»Das glauben Sie doch nicht ernsthaft«, sagte Tuf.

»Vielleicht habe ich mir vorgestellt, dass es besser wäre, wenn Sie korrumpiert würden, statt meine eigenen Leute. Vielleicht denke ich, dass Sie naiv und harmlos sind. Oder vielleicht war es mein Instinkt.« Sie seufzte. »Ich weiß nicht, ob es so etwas wie einen unkorrumpierbaren Menschen gibt, aber wenn, dann sind Sie es, Tuf. Der letzte gottverdammte Unschuldige. Sie waren bereit, alles für sie zu verlieren.« Sie zeigte auf Sodom. »Für eine Katze. Einen verdammten verflixten Schädling.« Aber sie lächelte, als sie das sagte.

»Ich verstehe«, sagte Tuf.

Die Hafenmeisterin stemmte sich müde hoch. »Jetzt ist es an der Zeit zurückzukehren und dieselbe Rede vor einem weniger bereitwilligen Publikum zu halten. Zeigen Sie mir den Weg zu den Schlitten, und sagen Sie ihnen, dass ich herauskomme.«

»Nun gut«, sagte Tuf. Er hob einen Finger. »Ein weiterer Punkt bleibt noch zu klären. Da Ihre Leute nicht alle vereinbarten Arbeiten ausgeführt haben, denke ich, dass es nicht gerechtfertigt ist, mir den vollen Preis von vierunddreißig Millionen Standards zu berechnen. Ich schlage eine Berichtigung vor. Wären dreiunddreißig Millionen fünfhunderttausend Standards für Sie akzeptabel?«

Sie starrte ihn an. »Welchen Unterschied würde das machen? Sie kommen doch sowieso nie wieder zurück.«

»Da bin ich anderer Ansicht«, sagte Haviland Tuf.

»Wir haben versucht, Ihr Schiff zu stehlen«, erwiderte sie.

»In der Tat. Vielleicht wären dreiunddreißig Millionen angemessen, den Rest sollten wir als Strafgebühr betrachten.«

»Sie haben wirklich vor wiederzukommen?«, fragte Tolly Mune.

»In fünf Jahren«, sagte Tuf, »wird die erste Rate fällig. Zu dieser Zeit werden wir überdies in der Lage sein zu entscheiden, welchen Effekt mein kleiner Beitrag zu Ihrer Nahrungsmittelkrise hatte, wenn überhaupt. Vielleicht werden noch weitere ökologische Entwicklungen vonnöten sein.«

»Das glaube ich nicht«, sagte sie erstaunt.

Haviland Tuf langte an seine Schulter und kraulte Gomorrha hinter dem Ohr. »Warum«, fragte er vorwurfsvoll, »zweifelt man immer an uns?«

Die Katze antwortete nicht.

WÄCHTER

Für Haviland Tuf war die Biolandwirtschaftsausstellung der Sechs Planeten eine große Enttäuschung.

Er hatte einen langen, ermüdenden Tag auf Brazelourn verbracht, war durch die riesigen Ausstellungshallen marschiert und hatte von Zeit zu Zeit eine Pause eingelegt, um eine neue Getreidehybride oder ein genetisch verändertes Insekt einer oberflächlichen Inspektion zu unterziehen. Obwohl die Zellbibliothek der *Arche* Klonmaterial für buchstäblich Millionen Pflanzen- und Tierarten von zahllosen Planeten enthielt, war Haviland Tuf nichtsdestotrotz auf jede Gelegenheit aus, seinen Bestand zu erweitern.

Aber nur wenige der Ausstellungsstücke auf Brazelourn schienen vielversprechend genug, sodass sich Tuf einige Stunden später langweilte, und ihm wurde in der drängelnden, gleichgültigen Menschenmenge unbehaglich zumute. Überall waren Menschen – Tunnelfarmer von Vagabond in tiefbraunen Fellen, federgeschmückte und parfümierte Gutsherren von Areeni, dunkle Nachtseitler und leuchtend gekleidete Immertagler von Neu-Janus, und übermäßig viele einheimische Brazeleen. Sie alle machten einen fürchterlichen Lärm und bedachten Tuf mit neugierigen Blicken, wenn er an ihnen vorüberging. Einige berührten ihn sogar, was ihn zu einem Stirnrunzeln veranlasste.

Schließlich entschied Tuf auf der Suche nach einem Ausweg aus der Menge, dass er Hunger hatte. Er quetschte sich mit würdevollem Missfallen durch die Messebesucher und verließ die gewölbte, fünf Etagen große ptolanische Ausstellungshalle. Draußen hatten Hunderte Straßenhändler Stände zwischen den großen Gebäuden aufgestellt. Der Mann, der Puffzwiebelpasteten verkaufte, schien von den nächstgelegenen der am wenigsten Beschäftigte zu sein, und Tuf beschloss, dass Puffzwiebelpastete genau das war, was er jetzt brauchte.

»Sir«, sagte er zu dem Händler, »ich hätte gern eine Pastete.«

Der Pastetenmann war rund und rosig und trug eine schmierige Schürze. Er öffnete seine Warmhaltebox, griff mit einer behandschuhten Hand hinein und förderte eine heiße Pastete zutage. Während er sie Tuf über den Tresen hinüberschob, starrte er ihn an. »Oh«, sagte er, »Sie sind aber groß.«

»In der Tat, Sir«, sagte Haviland Tuf. Er nahm sich die Pastete und biss leidenschaftslos hinein.

»Sie sind ein Außenweltler«, stellte der Pastetenmann fest. »Nicht von hier aus der Nähe.«

Tuf aß seine Pastete mit drei sauberen Bissen auf und wischte sich die öligen Finger an einer Serviette ab. »Sie halten sich lange mit dem Offensichtlichen auf, Sir«, sagte er. Er hielt einen langen, schwieligen Finger empor. »Noch eine«, sagte er.

Nach dieser Zurückweisung holte der Händler ohne weitere Feststellungen eine zweite Pastete hervor und ließ Tuf in relativer Ruhe essen. Während er die blättrige Kruste und die Füllung darin genoss, studierte Tuf die sich drängenden Messebesucher, die Reihen der Verkaufsstände und die fünf großen Hallen, die sich über der Landschaft erhoben. Als er aufgegessen hatte, drehte er sich zum Pastetenmann um, das Gesicht so regungslos wie immer.

»Sir, eine Frage, wenn Sie so freundlich wären.«

»Was gibt es?«, fragte sein Gegenüber mürrisch.

»Ich sehe fünf Ausstellungshallen«, sagte Haviland Tuf. »Ich habe jede der Reihe nach besichtigt.« Er deutete darauf. »Brazelourn, Vale Areen, Neu-Janus, Vagabond und hier Ptola.« Tuf faltete die Hände säuberlich über seinem gewölbten Bauch. »Fünf, Sir. Fünf Hallen, fünf Planeten. Ohne Zweifel bin ich als Fremder mit einigen Feinheiten der lokalen Gebräuche nicht vertraut, aber ich bin dennoch verwirrt. In jenen Regionen, in denen ich bislang unterwegs war, könnte man von einer Veranstaltung, die sich selbst die Biolandwirtschaftsausstellung der Sechs Planeten nennt, erwarten, dass sie Ausstellungen von sechs Planeten umfasst. Hier ist das offenkundig nicht der Fall. Könnten Sie vielleicht mich erleuchten, warum das so ist?«

»Von Namor ist niemand gekommen.«

»In der Tat?«, sagte Haviland Tuf.

»Wegen der Probleme«, fügte der Händler hinzu.

»Jetzt ist mir alles klar«, sagte Tuf. »Oder, wenn doch nicht alles, so zumindest ein Teil. Vielleicht könnten Sie so nett sein, mir eine weitere Pastete zu servieren und mir die Natur dieser Probleme zu erläutern. Ich bin einfach zu neugierig, Sir. Ich fürchte, das ist mein großes Laster.«

Der Pastetenmann zog sich den Handschuh wieder über und öffnete die Warmhaltebox. »Sie wissen schon, was man sagt? Neugier macht hungrig.«

»In der Tat? Ich muss zugeben, dass ich das noch nie jemanden habe sagen hören.«

Der Mann zuckte mit den Achseln. »Nein, mein Fehler. Hunger macht neugierig, so heißt es. Macht nichts. Meine Pasteten werden Sie schon sättigen.«

»Ah«, sagte Tuf. Er nahm die Pastete in die Hand. »Bitte fahren Sie fort.«

Also erzählte ihm der Pastetenverkäufer äußerst weitschweifig von den Problemen auf dem Planeten Namor. »Jetzt verstehen Sie wohl«, endete er schließlich, »warum sie nach alldem nicht gekommen sind. Nicht viel da zum Ausstellen.«

»Natürlich«, sagte Haviland Tuf und tupfte sich die Lippen ab. »Seeungeheuer können äußerst unangenehm sein.«

Namor war ein dunkelgrüner Planet, mondlos und abgelegen, umgeben von einem Band aus dünnen goldenen Wolken. Die *Arche* bremste zitternd ab und schlug schwerfällig einen Orbit um den Planeten ein. In seinem langen, schmalen Kommunikationsraum ging Haviland Tuf von Sitz zu Sitz und studierte den Planeten auf einem Dutzend der hundert verschiedenen Bildschirme des Raumes. Drei kleine graue Kätzchen leisteten ihm Gesellschaft, tobten über die Konsolen und hielten nur inne, um sich gegenseitig abzulecken. Tuf beachtete sie nicht.

Als Wasserplanet hatte Namor nur eine Landmasse, die groß genug war, um sie vom Orbit aus sehen zu können, und auch die war nicht allzu groß. Aber die Nahansicht offenbarte Tausende von Inseln, die wie Juwelen in langen, bogenförmigen Archipelen über das tiefgrüne Meer verstreut waren. Andere Bildschirme zeigten die Lichter von Dutzenden Städten und Siedlungen auf der Nachtseite und pulsierende Energieflecken, wo sich Orte auf der Sonnenseite befanden.

Tuf schaute sich all das an, dann setzte er sich, schaltete eine weitere Konsole ein und spielte eine Runde gegen den Computer. Eines der Kätzchen sprang in seinen Schoß und schlief ein. Er war sorgsam darauf bedacht, es nicht zu stören. Etwas später gesellte sich ein zweites Kätzchen dazu und sprang auf das erste, worauf sie sich balgten. Tuf schob sie von seinem Schoß auf den Boden.

Es dauerte länger, als Tuf gedacht hatte, aber schließlich erreichte ihn der erwartete Ruf: »Schiff im Orbit«, hieß es, »Schiff im Orbit, hier ist das Namor-Kontrollzentrum. Übermitteln Sie Ihren Namen und Ihre Absichten. Übermitteln Sie Ihren Namen und Ihre Absichten, bitte. Abfangjäger sind auf dem Weg zu Ihnen. Übermitteln Sie Ihren Namen und Ihre Absichten.«

Die Übertragung kam von der Hauptlandmasse. Die *Arche* klinkte sich ein. Gleichzeitig fand sie das Schiff – es war nur eines –, das sich auf sie zubewegte, und stellte es auf einem weiteren Schirm dar.

»Hier ist die *Arche*«, teilte Haviland Tuf dem Namor-Kontrollzentrum mit.

Als Namor-Kontrollzentrum meldete sich eine rundgesichtige Frau mit kurz geschorenem braunem Haar, die an einer Konsole saß und eine tiefgrüne Uniform mit goldenen Paspeln trug. Sie runzelte die Stirn, und ihre Augen huschten zur Seite, wo zweifelsohne ein weiterer Kontrolleur an einer anderen Konsole saß. »*Arche*«, sagte sie. »Nennen Sie Ihren Heimatplaneten und Ihre Absichten, bitte.«

Das andere Schiff hatte die Kommunikation mit dem Planeten aufgenommen, wie der Computer zeigte. Zwei weitere Bildschirme leuchteten auf. Einer zeigte eine schlanke junge Frau mit großer Hakennase auf einer Schiffsbrücke, der andere einen älteren Mann vor einer Konsole. Beide trugen grüne Uniformen und kommunizierten lebhaft, aber chiffriert. Der Computer brauchte weniger als eine Minute, um alles zu entschlüsseln, sodass Tuf mithören konnte. »… verdammt sein, wenn ich wüsste, was das ist«, sagte die Frau im Raumschiff. »So ein großes Schiff hat es noch nie gegeben. Mein Gott, schauen Sie es sich nur an! Sehen Sie es? Hat es geantwortet?«

»Arche«, wiederholte die rundgesichtige Frau. »Nennen Sie Ihren Heimatplaneten und Ihre Absichten, bitte. Hier ist das Namor-Kontrollzentrum.«

Haviland Tuf schaltete sich auch in das andere Gespräch ein, um mit allen dreien gleichzeitig reden zu können. »Hier ist die *Arche*«, sagte er. »Ich habe keinen Heimatplaneten, meine Damen und Herren. Meine Absichten sind absolut friedfertig – Handel und Beratung. Ich habe von Ihren tragischen Schwierigkeiten gehört, und Ihre Misere hat mich gerührt. Ich bin hier, um Ihnen meine Dienste anzubieten.«

Die Frau im Schiff reagierte überrascht. »Was sind *Sie* …?«, begann sie. Der Mann war ebenfalls verblüfft, aber er sagte nichts, sondern starrte nur mit offenem Mund auf Tufs kahles, weißes Gesicht.

»Hier ist das Namor-Kontrollzentrum, *Arche*«, sagte die rundgesichtige Frau. »Wir sind für Händler geschlossen. Ich wiederhole, wir sind für Händler geschlossen. Hier herrscht Kriegsrecht.«

Aber die schlanke Frau im Schiff hatte sich bereits wieder unter Kontrolle. »*Arche*, hier ist Wächterin Kefira Qay, Kommandeurin der NGS *Sonnenklinge*. Wir sind bewaffnet, *Arche*, erklären Sie sich. Sie sind tausendmal größer als jeder Händler, den ich bisher gesehen habe. Erklären Sie sich, oder es wird auf Sie geschossen.«

»In der Tat«, sagte Haviland Tuf. »Drohungen werden Ihnen wenig nützen, Wächterin. Ich bin aufs Äußerste verärgert. Ich bin den weiten Weg von Brazelourn gekommen, um Ihnen Hilfe und Trost anzubieten. Und Sie begegnen mir mit Drohungen und Feindseligkeiten.« Ein Kätzchen sprang auf seinen Schoß. Tuf nahm es in seine riesige weiße Hand und setzte es auf die Konsole, sodass seine Zuschauer es sehen konnten. Traurig blickte er auf das Kätzchen hinab. »Es gibt kein Vertrauen mehr unter den Menschen«, sagte er zu ihm.

»Waffen in Bereitschaft halten, *Sonnenklinge*«, sagte der ältere Mann. »*Arche*, wenn Ihre Absichten wirklich friedfertiger Natur sind, dann erklären Sie sich. Was sind Sie? Wir stehen hier unter großem Druck, *Arche*, und Namor ist ein kleiner, unterentwickelter Planet. Wir haben etwas wie Sie noch nie zuvor gesehen. Erklären Sie sich.«

Haviland Tuf streichelte das Kätzchen. »Immer muss ich mich gegen Verdächtigungen wehren«, erzählte er ihm. »Diese Leute haben Glück, dass ich so gutmütig bin, ansonsten würde ich einfach umkehren und sie ihrem Schicksal überlassen.« Er blickte auf, genau in die Aufnahmeeinheit. »Sir«, sagte er, »hier ist die *Arche*. Ich bin Haviland Tuf, Kapitän und Gebieter des Schiffs sowie das einzige Besatzungsmitglied. Sie werden von großen Ungeheuern aus den Tiefen Ihrer Ozeane geplagt, so wurde mir berichtet. Nun, ich werde Sie davon befreien.«

»*Arche*, hier ist die *Sonnenklinge*. Wie wollen Sie das anstellen?«

»Die *Arche* ist ein Saatgutschiff des Ökologischen Ingenieurskorps«, sagte Haviland Tuf voll steifer Formalität. »Ich bin Ökoingenieur und Spezialist für biologische Kriegsführung.«

»Unmöglich«, sagte der alte Mann. »Das ÖIK wurde vor tausend Jahren ausgelöscht, zusammen mit dem Föderalen Imperium. Keines der Saatgutschiffe ist übrig geblieben.«

»Wie bedauerlich«, sagte Haviland Tuf. »Ich sitze hier in einer Illusion. Jetzt, da Sie mir gesagt haben, dass mein Schiff gar nicht existiert, werde ich zweifelsohne geradewegs hindurchsinken und in Ihre Atmosphäre stürzen, wo ich in Flammen aufgehen werde, während ich falle.«

»Wächter«, sagte Kefira Qay von der *Sonnenklinge*, »diese Saatgutschiffe mögen vielleicht tatsächlich nicht mehr existieren, aber ich bin ganz nahe an etwas dran, das knapp dreißig Kilometer lang ist, wie meine Sensoren mir verraten. Es sieht mir nicht wie eine Illusion aus.«

»Und ich falle auch noch nicht«, bestätigte Haviland Tuf.

»Können Sie uns wirklich helfen?«, fragte die rundgesichtige Frau im Namor-Kontrollzentrum.

»Warum muss man immerzu an mir zweifeln?«, fragte Haviland Tuf das kleine graue Kätzchen.

»Oberwächter, wir müssen ihm die Chance geben zu beweisen, was er sagt«, insistierte das Namor-Kontrollzentrum.

Tuf blickte auf. »Bedroht, beleidigt und angezweifelt, wie ich bin, zwingt mich mein Mitgefühl für Ihre Lage nichtsdestotrotz, hierzubleiben. Vielleicht könnte ich vorschlagen, dass die *Sonnenklinge* bei mir andockt, damit wir reden können. Wächterin Qay mag an Bord kommen und mir bei einem Abendessen Gesellschaft leisten, während wir uns unterhalten. Sicherlich kann ich Ihr Misstrauen in einem Gespräch beseitigen, wie man es schon seit Menschengedenken tut.«

Die drei Wächter beratschlagten eilig miteinander, wobei von Zeit zu Zeit eine oder mehrere Personen nicht zu sehen waren, während Haviland Tuf sich zurücklehnte und mit dem Kätzchen spielte. »Ich sollte dich Argwohn nennen«, sagte er zu ihm, »um an meinen Empfang hier zu erinnern. Deine Geschwister werden Zweifel, Feindseligkeit, Undank und Torheit heißen.«

»Wir akzeptieren Ihren Vorschlag, Haviland Tuf«, sagte Wächterin Kefira Qay von der Brücke der *Sonnenklinge.* »Bereiten Sie sich auf mein Kommen vor.«

»In der Tat«, sagte Tuf. »Mögen Sie Pilze?«

Das Shuttledeck der *Arche* war so groß wie das Landefeld auf einem großen Raumhafen und sah ein wenig wie ein Schrottplatz für beschädigte Raumschiffe aus. Die Shuttles der *Arche* selbst standen ordentlich in ihren Landebuchten, fünf identische schwarze Schiffe mit geschwungenen Linien und kurzen, dreieckigen, nach hinten gerichteten Flügeln, entworfen für atmosphärische Flüge und immer noch in gutem Zustand. Andere Schiffe waren weniger beeindruckend. Ein tropfenförmiger Händler von Avalon kauerte traurig auf drei ausgefahrenen Landestützen neben einem vom Kampf gezeichneten Überlichtkurier und einem Löwenschiff von Karaleo, dessen Verzierungen fast völlig verschwunden waren. Anderswo standen fremdartigere und außerirdischer anmutende Fluggefährte.

Über ihnen zerteilte sich die große Kuppel in hundert tortenstückchenförmige Segmente, die in der Außenwand versanken, um eine kleine gelbe, von Sternen umgebene Sonne und ein mattgrünes mantaförmiges Schiff von ungefähr der gleichen Größe wie Tufs eigene Shuttles zu enthüllen. Die *Sonnenklinge* landete, und die Kuppel schloss sich über ihr. Als die Sterne wieder verschwunden waren, wurde Atmosphäre in das Deck geblasen, und Haviland Tuf traf kurze Zeit später ein.

Kefira Qay stieg aus ihrem Schiff, die Lippen unter der großen, hakenförmigen Nase fest zusammengepresst, doch keine noch so große Selbstkontrolle konnte die Angst in ihren Augen wirklich vertuschen. Zwei bewaffnete Männer in goldenen, grün verbrämten Anzügen folgten ihr.

Haviland Tuf kam in einem offenen, dreirädrigen Wagen auf sie zugefahren. »Ich fürchte, dass meine Einladung zum Abendessen nur für eine Person gedacht war, Wächterin Qay«, sagte er, als er ihre Eskorte erblickte. »Ich bedaure das Missverständnis, aber ich muss darauf bestehen.«

»Nun gut«, sagte sie und drehte sich zu ihren Wachen um. »Warten Sie bei den anderen. Sie haben Ihre Befehle.« Als sie sich

Tuf näherte, teilte sie ihm mit: »Die *Sonnenklinge* wird Ihr Schiff in Stücke reißen, wenn ich nicht innerhalb von zwei Standardstunden wohlbehalten zurückgekehrt bin.«

Haviland Tuf blinzelte sie an. »Schrecklich«, sagte er. »Überall wird meiner Wärme und Gastfreundschaft mit Misstrauen und Gewalt begegnet.« Er setzte das Vehikel in Bewegung.

Sie fuhren schweigend durch ein Gewirr von miteinander verbundenen Räumen und Gängen und gelangten schließlich in eine riesige, schattige Röhre, die in beiden Richtungen der vollen Länge des Schiffs zu entsprechen schien. Durchsichtige Tanks von hundert verschiedenen Größen überzogen Wände und Decke, so weit das Auge blicken konnte, die meisten leer und verstaubt, ein paar gefüllt mit farbigen Flüssigkeiten, in denen sich halb sichtbare Gestalten schwach bewegten. Es gab kein Geräusch außer einem feuchten, flüssigen Tropfen irgendwo hinter ihnen. Kefira Qay musterte das alles und sagte nichts. Sie fuhren mindestens drei Kilometer diese große Röhre hinunter, bis Tuf schließlich auf eine leere Wand zuhielt, die sich vor ihnen ausdehnte. Kurz darauf hielten sie an und stiegen aus.

Ein reichhaltiges Mahl wartete in dem kleinen, spartanischen Speisezimmer, in das Tuf die Wächterin Kefira Qay führte. Sie begannen mit geeister Suppe, süß und pikant und schwarz wie Kohle, gefolgt von Neogras-Salat mit ingwergelber Garnierung. Der Hauptgang bestand aus einem panierten Pilzhut, so groß wie der Teller, auf dem er lag, umgeben von einem Dutzend verschiedener Gemüsesorten in unterschiedlichen Soßen. Die Wächterin aß mit großem Genuss.

»Es will mir scheinen, dass meine bescheidene Kost Ihren Geschmack trifft«, stellte Haviland Tuf fest.

»Ich hatte so lange kein so gutes Mahl mehr, dass ich es kaum glauben kann«, erwiderte Kefira Qay. »Auf Namor haben wir unsere Nahrung immer aus dem Meer bezogen. Normalerweise ist es sehr freigiebig, aber seit unsere Probleme begannen …« Sie hob eine Gabel voller dunklem, seltsam geformtem Gemüse in einer gelblich braunen Soße. »Was esse ich hier eigentlich? Es ist köstlich.«

»Rhiannesische Sünderwurzeln in Senfsoße«, sagte Haviland Tuf.

Qay schluckte und legte ihre Gabel ab. »Aber Rhiannon ist so weit weg, wie haben Sie …?« Sie hielt inne.

»Natürlich«, sagte Tuf und stellte seine Fingerspitzen unter dem Kinn auf, während er ihr Gesicht betrachtete. »All diese Lebensmittel stammen von der *Arche*, obwohl man ihren Ursprung zu einem Dutzend verschiedener Planeten zurückverfolgen könnte. Möchten Sie noch etwas gewürzte Milch?«

»Nein«, murmelte sie und starrte auf die leeren Teller. »Sie haben also wirklich nicht gelogen. Sie sind, was Sie behaupten zu sein, und dies hier ist ein Saatgutschiff des – wie haben Sie es genannt?«

»Das Ökologische Ingenieurskorps des lange vergangenen Föderalen Imperiums. Sie hatten nur ein paar Schiffe, und alle bis auf eines wurden durch die Unbeständigkeiten des Krieges zerstört. Allein die *Arche* blieb übrig, ein Jahrtausend lang verschollen. Die Details müssen Sie nicht interessieren. Es genügt, wenn ich sage, dass ich sie gefunden und wieder funktionstüchtig gemacht habe.«

»Sie haben sie *gefunden?*«

»Ich glaube, ich habe genau das gesagt, mit eben diesen Worten. Bitte passen Sie freundlicherweise auf. Ich wiederhole mich nicht gern. Bevor ich die *Arche* gefunden hatte, bestritt ich mein bescheidenes Leben durch Handel. Mein altes Schiff steht immer noch auf dem Landedeck. Vielleicht haben Sie es zufällig gesehen.«

»Dann sind Sie in Wirklichkeit nur ein Händler.«

»Ich bitte Sie!«, sagte Tuf entrüstet. »Ich bin ein ökologischer Ingenieur. Die *Arche* kann ganze Planeten verändern, Wächterin. Zugegeben, ich bin nur ein einzelner Mann, wohingegen dieses Schiff einst eine zweihundertköpfige Besatzung hatte, und mir fehlt die umfassende förmliche Ausbildung, die vor Jahrhunderten denen zuteil wurde, die das goldene Theta trugen, das Siegel der Ökoingenieure. Aber ich habe es auf meine bescheidene Art fertiggebracht, mich da durchzukämpfen. Wenn Namor sich meine Dienste zunutze machen möchte, hätte ich keinen Zweifel, dass ich Ihnen behilflich sein kann.«

»Warum?«, fragte die schlanke Wächterin vorsichtig. »Warum sind Sie so versessen darauf, uns zu helfen?«

Haviland Tuf streckte hilflos die großen weißen Hände aus. »Ich weiß, ich mag wie ein Narr erscheinen. Ich kann nicht anders. Ich bin von Natur aus ein Menschenfreund, und Not und Elend berühren mich sehr. Ich könnte Ihr Volk in seiner Bedrängnis nicht im Stich lassen, genauso wenig, wie ich einer meiner Katzen etwas zuleide tun könnte. Ich fürchte, die Ökoingenieure waren aus härterem Stoff gemacht, aber ich kann meine sentimentale Natur einfach nicht ablegen. Also sitze ich vor Ihnen, bereit mein Bestes zu geben.«

»Sie wollen nichts dafür haben?«

»Ich werde ohne Entlohnung arbeiten«, sagte Tuf. »Natürlich werde ich Betriebskosten haben. Ich muss ein kleines Entgelt erheben, um sie zu begleichen. Sagen wir, drei Millionen Standards. Halten Sie das für angemessen?«

»Angemessen«, sagte sie sarkastisch. »Angemessen hoch, würde ich sagen. Es hat schon andere wie Sie gegeben, Tuf – Waffenhändler und Glücksritter, die kamen, um durch unsere Misere reich zu werden.«

»Wächterin«, sagte Tuf vorwurfsvoll, »Sie missverstehen mich aufs Schwerste. Ich brauche nur wenig für mich selbst. Die *Arche* ist sehr groß, sehr kostspielig. Würden vielleicht zwei Millionen Standards genügen? Ich kann nicht glauben, dass Sie mir diesen Hungerlohn nicht gönnen. Ist Ihr Planet denn weniger wert?«

Kefira Qay seufzte, und ein müder Ausdruck schlich sich auf ihr schmales Gesicht. »Nein«, gab sie zu. »Nicht wenn Sie all Ihre Versprechen halten können. Natürlich sind wir kein reicher Planet. Ich muss meine Vorgesetzten konsultieren. Das kann ich nicht allein entscheiden.« Sie stand plötzlich auf. »Ihre Kommunikationseinrichtungen?«

»Durch die Tür und dann links den blauen Korridor entlang. Die fünfte Tür rechts.« Tuf erhob sich mit umständlicher Würde und begann aufzuräumen, als sie ging.

Als die Wächterin zurückkehrte, hatte er eine Karaffe mit leuchtend rotem Alkohol geöffnet und streichelte eine schwarz-weiße Katze, die es sich auf dem Tisch gemütlich gemacht hatte.

»Sie sind engagiert, Tuf«, sagte Kefira Qay, während sie sich setzte. »Zwei Millionen Standards. *Nachdem* Sie diesen Krieg gewonnen haben.«

»Einverstanden«, sagte Tuf. »Lassen Sie uns Ihre Situation bei einem Glas dieses köstlichen Getränks besprechen.«

»Alkoholisch?«

»Leicht narkotisierend.«

»Ein Wächter benutzt keine Stimulanzien oder Beruhigungsmittel. Wir sind eine kämpfende Zunft. Substanzen wie diese vergiften den Körper und verlangsamen die Reflexe. Ein Wächter muss wachsam sein. Wir bewachen und beschützen.«

»Lobenswert«, sagte Haviland Tuf. Er füllte sein Glas.

»Die *Sonnenklinge* ist hier nutzlos. Sie wurde zum Namor-Kontrollzentrum zurückgerufen. Wir brauchen ihre Kampffähigkeiten unten.«

»Dann werde ich ihren Abflug beschleunigen. Was ist mit Ihnen?«

»Ich wurde abgestellt«, sagte sie und verzog das Gesicht. »Wir werden mit Daten über die Situation da unten versorgt. Meine Aufgabe ist es, Sie zu informieren und als Ihr Verbindungsoffizier tätig zu sein.«

Das Wasser war von einem Horizont zum anderen ein friedlicher grüner Spiegel.

Es war ein heißer Tag. Grellgelbes Sonnenlicht ergoss sich durch eine dünne Bank von vergoldeten Wolken. Das Schiff ruhte still auf dem Wasser, die metallischen Bordwände blitzten silberblau, und das offene Deck bildete eine Insel der Aktivität mitten in einem Ozean der Ruhe. Männer und Frauen, klein wie Insekten, arbeiteten an den Schwimmbaggern und Netzen, barbrüstig in der Hitze. Eine große Klaue voller Schlamm und Tang hob sich tropfend aus dem Wasser und wurde in eine offene Ladeluke gekippt. Überall brieten Behälter mit riesigen milchigen Quallen in der Sonne.

Plötzlich entstand Unruhe. Ohne erkennbaren Grund rannten einige Menschen los. Andere beendeten das, was sie gerade taten, und schauten sich verwirrt um. Wieder andere arbeiteten selbstvergessen weiter. Die große Metallklaue schwang jetzt offen und leer zurück über das Wasser und versank darin, eine zweite am anderen Ende des Schiffs tauchte soeben auf. Immer mehr Menschen rannten. Zwei Männer stießen zusammen und gingen zu Boden.

Dann tauchte unter dem Schiff der erste Tentakel auf.

Er wuchs und wuchs. Er war länger als die Baggerschaufel. Wo er aus dem dunkelgrünen Meer ragte, schien er so dick wie der Oberkörper eines Mannes zu sein und verjüngte sich auf die Größe eines Armes. Der Tentakel war weiß, eine weiche, schleimige Art von Weiß. An der gesamten Unterseite befanden sich leuchtend rosafarbene Kreise so groß wie Teller, Kreise, die sich drehten und pulsierten, während der Tentakel sich um das riesige Ernteschiff schlang. Das Ende des Tentakels teilte sich in ein wahres Rattennest kleinerer Tentakel auf, dunkel und rastlos wie Schlangen.

Höher und höher stieg er empor und beugte sich dann abwärts über das Schiff, bahnte sich seinen Weg um das Schiff herum. Etwas bewegte sich auf der anderen Seite, etwas Bleiches rührte sich zwischen all dem Grün, und der zweite Tentakel tauchte auf. Dann ein dritter und ein vierter. Einer kämpfte mit einer Ernteschaufel. Ein anderer hatte die Reste eines Netzes um sich gewickelt wie einen Schleier, was ihn aber nicht zu behindern schien. Jetzt rannten alle Menschen – alle außer denen, die die Tentakel gefunden hatten. Einer davon hatte sich um eine Frau mit einer Axt gewickelt. Sie hackte wild darauf ein, schlug gegen die bleiche Umarmung, bis sich ihr Rücken krümmte und sie plötzlich erschlaffte. Der Tentakel ließ sie fallen, weiße Flüssigkeit pulste schwach aus den klaffenden Wunden, die sie ihm zugefügt hatte, und suchte sich ein anderes Opfer.

Zwanzig Tentakel hatten sich erhoben, als das Schiff sich plötzlich nach Steuerbord neigte. Überlebende schlitterten über das Deck und ins Meer. Das Schiff legte sich immer mehr auf die Seite. Irgendetwas kippte es, zog es hinunter. Wasser schwappte über die Bordwände und in die offenen Ladeluken. Dann brach das Schiff auseinander.

Haviland Tuf hielt die Projektion an und betrachtete den Anblick auf dem großen Bildschirm: das grüne Meer und die goldene Sonne, das zerschmetterte Schiff, die bleichen Tentakel, die es umfingen. »Das war der erste Angriff?«, fragte er.

»Ja und nein«, antwortete Kefira Qay. »Zuvor waren ein anderes Ernteschiff und zwei Passagierfähren auf mysteriöse Weise verschwunden. Wir hatten diese Vorfälle untersucht, aber wir kannten den Grund nicht. In diesem Fall war zufällig ein Kamerateam in der Nähe, das gerade eine Aufzeichnung für eine Bildungssendung machte. Die Leute haben mehr bekommen, als sie sich erhofft hatten.«

»In der Tat«, sagte Tuf.

»Sie waren in der Luft, in einem Gleiter. Die Nachrichten haben an diesem Abend fast eine Panik ausgelöst. Aber erst, als das nächste Schiff unterging, wurde es wirklich ernst. Da erkannten die Wächter allmählich das ganze Ausmaß des Problems.«

Haviland Tuf starrte zum Bildschirm hinauf, sein großes Gesicht wirkte unbeteiligt, ausdruckslos, seine Hände ruhten auf der Konsole. Ein schwarz-weißes Kätzchen schlug nach seinen Fingern. »Geh weg, Torheit«, sagte er und setzte das Tier behutsam auf den Boden.

»Vergrößern Sie einen Ausschnitt eines der Tentakel«, schlug die Wächterin neben ihm vor.

Still tat Tuf, worum sie ihn gebeten hatte. Ein zweiter Bildschirm leuchtete auf und zeigte die körnige Vergrößerung eines großen, blassen Seils aus Muskelgewebe, das über das Deck gebeugt war.

»Schauen Sie sich einen der Saugnäpfe genau an«, sagte Qay. »Die rosafarbenen Teile dort, sehen Sie?«

»Der Drittletzte ist im Innern dunkel. Und er scheint Zähne zu haben.«

»Ja«, sagte Kefira Qay. »Die haben sie alle. Die äußeren Lippen dieser Saugnäpfe sind eine Art harter, fleischiger Flansch. Wenn sie irgendwo aufschlagen, weiten sie sich und bilden eine Art Vakuumsiegel, das man auf keinen Fall lösen kann. Aber jedes von ihnen ist auch ein Maul. Im Inneren dieses Flansches befindet sich eine weiche rosafarbene Manschette, die sich zurückzieht, und dann gleiten die Zähne hervor – drei Reihen, gezackt und schärfer, als Sie es sich vorstellen können. Jetzt gehen Sie bitte zu den Ausläufern am Ende, wenn Sie so freundlich wären.«

Tuf berührte die Konsole, holte eine weitere Vergrößerung auf einen dritten Bildschirm, und brachte die sich windenden Schlangen zur Ansicht.

»Augen«, sagte Kefira Qay. »Am Ende von jedem dieser Fortsätze. Zwanzig Augen. Die Tentakel müssen nicht blind herumtasten. Sie können sehen, was sie tun.«

»Faszinierend«, sagte Haviland Tuf. »Was liegt unter der Wasseroberfläche? Wie sieht der Ursprung dieser schrecklichen Arme aus?«

»Es gibt Querschnitte und Fotografien von später gefundenen toten Exemplaren, auch einige Computersimulationen. Die meisten Exemplare, die wir haben, waren in einem sehr schlechten Zustand. Den Hauptkörper dieser Wesen bildet eine Art umgedrehter Tasse, wie eine halb gefüllte Blase, umgeben von einem großen Ring aus Knochen und Muskeln, an dem diese Tentakeln befestigt sind. Die Blase füllt sich mit Wasser und kann auch wieder geleert werden, um es dem Tier zu ermöglichen, an die Wasseroberfläche zu steigen oder in die Tiefe zu sinken – das U-Boot-Prinzip. Es selbst wiegt nicht sehr viel, obwohl es erstaunlich stark ist. Es tut Folgendes: Es leert seine Blase, um zur Oberfläche zu steigen, hält sich irgendwo fest und beginnt dann, die Blase wieder zu füllen. Sie hat ein erstaunliches Fassungsvermögen, und wie Sie sehen können, ist das Biest riesig. Wenn notwendig, kann es sogar Wasser durch die Tentakel hinaufbefördern und aus den Mäulern ausstoßen, um Schiffe zu versenken und die ganze Sache zu beschleunigen. Also sind diese Tentakel Arme, Münder, Augen und lebende Wasserschläuche alles in einem.«

»Und Sie sagen, Ihr Volk hatte bis zu diesen Angriffen keine Kenntnis von diesen Wesen?«

»Richtig. Ein Verwandter von ihnen, das Namorianische Kriegsschiff, war in den frühen Tagen der Besiedelung gut bekannt. Er war eine Art Kreuzung zwischen Qualle und Krake, mit zwanzig Armen. Viele einheimische Arten sind nach demselben Muster aufgebaut – eine zentrale Blase oder ein Körper oder eine Schale oder was auch immer, mit zwanzig Beinen oder Fortsätzen oder Tentakeln an einem Ring drum herum. Die Kriegsschiffe waren Fleischfresser, ähnlich wie diese Monster, obwohl sie einen Ring aus Augen auf dem Zentralkörper hatten statt am Ende der Tentakel. Die Arme konnten sie auch nicht als Wasserschlauch einsetzen. Und sie waren wesentlich kleiner – ungefähr so groß wie ein Mensch. Sie trieben auf der Wasseroberfläche über den Festlandsockeln, teilweise über Schlammlöchern, wo es viele Fische gibt. Fische waren ihre übliche Beute, obwohl auch ein paar unvorsichtige Schwimmer in ihrer Umarmung einen schrecklichen Tod gefunden haben.«

»Darf ich fragen, was aus ihnen geworden ist?«, erkundigte sich Tuf.

»Sie waren ein Ärgernis. Ihre Jagdgründe waren die gleichen Gebiete, die wir benötigten – seichte Gewässer mit vielen Fischen und Seegras und Meeresfrüchten, über Schlammtopfgründen und Prielen voller Chamäleonmuscheln und Springenden Freddies. Bevor wir sicher ernten oder anbauen konnten, mussten wir zunächst die Kriegsschiffe loswerden. Das haben wir getan. Oh, es sind immer noch ein paar übrig, aber nur sehr wenige.«

»Ich verstehe«, sagte Haviland Tuf. »Und diese äußerst schreckliche Kreatur, dieses lebende U-Boot, dieser Schiffevernichter, der Sie so fürchterlich plagt, hat er auch einen Namen?«

»Der Namorianische Zerstörer«, sagte Kefira Qay. »Als er das erste Mal auftauchte, hatten wir die Theorie, dass es ein Tiefseebewohner sein könnte, der irgendwie an die Oberfläche gelangt war. Namor ist schließlich kaum hundert Standardjahre besiedelt. Wir haben gerade erst begonnen, die tieferen Meeresregionen zu erforschen, und wir wissen nur wenig über die Wesen, die dort unten leben könnten. Doch als immer mehr Schiffe angegriffen wurden und sanken, wurde uns klar, dass wir es mit einer Armee von Zerstörern zu tun haben.«

»Mit einer Armada«, korrigierte Haviland Tuf.

Kefira Qay runzelte die Stirn. »Was auch immer. Mit vielen von ihnen, nicht mit einem einzigen Exemplar. Zu diesem Zeitpunkt hatten wir die Theorie, dass tief unten im Ozean irgendeine unvorstellbare Katastrophe stattgefunden haben musste, wodurch die gesamte Art von dort vertrieben wurde.«

»Sie selbst halten nicht viel von dieser Theorie«, stellte Tuf fest.

»Keiner tut das. Sie wurde widerlegt. Die Zerstörer wären gar nicht in der Lage, dem Druck in diesen großen Tiefen standzuhalten. Also haben wir keine Ahnung, woher sie gekommen sind.« Sie zog eine Grimasse. »Nur dass sie da sind.«

»In der Tat«, sagte Haviland Tuf. »Zweifelsohne haben Sie zurückgeschlagen.«

»Sicher. Ein aussichtsloser Kampf. Namor ist ein junger Planet, weder mit der Bevölkerung noch den Ressourcen für die Art von Kampf, in die wir verwickelt wurden. Drei Millionen Namorianer sind über die Ozeane verteilt, auf mehr als siebzehntausend kleinen Inseln. Eine weitere Million kauert auf Neu-Atlantis, unserem einzigen kleinen Kontinent. Die meisten Angehörigen unseres Volkes sind Fischer und Aquafarmer. Als all dies begann, zählten unsere Wächter kaum mehr als fünfzigtausend Köpfe. Unsere Gilde ist aus den Schiffsbesatzungen hervorgegangen, die die Kolonisten von Alt-Poseidon und Aquarius hierher nach Namor brachten. Wir haben sie schon immer beschützt, aber bevor die Zerstörer auftauchten, war unser Dienst anspruchslos.

Unser Planet war friedlich, mit nur wenigen wirklichen Konflikten. Es gab einmal ethnische Rivalitäten zwischen den Poseidoniten und den Aquariern, aber die waren harmlos. Die Wächter sorgten auch für die planetare Verteidigung, mit der *Sonnenklinge* und zwei gleichartigen Schiffen, aber zumeist bestand unsere Arbeit aus Feuer- und Flutwachen, Katastrophenhilfe, Polizeiarbeit und ähnlichen Dingen. Wir hatten ungefähr hundert bewaffnete Tragflächen-Patrouillenboote, und wir benutzten sie eine Weile für Eskorten und konnten den Zerstörern damit einige Verluste zuführen, aber sie waren keine wirklichen Gegner für sie. Es wurde bald klar, dass es mehr Zerstörer als Patrouillenboote gab.«

»Auch vermehren sich Patrouillenboote nicht, wie ich es von den Zerstörern annehmen muss«, sagte Tuf. Torheit und Zweifel balgten sich auf seinem Schoß.

»Genau. Trotzdem versuchten wir es weiter. Wir warfen Wasserbomben auf sie, wenn wir sie unter der Oberfläche entdeckten, wir beschossen sie mit Torpedos, wenn sie auftauchten. Wir töteten Hunderte von ihnen. Aber es kamen Hunderte neue Zerstörer, und jedes Boot, das wir verloren, war unersetzbar. Namor hat keine nennenswerte technologische Grundlage. In besseren Tagen importierten wir alles, was wir brauchten, von Brazelourn und Vale Areen. Unser Volk glaubte an ein einfaches Leben. Der Planet konnte sowieso keine Industrie unterhalten. Er ist arm an Schwermetallen und besitzt praktisch keine fossilen Brennstoffe.«

»Wie viele Wächter-Patrouillenboote sind Ihnen verblieben?«, fragte Haviland Tuf.

»Vielleicht dreißig. Wir wagen es nicht mehr, sie einzusetzen. Innerhalb eines Jahres seit der ersten Attacke ergriffen die Zerstörer vollständig Besitz von unseren Seewegen. All unsere großen Ernteschiffe sind verloren, Hunderte Aquafarmen wurden aufgegeben oder verwüstet, die Hälfte unseres kleinen Fischervolkes ist tot, und die andere Hälfte drängte sich ängstlich in den Häfen zusammen. Kein menschliches Wesen wagte sich auf die Meere von Namor hinaus.«

»Ihre Inseln waren voneinander isoliert?«

»Nicht völlig«, erwiderte Kefira Qay. »Die Wächter hatten zwanzig bewaffnete Gleiter, und es gab noch etwas über hundert Gleiter und Flugwagen in privater Hand. Wir konfiszierten sie, bewaffneten sie. Außerdem hatten wir unsere Luftschiffe. Gleiter und Flugwagen sind hier nur kompliziert und kostspielig zu unterhalten. Ersatzteile sind schwer zu bekommen, und wir haben nur wenige ausgebildete Techniker, daher wurde der meiste Flugverkehr vor unseren Problemen mit Luftschiffen bestritten – solargetrieben, heliumgefüllt, riesengroß. Wir hatten eine recht beträchtliche Flotte, so an die tausend. Die Luftschiffe übernahmen die Versorgung einiger kleinerer Inseln, wo der Hunger am größten war. Andere Luftschiffe gingen wie auch die Gleiter der Wächter in den Kampf. Wir verstreuten Chemikalien, Gift, Sprengstoffe und dergleichen aus der Sicherheit der Lüfte und töteten Tausende Zerstörer, obwohl der Preis dafür entsetzlich war. Sie konzentrierten sich am stärksten über unseren besten Fischereigebieten und den Schlammtopf-Gründen, sodass wir gezwungen waren, ausgerechnet die Gebiete zu sprengen und zu vergiften, die wir am meisten benötigten. Aber wir hatten keine andere Wahl. Eine Zeit lang dachten wir, dass wir den Kampf gewinnen werden. Es fuhren sogar ein paar Fischerboote hinaus und kehrten mit einer Eskorte aus Wächtergleitern sicher zurück.«

»Offensichtlich war dies nicht das Endergebnis des Konflikts«, sagte Haviland Tuf, »sonst würden wir nicht hier sitzen und uns unterhalten.« Zweifel schlug Torheit geräuschvoll auf den Kopf, und das kleinere Kätzchen fiel von Tufs Knien auf den Boden. Tuf beugte sich hinunter und hob es auf. »Hier«, sagte er und reichte es Kefira Qay, »halten Sie ihn, bitte. Dieser kleine Krieg lenkt mich von Ihrem großen ab.«

»Ich … nun, selbstverständlich.« Die Wächterin nahm das kleine schwarz-weiße Kätzchen vorsichtig in die Hand. Es passte genau in ihre Handfläche. »Was ist das?«, fragte sie.

»Eine Katze«, sagte Tuf. »Er wird aus Ihrer Hand springen, wenn Sie ihn weiter so halten, als wäre er eine verfaulte Frucht. Setzen Sie ihn bitte auf Ihren Schoß. Ich versichere Ihnen, dass er harmlos ist.«

Kefira Qay, die sehr unsicher wirkte, schüttelte das Kätzchen aus ihrer Hand auf ihre Knie. Torheit jaulte und fiel fast zu Boden, bevor er seine kleinen Krallen in den Stoff ihrer Uniform versenkte. »Au«, sagte Kefira Qay. »Es hat Klauen.«

»Krallen«, korrigierte Tuf. »Winzig und harmlos.«

»Die sind doch nicht vergiftet, oder?«

»Ich denke nicht«, sagte Tuf. »Streicheln Sie ihn, von vorn nach hinten. Das wird ihn etwas beruhigen.«

Kefira Qay berührte unsicher den Kopf des Kätzchens.

»Bitte«, sagte Tuf. »Ich sagte streicheln, nicht tätscheln.«

Die Wächterin machte sich daran, das Kätzchen zu streicheln. Auf der Stelle begann Torheit zu schnurren. Kefira Qay hielt inne und blickte erschrocken auf. »Es zittert«, sagte sie, »und macht Geräusche.«

»Eine solche Reaktion wird als positiv erachtet«, versicherte Tuf ihr. »Ich bitte Sie, Ihre Fürsorge fortzusetzen, genauso wie Ihre Ausführungen. Wenn Sie so freundlich wären.«

»Natürlich«, sagte Qay. Sie fuhr fort, Torheit zu streicheln, der es sich auf ihren Knien bequem machte. »Wenn Sie bitte zur nächsten Aufzeichnung übergehen würden«, drängte sie.

Tuf löschte das Bild mit dem zerstörten Schiff und dem Zerstörer vom Hauptschirm. Stattdessen wurde eine andere Szene sichtbar – ein Wintertag, kalt und windig, wie es aussah. Das Wasser war dunkel und unruhig, mit weißem Schaum bedeckt, wo der Wind es aufwühlte. Ein Zerstörer trieb auf der ungestümen See und hatte seine langen weißen Tentakel um sich herum ausgebreitet, was ihm das Aussehen einer riesigen aufgeblähten Blume gab, die auf den Wellen hüpfte. Er langte nach oben, als die Kamera ihn überflog, zwei Arme mit den sich windenden Schlangen erhoben sich wirkungslos aus dem Wasser, denn das Fluggefährt war zu hoch, um in Gefahr zu geraten. Die Beobachter schienen sich in der Gondel eines langen silbernen Luftschiffes zu befinden und durch einen Glasboden zu blicken, und während Tuf zuschaute, verschob sich der Blickwinkel, worauf er erkennen konnte, dass sie Teil eines Konvois von drei immens großen Luftschiffen waren, die mit würdevoller Gleichgültigkeit über dem vom Krieg aufgewühlten Wasser schwebten.

»Die *Geist von Aquarius*, die *Lyle D.* und die *Himmelsschatten*«, erklärte Kefira Qay, »auf einer Hilfsmission zu einer kleinen Inselgruppe im Norden, wo der Hunger gewütet hatte. Sie wollten die Überlebenden evakuieren und nach Neu-Atlantis zurückbringen.« Ihre Stimme klang bitter. »Diese Aufnahme wurde von einem Nachrichtenteam an Bord der *Himmelsschatten* gemacht, dem einzigen Luftschiff, das übrig bleiben wird. Passen Sie auf.«

Die Luftschiffe segelten immer weiter, unbesiegbar und friedlich. Dann, genau vor der silberblauen *Geist von Aquarius*, bewegte sich das Wasser, etwas rührte sich unter diesem dunkelgrünen Schleier. Etwas Großes, aber kein Zerstörer. Es war schwarz, nicht bleich. Das Wasser wurde an einem großen, anschwellenden Fleck immer dunkler und wölbte sich dann aufwärts. Eine riesige ebenholzfarbene Kuppel hob sich ins Blickfeld und wuchs, wie eine Insel, die aus den Tiefen aufstieg, schwarz und ledrig und riesig groß – und umgeben von zwanzig langen, schwarzen

Tentakeln. Höher und höher hob es sich empor, Sekunde um Sekunde, bis es schließlich ganz aus dem Meer hervorbrach. Seine Tentakel hingen unter ihm und tropften nass, während es aufstieg. Dann hoben sie sich und breiteten sich aus. Das Ding war genauso groß wie das Luftschiff, das sich darauf zubewegte. Als sie sich trafen, war es, als würden sich zwei riesige Leviathane des Himmels ein Stelldichein liefern. Die schwarze Unermesslichkeit ließ sich auf dem langen, silberblauen lenkbaren Luftschiff nieder, seine Tentakel umschlangen es in tödlicher Umarmung. Die Außenhaut des Luftschiffs riss auseinander, die Heliumzellen platzten auf und zerfielen. Die *Geist von Aquarius* drehte sich und bäumte sich wie ein lebendes Wesen auf und schrumpfte in der schwarzen Umarmung ihres Liebhabers. Als es vorbei war, ließ die dunkle Kreatur die Reste ins Meer fallen.

Tuf fror das Bild ein und starrte mit feierlicher Achtung auf die kleinen Gestalten, die aus der Aussichtsgondel sprangen.

»Ein Zweiter erwischte die *Lyle D.* auf dem Weg nach Hause«, berichtete Kefira Qay. »Die *Himmelsschatten* blieb übrig, um die Geschichte erzählen zu können, kehrte aber von ihrer nächsten Mission nie zurück. Mehr als hundert Luftschiffe und zwölf Gleiter haben wir in der ersten Woche verloren, seit die Feuerballons aufgetaucht sind.«

»Feuerballons?«, fragte Haviland Tuf nach. Er streichelte Zweifel, der auf seiner Konsole saß. »Ich habe kein Feuer gesehen.«

»Der Name wurde geprägt, als wir zum ersten Mal eines dieser verfluchten Dinger vernichten konnten. Ein Wächtergleiter feuerte ein Explosivgeschoss darauf ab, und er ging hoch wie eine Bombe. Dann sank er brennend ins Meer. Sie sind extrem leicht entflammbar; ein Laserschuss, und sie gehen äußerst spektakulär in die Luft.«

»Wasserstoff«, sagte Haviland Tuf.

»Genau«, bestätigte die Wächterin. »Wir haben nie einen im Ganzen erwischt, aber wir haben sie aus den Teilchen und Stückchen wieder zusammengesetzt. Diese Kreaturen können innerlich elektrischen Strom erzeugen. Sie nehmen Wasser auf und vollziehen eine Art biologischer Elektrolyse. Der Sauerstoff wird ins Wasser oder in die Luft abgegeben und hilft, das Ding zu steuern. Ein Luftstrahlantrieb sozusagen. Der Wasserstoff füllt den Ballonsack und verleiht ihnen Auftrieb. Wenn sie ins Wasser zurückkehren wollen, öffnen sie oben eine Art Ventil, hier sehen Sie es, und das ganze Gas entweicht, sodass der Feuerballon ins Meer zurückfällt. Die äußere Haut ist ledrig und sehr fest. Sie sind langsam, aber schlau. Manchmal verstecken sie sich in Wolkenbänken und fangen unvorsichtige Gleiter, die darunter vorbeifliegen. Und wir haben vor Kurzem zu unserem Entsetzen festgestellt, dass sie sich genauso schnell vermehren wie die Zerstörer.«

»Äußerst interessant«, sagte Haviland Tuf. »Also darf ich die Vermutung wagen, dass Sie mit dem Auftreten dieser Feuerballons sowohl die See als auch die Luft verloren haben.«

»Mehr oder weniger«, gab Kefira Qay zu. »Unsere Luftschiffe waren einfach zu langsam. Wir versuchten, die Dinge am Laufen zu halten, indem wir sie in Konvois aussandten, eskortiert von Wächtergleitern und Flugwagen, aber auch das schlug fehl. Der Morgen des Feuersonnenaufgangs … ich war dabei, kommandierte einen Gleiter mit neun Kanonen … es war schrecklich …«

»Fahren Sie fort«, sagte Tuf.

»Der Feuersonnenaufgang«, murmelte sie deprimiert. »Wir waren … wir hatten dreißig Luftschiffe, *dreißig*, ein großer Konvoi, geschützt von einem Dutzend bewaffneter Gleiter. Eine lange Fahrt, von Neu-Atlantis bis zur Gebrochenen Hand, einer größeren Inselgruppe. Gegen Sonnenaufgang des zweiten Tages, als der Osten sich gerade rot färbte, begann das Meer unter uns zu …

sieden. Wie ein Topf Suppe, der zu kochen begonnen hat. Das waren sie, wie sie Wasser und Sauerstoff abließen und stiegen. Tausende von ihnen, Tuf, Tausende. Das Wasser schäumte wie verrückt, und sie stiegen auf, all diese riesigen schwarzen Schatten stiegen zu uns empor, in jeder Himmelsrichtung, so weit das Auge sehen konnte. Wir griffen sie mit Lasern an, mit Explosivgeschossen, mit allem, was wir hatten. Es war, als ob der Himmel selbst in Flammen stand. All diese Dinger waren voller Wasserstoff, und die Luft war übersättigt vom Sauerstoff, den sie abgelassen hatten. Der Feuersonnenaufgang, so nennen wir es. Es war schrecklich. Überall Schreie, brennende Ballons, unsere Luftschiffe wurden zerschmettert und stürzten um uns herum ab, Menschen standen in Flammen. Unten warteten auch Zerstörer. Ich konnte sehen, wie sie sich Schwimmer griffen, die aus den Luftschiffen gefallen waren; die blassen Tentakel schlangen sich um sie und rissen sie nach unten. Vier Gleiter entkamen diesem Kampf. Vier. Alle Luftschiffe gingen verloren, mitsamt der Besatzung.«

»Eine schreckliche Geschichte«, sagte Tuf.

Kefria Qay hatte einen gequälten Ausdruck in den Augen. Sie streichelte Torheit in blindem Rhythmus, die Lippen fest zusammengepresst, die Augen starr auf den Bildschirm gerichtet, wo der erste Feuerballon über dem trudelnden Wrack der *Geist von Aquarius* schwebte. »Seitdem«, sagte sie schließlich, »ist das Leben ein ständiger Albtraum. Wir haben unsere Meere verloren. Auf drei Vierteln von Namor herrschen Hunger und sogar Hungertod. Nur Neu-Atlantis hat noch genügend Nahrung, da dort eine ausgedehnte Landwirtschaft betrieben wird. Die Wächter kämpfen weiter. Die *Sonnenklinge* und unsere zwei anderen Raumschiffe wurden zum Dienst herangezogen – Bomben oder Gift abwerfen, einige der kleineren Inseln evakuieren. Mit Flugwagen und schnellen Gleitern haben wir ein lockeres Kontaktnetz zu den äußeren Inseln aufrechterhalten. Und wir haben natürlich Funk. Aber wir haben kaum noch Kontakt. Innerhalb des letzten Jahres sind mehr als zwanzig Inseln verstummt. In einem halben Dutzend dieser Fälle haben wir Patrouillen ausgesandt, um die Lage zu erkunden. Die, die zurückgekehrt sind, berichten alle dasselbe. Überall Leichen, die in der Sonne verrotten. Die Gebäude zerstört und verlassen. Kratzer und kriechende Maden laben sich an den Leichen. Und auf einer Insel fanden sie noch etwas anderes, etwas noch Beängstigenderes. Diese Insel heißt Seestern. Fast vierzigtausend Menschen lebten dort, und es gab einen der Haupttraumhäfen, bevor der Handel eingestellt wurde. Es war ein fürchterlicher Schock, als Seestern plötzlich nicht mehr sendete. Gehen Sie zur nächsten Aufzeichnung, Tuf. Fahren Sie fort.«

Tuf drückte mehrere Lichter auf der Konsole.

Ein totes Ding lag auf einem Strand, verrottete im indigoblauen Sand.

Es war ein einzelnes Bild, dieses eine, kein Band. Haviland Tuf und Wächterin Kefira Qay hatten sehr viel Zeit, dieses Ding zu studieren, wie es da ausgebreitet lag und verrottete. Darum herum und darauf lagen menschliche Leichen verstreut und verliehen ihm durch ihre Nähe eine entsprechende Größe. Das tote Ding hatte die Form einer umgedrehten Schüssel, und es war groß wie ein Haus. Sein ledriges Fleisch, aufgebrochen und mit nässenden Pusteln übersät, war graugrün gesprenkelt. Ringsum auf dem Sand ausgebreitet, wie die Speichen einer Radnabe, lagen die Anhängsel des Dings – zehn verdrehte grüne Tentakel, übersät mit rosig weißen Mündern, und zur Abwechslung zehn Glieder, die steif und hart und schwarz aussahen und anscheinend Gelenke hatten.

»Beine«, sagte Kefira Qay bitter. »Es war ein Läufer, Tuf, bevor sie ihn getötet hatten. Wir haben nur dieses eine Exemplar gefunden, aber das genügte schon. Wir wissen jetzt, warum unsere Inseln verstummen. Sie kommen aus dem Meer, Tuf. Dinge wie dieses. Größer, kleiner, auf zehn Beinen laufend wie eine Spinne und mit den anderen zehn, den Tentakeln, greifend und fressend. Der Rückenschild ist dick und fest. Ein einzelnes Explosivgeschoss oder ein Laserstoß würden das da nicht töten, wie wir es mit den Feuerballons tun konnten. Jetzt wissen Sie es. Zuerst das Meer, dann die Luft, und jetzt hat es auch auf dem Land begonnen. Das *Land.* Sie brechen zu Tausenden aus dem Wasser und schreiten über den Strand wie eine schreckliche Flut. Zwei Inseln wurden allein letzte Woche überrannt. Sie wollen uns von diesem Planeten eliminieren. Ohne Zweifel werden ein paar von uns auf Neu-Atlantis überleben, im Hochgebirge, aber es wird ein hartes und kurzes Leben sein. Bis Namor irgendetwas Neues über uns bringt, einen neuen Albtraum.« Ihre Stimme hatte einen hysterischen Unterton.

Haviland Tuf schaltete seine Konsole aus, und alle Bildschirme wurden schwarz. »Beruhigen Sie sich, Wächterin«, sagte er und drehte sich zu ihr um. »Ihre Ängste sind verständlich, aber unnötig. Ich verstehe Ihre missliche Lage jetzt besser. Sie ist in der Tat tragisch, aber nicht hoffnungslos.«

»Sie glauben immer noch, dass Sie uns helfen können?«, sagte sie. »Allein? Sie und dieses Schiff? Oh, ich will Sie auf keinen Fall entmutigen. Wir werden nach jedem Strohhalm greifen. Aber …«

»Aber Sie glauben es nicht«, sagte Tuf. Ein kleiner Seufzer entrang sich seinen Lippen. »Zweifel«, sagte er zu dem grauen Kätzchen und hob es in seiner riesigen weißen Hand empor, »dein Name ist wahrlich gut gewählt.« Er richtete den Blick wieder auf Kefira Qay. »Ich bin ein nachsichtiger Mann, und Sie sind durch so viel schreckliche Mühsal gegangen, dass ich von der gedankenlosen Art, mit der Sie mich und meine Fähigkeiten herabsetzen, keine Notiz nehmen werde. Wenn Sie mich jetzt entschuldigen würden, ich habe zu arbeiten. Ihre Leute haben mir sehr viel detailliertere Berichte über diese Kreaturen und über die namorianische Ökologie im Allgemeinen geschickt. Es ist unabdingbar, dass ich sie genau studiere, um die Situation verstehen und analysieren zu können. Ich danke Ihnen für Ihre Einführung.«

Kefria Qay runzelte die Stirn, hob Torheit von ihren Knien, setzte ihn auf den Boden und stand auf. »Nun gut«, sagte sie. »Wie schnell werden Sie fertig sein?«

»Das kann ich wirklich nicht genau vorhersagen«, entgegnete Tuf, »bevor ich nicht die Möglichkeit hatte, einige Simulationen durchzuführen. Vielleicht können wir in einem Tag beginnen. Vielleicht in einem Monat. Vielleicht später.«

»Wenn Sie zu lange brauchen, werden Sie Schwierigkeiten haben, Ihre zwei Millionen zu kassieren«, schnappte sie. »Weil wir dann alle tot sind.«

»In der Tat«, sagte Tuf. »Ich werde bestrebt sein, diesen Fall zu vermeiden. Jetzt lassen Sie mich bitte arbeiten. Wir werden uns zum Abendbrot wieder unterhalten. Ich werde Gemüseeintopf nach arionischer Art servieren, mit Hüten des thoritianischen Feuerpilzes, um unseren Appetit anzuregen.«

Qay seufzte laut. »Schon wieder Pilze?«, beschwerte sie sich. »Wir hatten pfannengerührte Pilze und Paprika zu Mittag und Knusperpilze in bitterer Sahne zum Frühstück.«

»Ich liebe Pilze«, sagte Haviland Tuf.

»Ich bin der Pilze überdrüssig«, entgegnete Kefira Qay. Torheit rieb sich an ihrem Bein, und sie blickte mit gerunzelter Stirn auf ihn hinab. »Dürfte ich etwas Fleisch vorschlagen? Oder Meeresfrüchte?« Ihre Miene nahm einen sehnsüchtigen Ausdruck an. »Es ist Jahre her, dass ich einen Schlammtopf gegessen habe. Manchmal träume ich davon. Man bricht ihn auf, gießt Butter hinein und löffelt das weiche Fleisch aus, Sie können sich nicht vorstellen, wie lecker das war. Oder Säbelfisch. Ah, ich könnte töten für einen Säbelfisch auf einem Bett aus Seegras!«

Haviland Tuf bedachte sie mit einem strengen Blick. »Wir essen hier keine Tiere«, sagte er. Dann machte er sich an die Arbeit und ignorierte sie. Kefira Qay ging. Torheit trabte hinter ihr her. »Äußerst passend«, murmelte Tuf. »Wirklich.«

Vier Tage und viele Pilze später begann Kefira Qay damit, Haviland Tuf nachdrücklich nach Ergebnissen zu fragen. »Was *machen* Sie?«, wollte sie beim Abendessen wissen. »Wann werden Sie anfangen, etwas zu tun? Jeden Tag ziehen Sie sich zurück, und jeden Tag wird die Situation auf Namor schlimmer. Ich habe vor einer Stunde mit Oberwächter Harvan gesprochen, während Sie mit Ihren Computern beschäftigt waren. Klein-Aquarius und die Tanzenden Schwestern haben wir verloren, während Sie und ich hier oben untätig herumsitzen, Tuf.«

»Untätig herumsitzen?«, erwiderte Haviland Tuf. »Wächterin, ich sitze nicht untätig herum. Ich habe noch nie untätig herumgesessen, und ich beabsichtige auch nicht, jetzt damit zu beginnen, untätig herumzusitzen. Ich arbeite. Eine große Menge an Informationen muss verdaut werden.«

Kefira Qay schnaubte. »Eine große Menge von Pilzen muss verdaut werden, meinen Sie wohl.« Sie stand auf und schüttelte Torheit von ihrem Schoß. Das Kätzchen und sie waren seit Kurzem enge Gefährten geworden. »Zwölftausend Menschen lebten auf Klein-Aquarius«, sagte sie, »und fast noch einmal so viele auf den Tanzenden Schwestern. Denken Sie darüber nach, während

Sie verdauen, Tuf.« Sie machte auf dem Absatz kehrt und stolzierte aus dem Raum.

»In der Tat«, sagte Haviland Tuf. Er widmete sich wieder seinem Süßblüten-Auflauf.

Eine Woche verging, bevor sie wieder aneinandergerieten. »Nun?«, stellte die Wächterin ihn eines Tages auf dem Gang zur Rede, während Tuf mit großer Würde zu seinem Arbeitszimmer stapfte.

»Nun«, gab er zurück. »Einen guten Tag, Wächterin Qay.«

»Heute ist kein guter Tag«, sagte sie mürrisch. »Das Namor-Kontrollzentrum hat mir mitgeteilt, dass die Sonnenaufgangsinsel verloren ist. Überrannt. Sowie ein Dutzend Gleiter, die sie verteidigen wollten, zusammen mit all den Schiffen, die in den Häfen festgemacht hatten. Was sagen Sie dazu?«

»Äußerst tragisch«, antwortete Tuf. »Bedauerlich.«

»Wann werden Sie endlich fertig sein?«

Er hob die Schultern. »Das kann ich nicht sagen. Es ist keine einfache Aufgabe, die Sie mir gestellt haben. Ein äußerst komplexes Problem. Komplex. Ja, ich denke, das ist das richtige Wort. Vielleicht sollte ich sogar sagen: rätselhaft. Ich versichere Ihnen jedoch, dass Namors traurige Lage mein volles Mitgefühl hat und dass dieses Problem ebenso meinen Intellekt herausfordert.«

»Das ist es also für Sie, Tuf, nicht wahr? Ein Problem?«

Tuf runzelte leicht die Stirn, faltete die Hände und legte sie auf seinen gewölbten Bauch. »Ein Problem, in der Tat«, sagte er.

»Nein. Das ist nicht einfach nur ein Problem. Wir spielen hier keine Spielchen. Da unten sterben reale Menschen. Sie sterben, weil die Wächter nicht das in sie gesetzte Vertrauen erfüllen, und weil Sie nichts tun. *Gar nichts.*«

»Beruhigen Sie sich. Ich versichere Ihnen, dass ich unablässig für Ihre Angelegenheit tätig bin. Sie müssen berücksichtigen, dass meine Aufgabe nicht so simpel ist wie die Ihre. Es ist ja schön und gut, Bomben auf Zerstörer abzuwerfen oder auf einen Feuerballon zu schießen und zuzusehen, wie er brennt. Allerdings haben diese einfachen, antiquierten Methoden Sie nicht sehr weit gebracht, Wächterin. Die ökologische Wissenschaft ist ein weit anspruchsvolleres Geschäft. Ich studiere die Berichte Ihrer Einsatzkräfte, Ihrer Meeresbiologen, Ihrer Historiker. Ich reflektiere und analysiere. Ich überlege mir verschiedene Herangehensweisen und lasse auf den großen Computern der *Arche* Simulationen laufen. Früher oder später werde ich eine Antwort für Sie finden.«

»Früher«, sagte Kefira Qay hart. »Namor will Ergebnisse sehen und ich ebenfalls. Der Rat der Wächter ist ungeduldig. Früher, Tuf. Nicht später. Ich warne Sie.« Sie trat zur Seite und ließ ihn passieren.

Kefira Qay verbrachte die nächsten anderthalb Wochen damit, Tuf so weit wie möglich aus dem Weg zu gehen. Sie ließ das Abendessen aus und blickte mürrisch, wann immer sie sich in den Korridoren begegneten. Jeden Tag begab sie sich in den Kommunikationsraum, wo sie lange Diskussionen mit ihren Vorgesetzten unten auf dem Planeten führte und die neuesten Nachrichten erfuhr. Sie waren nicht gut. Alle Nachrichten waren überhaupt nicht gut.

Schließlich eskalierte das Ganze. Blass und aufgebracht stürmte sie in die abgedunkelte Kammer, die Tuf seine »Kommandozentrale« nannte, wo er vor einer Reihe Computerbildschirmen saß und zusah, wie sich rote und blaue Linien auf einem Gitter verfolgten. *»Tuf!«*, schrie sie. Er schaltete den Bildschirm aus und drehte sich schwungvoll zu ihr um, wobei er Undank wegscheuchte. Von Schatten umgeben betrachtete er sie teilnahmslos. »Der Rat der Wächter hat mir einen Befehl erteilt«, sagte sie.

»Wie erfreulich für Sie«, erwiderte Tuf. »Mir ist bewusst, dass Sie seit einiger Zeit durch die Untätigkeit unruhig geworden sind.«

»Der Rat wünscht unverzüglich Taten, Tuf. *Unverzüglich.* Heute. Verstehen Sie?«

Tuf stellte die Hände unter seinem Kinn auf, sodass er fast wie ein Betender aussah. »Muss ich nicht nur Feindseligkeit und Ungeduld ertragen, sondern ebenso die Verleumdung meiner Intelligenz? Ich verstehe alles, was man über Ihre Wächter verstehen muss, das versichere ich Ihnen. Es ist nur die besondere und eigensinnige Ökologie von Namor, die ich nicht verstehe. Solange ich das nicht erreicht habe, kann ich nichts tun.«

»Sie *werden* etwas tun«, sagte Kefira Qay. Plötzlich hatte sie eine Laserpistole in der Hand und zielte damit auf Tufs dicken Wanst. »Sie werden jetzt etwas tun.«

Haviland Tuf zeigte keinerlei Reaktion. »Gewalt«, sagte er mit mildem Tadel. »Vielleicht sollten Sie mir die Möglichkeit geben, es Ihnen zu erklären, bevor Sie ein Loch in mich brennen und damit sich selbst und Ihren Planeten verdammen.«

»Na los«, sagte sie. »Ich werde zuhören. Aber nicht lange.«

»Ausgezeichnet«, sagte Haviland Tuf. »Wächterin, irgendetwas sehr Seltsames geht auf Namor vor sich.«

»Was Sie nicht sagen«, entgegnete sie trocken. Der Laser bewegte sich nicht.

»In der Tat. Sie werden durch eine Heimsuchung von Kreaturen vernichtet, die wir, in Ermangelung eines besseren Begriffs, zusammengefasst als *Seeungeheuer* bezeichnen müssen. In weniger als einem halben Dutzend Standardjahren sind drei Spezies aufgetaucht. Jede dieser Spezies ist offensichtlich neu oder war zumindest bislang unbekannt. So etwas erscheint mir aufs Extremste unwahrscheinlich. Ihr Volk weilt seit einhundert Jahren auf Namor, und erst seit Kurzem haben Sie Kenntnis von diesen

Wesen, die Sie Zerstörer, Feuerballons und Läufer nennen. Es scheint fast, als würde irgendein dunkles Gegenstück der *Arche* einen Biowaffenkrieg gegen Sie führen, obwohl dies ganz offensichtlich nicht der Fall ist. Ob neu oder alt, diese Seeungeheuer sind auf Namor zu Hause, ein Produkt der lokalen Evolution. Ihre nahen Verwandten bevölkern die Ozeane – die Schlammtöpfe, die Springenden Freddies, die Tanzenden Quallen und die Kriegsschiffe. So. Und was sagt uns das?«

»Ich weiß nicht«, erwiderte Kefira Qay.

»Ich ebenso wenig«, sagte Tuf. »Fahren wir fort. Diese Seeungeheuer pflanzen sich in großer Anzahl fort. Die See wimmelt von ihnen, sie füllen die Lüfte, sie überrennen dicht besiedelte Inseln. Sie töten. Dabei töten sie weder sich gegenseitig noch scheinen sie andere natürliche Feinde zu haben. Die brutalen Kontrollmechanismen eines normalen Ökosystems wirken also nicht. Ich habe die Berichte Ihrer Wissenschaftler mit großem Interesse gelesen. Vieles an diesen Seeungeheuern ist faszinierend, aber vielleicht am fesselndsten ist die Tatsache, dass Sie von ihnen nichts kennen außer ihrer ausgewachsenen Form. Riesige Zerstörer streifen durch die Ozeane und bringen Schiffe zum Kentern, monströse Feuerballons wirbeln durch die Lüfte. Wo, wenn ich fragen darf, sind die kleinen Zerstörer, die Baby-Ballons? Wo nur?«

»Tief in den Ozeanen.«

»Vielleicht, Wächterin, vielleicht. Sie können es nicht mit Sicherheit sagen, und ich ebenso wenig. Diese Ungeheuer sind äußerst wunderbare Kreaturen, aber ich habe auf anderen Planeten ebenso vollkommene Räuber gesehen. Aber nicht in so großer Anzahl. Warum? Aha, weil die Jungen, die Eier oder die Nestlinge nicht so vollkommen sind wie ihre Eltern, und weil die meisten sterben, bevor sie ausgewachsen sind. Dies scheint auf Namor nicht zu passieren. Es scheint überhaupt nicht zu passieren. Was kann das alles bedeuten? Was nur?« Tuf zuckte mit den Achseln. »Ich kann es nicht sagen, aber ich arbeite daran, ich denke, ich bin dem Rätsel Ihrer übervölkerten Ozeane auf der Spur.«

Kefira Qay zog eine Grimasse. »Und in der Zwischenzeit sterben wir. Wir sterben, und Sie kümmert es nicht im Geringsten.«

»Ich protestiere!«, begann Tuf.

»Still!«, sagte sie und schwang den Laser. »Jetzt rede ich, Sie hatten Ihre Chance. Heute haben wir den Kontakt mit der Gebrochenen Hand verloren. Dreiundvierzig Inseln, Tuf. Ich will gar nicht daran denken, wie viele Menschen dort lebten. Alle tot, innerhalb eines einzigen Tages. Ein paar verstümmelte Funksprüche, Hysterie, dann Stille. Und Sie sitzen hier und reden über Rätsel. Genug davon. Sie werden jetzt etwas unternehmen! Ich bestehe darauf. Oder ich drohe, wenn Ihnen das lieber ist. Später werden wir uns um das Wie und Warum dieser Wesen kümmern. Vorläufig werden wir sie töten, ohne Fragen zu stellen.«

»Einstmals«, sagte Haviland Tuf, »gab es einen Planeten, der einfach idyllisch war und nur einen einzigen Makel aufwies – ein Insekt von der Größe eines Staubkorns. Es waren harmlose Kreaturen, aber sie waren überall. Sie ernährten sich von den Mikrosporen eines schwimmenden Pilzes. Die Leute auf diesem Planeten hassten das winzige Insekt, das manchmal in so dicken Wolken flog, dass sie die Sonne verdunkelten. Wenn die Einwohner das Haus verließen, landeten die Insekten zu Tausenden auf ihnen und überzogen ihre Körper mit einer lebenden Kruste. Ein Möchtegern-Ökoingenieur versprach, ihr Problem zu lösen. Er führte ein anderes Insekt von einem fernen Planeten ein, ein größeres, das die lebenden Staubkörnchen jagen sollte. Der Plan funktionierte vortrefflich. Die neuen Insekten vermehrten sich immer weiter. Sie hatten in diesem Ökosystem keine natürlichen Feinde, bis sie schließlich die einheimische Art völlig ausgelöscht hatten. Es war ein großer Triumph. Unglücklicherweise gab es unvorhergesehene Nebeneffekte. Nachdem die Eindringlinge eine Lebensform zerstört hatten, gingen sie zu anderen, nützlicheren Arten über. Viele einheimische Insekten starben aus. Die Vogelwelt, ihrer üblichen Beute beraubt und unfähig, die fremden Insekten zu verdauen, litt ebenfalls schrecklich. Pflanzen wurden nicht mehr bestäubt wie zuvor. Ganze Wälder und Dschungel veränderten sich und verdorrten. Und die Sporen der Pilze, die die Nahrung des ursprünglichen Ärgernisses gewesen waren, vermehrten sich unkontrolliert. Der Pilz wuchs überall – auf Gebäuden, auf Gemüsepflanzen, sogar auf lebenden Tieren. Kurz gesagt, das Ökosystem kippte vollständig um. Wenn Sie diese Welt heute besuchen, finden Sie einen toten Planeten vor, auf dem nichts wächst außer einem ekelhaften Pilz. Das sind die Früchte von übereilten Aktionen und unzureichenden Studien. Es ist äußerst riskant, wenn jemand ohne Verständnis irgendetwas tut.«

»Und das Verderben ist gewiss, wenn jemand überhaupt nichts tut«, sagte Kefira Qay verstockt. »Nein, Tuf. Sie erzählen Schauergeschichten, aber wir sind ein verzweifeltes Volk. Die Wächter akzeptieren jedes Risiko. Ich habe meine Befehle. Und wenn Sie nicht tun, worum ich Sie gebeten habe, werde ich das hier benutzen.« Sie nickte in Richtung ihres Lasers.

Haviland Tuf verschränkte die Arme. »Wenn Sie das da benutzen, wäre das äußerst dumm von Ihnen. Zweifelsohne könnten Sie lernen, mit der *Arche* umzugehen. Irgendwann. Es würde Jahre dauern, die Sie nach Ihrer eigenen Aussage nicht mehr haben. Ich werde weiter für Sie arbeiten und Ihre heftigen Äußerungen und Ihre Drohungen vergessen, aber ich werde erst etwas unternehmen, wenn ich dazu bereit bin. Ich bin ein Ökoingenieur. Ich habe meine persönlichen und professionellen Ansprüche. Und ich muss darauf hinweisen, dass Sie ohne meine Dienste gänzlich ohne Hoffnung wären. Gänzlich. Nun, da Sie es wissen und auch ich es weiß, lassen Sie uns auf jede weitere Dramatik verzichten. Sie werden diesen Laser nicht benutzen.«

Einen Moment lang sah Kefira Qay überrascht aus. »Sie …«, sagte sie verwirrt, und der Laser zitterte leicht. Dann festigte sich ihr Blick wieder. »Sie liegen falsch, Tuf«, sagte sie. »Ich *werde* ihn benutzen.«

Haviland Tuf sagte nichts.

»Nicht gegen Sie«, fuhr sie fort. »Gegen Ihre Katzen. Ich werde jeden Tag eine von ihnen töten, bis Sie etwas unternehmen.« Ihr Handgelenk bewegte sich ein wenig, sodass der Laser nicht mehr auf Tuf gerichtet war, sondern auf Undanks kleine Gestalt, die im Raum hin und her schlich und Schatten jagte. »Ich werde mit dieser hier anfangen«, sagte die Wächterin. »Ich zähle bis drei.«

Tufs Gesicht blieb völlig emotionslos. Er starrte.

»Eins«, sagte Kefira Qay.

Tuf saß bewegungslos da.

»Zwei«, sagte sie.

Tuf runzelte die Stirn, und auf seiner kalkweißen Stirn bildeten sich Falten.

»Drei«, brach es aus Qay heraus.

»Nein«, sagte Tuf schnell. »Schießen Sie nicht. Ich werde tun, was Sie verlangen. Ich werde innerhalb einer Stunde mit dem Klonen beginnen.«

Die Wächterin steckte ihren Laser ins Holster.

Also zog Haviland Tuf widerwillig in den Krieg.

Am ersten Tag saß er still und mit zusammengepressten Lippen in seiner Kommandozentrale vor einer großen Konsole, drehte an Skalen und drückte leuchtende Knöpfe und holografische Regler.

An anderer Stelle in der *Arche* liefen gurgelnd Flüssigkeiten von unterschiedlicher Farbe und Schattierung in die leeren Tanks entlang der abgedunkelten Zentralröhre, während Proben aus der großen Zellbibliothek von winzigen Roboterarmen so vorsichtig wie von der Hand eines Meisterchirurgen entnommen und besprüht und behandelt wurden. Tuf sah nichts davon. Er blieb auf seinem Posten und setzte einen Klon nach dem anderen an.

Am zweiten Tag tat er dasselbe.

Am dritten Tag erhob er sich und ging langsam den kilometerlangen Korridor entlang, wo seine Kreationen zu wachsen begonnen hatten, undeutliche Gestalten, die sich entweder schwach oder gar nicht in den Tanks mit der durchsichtigen Flüssigkeit rührten. Einige Tanks waren so groß wie das Shuttle-Deck der *Arche*, andere so winzig wie ein Fingernagel. Haviland Tuf hielt bei jedem Tank inne, studierte die Skalen und Anzeigen und leuchtenden Beobachtungsfenster mit stiller Intensität und nahm von Zeit zu Zeit einige kleine Anpassungen vor. Am Ende des Tages hatte er erst die Hälfte der langen, widerhallenden Reihe geschafft.

Am vierten Tag vollendete er seinen Rundgang.

Am fünften Tag schaltete er den Chronowarp ein. »Die Zeit ist sein Sklave«, erzählte er Kefira Qay, als sie ihn danach fragte. »Er kann sie verlangsamen oder beschleunigen. Wir werden sie schneller laufen lassen, damit die Krieger, die ich erschaffe, ihre Reife früher erlangen als in der Natur.«

Am sechsten Tag war er auf dem Shuttledeck damit beschäftigt, zwei seiner Shuttles zu modifizieren, damit sie die Wesen transportieren konnten, die er erschuf, indem er große und kleine Tanks hinzufügte und sie mit Wasser füllte.

Am Morgen des siebten Tages gesellte er sich zum Frühstück zu Kefria Qay und sagte: »Wächterin, wir können beginnen.«

Sie war überrascht. »So schnell?«

»Nicht alle meine Tiere sind voll ausgewachsen, aber so soll es sein. Einige sind von monströsen Ausmaßen und müssen transportiert werden, bevor sie ihre volle Größe erreicht haben. Das Klonen geht natürlich weiter. Wir müssen unsere Wesen in ausreichender Anzahl erschaffen, damit sie überlebensfähig bleiben. Nichtsdestotrotz sind wir jetzt an einem Punkt angelangt, an dem es möglich ist, die Saat in die Ozeane von Namor auszubringen.«

»Wie sieht Ihre Strategie aus?«, fragte Kefira Qay.

Haviland Tuf schob seinen Teller beiseite und schürzte die Lippen. »Die Strategie, die ich habe, ist grob und unausgegoren, Wächterin, und basiert auf unzureichendem Wissen. Ich übernehme keine Verantwortung für ihren Erfolg oder Misserfolg. Ihre schrecklichen Drohungen haben mich zu unpassender Eile getrieben.«

»Egal«, bellte sie. »Was werden Sie tun?«

Tuf faltete die Hände über seinem Bauch. »Biologische Waffen kommen wie auch andere Arten von Kampfinstrumenten in vielen Formen und Größen daher. Die beste Möglichkeit, einen menschlichen Feind zu töten, ist ein einziger Lasertreffer genau in der Mitte seiner Stirn. Biologisch gesehen wäre die Entsprechung ein passender natürlicher Feind oder Jäger oder eine artspezifische Seuche. Aus Mangel an Zeit hatte ich keine Möglichkeit, eine solche ökonomische Lösung zu finden.

Andere Herangehensweisen sind weniger befriedigend. Ich könnte zum Beispiel eine Krankheit einführen, die Ihren Planeten von den Zerstörern, Feuerballons und Läufern säubert. Es gibt mehrere infrage kommende Kandidaten. Aber Ihre Seeungeheuer sind enge Verwandte vieler anderer Arten des marinen Lebens, und diese Cousins und Onkel würden ebenfalls leiden. Meine

Berechnungen zeigen, dass ganze drei Viertel des Meereslebens von Namor einem derartigen Angriff zum Opfer fallen würden. Alternativ dazu habe ich in meinem Bestand schnell wachsende Pilze und Mikroorganismen, die buchstäblich Ihre Ozeane erfüllen und alles andere Leben verdrängen würden. Auch diese Wahl ist nicht befriedigend. Letztlich würde es Namor unbrauchbar für eine dauerhafte menschliche Besiedlung machen. Um meine Analogie von vorhin zu verwenden, wären diese Methoden das biologische Äquivalent zum Vorhaben, einen einzelnen menschlichen Feind zu töten, indem man eine schwache thermonukleare Bombe in der Stadt zündet, in der er rein zufällig gerade wohnt. Also habe ich sie verworfen.

Stattdessen habe ich etwas ausgewählt, das man als Streubomben-Strategie bezeichnen könnte. Sie läuft darauf hinaus, viele neue Arten in Ihr namorianisches Ökosystem einzuführen, in der Hoffnung, dass einige sich als effektive natürliche Feinde erweisen, die in der Lage sind, die Reihen Ihrer Seeungeheuer zu lichten. Einige meiner Krieger sind große tödliche Bestien, die sogar Ihre schrecklichen Zerstörer erlegen können. Andere sind klein und flink, semisoziale Rudeljäger, die sich schnell fortpflanzen. Wieder andere sind winzig. Ich hege die Hoffnung, dass sie Ihre Albtraumwesen in ihren jüngeren und weniger gefährlichen Stadien finden und sich an ihnen nähren und sie somit ausdünnen. Sie sehen also, ich verfolge viele Strategien. Ich lege lieber das komplette Blatt auf den Tisch, als nur eine einzige Karte auszuspielen. In Anbetracht Ihres bitteren Ultimatums ist dies die einzig erfolgversprechende Methode.« Tuf nickte ihr zu. »Ich denke, Sie werden zufrieden sein, Wächterin Qay.«

Sie runzelte die Stirn und schwieg.

»Wenn Sie Ihren köstlichen Süßpilzbrei aufgegessen haben«, sagte Tuf, »könnten wir beginnen. Ich möchte nicht, dass Sie denken, ich hätte die Sache hinausgezögert. Ich vermute, Sie sind ausgebildete Pilotin?«

»Ja«, blaffte sie zurück.

»Ausgezeichnet!«, rief Tuf aus. »Ich werde Sie dann in die Besonderheiten meiner Shuttles einweisen. Sie sind inzwischen voll bestückt für unseren ersten Flug. Wir sollten weite Bögen über Ihre Ozeane fliegen und unsere Fracht in die aufgewühlten Wellen abwerfen. Ich werde die *Basilisk* über Ihre nördliche Hemisphäre fliegen. Sie werden die *Mantikor* nach Süden lenken. Wenn dieser Plan akzeptabel ist, lassen Sie uns die Routen durchgehen, die ich für uns geplant habe.« Mit großer Würde erhob er sich.

Die nächsten zwanzig Tage kreuzten Haviland Tuf und Kefira Qay in einem gewissenhaften Gittermuster über die gefährlichen Himmel von Namor und bestellten die Ozeane. Die Wächterin flog ihre Runden voller Elan. Es war gut, wieder etwas zu tun, und sie war voller Hoffnung. Die Zerstörer und Feuerballons und Läufer würden von nun an ihren eigenen Albträumen gegenüberstehen – Albträumen von über fünfzig weit verstreuten Planeten.

Von Alt-Poseidon kamen Vampir-Aale und Nessies und schwimmende Knäuel Netztang, durchsichtig und rasiermesserscharf und tödlich.

Von Aquarius klonte Tuf schwarze Räuber und die schnelleren roten Räuber, giftige Bausch-Welpen und duftende, fleischfressende Damenwurz.

Von Jamisons Welt kamen Sanddrachen und Düstere Jäger aus den Tanks, außerdem ein Dutzend verschiedener Arten leuchtend bunter Wasserschlangen, große und kleine.

Von der Alten Erde selbst lieferte die Zellbibliothek große Weiße Haie, Barrakudas, Riesenkraken und halb intelligente Schwertwale.

Sie säten auf Namor die monströsen Grauen Kraken von Lissador und die kleineren Blauen Kraken von Ance aus sowie Wassergallertekolonien von Noborn, daronnianische Spinngeißeln und Blutschnüre von Cathaday, Wasserlebewesen so groß wie der Festungsfisch von Dam Tullian, der Spottwal von Gulliver und die Ghrin'da von Hruun-2 oder so klein wie die Blasenflossen von Avalon, die parasitären Caesni von Ananda und die tödlichen nestbauenden, eierlegenden deirdranischen Wasserwespen. Um die schwebenden Feuerballons zu jagen, brachten sie zahllose Luftlebewesen mit: Peitschenschwanz-Mantas, hellrote Klingenflügler, Schwärme von Spöttern, halb-aquatische Heuler und ein schreckliches blaßblaues Ding – halb Pflanze und halb Tier und völlig gewichtslos –, das mit dem Wind trieb und wie ein lebendes, hungriges Spinnennetz in den Wolken lauerte. Tuf nannte es den Schleier-der-weint-und-flüstert und wies Kefira Qay an, nicht durch Wolken zu fliegen.

Pflanzen und Tiere und Wesen, die beides und keins von beidem waren, Jäger und Parasiten, Kreaturen dunkel wie die Nacht oder leuchtend und prächtig oder völlig farblos, Dinge, so fremdartig und wunderschön, dass es keine Worte dafür gab, oder zu abscheulich, um sie sich auch nur ausdenken zu können, von Planeten, die hell in der Geschichte der Menschheit leuchteten, oder von anderen, von denen man nur selten hörte. Und noch viel mehr. Tag für Tag rasten die *Basilisk* und die *Mantikor* über die Meere von Namor, zu schnell und zu tödlich für die Feuerballons, die auftauchten, um sie anzugreifen, und warfen ungestraft ihre lebenden Waffen ab.

Nach jedem Arbeitstag kehrten sie zur *Arche* zurück, wo Haviland Tuf mit einer oder mehreren seiner Katzen die Einsamkeit suchte, während Kefira Qay für gewöhnlich Torheit mit in den Kommunikationsraum nahm, um sich die Berichte anzuhören.

Wächter Smitt berichtete von der Sichtung seltsamer Wesen in der Meerenge von Orange. Keine Anzeichen von Zerstörern.

»Ein Zerstörer wurde vor Batthern gesehen, verstrickt in einen schrecklichen Kampf mit einem riesigen, tentakelbestückten Ding, das doppelt so groß war. Ein Grauer Krake, sagen Sie? Sehr gut. Wir sollten diese Namen lernen, Wächterin Qay.«

»Die Mullidor-Gestade berichten, dass sich eine Familie Peitschenschwanz-Mantas auf den Felsen vor der Küste angesiedelt hat. Wächter Horn sagt, dass sie die Feuerballons aufschlitzen wie lebende Messer – dass die Ballons taumeln und zusammenfallen und hilflos abstürzen. Wunderbar!«

»Heute hörten wir etwas von Indigo-Strand, Wächterin Qay. Eine seltsame Geschichte. Drei Läufer kamen aus dem Wasser gerannt, aber es war kein Angriff. Sie waren wahnsinnig, taumelten herum, als hätten sie große Schmerzen, und Fetzen einer blassen, schaumigen Substanz hingen von jedem Gelenk und aus jeder Öffnung. Was ist das?«

»Ein toter Zerstörer ist heute vor Neu-Atlantis angespült worden. Ein weiterer Kadaver wurde von der *Sonnenklinge* auf ihrer westlichen Patrouille gesehen, wie er auf der Wasseroberfläche verrottete. Verschiedene fremdartige Fische rissen ihn in Stücke.«

»Die *Sternenschwert* machte sich gestern nach Feuerhöhe auf und sichtete weniger als ein halbes Dutzend Feuerballons. Der Rat der Wächter denkt darüber nach, versuchsweise kurze Luftschiff-Flüge zu den Schlammtopf-Perlen zuzulassen. Was denken Sie, Wächterin Qay? Würden Sie uns raten, es zu versuchen, oder ist es noch zu früh?«

Jeden Tag fluteten Berichte herein, und jeden Tag lächelte Kefira Qay breiter, wenn sie ihre Runden in der *Mantikor* drehte. Aber Haviland Tuf blieb still und teilnahmslos.

Nach vierunddreißig Tagen Krieg teilte ihr Oberwächter Lysan mit: »Heute wurde ein weiterer toter Zerstörer gefunden. Er muss in einen ziemlich heftigen Kampf verwickelt gewesen sein. Unsere Wissenschaftler haben den Inhalt seiner Mägen analysiert, und es stellte sich heraus, dass er sich ausschließlich von Schwertwalen und Blauen Kraken ernährt hatte.« Kefira Qay runzelte leicht die Stirn und tat es dann mit einem Schulterzucken ab.

»Heute wurde ein Grauer Krake bei Boreen angespült«, berichtete ihr Oberwächter Moen ein paar Tage später. »Die Anwohner beschweren sich über den Gestank. Er hat gigantische runde Bissmarken, erzählen sie. Offensichtlich von einem Zerstörer, aber von einem noch größeren als gewöhnlich.« Wächterin Qay verlagerte unbehaglich ihr Gewicht.

»Sämtliche Haie scheinen aus dem Bernsteinmeer verschwunden zu sein. Die Biologen finden keine Begründung dafür. Was denken Sie? Bitte fragen Sie Tuf danach, ja?« Sie hörte es sich an und verspürte eine schwache Unruhe.

»Hier ist was Seltsames für Sie beide. Etwas wurde gesichtet, wie es sich im Coherine-Graben hin und her bewegte. Wir haben Berichte sowohl von der *Sonnenklinge* als auch von der *Himmelsmesser* und verschiedene Bestätigungen von Gleiterpatrouillen. Ein riesiges Ding, sagen sie, eine wahrhaftige lebende Insel, die alles auf ihrem Weg aufsaugt. Ist das etwas von Ihnen? Wenn ja, dann scheinen Sie sich verschätzt zu haben. Man sagt, es frisst Barrakudas und Blasenflossen und Landernadeln zu Tausenden.« Kefira Qay zog eine finstere Miene.

»Feuerballons wurden wieder vor den Mullidor-Gestaden gesichtet – Hunderte. Ich kann diesen Berichten nur schwer Glauben schenken, aber man sagt, dass die Peitschenschwanz-Mantas jetzt einfach von ihnen abprallen. Haben Sie …«

»Schon wieder Kriegsschiffe, ist das zu glauben? Wir dachten, sie wären fast alle fort. So viele von ihnen, und sie verschlingen die kleineren von Tufs Fischen wie nichts, Sie sollten …«

»Zerstörer spritzen mit Wasser, um Heuler aus der Luft zu holen …«

»Etwas Neues, Kefira, eine Art Gleitflieger. Ganze Schwärme starten von den Kuppeln der Feuerballons. Sie haben bereits drei unserer Gleiter erwischt, und die Mantas sind kein Problem für sie … überall, ich sage Ihnen, dieses Ding, das sich in den Wolken versteckt … die Ballons reißen sie einfach los, die Säure kann ihnen nichts mehr anhaben, sie schleudern sie nach unten …«

»… noch mehr tote Wasserwespen, zu Hunderten, zu Tausenden, wo sind sie alle …«

»… wieder Läufer. Burg Dämmerung antwortet nicht, muss überrannt worden sein. Wir verstehen das nicht. Die Insel war von Blutschnüren und Wassergallerte-Kolonien umringt. Sie hätte sicher sein müssen, und trotzdem …«

»… seit einer Woche keine Nachricht von Indigo-Strand …«

»… dreißig, vierzig Feuerballons genau vor Cabben beobachtet. Der Rat befürchtet …«

»… nichts von Lobbadoon …«

»… toter Festungsfisch, halb so groß wie die Insel selbst … Zerstörer kamen direkt in den Hafen …«

»… Läufer …«

»… Wächterin Qay, die *Sternenschwert* ist verloren, über dem Polarmeer abgestürzt. Die letzte Übertragung war verstümmelt, aber wir glauben …«

Kefira Qay stemmte sich schwankend hoch und drehte sich um. Sie wollte aus dem Kommunikationsraum flüchten, wo all die Bildschirme Nachrichten über Tod, Zerstörung, Niederlagen plapperten. Haviland Tuf stand hinter ihr, das blasse Gesicht regungslos. Undank saß ruhig auf seiner breiten linken Schulter.

»Was *passiert* da?«, wollte die Wächterin wissen.

»Man sollte meinen, das wäre für jeden Menschen mit normaler Intelligenz offensichtlich, Wächterin. Wir verlieren. Vielleicht haben wir sogar schon verloren.«

Kefira Qay zwang sich, nicht zu schreien. »Wollen Sie nicht *irgendetwas* tun? Zurückschlagen? Das ist alles Ihre Schuld, Tuf. Sie sind kein Ökoingenieur – Sie sind ein Händler, der nicht weiß, was er tut. Deshalb ist das hier …«

Haviland Tuf hob eine Hand, um sie zu unterbrechen. »Bitte«, sagte er. »Sie haben mir bereits beträchtlichen Ärger bereitet. Beleidigen Sie mich nicht weiter. Ich bin ein friedliebender Mensch von freundlichem und wohlwollendem Wesen, aber selbst jemanden wie mich kann man bis zur Weißglut provozieren. Sie sind jetzt nicht mehr weit davon entfernt. Wächterin, ich übernehme keine Verantwortung für diesen unglückseligen Verlauf der Dinge. Diese übereilte biologische Kriegsführung, die wir veranstaltet haben, war nicht meine Idee. Ihr unzivilisiertes Ultimatum hat mich zu unüberlegten Aktionen getrieben, um Sie zu beschwichtigen. Glücklicherweise habe ich meine Arbeit fortgesetzt, während Sie Ihre Nächte damit verbracht haben, sich diebisch über kurzzeitige und illusorische Siege zu freuen. Ich habe Ihren Planeten auf meinen Computern kartografiert und den Verlauf Ihres Krieges in all seinen mannigfaltigen Phasen beobachtet. Ich habe Ihre Biosphäre in einem meiner großen Tanks nachgebildet und mit Vertretern der namorianischen Tierwelt bestückt, die ich aus toten Exemplaren geklont habe – ein Stückchen Tentakel hier, ein Teil von einem Rückenschild da. Ich habe beobachtet und analysiert und schließlich bin ich zu Schlussfolgerungen gelangt. Vorläufig, zugegeben, obwohl diese jüngsten Ereignisse auf Namor dazu tendieren, meine Hypothese zu bestätigen. Also diffamieren Sie mich nicht weiter, Wächterin. Nach einem erfrischenden Nachtschlaf werde ich nach Namor fliegen und versuchen, Ihren Krieg zu beenden.«

Kefira Qay starrte ihn an und konnte kaum glauben, dass ihre Trauer sich noch einmal in Hoffnung verwandelte. »Sie haben also die Antwort?«

»In der Tat. Sagte ich das nicht gerade?«

»Wie lautet sie?«, wollte sie wissen. »Irgendwelche neuen Tiere? Das ist es – Sie haben etwas anderes geklont, nicht wahr? Irgendwelche Seuchen? Monster?«

Haviland Tuf hob eine Hand. »Geduld. Zuerst muss ich mir sicher sein. Sie haben mich mit derart unermüdlichem Nachdruck verspottet und verhöhnt, dass ich zögere, mich weiterem Spott zu öffnen, indem ich Ihnen meine Pläne anvertraue. Ich sollte zuerst ihre Gültigkeit beweisen. Daher lassen Sie uns morgen weiterreden. Sie sollten keine weiteren Angriffe mit der *Mantikor* fliegen. Stattdessen bitte ich Sie, damit nach Neu-Atlantis zu fliegen und ein vollständiges Treffen des Rates der Wächter einzuberufen. Bitte holen Sie auch diejenigen ab, die von den abgelegeneren Inseln hergebracht werden müssen.«

»Und Sie?«, fragte Kefira Qay.

»Ich werde mich mit dem Rat treffen, wenn es an der Zeit ist. Zuvor jedoch werde ich meine Pläne und meine Kreatur auf meiner eigenen kleinen Mission nach Namor bringen. Wir sollten in der *Phönix* reisen, denke ich. Ja. Ich halte die *Phönix* für am geeignetsten, um die Wiedergeburt Ihres Planeten aus seiner Asche zu würdigen. Äußerst feuchte Asche zwar, aber nichtsdestotrotz Asche.«

Kefira Qay traf Haviland Tuf auf dem Shuttle-Deck kurz vor ihrem geplanten Abflug. Die *Mantikor* und die *Phönix* standen in ihren Landebuchten bereit, zwischen den anderen verstreuten herrenlosen Raumschiffen. Haviland Tuf tippte Zahlen in einen Minicomputer, den er sich ans Handgelenk geschnallt hatte. Er trug einen langen, grauen Vinylmantel mit unzähligen Taschen und breiten Schulterpolstern. Eine grün-braune Schirmkappe, geschmückt mit dem goldenen Theta der Ökoingenieure, thronte verwegen auf seinem kahlen Kopf.

»Ich habe das Namor-Kontrollzentrum und die Zentrale der Wächter informiert«, sagte Qay. »Der Rat versammelt sich soeben. Ich werde den Transport für ein halbes Dutzend Oberwächter von entfernteren Distrikten übernehmen, damit alle zur Stelle sein werden. Was ist mit Ihnen, Tuf? Sind Sie bereit? Ist Ihr geheimnisvolles Wesen an Bord?«

»Bald«, sagte Haviland Tuf und zwinkerte ihr zu.

Aber Kefira Qay sah ihm nicht ins Gesicht. Ihr Blick war etwas tiefer gerichtet. »Tuf«, sagte sie, »da ist etwas in Ihrer Tasche. Es bewegt sich.« Ungläubig beobachtete sie den Buckel, der unter dem Vinyl entlangkroch.

»Aha«, sagte Tuf. »In der Tat.« Und dann tauchte ein Kopf aus seiner Tasche auf und schaute sich neugierig um. Er gehörte einem Kätzchen, einem winzigen tiefschwarzen Kätzchen mit strahlend gelben Augen.

»Eine Katze«, murmelte Kefira Qay säuerlich.

»Ihre Wahrnehmungskraft ist geradezu übernatürlich«, sagte Haviland Tuf. Er nahm das Kätzchen vorsichtig heraus und hielt es in einer großen weißen Hand, während er es mit einem Finger der anderen Hand hinter den Ohren kraulte. »Das ist Dax«, sagte er feierlich. Dax war kaum halb so groß wie die älteren Kätzchen, die in der *Arche* herumsprangen.

Er sah aus wie ein Ball aus schwarzem Fell, seltsam schlaff und träge.

»Wunderbar«, entgegnete die Wächterin. »Dax, ja? Und wo kommt sie her? Nein, antworten Sie nicht. Lassen Sie mich raten. Tuf, haben wir nicht Wichtigeres zu tun, als mit Katzen zu spielen?«

»Das denke ich nicht«, sagte Haviland Tuf. »Sie würdigen die Katzen nicht hinreichend, Wächterin. Sie sind die zivilisiertesten Tiere überhaupt. Kein Planet kann ohne Katzen als wirklich kultiviert bezeichnet werden. Ist Ihnen bewusst, dass alle Katzen seit undenkbaren Zeiten gewisse paranormale Kräfte haben? Wussten Sie, dass einige antike Gesellschaften der Alten Erde Katzen als Götter verehrten? Das ist wahr.«

»Bitte«, sagte Kefira Qay gereizt. »Wir haben keine Zeit für einen Diskurs über Katzen. Wollen Sie dieses arme kleine Ding nach Namor mitnehmen?«

Tuf blinzelte. »In der Tat. Dieses arme kleine Ding, wie Sie es so verächtlich nennen, ist die Erlösung für Namor. Ein gewisser Respekt wäre angebracht.«

Sie starrte ihn an, als wäre er verrückt geworden. »Was? Das? Er? Ich meine, Dax? Ist das Ihr Ernst? Wovon reden Sie? Sie scherzen, nicht wahr? Das kann nur ein übler Scherz sein. Sie haben irgendetwas an Bord der *Phönix*, einen riesigen Leviathan, der die Meere von den Zerstörern reinigen wird – irgendetwas. Ich weiß nicht. Aber Sie wollen doch nicht … Sie können nicht … nicht das.«

»Ihn«, sagte Haviland Tuf. »Wächterin, es ist so ermüdend, das Offensichtliche nicht nur einmal, sondern immer und immer wieder darzulegen. Ich habe Ihnen Räuber und Kraken und Peitschenschwanz-Mantas gegeben, wie Sie es gefordert haben. Sie waren wirkungslos. Demzufolge habe ich weiter nachgedacht, und dann habe ich Dax geklont.«

»Ein Kätzchen«, sagte sie. »Sie wollen ein *Kätzchen* gegen die Zerstörer und die Feuerballons und die Läufer einsetzen. Ein. Kleines. *Kätzchen.*«

»In der Tat«, sagte Haviland Tuf. Er bedachte sie mit einem finsteren Blick, schob Dax zurück in die geräumige Zuflucht seiner großen Tasche und wandte sich elegant der wartenden *Phönix* zu.

Kefira Qay wurde nervös. In der Ratskammer ganz oben im Wellenbrecherturm von Neu-Atlantis wurden die fünfundzwanzig Oberwächter, die die Verteidigung von ganz Namor befehligten, langsam unruhig. Sie alle hatten stundenlang gewartet. Einige waren schon den ganzen Tag da. Der lange Konferenztisch war übersät mit persönlichen Kommunikatoren und Computerausdrucken und leeren Wassergläsern. Zwei Mahlzeiten waren bereits serviert und wieder abgeräumt worden. Am großen, gewölbten Fenster, das die eine Wand dominierte, unterhielt sich der beleibte Oberwächter Alis leise und eindringlich mit dem dünnen und strengen Oberwächter Lysan, und beide warfen Kefira Qay von Zeit zu Zeit bedeutungsvolle Blicke zu. Hinter ihnen ging die Sonne unter, und die große Bucht wurde in ein hübsches Scharlachrot getaucht. Es war eine so wunderschöne Szene, dass man kaum die kleinen hellen Punkte bemerkte, die Gleiter der Wächter auf Patrouille waren.

Die Dämmerung war bereits angebrochen, die Ratsmitglieder murrten und rutschten ungeduldig auf ihren großen, gepolsterten Sesseln umher, und Haviland Tuf hatte immer noch nicht seine Aufwartung gemacht. »Wann sagte er, dass er hier sein wollte?«, fragte Oberwächter Khem zum fünften Mal.

»Er hat es nicht genau gesagt, Oberwächter,« entgegnete Kefira Qay verlegen, zum fünften Mal.

Khem runzelte die Stirn und räusperte sich.

In diesem Moment piepste einer der Kommunikatoren, und Oberwächter Lysan beugte sich hektisch vor und ergriff ihn. »Ja?«, fragte er. »Verstehe. Sehr gut. Führen Sie ihn herein.« Er legte den Kommunikator zurück und klopfte auf den Tisch. Die anderen eilten zu ihren Sitzen oder unterbrachen ihre Gespräche und strafften sich. Es wurde still in der Ratskammer. »Das war die Patrouille. Tufs Shuttle ist gesichtet worden. Ich freue mich, Ihnen mitteilen zu dürfen, dass er auf dem Weg ist.« Lysan warf Kefira Qay einen Blick zu. »Endlich.«

Die Wächterin fühlte sich jetzt noch unbehaglicher. Es war schon schlimm genug, dass Tuf sie hatte warten lassen, aber sie fürchtete den Moment, in dem er zur Tür hereingestapft kam, mit Dax, der aus seiner Manteltasche schaute. Qay war nicht in der Lage gewesen, die richtigen Worte zu finden, um ihren Vorgesetzten zu sagen, dass Tuf beabsichtigte, Namor mit einem kleinen schwarzen Kätzchen zu retten. Sie zappelte nervös auf ihrem Sitz herum und zupfte an ihrer großen gekrümmten Nase. Das konnte nicht gutgehen, fürchtete sie.

Es war schlimmer als alles, was sie sich hatte vorstellen können.

Sämtliche Oberwächter warteten, steif und leise und aufmerksam, als sich die Türen öffneten und Haviland Tuf hereintrat, eskortiert von vier bewaffneten Wächtern in goldenen Overalls. Er war unglaublich. Seine Schuhe quietschten, wenn er ging, und sein langer Mantel war völlig verdreckt. Dax war wie erwartet in seiner linken Tasche zu sehen, hatte die Pfoten über den Rand gehängt und blickte eindringlich mit großen Augen. Aber die Oberwächter schauten gar nicht auf das Kätzchen. Unter dem anderen Arm trug Haviland Tuf einen schlammverschmierten Stein, der ungefähr so groß war wie der Kopf eines großen Mannes. Eine dicke Schicht aus grünbraunem Schleim bedeckte ihn, und Wasser tropfte auf den edlen Teppich.

Ohne ein Wort ging Tuf direkt zum Konferenztisch und legte den Stein mitten darauf ab. Nun bemerkte Kefira Qay den Saum aus Tentakeln, blass und dünn wie Garn, und stellte fest, dass es gar kein Stein war. »Ein Schlammtopf«, rief sie vor Überraschung. Kein Wunder, dass sie ihn nicht erkannt hatte. Sie hatte zwar schon viele Schlammtöpfe in ihrem Leben gesehen, aber erst, nachdem sie gewaschen und gekocht und die Tentakeln entfernt worden waren. Normalerweise wurden sie mit Hammer und Meißel serviert, um die knochige Schale aufzuknacken, und mit geschmolzener Butter und Gewürzen.

Die Oberwächter sahen erstaunt zu, dann begannen alle fünfundzwanzig auf einmal zu reden. In der Ratskammer ertönte ein Durcheinander sich überlagernder Stimmen.

»… das *ist* ein Schlammtopf, ich verstehe nicht …«

»Was hat das zu bedeuten?«

»Er lässt uns den ganzen Tag warten und kommt dann verdreckt wie ein Schlammbuddler in den Rat. Die Würde des Rates ist …«

»… habe keine Schlammtöpfe mehr gegessen seit, oh, zwei, drei …«

»… kann nicht der Mann sein, der den Planeten retten …«

»… völlig verrückt, schauen Sie sich nur …«

»… was ist das da in seiner Tasche? Sehen Sie nur! Mein Gott, es hat sich *bewegt!* Es lebt, glauben Sie mir, ich hab es doch gesehen …«

»Ruhe!« Lysans Stimme durchschnitt das Gemurmel wie ein Messer. Der Raum beruhigte sich, als sich die Oberwächter, einer nach dem anderen, zu ihm umdrehten. »Wie Sie es wünschten, sind wir hier zusammengekommen«, sagte Lysan in ätzendem

Tonfall zu Tuf. »Wir erwarteten, dass Sie uns eine Antwort mitbringen. Stattdessen haben Sie uns das Abendessen gebracht.«

Jemand kicherte.

Haviland Tuf betrachtete finster seine schmutzigen Hände und wischte sie sich geziert am Mantel ab. Er nahm Dax aus seiner Tasche und setzte das lethargische schwarze Kätzchen auf den Tisch. Dax gähnte und streckte sich und ging gemächlich auf die nächste der Oberwächterinnen zu, die vor Schreck erstarrte und dann hastig ihren Sitz etwas nach hinten schob. Tuf zog seinen nassen, schmutzigen Mantel aus, suchte nach einem Ort, wo er ihn ablegen konnte, und hängte ihn schließlich über das Lasergewehr eines Mannes aus seiner Eskorte. Erst dann wandte er sich wieder den Oberwächtern zu. »Hochverehrte Oberwächter«, sagte er. »Dies ist kein Abendessen, was Sie hier vor sich sehen. Darin liegt die Wurzel all Ihrer Probleme. Dies ist der Botschafter der Spezies, die Namor mit ihnen teilt und deren Name bedauerlicherweise weit außerhalb meiner bescheidenen Fähigkeiten liegt. Sein Volk würde es sehr übelnehmen, wenn Sie ihn essen würden.«

Schließlich brachte jemand Lysan einen kleinen Hammer, und er schlug damit lange und laut genug auf den Tisch, bis er jedermanns Aufmerksamkeit hatte und der Lärm langsam abebbte. Haviland Tuf hatte währenddessen teilnahmslos dagestanden, sein Gesicht blieb ausdruckslos, die Arme hatte er vor der Brust gekreuzt. Erst als wieder Ruhe hergestellt war, sagte er: »Vielleicht sollte ich das erklären.«

»Sie sind verrückt«, sagte Oberwächter Harvan, der von Tuf zum Schlammtopf und wieder zurück blickte. »Völlig verrückt.«

Haviland Tuf hob Dax vom Tisch, legte ihn in seine Armbeuge und streichelte ihn. »Selbst im Augenblick unseres Triumphs werden wir verhöhnt und beleidigt«, sagte er zu dem Kätzchen.

»Tuf«, rief Lysan vom Kopf des langen Tisches. »Was Sie behaupten, ist unmöglich. Wir haben Namor in den hundert Jahren, seit wir hier leben, äußerst sorgfältig erkundet und sind uns sicher, dass hier keine intelligente Spezies lebt. Es gibt keine Städte, keine Straßen, keine Anzeichen irgendeiner Zivilisation oder Technologie, keine Ruinen oder Artefakte – *nichts*, weder über noch unter der Wasseroberfläche.«

»Außerdem«, sagte ein anderes Ratsmitglied, eine kräftig gebaute Frau mit rotem Gesicht, »können die Schlammtöpfe unmöglich intelligent sein. Zugegeben, sie haben Gehirne von der Größe eines menschlichen Gehirns. Aber das ist auch schon *alles*, was sie haben. Sie haben keine Augen, Ohren, Nasen, praktisch keine Sinnesorgane außer für Berührungen. Sie haben nur diese schwächlichen Tentakel als Greiforgane, kaum stark genug, einen Kieselstein anzuheben. Und tatsächlich werden diese Tentakel nur benutzt, um sie an ihrem Platz auf dem Meeresboden zu verankern. Sie sind Hermaphroditen und ausgesprochen primitiv, mobil nur in den ersten Lebensmonaten, bevor ihre Schale aushärtet und zu schwer wird. Sobald sie sich am Boden verankert und mit Schlamm bedeckt haben, bewegen sie sich überhaupt nicht mehr. Dort bleiben sie für Hunderte von Jahren.«

»Tausende«, stellte Haviland Tuf richtig. »Es sind bemerkenswert langlebige Wesen. Alles, was Sie sagten, ist zweifelsohne korrekt. Nichtsdestotrotz sind Ihre Schlussfolgerungen falsch. Sie sind blind vor Kriegslust und Furcht. Wenn Sie etwas Abstand von der Situation hätten und lange genug innegehalten hätten, um intensiv darüber nachzudenken, so wie ich es getan habe, dann würde es sogar militärischen Gehirnen aufgehen, dass Ihre Misere keine natürliche Katastrophe ist. Allein die Machenschaften einer feindlichen Intelligenz können den tragischen Verlauf der Ereignisse auf Namor zufriedenstellend erklären.«

»Sie erwarten doch nicht von uns, dass wir …«, begann jemand.

»Sir«, erwiderte Haviland Tuf. »Ich erwarte, dass Sie mir zuhören. Wenn Sie bitte davon absehen würden, mich zu unterbrechen, will ich Ihnen alles erklären. Dann mögen Sie entscheiden, ob Sie es glauben oder nicht, je nachdem, wie es Ihnen gefällt. Ich werden meinen Lohn entgegennehmen und abreisen.« Tuf schaute Dax an. »Idioten, Dax. Überall, wo wir sind, nur Idioten.« Er schenkte seine Aufmerksamkeit wieder den Oberwächtern und fuhr fort. »Wie ich Ihnen dargelegt habe, war hier eindeutig Intelligenz am Werk. Die Schwierigkeit bestand darin, diese Intelligenz zu finden. Ich habe die Arbeiten Ihrer namorianischen Biologen studiert, der lebenden und der verstorbenen, habe viel über Ihre Flora und Fauna gelesen und zahlreiche einheimische Lebensformen an Bord der *Arche* nachgebildet. Kein unmittelbar infrage kommender Kandidat für Intelligenz war dabei. Die traditionellen Merkmale intelligenten Lebens umfassen ein großes Gehirn, entwickelte Biosensoren, Mobilität und irgendeine Art von Greiforganen, wie zum Beispiel entgegengesetzt liegende Daumen. Nirgendwo auf Namor konnte ich ein Wesen mit all diesen Attributen finden. Meine Hypothese war jedoch trotzdem korrekt. Also musste ich meine Aufmerksamkeit auf eher unübliche Kandidaten lenken, da es keine üblichen gab.

Zu diesem Zweck studierte ich die Geschichte Ihrer Misere, und plötzlich schien sich alles von selbst zu erklären. Sie glauben, dass Ihre Seeungeheuer aus den dunklen Tiefen der Ozeane emporgestiegen sind, aber wo tauchten sie zuerst auf? In den flachen Gewässern vor der Küste – den Gebieten, wo Sie fischen und Ihre Aquafarmen betreiben. Was haben all diese Gebiete gemeinsam? Sicherlich Leben in Hülle und Fülle, so viel steht fest. Aber nicht das *gleiche* Leben. Die Fische, die die Gewässer vor Neu-Atlantis bevölkern, kommen in denen der Gebrochenen Hand nicht vor. Aber ich fand zwei interessante Ausnahmen, zwei Arten, die man buchstäblich überall finden konnte – die Schlammtöpfe, die über lange Jahrhunderte hinweg unbeweglich in ihren großen, weichen Betten lagen, und die Wesen, die Sie als Namorianische Kriegsschiffe bezeichnen. Das alte einheimische Volk hat einen anderen Namen dafür. Sie nennt sie Wächter.

Als ich erst einmal so weit gekommen war, mussten nur noch die Details ausgearbeitet und meine Vermutungen bestätigt werden. Ich hätte schon viel früher zu diesen Schlussfolgerungen gelangen können, wenn nicht die groben Unterbrechungen durch Verbindungsoffizier Qay gewesen wären, die ständig meine Konzentration gestört und mich schließlich aufs Brutalste dazu gezwungen hat, viel Zeit damit zu verschwenden, Graue Kraken und Klingenflügler und verschiedenste andere derartige Kreaturen auszusenden. In Zukunft werde ich mir derartige Verbindungen sparen.

Doch in gewisser Weise war das Experiment auch nützlich, da es meine Theorie über die tatsächliche Situation auf Namor bestätigt hat. Also habe ich diesen Ansatz weiterverfolgt. Geografische Studien zeigten, dass diese ganzen Monster in der Nähe der Schlammtopf-Gründe am häufigsten auftraten. Dort hat es auch die heftigsten Kämpfe gegeben, verehrte Oberwächter. Daher waren diese Schlammtöpfe, die Sie so äußerst schmackhaft finden, Ihre mysteriösen Widersacher. Aber wie kann das sein? Diese Kreaturen haben große Gehirne, das steht fest, aber ihnen fehlen all die anderen Merkmale, die wir für gewöhnlich mit Intelligenz in Verbindung bringen, wie wir sie kennen. Und hier lag das eigentliche Problem! Sie besaßen eindeutig eine Intelligenz, wie wir sie *nicht* kennen. Was für ein intelligentes Wesen könnte tief unter der Meeresoberfläche leben, unbeweglich, blind, taub, jeglicher Wahrnehmungen beraubt? Ich habe über diese Frage nachgedacht. Die Antwort, meine Damen und Herren, liegt auf der Hand. Solch ein Wesen muss mit der Welt auf eine Art interagieren, wie wir es nicht tun, es muss seine eigenen Wege der Empfindungen und der Kommunikation haben. Solch eine Intelligenz muss telepathisch veranlagt sein. In der Tat. Je mehr ich darüber nachdachte, umso offensichtlicher wurde es.

Nun musste ich meine Schlussfolgerungen nur noch überprüfen. An diesem Punkt brachte ich Dax ins Spiel. Alle Katzen haben leichte parapsychische Fähigkeiten, Oberwächter. Vor vielen Jahrhunderten, in den Tagen des Großen Krieges, kämpften die Soldaten des Föderalen Imperiums gegen Feinde mit schrecklichen telepathischen Kräften, die hranganischen Gedankenleser und die *Githyanki*-Seelenfresser. Um gegen derart überragende Feinde zu bestehen, arbeiteten die genetischen Ingenieure mit Katzen und erhöhten und schärften ihre telepathischen Fähigkeiten erheblich, sodass sie gemeinsam mit den Menschen espern konnten. Dax ist ein solches spezielles Tier.«

»Sie sagen also, dass dieses Tier unsere Gedanken liest?«, fragte Lysan scharf.

»Sofern Sie Gedanken zum Lesen haben«, erwiderte Haviland Tuf, »ja. Aber viel wichtiger ist, dass ich durch Dax in der Lage war, dieses uralte Volk zu erreichen, das Sie so erniedrigend als *Schlammtöpfe* bezeichnen. Denn diese Wesen sind durch und durch telepathisch.

Seit unzähligen Jahrhunderten haben sie in Ruhe und Frieden in den Ozeanen dieses Planeten existiert. Sie sind ein bedächtiges, nachdenkliches, philosophisches Volk, und sie lebten zu Milliarden Seite an Seite, untereinander verbunden, jedes ein Individuum und gleichzeitig Teil des großen Ganzen. In gewisser Weise waren sie unsterblich, denn alle teilten die Erfahrungen jedes Einzelnen, und der Tod eines Einzelnen war bedeutungslos. Obwohl es in der ewig gleichen See nur wenig Erfahrungen gab. Zum größten Teil verbrachten sie ihr langes Leben mit abstrakten Gedanken, mit Philosophie, mit fremdartigen grünen Träumen, die weder Sie noch ich wirklich begreifen können. Sie sind stille Musiker, könnte man sagen. Gemeinsam haben sie die großen Symphonien der Träume gewoben, und diese Lieder klingen für ewig.

Bevor die Menschen nach Namor kamen, hatten sie für Millionen von Jahren keine wirklichen Feinde. Obwohl das nicht immer so war. In den vorzeitlichen Anfängen dieses nassen Planeten wimmelten die Ozeane von Kreaturen, die den Geschmack der Träumer ebenso schätzten, wie Sie es tun. Schon damals beherrschte dieses Volk die Genetik, beherrschte die Evolution. Mit ihrem riesigen Netz miteinander verwobener Gedanken waren sie in der Lage, das Leben selbst zu manipulieren, und zwar besser als jeder Genetiker. Also erschufen sie ihre Wächter, ausgezeichnete Jäger mit dem biologisch verankerten Befehl, jene zu schützen, die Sie Schlammtöpfe nennen. Das waren ihre Kriegsschiffe. Von dieser Zeit an bis heute bewachen sie die Vorkommen, während die Träumer zu ihrer Symphonie der Gedanken zurückkehrten.

Dann kamen Sie, von Aquarius und Alt-Poseidon. In der Tat, so war es. Verloren in ihren Phantasmagorien bemerkten es die Träumer viele Jahre lang nicht, während Sie Nahrung anbauten und fischten und den Geschmack der Schlammtöpfe entdeckten. Stellen Sie sich den Schock vor, den Sie ihnen verursachten, Oberwächter. Jedes Mal, wenn Sie einen von ihnen in kochendes Wasser warfen, teilten die anderen das Gefühl. Für die Träumer war es so, als hätte sich ein schrecklicher neuer Räuber auf den Landmassen entwickelt, einem Ort, für den sie nur wenig Interesse hatten. Sie hatten keine Ahnung, dass Sie intelligent sein könnten, da sie sich keine nichttelepathische Intelligenz mehr vorstellen konnten, genau wie Sie sich keine vorstellen können, die blind, taub, bewegungslos und essbar ist. Für sie waren Wesen, die sich bewegten und Dinge veränderten und Fleisch aßen, nicht mehr als Tiere und konnten einfach nichts anderes sein.

Den Rest wissen Sie, oder Sie ahnen es. Die Träumer sind ein bedächtiges Volk, verloren in ihren unendlichen Liedern, und sie brauchten lange, um zu reagieren. Zuerst ignorierten sie die Menschen einfach, in dem Glauben, dass das Ökosystem in Kürze von selbst Ihre Verheerungen regulieren würde. Das schien jedoch nicht zu geschehen. Für sie sah es so aus, als ob Sie keine natürlichen Feinde hätten. Sie vermehrten und verbreiteten sich unablässig, und viele Tausende Gedanken verstummten. Schließlich kehrten sie zu den uralten, fast vergessenen Wegen ihrer düsteren Vergangenheit zurück und erwachten, um sich selbst zu verteidigen. Sie beschleunigten die Reproduktion ihrer Wächter, bis die Meere über ihren Siedlungsgründen von ihren Beschützern nur so wimmelten, aber die Wesen, die sich gegen andere Feinde bislang als ausreichend erwiesen hatten, stellten kein Problem für Sie dar. Schließlich waren die Träumer gezwungen, neue Maßnahmen zu ergreifen. Ihre Gedanken unterbrachen die große Symphonie und strömten aus, und sie beobachteten und verstanden. Und schließlich begannen sie damit, neue Wächter zu erschaffen, Wächter, die stark genug waren, um sie gegen diese große neue Nemesis verteidigen zu können. So begann alles. Als ich mit der *Arche* hier ankam und Kefira Qay mich zwang, viel neues Unheil über ihre friedvolle Welt zu bringen, waren die Träumer anfangs überrascht. Aber der Kampf hatte sie gestärkt, und sie antworteten jetzt schneller, und in sehr kurzer Zeit erträumten sie sich noch neuere Wächter und sandten sie aus, um gegen die Kreaturen zu kämpfen, die ich auf sie losgelassen hatte. Sogar jetzt, wo ich hier in Ihrem äußerst imponierenden Turm zu Ihnen spreche, warten viele neue schreckliche Lebensformen in den Wellen und werden Sie in den kommenden Jahren heimsuchen – es sei denn, Sie können Frieden schließen. Das ist einzig und allein Ihre Entscheidung. Ich bin nur ein einfacher Ökoingenieur. Ich würde nicht im Traum daran denken, Ihnen etwas Derartiges zu diktieren. Aber ich schlage es aufs Dringendste vor. Hier ist der Botschafter, den ich aus dem Meer gepflückt habe – was eine große persönliche Unannehmlichkeit für mich darstellte, wie ich hinzufügen darf. Die Träumer sind jetzt in großer Aufregung, denn als sie Dax zwischen sich spürten und mich durch ihn berührten, erweiterte sich ihre Welt millionenfach. Sie erfuhren heute von den Sternen und lernten außerdem, dass sie nicht allein im Universum sind. Ich denke, sie werden einsichtig sein, denn sie haben keine Verwendung für das Festland und essen auch keinen Fisch. Hier ist Dax, und hier bin ich. Vielleicht können wir mit den Gesprächen beginnen.«

Doch als Haviland Tuf schließlich verstummte, blieb es für sehr lange Zeit still. Die Oberwächter waren allesamt aschfahl und erstarrt. Einer nach dem anderen wandte den Blick von Tufs ungerührter Erscheinung ab und hin zur schlammigen Muschelschale auf dem Tisch.

Schließlich fand Kefira Qay ihre Stimme wieder. »Was *wollen* sie?«, fragte sie nervös.

»Vor allem«, sagte Haviland Tuf, »wollen sie, dass Sie damit aufhören, sie zu essen. Das halte ich für einen äußerst vernünftigen Vorschlag. Wie lautet Ihre Antwort?«

»Zwei Millionen Standards sind unzureichend«, sagte Haviland Tuf einige Zeit später im Kommunikationsraum der *Arche*. Dax ruhte still in seinem Schoß, er hatte nur wenig von der frenetischen Energie der anderen Katzenkinder. Irgendwo im Raum jagten sich Argwohn und Feindseligkeit gegenseitig hin und her.

Oben auf dem Bildschirm runzelte Kefira Qay verächtlich die Stirn. »Was soll das heißen? Das war der Preis, auf den wir uns geeinigt hatten, Tuf. Wenn Sie versuchen, uns zu betrügen …«

»Betrügen?« Tuf seufzte. »Hast du das gehört, Dax? Nach allem, was wir getan haben, werden uns derartige böse Beschuldigungen nolens volens an den Kopf geworfen. Ja, nolens volens, in der Tat. Eine seltsame Phrase, wenn man genauer darüber nachsinnt.« Er blickte wieder auf den Bildschirm. »Wächterin Qay, ich bin mir des vereinbarten Preises sehr wohl bewusst. Für zwei Millionen Standards habe ich Ihre Probleme gelöst. Ich habe analysiert und nachgedacht und Ihnen die Einblicke und den Übersetzer zur Verfügung gestellt, den Sie so dringend brauchten. Außerdem habe ich Ihnen fünfundzwanzig telepathische Katzen überlassen, jede mit einem Ihrer Oberwächter verbunden, um eine weitere Kommunikation nach meiner Abreise sicherzustellen. Auch das ist in unserer ursprünglichen Vereinbarung enthalten, da es zur Lösung Ihres Problems notwendig war. Und, da ich im Herzen mehr ein Philantroph als ein Geschäftsmann bin und zutiefst sentimental obendrein, habe ich Ihnen sogar erlaubt, Torheit zu behalten, der Sie aus einem mir unerfindlichen Grund lieb gewonnen hat. Auch dafür verlange ich nichts.«

»Und warum verlangen Sie dann zusätzlich drei Millionen Standards?«, forderte Kefira Qay.

»Für die unnötige Arbeit, zu der ich aufs Brutalste gezwungen wurde«, entgegnete Tuf. »Möchten Sie, dass ich alles einzeln aufzähle?«

»Ja, das möchte ich«, sagte sie.

»Also gut. Für Haie. Für Barrakudas. Für Riesenkraken. Für Schwertwale. Für Graue Kraken. Für Blaue Kraken. Für Blutschnüre. Für Wassergallerte. Zwanzigtausend Standards pro Stück. Für Festungsfische, fünfzigtausend Standards. Für den Schleier-der-weint-und-flüstert, acht …« So ging es für lange, lange Zeit weiter.

Als er fertig war, schürzte Kefira Qay streng die Lippen. »Ich werde Ihre Rechnung dem Rat der Wächter übermitteln. Aber ich sage Ihnen gleich, dass Ihre Forderungen unfair und viel zu hoch sind und dass unsere Handelsbilanz nicht ausreicht, um einen so hohen Abfluss an harten Standards sicherzustellen. Sie können hundert Jahre lang im Orbit warten, Tuf, aber Sie werden keine fünf Millionen Standards erhalten.«

Haviland Tuf hob kapitulierend die Hände. »Also werde ich aufgrund meiner vertrauensseligen Natur einen Verlust hinnehmen müssen. Heißt das, ich werde nicht bezahlt?«

»Zwei Millionen Standards«, sagte die Wächterin. »Wie wir es vereinbart hatten.«

»Ich vermute, ich muss diese grausame und unethische Entscheidung akzeptieren und sie als eine der harten Lektionen des Lebens annehmen. Also gut. So soll es sein.« Er streichelte Dax. »Man sagt, dass jene, die nichts aus der Geschichte lernen, dazu verdammt sind, sie zu wiederholen. Ich kann mir für diesen unglücklichen Verlauf der Dinge nur selbst die Schuld geben. Nun, erst vor wenigen Monaten hatte ich zufällig das Glück, ein historisches Drama über genau eine solche Situation zu sehen. Es handelte von einem Saatgutschiff, so wie mein eigenes, das einen kleinen Planeten von einer fürchterlichen Pest befreite, worauf die undankbare Regierung die Bezahlung verweigerte. Wäre ich schlauer gewesen, hätte ich meinen Lohn im Voraus verlangt.« Er seufzte. »Aber ich war nicht schlau, und nun muss ich leiden.« Tuf streichelte Dax wieder und hielt inne. »Vielleicht wäre Ihr Rat der Wächter daran interessiert, sich diesen speziellen Film anzusehen, nur zur Entspannung. Er ist holografisch, äußerst dramatisch und mit guten Schauspielern besetzt, und darüber hinaus gibt er einen faszinierenden Einblick in die Arbeit und die Möglichkeiten eines Schiffs wie diesem hier. Äußerst lehrreich. Der Titel lautet: *Das Saatgutschiff von Hamelin.*«

Natürlich bezahlten sie.

DIE ZWEITE SPEISUNG

Normalerweise machte man so etwas nicht absichtlich und schon gar nicht als Hobby, aber Haviland Tuf hatte es doch getan: Er sammelte Raumschiffe.

Vielleicht sollte man genauer sagen: Er sammelte Raumschiffe *an*. Genügend Platz hatte er auf jeden Fall dafür. Als Tuf das erste Mal seinen Fuß in die *Arche* setzte, fand er dort fünf schicke, schwarze Deltaflügel-Shuttles vor, die ausgeschlachtete Hülle eines dickbäuchigen rhiannesischen Handelsschiffs und drei außerirdische Raumschiffe: ein schwer bewaffnetes Hruun-Kampfschiff und zwei noch fremdartigere Schiffe, deren Vergangenheit und Erbauer ein Rätsel blieben. Zu dieser bunten Mischung gesellte sich Tufs eigenes beschädigtes Handelsschiff, die *Füllhorn der Exzellenten Güter und Niedrigen Preise*.

Das war jedoch nur der Anfang. Im Verlauf seiner Reisen stieß Tuf auf weitere Schiffe, die sich auf seinem Landedeck ansammelten wie Staubflocken unter einer Computerkonsole oder Akten auf einem Beamtenschreibtisch.

Auf Freehaven wurde der Einmann-Kurierflieger eines Unterhändlers, als er die Blockade durchbrach, durch feindliches Feuer so stark getroffen, dass Tuf so frei war, für die Rückreise sein Shuttle *Mantikor* zur Verfügung zu stellen – natürlich erst, nachdem der Vertrag ausgehandelt worden war. Auf diese Weise war er in den Besitz eines Kurierfliegers gelangt.

Die Elefantenpriester auf Gonesh hatten noch nie einen Elefanten gesehen. Tuf klonte ihnen einige Herden. Der Abwechslung halber hatte er noch ein Paar Mastodons, ein Wollhaarmammut und einen grünen trygianischen Trompetenstoßzahnler hinzugefügt. Die Goneshi, die mit dem Rest der Menschheit keinen Handel wünschten, hatten ihn mit der altersschwachen Raumflotte entlohnt, in der ihre Vorfahren gekommen waren, um den Planeten zu besiedeln. Tuf konnte zwei Schiffe an Museen verkaufen und den Rest der Flotte an einen Schrotthändler, aber ein Schiff hatte er aus einer Laune heraus für sich behalten.

Auf Karaleo hatte er den Gebieter des Goldleuchtenden Rudels bei einem Wetttrinken besiegt und als Entschädigung für seine Unannehmlichkeiten ein luxuriöses Löwenschiff gewonnen, obwohl der Verlierer unfreundlicherweise die meisten der prunkvollen Verzierungen aus massivem Gold entfernt hatte, bevor er es übergab.

Die auf ihre handwerklichen Fähigkeiten so außerordentlich stolzen Artifizierer von Mhure waren von den intelligenten Minidrachen, die Tuf ihnen gegen ihre Flügelrattenplage zur Verfügung gestellt hatte, so begeistert gewesen, dass sie ihm eine Silbereisendrachenfähre mit riesigen Fledermausflügeln geschenkt hatten.

Die Ritter von St. Christopher, deren Zufluchtsstätte ihres Charmes beraubt worden war, als sie durch riesige Flugsaurier verwüstet wurde, die sie Drachen nannten (zum Teil des Effektes wegen, zum Teil aus Mangel an Fantasie), waren gleichermaßen erfreut, als Tuf sie mit Georgen versorgte, winzigen haarlosen affenartigen Wesen, die nichts mehr liebten, als sich an Dracheneiern zu laben. Also hatten ihm auch die Ritter ein Schiff geschenkt. Es sah aus wie ein Ei – ein Ei aus Stein und Holz. Im Innern des Eidotters befanden sich tiefe gepolsterte Sitze aus geöltem Drachenleder, Hunderte fantastische Messinghebel und ein farbiges Glasmosaik anstelle des Sichtschirmes. Die hölzernen Wände waren mit riesigen handgewebten Wandbehängen verkleidet, auf denen die großen Heldentaten der Ritter abgebildet waren. Das Schiff war natürlich nicht funktionstüchtig – der Sichtschirm zeigte keine Sicht, die Messinghebel bewirkten nichts, und das Lebenserhaltungssystem konnte kein Leben erhalten. Tuf nahm es trotzdem an.

Und so war es immer weitergegangen, hier ein Schiff und dort ein Schiff, bis sein Landedeck aussah wie ein interstellarer Schrottplatz. Daher stand Tuf eine große Auswahl der unterschiedlichsten Raumschiffe zur Verfügung, als er beschloss, nach S'uthlam zurückzukehren.

Schon vor langer Zeit war er zu der Erkenntnis gelangt, dass es unklug wäre, mit der *Arche* selbst zurückzukehren. Schließlich hatte die Planetare Verteidigungsflottille mit allen Mitteln versucht, das Saatgutschiff zu konfiszieren, als er das s'uthlamesische System verlassen hatte. Die S'uthlamesen waren ein hochentwickeltes und technologisch anspruchsvolles Volk, das seine Kriegsschiffe in den fünf Standardjahren, seit Tuf das letzte Mal unter ihnen geweilt hatte, zweifelsohne wesentlich verbessert hatte. Daher war ein Erkundungsflug dringend geboten. Glücklicherweise hielt Haviland Tuf sich für einen Meister der Verkleidung.

In der kalten, leeren Dunkelheit des interstellaren Raums ein Lichtjahr von S'uthlam entfernt ging er mit der *Arche* auf Unterlichtgeschwindigkeit und fuhr zum Landedeck hinunter, um seine Flotte zu inspizieren. Schließlich entschied er sich für das Löwenschiff. Es war lang und flink, der Sternenantrieb und die Lebenserhaltung waren funktionstüchtig, und Karaleo war weit genug von S'uthlam entfernt, sodass Handelsbeziehungen zwischen beiden Planeten unwahrscheinlich waren. Daher würden eventuelle Schwachstellen seines Schwindels höchstwahrscheinlich unbemerkt bleiben. Bevor er ablegte, verlieh Haviland Tuf seiner milchweißen Haut eine tiefe bronzefarbene Tönung, versteckte seinen langen haarlosen Schädel unter einer Perücke, die ihm zu einem formidablen rotgoldenen Bart und einer wilden Mähne verhalf, klebte sich buschige Augenbrauen an und drapierte um seine massige, dickbäuchige Gestalt alle möglichen grell leuchtenden Pelze (synthetisch) und goldene Ketten (in Wirklichkeit quasigolden), bis er nicht mehr von einem karaleonischen Edelmann zu unterscheiden war. Die meisten seiner Katzen blieben in der Sicherheit der *Arche* zurück, nur Dax, das schwarze telepathische Kätzchen mit den strahlend goldenen Augen, reiste mit ihm, zusammengerollt in einer geräumigen Tasche. Er gab seinem Schiff einen glaubhaften und passenden Namen, belud es mit gefriergetrocknetem Pilzeintopf und zwei Fässchen dickem braunem Malzbier von St. Christopher, programmierte den Computer mit einigen seiner Lieblingsspiele und legte ab.

Als er in der Nähe des Globus von S'uthlam und seiner ausgedehnten Orbitaldocks in den Normalraum zurückkehrte, wurde Tuf im nächsten Augenblick gerufen. Auf dem riesigen Bildschirm des Kontrollraums, der wie ein großes Auge geformt war – eine weitere interessante Vorliebe der Leonesen –, erschienen die Gesichtszüge eines kleinen, mageren Mannes mit müden Augen. »Hier Spinnennest-Kontrolle, Hafen von S'uthlam«, stellte er sich vor. »Wir haben Sie, Fliege. Identifizieren Sie sich bitte.«

Haviland Tuf aktivierte seine Komm-Einheit. »Hier ist die *Wilder Brüller der Savanne*«, sagte er mit gleichmäßiger, neutraler Stimme. »Ich hätte gern eine Landegenehmigung.«

»Was für eine Überraschung«, sagte der Kontrolleur gelangweilt. »Dock vier-siebenunddreißig. Ende.« Sein Gesicht wurde durch einen Grundriss ersetzt, der die Lage des angegebenen Liegeplatzes an der Station zeigte. Dann wurde die Verbindung unterbrochen.

Nach dem Anlegen kam ein Team der Zollbehörde an Bord. Eine Frau inspizierte die leeren Frachträume, absolvierte eine schnelle und oberflächliche Sicherheitsprüfung, um sich zu vergewissern, dass dieses seltsame und ungewöhnliche Gefährt nicht explodieren oder schmelzen oder das Netz auf andere Weise beschädigen würde, und untersuchte das Schiff auf Ungeziefer. Ihre Kollegin unterzog Tuf einer ausführlichen Befragung über seine Herkunft, seinen Zielort, seine Geschäfte auf S'uthlam und andere Einzelheiten seiner Reise und tippte seine frei erfundenen Antworten in einen Handcomputer ein.

Sie waren beinahe fertig, als Dax verschlafen aus Tufs Tasche auftauchte und sie ansah. »Was zum …«, sagte sie erschrocken. Sie erhob sich so plötzlich, dass sie beinahe ihren Computer fallen gelassen hätte.

Das Kätzchen – nun gut, es war inzwischen fast ein Kater, aber immer noch das jüngste von Tufs Haustieren – hatte langes, seidiges Fell so schwarz wie die Tiefen des Alls, leuchtend goldene Augen und ein merkwürdig träges Gemüt. Tuf nahm es heraus, wiegte es auf einem Arm und streichelte es mit der anderen Hand. »Das ist Dax«, sagte er. Die S'uthlamesen hatten die beunruhigende Angewohnheit, alle Tiere für Schädlinge zu halten, und er war bemüht, jeglichen überstürzten Handlungen seitens der Zollbeamtin zuvorzukommen. »Er ist ein Haustier, Madam, und völlig harmlos.«

»Ich weiß, was das ist«, sagte die Frau scharf. »Halten Sie ihn mir vom Leib. Wenn er mir an die Kehle geht, bekommen Sie große Schwierigkeiten, Fliege.«

»In der Tat«, sagte Haviland Tuf. »Ich werde mein Bestes tun, ihn unter Kontrolle zu halten.«

Sie wirkte erleichtert. »Das ist noch eine kleine Katze, nicht wahr? Wie nennt man das? Ein Kätzchen?«

»Ihre Kenntnisse in Zoologie sind überragend«, erwiderte Tuf.

»Ich habe keine Ahnung von Zoologie«, sagte die Zollinspekteurin und lehnte sich bequem zurück. »Aber von Zeit zu Zeit sehe ich mir ein paar Videoshows an.«

»Ohne Zweifel haben Sie eine Vorliebe für populärwissenschaftliche Dokumentationen.«

»Das nicht unbedingt, Fliege«, sagte die Frau. »Ich stehe mehr auf Romanzen und Abenteuerfilme.«

»Ach so«, sagte Haviland Tuf. »Und in einem solchen Drama kam eine Katze vor, nehme ich an.«

Sie nickte, und genau in diesem Moment kam ihre Kollegin aus dem Laderaum. »Alles sauber«, sagte sie. Dann zeigte sie auf Dax, der sich in Tufs Arme geschmiegt hatte, und lächelte. »Ein Katzenschädling«, sagte sie glücklich. »Irgendwie niedlich, nicht wahr?«

»Lass dich nicht täuschen«, warnte die erste Inspekteurin sie. »Sie sind weich und kuschelig, aber sie können dir im Nu die Lunge herausreißen.«

»Er sieht ein bisschen zu klein aus für so was«, sagte ihre Partnerin.

»Ha! Erinnere dich an die aus *Tuf und Mune.*«

»Tuf und Mune«, wiederholte Haviland Tuf ausdruckslos.

Die zweite Inspekteurin setzte sich neben die erste. *»Der Pirat und die Hafenmeisterin«,* sagte sie.

»Er war der skrupellose Herrscher über Leben und Tod, mit einem Schiff so groß wie die Sonne. Sie war die Spinnenkönigin, hin- und hergerissen zwischen Liebe und Loyalität. Gemeinsam veränderten sie die Welt«, sagte die Erste.

»Sie können sich das im Spinnenest ausleihen, wenn Sie so was mögen«, erzählte ihm die Zweite. »Darin kommt eine Katze vor.«

»In der Tat?«, sagte Haviland Tuf blinzelnd. Dax begann zu schnurren.

Sein Landeplatz lag fünf Kilometer draußen im Netz, sodass Haviland Tuf einen pneumatischen Röhrenzug ins Hafenzentrum nahm.

Ständig wurde er angerempelt. Im Zug gab es keine Sitze. Er war gezwungen zu stehen, mit dem spitzen Ellbogen eines Fremden in seinen Rippen, der kalten Plastahlmaske eines Cybertechs wenige Millimeter von seinem Gesicht entfernt und dem spiegelglatten Rückenschild irgendeines Aliens, der gegen seinen Rücken rieb, wann immer der Zug bremste. Als er ausstieg, war es, als hätte der Wagen sich entschieden, das Übermaß an Menschheit zu erbrechen, das er sich einverleibt hatte. Der Bahnsteig war wie ein Ameisenhaufen, Lärm und Durcheinander, mit Vorübereilenden, die sich an ihm vorbeischoben. Eine kleine junge Frau mit messerscharfen Gesichtszügen legte ungebeten ihre Hand auf seine Pelze und lud ihn ein, sie in einen Sexsalon zu begleiten. Kaum hatte Tuf sich befreit, sah er sich einem Nachrichtenreporter gegenüber, ausgestattet mit einer Kamera im dritten Auge und einem einschmeichelnden Lächeln. Er sagte, dass er an einem Beitrag über fremdartige Fliegen arbeitete und ein Interview führen wollte.

Tuf drängte an ihm vorbei in eine Verkaufsbude, erwarb einen Privatsphärenschild und hängte ihn sich an den Gürtel. Dieser bot ihm einen gewissen minimalen Schutz. Wenn die S'uthlamesen ihn sahen, wandten sie sich höflich ab, weil er es so wünschte, und er war in der Lage, sich mehr oder weniger unbelästigt durch die Menschenmenge zu bewegen.

Sein erster Halt war ein Videoplex. Er mietete ein Einzelzimmer mit Couch, bestellte eine Blase des wässrigen s'uthlamesischen Bieres und lieh sich eine Kopie von *Tuf und Mune* aus.

Sein zweiter Halt war das Büro der Hafenmeisterin. »Sir«, sagte er zu dem Mann hinter dem Empfangstresen. »Eine Frage bitte. Arbeitet Tolly Mune immer noch als Hafenmeisterin von S'uthlam?«

Der Sekretär musterte ihn von oben bis unten. »Fliegen«, sagte er seufzend. »Natürlich. Wer denn sonst?«

»Wer denn sonst, in der Tat«, sagte Haviland Tuf. »Es ist dringend erforderlich, dass ich umgehend mit ihr spreche.«

»Ist es das, ja? Für Sie und tausend andere. Name?«

»Ich werde Weemowet genannt, bin ein Reisender von Karaleo, Besitzer der *Wilder Brüller der Savanne*.«

Der Sekretär schnitt eine Grimasse, gab das alles in seine Konsole ein und lehnte sich dann wartend in seinem Schwebesessel zurück. Schließlich schüttelte er den Kopf. »Tut mir leid, Weemowet«, sagte er. »Ma ist beschäftigt, und ihr Computer hat noch nie von Ihnen, Ihrem Schiff oder Ihrem Planeten gehört. Ich kann Ihnen in ungefähr einer Woche einen Termin geben, wenn Sie darauf bestehen.«

»Das ist unbefriedigend. Meine Angelegenheit ist persönlicher Natur, und ich würde es vorziehen, die Hafenmeisterin umgehend zu treffen.«

Der Sekretär hob die Schultern. »Da können Sie sich auf den Kopf stellen, Fliege. Mehr kann ich für Sie nicht tun.«

Haviland Tuf überlegte einen Moment. Dann griff er in die Fransen seiner Mähne und zog daran. Es gab ein reißendes Geräusch, als sie ihm vom Gesicht fiel. »Sehen Sie genau hin!«, sagte er. »Ich bin in Wirklichkeit gar nicht Weemowet. Ich bin der verkleidete Haviland Tuf.« Er legte seine Perücke und den Bart auf die Konsole.

»Haviland Tuf?«, fragte der Sekretär.

»Korrekt.«

Der Mann lachte. »Ich habe die Videoshow gesehen, Fliege. Wenn Sie Tuf sind, bin ich Stephan Cobalt Northstar.«

»Stephan Cobalt Northstar ist seit mehr als einem Jahrtausend tot. Ich bin dennoch Haviland Tuf.«

»Sie sehen überhaupt nicht aus wie er«, sagte der Sekretär.

»Ich bin inkognito, verkleidet als leonesischer Edelmann.«

»Oh, richtig. Hatte ich vergessen.«

»Sie haben ein kurzes Gedächtnis. Werden Sie Hafenmeisterin Mune mitteilen, dass Haviland Tuf nach S'uthlam zurückgekehrt ist und umgehend mit ihr zu sprechen wünscht?«

»Nein«, sagte der Mann ihm ins Gesicht. »Aber ich werde es heute Abend auf der Orgie all meinen Freunden erzählen.«

»Ich habe sechzehn Millionen fünfhunderttausend Standards, die ich ihr übergeben möchte«, sagte Tuf.

»Sechzehn Millionen fünfhunderttausend Standards?«, sagte der Sekretär beeindruckt. »Das ist 'ne Menge Geld.«

»Sie haben einen scharfen Blick für das Offensichtliche«, sagte Tuf ruhig. »Ich habe festgestellt, dass die Arbeit als ökologischer Ingenieur ein durchaus lukrativer Beruf ist.«

»Schön für Sie«, sagte der Mann. Er beugte sich vor. »Nun, Tuf oder Weemowet oder wer auch immer Sie sind, das ist ja alles recht lustig, aber ich habe zu tun. Wenn Sie nicht in der nächsten Sekunde Ihre Haare nehmen und mir aus den Augen gehen, werde ich die Sicherheitskräfte rufen müssen.« Er war gerade dabei, dieses Thema weiter zu erörtern, als seine Konsole summte. »Ja«, sagte er stirnrunzelnd in sein Headset. »Äh, ja. Sicher, Ma. Nun, groß, sehr groß, zweieinhalb Meter groß, mit einem Bauch, der fast schon obszön ist. Hmm. Nein, eine Menge Haare. Hatte er zumindest, bevor er sie abnahm und auf meine Konsole warf.

Nein, er sagte, er sei verkleidet. Ja. Sagt, er hätte Millionen Standards für Sie.«

»Sechzehn Millionen fünfhunderttausend«, präzisierte Tuf.

Der Sekretär schluckte. »Natürlich. Sofort, Ma.« Er beendete die Verbindung und blickte Tuf erstaunt an. »Sie möchte Sie sehen.« Er zeigte ihm die Richtung. »Durch die Tür. Vorsicht, ihr Büro hat Null-G.«

»Ich bin mir der Abneigung der Hafenmeisterin gegen Schwerkraft durchaus bewusst«, sagte Haviland Tuf. Er sammelte seine Mähne auf, klemmte sie sich unter den Arm und ging steif und würdevoll auf die bezeichnete Tür zu, die vor ihm zur Seite glitt.

Sie wartete im inneren Büro, schwebend im Zentrum des Durcheinanders, die Beine überkreuzt. Das lange, silbergraue Haar bewegte sich träge über ihrem hageren, offenen, warmherzigen Gesicht wie ein Ring aus Rauch. »Also sind Sie zurückgekommen«, sagte sie, als Tuf in ihr Gesichtsfeld schwamm.

Haviland Tuf fühlte sich unwohl bei Null-G. Er zog sich in den Besucherstuhl, der sicher an dem festgeschraubt war, was der Fußboden sein sollte, und schnallte sich darauf an. Die Hände faltete er sorgfältig über der großen Wölbung seines Bauches. Seine Mähne driftete verloren in der Luftströmung. »Ihr Sekretär weigerte sich, meine Botschaft weiterzuleiten«, sagte er. »Wieso sind Sie zu der Vermutung gelangt, dass ich es sein könnte?«

Sie grinste. »Wer sonst würde ein Raumschiff *Wilder Brüller der Savanne* nennen?«, fragte sie zurück. »Außerdem ist es fast auf den Tag genau fünf Jahre her. Ich hatte es im Gefühl, dass Sie einer von der ganz pünktlichen Sorte sind, Tuf.«

»Ich verstehe«, sagte Haviland Tuf. Umständlich und würdevoll griff er in seine Synthafelle, zerriss den versiegelten Saum der Innentasche und brachte ein Vinyletui zum Vorschein, das mit kristallenen Datenchips in winzigen Täschchen bestückt war. »Hiermit, Madam, überreiche ich Ihnen mit Freuden die Summe von sechzehn Millionen fünfhunderttausend Standards als Bezahlung der ersten Hälfte meiner Schulden an den Hafen von S'uthlam für die Wiederherstellung und Neuausstattung der *Arche*. Sie finden die Gelder sicher angelegt in geeigneten Finanzdepots auf Osiris, ShanDellor, Alt-Poseidon, Ptola, Lyss und Neu-Budapest. Diese Chips werden Ihnen den Zugang verschaffen.«

»Danke.« Sie nahm das Etui, klappte es auf, schaute kurz darauf und ließ es los. Es schwebte zur Perücke hinauf. »Irgendwie habe ich gewusst, dass Sie die Standards aufbringen würden, Tuf«.

»Ihr Vertrauen in meinen Geschäftssinn ist beruhigend«, sagte Haviland Tuf. »Kommen wir nun zu dieser Videoshow.«

»*Tuf und Mune?* Sie haben es also gesehen?«

»In der Tat«, sagte Tuf.

»Gottverdammt«, sagte Tolly Mune und grinste schief. »Und, was denken Sie darüber, Tuf?«

»Ich muss zugeben, dass es aus naheliegenden Gründen eine gewisse perverse Faszination in mir erweckt hat. Die Idee eines solchen Dramas hat eine unbestreitbare Anziehungskraft auf meine Eitelkeit, aber die Ausführung lässt einiges zu wünschen übrig.«

Tolly Mune lachte. »Was stört Sie am meisten?«

Tuf hob einen einzelnen langen Finger. »Mit einem Wort, die Ungenauigkeit.«

Sie nickte. »Nun, der Videoshow-Tuf ist halb so massig wie Sie, würde ich sagen, sein Gesicht ist wesentlich beweglicher, seine Sprache ist nur halb so gestelzt, und er hat die Muskulatur eines Spinnchens und die Koordination eines Akrobaten, aber man hat ihm der Authentizität wegen den Kopf rasiert.«

»Er hatte einen Schnauzbart«, sagte Haviland Tuf. »Ich nicht.«

»Man fand, es würde verwegen aussehen. Aber denken Sie nur daran, was man mit mir angestellt hat. Es stört mich nicht, dass ich fünfzig Jahre jünger gemacht wurde, und es stört mich nicht, dass mein Gesicht verändert wurde, bis ich aussah wie eine vandeenische Traumprinzessin, aber diese gottverdammten *Brüste!*«

»Zweifelsohne sollte betont werden, dass Sie von Säugetieren abstammen«, sagte Tuf. »All dies könnte man als geringfügige Abweichungen im Bestreben um eine ästhetischere Unterhaltung abtun, aber ich betrachte die leichtfertigen Freiheiten bezüglich meiner Auffassungen und Anschauungen als wesentlich ernsthaftere Angelegenheit. Im Besonderen habe ich etwas gegen meine Schlussrede einzuwenden, in der ich die Meinung äußere, dass der Genius der sich entwickelnden Menschheit alle Probleme lösen kann und wird und dass die ökologischen Entwicklungen den S'uthlamesen die Freiheit gegeben haben, sich ohne Ängste oder Begrenzungen zu vermehren und sich somit zu Größe und ultimativer Göttlichkeit zu entwickeln. Dies steht in völligem Gegensatz zu den tatsächlichen Anschauungen, die ich Ihnen gegenüber damals zum Ausdruck gebracht hatte, Hafenmeisterin Mune. Wenn Sie sich an unsere Gespräche erinnern wollen, so habe ich Ihnen eindringlich gesagt, dass jede Lösung Ihres Nahrungsmittelproblems, ob nun technischer oder ökologischer Art, notwendigerweise nur eine Übergangslösung sein wird, wenn Ihr Volk sich weiterhin ungehindert vermehrt.«

»Sie waren der Held«, sagte Tolly Mune. »Da konnten Sie doch nicht wie ein Lebensgegner klingen, nicht wahr?«

»Es gibt noch weitere Fehler in der Geschichte. Diejenigen, die das Pech hatten, diesen Film zu sehen, haben eine weitestgehend verzerrte Sicht auf die Ereignisse vor fünf Jahren erhalten. Sodom ist eine harmlose, wenn auch beherzte Katze, deren Vorfahren seit den ersten Ursprüngen der Menschheit domestiziert wurden, und in meiner Erinnerung boten sie und ich unsere friedliche Kapitulation an, als Sie sie in betrügerischer Weise unter einem legalen, wenn auch zweifelhaften Vorwand in Ihren Besitz brachten, um mich dazu zu zwingen, Ihnen die *Arche* zu übergeben. Niemals hat sie auch nur einen einzigen Sicherheitsmann mit ihren Krallen zerrissen, geschweige denn sechs von ihnen.«

»Sie hat mir einmal den Handrücken zerkratzt«, sagte Tolly Mune. »Noch was?«

»Ich empfinde keinerlei Zustimmung für die Politik und die Führung von Josen Rael und dem Hohen Rat von S'uthlam«, sagte Tuf. »Es ist wahr, dass die Ratsmitglieder und im Besonderen der Erste Ratsherr Rael sich in einer unethischen und skrupellosen Weise verhalten haben. Nichtsdestotrotz muss zu seinen Gunsten gesagt werden, dass Josen Rael mich niemals foltern oder eine meiner Katzen töten ließ, um meinen Willen zu brechen.«

»Er hat auch nicht so viel geschwitzt«, sagte Tolly Mune, »und er hat *niemals* gesabbert. Er war in Wirklichkeit ein anständiger Mensch.« Sie seufzte. »Armer Josen.«

»Schließlich kommen wir zur Crux der ganzen Sache. Eine Crux in der Tat – ein seltsames Wort, wenn es einem über die Zunge rollt, aber in diesem Fall durchaus angebracht. Die Crux, Hafenmeisterin Mune, war und ist die Natur unserer Wette. Als ich Ihnen die neu erworbene *Arche* zum Umbau brachte, entschied Ihr Hoher Rat, dass er sie haben wollte. Ich weigerte mich, sie zu verkaufen, und da Sie keinen legalen Grund fanden, sich das Schiff anzueignen, haben Sie Sodom als Schädling beschlagnahmt und damit gedroht, sie zu töten, falls ich den Vertrag nicht unterzeichne. Ist dies so weit korrekt?«

»Scheint so«, sagte Tolly Mune freundlich.

»Wir lösten das Problem mit einer Wette. Ich wollte versuchen, S'uthlams Nahrungsmittelkrise mittels ökologischer Technologien zu bewältigen und somit die Hungersnot zu vermeiden, die Sie bedrohte. Im Fall meines Versagens sollte die *Arche* Ihnen gehören. Im Erfolgsfall sollten Sie mir Sodom zurückgeben und darüber hinaus die Umbauten und Reparaturen vornehmen, die ich wünschte, und mir zehn Standardjahre Zeit lassen, die Rechnung zu begleichen.«

»Richtig«, sagte sie.

»Wenn ich mich recht erinnere, war eine fleischliche Erfahrung Ihres Körpers meinerseits nicht enthalten, Hafenmeisterin Mune. Ich wäre der Letzte, der Ihren Mut herabwürdigen würde, den Sie in dieser Notlage zeigten, als der Hohe Rat die Röhren schließen und alle Docks sichern ließ. Sie haben Ihr Leben und Ihre Karriere riskiert, sind durch ein Plastahlfenster gesprungen, kilometerweit durchs Vakuum geflogen, mit nichts bekleidet außer Hautanzügen und angetrieben durch Luftstrahldüsen, die ganze Zeit von Sicherheitstrupps verfolgt, und sind am Ende knapp der Vernichtung durch die eigene Planetare Verteidigungsflottille entkommen, die gerade gegen mich im Anmarsch war. Selbst jemand, der so einfach und direkt ist wie ich, muss zugeben, dass diese Taten eine gewisse heldenhafte, ja sogar romantische Qualität haben, die in den alten Zeiten der Stoff für Legenden hätte sein können. Der Grund dieser melodramatischen, wenn auch waghalsigen Reise war es jedoch, Sodom in meine Obhut zurückzubringen, wie es Bestandteil unseres Vertrages war, und nicht, Ihren Körper meinen …«, er blinzelte, »… Lüsten zuzuführen. Weiterhin haben Sie damals sehr deutlich zum Ausdruck gebracht, dass Ihre Aktionen von einem gewissen Ehrgefühl und der Furcht vor dem korrumpierenden Einfluss der

Arche motiviert waren, den diese auf Ihre Anführer würde haben können. Wenn ich mich recht erinnere, haben weder körperliche Begierde noch romantische Liebe irgendeine Rolle in unseren Berechnungen gespielt.«

Hafenmeisterin Tolly Mune grinste. »Schauen Sie uns an, Tuf. Ein verdammt ungleiches Paar Liebender im Weltraum. Aber Sie müssen doch zugeben, dass die Story dadurch gewinnt.«

Tufs langes Gesicht war unbeweglich und ausdruckslos. »Sie wollen diese überwiegend ungenaue Videoshow doch nicht verteidigen«, sagte er ruhig.

Die Hafenmeisterin lachte wieder. »Sie verteidigen? Zur Hölle damit, ich habe sie *geschrieben!*«

Haviland Tuf blinzelte sechsmal.

Bevor er eine Antwort formulieren konnte, glitt die äußere Tür auf, und die Paparazzi kamen hereingeschwärmt, gut zwei Dutzend, brüllend und schreiend und aufdringliche Fragen rufend. In der Mitte einer jeden Stirn surrte und blinkte ein drittes Auge.

»Hierher, Tuffer. Lächeln!«

»Haben Sie irgendwelche Katzen dabei?«

»Werden Sie einen Ehevertrag aufsetzen, Hafenmeisterin?«

»Wo ist die *Arche?*«

»Umarmen Sie sich doch mal, na los!«

»Wann sind Sie so braun geworden, Händler?«

»Wo ist der Schnurrbart?«

»Was halten Sie von *Tuf und Mune*, Bürger Tuf?«

»Wie geht es Sodom jetzt?«

Bewegungsunfähig auf seinem Stuhl festgeschnallt, blickte Haviland Tuf mit mehreren schnellen, präzisen Kopfbewegungen auf und nieder und ringsumher. Er blinzelte und schwieg. Die Flut von Fragen hörte nicht auf, bis Hafenmeisterin Tolly Mune mühelos durch die Menge geschwommen kam, mit jeder Hand ein paar Journalisten beiseitestieß und sich neben Tuf niederließ. Sie schob ihren Arm unter seinen und küsste ihn leicht auf die Wange. »Zur verflixten Hölle«, sagte sie, »haltet eure gottverdammten Mäuler, er ist doch gerade erst angekommen!« Sie hob eine Hand. »Keine Fragen, tut mir leid! Wir berufen uns auf unser Recht auf Privatsphäre. Es ist schließlich fünf Jahre her. Gebt uns etwas Zeit, uns wieder aneinander zu gewöhnen.«

»Fliegen Sie jetzt zusammen zur *Arche?*«, fragte eine etwas aggressivere Reporterin. Sie schwebte einen halben Meter vor Tufs Gesicht, ihr drittes Auge surrte.

»Natürlich«, sagte Tolly Mune. »Wohin denn sonst?«

Erst nachdem die *Wilder Brüller der Savanne* auf dem Rückweg zur *Arche* und weit genug weg vom Netz war, ließ sich Haviland Tuf dazu herab, zur Kabine zurückzugehen, die er Tolly Mune zugewiesen hatte. Er war frisch geduscht, gewaschen und gebürstet, alle Spuren seiner Tarnung waren beseitigt. Sein langes, haarloses Gesicht war so weiß und unergründlich wie ein leeres Blatt Papier. Er trug einen einfachen grauen Overall, der seinen formidablen Bauch kaum verbergen konnte, und eine grüne Schirmmütze mit dem goldenen Theta der Ökologischen Ingenieure auf dem kahlen Schädel. Dax ritt auf seiner breiten Schulter.

Tolly Mune hatte sich zurückgelehnt und sog an einer Blase St. Christophers Malzbier, aber sie grinste, als er eintrat. »Das ist verdammt gutes Zeug«, sagte sie. »Na, wer ist das denn? Das ist doch nicht Sodom.«

»Sodom ist in Sicherheit an Bord der *Arche*, zusammen mit ihrem Gefährten und ihren Jungen, obwohl man sie in Wahrheit kaum mehr Junge nennen kann. Die Katzenpopulation meines Schiffs ist seit meinem letzten Besuch auf S'uthlam ein wenig angewachsen, wenn auch nicht so extrem wie die menschliche Bevölkerung von S'uthlam.« Er ließ sich steif auf einem Sitz nieder. »Dies ist Dax. Obwohl natürlich jede Katze etwas Besonderes ist, muss man Dax als außergewöhnlich bezeichnen. Alle Katzen besitzen gewisse Psi-Kräfte, das ist allgemein bekannt. Aufgrund gewisser ungewöhnlicher Umstände, die ich auf einem Planeten namens Namor entdeckte, initiierte ich ein Programm, diese angeborenen felinen Fähigkeiten zu verbessern und zu erweitern. Dax ist das Resultat, Madam. Wir haben ein besonderes Verhältnis zueinander, und Dax ist mit Psi-Kräften gesegnet, die alles andere als nur rudimentär sind.«

»Kurz gesagt«, fasste Tolly Mune zusammen, »Sie haben sich selbst eine Katze geklont, die Gedanken lesen kann.«

»Ihr Scharfsinn ist wie immer äußerst fein, Hafenmeisterin«, entgegnete Tuf und faltete die Hände. »Wir haben vieles zu besprechen. Wären Sie vielleicht so freundlich, mir zu erklären, warum Sie mich gebeten haben, die *Arche* nach S'uthlam zurückzubringen, warum Sie darauf bestanden haben, mich zu begleiten, und schließlich, warum Sie mich in diese seltsame, wenngleich schillernde Betrügerei verwickelt haben und sogar so weit gegangen sind, meine Person völlig frei zu verändern?«

Tolly Mune seufzte. »Tuf, erinnern Sie sich daran, wie die Dinge standen, als wir uns vor fünf Jahren trennten?«

»Mein Gedächtnis ist unbeeinträchtigt«, sagte Haviland Tuf.

»Gut. Dann werden Sie sich vielleicht auch daran erinnern, dass Sie mich in eine verflixte Bredouille gebracht haben.«

»Ihre zu erwartende unverzügliche Absetzung als Hafenmeisterin, eine Anklage wegen Hochverrats und die Verbannung auf eine Straffarm in der Speisekammer«, sagte Tuf. »Trotzdem haben Sie meine Bemühungen abgelehnt, Sie kostenlos in ein anderes System Ihrer Wahl zu transportieren. Stattdessen zogen Sie es vor zurückzukehren, um sich Ihrer Verhaftung und Entehrung zu stellen.«

»Was zur Hölle ich auch sein mag, ich bin in erster Linie S'uthlamesin«, sagte sie. »Das sind meine Leute, Tuf. Manchmal ganz schön große verflixte Idioten, aber immer noch meine gottverdammten Leute.«

»Ihre Loyalität ist zweifelsohne bemerkenswert. Da Sie immer noch Hafenmeisterin sind, muss ich annehmen, dass sich die Umstände geändert haben.«

»Ich habe sie geändert«, sagte Tolly Mune.

»In der Tat?«

»Ich musste es tun, wenn ich nicht den Rest meines Lebens damit zubringen wollte, mit einem Unkrautrad durch das Neogras zu fahren, während mich die Schwerkraft zerreißt.« Sie zog eine Grimasse. »Sobald ich zurück im Hafen war, griffen mich die Sicherheitsleute auf. Ich hatte mich dem Hohen Rat widersetzt, Gesetze gebrochen, öffentliches Eigentum zerstört und Ihnen bei der Flucht mit einem Schiff geholfen, das man eigentlich beschlagnahmen wollte. Ganz schön dramatisch, finden Sie nicht auch?«

»Meine Meinung ist in diesem Fall nicht von Belang.«

»In der Tat so dramatisch, dass es entweder ein Verbrechen von enormem Ausmaß oder ein Akt von enormem Heldentum sein musste. Josen war deswegen sehr betrübt. Wir waren einen langen Weg zusammen gegangen, er und ich, und er war wirklich kein schlechter Mensch, das sagte ich Ihnen bereits. Aber er war der Erste Ratsherr, und er wusste, was er zu tun hatte. Er musste mich wegen Hochverrats anklagen. Und ich bin auch keine verdammte Närrin, Tuf. Auch ich wusste, was ich zu tun hatte.« Sie beugte sich vor. »Ich war nicht besonders begeistert von meinen Karten, aber ich musste sie ausspielen oder aufgeben. Um meinen knochigen Arsch zu retten, musste ich Josen vernichten – ihn und die meisten anderen des Hohen Rates. Ich musste mich selbst zur Heldin machen und ihn zum Verbrecher, und zwar mit Worten, die jedem gottverdammten Idioten in der Unterstadt begreiflich waren.«

»Ich verstehe«, sagte Tuf. Dax schnurrte; die Hafenmeisterin war völlig ehrlich zu ihm. »Deshalb das überzogene Melodrama, das man *Tuf und Mune* genannt hat.«

»Ich brauchte Kals für die Prozesskosten«, sagte sie. »Das ist leider wahr, verdammt, aber ich habe es auch als Vorwand benutzt, um meine Version der Ereignisse an eines der großen Videonetze zu verkaufen. Sagen wir, ich habe die Story ein bisschen gewürzt. Sie waren so begeistert, dass sie sich entschieden, auf die Nachrichten exklusiv eine dramatisierte Version folgen zu lassen. Ich war überglücklich, das Drehbuch zu liefern. Ich hatte natürlich einen Koautor, aber ich sagte ihm, was er zu schreiben hatte. Josen hat nie verstanden, was geschah. Er war nie der kluge Politiker, für den er sich immer gehalten hat, und er war nie mit dem Herzen dabei. Außerdem hatte ich Hilfe.«

»Von wem?«, fragte Tuf nach.

»Zumeist von einem jungen Mann namens Cregor Blaxon.«

»Dieser Name ist mir unbekannt.«

»Er war im Hohen Rat, als Ratsherr für Landwirtschaft. Ein ziemlich wichtiger Posten, und Blaxon war der Jüngste, der ihn je bekleidet hat. Außerdem der Jüngste im Rat. Denken Sie nicht auch, dass ihn das zufriedenstellen sollte?«

»Bitte maßen Sie sich nicht an, mir zu sagen, was ich denke, es sei denn, Sie haben während meiner Abwesenheit Psi-Fähigkeiten entwickelt. Ich würde so etwas nicht denken, Madam. Ich habe festgestellt, dass es fast immer ein Fehler ist zu vermuten, dass irgendein menschliches Wesen jemals zufrieden sein könnte.«

»Cregor Blaxon ist und war ein sehr ambitionierter Mann«, sagte Tolly Mune. »Er war Mitglied von Josens Regierung. Beide waren sie Technokraten, aber Blaxon war Anwärter auf den Stuhl des Ersten Ratsherrn, und dort war Josen Rael mit seinem Hintern festgewachsen.«

»Ich verstehe seine Motivation.«

»Blaxon wurde zu meinem Verbündeten. Er war sehr von dem beeindruckt, was Sie uns zur Verfügung gestellt hatten. Das Omni-Korn, die Fische und das Plankton, der Schleimschimmel, all diese verdammten Pilze. Und er sah, was passierte. Er benutzte jedes bisschen seiner Macht, um die Biotests zu verkürzen und Ihr Zeug auf die Felder zu bringen. Verlieh allem höchste Priorität. Legte sich mit jedem verflixten Idioten an, der versuchte, das Ganze zu behindern. Josen Rael war zu beschäftigt, um etwas zu merken.«

»Der intelligente und effiziente Politiker ist eine Spezies, die in der Galaxis praktisch unbekannt ist«, sagte Haviland Tuf. »Vielleicht sollte ich einen Abstrich von Cregor Blaxon für die Zellbibliothek der *Arche* nehmen.«

»Nur zu.«

»Das Ende der Geschichte ist offensichtlich. Ungeachtet einer gewissen Eitelkeit wage ich zu behaupten, dass meine kleinen Anstrengungen auf dem Gebiet der ökologischen Technologie zum Erfolg führten und dass Cregor Blaxons energische Verwirklichung meiner Lösungsvorschläge sich auf sein Ansehen auswirkte.«

»Er nannte es Tufs Blütezeit«, sagte Tolly Mune mit einem zynischen Zug um den Mund. »Die Nachrichten griffen diese Bezeichnung auf. Tufs Blütezeit, ein neues goldenes Zeitalter für S'uthlam. Bald wuchsen essbare Pilze an den Wänden unseres Abwassersystems. In jeder Unterstadt gründeten wir riesige Pilzfarmen. Teppiche aus Neptunsschal krochen über die Oberfläche unserer Meere, und darunter vermehrten sich Ihre Fische in erstaunlichem Tempo. Wir pflanzten Ihr Omni-Korn anstelle unseres Neograses und Nanoweizens, und die erste Ernte verhalf uns fast zur dreifachen Menge an Kalorien. Sie haben einen Novaklasse-Job für uns erledigt, Tuf.«

»Das Kompliment wird mit gebührender Dankbarkeit zur Kenntnis genommen«, sagte Tuf.

»Zum Glück für mich war die Blütezeit bereits voll im Gange, als *Tuf und Mune* ins Netz kam, lange bevor mein Prozess begann. Creg pries täglich in den Nachrichten Ihre Brillanz und erzählte Milliarden von Menschen, dass unsere Nahrungsmittelkrise vorbei war, erledigt, zu Ende.« Die Hafenmeisterin zuckte mit den Achseln. »So machte er Sie aus seinen eigenen Gründen zum Helden. Es konnte ihm nur nützlich sein, wenn er Josen ersetzen wollte. Und es half, aus mir eine Heldin zu machen. Es lief alles zusammen in einem großen festen verflixten Knoten – dem besten verdammten Ding, das Sie je zu Gesicht bekommen werden. Ich erspare Ihnen die Einzelheiten. Am Ende wurde Tolly Mune freigesprochen und triumphierend wieder auf ihrem Posten eingesetzt. Josen Rael fiel in Ungnade, wurde von allen Gutachtern öffentlich bloßgestellt und zum Rücktritt gezwungen. Der halbe Hohe Rat folgte ihm. Cregor Blaxon wurde der neue Führer der Technokraten und gewann die folgenden Wahlen. Creg ist jetzt Erster Ratsherr. Josen, die arme Seele, starb vor zwei Jahren. Und Sie und ich sind zur Legende geworden, Tuf, das berühmteste Liebespaar seit, oh, verdammt, seit all diesen berühmten romantischen Paaren aus uralten Zeiten – Sie wissen schon, Romeo und Julia, Samson und Delilah, Sodom und Gomorrha, Marx und Lenin.«

Auf Tufs Schulter ließ Dax ein tiefes, ängstliches Grollen hören. Winzige Krallen gruben sich durch Tufs Anzug in seine Haut.

Haviland Tuf blinzelte, griff dann nach oben und streichelte das Kätzchen beruhigend. »Hafenmeisterin Mune, Ihr Lächeln ist breit, und Ihre Neuigkeiten scheinen nichts weiter zu beinhalten als das abgedroschene, aber nichtsdestotrotz ewig populäre Happy End, aber Dax hat alarmiert gegrollt, als ob Sie unter dieser gelassenen Oberfläche ziemlich verärgert wären. Vielleicht verschweigen Sie einen furchtbaren Teil der Geschichte.«

»Nur die Fußnote, Tuf«, sagte die Hafenmeisterin.

»In der Tat? Und die wäre?«

»Siebenundzwanzig Jahre, Tuf. Klingelt's da bei Ihnen?«

»In der Tat. Bevor ich mein ökologisches Entwicklungsprogramm in Angriff nahm, besagten Ihre Prognosen, dass S'uthlam siebenundzwanzig Standardjahre von einer Hungersnot entfernt ist, wenn man das alarmierende Bevölkerungswachstum und die abnehmenden Nahrungsmittelressourcen berücksichtigt.«

»Das war vor fünf Jahren«, sagte Tolly Mune.

»In der Tat.«

»Siebenundzwanzig minus fünf.«

»Zweiundzwanzig«, sagte Tuf. »Eine einfache arithmetische Aufgabe.«

»Zweiundzwanzig Jahre, die noch bleiben«, sagte Hafenmeisterin Tolly Mune. »Aber das war vor der *Arche*, bevor der geniale Ökologe Tuf und das verwegene Spinnchen Mune alles in Ordnung gebracht haben, vor dem Brot-und-Fische-Wunder, bevor der couragierte junge Cregor Blaxon Tufs Blütezeit eingeführt hat.«

Haviland Tuf drehte den Kopf, um die Katze auf seiner Schulter anzusehen. »Ich stelle einen gewissen Sarkasmus in ihrer Stimme fest«, sagte er zu Dax.

Tolly Mune seufzte, griff in ihre Tasche und holte ein Etui mit kristallinen Datenchips hervor. »Hier, mein Schatz«, sagte sie und warf es durch die Luft.

Tuf fing das sich drehende Etui mit seiner großen, weißen Hand auf und schwieg.

»Alles, was Sie brauchen, ist da drin. Direkt aus den Datenbanken des Rates. Die vertraulichen Daten natürlich. Die ganzen Berichte, die ganzen Prognosen, all die Analysen, und es ist streng geheim. Verstehen Sie? Deshalb war ich so verdammt geheimnisvoll, und deswegen fliegen wir zurück zur *Arche*. Creg und der Hohe Rat machen aus unserer Romanze ein Ablenkungsmanöver. Lass die Milliarden Nachrichtenzuschauer nur denken, dass wir uns die Seele aus dem Leib vögeln. Solange ihre Köpfe voll sind mit Visionen vom Piraten und der Hafenmeisterin, die neue sexuelle Grenzen überschreiten, machen sie sich keine Gedanken darüber, was wir wirklich tun, und alles kann im Geheimen vonstattengehen. Wir brauchen Brot und Fische, Tuf, aber dieses Mal auf einem abgedeckten Teller, verstehen Sie? Dies sind meine Instruktionen.«

»Wie lauten die jüngsten Prognosen?«, fragte Haviland Tuf mit gleichmäßiger und ausdrucksloser Stimme.

Dax erhob sich und fauchte alarmiert und ängstlich.

Tolly Mune nippte an ihrem Bier und ließ sich tief in ihren Sessel zurückfallen. Sie schloss die Augen. »Achtzehn Jahre.« Sie sah aus wie die hundertjährige Frau, die sie war, nicht mehr wie sechzig, und ihre Stimme war unendlich traurig. »Achtzehn Jahre«, wiederholte sie, »und es werden immer weniger.«

Tolly Mune war alles andere als naiv. Da sie ihr ganzes Leben auf S'uthlam verbracht hatte, mit den riesigen Städten von kontinentaler Ausdehnung, den wimmelnden Milliarden, den Türmen, die zehn Ka-Emm hoch in den Himmel ragten, den langen Straßen weit unter der Oberfläche und dem großen Orbitalfahrstuhl, war sie keine Frau, die man mit purer Größe beeindrucken konnte. Aber diese *Arche* hatte was, dachte sie sich.

Sie spürte es vom Moment ihrer Ankunft an, als die große Kuppel des Landedecks sich unter ihnen öffnete und Tuf die *Wilder Brüller der Savanne* in die Dunkelheit hinabsenkte und zwischen den Shuttles und alten Raumschiffen auf einem kreisförmigen Landeplatz parkte, der als Willkommensgruß blassblau leuchtete. Die Kuppel schloss sich über ihnen, und Atmosphäre wurde hineingepumpt; einen so großen Raum so schnell zu füllen hieß, sie mit Sturmstärke einschießen zu lassen, sodass alles um sie herum heulte und stöhnte. Schließlich öffnete Tuf die Schleusen und führte Tolly Mune eine verzierte Treppe hinunter, die wie eine vergoldete Zunge aus dem Maul des Löwenschiffs herausglitt. Unten wartete ein kleiner dreirädriger Wagen. Tuf fuhr am Durcheinander aus toten und verlassenen Schiffen vorbei, von denen einige so fremdartig waren, wie sie Tolly Mune noch nie gesehen hatte. Er fuhr schweigend, schaute weder nach rechts noch nach links, und Dax lag wie ein schlaffer, knochenloser schnurrender Fellball auf seinen Knien ausgestreckt.

Tuf gab ihr ein komplettes Deck ganz für sich allein. Hunderte von Schlafkojen, Computerstationen, Labors, Zugangswegen, Sanitärstationen, Erholungshallen, Küchen, und keine Bewohner außer ihr. Auf S'uthlam hätte eine Stadt von dieser Größe eintausend Menschen beherbergt, in Wohnungen, die kleiner waren als die Vorratsschränke der *Arche*. Tuf schaltete das Schwerkraftnetz auf dieser Ebene aus, da er wusste, dass sie Null-G bevorzugte.

»Wenn Sie mich benötigen, finden Sie meine eigenen Quartiere auf dem Oberdeck, in voller Schwerkraft«, erklärte er ihr. »Ich beabsichtige, meine gesamte Energie auf die Probleme von S'uthlam zu richten. Ich werde Ihren Rat oder Ihre Hilfe nicht benötigen. Es liegt nicht in meiner Absicht, Sie zu beleidigen, Hafenmeisterin, aber ich habe die bittere Erfahrung gemacht, dass derartige Beziehungen mehr Ärger verursachen, als sie es wert sind, und nur dazu geeignet sind, mich abzulenken. Wenn es eine Antwort auf Ihre äußerst beunruhigende und verzwickte Lage gibt, werde ich sie am schnellsten finden, wenn man mich allein und ungestört arbeiten lässt. Ich werde eine langsame Fahrt nach S'uthlam und zum Netz programmieren. Ich habe die Hoffnung, dass ich Ihre Probleme gelöst habe, wenn wir dort ankommen.«

»Wenn Sie es nicht schaffen«, erinnerte sie ihn scharf, »bekommen wir das Schiff. So lauteten die Bedingungen.«

»Dessen bin ich mir bewusst«, sagte Haviland Tuf. »Für den Fall, dass Ihnen langweilig wird, bietet die *Arche* ein umfangreiches Spektrum an Zerstreuung, Unterhaltung und Beschäftigung. Fühlen Sie sich außerdem so frei, sich an den Nahrungsautomaten zu bedienen. Diese entsprechen zwar nicht den Mahlzeiten, die ich mir selbst zubereite, aber wenn man es mit der typischen s'uthlamesischen Verpflegung vergleicht, wird es sich ohne Zweifel als annehmbar erweisen. Ganz gleich, wie viele Mahlzeiten Sie am Tag zu sich nehmen, wäre ich erfreut, wenn Sie mir beim Abendessen um achtzehn Uhr Bordzeit Gesellschaft leisten würden. Bitte seien Sie pünktlich.« Und mit diesen Worten ließ er sie allein.

Das Computersystem, von dem das große Schiff betrieben wurde, folgte Hell- und Dunkelzyklen, um den Wechsel von Tag und Nacht zu simulieren. Tolly Mune verbrachte ihre Nächte vor einem Holomonitor und sah sich Dramen an, die mehrere Jahrtausende alt waren und von Welten stammten, die schon fast Legenden waren. Tagsüber unternahm sie Erkundungstouren – zuerst auf dem Deck, das Tuf ihr überlassen hatte, und dann im Rest des Schiffs. Je mehr sie sah und lernte, desto ehrfürchtiger und unwohler wurde Tolly Mune.

Tagelang saß sie im alten Sitz des Kapitäns auf der Brücke im Turm, die Tuf als unbequem abgetan hatte, und schaute sich zufällig ausgewählte Passagen des uralten Logbuchs an, die auf dem großen Bildschirm abrollten. Sie spazierte durch ein Labyrinth aus Decks und Korridoren, fand drei Skelette in weit auseinanderliegenden Bereichen der *Arche* (von denen nur zwei menschlich waren), wunderte sich über einen Abschnitt eines Korridors, in dem dicke Schotten aus Hartlegierung wie durch große Hitze Blasen geworfen hatten und aufgeplatzt waren.

Sie verbrachte Stunden in der Bibliothek, die sie entdeckt hatte, berührte die alten Bücher und nahm sie in die Hand. Einige waren auf dünnen Blättern aus Metall oder Plastik gedruckt, andere auf richtigem Papier.

Sie kehrte zum Landedeck zurück und kletterte auf den uralten Raumschiffen herum, die Tuf dort aufbewahrte. Sie stand in der Waffenkammer und starrte auf eine beängstigende Anzahl von Waffen, einige davon veraltet, einige völlig unbekannt, einige verboten.

Sie spazierte die dämmrige Weite der Zentralröhre entlang, die den Kern des Schiffs bildete, lief die ganzen dreißig Ka-Emm zu Fuß, hörte das Echo ihrer Schritte, und am Ende ihrer täglichen Touren ging ihr Atem schwer. Um sie herum gab es Bottiche zum Klonen, Wachstumstanks, Einrichtungen für Mikrochirurgie und Computerstationen in unglaublicher Vielzahl. Neunzig Prozent der Bottiche waren leer, aber hier und dort stieß die Hafenmeisterin auf Leben, Sie linste durch verstaubtes Glas und dicke, leuchtende Flüssigkeiten auf undeutliche, lebende Gestalten, so klein wie ihre Hand und so groß wie ein Röhrenzug. Der Anblick bereitete ihr Unbehagen.

In der Tat kam Tolly Mune das gesamte Schiff kalt und beängstigend vor.

Die einzige wirkliche Wärme fand sie in jenem winzigen Bereich auf dem Oberdeck, in dem Haviland Tuf seine Tage und Nächte verbrachte. Der lange, schmale Kommunikationsraum, den er zu seiner Zentrale umgebaut hatte, war gemütlich und bequem. Sein Quartier war angefüllt mit zerschlissenen Polstermöbeln und einer erstaunlichen Auswahl an Kitsch, den er auf seinen Reisen gesammelt hatte. Der Geruch von Essen und Bier schwängerte die Luft, die Schritte hallten hier nicht so, und hier waren Licht und Geräusche und Leben. Und Katzen.

Tufs Katzen konnten sich fast überall im Schiff frei bewegen, aber die meisten schienen lieber in seiner Nähe bleiben zu wollen. Er besaß jetzt insgesamt sieben. Gomorrha, ein langhaariger grauer Kater mit durchdringenden Augen und einem gleichgültigen, dominierenden Charakter, war der Herr über sie alle. Meistens saß er auf Tufs Kommandokonsole im Kontrollraum, wo sein buschiger Schweif wie ein Metronom hin und her schlug. Sodom hatte mit den Jahren an Energie verloren und an Gewicht zugelegt. Sie schien sich anfangs nicht an die Hafenmeisterin zu erinnern, aber nach ein paar Tagen kehrte die alte Vertrautheit zurück, und Sodom machte da weiter, wo sie damals aufgehört hatte. Manchmal begleitete sie Tolly sogar auf ihren Streifzügen.

Außerdem gab es noch Undank, Zweifel, Feindseligkeit und Argwohn. »Die Kätzchen«, nannte Tuf sie, obwohl sie eigentlich schon junge Katzen waren. »Die Nachkommen von Gomorrha und Sodom, Madam. Ursprünglich waren es fünf. Ich habe Torheit auf Namor zurückgelassen.«

»Es ist immer gut, die Torheit zurückzulassen«, sagte sie. »Obwohl ich mir nicht vorstellen kann, dass Sie sich von einer Katze trennen.«

»Torheit entwickelte eine unerklärliche Anhänglichkeit an eine aufbrausende und unberechenbare junge Frau namorianischer

Herkunft. Da ich so viele Katzen hatte und sie gar keine, schien es mir unter diesen Umständen eine angemessene Geste zu sein. Obwohl die Katze eine herrliche und bewundernswerte Kreatur ist, bleibt sie in dieser traurigen modernen Galaxis relativ selten. Daher veranlassen mich meine angeborene Großzügigkeit und ein gewisses Pflichtbewusstsein gegenüber meinen Mitmenschen, Planeten wie Namor Katzen anzubieten. Eine Kultur mit Katzen ist reicher und humaner als eine, die auf ihre einzigartige Gesellschaft verzichten muss.«

»Das stimmt«, sagte Tolly Mune lächelnd. Feindseligkeit war in ihrer Nähe. Sie nahm ihn vorsichtig hoch und streichelte ihn. Sein Fell war sehr weich. »Seltsame Namen haben Sie ihnen gegeben.«

»Vielleicht passen sie mehr zur menschlichen Natur als zu der der Katzen«, räumte Tuf ein. »Ich habe sie ihnen aus einer Laune heraus verliehen.«

Undank, Zweifel und Argwohn waren grau wie ihr Vater; Feindseligkeit war schwarz-weiß wie Sodom. Zweifel war fett und tobte gern, Feindseligkeit war aggressiv und lärmend, Argwohn war scheu und versteckte sich gern unter Tufs Sitz. Sie spielten miteinander, ein ausgelassenes Katzenvolk, und schienen Tolly Mune unendlich faszinierend zu finden, kletterten überall auf ihr herum, wann immer sie Tuf einen Besuch abstattete. Manchmal tauchten sie an den unmöglichsten Orten auf. Einmal landete Feindseligkeit auf ihrem Rücken, als sie eine Rolltreppe hinauffuhr; vor Überraschung blieb ihr die Luft weg. Sie gewöhnte sich daran, Zweifel während der Mahlzeiten auf ihrem Schoß zu haben, wo er um Essensstückchen bettelte.

Und dann gab es da noch eine siebte Katze: Dax.

Dax mit dem nachtfarbenen Fell und Augen wie kleine goldene Lampen. Dax, der lethargischste Schädling, den sie je gesehen hatte, der es vorzog, getragen zu werden, statt zu laufen. Dax, der aus Tufs Tasche oder unter seiner Kappe hervorlugte, der auf seinem Schoß oder seiner Schulter saß. Dax, der nie mit den älteren Katzenkindern spielte, der selten ein Geräusch von sich gab, dessen goldener Blick irgendwie sogar den riesigen, herrschaftlichen Gomorrha von einem Sitzplatz vertreiben konnte, den beide begehrten. Die schwarze Katze war ständig bei Tuf. »Ihr Vertrauter«, sagte Tolly Mune einmal während des Essens zu ihm, nachdem sie schon fast zwanzig Tage lang an Bord war. Sie deutete mit dem Messer auf ihn. »Das macht Sie zu einem … wie war noch gleich der Name dafür?«

»Es gab mehrere Bezeichnungen«, sagte Tuf. »Hexer, Zauberer, Magier. Die Nomenklatur bezieht sich auf Mythen von der Alten Erde, glaube ich.«

»Es passt«, sagte Tolly Mune. »Manchmal spüre ich, dass es in diesem Schiff spukt.«

»Das ist wohl der Grund, warum es weiser ist, auf seinen Intellekt zu vertrauen als auf sein Gespür, Hafenmeisterin. Lassen Sie mich Ihnen versichern, wenn Geister oder andere übernatürliche Wesen wirklich existieren würden, dann wären sie in den Zellarchiven der *Arche* vertreten, damit man sie klonen könnte. Ich habe nie eine derartige Probe entdeckt. Mein Archiv umfasst Spezies, die manchmal auch als Drakulas, Windgeister, Lykanthropen, Vampire, Hexenkraut und dergleichen bezeichnet werden, aber es handelt sich nicht um die ursprünglichen mythischen Wesen, fürchte ich.«

Tolly Mune lächelte. »Gut so.«

»Vielleicht noch etwas Wein? Es ist ein exzellenter rhiannesischer Jahrgang.«

»Eine gute Idee«, sagte sie und goss sich noch etwas ins Glas. Sie hätte natürlich lieber eine Saugblase gehabt, denn offene Flüssigkeiten waren heimtückisch und warteten nur darauf, verschüttet zu werden. »Meine Kehle ist ohnehin trocken. Sie brauchen keine Monster, Tuf. Dieses Schiff kann Welten zerstören, wie es aussieht.«

»Das ist offensichtlich«, sagte Tuf. »Ebenso offensichtlich kann es Welten retten.«

»Wie unsere? Haben Sie ein zweites Wunder im Ärmel, Tuf?«

»Ach, Wunder sind genauso mysteriös wie Geister und Kobolde, und in meinen Ärmeln ist nichts außer meinen Armen. Dennoch ist der menschliche Intellekt zu gewissen weniger mysteriösen Durchbrüchen fähig.« Langsam erhob er sich zu seiner vollen Größe. »Wenn Sie mit Ihrem Puffzwiebelauflauf und dem Wein fertig sind, begleiten Sie mich bitte in den Computerraum. Ich habe mich intensiv mit Ihrem Problem beschäftigt und bin zu ein paar Schlussfolgerungen gelangt.«

Tolly Mune erhob sich schnell. »Nach Ihnen«, sagte sie.

»Passen Sie auf«, sagte Haviland Tuf. Er drückte eine Taste, und eine Projektion leuchtete auf dem Bildschirm auf.

»Was ist das?«, fragte Tolly Mune.

»Das ist die Prognose, die ich vor fünf Jahren erstellt habe«, sagte er. Dax sprang auf seinen Schoß, Tuf griff nach ihm und streichelte das Kätzchen. »Die Parameter, die ich verwendet habe, waren die damaligen s'uthlamesischen Bevölkerungskurven und das voraussichtliche Bevölkerungswachstum zu dieser Zeit. Meine Analyse deutete darauf hin, dass die zusätzlichen Nahrungsmittelreserven, die Ihrer Gesellschaft durch das zur Verfügung gestellt wurden, was Cregor Blaxon freundlicherweise als Tufs Blütezeit bezeichnete, Ihnen mindestens vierundneunzig Standardjahre verschafft hätten, bevor S'uthlam erneut durch das Gespenst einer Hungersnot bedroht wäre.«

»Nun, diese gottverdammte Prognose war keinen Topf voll Ungeziefer wert«, sagte Tolly Mune frei heraus.

Tuf hob einen Finger. »Ein unbeherrschterer Mann als ich könnte Anstoß an der Unterstellung nehmen, diese Analyse sei möglicherweise fehlerhaft. Zum Glück bin ich von ruhigem und tolerantem Gemüt. Trotzdem haben Sie unrecht, Hafenmeisterin Mune. Meine Berechnungen waren so genau, wie sie es nur sein konnten.«

»Also sagen Sie, dass wir in achtzehn Jahren keine Hungersnot und keinen Zusammenbruch erleiden werden? Dass wir noch – wie lange? – fast ein Jahrhundert Zeit haben?« Sie schüttelte den Kopf. »Ich würde es ja gern glauben, aber …«

»Ich habe nichts dergleichen gesagt, Hafenmeisterin. Innerhalb ihrer beschriebenen Fehlertoleranzen scheint die letzte s'uthlamesische Prognose ebenfalls äußerst genau zu sein, soweit ich das beurteilen kann.«

»Beide Berechnungen können nicht korrekt sein«, sagte sie. »Das ist unmöglich, Tuf.«

»Sie haben unrecht, Madam. Während der vergangenen fünf Jahre haben sich die Parameter verändert. Passen Sie auf.« Er drückte eine andere Taste. Eine neue, scharf ansteigende Linie zog sich über den Bildschirm. »Dies repräsentiert die gegenwärtige Kurve des Bevölkerungswachstums von S'uthlam. Sehen Sie, wie sie ansteigt, Hafenmeisterin. Eine erstaunliche Wachstumsrate. Wäre ich poetisch veranlagt, würde ich sogar sagen, sie erhebt sich in die Lüfte. Glücklicherweise werde ich nicht von derartigen Anwandlungen geplagt. Ich bin ein einfacher Mann, der geradeheraus redet.« Er hob einen Finger. »Bevor wir darauf hoffen können, Ihre Situation zu verbessern, ist es notwendig, diese Situation zu verstehen und wie es dazu kam. Hier wird alles klar. Vor fünf Jahren benutzte ich die Ressourcen der *Arche*, und zwar, wenn ich so frei sein darf, meine gewohnte Bescheidenheit beiseitezulassen, zu extraordinär effizienten Diensten. Die S'uthlamesen verschwendeten jedoch keine Zeit, die Anstrengungen wieder zunichtezumachen, die ich unternommen hatte. Lassen Sie es mich kurz und knapp sagen, Hafenmeisterin. Kaum hatte die Blüte Wurzeln geschlagen, um es mal so auszudrücken, da verkrochen sich Ihre Leute wieder in ihre Kämmerlein, ließen ihren fleischlichen Lüsten und elterlichen Bedürfnissen freien Lauf und reproduzierten sich schneller als je zuvor. Die durchschnittliche Familie ist jetzt um 0,0072 Personen größer als vor fünf Jahren, und Ihr durchschnittlicher Bürger wird 0,0102 Jahre früher Vater oder Mutter. Winzige Veränderungen, mögen Sie einwenden, aber wenn man sie mit der enormen Basispopulation Ihres Planeten multipliziert und alle anderen relevanten Parameter daran anpasst, ergibt sich ein dramatischer Unterschied. Ein Unterschied, um genau zu sein, zwischen vierundneunzig und achtzehn Jahren.«

Tolly Mune starrte auf die Linien auf dem Bildschirm. »Verflixt!«, murmelte sie. »Ich hätte daran denken sollen, gottverdammt. Derartige Informationen sind geheim, und zwar aus gutem Grund, aber ich hätte es wissen müssen.« Ihre Hände ballten sich zu Fäusten. »Gott verdamme es in die Hölle«, sagte sie. »Creg hat einen solchen Nachrichtenrummel aus dieser verdammten Blütezeit gemacht, dass es kein Wunder ist, dass so etwas passiert. Warum sollte sich irgendjemand mit der Fortpflanzung zurückhalten – das Nahrungsmittelproblem wurde schließlich gelöst, nicht wahr? Der gottverdammte Erste Ratsherr hat es doch gesagt. Gute Zeiten sind gekommen, nicht wahr? All diese verdammten Nuller haben sich erneut als verflixte Lebensgegner erwiesen, die Technokraten haben ein weiteres Wunder bewirkt. Wie könnte jemand daran zweifeln, dass sie es noch einmal tun werden und noch einmal und noch einmal. O ja. Also sei ein gutes Kirchenmitglied, krieg mehr Kinder, hilf der Menschheit, sich zur Göttlichkeit zu entwickeln, und bekämpfe die Entropie. He, warum nicht?« Sie schnaubte angewidert. »Tuf, warum sind die Menschen so verflixte Idioten?«

»Dieses Problem ist sogar noch komplizierter als das Dilemma auf S'uthlam«, sagte Tuf, »und ich fürchte, ich bin nicht in der Lage, darauf zu antworten. Und da Sie sich schon mit der Frage der Schuld befassen, sollten Sie auch sich selbst einen Teil zuweisen, Hafenmeisterin. Was auch immer der Erste Ratsherr Cregor Blaxon für einen irreführenden Eindruck vermittelt hat, es wurde jedenfalls in den Gehirnen der Bevölkerung von der unglückseligen Schlussrede meines Darstellers in *Tuf und Mune* unterstrichen.«

»Schon gut, verdammt. Ich bin schuldig. Ich habe mitgeholfen, es anzuheizen. Aber das ist jetzt Vergangenheit. Die Frage ist, was können wir dagegen tun?«

»Sie können nur wenig tun, fürchte ich«, sagte Haviland Tuf mit ausdruckslosem Gesicht.

»Und Sie? Sie haben schon einmal das Brot-und-Fische-Wunder bewirkt. Könnten wir einen Nachschlag bekommen, Tuf? Eine zweite Speisung?«

Haviland Tuf blinzelte. »Ich habe jetzt mehr Erfahrung als ökologischer Ingenieur als beim ersten Versuch, das Problem von S'uthlam zu lösen. Ich bin vertrauter mit dem gesamten Umfang der Spezies, die in der Zellbibliothek der *Arche* enthalten sind, und mit ihrem Effekt auf jedes individuelle Ökosystem. Ich habe meinen Bestand in gewissem Maße während meiner Reisen hierhin und dorthin sogar vergrößert. In der Tat kann ich behilflich sein.« Er löschte den Bildschirm und faltete die Hände über dem Bauch. »Es wird allerdings etwas kosten.«

»Etwas kosten? Wir haben Sie schon bezahlt, falls Sie sich erinnern. Meine Spinnchen haben Ihr gottverdammtes Schiff repariert.«

»Das haben sie in der Tat, genau wie ich Ihr Ökosystem wiederhergestellt habe. Diesmal benötige ich keine weiteren Reparaturen oder Umbauten der *Arche*. Sie jedoch scheinen Ihr Ökosystem erneut beschädigt zu haben, sodass Sie meine Dienste ein weiteres Mal benötigen. Es erscheint mir nur gerecht, dass ich für meine Bemühungen entschädigt werde. Ich habe hohe laufende Kosten, deren Hauptbestandteil meine immer noch bestehende Schuld gegenüber dem Hafen von S'uthlam ist. Mittels anstrengender und unermüdlicher Arbeit auf zahllosen weit entfernten Planeten habe ich die erste Hälfte der dreiunddreißig Millionen Standards aufgebracht, die Sie mir auferlegt hatten, aber die gleiche Menge bleibt noch zu bezahlen, und ich habe nur fünf weitere Jahre, sie zu verdienen. Ich weiß nicht, ob ich es schaffen werde. Vielleicht hat das nächste Dutzend Planeten, bei denen ich anhalten werde, Ökosysteme ohne Probleme, oder sie sind so verarmt, dass ich gezwungen wäre, ihnen diverse Preisnachlässe zu gewähren, sofern ich überhaupt für sie arbeite. Tag und Nacht bestimmt die Höhe meiner Schuld meine Gedanken und beeinflusst oft die Klarheit und Präzision meines Intellekts, sodass ich in meiner beruflichen Effektivität eingeschränkt werde. In der Tat könnte ich mir vorstellen, dass meine Leistungen in Bezug auf die Lösung einer Herausforderung von so riesigem Ausmaß wie der, die mir von S'uthlam gestellt wird, wesentlich besser sein werden, wenn meine Gedanken klar und ungestört sind.«

Tolly Mune hatte etwas in dieser Art erwartet. Sie hatte Creg davon erzählt, und er hatte ihr gewisse finanzielle Befugnisse erteilt. Trotzdem brachte sie ein Stirnrunzeln zustande. »Wie viel wollen Sie, Tuf?«

»Mir schwebt die Summe von zehn Millionen Standards vor«, sagte er. »Das ist eine runde Summe, und es dürfte eine einfache arithmetische Übung sein, sie von meiner Schuld abzuziehen.«

»Das ist viel zu viel«, sagte sie. »Vielleicht könnte ich den Hohen Rat dazu bringen, einer Reduzierung von, sagen wir, zwei Millionen zuzustimmen. Mehr nicht.«

»Treffen wir uns doch bei neun Millionen«, sagte Tuf. Ein langer Finger kraulte Dax hinter einem kleinen schwarzen Ohr; die Katze richtete leise ihre goldenen Augen auf Tolly Mune.

»Neun ist kein großer Kompromiss zwischen zehn und zwei«, sagte sie trocken.

»Ich bin ein besserer Ökologe als Mathematiker«, sagte Tuf. »Vielleicht acht?«

»Vier. Mehr nicht. Creg wird mir die Ohren abreißen.«

Tuf fixierte sie, ohne zu blinzeln, und sagte nichts. Sein Gesicht war kalt, ruhig und regungslos.

»Viereinhalb Millionen«, sagte sie unter dem Druck seines Blickes. Sie spürte, dass auch Dax sie anstarrte, und fragte sich plötzlich, ob diese verdammte Katze ihre Gedanken las. Sie zeigte auf das Tier. »Verdammt«, sagte sie. »Dieser kleine schwarze Bastard weiß ganz genau, wie weit ich gehen kann, nicht wahr?«

»Eine interessante Feststellung«, sagte Tuf. »Sieben Millionen erscheinen mir akzeptabel. Ich bin in großzügiger Stimmung.«

»Fünfeinhalb«, gab sie zurück. Zum Teufel damit!

Dax begann laut zu schnurren.

»Bleibt eine Nettozahlung von elf Millionen Standards, zahlbar in fünf Jahren«, sagte Tuf. »Einverstanden, Hafenmeisterin Mune, mit einer zusätzlichen Bedingung.«

»Und die wäre?«, fragte sie misstrauisch.

»Ich werde meine Lösung dem Ersten Ratsherrn Cregor Blaxon und Ihnen in einer öffentlichen Konferenz vorstellen, an der

Journalisten von all Ihren Videonetzen teilnehmen werden und die live auf ganz S'uthlam ausgestrahlt wird.«

Tolly Mune lachte laut auf. »Unmöglich«, sagte sie. »Creg wird dem nie zustimmen. Das können Sie vergessen.«

Haviland Tuf saß da, streichelte Dax und schwieg.

»Tuf, Sie verstehen die Probleme nicht. Die Situation ist verdammt unberechenbar. Das müssen Sie doch einsehen.«

Das Schweigen hielt an.

»Verflixte Hölle«, fluchte sie. »Wir machen es so: Sie schreiben auf, was Sie sagen wollen, und wir gehen es durch. Wenn Sie alles vermeiden, was Probleme verursachen könnte, werden wir es Ihnen vielleicht gestatten.«

»Ich ziehe es vor, meine Anmerkungen spontan vorzubringen«, sagte Tuf.

»Vielleicht können wir die Konferenz aufzeichnen und ausstrahlen, nachdem sie redigiert wurde«, sagte sie.

Haviland Tuf schwieg wieder. Dax starrte sie an, ohne zu blinzeln.

Tolly Mune blickte tief in diese wissenden goldenen Augen und seufzte. »Sie haben gewonnen«, sagte sie. »Cregor wird wütend sein, aber ich bin eine verflixte Heldin, und Sie sind ein zurückgekehrter Eroberer, also vermute ich, dass ich ihn etwas besänftigen kann. Aber warum, Tuf?«

»Nur so eine Laune«, sagte Haviland Tuf. »Ich werde oft von derartigen Schrullen angetrieben. Vielleicht möchte ich einen Moment im Licht der Öffentlichkeit stehen und meine Rolle als Retter genießen. Vielleicht möchte ich den Milliarden S'uthlamesen zeigen, dass ich keinen Schnurrbart trage.«

»Eher glaube ich an Kobolde und Gespenster, bevor ich darauf auch nur einen Standard gebe«, sagte Tolly Mune. »Tuf, es gibt gute Gründe, warum die Größe unserer Population und der Umfang der Nahrungsmittelkrise geheim gehalten werden, wissen Sie. Politische Gründe. Sie denken doch nicht etwa daran, diese spezielle Büchse der Pandora zu öffnen, oder?«

»Ein interessanter Gedanke«, sagte Tuf blinzelnd, jedoch mit einem Gesicht, das nichts verriet.

Dax schnurrte.

»Obwohl ich es nicht gewohnt bin, in der Öffentlichkeit und im unschmeichelhaft grellen Licht der Bekanntheit zu sprechen«, begann Haviland Tuf, »hielt ich es trotzdem für meine Pflicht, vor Sie zu treten und Ihnen bestimmte Dinge zu erklären.«

Er stand vor einem vier mal vier Meter großen Bildschirm im größten Saal des Spinnennestes mit einer Kapazität von fast eintausend Sitzen. Der Raum war überfüllt; Journalisten rammten sich in den ersten zwanzig Reihen die Ellenbogen in die Seiten, auf der Stirn eines jeden nahm eine winzige Miniaturkamera die gesamte Szenerie auf. Weiter hinten saßen die Neugierigen, die gekommen waren, um sich das alles anzusehen – Spinnchen jeden Alters, Geschlechts und Berufes, von Cybertechs und Bürokraten zu Erotizisten und Poeten, reiche Erdwürmer, die wegen der Show mit dem Fahrstuhl nach oben gekommen waren, Fliegen aus entfernten Systemen, die das Netz passierten. Auf der Bühne neben Tuf standen Hafenmeisterin Tolly Mune und der Erste Ratsherr Cregor Blaxon. Blaxons Lächeln wirkte gezwungen; vielleicht erinnerte er sich daran, wie die Journalisten den langen, unangenehmen Moment einfingen, als Tuf seine ausgestreckte Hand anstarrte. Aber auch Tolly Mune schaute etwas unglücklich drein.

Haviland Tuf jedoch sah beeindruckend aus. Er überragte jeden Mann und jede Frau im Saal, sein grauer, langer Vinylmantel schleifte auf dem Boden, das Siegel des ÖIK prangte auf seiner grünen Schirmmütze.

»Als Erstes«, sagte er, »gestatten Sie mir, darauf hinzuweisen, dass ich keinen Schnurrbart trage.« Diese Bemerkung rief ein allgemeines Gelächter hervor. »Auch haben Ihre verehrte Hafenmeisterin und ich uns niemals physisch vereint, ungeachtet der Videoshows, obwohl ich nicht daran zweifle, dass sie eine geübte Praktikerin der erotischen Künste ist, deren Gunst von jedem aufs Höchste geschätzt wird, der diese Art der Zerstreuung liebt.« Die Horde der Journalisten drehte sich wie ein großes hundertköpfiges Tier und richtete die dritten Augen auf Tolly Mune. Die Hafenmeisterin war tief in ihren Sitz gesunken und rieb sich die Schläfe. Ihr Stöhnen war fast bis in die vierte Reihe zu hören.

»Diese Informationen sind jedoch nur von geringer Bedeutung«, sagte Tuf, »und ich habe sie nur angebracht, um der Wahrheit Genüge zu tun. Der Hauptgrund, aus dem ich auf dieser Zusammenkunft bestanden habe, ist jedoch mehr beruflicher als persönlicher Natur. Ich habe keinen Zweifel, dass jeder von Ihnen, der diese Nachrichtensendung hört, das Phänomen kennt, das von Ihrem Hohen Rat Tufs Blütezeit genannt wird.«

Cregor Blaxon lächelte und nickte.

»Ich muss jedoch darauf bestehen, dass Sie der drohenden Gefahr dessen nicht gewahr sind, was ich hier kühn als S'uthlams Welke bezeichnen will.«

Das Lächeln des Ersten Ratsherrn verwelkte ebenfalls, und Hafenmeisterin Tolly Mune zuckte erschrocken zusammen. Die Journalisten schwenkten alle gleichzeitig zurück auf Tuf.

»Sie können sich jedoch glücklich schätzen, dass ich der Mann bin, dem Sie zu Dankbarkeit verpflichtet sind, denn meine rechtzeitige Rückkehr nach S'uthlam erlaubt es mir, Ihnen ein weiteres Mal behilflich zu sein. Ihre Anführer waren keineswegs aufrichtig zu Ihnen. Denn trotz der Hilfe, die ich Ihnen geleistet habe, wird Ihre Welt innerhalb der kurzen Zeitspanne von achtzehn Standardjahren einer Hungersnot entgegensehen.«

Erstaunte Stille breitete sich aus. Dann bildete sich in den Tiefen der Halle ein kleiner Aufruhr. Mehrere Personen wurden gewaltsam entfernt. Tuf schenkte dem Zwischenfall keine Aufmerksamkeit.

»Bei meinem letzten Besuch bewirkte das von mir initiierte Programm der ökologischen Verbesserungen ein dramatisches Anwachsen Ihrer Nahrungsmittelversorgung, und zwar aufgrund relativ einfacher Methoden, wie zum Beispiel der Einführung neuer Pflanzen- und Tierarten, die dafür geschaffen wurden, ohne ernsthafte Eingriffe in Ihr Ökosystem die landwirtschaftliche Produktivität zu maximieren. Weitere Anstrengungen in dieser Richtung sind ohne Weiteres möglich, aber ich fürchte, dass der Punkt der überwiegend negativen Nebenwirkungen schon lange überschritten wurde und Ihnen derartige Projekte nur wenig helfen würden. Daher erachte ich es diesmal als notwendig, radikale Veränderungen in Ihrem Ökosystem und Ihrer Nahrungskette vorzunehmen. Einige von Ihnen werden meine Vorschläge unbequem finden. Ich versichere Ihnen jedoch, dass die Alternativen – zum Beispiel Hunger, Seuchen und Krieg – wesentlich unangenehmer sein werden. Die Entscheidung liegt bei Ihnen, und ich beneide Sie nicht darum.«

Der Raum war so kalt wie ein Kryo-Lagerhaus und totenstill bis auf das Surren der vielen dritten Augen. Haviland Tuf hob einen Finger. »Erstens«, sagte er. Hinter ihm erfüllte ein Bild den Schirm, direkt von den Computern der *Arche* gesendet – das Bild einer angeschwollenen Monstrosität so groß wie ein Hügel, mit öliger und glänzender Haut, deren Wölbungen wie milchige rosafarbene Gelatine schimmerte. »Die Fleischtiere«, sagte Haviland Tuf. »Ein beträchtlicher Teil Ihrer landwirtschaftlichen Nutzfläche wird von den anwachsenden Herden von Fleischlieferanten der unterschiedlichsten Arten benötigt, deren Fleisch zu den Annehmlichkeiten einer sehr kleinen, wohlhabenden Minderheit der S'uthlamesen gehört, die sich einen derartigen Luxus leisten können und sich an gekochten Fleischgerichten erfreuen. Das ist extrem ineffizient. Diese Tiere konsumieren weit mehr Kalorien, als sie nach ihrer Schlachtung liefern, und da sie das Ergebnis der natürlichen Evolution sind, ist ein Großteil ihres Körpers nicht essbar. Daher schlage ich Ihnen vor, diese Arten umgehend aus dem Ökosystem Ihres Planeten zu entfernen.

Die Fleischtiere jedoch gehören, wie Sie hier sehen, zu den bemerkenswertesten Triumphen der Gentechnik; bis auf einen kleinen Kern sind diese Kreaturen sich selbst replizierende Massen gleichartiger Zellen, ohne dass Körpermasse durch Unnötigkeiten wie Sinnesorgane, Nerven oder Fortbewegungsorgane verschwendet wird. Wenn man eine entsprechende Metapher anwenden möchte, könnte man sie als gigantische essbare Krebsgeschwüre bezeichnen. Ihr Fleisch enthält alle zur menschlichen Ernährung wichtigen Nährstoffe und ist reich an Proteinen, Vitaminen und Mineralstoffen. Ein erwachsenes Fleischtier, das man im Keller eines Wohnturms auf S'uthlam hält, wird in einem Standardjahr so viel essbares Fleisch liefern wie zwei Ihrer derzeitigen Herden, und das Weideland, das man heute benötigt, um diese Herden zu ernähren, wäre frei für die Kultivierung.«

»Und wie schmeckt dieses verdammte Ding?«, rief jemand aus den Tiefen des Saals.

Haviland Tufs Kopf bewegte sich leicht, und er schaute den Rufer direkt an. »Da ich selbst kein Fleisch esse, kann ich diese Frage nicht aus eigener Erfahrung beantworten. Ich könnte mir jedoch vorstellen, dass das Fleischtier für einen Hungernden sehr gut schmecken wird.« Er hob eine Hand, die Handfläche nach außen gekehrt. »Lassen Sie uns fortfahren«, sagte er, und das Bild hinter ihm wechselte. Nun zeigte der Bildschirm eine endlose Ebene unter einer doppelten Sonne. Die Fläche war vom einen bis zum anderen Ende mit Pflanzen ausgefüllt – hässlich anzusehende Gebilde, so groß wie Tuf, die Stiele und Blätter von öligem Schwarz. Die Köpfe senkten sich unter dem Gewicht geschwollener weißlicher Kapseln, aus denen eine blasse, dickliche Flüssigkeit tropfte.

»Diese Pflanze wird aus mir unbekannten Gründen Jersee-Kapsel genannt«, sagte Tuf. »Vor fünf Jahren gab ich Ihnen das Omni-Korn, dessen Ausbeute an Kalorien pro Quadratmeter wesentlich höher ist als die von Nanoweizen, Neogras und den anderen Getreidearten, die Sie bis dahin angebaut hatten. Ich habe festgestellt, dass Sie das Omni-Korn extensiv kultiviert haben und der Nutzen Ihnen zugutekommt. Ich habe jedoch auch festgestellt, dass Sie weiterhin Nanoweizen, Neogras, Gewürzschoten, S'Reis und verschiedene andere Arten von Früchten und Gemüse anbauen, zweifelsohne aus Gründen der Abwechslung und des kulinarischen Genusses. Das muss aufhören. Kulinarische Abwechslung ist ein Luxus, den sich die S'uthlamesen nicht länger leisten können. Von jetzt an muss allein kalorische Effizienz Ihr Motto sein. Jeder Quadratmeter landwirtschaftlicher Nutzfläche auf S'uthlam und auch Ihre sogenannten Speisekammer-Asteroiden müssen umgehend auf Jersee-Kapseln umgestellt werden.«

»Was tropft da für ein Schleim raus?«, rief jemand.

»Ist das Obst oder Gemüse?«, wollte ein Journalist wissen.

»Kann man daraus Brot machen?«, fragte ein anderer.

»Die Jersee-Kapsel«, sagte Tuf, »ist nicht essbar.«

Eine plötzliche lautstarke Unruhe schwappte durch den Saal, als ein paar Hundert Menschen riefen und winkten und Fragen stellten und miteinander diskutierten.

Haviland Tuf wartete gelassen ab, bis wieder Ruhe eingekehrt war. »Jedes Jahr«, sagte er, »und das kann Ihnen Ihr Erster Ratsherr bestätigen, wenn er so freundlich wäre, liefert Ihre landwirtschaftliche Anbaufläche einen immer geringeren Prozentsatz an Kalorien im Vergleich zum Bedarf der stetig wachsenden s'uthlamesischen Bevölkerung. Der Rest wird durch eine ansteigende Produktion Ihrer Fabriken ausgeglichen, wo Erdöle in Nährwaffeln und Pasten und andere essbare Dinge verwandelt werden. Allerdings ist Erdöl unglücklicherweise ein nicht erneuerbarer Rohstoff, und er geht langsam zur Neige. Dieser Prozess kann verzögert werden, aber letztendlich ist er unumkehrbar. Zweifelsohne importieren Sie ihn von anderen Planeten, aber diese interstellare Pipeline kann Ihnen nur einen gewissen Teil liefern. Vor fünf Jahren bestückte ich Ihre Meere mit einer Planktonart, die Neptunsschal genannt wird und von der jetzt ganze Kolonien über Ihre Strände kriechen und auf den Wellen vor Ihren Kontinentalplatten schwimmen. Einmal abgestorben, kann Neptunsschal als Substitut für Erdöl in Ihren Nahrungsmittelfabriken dienen.

Jersee-Kapseln könnte man als das nicht-aquatische Pendant zu Neptunsschal bezeichnen. Die Kapseln produzieren eine Flüssigkeit mit gewissen biochemischen Parallelen zu Rohöl. Immerhin ähnlich genug, dass es in Ihren Nahrungsmittelfabriken nach einigen für eine derart technologisch erfahrene Welt wie der Ihren äußerst einfachen Anpassungen von größtem Nutzen für die Verwandlung in Nahrungsmittel sein kann. Allerdings muss ich betonen, dass Sie diese Kapseln nicht einfach hier und da als Ergänzung zu Ihren gegenwärtigen Beständen anpflanzen können. Um einen maximalen Nutzen zu erzielen, müssen sie allumfassend angebaut werden und Omni-Korn, Neogras und andere Pflanzen, an die Sie sich gewöhnt haben, gänzlich ersetzen.«

Eine schlanke Frau im Hintergrund stellte sich auf ihren Stuhl, um in der Menge besser gesehen zu werden. »Tuf, wer sind Sie, dass Sie uns vorschreiben, dass wir unsere natürlichen Nahrungsmittel aufgeben sollen?«, schrie sie mit wütender Stimme.

»Ich, Madam? Ich bin nur ein einfacher ökologischer Ingenieur, der engagiert wurde, seinen Beruf auszuüben. Es liegt nicht an mir, Entscheidungen für Sie zu treffen. Meine Rolle, die so offensichtlich undankbar ist, besteht darin, Ihnen die Fakten zu präsentieren und gewisse mögliche Gegenmittel vorzuschlagen, die, wenn auch unangenehm, so doch wenigstens effektiv sein könnten. Anschließend müssen die Regierung und das Volk von S'uthlam die endgültige Entscheidung über den einzuschlagenden Kurs fällen.« Das Publikum wurde wieder unruhig, und Tuf hob erneut einen Finger. »Ruhe, bitte. Ich werden meine Präsentation bald abschließen.«

Das Bild auf dem Schirm veränderte sich nochmals. »Gewisse Spezies und ökologische Strategien, die ich vor fünf Jahren eingeführt habe, als ich das erste Mal für S'uthlam gearbeitet habe, können und sollten bestehen bleiben. Die Pilzfarmen in Ihren unterirdischen Städten sollten beibehalten und ausgedehnt werden. Ich habe mehrere neue Pilzarten, die ich Ihnen vorstellen möchte. Noch effizientere Methoden der Meeresnutzung sind sicherlich möglich, Methoden, die die Nutzung des Meeresbodens und des Wassers selbst beinhalten. Das Wachstum von Neptunsschal kann stimuliert und vorangetrieben werden, bis jeder Quadratmeter der Salzwasserfläche von S'uthlam damit bedeckt ist. Der Schneehafer und die Tunnelknollen, die Sie bereits haben, bleiben optimale Nahrungsspezies für Ihre arktischen Dauerfrostregionen. Ihre Wüsten wurden zum Blühen gebracht, Ihre Sümpfe wurden trockengelegt und produktiv gemacht. Alles, was an Land oder im Wasser getan werden konnte, wurde unternommen. Bleibt also nur noch die Luft. Daher schlage ich die Einführung eines kompletten Ökosystems in Ihrer oberen Atmosphärenschicht vor.

Hinter mir, auf dem Bildschirm, sehen Sie das Schlussglied in dieser neuen Nahrungskette, die ich Ihnen vorschlage. Diese riesige, dunkle Kreatur mit den schwarzen, dreieckigen Flügeln ist ein claremontinischer Windreiter, auch *Ororo* genannt, ein entferntes Pendant besser bekannter Arten wie dem Schwarzen Engel von Hoch-Kavalaan oder dem Peitschenschwanz-Manta von Hemador. Er lebt in den höheren Luftschichten, ein Gleiter und Jäger, geboren am Himmel, ein Wesen des Windes, das im Flug lebt und stirbt und niemals das Land oder das Meer berührt. Tatsächlich gehen die Windreiter zugrunde, wenn sie einmal gelandet sind, da es ihnen unmöglich ist, sich wieder in die Lüfte zu erheben. Auf Claremont ist diese Spezies klein und leichtgewichtig, ihr Fleisch wird als zäh und ledrig beschrieben. Sie ernährt sich von allen Arten von Vögeln, die sich unklugerweise in die Höhen wagen, in denen sie jagt, und außerdem von diversen in der Luft lebenden Mikroorganismen, Pilz- und Schimmelsporen, die im Wind treiben und die ich ebenfalls in Ihrer höheren Atmosphäre ansiedeln will. Ich habe für S'uthlam einen genetisch veränderten Windreiter geschaffen, mit einer Flügelspannweite von ungefähr zwanzig Metern, der Fähigkeit, fast auf Baumwipfelhöhe zu sinken, und der sechsfachen Körpermasse des Originals. Ein kleiner Wasserstoffsack hinter den Sinnesorganen versetzt das Tier in die Lage, trotz seines größeren Körpergewichts zu fliegen. Mit Ihren Flugwagen und Gleitern werden Sie keine Mühe haben, die Windreiter zu jagen und zu töten, und Sie werden feststellen, dass sie eine exzellente Proteinquelle darstellen.

Im Interesse der vollen und umfassenden Wahrheit muss ich hinzufügen, dass diese ökologischen Veränderungen ihren Preis haben werden. Die Mikroorganismen, Pilze und Schleimschimmel werden sich ohne natürliche Feinde sehr schnell in der Luft vermehren. Auf den oberen Stockwerken Ihrer höheren Wohntürme werden sich Schleim und Pilze ablagern, weshalb sie häufiger gereinigt werden müssen. Die meisten der auf S'uthlam heimischen Vögel sowie jene Spezies, die Sie von Tara und der Alten Erde auf diesen Planeten brachten, werden aussterben und durch das neue Ökosystem ersetzt werden. Und schließlich wird sich der Himmel selbst verdunkeln, Sie werden bedeutend weniger Sonnenlicht haben, und Ihr Klima wird einem permanenten Wandel unterliegen. Ich erwarte jedoch, dass das nicht früher als in etwa dreihundert Jahren geschehen wird. Da Sie jedoch wesentlich eher einer Katastrophe entgegensehen, wenn nichts getan wird, fahre ich damit fort, den von mir ausgearbeiteten Handlungsweg zu empfehlen.«

Die Journalisten sprangen auf und riefen Fragen. Tolly Mune war in sich zusammengesunken und zog eine finstere Miene. Der Erste Ratsherr Cregor Blaxon saß sehr still da und starrte mit einem eingefrorenen Lächeln auf dem schmalen, scharfen Gesicht und glasigen Augen streng geradeaus.

»Einen Moment noch, wenn Sie erlauben«, sagte Haviland Tuf zur aufgeregten Menge. »Ich bin noch nicht fertig. Sie haben meine Empfehlungen gehört und die Spezies gesehen, mit denen ich Ihr Ökosystem umgestalten will. Nun passen Sie auf. Für den Fall, dass Ihr Hoher Rat tatsächlich in Betracht zieht, das Fleischtier, die Jersee-Kapseln und den Ororo auf die Art einzusetzen, die von mir beschrieben wurde, haben die Computer der *Arche* eine wesentliche Verbesserung Ihrer Nahrungsmittelversorgung berechnet. Sehen Sie hier.«

Alle Augen richteten sich auf den Bildschirm. Sogar Tolly Mune drehte den Kopf, und der Erste Ratsherr Cregor Blaxon, immer noch lächelnd, erhob sich von seinem Sitz und starrte mit den Fäusten in den Taschen auf den Schirm. Ein Raster leuchtete auf, eine rote Linie verfolgte eine grüne Linie über den Schirm, und Jahreszahlen erschienen an der einen Achse, Bevölkerungszahlen auf der anderen.

Der Lärm erstarb.

Die Stille dauerte an.

Selbst ganz hinten hörte man, wie Cregor Blaxon sich räusperte. »Ähm, Tuf«, sagte er, »das muss falsch sein.«

»Sir«, sagte Haviland Tuf. »Ich versichere Ihnen, das ist es nicht.«

»Das ist, ähm, davor, nicht wahr? Nicht danach.« Er zeigte auf das Diagramm. »Ich meine, sehen Sie, all diese ökologischen Veränderungen, wenn man nichts anbaut außer diesen Kapseln, wenn die Meere mit Neptunsschal zugewachsen sind, wenn sich der Himmel mit fliegender Nahrung verdunkelt und Fleischberge in jedem Keller leben.«

»Fleischtiere«, korrigierte Tuf, »obwohl ich zugeben muss, dass ›Fleischberge‹ ein gewisses Flair hat. Sie besitzen ein Talent für schillernde Sprache und einprägsame Terminologie, Erster Ratsherr.«

»All dies«, fuhr Blaxon unbeirrt fort, »ist ziemlich radikal, Tuf. Wir haben ein Recht auf radikale Verbesserungen, würde ich sagen.«

Ein paar seiner Anhänger jubelten ihm zu.

»Aber dies«, schloss der Erste Ratsherr, »diese Berechnungen besagen … ähm … vielleicht lese ich sie nicht richtig.«

»Erster Ratsherr«, erwiderte Haviland Tuf, »und Volk von S'uthlam, Sie lesen es korrekt. Wenn Sie jeden einzelnen meiner Vorschläge umsetzen, werden Sie tatsächlich den Tag der Katastrophe hinausschieben. Hinausschieben, Sir, nicht verhindern. Sie werden in achtzehn Jahren eine Hungersnot haben, wie es die derzeitigen Prognosen voraussagen, oder in einhundertundneun, wie diese Prognose aussagt, aber Sie werden mit allergrößter Sicherheit eine Hungersnot bekommen.« Er hob einen Finger. »Die einzige wahrhaftige und beständige Lösung ist nicht an Bord meiner *Arche* zu finden, sondern in den Köpfen und den Lenden jedes einzelnen s'uthlamesischen Bürgers. Sie müssen Verzicht üben und unverzüglich eine Geburtenkontrolle einführen. Sie müssen diese wahllose Fortpflanzung auf der Stelle beenden!«

»O nein«, stöhnte Tolly Mune. Aber sie hatte es kommen sehen, und sie sprang auf, lief zu ihm und rief nach einem Sicherheitskordon, gerade noch rechtzeitig, bevor die Hölle losbrach.

»Sie zu retten wird zu einer verdammten Angewohnheit von mir«, sagte Tolly Mune sehr viel später, als sie in die Sicherheit von Tufs Shuttle *Phönix* zurückgekehrt waren, auf dem Liegeplatz an Speiche sechs. Zwei volle Sicherheitseinheiten, bewaffnet mit Nervengasgewehren und Netzwerfern, standen draußen vor dem Schiff und hielten die wachsende und unruhige Menge zurück. »Haben Sie ein Bier?«, fragte sie. »Ich könnte eins gebrauchen. Verdammte Hölle.« Der Weg zurück zum Schiff war eine schreckliche Erfahrung gewesen, trotz der Wachen, die sie an beiden Seiten flankierten. Tuf war mit seltsamen, linkischen Sprüngen gerannt, aber er war erstaunlich schnell gewesen, wie sie sich eingestehen musste. »Wie geht es Ihnen überhaupt?«, fragte sie ihn.

»Eine gründliche Dusche hat das meiste von der Spucke beseitigt«, sagte Haviland Tuf und faltete sich würdevoll in seinen Sitz. »Sie finden das Bier im Kühlfach unter dem Spielbrett. Bedienen Sie sich nur.« Dax krallte an Tufs Beinen, grub seine winzigen Klauen in den Stoff des blassblauen Einteilers, den er sich angezogen hatte. Tuf griff mit einer großen Hand nach unten und half ihm hinauf. »In Zukunft«, sagte er zur Katze, »solltest du mich ständig begleiten, damit ich frühzeitig vor derartigen Demonstrationen gewarnt werde.«

»Sie hätten dieses Mal eine verdammt frühzeitige Warnung haben können«, sagte Tolly Mune und nahm sich ein Bier, »wenn Sie mir gesagt hätten, dass Sie beabsichtigen, unseren Glauben, unsere Kirche und unsere gesamte verflixte Art zu leben anzugreifen. Haben Sie dafür wirklich eine Medaille erwartet?«

»Ein bisschen Applaus hätte es auch getan.«

»Ich habe Sie vor langer Zeit gewarnt, Tuf. Auf S'uthlam ist es nicht sehr populär, gegen das Leben zu sein.«

»Ich lehne es ab, auf diese Weise abgestempelt zu werden«, sagte Tuf. »Ich liebe das Leben. In der Tat erschaffe ich täglich Leben in meinen Klontanks. Ich habe eine persönliche Abneigung gegen den Tod, ich finde Entropie geschmacklos, und wenn ich zum Hitzetod des Universums eingeladen wäre, würde ich zweifelsohne andere Pläne machen.« Er hob einen Finger. »Nichtsdestotrotz, Hafenmeisterin Mune, habe ich gesagt, was gesagt werden musste. Eine unbegrenzte Fortpflanzung, wie sie durch Ihre Kirche der Lebensentfaltung gelehrt und von der Mehrheit der S'uthlamesen praktiziert wird, Sie selbst und Ihre Nuller-Freunde einmal ausgenommen, ist unverantwortlich und dumm und führt zu einem exponentiellen Bevölkerungswachstum, das mit größter Sicherheit Ihre stolze Zivilisation vernichten wird.«

»Haviland Tuf, der Prophet des Verderbens«, sagte die Hafenmeisterin mit einem Seufzer. »Man hat Sie mehr geliebt, als Sie der einzelgängerische Ökologe und Liebhaber waren.«

»Überall, wo ich hinkomme, stelle ich fest, dass Helden eine bedrohte Art sind. Vielleicht bin ich ästhetisch gefälliger, wenn ich die Frechheit besitze, beruhigende Unwahrheiten durch den Filter einer Gesichtsbehaarung in melodramatischen Videoshows von mir zu geben, die nach falschem Optimismus und postkoitaler Selbstzufriedenheit nahezu stinken. Die blinde Vorliebe für Dinge, die Sie lieber anders hätten, als sie in Wirklichkeit sind, ist ein Symptom eines großen s'uthlamesischen Leidens. Es wird Zeit, dass Ihr Planet die nackte Wahrheit erfährt, sei es nun mein haarloses Gesicht oder die Gewissheit einer nahen Hungersnot in der Zukunft.«

Tolly Mune schluckte etwas Bier herunter und starrte ihn an. »Tuf«, sagte sie. »Erinnern Sie sich daran, was ich vor fünf Jahren gesagt habe?«

»Wenn ich mich recht erinnere, sagten Sie viele Dinge.«

»Am Ende«, fuhr sie ungeduldig fort, »als ich mich entschieden hatte, Ihnen zur Flucht mit der *Arche* zu verhelfen, statt Josen Rael zu unterstützen, Ihnen die *Arche* wegzunehmen. Sie fragten mich, warum, und ich erklärte Ihnen meine Gründe.«

»Sie sagten«, bemerkte Tuf, »dass Macht korrumpiert, dass absolute Macht absolut korrumpiert, dass die *Arche* den Ersten Ratsherrn Josen Rael und seine Gefolgsleute bereits korrumpiert hat und dass ich besser geeignet bin, das Saatgutschiff zu besitzen, weil ich ein unbestechlicher Mensch bin.«

Sie schenkte ihm ein mattes Lächeln. »Nicht ganz, Tuf. Ich sagte, ich denke nicht, dass es so etwas wie einen unkorrumpierbaren Menschen gibt, aber wenn, dann wären Sie einer.«

»In der Tat«, sagte Tuf und streichelte Dax. »Ich muss mich korrigieren.«

»Jetzt geben Sie mir aber sehr zu denken«, entgegnete sie. »Wissen Sie, was Sie vorhin getan haben? Zunächst haben Sie eine weitere Regierung gestürzt. Creg wird das nicht überleben. Sie haben der ganzen Welt erzählt, dass er ein Lügner ist. Vielleicht ist das nur fair. Sie haben ihm zur Macht verholfen, jetzt nehmen Sie sie ihm wieder fort. Erste Ratsherren scheinen nicht lange im

Amt zu bleiben, wenn Sie auftauchen, nicht wahr? Aber machen Sie sich deswegen keine Gedanken. Sie haben außerdem über dreißig Milliarden Mitgliedern der Kirche der Lebensentfaltung erzählt, dass ihre aufs innigste verehrte Religion für den Arsch ist. Sie haben praktisch gesagt, dass die gesamte Basis der technokratischen Philosophie, die die Politik des Rates seit Jahrhunderten bestimmt hat, ein Fehler ist. Wir können von Glück reden, wenn die nächste verdammte Wahl nicht wieder die Expansionisten an die Macht bringt, denn wenn das passiert, bedeutet es Krieg. Vandeen und Jazbo und die anderen Verbündeten werden eine weitere expansionistische Regierung nicht dulden. Sie haben wahrscheinlich auch mich ruiniert. Wieder einmal. Falls ich mich nicht schneller wieder aufrappeln kann als beim letzten Mal. Anstelle einer Sternengeliebten bin ich jetzt eine vertrocknete alte Bürokratin, die es liebt, hinsichtlich ihrer sexuellen Eskapaden Lügen zu verbreiten, und obendrein habe ich den Lebensgegnern geholfen.« Sie seufzte. »Es scheint Ihre Bestimmung zu sein, mich in Ungnade zu stürzen. Aber das ist egal, Tuf. Ich kann auf mich selbst aufpassen. Der Hauptpunkt ist, dass Sie es auf sich genommen haben, vierzig Milliarden Menschen eine Politik zu diktieren, ohne die leisesten Vorstellungen über die Konsequenzen zu haben. Mit welchem Recht? Wer hat Sie dazu autorisiert?«

»Ich würde behaupten, dass jeder Mensch das Recht hat, die Wahrheit zu sagen.«

»Und das Recht, eine weltweite, alle Netze umfassende Pressekonferenz einzufordern, um sich derart zu äußern. Woher nehmen Sie dieses verdammte Recht?«, sagte sie. »Es gibt mehrere Millionen Menschen auf S'uthlam, die zur Nuller-Fraktion gehören. Mich eingeschlossen. Sie haben nicht viel gesagt, was wir nicht schon seit Jahren sagen. Sie haben es nur lauter gesagt.«

»Dessen bin ich mir bewusst. Es ist meine Hoffnung, dass die Worte, die heute Abend gesagt wurden, ganz gleich, wie bitter sie auch aufgenommen wurden, letztendlich einen positiven Effekt auf die s'uthlamesische Politik und Gesellschaft haben. Vielleicht werden Cregor Blaxon und seine Technokraten erkennen, dass eine wahrhaftige Erlösung in dem, was er Tufs Blütezeit nennt und was Sie einst mit dem Brot-und-Fische-Wunder verglichen, nicht gefunden werden kann. Vielleicht werden sich Politik und Auffassungen von nun an ändern. Vielleicht kann in der nächsten Wahl sogar Ihre Nuller-Partei triumphieren.«

Tolly Mune runzelte die Stirn. »Das ist verdammt unwahrscheinlich, und Sie sollten das wissen. Und selbst wenn die Nuller-Fraktion gewinnen sollte, stellt sich die Frage, was zur Hölle wir tun können.« Sie beugte sich vor. »Hätten wir das Recht, die Geburtenkontrolle zu *erzwingen?* Das frage ich mich. Aber auch das ist egal. Mein Problem ist, dass Sie kein verdammtes Monopol an der Wahrheit haben. Jeder beliebige Nuller hätte Ihre Rede halten können. Zur Hölle, die Hälfte der verdammten Technokraten weiß, wie die Zahlen aussehen. Creg ist kein Narr. Genauso wenig, wie der arme Josen einer war. Was Sie in die Lage versetzt hat, dies zu tun, war *Macht*, Tuf. Die Macht der *Arche*. Die Hilfe, die Sie uns geben oder vorenthalten können, ganz wie es Ihnen beliebt.«

»In der Tat«, sagte Tuf. Er blinzelte. »Das kann ich nicht bestreiten. Die traurige Wahrheit in der Geschichte ist immer gewesen, dass die blinde Menge stets dem Mächtigen folgt und nie dem Weisen.«

»Und welcher von beiden sind Sie, Tuf?«

»Ich bin nur ein einfacher …«

»Jaja«, blaffte sie. »Ich weiß. Ein gottverdammter einfacher Ökoingenieur. Ein einfacher Ökoingenieur, der den Propheten spielt.

Ein einfacher Ökoingenieur, der S'uthlam genau zweimal in seinem Leben besucht hat, für insgesamt vielleicht einhundert Tage, und der sich nun kompetent genug fühlt, unsere Regierung zu kippen, unsere Religion zu diskreditieren und über vierzig Milliarden Menschen zu erzählen, wie viele verflixte Kinder sie haben dürfen. Mein Volk mag blöd sein, es mag kurzsichtig sein und vielleicht auch blind, aber es ist immer noch mein Volk, Tuf. Ich glaube nicht, dass ich es zur Gänze gutheiße, wenn Sie hierherkommen und versuchen, uns an Ihre eigenen glorreichen Werte anzupassen.«

»Ich weise diese Anschuldigungen von mir, Madam. Was auch immer meine persönlichen Grundsätze sein mögen, ich trachte nicht danach, sie S'uthlam aufzudrängen. Vielmehr habe ich es mir zum Ziel gesetzt, gewisse Wahrheiten ans Licht zu bringen und Ihre Bevölkerung über bestimmte harte Fakten zu unterrichten, deren Summe die sichere Katastrophe ergibt und die nicht durch Glaube, Gebete oder melodramatische Romanzen in Ihren Videonetzen geändert werden können.«

»Sie wurden bezahlt …«, begann Tolly Mune.

»Unzureichend«, unterbrach Tuf sie.

Sie lächelte trotzdem. »Sie wurden für ökologische Maßnahmen bezahlt, Tuf, nicht für religiöse oder politische Instruktionen, vielen Dank.«

»Keine Ursache, Hafenmeisterin Mune.« Er legte die Hände zusammen. »Ökologie«, sagte er. »Denken Sie über dieses Wort nach, wenn Sie so freundlich wären. Meditieren Sie über seine Bedeutung. Ein Ökosystem könnte man vielleicht mit einer großen biologischen Maschine vergleichen. Wenn man dieser Analogie folgt, muss man die Menschheit als Teil dieser Maschine sehen. Zweifelsohne als wichtigen Teil – ein Antriebsmotor, ein zentraler Stromkreis –, aber keinesfalls kann man es vom Gesamtmechanismus trennen, wie fälschlicherweise oft angenommen wird. Ergo, wenn jemand wie ich ein Ökosystem umgestaltet, muss er notwendigerweise auch die Menschen verändern, die darin leben.«

»Jetzt machen Sie mir aber Angst, Tuf. Sie sind zu lange allein in diesem Schiff gewesen.«

»Das ist eine Auffassung, die ich nicht teile«, sagte Tuf.

»Menschen sind keine alten Impulsringe oder Antriebsdüsen, die man rekalibrieren kann, wissen Sie.«

»Menschen sind wesentlich komplexer und widerspenstiger als jede simple mechanische, elektronische oder biochemische Komponente«, stimmte Tuf ihr zu.

»Das meine ich nicht.«

»Die S'uthlamesen sind besonders kompliziert«, sagte Tuf.

Tolly Mune schüttelte den Kopf. »Erinnern Sie sich an meine Worte, Tuf. Macht korrumpiert.«

»In der Tat«, sagte er. Diesmal hatte sie keine Ahnung, was das heißen sollte.

Haviland Tuf erhob sich von seinem Sitz. »Mein Aufenthalt hier wird bald zu Ende sein«, sagte er. »In diesem Augenblick beschleunigt der Chronowarp der *Arche* das Wachstum der Organismen in meinen Klontanks. Die *Basilisk* und die *Mantikor* stehen zur Auslieferung bereit, nur für den Fall, das Cregor Blaxon oder sein Nachfolger sich schließlich dafür entscheiden sollte, meine Empfehlungen anzunehmen. Ich schätze, dass S'uthlam innerhalb von zehn Tagen die Fleischtiere, Jersee-Kapseln, Ororos und so weiter bekommen wird. Zu diesem Zeitpunkt werde ich abreisen, Hafenmeisterin Mune.«

»Und wieder bin ich verlassen von meinem den Sternen verpflichteten Liebsten«, sagte Tolly Mune verdrießlich. »Vielleicht kann ich daraus irgendwas machen.«

Tuf sah Dax an. »Leichtfertigkeit«, sagte er, »gewürzt mit Verbitterung.« Er blickte wieder auf und blinzelte. »Ich glaube, dass ich S'uthlam große Dienste erwiesen habe. Ich bedaure jegliche persönlichen Unannehmlichkeiten, die meine Methoden Ihnen verursacht haben. Das war nicht meine Absicht. Erlauben Sie mir eine kleine Wiedergutmachung.«

Sie hob den Kopf und sah ihn direkt an. »Wie wollen Sie das anstellen, Tuf?«

»Ein kleines Geschenk«, sagte Tuf. »An Bord der *Arche* konnte ich nicht umhin, die Liebe zu bemerken, mit der Sie die Kätzchen behandelt haben. Auch blieb diese nicht gänzlich unerwidert. Ich möchte Ihnen gern zwei meiner Katzen schenken, als Zeichen meiner Wertschätzung.«

Tolly Mune schnaubte. »In der Hoffnung, dass die pure Angst die Sicherheitsleute fernhält, wenn sie kommen, um mich einzusperren? Nein, Tuf. Ich weiß Ihr Angebot zu schätzen und bin wirklich gerührt, aber Schädlinge sind im Netz illegal, erinnern Sie sich? Ich könnte sie nicht behalten.«

»Als Hafenmeisterin von S'uthlam haben Sie die Autorität, die entsprechenden Regulierungen zu ändern.«

»Oh, richtig! Und würde das nicht großartig aussehen? Lebensgegnerin und auch noch korrupt. Ich wäre wirklich verflixt berühmt.«

»Sarkasmus«, sagte Tuf zu Dax.

»Und was passiert, wenn man mich als Hafenmeisterin absetzt?«, fragte sie.

»Ich vertraue auf Ihre Fähigkeiten, diesen politischen Sturm zu überstehen, genau wie Sie es beim letzten Mal geschafft haben«, sagte Tuf.

Tolly Mune lachte heiser. »Gut für Sie, aber nein, wirklich, es geht einfach nicht.«

Haviland Tuf schwieg, sein Gesicht blieb völlig ausdruckslos. Schließlich hob er einen Finger. »Ich habe mir eine Lösung überlegt«, sagte er. »Zusätzlich zu meinen beiden Kätzchen werde ich Ihnen ein Raumschiff schenken. Wie Sie wissen, besitze ich mehr als genug davon. Dort können Sie die Kätzchen lassen, an Bord des Schiffs, technisch gesehen außerhalb der Jurisdiktion des Hafens von S'uthlam. Ich werde Ihnen sogar das nötige Futter für fünf Jahre überlassen, sodass niemand sagen kann, dass Sie Ihren sogenannten Schädlingen Kalorien geben, die die hungrigen Menschen dringender benötigen. Um Ihr beschädigtes öffentliches Image darüber hinaus aufzubessern, könnten Sie den Journalisten erzählen, dass diese beiden Katzen Geiseln sind, um meine versprochene Rückkehr nach S'uthlam in fünf Jahren zu gewährleisten.«

Tolly Mune ließ ein schiefes Lächeln über ihr hässliches Gesicht kriechen. »Das könnte funktionieren, verdammt. Sie machen es einem schwer, Ihnen zu widerstehen. Ein Raumschiff, sagen Sie?«

»In der Tat.«

Sie grinste. »Sie sind einfach zu überzeugend. In Ordnung. Welche Katzen also?«

»Zweifel«, sagte Haviland Tuf, »und Undank.«

»Ich bin mir sicher, dass dahinter eine Anspielung steckt«, sagte Tolly Mune. »Aber das ist mir egal. Und Futter für fünf Jahre?«

»Bis zum Tag, wenn ich in fünf Jahren zurückkehre, um den Rest meiner Schuld zu begleichen.«

Tolly Mune sah ihn an – das lange, ruhige, weiße Gesicht, die blassen Hände, die sorgfältig über seinem kugelrunden Bauch gefaltet waren, die Schirmmütze, die auf seinem kahlen Kopf ruhte, die kleine schwarze Katze in seinem Schoß. Sie sah ihn lange und genau an und dann, aus Gründen, die sie nicht genau benennen konnte, zitterten ihre Hände ein wenig, und Bier kleckerte ihr aus dem offenen Glas auf den Ärmel. Sie spürte, wie die kalte Nässe bis in ihr Hemd drang und ihr das Handgelenk herunterrann. »Oh, welche Freude!«, sagte sie. »Tuf und nochmals Tuf. Ich kann es kaum erwarten.«

EINE BESTIE FÜR NORN

Haviland Tuf saß allein in der dunkelsten Ecke einer Bierkneipe auf Tamber und trank, als der Dünne ihn fand. Seine Ellbogen ruhten auf dem Tisch, und sein kahler Kopf berührte fast den niedrigen hölzernen Balken über ihm. Vier leere Krüge standen vor ihm, ihre Innenseiten waren mit Schaumringen verziert, während er einen fünften, halb vollen, in den riesigen weißen Händen hielt.

Falls Tuf die neugierigen Blicke bemerkt hatte, die ihm die anderen Gäste von Zeit zu Zeit zuwarfen, ließ er sich nichts anmerken; mit ausdruckslosem Gesicht schlürfte er methodisch sein Bier. Er bot einen einzigartig einsamen Anblick, wie er so in seiner Nische sein Bier trank.

Obwohl er nicht gänzlich allein war; Dax lag schlafend vor ihm auf dem Tisch, ein Ball aus dunklem Fell. Von Zeit zu Zeit setzte Tuf seinen Bierkrug ab und streichelte träge seinen stummen Gefährten. Dax verharrte bewegungslos in seiner bequemen Lage zwischen den leeren Krügen. Der Kater war im Vergleich zu anderen Katzen genauso groß, wie Tuf es im Vergleich zu anderen Menschen war.

Als der Dünne sich Tufs Nische näherte, blieb Tuf stumm. Er blickte nur auf, blinzelte und wartete darauf, dass der andere begann.

»Sie sind Haviland Tuf, der Tierhändler«, sagte der Dünne. Er war wirklich erschreckend dünn. Seine Kleidung, die ausschließlich aus schwarzem Leder und grauem Pelz bestand, hing lose an ihm herunter und beulte hier und dort aus. Er war offensichtlich ein Mann von gewisser Bedeutung, da er einen schmalen Messingreif über seinen Augenbrauen und unter einem Wust aus schwarzem Haar trug und seine Finger mit einer Vielzahl von Ringen verziert waren.

Tuf kraulte Dax hinter einem schwarzen Ohr. »Es genügt wohl nicht, dass unsere Einsamkeit gestört wird«, sagte er mit tiefer Bassstimme fast ohne Betonung zu dem Kater. »Es reicht nicht aus, dass unsere Trauer verletzt wird. Wir müssen außerdem Verleumdungen und Beleidigungen ertragen, wie mir scheint.« Er blickte zu dem dünnen Mann auf. »Sir«, sagte er, »ich bin in der Tat Haviland Tuf, und vielleicht wird erzählt, dass ich in gewissem Sinne mit Tieren handele. Allerdings betrachte ich mich selbst vielleicht gar nicht als Tierhändler. Vielleicht betrachte ich mich eher als Ökoingenieur.«

Der Dünne wedelte irritiert mit der Hand und nahm ungeladen in der Nische Tuf gegenüber Platz.

»Ich weiß, dass Sie ein altes ÖIK-Saatgutschiff besitzen. Doch das macht Sie noch lange nicht zu einem Ökoingenieur, Tuf. Die sind alle tot, und zwar schon seit Jahrhunderten. Aber wenn Sie lieber als Ökoingenieur bezeichnet werden wollen, schön und gut. Ich benötige Ihre Dienste. Ich will ein Monster von Ihnen kaufen, eine große, schreckliche Bestie.«

»Ah«, sagte Tuf wieder zu seinem Kater. »Er wünscht ein Monster zu kaufen, dieser Fremde, der sich ungeladen an meinen Tisch setzt.« Tuf blinzelte. »Ich bedaure Ihnen mitteilen zu müssen, dass Ihre Suche umsonst war. Monster gehören ins Reich der Mythologie, Sir, genau wie Geister, Werwölfe und kompetente

Bürokraten. Außerdem bin ich im Moment nicht mit dem Handel von Tieren oder mit anderen Aspekten meines Berufes befasst. Im Moment genieße ich dieses exzellente tamberkinische Bier und trauere.«

»Sie trauern?«, fragte der Dünne. »Worum trauern Sie?« Er schien nicht gewillt zu sein, seinen Platz zu verlassen.

»Um eine Katze«, sagte Haviland Tuf. »Ihr Name war Sodom, und sie war lange Jahre meine Gefährtin, Sir. Sie ist kürzlich verstorben, auf einem Planeten namens Alyssar, zu dem ich unglücklicherweise gerufen wurde, und zwar durch die Hand eines bemerkenswert unangenehmen barbarischen Fürsten.« Er betrachtete den Messingstirnreifen des Dünnen. »Sie sind doch nicht eventuell ebenfalls ein barbarischer Fürst, Sir?«

»Natürlich nicht.«

»Das ist Ihr gutes Glück«, sagte Tuf.

»Nun, das mit Ihrer Katze tut mir wirklich leid, Tuf. Ich weiß, was Sie fühlen, jaja, ich habe das selbst tausendmal durchgemacht.«

»Tausendmal«, wiederholte Tuf tonlos. »Sie sollten vielleicht in Betracht ziehen, etwas besser auf Ihre Haustiere zu achten.«

Der Dünne zuckte mit den Achseln. »Tiere sterben nun mal, wissen Sie. Da kann man nichts machen. Zähne und Krallen und all das, jaja, das ist ihr Schicksal. Ich musste mich daran gewöhnen zuzusehen, wie meine Besten vor meinen Augen abgeschlachtet werden. Aber genau darüber will ich mit Ihnen reden, Tuf.«

»In der Tat?«, sagte Haviland Tuf.

»Mein Name ist Herold Norn. Ich bin der Senior-Bestiendompteur meines Hauses, eines der Zwölf Großen Häuser von Lyronica.«

»Lyronica«, bemerkte Tuf. »Der Name ist mir nicht gänzlich unvertraut. Ein kleiner, spärlich besiedelter Planet, wenn ich mich recht erinnere, mit einer gewissen unzivilisierten Neigung. Vielleicht erklärt das Ihre Missachtung zivilisierten Benehmens.«

»Unzivilisiert?«, fragte Norn. »Das ist tamberkinischer Quatsch, Tuf. Blöde Bauern. Lyronica ist das Juwel dieses Sektors. Sie haben schon von den Spielgruben gehört, nicht wahr?«

Haviland Tuf kraulte Dax wieder hinter dem Ohr, ein bestimmtes rhythmisches Kraulen, und der Kater streckte sich langsam, gähnte und sah den dünnen Mann mit großen, hellen, goldenen Augen an. Er schnurrte leise.

»Einige kleine Bröckchen an Informationen sind mir während meiner Reisen zu Ohren gekommen«, sagte Tuf. »Vielleicht wären Sie so freundlich, Herold Norn, die Angelegenheit etwas weiter auszuführen, damit Dax und ich Ihr Ansinnen besser beurteilen können.«

Herold Norn rieb die Hände aneinander und nickte. »Dax?«, fragte er. »Natürlich. Ein schönes Tier, obwohl ich persönlich nie ein Liebhaber von Tieren gewesen bin, die nicht kämpfen können. Wahre Schönheit liegt in der Kraft zu töten, sage ich immer.«

»Eine eigenwillige Einstellung«, bemerkte Tuf.

»Nein«, sagte Norn, »ganz und gar nicht. Ich hoffe doch, dass Sie durch Ihre Arbeit hier nicht von der tamberkinischen Zimperlichkeit angesteckt wurden.«

Tuf leerte still seinen Krug und winkte dann nach zwei weiteren. Der Barkeeper brachte sie unverzüglich.

»Ich danke Ihnen«, sagte Norn, als der Krug golden und schäumend vor ihm abgestellt wurde.

»Fahren Sie fort, Sir.«

»Ja. Nun, die Zwölf Großen Häuser von Lyronica wetteifern in den Spielgruben. Es begann … ach, vor Jahrhunderten. Davor führten die Häuser Krieg gegeneinander. So ist es jetzt viel besser. Die Familienehre wird aufrechterhalten, Gewinne werden gemacht, und niemand wird verletzt. Sehen Sie, jedes Haus beherrscht große Gebiete, die weit über den Planeten verstreut sind, und da das Land sehr dünn besiedelt ist, gedeiht das tierische Leben. Die Herrscher der großen Häuser begannen vor vielen Jahren während einer Phase des Friedens mit den Tierkämpfen. Es war ein beliebter Zeitvertreib, tief in der Geschichte verwurzelt. Sie kennen vielleicht die altertümliche Mode der Hahnenkämpfe und das Volk der Alten Erde, das man Römer nannte und das in großen Arenen alle Arten von wilden Tieren aufeinander losließ.«

Norn machte eine Pause und trank etwas Bier, wartete auf eine Antwort, aber Tuf streichelte lediglich Dax und sagte gar nichts.

»Egal«, fuhr der dünne Lyronicaner schließlich fort und wischte sich mit dem Handrücken den Schaum vom Mund. »So hat dieser Sport begonnen, verstehen Sie? Jedes Haus hat sein bestimmtes Stück Land, seine eigenen Tiere. Das Haus von Varcour zum Beispiel siedelt im heißen, sumpfigen Süden und zieht es vor, riesige Echsenlöwen in die Spielgruben zu schicken. Feridian, ein Bergreich, hat eine Art Felsenaffen gezüchtet und zur Meisterschaft gebracht, die wir natürlich Feridianer nennen. Mein eigenes Haus, Norn, steht auf den Grasebenen des großen nördlichen Kontinents. Wir haben schon hundert verschiedene Bestien zum Wettkampf in die Gruben geschickt, aber am berühmtesten sind wir für unsere Eisenzähne.«

»Eisenzähne«, sagte Tuf. »Der Name spricht für sich.«

Norn lächelte verschlagen. »Ja«, sagte er stolz. »Als Senior-Bestiendompteur habe ich Tausende von ihnen trainiert. Oh, was sind das für schöne Tiere! So groß, wie Sie es sind, ihr Fell von wunderbarstem Blauschwarz, wild und unnachgiebig.«

»Darf ich vermuten, dass Ihre Eisenzähne von den Hundeartigen abstammen?«

»Aber von was für Hunden!«, erwiderte Norn.

»Und dennoch verlangen Sie von mir ein Monster.«

Norn trank noch etwas von seinem Bier. »Sicher, sicher. Menschen von einem Dutzend nahegelegener Planeten reisen nach Lyronica, um die Tierkämpfe in den Spielgruben zu sehen und auf das Ergebnis zu wetten. Besonders zahlreich besuchen sie die Bronzene Arena, die seit sechshundert Jahren in der Stadt Aller Häuser steht. Dort werden die größten Kämpfe ausgetragen. Der Wohlstand unserer Häuser und unseres Planeten hängt inzwischen davon ab. Ohne das wäre das reiche Lyronica so arm wie die Bauern auf Tamber.«

»Ja«, sagte Tuf.

»Aber verstehen Sie, dieser Reichtum, er geht an die Häuser nach ihrem Ansehen, nach ihren Siegen. Das Haus von Arneth ist das größte und mächtigste geworden, weil auf seinen unterschiedlichen Ländereien so viele tödliche Bestien gedeihen; die anderen rangieren gemäß ihren Siegen in der Bronzenen Arena dahinter.«

Tuf blinzelte. »Das Haus von Norn steht an letzter und unbedeutendster Stelle der Zwölf Großen Häuser von Lyronica«, sagte er, und Dax schnurrte lauter.

»Sie wissen es?«

»Sir. Das war doch nur zu offensichtlich. Jetzt habe ich folgenden Einwand. Könnte es nach den Regeln Ihrer Bronzenen Arena nicht als unethisch erachtet werden, eine Spezies zu erwerben und einzusetzen, die nicht auf Ihrem sagenhaften Planeten zu Hause ist?«

»Es gibt Präzedenzfälle. Vor ungefähr siebzig Jahren kam ein Spieler von der Alten Erde mit einem Wesen namens Timberwolf, das er selbst trainiert hatte. Das Haus von Colin unterstützte ihn in einem Anfall von Wahnsinn. Seine arme Bestie wurde gegen einen Eisenzahn von Norn aufgestellt und hatte keine Chance. Es gibt auch noch andere derartige Fälle.

In den letzten Jahren haben sich unsere Eisenzähne unglücklicherweise nicht sehr gut vermehrt. Die wildlebenden Exemplare in den Grasebenen sind fast ausgestorben, und die paar verbliebenen sind schnell und schwer zu fassen, sodass es für unsere Leute schwierig wurde, sie zu fangen. Die Nachkommen in den Zuchtställen sind verweichlicht, trotz aller Bemühungen meinerseits und der Bestiendompteure vor mir. Norn hat zuletzt nur wenige Kämpfe gewonnen, und ich werde nicht mehr lange Senior-Bestiendompteur sein, wenn nicht irgendetwas unternommen wird. Wir verarmen. Als ich hörte, dass Ihre *Arche* nach Tamber gekommen ist, beschloss ich, Sie aufzusuchen. Ich werde mit Ihrer Hilfe eine neue Ära des Ruhmes für Norn begründen.«

Haviland Tuf saß sehr still da. »Ich kann das Dilemma nachvollziehen, in dem Sie sich befinden. Trotzdem muss ich Sie davon in Kenntnis setzen, dass ich mich für gewöhnlich nicht damit beschäftige, Monster zu verkaufen. Die *Arche* ist ein uraltes Saatgutschiff, vor Tausenden von Jahren von den Erdimperialen erschaffen, um die Hrangan mittels Biowaffen zu dezimieren. Ich kann ein veritables Füllhorn von Krankheiten und Seuchen freisetzen, und in meiner Zellbibliothek ist Klonmaterial für eine ungeahnte Anzahl von Arten von mehr als tausend Planeten gespeichert, aber wahrhafte Monster von der Art, die Sie, wie ich schließen darf, benötigen, gibt es nur in einer etwas geringeren Auswahl.«

Herold Norn sah niedergeschlagen aus. »Sie haben also nichts?«

»Das waren nicht meine Worte«, sagte Haviland Tuf. »Die Männer und Frauen des vergangenen Ökologischen Ingenieurskorps haben tatsächlich hin und wieder von Spezies Gebrauch gemacht, die die schlecht Informierten oder Abergläubischen als monströs bezeichnen könnten, sowohl aus psychologischen als auch ökologischen Gründen. Ich habe in der Tat ein paar derartige Tiere im Bestand – eine geringe Anzahl, vielleicht ein paar Tausend, sicher nicht mehr als zehntausend. Um eine genauere Aussage treffen zu können, müsste ich zunächst meine Computer konsultieren.«

»Ein paar Tausend Monster!« Norn war aufgeregt. »Das ist eine mehr als ausreichende Auswahl! Zweifellos können wir darunter eine Bestie für Norn finden!«

»Vielleicht«, sagte Tuf. »Oder vielleicht auch nicht. Beides ist möglich.« Er betrachtete Norn, sein langes Gesicht war kühl und leidenschaftslos. »Diese Angelegenheit auf Lyronica hat mein Interesse ein wenig geweckt, und da ich im Moment ohne berufliches Engagement bin, nachdem ich den Tamberkin einen Vogel verschafft habe, um ihre Wurzelwurmplage in den Griff zu bekommen, bin ich geneigt, Ihren Planeten und Ihre Bitte einer näheren Betrachtung zu unterziehen. Kehren Sie zurück nach Norn, Sir. Ich werde die *Arche* nach Lyronica bringen und Ihre Spielgruben besuchen, und wir werden entscheiden, was dann geschehen soll.«

Norn lächelte. »Ausgezeichnet«, sagte er. »Diese Runde Bier geht auf mich.«

Dax schnurrte so laut wie ein landendes Shuttle.

Die Bronzene Arena stand mitten im Zentrum der Stadt Aller Häuser, an dem Punkt, an dem sich die Sektoren, die von den Zwölf Großen Häusern beherrscht werden, wie die Stücke einer großen Torte in der Mitte trafen. Jedes Viertel der wuchernden Steinstadt war von einer Mauer umgeben, über jedem wehte eine Flagge mit individuellen Farben, jedes hatte seine eigene Atmosphäre und seinen eigenen Stil; aber alle trafen sich in der Bronzenen Arena.

Die Arena war nicht vollständig aus Bronze, sondern hauptsächlich aus schwarzem Stein und poliertem Holz. Sie wölbte sich aufwärts, höher als alles bis auf ein paar in der Stadt verstreute Türme und Minarette, und wurde von einer glänzenden Bronzekuppel überdacht, die in den orangefarbenen Strahlen der untergehenden Sonne leuchtete. Aus Stein geschnittene oder aus Bronze und Schmiedeeisen geformte Wasserspeier blickten aus den vielen schmalen Fenstern. Die großen Türen in den schwarzen Steinwänden waren ebenfalls aus Metall hergestellt, und es gab zwölf von ihnen, jede führte in einen anderen Sektor der Stadt Aller Häuser. Die Farben und die Kupferstiche an jedem Tor kennzeichneten das jeweilige Haus.

Lyronicas Sonne zog faustgroß und feuerrot Schlieren über den westlichen Horizont, als Herold Norn Haviland Tuf zu den Spielen führte. Die Bediensteten hatten soeben Gasfackeln entzündet, metallene Obelisken, die wie Zähne in einem Ring um die Bronzene Arena standen, und das riesige uralte Gebäude war von flackernden Säulen blau-orangener Flammen umgeben. Inmitten der Menge aus Spielern folgte Tuf Herold Norn von den halb verwaisten Straßen der Norn-Slums eine Straße aus zerstoßenen Steinen hinunter, kam an zwölf bronzenen Eisenzähnen vorbei, die in zeitlosen Posen an beiden Seiten der Straße die Zähne fletschten und wütend fauchten, und ging dann durch das weite Norn-Tor. Die Türen bestanden aus kunstvoll verziertem Ebenholz und Messing. Die uniformierten Wachen, gekleidet in das gleiche schwarze Leder und graue Fell wie Herold Norn selbst, erkannten den Bestiendompteur und ließen sie passieren, andere wurden aufgehalten, um mit goldenen und eisernen Münzen zu bezahlen.

Die Arena war die größte Spielgrube von allen. Sie war tatsächlich eine Grube, der sandige Kampfboden tief unter das Bodenniveau abgesenkt und von vier Meter hohen Steinwänden umgeben. Dann begannen die Sitze, genau oberhalb der Wände, und umgaben die Arena in aufsteigenden Reihen, bis sie die Türen erreichten. Genügend Sitzplätze für dreißigtausend, prahlte Norn, obwohl Tuf bemerkte, dass jene, die hinten saßen, die schlechteste Sicht hatten, und andere Sitze von eisernen Säulen blockiert wurden. Wettbüros waren überall im Gebäude verteilt.

Herold Norn brachte Tuf zu den besten Plätzen in der Arena, genau vor der Norn-Sektion, wo sie nur eine steinerne Brüstung vor einem Vier-Meter-Sturz auf den Kampfboden bewahrte. Die Sitze waren nicht aus klapprigem Holz und Eisen wie die weiter hinten, sondern wahre Lederthrone, groß genug, um sogar Tufs riesige Masse ohne Probleme aufzunehmen, und dazu noch äußerst bequem. »Jeder Sitz ist mit dem Leder eines der Tiere bezogen, die da unten ehrenvoll gestorben sind«, erzählte Herold Norn Tuf, als sie sich setzten.

Unter ihnen zog eine Gruppe von Arbeitern in blauen Overalls den Kadaver eines dürren gefiederten Tieres zu einem der Ausgänge. »Ein Kampfvogel vom Haus der Wrai-Hügel«, erklärte Norn. »Der Wrai-Bestiendompteur hatte ihn gegen einen Echsenlöwen von Varcour in den Kampf geschickt. Nicht gerade die glücklichste Wahl.«

Haviland Tuf sagte nichts. Er saß steif und aufrecht da, bekleidet mit einem grauen Vinylmantel, der ihm bis zu den Knöcheln reichte, mit protzigen Schulterstücken und einer grünen Schirmkappe, verziert mit dem goldenen Theta der Ökoingenieure. Seine großen, bleichen Hände waren auf seinem gewölbten Bauch verschränkt, während Herold Norn einen unablässigen Gesprächsverlauf aufrechterhielt.

Als der Ansager der Arena sprach, dröhnte der Donner seiner verstärkten Stimme überall um sie herum. »Fünfter Kampf«, rief er. »Vom Haus von Norn ein männlicher Eisenzahn, zwei Jahre alt, 2,6 Quintals schwer, trainiert von Junior-Bestiendompteur Kers Norn. Erstmals in der Bronzenen Arena.« Genau unter ihnen knirschte Metall unangenehm auf Metall, und eine albtraumhafte Kreatur kam in die Grube gesprungen. Der Eisenzahn war ein zottiger Gigant mit tief liegenden roten Augen und einer Doppelreihe gebogener Zähne, von denen Speichel tropfte – ein überproportional großer Wolf gekreuzt mit einem Säbelzahntiger, die Beine so dick wie junge Bäume, seine Geschwindigkeit und tödliche Grazie kaum vom blauschwarzen Fell verborgen, das das Spiel seiner Muskeln umhüllte. Der Eisenzahn knurrte, und die Arena warf den Laut als Echo zurück; verstreute Jubelrufe erklangen um sie herum.

Herold Norn lächelte. »Kers ist ein Cousin von mir und einer unserer meistversprechenden Junioren. Er hat mir gesagt, dass seine Bestie uns stolz machen wird. Jaja, mir gefällt sein Anblick, Ihnen auch?«

»Da ich neu auf Lyronica und in Ihrer Bronzenen Arena bin, habe ich keine Vergleichsmöglichkeiten«, sagte Tuf leise.

Der Ansager sprach wieder. »Vom Haus von Arneth-im-vergoldeten-Wald ein Würgeaffe, sechs Jahre alt, 3,1 Quintal schwer, trainiert von Senior-Bestiendompteur Danel Leigh Arneth. Bereits dreimal in der Bronzenen Arena und dreimal siegreich.«

Auf der anderen Seite der Kampfgrube öffnete sich ein weiterer Eingang – der in Gold und Karmesinrot –, und die zweite Bestie kam auf zwei gedrungenen Beinen herausgepoltert und schaute sich um. Der Affe war klein, aber außerordentlich breit, mit dreieckigem Körper und einem kugelförmigen Kopf, die Augen lagen tief unter einer großen Stirnwulst. Seine Arme, muskulös und mit jeweils zwei Gelenken, bohrten sich in den Sand der Arena. Vom Kopf bis zu den Zehenspitzen war die Bestie haarlos bis auf zwei Flecken dunkelroter Haare unter den Armen; die Haut war von einem schmutzigen Weiß. Und sie stank. Noch am anderen Ende der Arena nahm Haviland Tuf den Moschusgeruch wahr.

»Er schwitzt«, erklärte Norn. »Danel Leigh hat ihn zur Raserei getrieben, bevor er ihn rausgeschickt hat. Seine Bestie hat den Vorteil der Erfahrung, und der Würgeaffe ist ein primitives Tier. Anders als sein Verwandter, der Berg-Feridianer, ist er von Natur aus ein Fleischfresser und braucht wenig Training. Aber Kers' Eisenzahn ist jünger. Der Kampf könnte interessant werden.« Der Norn-Bestiendompteur beugte sich vor, während Tuf ruhig und still dasaß.

Der Affe drehte sich herum, grollte tief aus der Kehle, und schon rannte der Eisenzahn knurrend auf ihn zu, ein schwarzblauer Schatten, der beim Rennen Sand aufspritzten ließ. Der Würgeaffe erwartete ihn, breitete die langen, dürren Arme aus, und Tuf nahm verschwommen wahr, wie der große nornische Killer mit einem enormen Satz den Boden verließ. Dann waren die beiden Tiere ineinander verschlungen, rollten als grausames Knäuel hin und her, und in der Arena erscholl eine Symphonie aus Schreien. »Die Kehle«, rief Norn. »Reiß ihm die Kehle raus! Reiß ihm die Kehle raus!«

Die beiden Tiere trennten sich so plötzlich, wie sie sich getroffen hatten. Der Eisenzahn drehte sich weg und bewegte sich nun in langsamen Kreisen, und Tuf sah, dass ein Vorderbein verdreht und gebrochen war. Er humpelte auf den drei verbliebenen Gliedmaßen weiter im Kreis. Der Würgeaffe bot ihm keine Angriffsfläche, sondern drehte sich beständig mit. Lange Risse hatten sich über der breiten Brust des Affen geöffnet, wo die Reißzähne des Eisenzahns ihn getroffen hatten, aber die Bestie schien kaum geschwächt. Herold Norn murmelte leise vor sich hin.

Ungeduldig wegen der Pause stimmten die Zuschauer in der Bronzenen Arena einen rhythmischen Chor an, einen leisen, wortlosen Gesang, der lauter und lauter wurde, als sich immer mehr Stimmen dem Chor anschlossen. Tuf erkannte sofort, dass das Geräusch die Tiere beeinflusste. Sie knurrten und zischten, gaben primitive Kampfschreie von sich, und der Würgeaffe bewegte sich in einem makabren kleinen Tanz von einem Bein aufs andere, vor und zurück, während blutiger Speichel aus den aufgerissenen Kiefern des Eisenzahns rann.

Der Todeschor schwoll an und ab, wurde immer lauter, bis die Kuppel über ihnen vom Lärm vibrierte. Die Bestien wurden rasend. Plötzlich griff der Eisenzahn wieder an, und der Affe streckte die langen Arme aus, um seinem wilden Vorstoß zu begegnen. Die Wucht des Aufpralls stieß den Würger nach hinten, aber Tuf sah, dass die Zähne des Eisenzahns im Nichts zusammentrafen, während der Affe seine Hände um die schwarzblaue Kehle schloss. Der Hundeartige warf sich heftig hin und her, während sie sich im Sand rollten. Dann gab es ein scharfes, erschreckend lautes Knacken, und die Wolfskreatur war nicht mehr als ein Stück Fell mit grotesk zur Seite hängendem Kopf.

Die Zuschauer beendeten ihren klagenden Gesang und begannen zu applaudieren und zu pfeifen. Schließlich öffnete sich das goldene und karmesinrote Tor erneut, und der Würgeaffe kehrte dahin zurück, woher er gekommen war. Vier Männer in nornischem Schwarz und Grau kamen heraus, um die Leiche des Eisenzahns hinauszutragen.

Herold Norn war missgelaunt. »Ein weiterer Verlust. Ich muss mit Kers sprechen. Seine Bestie hat die Kehle nicht gefunden.«

»Was wird aus dem Kadaver?«, fragte Tuf.

»Wird gehäutet und zerteilt«, murmelte Norn. »Das Haus von Arneth wird den Pelz nutzen, um einen Sitz in seiner Sektion der

Arena zu polstern. Das Fleisch wird an die Bettler verteilt, die draußen vor der goldenen und karmesinroten Tür zetern. Die Großen Häuser sind alle äußerst großzügig.«

»In der Tat«, sagte Haviland Tuf. Er erhob sich von seinem Sitz und entfaltete sich langsam und würdevoll. »Ich habe Ihre Bronzene Arena gesehen.«

»Sie gehen schon?«, fragte Norn besorgt. »Doch sicher nicht so bald! Es gibt noch fünf weitere Kämpfe. Als Nächstes kämpft ein gigantischer Feridianer gegen einen Wasserskorpion von der Insel Amar!«

»Mein Wunsch war es lediglich, in Erfahrung zu bringen, ob alles, was ich über Lyronicas weitgerühmte Bronzene Arena gehört habe, der Wahrheit entspricht. Ich habe gesehen, dass es so ist. Daher gibt es keinen Grund für mich, länger zu verweilen. Man muss nicht die ganze Flasche Pilzwein austrinken, um sich zu vergewissern, ob der Jahrgang einen guten Geschmack hat.«

Herold Norn erhob sich. »Also gut«, sagte er, »dann kommen Sie mit mir zum Haus Norn. Ich kann Ihnen die Ställe und die Trainingsgruben zeigen. Wir werden Sie bewirten, wie Sie noch nie bewirtet wurden!«

»Das wird nicht nötig sein«, sagte Haviland Tuf. »Nachdem ich Ihre Bronzene Arena gesehen habe, werde ich auf die Kraft meiner Vorstellungen und Schlussfolgerungen vertrauen, um mir ein Bild von Ihren Ställen und Trainingsgruben zu machen. Ich werde unverzüglich in die *Arche* zurückkehren.«

Norn legte besorgt eine Hand auf Tufs Arm, um ihn zurückzuhalten. »Werden Sie uns also ein Monster verkaufen? Sie haben ja nun unsere Not gesehen.«

Tuf wich dem Griff des Bestiendompteurs mit einer Gewandtheit aus, die seine Größe und sein Gewicht Lügen strafte. »Sir. Halten Sie sich zurück. Ich mag es nicht, grob festgehalten und angefasst zu werden.« Als Norns Hand sich gesenkt hatte, blickte Tuf ihm von oben in die Augen. »Ich hege keinen Zweifel, dass es ein Problem auf Lyronica gibt. Vielleicht würde ein praktischerer Mensch als ich entscheiden, dass es ihn nichts angeht, aber da ich im Herzen ein selbstloser Mensch bin, kann ich es nicht mit mir vereinbaren, Sie so zurückzulassen, wie ich Sie vorgefunden habe. Ich werde Ihre Situation überdenken und mich mit geeigneten korrektiven Mitteln befassen. Sie dürfen mich in drei Tagen in der *Arche* kontaktieren. Vielleicht werde ich dann ein oder zwei Ideen haben, über die wir uns austauschen können.«

Dann drehte sich Haviland Tuf ohne weiteres Aufhebens um und kehrte von der Bronzenen Arena zurück zum Raumhafen der Stadt Aller Häuser, wo sein Shuttle *Basilisk* auf ihn wartete.

Herold Norn war offensichtlich nicht auf die *Arche* vorbereitet gewesen. Er trat aus seinem winzigen, zerbeulten, schwarz-grauen Shuttle auf die unglaubliche Weite des Landedecks und blieb mit offenem Mund stehen, reckte den Kopf in die eine oder andere Richtung, starrte in die höhlenartige Dunkelheit hinauf, zu den drohend aufragenden außerirdischen Raumschiffen, auf das Ding, das aussah wie ein metallener Drache, der in den entfernten Schatten lauerte. Als Haviland Tuf in einem offenen, dreirädrigen Wagen auf ihn zugerollt kam, um ihn zu empfangen, versuchte der Bestiendompteur gar nicht erst, seine Reaktion zu verbergen. »Ich hätte es wissen müssen«, wiederholte er immer und immer wieder. »Die Größe dieses Schiffs, die *Größe*. Aber natürlich hätte ich es wissen müssen.«

Haviland Tuf saß ungerührt da, hielt Dax auf einem Arm und streichelte den Kater langsam. »Manche könnten die *Arche* übertrieben groß finden, vielleicht sogar in ihrer Weite beängstigend, aber ich fühle mich hier wohl«, sagte er teilnahmslos. »Die uralten ÖIK-Saatgutschiffe hatten einst eine zweihundertköpfige Besatzung, und ich kann nur vermuten, dass sie, so wie auch ich, beengte Quartiere verabscheuten.«

Herold Norn setzte sich neben Tuf. »Aus wie vielen Köpfen besteht Ihre Crew?«, fragte er beiläufig, während Tuf den Wagen in Bewegung setzte.

»Aus einem oder fünf, je nachdem, ob man die katzenartigen Besatzungsmitglieder oder nur die humanoiden zählt.«

»Sie sind das *einzige* Besatzungsmitglied?«, fragte Norn.

Dax erhob sich in Tufs Schoß; sein langes schwarzes Fell war gesträubt. »Die Bewohner der *Arche* bestehen aus mir, Dax und drei weiteren Katzen mit den Namen Gomorrha, Feindseligkeit und Argwohn. Bitte lassen Sie sich durch ihre Namen nicht beunruhigen, Bestiendompteur Norn. Es sind gutmütige und harmlose Kreaturen.«

»Ein Mann und vier Katzen«, sagte Herold Norn nachdenklich. »Eine kleine Besatzung für ein großes Schiff, jaja.«

Dax fauchte. Tuf, der den Wagen mit einer großen, bleichen Hand steuerte, benutzte die andere, um sein Haustier zu streicheln und zu beruhigen. »Ich sollte vielleicht auch die Schläfer erwähnen, da Sie ein derart gesteigertes Interesse an den verschiedenen Lebensformen an Bord der *Arche* zu haben scheinen.«

»Die Schläfer?«, fragte Herold Norn. »Was ist das?«

»Verschiedene lebende Organismen, mikroskopisch klein bis monströs groß, vollständig geklont, aber komatös, in den Klontanks der *Arche* in andauernder Stasis gehalten. Obwohl ich eine gewisse Zuneigung für alle Arten von Tieren hege, habe ich es meinem Intellekt im Fall dieser Schläfer klugerweise erlaubt, über meine Emotionen zu herrschen, und daher keine Schritte unternommen, ihren langen, traumlosen Schlummer zu stören. Nachdem ich die Natur dieser besonderen Spezies untersucht hatte, beschloss ich vor langer Zeit, dass sie entschieden weniger angenehme Reisegefährten sein würden als meine Katzen. Ich muss zugeben, dass ich die Schläfer von Zeit zu Zeit als ausgesprochenes Ärgernis empfinde. In regelmäßigen Abständen muss ich einen lästigen Geheimbefehl in die Computer der *Arche* eingeben, damit ihr langer Schlaf fortgesetzt wird. Ich bin in großer, ständiger Sorge, dass ich diese Prozedur eines Tages aus welchem Grund auch immer vergessen könnte und mein Schiff von den verschiedensten fremdartigen Krankheiten und geifernden Karnivoren heimgesucht wird, was eine zeitraubende und ärgerliche Reinigung erforderlich macht und vielleicht sogar mir oder meinen Katzen Schaden zufügen könnte.«

Herold Norn starrte in Tufs ausdrucksloses Gesicht und betrachtete seinen großen, feindseligen Kater. »Ah«, sagte er. »Jaja. Klingt sehr gefährlich, Tuf. Vielleicht sollten Sie all diese Schläfer, äh, abtöten. Dann wäre es, äh, sicherer für Sie.«

Dax fauchte ihn wieder an.

»Eine interessante Vorstellung«, sagte Tuf. »Zweifelsohne waren die Unbeständigkeiten des Krieges dafür verantwortlich, den Männern und Frauen des Ökologischen Ingenieurskorps derart paranoide Verhaltensweisen einzuimpfen, dass sie sich dazu verpflichtet fühlten, diese furchtbaren biologischen Verteidigungsmittel zu programmieren. Da ich selbst von vertrauensseligerer und ehrlicherer Natur bin, habe ich oft darüber nachgedacht, die Schläfer zu beseitigen, aber die Wahrheit ist, dass ich es nicht über mich bringen kann, von meiner Seite aus eine historische Praxis abzuschaffen, die seit mehr als einem Jahrtausend Bestand hat. Daher erlaube ich den Schläfern, weiterhin zu schlafen, und tue mein Bestes, mich an die geheimen Befehle zu erinnern.«

Harold Norn runzelte die Stirn. »Jaja«, sagte er.

Dax saß wieder auf Tufs Schoß und schnurrte.

»Sind Sie zu irgendeinem Ergebnis gekommen?«, fragte Norn.

»Meine Bemühungen sind nicht gänzlich sinnlos gewesen«, sagte Tuf, während sie aus dem breiten Gang in die riesige Zentralröhre der *Arche* rollten. Herold Norn klappte den Mund wieder auf. Auf allen Seiten waren sie von einem endlosen Panorama aus Tanks in allen Größen und Formen umgeben, die sich im Dämmerlicht verloren. In einigen der mittelgroßen Tanks hingen dunkle Gestalten in durchsichtigen Beuteln und bewegten sich krampfartig. »Schläfer«, murmelte Norn.

»In der Tat«, sagte Haviland Tuf. Er starrte während des Fahrens stur geradeaus, Dax lag auf seinem Schoß zusammengerollt, und Norn schaute sich verwundert zu allen Seiten um.

Schließlich verließen sie den dunklen, widerhallenden Tunnel, fuhren durch einen engen Gang, stiegen aus dem Wagen und betraten einen großen, weißen Raum. Vier breite, gepolsterte Stühle beherrschten die vier Ecken der Kammer, mit Kontrolltafeln in den dicken, protzigen Armlehnen. Dazwischen war eine kreisrunde Platte aus blauem Metall in den Boden eingelassen. Haviland Tuf setzte Dax auf einen der Stühle, bevor er selbst auf einem zweiten Platz nahm. Norn sah sich um und nahm dann den Stuhl Tuf gegenüber.

»Ich muss Sie über verschiedene Dinge informieren«, begann Tuf.

»Jaja«, sagte Norn.

»Monster sind teuer«, sagte Tuf. »Ich würde Ihnen einhunderttausend Standards berechnen.«

»*Was!* Das ist unverschämt! Ich hatte Ihnen gesagt, dass Norn ein armes Haus ist.«

»Soso. Dann wird vielleicht ein reicheres Haus den geforderten Preis bezahlen. Das Ökologische Ingenieurskorps ist seit Jahrhunderten vergangen, Sir. Keins ihrer Schiffe ist funktionsfähig geblieben, bis auf die *Arche*. Ihr Wissen ist größtenteils vergessen. Die Techniken des Klonens und der Genmanipulation, wie sie sie praktizierten, gibt es jetzt nur noch auf dem fernen Prometheus und vielleicht auf der Alten Erde selbst, aber die Erde ist abgeschottet, und die Prometheaner hüten ihre biologischen Geheimnisse mit leidenschaftlicher Inbrunst.« Tuf schaute hinüber zu Dax. »Und trotzdem hält Herold Norn meinen Preis für zu hoch.«

»Fünfzigtausend Standards«, sagte Norn. »Und wir können selbst diesen Preis kaum bezahlen.«

Haviland Tuf schwieg.

»Also dann achtzigtausend Standards! Mehr kann ich nicht bieten. Das Haus Norn wird bankrottgehen! Man wird unsere bronzenen Eisenzähne abreißen und das Norn-Tor versiegeln!«

Haviland Tuf schwieg.

»Verflucht sollen Sie sein! Einhunderttausend Standards, jaja. Aber nur, wenn Ihre Monster unseren Ansprüchen genügen.«

»Sie werden die volle Summe bei Lieferung bezahlen.«

»Unmöglich!«

Tuf schwieg wieder.

Herold Norn versuchte es auszusitzen. Er blickte sich mit einstudierter Gleichgültigkeit um. Tuf starrte stur geradeaus. Er fuhr sich mit den Fingern durch das Haar. Tuf starrte stur geradeaus. Er wand sich auf seinem Stuhl. Tuf starrte stur geradeaus.

»Na gut«, sagte Norn frustriert.

»Und nun zu den Monstern selbst«, sagte Tuf. »Ich habe Ihre Bedürfnisse eingehend studiert und meine Computer konsultiert. In der Zellbibliothek der *Arche* gibt es Proben von Tausenden und Abertausenden Jägern von ungezählten Planeten, einschließlich fossiler Zellproben, in denen die genetischen Kodes von legendären Kreaturen enthalten sind, die auf ihren Heimatplaneten längst ausgestorben sind, und die es mir erlauben, diese

Spezies zu replizieren. Daher ist die Auswahl groß. Um die Sache zu vereinfachen, habe ich zusätzlich zu der reinen Brutalität des betreffenden Tieres noch einige andere Kriterien berücksichtigt. So habe ich mich zum Beispiel auf sauerstoffatmende Spezies beschränkt und weiterhin auf solche, die sich in den klimatischen Bedingungen auf den windigen Prärien des Hauses Norn wohlfühlen könnten.«

»Ein exzellenter Aspekt«, sagte Herold Norn. »Wir haben von Zeit zu Zeit versucht, Echsenlöwen und Feridianer und andere Bestien der Zwölf Häuser zu züchten, jedoch mit wenig Erfolg. Das Klima, die Vegetation ...« Er machte eine wegwerfende Geste.

»Exakt«, sagte Haviland Tuf. »Ich sehe, Sie verstehen die zahlreichen und verschiedenartigen Schwierigkeiten, die meine Suche beinhaltete.«

»Jaja, aber kommen Sie zum Punkt. Was haben Sie gefunden? Was ist das für ein Hunderttausend-Standard-Monster?«

»Ich biete Ihnen eine Auswahl an«, sagte Tuf. »Aus ungefähr dreißig Spezies. Passen Sie auf!«

Er berührte einen leuchtenden Knopf an seiner Armlehne, und plötzlich kauerte eine Bestie auf der blaumetallenen Platte zwischen ihnen. Zwei Meter groß, mit gummiartiger, grauer und rosafarbener Haut und dünnem, weißem Haar; die Kreatur hatte eine niedrige Stirn und eine Schweineschnauze sowie einen Satz hässlicher, gekrümmter Hörner und schaufelartige Klauen an den Händen.

»Ich will Sie nicht mit der förmlichen Nomenklatur belästigen, da ich beobachtet habe, dass Formlosigkeit die Regel in der Bronzenen Arena ist«, sagte Haviland Tuf. »Dies ist das sogenannte Pirschende Schwein von Heydey, sowohl in den Wäldern als auch in den Ebenen beheimatet. Es frisst hauptsächlich Aas, ist aber auch dafür bekannt, frisches Fleisch zu schätzen, und es kämpft äußerst heftig, wenn es angegriffen wird. Außerdem wird glaubhaft berichtet, dass es recht intelligent sei, wenn auch unmöglich zu domestizieren. Das Pirschende Schwein vermehrt sich außerordentlich schnell. Die Kolonisten von Gulliver verließen ihr Heydey schließlich wegen dieses Tieres. Das war vor ungefähr zwölfhundert Jahren.«

Herold Norn kratzte sich zwischen dem dunklen Haar und dem Messingreifen. »Nein. Es ist zu dünn, zu leicht. Schauen Sie sich den Hals an! Bedenken Sie, was ein Feridianer damit anstellen würde.« Er schüttelte heftig den Kopf. »Außerdem ist es *hässlich*. Und ich nehme Ihnen übel, dass Sie mir einen Aasfresser anbieten, ganz gleich, wie wild er ist. Das Haus Norn züchtet stolze Kämpfer, Bestien, die ihre Beute selbst erlegen!«

»In der Tat«, sagte Tuf. Er berührte den Knopf, und das Pirschende Schwein verschwand. An seiner Stelle erschien, groß genug, um die Platten zu berühren und dahinter zu verschwinden, ein solider Ball aus gepanzertem grauem Fleisch, so gestaltlos wie ein Kampfschild.

»Der unfruchtbare Heimatplanet dieses Wesens wurde nie mit einem Namen versehen oder gar besiedelt, obwohl eine Expeditionsgesellschaft von Alt-Poseidon ihn einst kartografierte und für sich beanspruchte und auch Zellproben nahm. Lebende Exemplare existierten zwar kurz, gediehen jedoch nicht. Die Bestie wurde gemeinhin Rollramme genannt. Erwachsene Exemplare wiegen ungefähr sechs Tonnen. Auf den Ebenen ihres Heimatplaneten erreichen die Rollrammen Geschwindigkeiten bis zu fünfzig Stundenkilometer und zermalmen ihre Beute unter sich. Die Bestie besteht im wörtlichen Sinne nur aus Maul. Denn jeder Teil der Haut kann Verdauungsenzyme produzieren; sie lässt sich einfach über ihrer Mahlzeit nieder, bis das Fleisch absorbiert wurde. Ich kann für die hirnlose Feindseligkeit dieser Spezies bürgen. Einst trieb sich eine Rollramme aufgrund einer ungewöhnlichen Kombination von Umständen, auf die wir hier nicht weiter eingehen müssen, frei auf einem Deck der *Arche* herum, wo sie einen wirklich beträchtlichen Schaden an Schotts und Instrumentarien anrichtete, bevor sie schließlich einen frühen und nutzlosen Tod starb. Darüber hinaus war sie in ihrer Aggressivität äußerst unerbittlich und versuchte, mich unter ihrer Masse zu begraben, wann immer ich in ihr Territorium eindrang, um ihr Nahrung zu bringen.«

Herold Norn, der halb hinter der aufragenden Holografie verschwunden war, schien beeindruckt zu sein. »Ah, ja. Besser, schon viel besser. Eine furchteinflößende Kreatur. Vielleicht … aber, nein.« Sein Tonfall veränderte sich plötzlich. »Nein, nein, das ist es nicht. Eine Kreatur, die sechs Tonnen wiegt und so schnell rollt, könnte sich den Weg aus der Bronzenen Arena brechen und Hunderte unserer Gäste töten. Außerdem, wer würde gutes Geld dafür bezahlen, um zuzusehen, wie dieses *Ding* einen Echsenlöwen oder einen Würger zerquetscht? Nein, das ist kein Sport. Ihre Rollramme ist zu monströs, Tuf!«

Tuf berührte ungerührt wieder den Knopf. Die riesige graue Masse gab den Weg frei für eine schlanke, zähnefletschende Katze, so groß wie ein Eisenzahn, mit geschlitzten gelben Augen und kraftvollen Muskeln unter dem dunkelblauen Fell. Das Fell war gestreift; lange, dicke Linien aus rauchigem Silber liefen die glänzenden Flanken des Tieres hinunter.

»Ahhhhhhhh«, sagte Norn. »Wahrlich eine Schönheit, wahrlich.«

»Der Kobaltpanther von Celias Welt«, sagte Tuf. »Oft auch Kobalkatze genannt. Eine der größten und tödlichsten der großen Raubkatzen oder ihrer Entsprechungen. Diese Bestie ist wahrhaftig eine überdurchschnittliche Jägerin, ihre Sinne sind Wunder der

Evolution. Sie kann nachts im Infrarotbereich sehen, und die Ohren – beachten Sie die Größe und Anordnung, Bestiendompteur –, die Ohren sind extrem geräuschempfindlich. Da sie zu den Katzenartigen gehört, hat die Kobalkatze psionische Fähigkeiten, aber in diesem Fall sind sie weit mehr entwickelt als gewöhnlich. Angst, Hunger und Blutdurst dienen als Auslöser, dann wird die Kobalkatze zum Gedankenleser.«

Norn blickte überrascht auf. »Was?«

»Telepathie, Sir. Ihnen ist dieses Konzept sicherlich bekannt. Die Kobalkatze ist äußerst tödlich, einfach weil sie weiß, welche Züge ihr Gegner machen wird. Bevor diese Züge gemacht sind. Verstehen Sie?«

»Ja.« Norns Stimme klang aufgeregt. Haviland Tuf schaute hinüber zu Dax, und der große Kater – der sich von der Parade der geruchslosen Phantome nicht im Geringsten hatte stören lassen – blinzelte und streckte sich faul. »Perfekt, perfekt! Nun, ich wage zu äußern, dass wir diese Bestie genauso trainieren können wie die Eisenzähne, nicht wahr? Und *Gedankenleser!* Perfekt. Sogar die Farben stimmen – dunkelblau, sehen Sie, und unsere Eisenzähne waren schwarzblau –, also werden diese Katzen am nornischsten sein, jaja!«

Tuf berührte seine Armlehne, und die Kobalkatze verschwand.

»In der Tat. Ich vermute daher, dass wir nicht weiter fortfahren müssen. Ich werde den Klonprozess sofort nach Ihrer Abreise einleiten. Die Lieferung wird in drei Standardwochen erfolgen, wenn es Ihnen genehm ist. Für die vereinbarte Summe werde ich drei Paare liefern – zwei Paar Jungtiere, die Sie in Ihren Prärien als Zuchtgrundlage aussetzen können, und ein voll ausgewachsenes Paar, das sofort in die Bronzene Arena geschickt werden kann.«

»So bald«, begann Norn. »Gut, aber …«

»Ich verwende einen Chronowarp, Bestiendompteur. Er benötigt riesige Energiemengen, hat aber die Macht, den Lauf der Zeit selbst zu beschleunigen, und produziert in den Tanks eine Zeitverzerrung, die es mir ermöglicht, den Klonvorgang schneller zur Reife zu bringen. Es wäre vielleicht angebracht, darauf hinzuweisen, dass, obwohl ich Norn mit sechs Tieren versorge, nur drei verschiedene Individuen vertreten sein werden. Die *Arche* verfügt über drei Kobalkatzen-Zellen. Ich werde jedes Exemplar zweimal klonen, männlich und weiblich, und hoffe auf eine große genetische Vielfalt, wenn sie sich auf Lyronica fortpflanzen.«

»Schön. Was immer Sie sagen«, erwiderte Norn. »Ich werde die Schiffe für die Tiere schnellstmöglich hersenden. Dann werden wir Sie bezahlen.«

Dax gab ein leises, dünnes Jaulen von sich.

»Sir«, sagte Tuf. »Mir ist eine bessere Idee gekommen. Sie bezahlen mir den vollen Preis, bevor Ihnen auch nur ein Tier übergeben wird.«

»Aber Sie sagten bei Lieferung!«

»Zugegeben. Aber ich werde von impulsiven Launen getrieben, und mein Impuls sagt mir nun, dass es besser wäre, das Geld zuvor und nicht gleichzeitig entgegenzunehmen.«

»Oh, nun gut«, sagte Norn. »Obwohl Ihre Forderungen willkürlich und übertrieben sind. Mit diesen Kobalkatzen werden wir das Geld schon bald wieder reinholen.« Der Bestiendompteur stand von seinem Stuhl auf.

Haviland Tuf hob einen Finger. »Einen Augenblick noch. Sie haben mich nicht besonders gut über die Ökologie auf Lyronica informiert, auch nicht über die besonderen Bedingungen des Territoriums des Hauses Norn. Vielleicht gibt es Beutetiere. Ich muss Sie jedoch warnen, dass Ihre Kobalkatzen Jäger sind und daher ausreichend Beutetiere benötigen.«

»Jaja, natürlich.«

»Glücklicherweise bin ich in der Lage, Ihnen zu helfen. Für weitere fünftausend Standards könnte ich Ihnen einen Grundbestand an Celianischen Hüpfern klonen, schmackhaften pelztragenden Pflanzenfressern, die auf einem Dutzend verschiedener Planeten von Menschen mit karnivoren Neigungen wegen ihres saftigen Fleisches sehr geschätzt werden.«

Herold Norn runzelte die Stirn. »Bah. Sie sollten sie uns ohne Bezahlung überlassen. Sie haben schon genug Geld von uns erpresst, Tuf.«

Tuf erhob sich und zuckte schwerfällig mit den Achseln. »Der Mann rügt mich, Dax«, sagte er zu seiner Katze. »Was soll ich nur tun? Ich versuche nur, auf ehrliche Weise meinen Lebensunterhalt zu bestreiten, und überall nutzt man mich aus.« Er sah Norn an. »Mich überkommt ein weiterer Impuls. Irgendwie habe ich das Gefühl, dass Sie nicht einlenken werden, nicht einmal, wenn ich Ihnen einen exzellenten Nachlass anbiete. Daher werde ich aufgeben. Die Hüpfer gehören Ihnen ohne zusätzliche Bezahlung.«

»Gut. Exzellent.« Norn wandte sich der Tür zu. »Wir sollten sie zur gleichen Zeit wie die Kobalkatzen übernehmen und auf unseren Ländereien aussetzen.«

Haviland Tuf und Dax folgten ihm aus der Kammer, und zusammen fuhren sie schweigend zurück zu Norns Schiff.

Das Honorar wurde vom Haus Norn einen Tag, bevor die Lieferung fällig war, überwiesen. Am folgenden Nachmittag begaben sich ein Dutzend Männer in Schwarz und Grau zur *Arche* und trugen sechs betäubte Kobalkatzen aus Haviland Tufs Stasistanks zu den wartenden Käfigen in ihrem Shuttle. Tuf entbot ihnen ein flüchtiges Lebewohl und hörte nie wieder etwas von Herold Norn. Aber er hielt die *Arche* im Orbit um Lyronica.

Weniger als drei von Lyronicas kurzen Tagen vergingen, bevor Tuf beobachtete, dass sein Kunde eine Kobalkatze für eine Kampfrunde in der Bronzenen Arena angemeldet hatte.

Am besagten Abend legte Tuf eine Verkleidung an, die aus einem falschen Bart und einer schulterlangen Perücke aus rotem Haar bestand. Hinzu kam ein farbenprächtiger puffärmeliger Anzug in Kanariengelb, der durch einen Pelzturban vervollständigt wurde. Dann flog er mit einem Shuttle hinunter zur Stadt Aller Häuser, in der Hoffnung, der Aufmerksamkeit zu entgehen. Als der Wettkampf aufgerufen wurde, saß er im Hintergrund der Arena, die Schultern gegen eine raue Steinwand gelehnt, einen engen hölzernen Sitz unter sich, der versuchte, seinem Gewicht standzuhalten. Er hatte ein paar Eisenmünzen als Eintritt bezahlt, war aber vorsichtigerweise an den Wettbüros vorübergegangen.

»Dritter Kampf«, rief der Ansager, als gerade ein paar Arbeiter die zerschmetterten Fleischklumpen des Verlierers des zweiten Kampfes entfernten. »Vom Haus Varcour ein weiblicher Echsenlöwe, neun Monate alt, 1,4 Quintals schwer, trainiert von Junior-Bestiendompteur Amman y Varcour Otheni. Bereits einmal in der Bronzenen Arena gewesen, einmal siegreich.« Die Zuschauer in Tufs Nähe jubelten und wedelten voller Erwartung wild mit den Händen; er hatte sich dieses Mal dafür entschieden, durch das Varcour-Tor einzutreten, war eine grüne Betonstraße entlanggegangen und durch das aufgesperrte Maul einer monströsen goldenen Echse hereingekommen. Daher war er von varcourianischen Schlachtenbummlern umgeben. Weit unten glitt ein großes Tor mit grünen und goldenen Verzierungen auf. Tuf setzte sein gemietetes Opernglas an die Augen und sah, wie sich die Echsenlöwin vorantastete – zwei Meter geschupptes, grünes Reptil mit einem peitschenartigen Schwanz dreimal so lang wie das Tier selbst und der langen Schnauze eines Alligators von der

Alten Erde. Die Kiefer öffneten und schlossen sich geräuschlos und präsentierten eine stattliche Anzahl eindrucksvoller Zähne.

»Vom Haus Norn, von der Außenwelt zu Ihrer Unterhaltung importiert, eine weibliche Kobalkatze. Im Alter von ...« Der Sprecher hielt inne. »Im Alter von drei, äh, Jahren«, sagte er schließlich. »2,3 Quintals schwer, trainiert von Senior-Bestiendompteur Herold Norn. Erstmals in der Bronzenen Arena.« Die metallene Kuppel über ihnen hallte wider vom kakophonischen Jubel des Norn-Sektors. Herold Norn hatte die Bronzene Arena mit den Anhängern seines Hauses vollgepackt, gekleidet in Norns Farben und auf Schwarz und Grau wettend.

Die Kobalkatze kam langsam aus der Dunkelheit, mit vorsichtiger, fließender Grazie, und ihre großen, goldenen Augen glitten durch die Arena. Sie war in jedem Detail die Bestie, die Tuf versprochen hatte – ein Bündel tödlicher Muskeln und kalter Bewegungen, das dunkelblaue Fell marmoriert mit silbrigen Streifen. Ihr Grollen konnte man kaum hören, so weit war Tuf vom Schauplatz entfernt, aber er sah durch sein Fernglas, wie sich ihr Maul öffnete.

Der Echsenlöwe sah es auch und näherte sich tapsend. Seine kurzen, geschuppten Beine stießen in den Sand, während sein unmöglich langer Schwanz sich über ihm erhob wie der Stachel eines Skorpions. Als die Kobalkatze ihre hellen Augen auf den Gegner richtete, ließ der Echsenlöwe den Schwanz kräftig nach unten peitschen. Mit einem knochenbrechenden Krachen fuhr die Peitsche herunter, aber die Kobalkatze war geschmeidig zur Seite ausgewichen, und nur Luft und Sand wurde aufgewirbelt.

Die Kobalkatze ging knurrend im Kreis. Der Echsenlöwe drehte sich unerbittlich um und erhob erneut den Schwanz, öffnete das Maul und sprang nach vorn. Die Kobalkatze entging sowohl Zähnen als auch Peitsche. Wieder knallte der Schwanz nach unten, wieder war die Katze zu schnell. Jemand im Publikum stimmte den Todeschor an, andere fielen ein; Tuf schwenkte sein Opernglas und sah ein Wiegen in den nornischen Reihen. Der Echsenlöwe fletschte wütend die langen Zähne, ließ den Peitschenschwanz gegen die nächste Eingangstür krachen und schlug um sich.

Die Kobalkatze, die den Angriff vorhergesehen hatte, begab sich mit einem graziösen Sprung hinter ihren Gegner, nagelte die kämpfende Echse mit einer großen, blauen Pranke fest und riss die weichen grünlichen Flanken und den Bauch in Streifen. Nach einer Weile und ein paar wirkungslosen Schlägen des Schwanzes, die die Katze nur geringfügig störten, rührte sich der Echsenlöwe nicht mehr.

Die Norner jubelten sehr laut. Haviland Tuf, seine blasse Gestalt hinter einem Bart verborgen, erhob sich von seinem engen Sitz und ging.

Wochen vergingen; die *Arche* verweilte im Orbit um Lyronica. Haviland Tuf überwachte sorgfältig die Ergebnisse in der Bronzenen Arena und stellte fest, dass die nornischen Kobalkatzen Kampf um Kampf gewannen. Herold Norn verlor zwar eine oder zwei Runden, wenn er einen Eisenzahn einsetzte, um seine Verpflichtungen der Arena gegenüber zu erfüllen, aber diese Verluste wurden mühelos durch seine lange Serie von Siegen ausgeglichen.

Tuf saß da und kommunizierte mit Dax, spielte mit seinen anderen Katzen, unterhielt sich mit kürzlich erworbenen Holodramen, ließ zahllose ökologische Projektionen auf seinen Computern laufen, trank viele Krüge braunen tamberkinischen Bieres und gereiften Pilzweines und wartete.

Etwa drei weitere Standardwochen nach dem Debüt der Kobalkatzen empfing er die Besucher, die er erwartet hatte.

Ihr schlankes, spitz zulaufendes Shuttle war in Grün und Gold gehalten, und die Männer darin in schuppige Rüstungen aus vergoldeten Platten und grüner Emaille gekleidet. Drei von ihnen nahmen steif Haltung an, als Tuf angerollt kam, um sie zu begrüßen. Der vierte, ein kräftiger, korpulenter Mann, der einen goldenen Helm mit einer hellgrünen Feder trug, um einen gesprenkelten Kopf zu verbergen, der genauso kahl war wie der von Tuf, trat vor und reichte ihm seine fleischige Hand.

»Ich schätze Ihre Absicht«, teilte Tuf ihm mit und ließ beide Hände auf Dax ruhen, »und ich habe die Tatsache bemerkt, dass Sie keine Waffe halten. Dürfte ich mich nach Ihrem Namen und Ihrem Anliegen erkundigen, Sir?«

»Morho y Varcour Otheni …«, setzte der Anführer an.

Tuf hob eine Hand. »Soso. Und Sie sind der Senior-Bestiendompteur des Hauses Varcour und zu mir gekommen, um ein Monster zu kaufen. Diese Wendung der Ereignisse ist nicht völlig unerwartet, wie ich gestehen muss.«

Der Mund des fetten Dompteurs bildete ein O.

»Ihre Gefolgsleute sollten hier zurückbleiben«, sagte Tuf. »Sie mögen sich neben mich setzen, damit wir fortfahren können.«

Haviland Tuf ließ Morho y Varcour Otheni kaum ein Wort äußern, bis sie allein in derselben Kammer waren, in die er auch Herold Norn geführt hatte, und sich diagonal gegenübersaßen. »Sie haben von den Nornern von mir gehört«, sagte Tuf dann, »offensichtlich.«

Morho lächelte mit entblößten Zähnen. »Das haben wir in der Tat. Ein nornischer Gefolgsmann wurde dazu überredet, die Herkunft der Kobalkatzen zu enthüllen. Zu unserer Freude befand sich die *Arche* noch immer im Orbit. Sie scheinen Lyronica unterhaltsam zu finden?«

»Unterhaltung ist nicht der eigentliche Anlass«, entgegnete Tuf. »Wenn es Probleme gibt, zwingt mich meine Berufsehre zu jedem noch so kleinen Dienst, den ich leisten kann. Lyronica strotzt leider vor Problemen. Zum Beispiel Ihre eigenen speziellen Schwierigkeiten. Varcour ist aller Wahrscheinlichkeit nach jetzt das letzte der Zwölf Großen Häuser. Ein Mann mit etwas kritischeren Gedanken, als ich sie habe, könnte anmerken, dass Ihre Echsenlöwen bestenfalls bedauernswert unrentable Monster sind, und da ich erfahren habe, dass Ihre Ländereien größtenteils aus Sumpfland bestehen, muss Ihre Auswahl an Kombattanten für die Arena etwas eingeschränkt sein. Habe ich das Wesentliche Ihrer Schwierigkeiten erfasst?«

»Hm. Ja, in der Tat. Sie kommen mir zuvor, Sir. Aber das tun Sie sehr gut. Wir hatten uns ganz gut behauptet, bis Sie dazwischengekommen sind. Seitdem haben wir, nun, nicht einen Kampf gegen Norn gewonnen, und jenes Haus war einst unser Hauptopfer. Ein paar dürftige Siege über Wrai-Hügel und die Insel Amar, ein glücklicher Punkt gegen Feridian, ein paar tödliche Unentschieden gegen Arneth und Sin Doon – das war unser Los im vergangenen Monat. Pfui. Wir können nicht überleben. Man wird aus mir einen Brutpfleger machen und mich auf die Ländereien zurückschicken, wenn ich so weitermache.«

Tuf streichelte Dax und brachte Morho mit erhobener Hand zum Schweigen. »Es ist unnötig, diese Dinge noch weiter breitzureden. Ihr Kummer wurde zur Kenntnis genommen. Seit meinem Handel mit Herold Norn kam ich glücklicherweise in den Genuss von sehr viel Freizeit. Zusätzlich habe ich mich, sozusagen als Denksportaufgabe, mit den Problemen der Großen Häuser auseinandergesetzt, eines nach dem anderen. Wir müssen keine kostbare Zeit verschwenden. Ich kann Ihre gegenwärtigen Probleme lösen. Es wird jedoch etwas kosten.«

Morho grinste. »Ich bin vorbereitet. Ich habe von Ihrem Preis gehört. Er ist hoch, darüber lässt sich nicht streiten, aber wir sind bereit zu zahlen, wenn Sie …«

»Sir«, sagte Tuf. »Ich bin ein mildtätiger Mann. Norn war ein armes Haus, sein Bestiendompteur ein wahrer Bettler: Aus Gnade machte ich ihm einen niedrigen Preis. Varcour ist reicher, Sie haben mehr Standards, Ihre Siege werden allseits besungen. Für Sie muss ich zweihundertfünfundsiebzigtausend Standard berechnen, um die Verluste auszugleichen, die ich dadurch erlitten habe, dass ich mit Norn so großzügig war.«

Morho gab einen schockierten blubbernden Laut von sich, und seine Schuppen klimperten metallisch, als er sich in seinem Sitz bewegte. »Zu viel, zu viel«, protestierte er. »Ich flehe Sie an. Sicher sind wir weitaus ruhmreicher als Norn, aber nicht so sehr, wie Sie vermuten. Um Ihnen diesen Preis bezahlen zu können, müssten wir Hunger leiden. Echsenlöwen würden unsere Festungsmauern überrennen. Unsere Städte würden auf ihren Stelzen versinken, bis der Sumpfschlamm sie überschwemmt und die Kinder ertränkt.«

Dax regte sich auf Tufs Schoß und gab ein leises *Miau* von sich. »Ganz recht«, sagte Tuf. »Die Vorstellung beschämt mich, dass ich ein solches Leid verursachen könnte. Vielleicht wären zweihunderttausend Standards etwas gerechter.«

Morho y Varcour Otheni protestierte und flehte erneut, aber dieses Mal saß Tuf einfach still da, die Arme auf den Armlehnen, bis der Bestiendompteur, rotgesichtig und schwitzend, schließlich aufgab und einwilligte, den Preis zu bezahlen.

Tuf berührte einen Knopf auf der Armlehne seines Stuhls. Das Bildnis eines großen, muskulösen Sauriers materialisierte zwischen ihm und Morho; er war zwei Meter groß, mit graugrünen Schuppenplatten bedeckt und stand auf vier gedrungenen, klauenbestückten Füßen so dick wie Baumstümpfe. Sein Kopf war ein massiges Ding, gepanzert mit einer dicken, gelblichen Knochenplatte, die wie der Rammdorn eines antiken Kriegsschiffs aufragte, mit zwei gebogenen Hörnern an den oberen Ecken. Die Kreatur hatte einen kurzen, dicken Nacken; trübe, gelbe Augen schauten unter dem Vorsprung des Stirnwulstes hervor. Zwischen ihnen, genau in der Mitte des Kopfes, verzierte ein großes, dunkles, rundes Loch die dicke Schädelplatte.

Morho schluckte. »Oh«, sagte er. »Ja. Sehr, äh, groß. Aber es sieht aus – war da ursprünglich ein drittes Horn in der Mitte? Es sieht so aus, als wäre es, äh, entfernt worden. Unser Exemplar muss intakt sein, Tuf.«

»Der *Tris Neryei* von Cable«, sagte Tuf. »So wurde er von den Fyandii genannt, deren Kolonisten der Menschheit auf diesem Planeten vor mehreren Jahrtausenden vorangegangen waren. Der Begriff bedeutet wörtlich übersetzt ›lebendes Messer‹. Es gibt kein fehlendes Horn, Sir.« Ein langer Finger machte eine kleine, bestimmte Bewegung und drückte einen Regler hinunter. Der *Tris Neryei* drehte den massigen Kopf in Richtung des varcourianischen Bestiendompteurs, der sein Körpergewicht ungelenk nach vorn beugte, um die Gestalt zu betrachten.

Als er mit der Hand nach dem Phantom griff, strafften sich Sehnen im dicken Nacken der Kreatur, und ein angespitzter Knochenpfahl, so dick wie Tufs Unterarm und mehr als einen Meter lang, kam im Bruchteil einer Sekunde aus dem Kopf der Bestie hervorgeschossen. Morho y Varcour Otheni gab ein helles, dünnes Quieken von sich und wurde grau, als der Knochenspeer ihn aufspießte und an seinen Sitz nagelte. Ein unangenehmer Geruch erfüllte die Kammer.

Tuf schwieg. Morho blickte schluchzend an sich herunter, wo das Horn in seinen aufgeblähten Bauch eingedrungen war, und er machte den Eindruck, als würde ihm übel werden. Er brauchte eine lange, grauenvolle Minute, bis er bemerkte, dass da kein Blut und kein Schmerz waren und das Monster nur ein Hologramm war. Sein Mund bildete ein O. Kein Ton kam heraus. Er schluckte. »Sehr, äh, dramatisch«, sagte er zu Tuf.

Das Ende des langen farblosen Knochenspeers wurde fest von Ringen und Bändern pulsierender schwarzblauer Muskeln umspannt. Langsam zog sich der Schaft in den Kopf des Monsters zurück. »Das Bajonett, wenn wir so kühn sein wollen, es so zu nennen, ist in einer schleimgesäumten Scheide entlang des oberen Nackens und Rückens des Wesens verborgen, und die umlaufenden Ringe aus Muskulatur können ihn mit einer Geschwindigkeit von ungefähr siebzig Kilometern pro Standardstunde und der entsprechenden Kraft hervorschnellen lassen. Die ursprüngliche Umgebung dieser Spezies unterscheidet sich kaum von den Gebieten auf Lyronica, die sich unter der Kontrolle des Hauses Varcour befinden.«

Morho beugte sich vor, sodass sein Sitz unter seinem Gewicht ächzte. Dax schnurrte laut. »Ausgezeichnet!«, sagte der Bestiendompteur, »obwohl der Name ein wenig, äh, außerirdisch klingt. Wir werden ihn, lassen Sie mich nachdenken, äh, Speerträger nennen! Ja!«

»Nennen Sie ihn, wie Sie wollen«, sagte Tuf. »Das geht mich kaum etwas an. Diese Saurier haben viele offensichtliche Vorteile für das Haus Varcour, und sollten Sie sich entscheiden, sie zu nehmen, werde ich Ihnen ohne Aufpreis ein Brutpaar cathadaynischer Baumschnecken liefern. Sie werden feststellen, dass …«

Tuf verfolgte eifrig die Neuigkeiten aus der Bronzenen Arena, obwohl er nie wieder einen Fuß auf den Boden von Lyronica setzte. Die Kobalkatzen fegten weiterhin alles vor ihnen hinweg; im letzten Zusammentreffen hatte eine der Norn-Bestien einen der besten Würgeaffen von Arneth und einen Fleischfrosch von der Insel Amar in einem besonderen Dreierkampf vernichtet.

Aber auch für Varcour war das Glück im Aufschwung; die jüngst eingeführten Speerträger hatten sich mit ihren dröhnenden Schreien, dem festen Tritt und dem leichten und unnachgiebigen Tod durch den plötzlichen Stoß mit dem massiven Knochenbajonett als eine Sensation in der Bronzenen Arena herausgestellt. In bisher drei Kämpfen hatten sich ein riesiger Feridianer, ein Wasserskorpion und eine Gnethin-Spinnenkatze als dem Varcour-Saurier nicht ebenbürtig erwiesen. Morho y Varcour Otheni war in Ekstase. Nächste Woche würde zum ersten Mal eine Kobalkatze einem Speerträger im Kampf gegenüberstehen, und eine überfüllte Arena wurde vorausgesagt.

Herold Norn rief noch einmal an, kurz nachdem die Speerträger ihren ersten Sieg davongetragen hatten. »Tuf!«, sagte er ernst. »Sie haben ein Monster an Varcour verkauft. Wir stimmen dem nicht zu.«

»Es war mir nicht bewusst, dass Ihre Zustimmung erforderlich gewesen wäre«, entgegnete Tuf. »Ich habe unter dem Eindruck gehandelt, dass ich ein freier Vertreter bin, genauso wie die Herrscher und Bestiendompteure aller Großen Häuser von Lyronica es auch sind.«

»Jaja«, blaffte Herold Norn, »aber wir lassen uns nicht betrügen, hören Sie?«

Haviland Tuf saß ruhig da und betrachtete Norns gerunzelte Stirn, während er Dax streichelte. »Ich lege bei all meinen Geschäften größten Wert auf Gerechtigkeit«, sagte er. »Hätten Sie auf einen exklusiven Monsterliefervertrag für Lyronica bestanden, hätten wir eventuell über diese Möglichkeit diskutiert, aber wenn ich mich recht erinnere, ist ein solcher Aspekt niemals angeschnitten oder vorgeschlagen worden. Natürlich könnte ich dem Haus Norn derartig exklusive Privilegien nicht ohne ein angemessenes Entgelt gewähren, da ich mich dadurch zweifelsohne um beträchtliche und dringend erforderliche Einkünfte bringen würde. Wie auch immer, ich fürchte, dass diese Diskussion müßig ist, da meine Transaktion mit dem Haus Varcour bereits vollzogen wurde und es in höchstem Maße unethisch wäre, um nicht zu sagen, unmöglich, sie jetzt noch zurückzunehmen.«

»Das gefällt mir nicht, Tuf«, sagte Norn.

»Ich sehe nicht, dass Sie einen legitimen Grund hätten, sich zu beschweren. Ihre eigenen Monster haben sich wie erwartet bewährt, und es ist nicht sehr großzügig von Ihnen, Anstoß daran zu nehmen, dass ein anderes Haus Norns gutes Glück teilt.«

»Ja. Nein. Das ist – ach, egal. Ich vermute, ich kann Sie nicht daran hindern. Wenn die anderen Häuser Tiere bekommen, die unsere Katzen schlagen können, dann müssten Sie uns etwas liefern, das alles schlagen kann, was Sie *ihnen* verkaufen. Verstehen Sie?«

»Dieses Prinzip ist leicht verständlich.« Er blickte auf Dax hinunter. »Ich habe dem Haus Norn noch nie dagewesene Siege beschert, und nun überhäuft Herold Norn mich mit Verleumdungen bezüglich meiner Rechtschaffenheit und meines Erkenntnisvermögens. Ich fürchte, wir werden nicht entsprechend gewürdigt.«

Herold Norn runzelte die Stirn. »Jaja. Nun gut, wenn wir mehr Monster benötigen, sollten unsere Siege hoch genug sein, um jeden noch so exotischen Preis entrichten zu können, den Sie zu fordern beabsichtigen.«

»Ich vermute, dass ansonsten alles in Ordnung ist?«, fragte Tuf.

»Nun, ja und nein. In der Arena, jaja, absolut. Aber ansonsten, nun, deswegen habe ich angerufen. Die vier jungen Katzen scheinen aus irgendeinem Grund nicht an der Paarung interessiert zu sein. Und unser Brutpfleger beschwert sich ständig, dass sie immer dünner werden. Er glaubt, dass sie nicht gesund sind. Nun, da ich hier in der Stadt bin und die Tiere auf den Ebenen rund um das Stammhaus, kann ich das nicht beurteilen. Aber ich mache mir durchaus Sorgen. Die Katzen laufen natürlich frei herum, aber wir haben sie mit Sendern versehen, sodass wir …«

Tuf legte die Hände aneinander. »Zweifelsohne müssten sie bald rollig werden. Ich würde zu Geduld raten. Alle Lebewesen widmen sich der Fortpflanzung, einige sogar recht exzessiv, und ich versichere Ihnen, dass die Angelegenheit munter voranschreiten wird, wenn die weibliche Kobalkatze erst einmal geschlechtsreif geworden ist.«

»Ah. Das ergibt Sinn. Ist also nur eine Frage der Zeit, vermute ich. Die andere Frage, die ich mit Ihnen besprechen wollte, betrifft diese Hüpfer. Wir haben sie freigelassen, wissen Sie, und sie haben keine Probleme mit der Fortpflanzung gezeigt. Die Grasländereien von Norn sind leergefressen. Das ist sehr ärgerlich. Sie hüpfen überall herum. Was kann man da tun?«

»Auch diese Angelegenheit wird sich von allein lösen, wenn die Kobalkatzen beginnen, sich fortzupflanzen«, sagte Tuf. »Die Kobaltpanther sind sehr gefräßige und effiziente Jäger und hervorragend ausgestattet, um Ihrer Hüpferplage Herr zu werden.«

Herold Norn sah verwirrt und leicht bekümmert aus. »Jaja, aber …«

Tuf erhob sich. »Ich fürchte, ich muss unsere Unterhaltung beenden«, sagte er. »Ein Shuttle hat sich in den Andock-Orbit zur *Arche* begeben. Vielleicht kennen Sie es. Es ist stahlblau, mit großen, dreieckigen grauen Flügeln.«

»Das Haus von den Wrai-Hügeln!«, sagte Norn.

»Faszinierend«, erwiderte Tuf. »Einen guten Tag.«

Bestiendompteur Denis Lon Wrai bezahlte zweihundertdreißigtausend Standards für sein Monster, einen kraftvollen rotfelligen Bärenartigen von den Hügeln von Vagabond. Haviland Tuf besiegelte die Transaktion mit einem Paar Eier des Flitzenden Faultiers.

In der folgenden Woche besuchten vier Männer in orangefarbener Seide und flammend roten Umhängen die *Arche*. Sie kehrten zweihundertfünfzigtausend Standards ärmer und mit einem Vertrag über die Lieferung von sechs großen gepanzerten Gift-Elchen plus einer zusätzlichen Herde von hranganischen Grasschweinen zum Haus Feridian zurück.

Der Bestiendompteur von Sin Doon erhielt eine riesige Schlange; der Abgesandte von der Insel Amar wurde mit einem Godzilla zufriedengestellt. Ein Komitee aus einem Dutzend Senioren von Dant in milchweißen Roben und silbernen Schnallen waren erfreut über den geifernden Garghoul, den Tuf ihnen zusammen mit einem kleinen Geschenk anbot. Und so suchte ihn jedes der Zwölf Großen Häuser von Lyronica auf, eines nach dem anderen, jedes erhielt sein Monster, jedes bezahlte den stetig steigenden Preis.

Zu dieser Zeit waren die beiden Kampfkobalkatzen von Norn tot, die erste vom Bajonett eines varcourianischen Speerträgers aufgespießt, die zweite zwischen den massigen Tatzen eines Bärenartigen vom Haus der Wrai-Hügel zerquetscht (obwohl im letzteren Fall auch der Bär starb). Zweifelsohne hatten die großen Katzen ihr Schicksal vorhergesehen, aber in den engen und tödlichen Grenzen der Bronzenen Arena waren sie nicht in der Lage gewesen, ihm zu entgehen. Herold Norn hatte die *Arche* täglich angerufen, aber Tuf hatte seinen Computer instruiert, die Anrufe abzuweisen.

Schließlich, als elf Häuser gekommen waren, ihre Einkäufe getätigt und ihre Geschenke und ihren Abschied genommen hatten, saß Haviland Tuf Danel Leigh Arneth gegenüber, dem Senior-Bestiendompteur von Arneth-im-vergoldeten-Wald, einst das größte und stolzeste Haus von Lyronica, nun das letzte und unbedeutendste. Arneth war ein ungeheuer großer Mann, Tuf selbst ebenbürtig, obwohl er nicht so fett war wie jener. Sein Körper war wie straffes Ebenholz und sehr muskulös, sein Gesicht eine Axt mit einer Habichtsnase, das Haar kurz und eisengrau. Der Bestiendompteur kam zu dem Gespräch in goldfarbener Kleidung, mit karmesinrotem Gürtel und Stiefeln und einem winzigen karmesinroten Barett schräg auf dem Kopf. Seinen Dressurhaken trug er wie einen Spazierstock.

Dax sträubte das Fell, als Danel Leigh Arneth aus seinem Schiff trat, und fauchte, als der Mann auf den Wagen neben Tuf stieg. Demzufolge hatte Tuf erneut seinen weitschweifigen und ausführlichen Bericht über die Schläfer zum Besten gegeben. Arneth starrte und hörte zu; schließlich beruhigte Dax sich wieder.

»Die Stärke von Arneth-im-vergoldeten-Wald ist immer seine Vielseitigkeit gewesen«, sagte Danel Leigh Arneth recht bald. »Während die anderen Häuser von Lyronica all ihre Hoffnung auf den Rücken eines einzelnen Tieres luden, arbeiteten unsere Väter und Vorväter mit vielen verschiedenen. Wir hatten gegen jedes ihrer Tiere die optimale Auswahl und Strategie. Das war unsere Größe und unser Stolz. Aber gegen Ihre Dämonenbestien haben wir keine Strategie, Händler. Ganz gleich, welchen von unseren hundert Kämpfern wir in den Sand schicken, sie alle kehren tot zurück. Sie haben uns dazu gezwungen, mit Ihnen zu handeln.«

»Ich muss widersprechen«, sagte Tuf. »Wie kann ein einfacher Tierverkäufer den größten Bestiendompteur von Lyronica dazu zwingen, irgendetwas zu tun, was er nicht tun möchte? Wenn Sie wirklich nicht das Verlangen haben, meine Dienste in Anspruch zu nehmen, dann akzeptieren Sie bitte mein Wort, dass ich keinen Anstoß daran nehme. Wir könnten uns eine gemeinsame Mahlzeit gönnen, uns etwas unterhalten und das ganze Geschäftliche beiseitelassen.«

»Treiben Sie keine Wortspielchen mit mir, Händler«, fuhr Arneth ihn an. »Das Geschäftliche ist der einzige Grund, warum ich hier bin. Ich habe kein großes Verlangen nach Ihrer widerwärtigen Gesellschaft.«

Haviland Tuf blinzelte. »Ich bin zutiefst gekränkt«, sagte er leise. »Nun, ich bin weit davon entfernt, einen Kunden abzuweisen, ganz gleich, welche persönlichen Ansichten er über mich äußert. Fühlen Sie sich frei, mein Angebot zu sichten, ein paar armselige Spezies könnten Ihr Interesse vielleicht auf die eine oder andere Art erregen. Vielleicht ist das Glück bereit, Ihnen Ihre strategischen Möglichkeiten zurückgeben.« Er spielte auf den Knöpfen in der Armlehne seines Stuhls und erzeugte eine Symphonie aus Licht und illusionärem Fleisch. Eine Parade von Monstern zog vor den Augen des Arneth-Bestiendompteurs vorbei, Kreaturen mit Fell und Schuppen und Federn und Knochenpanzern, Bestien der Hügel und Wälder und Seen und Ebenen, Jäger und Aasfresser und tödliche Pflanzenfresser in allen Größen, riesig und klein.

Danel Leigh Arneth, die Lippen fest zusammengepresst, bestellte schließlich jeweils vier Exemplare der zwölf größten und tödlichsten Spezies für einen Preis von einer Million Standards.

Der Abschluss der Transaktion – wie bei allen anderen Häusern vervollständigt durch ein Geschenk weiterer harmloser kleiner Tiere – schien Arneths schlechte Laune nicht zu besänftigen. »Tuf«, sagte er, als die Verhandlungen beendet waren, »Sie sind ein schlauer und heimtückischer Mensch, halten Sie mich nicht zum Narren.«

Haviland Tuf sagte nichts.

»Sie haben sich zu extremem Wohlstand verholfen, und Sie haben alle betrogen, die von Ihnen gekauft haben und dachten, das große Los gezogen zu haben. Die Norner zum Beispiel. Ihre Katzen sind wertlos. Sie waren ein armes Haus; der von Ihnen verlangte Preis hat sie an den Rand des Ruins gebracht, wie Sie es mit uns allen getan haben. Die Häuser dachten, ihre Ausgaben würden sich durch Siege amortisieren. Bah! Es wird keine Siege für Norn mehr geben! Jedes Haus, das zu Ihnen gekommen ist, errang einen Vorteil über jene, die zuvor bei Ihnen waren. Jetzt bleibt Arneth, das letzte Haus, das gekauft hat, das größte Haus von allen. Unsere Monster werden verheerend wüten. Der Sand der Bronzenen Arena wird sich dunkel färben vom Blut der schwächeren Bestien.«

Tufs Hände waren über dem gewölbten Bauch verschränkt. Seine Miene war gelassen.

»Sie haben gar nichts verändert! Die Großen Häuser bleiben so wie immer – Arneth als größtes und Norn als geringstes. Sie haben uns lediglich ausbluten lassen, Sie Wucherer, bis jeder Herrscher von Lyronica sich quälen und einschleimen musste, um über die Runden zu kommen. Jetzt warten unsere Rivalen auf Siege, beten um Siege, sind abhängig vom Sieg, aber alle Siege werden des Hauses Arneth sein. Wir allein wurden nicht betrogen, denn ich dachte daran, als Letzter und daher das Beste zu kaufen.«

»Voraussicht und Scharfsinn sind bemerkenswert«, sagte Haviland Tuf. »Offensichtlich übersteigt ein so weiser und scharfsinniger Mann, wie Sie es sind, meine Kräfte, und ich hätte kaum eine Chance, Sie zu hintergehen, Ihnen zu widerstehen oder zu versuchen, Sie zu überlisten. Jemand, der so klug ist wie Sie, würde meine armselige Masche mit Leichtigkeit durchschauen. Vielleicht wäre es das Beste, wenn ich gar nichts mehr sage.«

»Sie können sogar etwas noch Besseres als das tun, Tuf«, erwiderte Arneth. »Sie werden nichts mehr sagen, und Sie werden auch nichts mehr tun. Dies ist Ihr letztes Geschäft auf Lyronica.«

»Vielleicht«, sagte Tuf, »und wiederum vielleicht auch nicht. Es könnten sich Umstände ergeben, die die Bestiendompteure der anderen Großen Häuser dazu veranlassen, meine Dienste erneut in Anspruch zu nehmen, und dann fürchte ich, dass ich sie kaum abweisen könnte.«

»Das können und das werden Sie«, sagte Danel Leigh Arneth kalt. »Arneth hat den letzten Kauf getätigt, und man wird uns nicht übertrumpfen. Klonen Sie unsere Tiere, und verschwinden Sie unverzüglich nach der Lieferung. Fortan werden Sie keinen weiteren Handel mit den Großen Häusern treiben. Ich bezweifle, dass der Narr Herold Norn Ihren Preis ein zweites Mal bezahlen könnte, aber selbst wenn er die Standards irgendwo auftreiben sollte, werden Sie ihm nichts mehr verkaufen. *Haben Sie verstanden?* Wir werden nicht auf ewig mit Ihrem sinnlosen Spielchen weitermachen und uns selbst ins Elend stürzen, indem wir Monster kaufen, sie verlieren, wieder neue kaufen und am Ende gar nichts damit erreichen. Ich bin mir sicher, dass Sie an uns verkaufen würden, bis kein Standard auf Lyronica übrig ist, aber das Haus Arneth verbietet es. Wenn Sie diese Warnung ignorieren, könnte es Sie das Leben kosten, Händler. Ich bin kein nachsichtiger Mann.«

»Ich kann Ihre Argumente gut verstehen«, sagte Tuf und kraulte Dax hinterm Ohr, »obwohl ich kein großes Verständnis für die Art und Weise habe, in der Sie sie vorgebracht haben. Allerdings ist das Arrangement, das Sie so nachdrücklich empfohlen haben, zweifelsohne zum Vorteil des Hauses Arneth-im-vergoldeten-Wald, während die anderen Großen Häuser von Lyronica die Verlierer sein werden und ich selbst die Aussicht auf weiteren Gewinn einbüße. Vielleicht verstehe ich Ihren Vorschlag nicht zur Gänze. Ich bin leicht abzulenken und habe eventuell den Teil nicht gehört, in dem Sie die Prämie erwähnten, die Sie mir dafür anbieten, dass ich auf Ihre Forderung eingehe, auf weitere Geschäfte mit den Großen Häusern zu verzichten.«

»Ich kann Ihnen eine weitere Million Standards anbieten«, sagte Arneth mit starrem Blick. »Ich würde sie Ihnen nur zu gern in den Rachen stopfen, um die Wahrheit zu sagen, aber auf lange Sicht gesehen ist es billiger, als noch eine Runde dieses verdammenswürdigen Spiels mit Ihnen zu spielen.«

»Ich verstehe«, sagte Tuf. »Ergo ist es meine Wahl. Ich könnte eine Million Standards nehmen und abreisen oder trotz Ihrer Wut und Todesdrohungen bleiben. Ich habe schon vor weit schwierigeren Entscheidungen gestanden, wie ich zugeben muss. Auf jeden Fall bin ich kaum der Mann, der auf einem Planeten verweilt, wo seine Anwesenheit nicht länger erwünscht ist, und ich gebe zu, dass ich jüngst das Verlangen gespürt habe, meine Wanderung fortzusetzen. Sehr gut. Ich beuge mich Ihrer Forderung.«

Danel Leigh Arneth grinste ein wildes Grinsen, während Dax zu schnurren begann.

Das Letzte der Flotte der zwölf glitzernden goldgefleckten Shuttles war gerade abgeflogen und trug den Einkauf von Danel Leigh Arneth hinunter nach Lyronica und in die Bronzene Arena, als sich Haviland Tuf schließlich dazu herabließ, den Anruf von Herold Norn entgegenzunehmen.

Der dünne Bestiendompteur sah eindeutig noch knochiger aus. »Tuf!«, rief er. »Alles läuft schief!«

»In der Tat«, sagte Tuf ungerührt.

Norn verzog das Gesicht zu einer Grimasse. »Nein, hören Sie zu. Die Kobalkatzen sind alle tot oder krank. Vier von ihnen starben in der Bronzenen Arena – wir wussten, dass das zweite Paar zu jung war, verstehen Sie, aber als wir das erste Paar verloren hatten, blieb uns nichts anderes übrig. Entweder das oder zurück zu den Eisenzähnen. Jetzt haben wir nur noch zwei übrig. Sie fressen nicht viel – fangen ein paar Hüpfer, aber sonst nichts. Und wir können sie auch nicht trainieren. Wenn ein Trainer mit einem Dressurhaken in den Stall kommt, wissen die verdammten Katzen, was er vorhat. Sie sind uns immer einen Schritt voraus. In der Arena reagieren sie überhaupt nicht auf den Todeschor. Es ist *schrecklich*. Und das Schlimmste ist, dass sie sich nicht paaren wollen. Wir brauchen mehr von ihnen. Was sollen wir sonst in die Wettkampfgrube schicken?«

»Jetzt ist keine Paarungszeit für Kobalkatzen«, sagte Tuf. »Wir haben bereits darüber gesprochen, wenn Sie sich erinnern wollen.«

»Jaja. Wann *ist* ihre Paarungszeit?«

»Eine faszinierende Frage«, antwortete Tuf. »Schade, dass Sie sich nicht früher danach erkundigt haben. So wie ich es verstanden habe, werden die weiblichen Kobalkatzen jeden Frühling rollig, wenn die Schneebüsche auf Celias Welt blühen. Anscheinend spielt da irgendein biologischer Auslöser eine Rolle.«

Herold Norn kratzte sich die Kopfhaut unter dem dünnen Messingstirnreif. »Aber«, sagte er, »aber Lyronica hat diese Schneedinger oder wie auch immer Sie sie genannt haben nicht. Ich vermute jetzt, dass Sie beabsichtigen, ein Vermögen für diese Blumen von uns zu verlangen.«

»Sir, Sie erweisen mir einen schlechten Dienst. Es käme mir niemals in den Sinn, einen Vorteil aus Ihren Nöten zu ziehen. Hätte ich die Wahl, würde ich dem Haus Norn mit Freuden die benötigten celianischen Schneebüsche gratis spendieren. Allerdings habe ich einen Vertrag mit Danel Leigh Arneth, keinen weiteren

Handel mit den Großen Häusern von Lyronica zu treiben.« Er zuckte schwerfällig mit den Achseln.

»Wir haben mit Ihren Katzen Siege errungen«, sagte Norn mit einer Spur von Verzweiflung in der Stimme. »Unser Vermögen ist angewachsen – wir haben jetzt ungefähr vierzigtausend Standards. Die gehören Ihnen. Verkaufen Sie uns diese Blumen. Oder noch besser ein neues Tier. Größer. Wilder. Ich habe die Garghoule von Dant gesehen. Verkaufen Sie uns etwas in dieser Art. Wir haben nichts, was wir in die Bronzene Arena schicken können!«

»Nichts? Was ist mit Ihren Eisenzähnen? Dem Stolz von Norn, wie man mir erzählt hat.«

Herold Norn wedelte ungeduldig mit der Hand. »Probleme, verstehen Sie, wir hatten einige Probleme. Diese Hüpfer von Ihnen, sie fressen alles und jeden. Sie sind außer Kontrolle geraten. Tausende von ihnen, vielleicht Millionen, sie sind überall, sie fressen das ganze Gras und das Getreide. Was sie mit unseren Farmen getan haben … die Kobalkatzen lieben sie, ja, aber wir haben nicht genug Kobalkatzen. Und die wilden Eisenzähne rühren die Hüpfer nicht an. Ich vermute, dass sie den Geschmack nicht mögen. Ich weiß es nicht, wirklich nicht. Aber verstehen Sie, das ganze andere Wild ist fort, vertrieben von Ihren Hüpfern, und die Eisenzähne sind mit ihnen verschwunden. Wohin, weiß ich nicht. Auf jeden Fall sind sie weg. In freie Gebiete, außerhalb der Ländereien von Norn. Es gibt ein paar Dörfer da draußen, ein paar Bauern, aber sie hassen die Großen Häuser. Die Tamberkin haben noch nicht einmal Hundekämpfe. Wahrscheinlich würden sie versuchen, die Eisenzähne zu zähmen, können Sie sich das vorstellen! So sind sie.«

»Schockierend«, sagte Tuf leidenschaftslos. »Nichtsdestotrotz haben Sie doch noch Ihre Stallungen, nicht wahr?«

»Nicht mehr«, sagte Norn. Er klang gequält. »Ich hatte angeordnet, sie zu schließen. Die Eisenzähne verloren jeden Kampf, vor allem, nachdem Sie begonnen hatten, an die anderen Häuser zu verkaufen. Es erschien uns eine dumme Verschwendung, toten Ballast zu behalten. Außerdem die Kosten – wir brauchten jeden Standard. Sie haben uns geschröpft. Wir mussten Arenagebühren bezahlen, und natürlich mussten wir wetten, und vor Kurzem mussten wir Lebensmittel von Tamber kaufen, um all unsere Gefolgsleute und Trainer zu ernähren. Ich meine, Sie würden nie glauben, was die Hüpfer mit unseren Feldern angestellt haben.«

»Sir«, sagte Tuf. »Sie könnten mir freundlicherweise schon etwas zutrauen. Schließlich bin ich Ökologe. Ich weiß eine ganze Menge über Hüpfer und ihre Lebensweise. Verstehe ich das richtig, dass Sie keine Eisenzähne mehr haben?«

»Jaja. Wir haben die nutzlosen Dinger freigelassen, und jetzt sind sie mit dem ganzen Rest verschwunden. Was sollen wir nur tun? Die Hüpfer überrennen die Ebenen, die Katzen wollen sich nicht paaren, und uns wird bald das Geld ausgehen, wenn wir weiterhin Nahrungsmittel importieren und die Arenagebühren ohne jede Aussicht auf Erfolg bezahlen müssen.«

Tuf faltete die Hände. »Sie stehen in der Tat einer ganzen Reihe schwieriger Probleme gegenüber. Und ich bin der Mann, der Ihnen helfen könnte. Unglücklicherweise habe ich Danel Leigh Arneth mein Versprechen gegeben und sein Geld in gutem Glauben entgegengenommen.«

»Also ist es hoffnungslos? Tuf, ich flehe Sie an – ich, der Senior-Bestiendompteur von Norn. Bald müssen wir uns ganz von den Spielen zurückziehen. Wir werden kein Geld mehr für die Arenagebühren oder die Wetten haben und keine Tiere für den Kampf. Wir sind vom Pech verfolgt. Keines der Großen Häuser war jemals in der Situation, seinen Anteil an Kämpfern nicht stellen zu können – noch nicht einmal Feridian während der Zwölfjahresdürre. Wir werden entehrt. Das Haus Norn wird seine stolze Geschichte besudeln, indem es Schnüffler und Bauernhoftiere in den Sand schickt, damit sie schmachvoll von den riesigen Monstern zerrissen werden, die Sie den anderen Häusern verkauft haben.«

»Sir«, sagte Tuf. »Wenn Sie mir ein wenig Prognostik erlauben wollen, erscheint es mir, dass Norn mit seiner verzwickten Lage vielleicht bald nicht mehr allein sein wird. Ich habe eine Ahnung – Ahnung, ja, das ist das richtige Wort, und ein seltsames Wort ist es auch –, eine Ahnung, wie ich sagte, dass die Monster, die Sie so fürchten, in den kommenden Wochen und Monaten vielleicht nicht mehr zur Verfügung stehen könnten. So könnten zum Beispiel die jungen Bärenartigen von Vagabond ziemlich bald ihren Winterschlaf beginnen. Sie sind weniger als ein Jahr alt, verstehen Sie. Ich hoffe, dass die Herren der Wrai-Hügel deswegen nicht übermäßig beunruhigt sind, obwohl ich befürchte, dass sie es sein werden. Vagabond befindet sich, wie Ihnen sicherlich bewusst ist, in einem extrem irregulären Orbit um sein Zentralgestirn, sodass die langen Winter ungefähr zwanzig Standardjahre dauern. Die Bärenartigen sind an diesen Zyklus gebunden. Bald wird sich ihr Stoffwechsel dermaßen verlangsamen, dass ein unwissender Beobachter sogar annehmen könnte, dass sie tot sind. Ich fürchte, dass man sie nicht einfach wieder aufwecken kann. Vielleicht könnten die Trainer der Wrai-Hügel einen Weg finden, da es doch sehr intelligente Männer sind. Aber ich neige stark dazu, weiter zu vermuten, dass Wrai den größten Teil seiner Energie und seiner Finanzen in Anbetracht des unersättlichen Appetits der Faultiere darauf verwenden wird, das gemeine Volk zu ernähren.

Auf die gleiche Weise werden die Männer des Hauses Varcour mit einer Explosion der cathadaynischen Baumschnecken zu kämpfen haben. Die Baumschnecken sind ganz besonders faszinierende Kreaturen. An einem bestimmten Punkt in ihrem Lebenszyklus werden sie zu wahrhaftigen Schwämmen und verdoppeln ihre Größe. Eine Gruppe von ausreichender Größe ist sogar in der Lage, eine ausgedehnte Sumpflandschaft trockenzulegen.« Tuf machte eine Pause, und seine dicken Finger schlugen in trommelndem Rhythmus auf seinen Bauch. »Ich schweife unbewusst ab, fürchte ich, und vielleicht langweile ich Sie. Verstehen Sie meinen kleinen Seitenhieb?«

Herold Norn sah aus wie ein Toter. »Sie sind verrückt. Sie haben uns zerstört. Unsere Wirtschaft, unsere Umwelt ... in fünf Jahren werden wir alle verhungert sein.«

»Unwahrscheinlich«, sagte Tuf. »Meine Erfahrungen auf diesem Gebiet lassen vermuten, dass Lyronica tatsächlich unter einer gewissen Zwischenphase der ökologischen Instabilität und Not leiden wird, aber sie wird von begrenzter Dauer sein, und ich habe letztlich keinen Zweifel, dass sich ein neues Ökosystem herausbilden wird. Ich halte es jedoch für unwahrscheinlich, dass diese Nachfolgeökologie Nischen für große Räuber bieten wird, aber ich bin zuversichtlich, dass die Qualität des Lebens auf Lyronica ansonsten unvermindert sein wird.«

»Keine Raubtiere? Nein ... aber die Kämpfe, die Arena ... niemand wird dafür bezahlen, um zu sehen, wie ein Hüpfer gegen eine Schnecke kämpft! Wie werden die Spiele weitergehen? Niemand wird Kämpfer in die Bronzene Arena schicken!«

Haviland Tuf blinzelte. »In der Tat«, sagte er. »Ein faszinierender Gedanke. Ich werde sorgfältig darüber nachdenken.«

Er löschte den Bildschirm und begann eine Unterhaltung mit Dax.

NENNT IHN MOSES

Gerüchte interessierten Haviland Tuf kaum. Zum einen hörte er selten welche. Tuf war nicht abgeneigt, auf den meisten Planeten, die er besuchte, den Touristen zu spielen, aber selbst wenn er sich auf öffentlichen Plätzen unter die Leute mischte, blieb er irgendwie abgesondert und unzugänglich. Seine kalkweiße Haut und die Tatsache, dass er weder im Gesicht noch am Körper auch nur ein einziges Haar hatte, machten ihn für die Menschen der Planeten, mit denen er Handel trieb, verdächtig, und selbst bei jenen seltenen Gelegenheiten, bei denen seine Hautfarbe keine Rolle spielte, machte ihn seine Größe zum Außenseiter. Folglich sprachen nur wenige Leute mit Tuf, es sei denn, sie hatten Geschäfte mit ihm abzuwickeln, obwohl sie ihn ständig anstarrten und über ihn redeten.

Aufgrund seines Wesens war es daher kaum bemerkenswert, dass Haviland Tuf bis zu dem Abend, an dem er und Dax in einem Restaurant auf K'theddion von Jaime Kreen angegriffen wurden, noch nie von dem Mann gehört hatte, den man Moses nannte.

Es war eine kleine schäbige Spelunke gleich außerhalb des Raumhafens. Tuf hatte einen Teller Rauchwurzeln und Neogras aufgegessen und entspannte sich bei seinem dritten Liter Pilzwein, als Dax plötzlich den Kopf vom Tisch erhob. Tuf zuckte zusammen, schüttete etwas Wein auf seinen Ärmel und drehte schnell den Kopf zur Seite, gerade weit genug, damit die Flasche, die Kreen geschwungen hatte, an der Rückseite von Tufs Stuhl zerbrach statt an der Rückseite von Tufs Kopf. Glas zersplitterte, und die Flüssigkeit darin – ein stinkender ortsüblicher Schnaps – verteilte sich überall, durchnässte den Stuhl, den Tisch, die Katze und beide Männer. Jaime Kreen, ein dünner blonder junger Mann mit betrunkenen blauen Augen, stand dümmlich dreinblickend da und hielt die zerbrochene Flasche in der blutenden Faust.

Haviland Tuf erhob sich schwerfällig auf die Beine, sein langes weißes Gesicht blieb einzigartig unbeteiligt. Er betrachtete seinen Angreifer, blinzelte und griff dann nach unten, um den nassen und unglücklichen Dax aufzuheben. »Ist das zu glauben, Dax?«, sagte er in tiefem Bass. »Wir haben es hier mit einem Mysterium zu tun, wenn auch mit einem recht ärgerlichen. Warum greift uns dieser seltsame Fremde an, frage ich mich. Fällt dir dazu irgendwas ein?« Langsam streichelte er Dax, während er ihn in seinen Armen wiegte, und erst als der Kater zu schnurren begann, blickte er wieder auf Jaime Kreen. »Sir«, sagte er. »Es dürfte weise sein, die Fragmente dieser Flasche loszulassen. Mir scheint, dass Ihre Hand voller Glas und Blut und diesem besonders ungesunden Gebräu ist, und ich hege ernste Zweifel, dass diese Kombination Ihrer Gesundheit zuträglich sein wird.«

Leben kehrte in den leidgeprüften Kreen zurück. Wütend zog er die dünnen Lippen hoch und warf die Flasche von sich. »Verspottest du mich, Verbrecher?«, sagte er mit schleppender, gefährlicher Stimme.

»Sir«, erwiderte Haviland Tuf. Es war sehr still im Restaurant geworden; die anderen Gäste schwiegen und glotzten, und der Besitzer war verschwunden. Tufs tiefe Stimme war in jeder Ecke des Raums zu hören. »Ich möchte vorsichtig einwenden, dass der

Titel ›Verbrecher‹ eher auf Sie anzuwenden ist als auf mich, aber wahrscheinlich ist das gar nicht der Punkt. Nein, ich verspotte Sie nicht. Sie scheinen erregt zu sein. Unter diesen Umständen wäre es töricht, Sie zu verspotten, und ich bin kein Tor.« Er setzte Dax wieder auf den Tisch und kraulte den Kater hinter dem Ohr.

»Du verspottest mich *doch*«, sagte Jaime Kreen. »Ich mach dich *fertig!*«

Haviland Tuf zeigte keine Regung. »Das werden Sie nicht tun, Sir, obwohl ich glaube, dass Sie daran denken, mich noch einmal anzugreifen. Ich billige keine Gewalt. Allerdings lässt mir Ihr flegelhaftes Benehmen kaum eine andere Wahl.« Mit diesen Worten trat er schnell vor und hob Jaime Kreen empor, bevor der junge Mann reagieren konnte. Dann brach er ihm sorgfältig beide Arme.

Kreen trat bleich und blinzelnd aus der gruftgleichen Dunkelheit des kytheddenischen Gefängnisses auf die helle Straße. Die Arme trug er in Schlingen. Er sah verwirrt und müde aus.

Haviland Tuf stand am Straßenrand, hielt Dax in einem Arm und streichelte ihn mit der anderen Hand. Er blickte auf, als Kreen auf ihn zukam. »Ihr Gemüt scheint sich etwas beruhigt zu haben«, bemerkte Tuf. »Außerdem sind Sie jetzt nüchtern.«

»Sie!« Kreen wirkte noch verwirrter als sonst; sein Gesicht war so verkniffen, dass es beinahe in sich selbst zusammenfiel. »Verstehe ich das richtig, dass Sie mich freigekauft haben?«

»Sie sprechen da einen interessanten Punkt an«, sagte Haviland Tuf. »Ich habe in der Tat eine gewisse Summe gezahlt – zweihundert Standards, um genau zu sein –, und nach der Bezahlung wurden Sie mir übergeben. Von daher ist es nicht korrekt zu sagen, ich hätte Sie freigekauft. Die Krux an der Geschichte ist, dass Sie nicht frei sind. Nach kytheddenischem Recht gehören

Sie mir, als Diener, der für mich tätig sein wird, bis Sie Ihre Schuld abgearbeitet haben.«

»Schuld?«

»Ich berechne sie wie folgt«, erklärte Haviland Tuf. »Zweihundert Standards für die Summe, die ich den örtlichen Behörden dafür bezahlt habe, dass ich mich Ihrer Gegenwart erfreuen kann. Einhundert Standards für meinen Anzug, der aus original lambereenischer Baumwolle bestand und den Sie völlig ruiniert haben. Vierzig Standards für den Schaden im Restaurant, den ich bezahlt habe, um die Ansprüche des Besitzers gegen Sie zu begleichen. Sieben Standards für den köstlichen Pilzwein, den zu trinken ich nicht mehr die Gelegenheit hatte. Pilzwein ist eine ausgewiesene Spezialität auf K'theddion, und das war ein besonders ausgesuchter Jahrgang. Das macht zusammen dreihundertsiebenundvierzig Standards für die entstandenen Schäden. Außerdem hat Ihr grundloser Angriff Dax und mich zum Zentrum einer höchst unangenehmen Szenerie gemacht und unsere Ruhe aufs Äußerste gestört. Dafür berechne ich Ihnen zusätzliche dreiundfünfzig Standards, was eine großmütig geringfügige Summe darstellt. Damit beläuft sich die Gesamtsumme auf glatte vierhundert Standards.«

Jaime Kreen kicherte gehässig. »Sie werden es schwer haben, auch nur ein Zehntel von mir zu bekommen, Tierhändler«, sagte er. »Ich habe keine Rücklagen, und zur Arbeit werde ich nicht taugen. Meine Arme sind gebrochen, wie Sie wissen.«

»Sir«, sagte Haviland Tuf. »Wenn Sie irgendwelche Rücklagen von Bedeutung hätten, wären Sie in der Lage gewesen, Ihre Strafe selbst zu bezahlen, in welchem Fall meine Hilfe nicht vonnöten gewesen wäre. Und da ich Ihnen selbst die Arme gebrochen habe, bin ich mir auch dieses Umstands bewusst. Bitte erläutern Sie freundlicherweise nicht lang und breit das Offensichtliche mit

Aussagen, die keine Informationen von Bedeutung beinhalten. Ungeachtet Ihrer Behinderung beabsichtige ich, Sie in mein Schiff mitzunehmen, wo Sie arbeiten werden, bis Ihre Verpflichtungen getilgt sind. Kommen Sie.«

Haviland Tuf drehte sich um und ging zwei Schritte die Straße entlang. Als Kreen keine Anstalten machte, ihm zu folgen, hielt Tuf an und drehte sich zu ihm um. Kreen grinste. »Wenn Sie mich irgendwo hinhaben wollen, können Sie mich ja tragen«, sagte er.

Tuf streichelte leidenschaftslos Dax. »Ich habe nicht die Absicht, Sie zu tragen«, sagte er mit monotoner Stimme. »Sie haben mich bereits einmal dazu gezwungen, Sie anzufassen, und diese Erfahrung war derart unangenehm, dass ich sie nicht wiederholen möchte. Wenn Sie sich weigern, mir zu folgen, werde ich zu den Justizbeamten zurückgehen und zwei Wachen anheuern, die Sie persönlich dorthin tragen, wohin ich es wünsche. Die Kosten für die Wachen werde ich auf Ihre Schuld anrechnen. Sie haben die Wahl.« Tuf drehte sich wieder um und ging in Richtung Raumhafen weiter.

Jaime Kreen, plötzlich fügsam, folgte ihm und murmelte etwas vor sich hin.

Das Schiff, das am K'theddion-Raumhafen auf sie wartete, war in Kreens Augen sehr beeindruckend. Ein uraltes, tödlich aussehendes Schiff aus vernarbtem, schwarzem Metall mit kleinen, schnittigen Flügeln, das eineinhalbmal so hoch aufragte wie die modernen dickbäuchigen Handelsschiffe, die es umgaben. Wie praktisch alle von Haviland Tufs seltenen Besuchern fürchtete Kreen sich davor (obwohl er es nicht zugab) festzustellen, dass die *Greif* nur ein Shuttle war und die *Arche* selbst oben im Orbit wartete.

Das Shuttledeck der *Arche* war zweimal so groß wie das Landefeld des K'theddion-Raumhafens und voller Schiffe; vier andere Schiffe, die mit der *Greif* identisch waren, ein altes Frachtschiff mit der für Avalon charakteristischen Tropfenform hockte auf seinen drei gebogenen Landestützen, ein gefährlich aussehender Militärflieger, eine absurd goldene Barke mit barocken Ornamenten und einer primitiven Harpunenkanone, zwei Schiffe, die fremdartig und irgendwie nicht vertrauenswürdig aussahen, ein weiteres, das nur eine große rechteckige Platte mit einem Loch in der Mitte zu sein schien. »Sammeln Sie Raumschiffe?«, fragte Jaime Kreen, nachdem Tuf die *Greif* angedockt hatte und sie auf das Deck traten.

»Eine interessante Idee«, erwiderte Tuf. »Aber nein. Die fünf Landeshuttles sind Teil der *Arche*, und das alte Handelsschiff habe ich aus sentimentalen Gründen behalten, weil es mein erstes Schiff war. Die anderen habe ich unterwegs erworben. Vielleicht sollte ich das Deck irgendwann einmal aufräumen, aber es besteht die Möglichkeit, dass einige dieser Schiffe einen gewissen kommerziellen Wert haben könnten, also habe ich es bisher unterlassen. Ich muss mich gelegentlich darum kümmern. Jetzt folgen Sie mir.«

Sie gingen an einer Reihe von Empfangsräumen vorbei und mehrere Korridore entlang bis zu einem Fuhrpark, wo mehrere kleine dreirädrige Gefährte Seite an Seite standen. Haviland Tuf führte Kreen zu einem, setzte Dax neben ihn und fuhr dann einen großen, hallenden Tunnel entlang, der kilometerlang immer weiter zu führen schien. Er war mit Glastanks von unterschiedlichster Größe und Form vollgestellt, von denen jeder mit Flüssigkeiten und Gelen gefüllt war. In einigen Tanks bewegten sich Gestalten träge in durchsichtigen Blasen und schienen sie anzuschauen, als sie an ihnen vorbeifuhren. Kreen fand die angedeuteten Bewegungen irgendwie schrecklich und beängstigend. Haviland Tuf achtete nicht darauf; er blickte weder nach rechts noch nach links, während er fuhr.

Tuf parkte das Fahrzeug in einem Raum, der mit dem identisch war, aus dem sie gestartet waren, hob Dax auf und führte seinen Gefangenen durch einen weiteren Gang in eine enge, staubige, aber gemütliche Kammer voller Polstermöbel. Er drängte Kreen zu einem Sitz und nahm selbst Platz, setzte Dax auf einen dritten Stuhl, da er, wenn er saß, keinen Schoß mehr zu haben schien. »Jetzt«, sagte Haviland Tuf, »sollten wir reden.«

Die riesigen Dimensionen von Tufs Schiff hatten Jaime Kreen etwas eingeschüchtert, aber nun kehrte Leben in sein Gesicht zurück. »Wir haben nichts zu bereden«, sagte er.

»Sie denken nicht?«, erwiderte Haviland Tuf. »Ich bin da anderer Meinung. Es war nicht nur die Großzügigkeit meines Wesens, die mir geboten hatte, Sie von der Schmach der Gefangenschaft zu befreien. Sie stellen ein Mysterium für mich dar, wie ich Dax gegenüber schon bemerkt hatte, als Sie uns das erste Mal angegriffen hatten. Mysterien beunruhigen mich. Ich wünsche eine Erklärung.«

Jaime Kreens dünnes Gesicht nahm einen berechnenden Ausdruck an. »Warum sollte ich Ihnen helfen? Ihre ungerechtfertigte Anklage hat mich ins Gefängnis gebracht, und jetzt haben Sie mich wie einen Sklaven gekauft. Außerdem haben Sie mir die Arme gebrochen! Ich schulde Ihnen gar nichts.«

»Sir«, sagte Haviland Tuf und verschränkte die großen Hände über seinem immensen Wanst. »Wir haben bereits festgelegt, dass Sie mir vierhundert Standards schulden. Ich bin bereit, mit mir reden zu lassen. Ich werde Ihnen Fragen stellen. Sie werden mir Antworten geben. Für jede Antwort werde ich einen Standard von der Summe abziehen, die Sie mir schulden.«

»Einen Standard! Absurd. Was immer Sie wissen wollen, ist mehr wert als das! Zehn Standards für jede Antwort! Nicht ein Zehntel weniger!«

»Ich versichere Ihnen«, sagte Haviland Tuf, »dass alles, was Sie an Informationen besitzen, wahrscheinlich überhaupt nichts wert ist. Ich bin einfach nur neugierig. Ich bin ein Sklave meiner Neugier. Das ist eine Schwäche von mir, eine, der ich hilflos ausgeliefert bin, und eine, die Sie jetzt in die Lage versetzt, Vorteile daraus zu ziehen. Aber Sie sollten nicht versuchen, mich zu sehr unter Druck zu setzen. Ich werde mich nicht betrügen lassen. Zwei Standards.«

»Neun«, sagte Kreen.

»Drei, und höher werde ich nicht gehen. Ich verliere langsam die Geduld.« Tufs Gesicht blieb völlig emotionslos.

»Acht«, sagte Kreen. »Versuchen Sie nicht, mich zu täuschen.«

Haviland Tuf schwieg. Nichts an ihm bewegte sich bis auf seine Augen, die zu Dax hinüberwanderten. Der große schwarze Kater gähnte und streckte sich.

Nach fünf Minuten des Schweigens sagte Kreen: »Sechs Standards, und das ist noch billig. Ich weiß eine Menge wichtiger Dinge, Dinge, die Moses gern wissen würde. Sechs.«

Haviland Tuf schwieg. Minuten vergingen.

»Fünf«, sagte Kreen fluchend.

Haviland Tuf schwieg.

»In Ordnung«, sagte Kreen schließlich. »Drei Standards. Sie sind ein Betrüger und ein Schurke. Und ein Verbrecher. Sie haben keine Moral.«

»Ich werde Ihre schwülstigen Worte ignorieren«, sagte Haviland Tuf. »Drei Standards sind also die vereinbarte Summe. Mich überkommt eine plötzliche Ahnung, dass Sie versuchen könnten, ausweichende oder verwirrende Antworten zu geben, sodass ich viele Fragen stellen müsste, um einen kleinen Bruchteil an Informationen zu erhalten. Ich warne Sie, dass ich derartigen Unsinn nicht dulden werde. Genauso wenig werde ich jegliche Irreführrung tolerieren. Für jede Lüge, die Sie mir zu erzählen versuchen, werde ich Ihrer Schuld zusätzliche zehn Standards hinzufügen.«

Kreen lachte. »Ich habe nicht die Absicht zu lügen, Tuf. Aber selbst wenn ich es täte, woher wollten Sie das wissen? Ich bin nicht so leicht zu durchschauen.«

Haviland Tuf gestattete sich ein Lächeln, ein winziges, schmallippiges Lächeln, das schon wieder vergangen war, kaum dass es sein Gesicht berührt hatte. »Sir«, sagte er, »ich versichere Ihnen, dass ich es sofort wissen würde. Dax würde es mir mitteilen, auf genau die gleiche Weise, mit der er mir gesagt hat, wie weit Sie von Ihrer absurden Forderung von zehn Standards heruntergehen würden, und durch die er mich vor Ihrer feigen Attacke auf K'theddion gewarnt hat. Dax ist ein Katzenartiger, Sir, wie selbst Sie ohne Zweifel erkannt haben. Alle Katzenartigen sind zumindest teilweise telepathisch begabt, wie die Menschheit seit Urzeiten weiß, und Dax ist das Endprodukt von Generationen der Zucht und genetischen Manipulation, die dieses Merkmal in ihm aufs Höchste verstärkt haben. Also werden Sie uns allen eine Menge Zeit und Anstrengung ersparen, wenn Sie vollständige und ehrliche Antworten geben. Während Dax' Talente nicht ausreichend fortgeschritten sind, um schwierige abstrakte Gedanken aus Ihrem Gehirn zu lesen, kann ich Ihnen dennoch versichern, dass er mir mit Leichtigkeit sagen kann, ob Sie lügen oder etwas zurückhalten. Nachdem dieser Punkt geklärt ist, können wir jetzt beginnen?«

Jaime Kreen starrte mit Bosheit in den Augen auf den großen Kater. Dax gähnte wieder. »Machen Sie weiter«, sagte Kreen verdrießlich.

»Als Erstes«, sagte Tuf, »ist da das Geheimnis Ihres Angriffs auf uns. Ich kenne Sie nicht, Sir. Sie sind mir völlig fremd. Ich bin ein einfacher Händler, und meine Dienste nutzen allen, die mich engagieren. Ich habe Ihnen in keiner Weise einen Grund gegeben. Trotzdem haben Sie mich angegriffen. Das zieht mehrere Fragen nach sich. Warum? Was war Ihr Beweggrund? Kennen Sie mich von irgendwoher? Habe ich bei Ihnen mit einer Tat, die ich schon längst vergessen habe, Anstoß erregt?«

»Ist das eine Frage, oder sind es vier?«, wollte Kreen wissen.

Haviland Tuf faltete die Hände wieder über seinem Bauch. »Ein guter Punkt, Sir. Beginnen wir damit: Kennen Sie mich?«

»Nein«, sagte Kreen, »aber ich weiß von Ihnen, vom Hörensagen. Sie und Ihre *Arche* sind einzigartig und weithin berühmt, Tuf. Und Sie waren leicht zu erkennen, als ich Ihnen in diesem schleimigen kytheddenischen Restaurant rein zufällig über den Weg gelaufen bin. Fette, haarlose weiße Riesen sind nicht besonders häufig, wissen Sie.«

»Drei Standards«, sagte Tuf. »Ich werde weder von Ihren Beleidigungen noch Ihren Schmeicheleien Notiz nehmen. Sie kannten mich also nicht. Warum haben Sie mich angegriffen?«

»Ich war betrunken.«

»Ungenügend. Es stimmt, dass Sie betrunken waren. Aber es gab noch viele andere Gäste in dem Restaurant, jeder andere hätte Ihnen zur Genüge sein können, wenn Sie nur auf Streit aus gewesen wären. Das waren Sie aber nicht. Sie haben mich aus all den anderen ausgesucht. Warum?«

»Ich mag Sie nicht. Sie sind nach meinen Maßstäben ein Verbrecher.«

»Maßstäbe variieren natürlich«, erwiderte Haviland Tuf. »Auf einigen Planeten wäre allein meine Größe ein Verbrechen. Auf anderen würde die Tatsache, dass Sie Schuhe aus Rindsleder tragen, mit einem langen Gefängnisaufenthalt bestraft werden. In diesem Sinne wären wir also beide Verbrecher. Daher glaube ich, dass es ungerecht wäre, einen Mann nach irgendeinem Recht zu beurteilen außer nach dem der Kultur, aus der er stammt oder in der er sich gerade aufhält. In diesem Sinne bin ich kein Verbrecher, und Ihre Antwort ist immer noch ungenügend. Erklären Sie Ihr Missfallen mir gegenüber. Welche Verbrechen werfen Sie mir vor?«

»Ich bin Charitaner«, sagte Kreen. Er hustete. »Oder vielleicht sollte ich sagen, dass ich früher Charitaner war. Tatsächlich war ich Regierungsbeamter, wenn auch nur sechsten Grades. Moses hat meine Karriere zerstört. Ich werfe Ihnen das Verbrechen vor, Moses geholfen zu haben. Das ist allseits bekannt. Langweilen Sie mich nicht, indem Sie es abstreiten.«

Haviland Tuf warf einen Blick auf Dax. »Sie scheinen die Wahrheit zu sagen, und Ihre Antwort beinhaltet eine zufriedenstellende Menge an Informationen, wenngleich sie auch mehrere Fragen aufwirft und keineswegs eindeutig ist. Nichtsdestotrotz werde ich Ihnen den Gefallen tun und sie als Antwort zählen. Sechs Standards also. Und meine nächsten Fragen werden einfach sein. Wer ist Moses, und was ist ein Charitaner?«

Jaime Kreen schaute ungläubig drein. »Sie wollen mir sechs Standards geben? Heucheln Sie nicht, Tuf. Das kaufe ich Ihnen nicht ab. Sie wissen, wer Moses ist.«

»So ist es in der Tat, in gewisser Weise«, sagte Tuf. »Moses ist eine mythische Gestalt, verbunden mit den verschiedensten christlichen Religionen, eine Gestalt, die in längst vergangenen Zeiten auf der alten Erde gelebt haben soll. Ich glaube, dass er irgendwie mit Noah verwandt oder verbunden ist, nach dem meine *Arche* benannt wurde. Moses und Noah waren vielleicht sogar Brüder. Die Details sind mir entgangen. Auf jeden Fall gehörten die beiden zu den ersten Anwendern der ökologischen Kriegsführung, einem Gebiet, mit dem ich gut vertraut bin. Also weiß ich auf gewisse Weise, wer Moses ist. Allerdings ist dieser Moses seit hinreichend langer Zeit tot, sodass es unwahrscheinlich ist, dass er Ihre Karriere zerstört haben könnte, und noch unwahrscheinlicher, dass er sich einen Deut um die Informationen scheren würde, die Sie mir übermitteln. Von daher muss ich davon ausgehen, dass Sie von einem anderen Moses sprechen, einem, den ich nicht kenne. Und das, Sir, war der wahre Kern meiner Frage.«

»Also gut«, sagte Kreen, »wenn Sie darauf bestehen, Ignoranz vorzutäuschen, werde ich Ihr albernes Spiel mitspielen. Ein Charitaner ist ein Bewohner von Charity, wie Sie sehr wohl wissen. Moses, wie er sich selbst betitelt, ist ein religiöser Demagoge, der die Heilige Altruistische Wiederherstellung anführt. Mit Ihrer Hilfe hat er eine verheerende Kampagne der ökologischen Kriegsführung gegen die Stadt der Hoffnung angeführt, unser einziges großes künstliches Ökosystem, das Zentrum des charitanischen Lebens.«

»Zwölf Standards«, sagte Tuf. »Fahren Sie fort.«

Kreen seufzte und rutschte auf seinem Stuhl herum. »Die Heiligen Altruisten waren vor Hunderten von Jahren die ursprünglichen Siedler auf Charity. Sie haben ihren alten Planeten verlassen, weil ihr religiöses Feingefühl durch dessen fortgeschrittene Technologie verletzt wurde. Die Heilige Altruistische Kirche lehrt, dass die Erlösung durch ein einfaches Leben nahe der Natur, durch Leiden und Selbstaufopferung erreicht werden kann. Also kamen die Altruisten auf einen rauen Planeten und litten und opferten sich auf und starben ungefähr hundert Jahre lang recht glücklich vor sich hin. Dann gab es zu ihrem Unglück eine zweite Welle von Siedlern. Die Neuankömmlinge bauten das künstliche Ökosystem, das wir die Stadt der Hoffnung nennen, bearbeiteten das Land mit fortschrittlichen Robotermaschinen, eröffneten einen Raumhafen und versündigten sich ganz allgemein gegen Gott. Schlimmer noch, ein paar Jahre später begannen die Kinder der Altruisten scharenweise in die Stadt zu flüchten, um das Leben etwas mehr zu genießen. Nach zwei Generationen war von den Altruisten außer ein paar alten Leuten nichts mehr geblieben. Dann erschien Moses und führte seine Bewegung an, die sie die Wiederherstellung nennen. Er marschierte in die Stadt der Hoffnung ein, konfrontierte den Regierungsrat und forderte, dass wir sein Volk gehen lassen sollten. Die Regierung erklärte, dass keiner von seinem Volk gehen *wollte*. Moses blieb unbeirrbar. Er sagte, dass er den Raumhafen schließen würde, bis wir sein Volk gehen ließen, und um die Stadt der Hoffnung zu einem Leben nahe Gott zu führen, würde er Plagen über uns bringen.«

»Interessant«, sagte Haviland Tuf. »Fahren Sie fort.«

»Es ist Ihr Geld«, sagte Jaime Kreen. »Nun, die Beamten packten Moses an seinem haarigen Arsch und warfen ihn hinaus, und alle hatten ihren Spaß daran. Aber wir führten auch ein paar Überprüfungen durch, nur um sicherzugehen. Wir hatten natürlich alle die uralten Horrorgeschichten über biologische Kriegsführung gehört, aber wir hatten angenommen, dass diese Geheimnisse längst verlorengegangen seien. Unsere Computer bestätigten das. Techniken des Klonens und der genetischen Manipulation, wie sie die Erdimperialen ausführten, hatten nur auf einer Handvoll weit verstreuter Planeten überlebt, und der nächste von ihnen war selbst mit Überlichtgeschwindigkeit etwa sieben Jahre von uns entfernt.«

»Ich verstehe«, sagte Haviland Tuf. »Und ohne Zweifel haben Sie auch von den Saatgutschiffen des verschollenen Ökologischen Ingenieurskorps des Föderalen Imperiums erfahren.«

»Das haben wir«, sagte Kreen und lächelte säuerlich. »Alle seit Jahrhunderten verschwunden, zerstört oder verloren oder unbrauchbar, ohne Belang für uns. Bis wir anderes vom Kapitän eines Handelsschiffs erfuhren, das in Port Faith gelandet war. Gerüchte reisen schnell, Tuf, sogar von Stern zu Stern. Ihr Ruhm eilt Ihnen voraus und verdammt Sie. Er hat uns alles über Sie erzählt, über Sie und diese *Arche*, über die Sie gestolpert sind und die Sie benutzen, um Ihre Taschen mit Standards und Ihren Darm mit Fettschichten zu füttern. Andere Besatzungen von anderen Planeten bestätigten Ihre Existenz und die Tatsache, dass Sie ein immer noch funktionierendes ÖIK-Saatgutschiff besitzen. Aber wir hatten keine Ahnung, dass Sie mit Moses zusammenarbeiteten, bis die Seuchen begannen.«

Eine einzige dünne Furche erschien auf Haviland Tufs massiger knochenbleicher Stirn und war sogleich wieder verschwunden. »Ich beginne Ihre Beschwerde zu begreifen«, sagte er und erhob sich in einer langsamen, schwerfälligen Bewegung, die beinahe gezeitenartig wirkte, bis er hoch über Jaime Kreen aufragte. »Ich werde Ihnen fünfzehn Standards anrechnen.«

Kreen machte ein unverschämtes Geräusch. »Nur drei Standards für all das? Tuf, Sie …«

»Dann eben zwanzig Standards, wenn auch nur, um Sie zu beruhigen und den Frieden auf der *Arche* wiederherzustellen. Ihre Schuld beträgt jetzt dreihundertundachtzig Standards. Ich werde Ihnen noch eine weitere Frage stellen und Ihnen die Möglichkeit geben, sie auf dreihundertundsiebenundsiebzig zu reduzieren.«

»Fragen Sie.«

»Wie lauten die Koordinaten Ihres Planten Charity?«

Charity war nach interstellaren Maßstäben gar nicht so weit von K'theddion entfernt, und die Reise dauerte nur drei Standardwochen. Für Jaime Kreen waren es anstrengende Wochen. Während die *Arche* leise die Lichtjahre fraß, arbeitete Kreen. Jahrhundertealter Staub hatte sich in einigen der am schlimmsten betroffenen Gänge angesammelt. Haviland Tuf gab Kreen einen Besen und beauftragte ihn damit, dort sauberzumachen.

Kreen flehte um Nachsicht und führte seine gebrochenen Arme als Vorwand an. Haviland Tuf betäubte ihn und verfrachtete ihn in den Chronowarp-Tank der *Arche*, wo dieselben mächtigen Energien, die den Raum verzerrten, dazu genutzt werden konnten, seltsame Dinge mit der Zeit anzustellen. Es war das letzte und größte Geheimnis der Erdimperialen, behauptete Tuf, das sonst überall verschollen war. Damit brachte er seine Klone in wenigen Tagen zur vollen Reife, und jetzt benutzte er ihn, um Jaime Kreen altern zu lassen und ganz nebenbei seine gebrochenen Arme innerhalb von Stunden zu heilen.

Mit seinen wiederhergestellten Armen machte sich Kreen daran, für den Preis von fünf Standards pro Stunde zu fegen.

Er fegte kilometerlange Korridore, mehr Räume, als er zählen konnte, alle Arten von leeren Käfigen, in denen sich nicht nur Staub angesammelt hatte. Er fegte, bis ihm die Arme schmerzten, und wenn er keinen Besen in der Hand hatte, fand Haviland Tuf andere Dinge für ihn zu tun. Zu den Mahlzeiten spielte Kreen den Butler, brachte Tuf Zinnkrüge mit Starkbier und Serviertel-ler, auf denen sich gedämpftes Gemüse häufte. Tuf nahm sie teilnahmslos in dem Polstersessel entgegen, in dem er sich für gewöhnlich entspannte und las. Kreen war auch gezwungen, Dax zu füttern, gelegentlich drei- oder viermal neu, denn der große Kater war ein mäkeliger Esser, und Tuf bestand darauf, dass seine Vorlieben Beachtung fanden. Erst wenn Dax satt war, war es Kreen erlaubt, selbst etwas zu essen.

Einmal wurde Kreen gebeten, eine kleine Reparatur zu erledigen, die die Maschinen der *Arche* nicht ausgeführt hatte, aber er verpfuschte es so sehr, dass Haviland Tuf ihn sofort von allen anderen Aufträgen dieser Art entband. »Es ist einzig und allein meine Schuld, Sir«, sagte Tuf, als es passierte. »Ich habe vergessen, dass Sie gelernter Bürokrat sind und von daher zu praktisch gar nichts nütze.«

Trotz seiner vielen Arbeit reduzierte sich Jaime Kreens Schuld mit quälender Langsamkeit und manchmal auch gar nicht. Kreen stellte ziemlich schnell fest, dass Haviland Tuf ihm absolut nichts umsonst gab. Für die Heilung seiner gebrochenen Arme fügte Tuf Kreens Verbindlichkeiten einhundert Standards für »medizinische Dienste« hinzu. Außerdem berechnete er einen Standard pro Tag für Luft, einen Zehntel Standard für jeden Liter Wasser, einen halben Standard für einen Krug Bier. Die Mahlzeiten waren recht preiswert: nur zwei Standards für jede, wenn Kreen das Grundgericht aß. Aber das Grundgericht war ein geschmackloser künstlicher Brei, sodass Kreen recht häufig höhere Preise für die köstlichen Gemüseeintöpfe bezahlte, die Tuf selbst bevorzugte. Er hätte auch gern noch mehr für Fleisch bezahlt, aber das verweigerte Tuf ihm. Bei der einen Gelegenheit, zu der er Tuf bat, ein Steak für ihn zu klonen, starrte ihn der Händler einfach an und sagte: »Wir essen hier kein tierisches Fleisch«, und ging dann so unbeirrt wie immer seines Weges.

Während seines ersten Tages in der *Arche* wollte Jaime Kreen von Haviland Tuf wissen, wo die Toiletten zu finden wären. Tuf berechnete ihm drei Standards für die Antwort und einen zusätzlichen Zehntel Standard für die Benutzung der Örtlichkeiten.

Von Zeit zu Zeit dachte Kreen an Mord. Aber selbst in seinen mörderischsten Augenblicken, wenn er sturzbetrunken war, schien ihm die Idee niemals wirklich durchführbar zu sein. Dax war immer in Tufs Nähe, streifte an der Seite des Riesen durch die Gänge oder ritt gelassen auf seinen Armen, und Kreen war davon überzeugt, dass sein Gastgeber auch noch andere Verbündete hatte. Er hatte sie auf seinen Erkundungen im Schiff bemerkt – dunkle, geflügelte Gestalten, die in den etwas geräumigeren Kammern über seinem Kopf kreisten, verstohlene Schatten, die sich zwischen den Maschinen versteckten, wenn sie überrascht wurden. Er konnte sie nie deutlich sehen, keinen von ihnen, aber er war sich irgendwie sicher, dass er sie nur zu deutlich zu Gesicht bekäme, wenn er Haviland Tuf angreifen würde.

Stattdessen spielte er, in der Hoffnung, seine Schuld etwas schneller zu reduzieren.

Das war vielleicht nicht die weiseste Entscheidung, aber Jaime Kreen hatte schon immer eine kleine Schwäche fürs Spielen gehabt. Also verbrachten sie jede Nacht mehrere Stunden mit einem lächerlichen Spiel, das Tuf mochte, bei dem man würfelte und Spielmarken um einen imaginären Sternenhaufen setzte, Planeten kaufte und verkaufte und mit ihnen handelte, Städte baute und künstliche Ökosysteme und anderen Weltraumreisenden verschiedene Arten von Landegebühren und Steuern berechnete. Zum Unglück für Kreen war Tuf in diesem Spiel viel besser als er, sodass dieser für gewöhnlich am Ende einen guten Teil des Lohns zurückgewann, den er Kreen während des Tages gezahlt hatte.

Außer am Spieltisch sprach Haviland Tuf selten zu Kreen, es sei denn, um ihm Aufgaben zu erteilen oder um Bezahlungen zu feilschen. Welche Absichten er mit Charity hatte, wollte er nicht preisgeben, und Kreen wollte nicht danach fragen, da jede Frage seine Schuld um drei Standards erhöhte. Auch stellte Tuf keine Fragen, die ihm einen Hinweis hätten geben können. Er fuhr einfach mit seinen einzelgängerischen Gewohnheiten fort, arbeitete allein in den verschiedenen Klonräumen und Laboratorien der *Arche*, las uralte staubige Bücher in Sprachen, die Kreen nicht verstand, und führte lange Gespräche mit Dax.

So ging das Leben weiter bis zu dem Tag, an dem die *Arche* in den Orbit um Charity einschwenkte und Haviland Tuf Kreen in den Kommunikationsraum befahl.

Der Kommunikationsraum war lang und schmal, die Wände wurden von dunklen Bildschirmen und sanft schimmernden Konsolen gesäumt. Als Kreen eintrat, saß Haviland Tuf vor einem der geschwärzten Bildschirme und hatte Dax auf den Knien. Beim Geräusch der sich schließenden Tür drehte er sich um. »Ich habe versucht, Kommunikationskanäle zur Stadt der Hoffnung zu öffnen«, sagte er. »Sehen Sie.« Er berührte eine Abspieltaste auf seiner Konsole.

Als Jaime Kreen in einen freien Sitz glitt, leuchtete der Bildschirm vor Tuf auf und zeigte ihnen das Gesicht von Moses, einem nicht mehr jungen Mann mit regelmäßigen und beinahe schönen Gesichtszügen, dünner werdendem graubraunem Haar und täuschend freundlichen nussbraunen Augen. »Entfernen Sie sich, Raumschiff«, sagte die aufgezeichnete Stimme des Altruistenführers. Sie war tief und weich, auch wenn seine Worte streng waren. »Port Faith ist geschlossen, und Charity steht unter einer neuen Regierung. Die Menschen dieses Planeten wünschen keinen Handel mit Sündern und haben keinen Bedarf für die Luxusgüter, die Sie bringen. Lassen Sie uns in Frieden.« Er hob die Hand in einer Geste, die sowohl eine Segnung als auch ein »Halt« bedeuten konnte, und der Bildschirm wurde schwarz.

»Also hat er gewonnen«, sagte Jaime Kreen mit müder Stimme.

»Das scheint der Fall zu sein«, sagte Haviland Tuf. Er kraulte Dax hinter dem Ohr und streichelte ihn dann. »Ihre Schuld mir gegenüber beträgt gegenwärtig zweihundertvierundachtzig Standards, Sir.«

»Ja«, sagte Kreen argwöhnisch. »Was ist damit?«

»Ich möchte, dass Sie eine Mission für mich durchführen. Sie werden sich heimlich auf die Oberfläche von Charity begeben, die früheren Führer Ihres Regierungsrates aufspüren und sie für eine Beratung hierherbringen. Im Gegenzug werde ich Ihnen fünfzig Standards auf Ihre ausstehende Schuld gutschreiben.«

Kreen lachte. »Machen Sie sich nicht lächerlich, Tuf. Diese Summe ist viel zu gering für eine so gefährliche Mission. Und ich würde es auch nicht tun, wenn Sie mir ein faires Angebot unterbreiten sollten, von dem ich mir sicher bin, dass Sie das nicht tun werden. Zum Beispiel, meine gesamte Schuld zu streichen und mir darüber hinaus zweihundert Standards zu bezahlen.«

Haviland Tuf streichelte Dax. »Dieser Jaime Kreen hält uns für absolute Narren«, sagte er zu der Katze. »Als Nächstes erwarte ich, dass er um die *Arche* selbst bitten wird, vielleicht sogar um den Besitz von ein oder zwei kleinen Planeten. Er hat kein Gespür für Relationen.« Dax gab ein leises Schnurren von sich, das etwas bedeuten mochte oder auch nicht. Tuf blickte wieder zu Jaime Kreen auf. »Ich bin in ungewöhnlich generöser Stimmung und könnte Ihnen erlauben, aus diesem Einzelfall einen Vorteil zu ziehen. Einhundert Standards, Sir. Das ist zweimal so viel, wie dieser kleine Dienst wert ist.«

»Bah«, entgegnete Kreen. »Dax sagt Ihnen, was ich von Ihrem Angebot halte, da bin ich mir sicher. Ihr Plan ist unsinnig. Ich habe keine Ahnung, ob die Ratsmitglieder tot oder am Leben sind, ob man sie in der Stadt der Hoffnung oder anderswo finden kann, frei oder in Gefangenschaft. Außerdem kann ich kaum erwarten, dass sie mit mir kooperieren – nicht wenn ich mit einer Einladung von Ihnen komme, der Sie für uns ein Verbündeter von Moses sind. Und wenn Moses meiner habhaft wird, würde ich den Rest meines Lebens damit verbringen, Rüben auszugraben. Und mit großer Wahrscheinlichkeit *werde* ich gefangen genommen. Wo soll ich landen? Moses hat vielleicht eine Aufzeichnung angefertigt, um ankommende Schiffe zu begrüßen, aber er hat sicherlich Wachen rund um Port Faith aufgestellt, um ihn geschlossen zu halten. Denken Sie an die Risiken, Tuf! Ich kann so etwas keineswegs für weniger als die Streichung meiner gesamten Schuld wagen! Nicht ein einziger Standard weniger, hören Sie!« Trotzig verschränkte er die Arme vor der Brust. »Sag ihm das, Dax. Du weißt, wie unnachgiebig ich bin.«

Haviland Tufs knochenbleiches Gesicht blieb ungerührt, aber ein kleiner Seufzer drang ihm über die Lippen. »Sie sind wahrlich ein grausamer Mann, Sir. Sie lassen mich den Tag bereuen, an dem ich Ihnen sorglos mitteilte, dass Dax mehr ist als eine gewöhnliche Katze. Sie berauben einen alten Mann seines einzigen nützlichen Verhandlungsmittels und betrügen ihn gnadenlos mit diesem unerschütterlichen verbohrten Verhalten. Daher bleibt mir keine andere Wahl, als Ihnen nachzugeben. Zweihundertvierundachtzig Standards also. Abgemacht.«

Jaime Kreen grinste. »Endlich werden Sie vernünftig. Gut. Ich werde die *Greif* nehmen.«

»Sir«, sagte Haviland Tuf. »Das werden Sie nicht. Sie werden das Handelsschiff nehmen, das Sie auf dem Landedeck bemerkt haben, die *Füllhorn der Exzellenten Güter und Niedrigen Preise*, das Schiff, mit dem ich vor so vielen Jahren meine Karriere begonnen habe.«

»Das! Auf gar keinen Fall, Tuf. Dieses Schiff ist ganz offensichtlich defekt. Ich muss eine schwierige Landung irgendwo in der Wildnis bewerkstelligen, und ich bestehe auf einem Schiff, das in der Lage ist, eine etwas rauere Behandlung zu überstehen. Die *Greif* oder eins der anderen Shuttles.«

»Dax«, sagte Haviland Tuf zu dem stillen Kater. »Ich habe Angst um uns. Wir sind an diesem kleinen Ort mit einem ausgesprochenen Idioten eingesperrt, einem Mann ohne Moral oder Anstand oder Einsicht. Ich muss jeden offensichtlichen Teil einer Aufgabe erklären, die so kinderleicht begonnen hat.«

»Was?«

»Sir«, sagte Haviland Tuf. »Die *Greif* ist ein Shuttle. Sie ist einzigartig in ihrem Design und hat keinen Sternenantrieb. Sollten Sie bei der Landung mit einem derartigen Raumschiff gefangen genommen werden, könnte selbst jemand mit einer noch geringeren Geistesleistung wie der Ihren daraus schließen, dass ein größeres Schiff wie die *Arche* im Orbit wartet, da Shuttles von Zeit zu Zeit einen Punkt brauchen, von dem sie starten können, und selten aus dem Vakuum des Weltraums materialisieren. Die *Füllhorn der Exzellenten Güter und Niedrigen Preise* dagegen ist ein verbreitetes Modell eines auf Avalon hergestellten Raumschiffs, komplett mit Sternenantrieb, wenn auch in diesem Fall nicht funktionstüchtig. Verstehen Sie das Problem, Sir? Erschließt sich Ihnen der grundlegende Unterschied zwischen diesen beiden Raumschiffen?«

»Ja, Tuf. Aber da ich nicht vorhabe, gefangen genommen zu werden, ist der Unterschied rein hypothetisch. Trotzdem will ich Ihnen den Gefallen tun. Für zusätzliche fünfzig Standards willige ich ein, die *Füllhorn* zu nehmen.«

Haviland Tuf schwieg.

Jaime Kreen wurde nervös. »Dax sagt Ihnen, dass ich einlenken werde, wenn Sie warten, nicht wahr? Nun, das werde ich nicht. Sie können mich damit nicht mehr austricksen, verstehen Sie.« Er verschränkte die Arme noch fester als sonst. »Ich bin ein Fels. Ich bin Stahl. Ich bin unerschütterlich in meiner Entscheidung.«

Haviland Tuf streichelte Dax und schwieg.

»Warten Sie, bis Sie schwarz werden, Tuf«, sagte Kreen. »Nur dieses eine Mal werde ich Sie zum Narren halten. Auch ich kann warten. Wir werden gemeinsam warten. Und ich werde niemals einlenken. Niemals. Niemals. NIEMALS.«

Als die *Füllhorn der Exzellenten Güter und Niedrigen Preise* anderthalb Wochen später von der Oberfläche von Charity zurückkehrte, hatte Jaime Kreen drei weitere Personen bei sich, allesamt ehemalige führende Administratoren aus der Stadt der Hoffnung. Rej Laithor war eine ältere adlergesichtige Frau mit stahlgrauem Haar, die früher dem Rat vorgestanden hatte. Seit Moses die Macht übernommen hatte, wurde sie zur Arbeiterin am Spinnrad umgeschult. Sie wurde von einer jüngeren Frau und einem großen Mann begleitet, der aussah, als wäre er einst sehr fett gewesen, da ihm die Haut in schlaffen gelben Falten vom Gesicht hing.

Haviland Tuf empfing sie im Konferenzraum. Er saß am Kopf des Tisches, als Kreen die Charitaner hineingeleitete, hatte die Hände fein säuberlich vor sich gefaltet, und Dax lag gemütlich zusammengerollt auf dem polierten Metall.

»Ich bin erfreut, dass Sie kommen konnten«, sagte er, als die Regierungsbeamten Platz nahmen. »Sie scheinen mir allerdings feindselig gestimmt, und das bedaure ich. Lassen Sie mich damit beginnen, Ihnen zu versichern, dass ich keinerlei Rolle in Ihren politischen Umwälzungen gespielt habe.«

Rej Laithor schnaubte. »Ich habe Kreen befragt, als er mich fand, Tuf, und er hat mir von Ihren Unschuldsbeteuerungen berichtet. Ich glaube Ihnen ebenso wenig, wie er es getan hat. Unsere Stadt und unsere Lebensweise wurden durch ökologische Kriegsführung zerstört, von Seuchen, die dieser Moses über uns brachte. Unsere Computer haben uns gesagt, dass nur Sie und dieses Schiff in der Lage sind, einen derartigen Krieg zu führen.«

»In der Tat«, sagte Haviland Tuf. »Ich möchte vorschlagen, dass Sie in Betracht ziehen, Ihre Computer neu zu programmieren, wenn sie gelegentlich derartige Fehler machen.«

»Wir haben jetzt keine Computer mehr«, sagte der ehemals fette Mann traurig. »Ich war allerdings Chefprogrammierer, und ich weise die Schlussfolgerung von mir, ich sei unfähig gewesen.«

»Sie *sind* unfähig, Rikken, ansonsten hätten Sie nie zugelassen, dass diese Läuse das System befallen«, sagte Rej Laithor. »Doch das macht Tuf nicht einen Deut weniger schuldig. Es waren seine Läuse.«

»Ich habe kein Monopol auf Läuse«, sagte Haviland Tuf einfach. Dann hob er eine Hand. »Wir sollten mit diesen Streitereien aufhören. Das bringt uns nicht weiter. Lassen Sie uns stattdessen über die traurige Geschichte und die missliche Lage der Stadt der Hoffnung sowie Moses und seine Plagen diskutieren. Vielleicht kennen Sie den ursprünglichen Moses, den Moses von der Alten Erde, dem Ihr Gegenspieler nacheifert. Dieser ältere Moses hatte kein Saatgutschiff, keine herkömmlichen Werkzeuge für einen Biokrieg. Er hatte jedoch einen Gott, der sich als gleichermaßen effektiv erwiesen hatte. Sein Volk wurde in Gefangenschaft gehalten. Um es zu befreien, sandte er sieben Plagen gegen seine Feinde. Ist Ihr Moses dem gleichen Muster gefolgt?«

»Antworten Sie ihm nicht für umsonst«, sagte Jaime Kreen von der Tür aus, gegen die er sich gelehnt hatte.

Rej Laithor starrte ihn an, als wäre er verrückt. »Wir hatten uns über die ursprüngliche Moses-Geschichte informiert«, sagte sie, nachdem sie sich wieder Tuf zugewandt hatte. »Als die Plagen begonnen hatten, wollten wir wissen, was uns erwartet. Moses benutzte die gleichen Plagen wie das Original, aber er variierte die Reihenfolge etwas. Und wir wurden nur von sechs heimgesucht, da an diesem Punkt der Rat den Forderungen der Altruisten nachgab, Port Faith schloss und die Stadt der Hoffnung evakuierte.« Sie hob die Hände. »Schauen Sie sich das an – schauen Sie auf diese Blasen, schauen Sie auf diese Schwielen. Er hat uns alle auf diese verrottenden altruistischen Dörfer verteilt, wo wir wie die Wilden leben. Und wir hungern. Er ist verrückt.«

»Zuerst verwandelte Moses das Wasser des Flusses in Blut«, sagte Haviland Tuf.

»Es war ekelhaft«, sagte die jüngere Frau. »Das ganze Wasser in der Stadt, die Springbrunnen, die Swimmingpools, die Trinkbrunnen. Man hat den Wasserhahn aufgedreht oder stand unter der Dusche, und plötzlich war man mit Blut besudelt. Sogar die Toiletten waren voller Blut.«

»Es war kein wirkliches Blut«, ergänzte Jaime Kreen. »Wir haben es untersucht. Irgendein organisches Gift war der städtischen Wasserversorgung zugesetzt worden. Aber was auch immer es war, es machte das Wasser dick und rot und untrinkbar. Wie haben Sie das gemacht, Tuf?«

Haviland Tuf ignorierte die Frage. »Die zweite Plage war eine Froschplage.«

»In unseren Hefetanks und unserer gesamten hydroponischen Sektion«, sagte Kreen. »Ich war der zuständige Beamte. Es hat mich ruiniert. Die Frösche haben mit ihren Körpern die gesamte Maschinerie verstopft, und sie starben und verrotteten und verdarben die Nahrung. Laithor hat mir eine Disziplinarstrafe auferlegt, als ich es nicht aufhalten konnte – als ob es mein Fehler gewesen wäre!« Er zog eine Grimasse in Richtung seiner ehemaligen Vorgesetzten. »Nun, zumindest endete ich nicht als Sklave für Moses. Ich bin nach K'theddion geflohen, als es noch möglich war, den Planeten zu verlassen.«

»Die dritte«, sagte Haviland Tuf, »war die Läuseplage.«

»Überall«, murmelte der vormals fette Mann. »Überall. Sie konnten innerhalb des Systems natürlich nicht überleben, also starben sie dort, aber das war schon schlimm genug. Das System brach zusammen. Die Läuse verbreiteten sich einfach weiter. Jeder hatte sie. Man konnte nicht sauber genug bleiben, um sie zu vermeiden.«

»Die vierte war die Fliegenplage.«

Alle Charitaner sahen niedergeschlagen aus. Niemand sagte etwas.

»Als fünftes«, fuhr Haviland Tuf fort, »ließ Moses die Maul- und Klauenseuche los, die das gesamte Vieh seiner Feinde tötete.«

»Die Maul- und Klauenseuche hat er übersprungen«, sagte Rej Laithor. »Unsere Herden waren draußen auf den Ebenen, aber wir hatten Wachen aufgestellt, auch unten in den Kellern bei den Fleischtieren. Wir hatten es erwartet. Nichts passierte. Er hat auch die Blattern übersprungen, Gott sei Dank, und den Hagel. Ich hätte gern gesehen, wie er es in unserem künstlichen Ökosystem hageln lässt. Er ging geradewegs zu den Heuschrecken über.«

»In der Tat«, sagte Haviland Tuf. »Die achte Plage. Haben diese Heuschrecken Ihre Felder leergefressen?«

»Die Heuschrecken haben unsere Felder nicht angerührt. Sie waren in der Stadt, in den versiegelten Getreidelagern. Der Überschuss von drei Jahren war über Nacht dahin.«

»Die neunte Plage«, sagte Haviland Tuf, »war die Dunkelheit selbst.«

»Ich bin froh, dass ich die verpasst habe«, bemerkte Jaime Kreen.

»Jedes Licht in der Stadt erlosch«, sagte Rej Laithor. »Unsere Reparaturtrupps mussten sich durch Haufen von toten Fliegen und lebenden Heuschrecken kämpfen und die ganze Zeit ihre

Läusebisse kratzen. Es war hoffnungslos, und die Menschen flohen bereits zu Tausenden. Ich ordnete an, die Stadt aufzugeben, als klar wurde, dass sogar die sekundären Kraftwerke voller Insekten waren. Danach ging alles sehr schnell. Eine Woche später lebte ich in einer unbeheizten Hütte in den Hügeln der Ehrlichen Arbeit und lernte, wie man ein Spinnrad bedient.« Sie klang wütend.

»Ihr Schicksal ist ein trauriges«, stimmte Haviland Tuf mit milder Stimme zu. »Aber trotzdem sollten Sie nicht verzweifeln. Als ich durch Jaime Kreen von Ihrer Misere hörte, entschied ich mich sofort, Ihnen zu helfen. Und da bin ich.«

Rej Laithor sah ihn argwöhnisch an. »Uns helfen?«, fragte sie.

»Ich werde die Stadt der Hoffnung für Sie zurückgewinnen«, sagte Haviland Tuf. »Ich werde Moses und seine Heilige Altruistische Wiederherstellung besiegen. Ich werde Sie vom Spinnrad befreien und Ihnen Ihren Vocoder wiedergeben.«

Die junge Frau und der ehemals fette Mann strahlten. Rej Laithor runzelte weiter die Stirn. »Warum?«

»Rej Laithor fragt mich, warum«, sagte Haviland Tuf zu Dax und streichelte die Katze sanft. »Meine Motive werden stets infrage gestellt. Die Menschen haben kein Vertrauen in diesen harten modernen Zeiten, Dax.« Er sah die oberste Regierungsrätin an. »Ich will Ihnen helfen, da mich die Situation auf Charity bewegt, da Ihr Volk ganz offensichtlich leidet. Moses ist kein wahrer Altruist, wie wir beide wissen, aber das bedeutet nicht, dass der Impuls zur Selbstaufopferung und Wohltätigkeit in der Menschheit ausgestorben ist. Ich verurteile Moses und seine Taktik, seine Nutzung von unschuldigen Insekten und Tieren in unnatürlicher Weise, um seinen Mitmenschen seinen Willen aufzudrängen. Reichen Ihnen diese Motive, Rej Laithor? Wenn nicht, so sagen Sie es, und ich werde meine *Arche* nehmen und abreisen.«

»Nein«, sagte sie. »Nein, tun Sie das nicht. Wir nehmen an. Ich nehme an, im Namen der Stadt der Hoffnung. Wenn Sie Erfolg haben, werden wir Ihnen eine Statue errichten und über der Stadt aufstellen, damit man sie kilometerweit sehen kann.«

»Vorbeifliegende Vögel würden sich auf einer solchen Statue erleichtern«, sagte Haviland Tuf. »Der Wind würde sie abschleifen und zersetzen, und sie würde zu hoch sein, als dass jeder ihre Gestalt klar und deutlich erkennen könnte. Eine solche Statue könnte meiner Eitelkeit schmeicheln – ich bin ein kleiner Mann, trotz meiner Körpergröße, und durch derartige Dinge leicht zu erfreuen –, aber ich würde wollen, dass sie auf Ihrem größten öffentlichen Platz aufgestellt wird, geschützt vor allem Ungemach.«

»Natürlich«, sagte Laithor schnell. »Alles, was Sie wollen.«

»Alles, was ich will«, sagte Haviland Tuf. Es war keine Frage. »Zusätzlich zu der Statue werde ich fünfzigtausend Standards verlangen.«

Ihr Gesicht wurde erst blass und dann rot. »Sie sagten«, begann sie in einer Art ersticktem Flüstern. »… Wohltätigkeit … Altruismus … unsere Bedürfnisse … das Spinnrad …«

»Ich muss meine Ausgaben decken«, sagte Haviland Tuf. »Sicherlich bin ich bereit, meine Zeit dieser Sache zu weihen, aber die Ressourcen der *Arche* sind zu kostbar, um sie zu verschwenden. Ich muss essen. Die Schatzkammern der Stadt der Hoffnung sind sicherlich in der Lage, diese kleine Summe aufzubringen.«

Rej Laithor gab ein prustendes Geräusch von sich.

»Ich kümmere mich darum«, mischte sich Jaime Kreen ein. Er drehte sich zu Tuf um. »Zehntausend Standards. Nicht mehr. Zehntausend.«

»Unmöglich«, sagte Haviland Tuf. »Meine Kosten werden vierzigtausend Standards auf jeden Fall übersteigen. Vielleicht kann ich für einige Zeit Diät halten, nur diese Summe nehmen und mich mit einem kleinen Verlust begnügen. Ihre Leute leiden.«

»Fünfzehntausend«, sagte Kreen.

Haviland Tuf schwieg.

»Ach, zur Hölle«, sagte Jaime Kreen. »Also vierzigtausend, und ich hoffe, dass diese verdammte Katze an der Gicht stirbt.«

Es war die Angewohnheit des Mannes, den man Moses nannte, jeden Abend die zerklüfteten Pfade der Hügel der Ehrlichen Arbeit entlangzulaufen, um die Schönheit des Sonnenuntergangs zu beobachten und in Ruhe über die Probleme des Tages nachzudenken. Er legte ein Tempo an den Tag, mit dem nur wenige jüngere Männer Schritt halten konnten, seinen langen krummen Stab in der Hand und einen friedlichen Ausdruck auf dem Gesicht, die Augen auf den fernen Horizont gerichtet. Oftmals brachte er mehrere Kilometer hinter sich, bevor er zu Heim und Bett zurückkehrte.

Die Feuersäule erschien ihm zum ersten Mal auf einem solchen Spaziergang. Er hatte gerade einen Aufstieg beendet, und da war sie – ein sich drehender, windender Trichter aus orangefarbenen Flammen, durchsetzt mit Funken in Blau und Gelb. Das Gebilde suchte sich einen Weg durch die Felsen und den Staub und kam genau auf ihn zu. Es war mindestens dreißig Meter hoch und wurde von einer kleinen grauen Wolke gekrönt, die ihm irgendwie folgte.

Moses hielt auf der Hügelkuppe inne, stützte sich auf seinen Stab und beobachtete, wie sich ihm die Erscheinung näherte.

Die Feuersäule hielt fünf Meter vor ihm auf geringfügig niedrigerem Grund an. »Moses«, sagte sie mit einer dröhnenden, donnernden Stimme von oben. »Ich bin Gott, dein HERR, und du hast dich an mir versündigt. *Gib mir mein Volk zurück!*«

Moses kicherte. »Sehr gut«, sagte er mit voller Stimme. »Wirklich sehr gut.«

Die Feuersäule flackerte und drehte sich. »Befreie die Menschen in der Stadt der Hoffnung von deinen grausamen Fesseln«, forderte sie, »oder ich werde in meinem Zorn Plagen über dich bringen.«

Moses runzelte die Stirn und deutete mit seinem Stab auf die Feuersäule. »Ich bin hier derjenige, der die Plagen bringt, wenn du dich bitte gütigst daran erinnern würdest.« In seiner Stimme lag ein Hauch Ironie.

»Falsche Plagen von einem falschen Propheten, wie wir beide sehr wohl wissen«, donnerte die Feuersäule. »All deine schwachen Tricks und Kniffe sind mir bekannt, mir dem Gott, dessen Namen du entweiht hast. Gib mir mein Volk zurück, oder du wirst in das schreckliche Gesicht der wahren Pestilenz blicken!«

»Blödsinn«, sagte Moses. Er ging den Hügel hinab auf die Feuersäule zu. »Wer bist du?«

»Ich bin, wer ich bin«, sagte die Feuersäule und zog sich hastig zurück, als Moses näher kam. »Ich bin Gott.«

»Du bist eine holografische Projektion«, sagte Moses, »die aus dieser lächerlichen Wolke da oben stammt. Ich bin ein heiliger Mann und kein dummer. Verschwinde jetzt.«

Die Feuersäule blieb und rumpelte drohend. Moses ging geradewegs durch sie hindurch und dann forsch weiter den Hügel hinunter. Die Säule blieb, wo sie war, drehte und wand sich, auch noch, nachdem Moses längst verschwunden war. »In der Tat«, dröhnte sie mit ihrer ungeheuren, donnernden Stimme hinaus in die leere Nacht. Dann zitterte sie und erlosch.

Die kleine graue Wolke raste über die Hügel und holte Moses einen Kilometer weiter auf der Straße ein. Die Feuersäule schlängelte sich wieder herab, knisternd vor drohender Energie. Moses ging darum herum. Die Feuersäule folgte ihm.

»Die Stadtbewohner fordern allmählich meine Geduld heraus«, sagte Moses, während er weiterging. »Sie verführen meine Leute mit Ihrer sündhaften, trägen Lebensweise, und jetzt stören Sie auch noch meine abendlichen Gedankengänge. Ich habe einen harten Tag heiliger Mühsal hinter mir. Seien Sie gewarnt, dass Sie kurz davor stehen, mich zu provozieren. Ich habe die Anwendung der Wissenschaften verboten. Nehmen Sie Ihren Flugwagen und Ihr Hologramm, und verschwinden Sie, bevor ich eine Blatternplage über Ihr Volk bringe.«

»Leere Worte, Sir«, sagte die Feuersäule und blieb ihm dicht auf den Fersen. »Die Blattern sind weit jenseits Ihrer beschränkten Fähigkeiten. Glauben Sie wirklich, jemanden wie MICH so leicht täuschen zu können wie dieses Pack engstirniger Bürokraten?«

Moses zögerte und warf einen nachdenklichen Blick über die Schulter. »Sie zweifeln die Kräfte meines Gottes an? Ich würde meinen, dass meine Demonstrationen ausführlich genug waren.«

»In der Tat«, sagte die Feuersäule. »Doch die dargebrachten Dinge lagen innerhalb Ihrer eigenen Grenzen und denen Ihrer Gegner. Es ist klar, dass Sie das alles gut und seit Langem geplant hatten, aber dabei kamen nur Ihre eigenen Kräfte zum Einsatz.«

»Sie glauben also tatsächlich, dass die Plagen, die die Stadt der Hoffnung heimgesucht haben, nur Zufall und Pech waren?«

»Sie missverstehen mich, Sir. Ich weiß sehr wohl, was sie waren, und daran war nichts Übernatürliches. Seit Generationen sind die Jungen und die Unzufriedenen unter den Altruisten in die Stadt ausgewandert. Wie einfach und offensichtlich, dass Sie unter ihnen Ihre eigenen Spione, Saboteure und Agenten eingeschleust haben. Wie listig, ein Jahr oder auch zwei oder fünf zu warten, bis diese in der Stadt der Hoffnung vollständig akzeptiert waren und Positionen mit Verantwortung übertragen bekamen. Frösche und Insekten kann man leicht züchten, Sir, entweder in einer

Hütte in den Hügeln der Ehrlichen Arbeit oder in einem Wohnkomplex innerhalb der Stadt selbst. Wenn man solche Kreaturen in die Freiheit entlässt, werden sie sich zerstreuen und sterben. Die Elemente werden sie vernichten, natürliche Feinde werden sie erbeuten, sie werden an Nahrungsmangel zugrunde gehen; die komplexen gnadenlosen Mechanismen der Umwelt werden sie in ihre natürlichen Schranken weisen. Aber wie anders ist es in einem künstlichen Ökosystem! Die architektonische Umwelt ist eigentlich gar keine Umwelt, denn sie bietet keine Nische für Tiere, sondern nur für die Menschen. Das Wetter ist dort immerzu angenehm und freundlich, es gibt keine konkurrierenden Arten oder räuberischen Feinde, und es ist einfach genug, eine geeignete Nahrungsquelle zu finden. Unter derartigen Bedingungen ist das Ergebnis unvermeidlich eine Plage. Allerdings eine falsche Plage, die ausschließlich innerhalb der Grenzen der Stadt bedrohlich wird. Draußen wären Ihre kleinen Plagen der Frösche und Läuse und Fliegen gar nichts für den Wind und den Regen und die wilden Tiere.«

»Ich habe ihr Wasser in Blut verwandelt«, warf Moses ein.

»In der Tat, Ihre Agenten haben organische Substanzen in der Wasserversorgung der Stadt freigesetzt.«

»Ich habe eine Plage der Dunkelheit über sie gebracht«, sagte Moses. Sein Tonfall war recht defensiv geworden.

»Sir«, sagte die Feuersäule, »Sie beleidigen meine Intelligenz mit dem Offensichtlichen. Sie haben das Licht abgeschaltet.«

Moses fuhr zu der Säule herum und starrte sie herausfordernd an. Sein Gesicht war rot vom reflektierten Licht. »Ich bestreite das. Ich bestreite das alles. Ich bin ein wahrer Prophet.«

»Der wahre Moses brachte eine schwere Maul- und Klauenseuche über seine Feinde«, donnerte die Feuersäule mit gleichbleibender Stimme, soweit Donner gleichbleibend sein kann. »Sie haben das nicht getan. Der wahre Moses brachte eine Blatternplage über seine Feinde, sodass niemand vor ihn treten konnte. Das haben Sie nicht getan. Ihre Auslassungen verraten Sie, Sir. Eine wahre Seuche übersteigt Ihre Kräfte. Der wahre Moses verwüstete das Land seiner Feinde mit Hagel, der Tag und Nacht niederprasselte. Auch diese Plage wurde durch Ihre eigenen begrenzten Möglichkeiten vereitelt. Doch Ihre Feinde, bedrängt von Ihren Tricks, gaben die Stadt der Hoffnung vor der zehnten Plage auf, der Tötung der Erstgeburten, und das war Ihr großes Glück, denn zu dieser Zeit waren Ihnen mit Sicherheit die Plagen ausgegangen.«

Moses schlug mit seinem Stab nach der Feuersäule. Es gab weder am Stab noch an der Säule irgendeinen erkennbaren Effekt. »Verschwinde!«, rief er. »Wer auch immer du bist, du bist nicht mein Gott. Ich widersetze mich dir. Streng dich nur an! Du hast es selbst gesagt: In der Natur sind Plagen nicht so einfach wie in einem künstlichen Ökosystem. Wir sind mit dem einfachen Leben, das wir in den Hügeln der Ehrlichen Arbeit führen, nahe bei unserem Gott. Wir sind voller Gnade. Du kannst uns nichts anhaben.«

»In der Tat?«, donnerte die Feuersäule. »Du täuschst dich, Moses. *Gib mir mein Volk zurück!*«

Moses hörte ihm gar nicht mehr zu. Er ging erneut durch das Feuer und rannte wütend zum Dorf zurück.

»Wann werden Sie anfangen?«, fragte Jaime Kreen ungeduldig, nachdem Haviland Tuf zur *Arche* zurückgekehrt war. Er war an Bord geblieben, nachdem er die anderen Charitaner zur Oberfläche zurückgebracht hatte, da – wie er ausgeführt hatte – die Stadt der Hoffnung unbewohnbar war und in den Dörfern und Arbeitslagern der Altruisten kein Platz für ihn war. »Warum arbeiten Sie nicht? Wann werden …«

»Sir«, sagte Haviland Tuf. Er saß in seinem Lieblingssessel und aß eine Schüssel Sahnepilze mit Zitronenerbsen. Ein Krug Bier stand auf dem Tisch neben ihm. »Erdreisten Sie sich nicht, mir Befehle zu erteilen, es sei denn, Sie ziehen die Gastfreundschaft von Moses der meinen vor.« Er nippte an seinem Bier. »Alle Arbeiten, die erledigt werden müssen, sind erledigt. Meine Hände waren im Gegensatz zu den Ihren während unserer Reise von K'theddion hierher nicht gänzlich untätig.«

»Aber das war vor …«

»Details«, sagte Haviland Tuf. »Die meisten der grundlegenden Klonarbeiten sind erledigt. Auch waren die Klone selbst nicht untätig. Die Zuchttanks sind voll.« Er sah Kreen blinzelnd an. »Lassen Sie mich jetzt essen.«

»Die Plagen«, sagte Kreen. »Wann werden sie beginnen?«

»Die erste«, erwiderte Haviland Tuf, »hat schon vor einigen Stunden begonnen.«

Unten zwischen den Hügeln der Ehrlichen Arbeit, hinter den sechs Dörfern und den steinigen Feldern der Heiligen Altruisten und den sich ausbreitenden ärmlichen Arbeitslagern, in denen die Flüchtlinge untergebracht waren, floss der breite, bedächtige Fluss, den die Altruisten Gottes Gnade nannten und die anderen Charitaner den Fluss des Schweißes. Als am fernen Horizont der Morgen dämmerte, kehrten diejenigen, die zum Fluss hinuntergegangen waren, um zu fischen oder ihre Wasserkrüge zu füllen oder ihre Wäsche zu waschen, mit Schreckensschreien zum Arbeitslager zurück. »Blut!«, riefen sie. »Der Fluss besteht aus Blut, genau wie damals das Wasser in der Stadt.« Es wurde nach Moses geschickt, und er begab sich widerwillig zum Fluss, rümpfte die Nase über den Geruch der toten und sterbenden Fische und dem Gestank des Blutes selbst. »Ein Trick der Sünder aus der Stadt der

Hoffnung«, sagte er, als er auf den trägen, scharlachroten Fluss hinunterschaute. »Der HERR erneuert die natürliche Umwelt. Ich werde beten, und innerhalb eines Tages wird der Fluss wieder sauber und frisch sein.« Er stand im Schlamm, wo sich zu seinen Füßen eine seichte, blutige Pfütze voller toter Fische gebildet hatte. Er streckte seinen Stab über dem verseuchten Wasser aus und betete. Er betete einen Tag und eine Nacht lang, aber das Wasser klärte sich nicht.

Als es wieder Morgen wurde, kehrte Moses in seine Hütte zurück und erteilte Befehle, und Rej Laithor und fünf andere Politiker wurden aus ihren Familien geholt und sehr intensiv befragt. Die Fragenden erfuhren nichts. Patrouillen bewaffneter Altruisten gingen flussaufwärts und suchten nach den Verschwörern, die Chemikalien in den Fluss pumpten. Sie fanden nichts. Sie gingen drei Tage und drei Nächte lang bis zum großen Wasserfall im Hohen Land, und selbst dort bestanden die herabstürzenden Wassermassen aus Blut, Blut, Blut.

Moses betete ohne Unterlass, sowohl am Tag als auch bei Nacht, bis er schließlich vor Erschöpfung zusammenbrach und ihn seine Gefolgsleute in seine einfache Hütte zurückbrachten. Der Fluss blieb rot und trübe.

»Er ist geschlagen«, sagte Jaime Kreen nach einer Woche, als Haviland Tuf mit seinem Gleiter von einem Erkundungsflug zurückkehrte. »Worauf wartet er noch?«

»Er wartet darauf, dass der Fluss sich selbst reinigt«, sagte Haviland Tuf. »Es ist eine Sache, die Wasserversorgung eines geschlossenen Systems wie in Ihrer Stadt zu kontaminieren, wo bereits eine geringe Menge Wirkstoff ausreicht. Ein Fluss ist ein viel größeres Unterfangen. Man kann so viel Chemie ins Wasser tun, wie man will, früher oder später wird alles weggeschwemmt sein, und der Fluss ist wieder sauber. Moses glaubt zweifelsohne, dass uns bald die Chemikalien ausgehen werden.«

»Wie machen Sie es dann?«

»Anders als chemische Substanzen vermehren und erneuern Mikroorganismen sich selbst«, erklärte Haviland Tuf. »Auch die Wasser der alten Erde waren Gegenstand solcher roten Fluten, wie uns die alten Aufzeichnungen des ÖIK erzählen. Es gibt einen Planeten namens Scarne, wo die entsprechende Lebensform derart virulent ist, dass sogar die Ozeane immer wieder betroffen sind und alle anderen Lebewesen sich anpassen oder sterben müssen. Die Erbauer der *Arche* besuchten Scarne und entnahmen Klonmaterial.«

In dieser Nacht erschien die Feuersäule vor Moses' Hütte und verscheuchte die erschrockenen Wächter. *»Gib mir mein Volk zurück!«,* donnerte sie.

Moses wankte zur Tür und stieß sie weit auf. »Du bist eine von Satans Täuschungen«, schrie er, »aber mich kann man nicht täuschen. Verschwinde. Wir werden nicht mehr aus dem Fluss trinken, Betrüger. Es gibt tiefe Quellen, aus denen wir unser Wasser holen können, und wir können andere graben.«

Die Feuersäule wand sich und knisterte. »Ohne Zweifel«, bemerkte sie, »aber damit zögerst du nur das Unvermeidliche hinaus. Lass die Menschen aus der Stadt der Hoffnung frei, oder ich werde die Froschplage über dich bringen.«

»Ich werde deine Frösche essen«, rief Moses. »Sie werden mir köstlich schmecken.«

»Diese Frösche werden aus dem Fluss kommen«, sagte die Feuersäule, »und sie werden fürchterlicher sein, als du dir vorstellen kannst.«

»In dieser giftigen Brühe kann nichts leben«, sagte Moses. »Dafür hast du ja gesorgt.« Dann schlug er die Tür zu und schenkte der Feuersäule keine Beachtung mehr.

Die Wachen, die Moses im Morgengrauen zum Fluss geschickt hatte, kamen blutverschmiert und hysterisch vor Angst zurück.

»Da sind *Tiere*«, bezeugte einer von ihnen. »Sie bewegen sich in den Blutpfützen. Kleine knallrote Viecher, fast so lang wie ein Finger, aber ihre Beine sind doppelt so lang. Sehen aus wie kleine rote Frösche, aber als wir näher herangingen, sahen wir, dass sie Zähne hatten und die toten Fische zerfetzten. Es war kaum noch ein Fisch übrig, und auf denen, die noch da waren, krabbelten überall diese Froschdinger herum. Dann versuchte Danel, eines dieser Froschdinger aufzuheben, aber es hat nach ihm geschnappt, hat ihm in die Hand gebissen, und er hat geschrien, und plötzlich war die Luft voll von den verdammten Dingern; sie sprangen herum, als würden sie fliegen, bissen die Leute, rissen ihnen das Fleisch vom Leib, wenn sie Halt fanden. Es war schrecklich. Wie soll man gegen einen Frosch kämpfen? Ihn erstechen? Ihn erschießen? Wie?« Er zitterte.

Moses sandte eine weitere Gruppe zum Fluss, bewaffnet mit Säcken und Gift und Fackeln. Sie kamen völlig verstört zurück und trugen zwei von ihnen. Ein Mann starb an diesem Morgen, nachdem ein Frosch ihm die Kehle durchgebissen hatte. Ein anderer ging ein paar Stunden später am Fieber zugrunde, das viele von denen bekommen hatten, die gebissen worden waren.

Bei Sonnenaufgang waren alle Fische verschwunden. Die Frösche kamen nun vom Fluss hinauf in die Dörfer. Die Altruisten hoben Gräben aus und füllten sie mit Wasser und Feuer. Die Frösche sprangen über die Gräben. Die Altruisten kämpften mit Messern und Schlagstöcken und Feuer, einige sogar mit den modernen Waffen, die sie der Stadtbevölkerung abgenommen hatten. Am Morgen waren sechs weitere Menschen tot. Moses und seine Anhänger zogen sich hinter verschlossene Türen zurück.

»Unsere Leute sind da draußen im Freien«, sagte Jaime Kreen ängstlich. »Die Frösche werden in die Lager kommen und sie töten.«

»Nein«, sagte Haviland Tuf. »Wenn Rej Laithor ihre Schützlinge ruhig halten kann, haben sie nichts zu befürchten. Die scarnischen Blutfrösche sind hauptsächlich Aasfresser. Über lebende Wesen, die größer sind als sie selbst, fallen sie nur dann her, wenn sie angegriffen werden oder Angst haben.«

Kreen schaute ungläubig drein, bis er langsam lächelte. »Und Moses versteckt sich vor Angst! Das ist großartig, Tuf.«

»Großartig«, sagte Haviland Tuf. Seine Stimme verriet weder Zustimmung noch Spott. Aber Dax lag in seinen Armen, und Kreen bemerkte, dass der Kater still und steif war und sich sein Fell langsam sträubte.

In dieser Nacht kam die Feuersäule nicht zu dem Mann, den man Moses nannte, sondern zu den Flüchtlingen aus der Stadt der Hoffnung, die sich ängstlich in ihrem baufälligen Lager zusammenkauerten und beobachteten, wie die Frösche hinter den Zäunen herumkrochen, die sie von den Altruisten fernhielten.

»Rej Laithor«, sagte die Feuersäule. »Ihre Feinde haben sich selbst hinter verriegelten Türen eingesperrt. Sie sind frei. Gehen Sie. Nehmen Sie Ihr Volk an die Hand, und führen Sie es zurück in Ihre Stadt. Gehen Sie langsam, achten Sie darauf, wohin Sie treten, machen Sie keine plötzlichen Bewegungen. Wenn Sie all das ohne Fehler tun, werden die Frösche Sie unbehelligt lassen. Säubern und reparieren Sie Ihre Stadt der Hoffnung, und halten Sie meine vierzigtausend Standards bereit.«

Rej Laithor, umringt von ihren Regierungsbeamten, starrte hinauf in die sich windenden Flammen. »Moses wird uns wieder angreifen, sobald Sie abgereist sind, Tuf«, rief sie. »Bereiten Sie ihm ein Ende. Lassen Sie Ihre anderen Plagen los.«

Die Feuersäule schwieg. Ein paar endlose Minuten lang drehte sie sich knisternd und verschwand schließlich.

Erschöpft verließen die Menschen aus der Stadt der Hoffnung der Reihe nach das Lager, wobei sie sehr sorgfältig darauf achteten, wohin sie traten.

»Die Generatoren arbeiten wieder«, berichtete Jaime Kreen zwei Wochen später. »Bald wird die Stadt wieder wie früher sein. Aber das ist nur die eine Hälfte unseres Vertrages, Tuf. Moses und seine Anhänger schmollen immer noch in ihren Dörfern vor sich hin. Die Blutfrösche sind fast alle tot, nachdem sie sich aus Mangel an Aas gegenseitig aufgefressen haben. Und der Fluss beginnt sich zu klären. Wann werden Sie die Läuse über sie bringen? Und die Fliegen? Sie haben es verdient, sich kratzen zu müssen, Tuf.«

»Nehmen Sie die *Greif*«, ordnete Haviland Tuf an. »Bringen Sie Moses zu mir, ob er will oder nicht. Tun Sie es, und einhundert Standards aus den Schatzkammern Ihrer Stadt werden Ihnen gehören.«

Jaime Kreen wirkte erstaunt. »Moses? *Warum?* Moses ist unser Feind. Wenn Sie denken, dass Sie jetzt die Seiten wechseln und einen Handel mit ihm abschließen können, uns für einen besseren Preis in die Sklaverei zurückschicken …«

»Halten Sie sich mit Ihren Verdächtigungen zurück«, entgegnete Tuf. Er streichelte Dax. »Ständig denken die Menschen nur das Schlimmste von uns, Dax. Wahrscheinlich ist es unser trauriges Los, für immer verdächtig zu sein.« Er wandte sich wieder an Kreen. »Ich wünsche lediglich eine Unterredung mit Moses. Tun Sie, was ich Ihnen gesagt habe.«

»Ich stehe nicht länger in Ihrer Schuld, Tuf«, gab Kreen scharf zurück. »Ich assistiere Ihnen ausschließlich als patriotischer Charitaner. Erläutern Sie mir Ihre Motive, und ich werde Ihre Bitte erfüllen. Andernfalls können Sie es selbst tun. Ich weigere mich.« Er verschränkte die Arme vor der Brust.

»Sir«, sagte Haviland Tuf. »Ist Ihnen klar, wie viele Mahlzeiten und Krüge Bier Sie an Bord der *Arche* zu sich genommen haben, seit ich Ihre Schuld gestrichen habe? Sind Sie sich der Menge an Luft bewusst, die Sie geatmet haben, und wie oft Sie die sanitären Anlagen benutzt haben? Ich bin mir dessen über alle Maßen bewusst. Ist Ihnen außerdem klar, dass der reguläre Preis für eine Reise von K'theddion nach Charity dreihundertneunundsiebzig Standards beträgt? All dies könnte man mit Leichtigkeit Ihrer Schuld hinzurechnen. Zu meinem großen finanziellen Nachteil habe ich davon abgesehen, nur weil Sie mir gewisse geringfügige Annehmlichkeiten gewährt haben. Ich sehe jetzt ein, dass meine Nachsicht ein Fehler war. Ich werde das in meiner Buchhaltung berücksichtigen.«

»Täuschen Sie mich nicht, Tuf«, sagte Kreen verstockt. »Wir sind quitt, und wir sind ziemlich weit vom kytheddenischen Gefängnis entfernt, und alle Ansprüche, die Sie unter der dortigen absurden Rechtsprechung gegen mich haben, sind auf Charity null und nichtig.«

»Die Gesetze auf K'theddion und Charity sind mir egal, es sei denn, sie dienen meinen Zwecken«, sagte Haviland Tuf sehr ruhig. »Ich lebe nach meinen eigenen Gesetzen, Jaime Kreen, und wenn ich beschließen sollte, Sie für den Rest Ihres Lebens zu meinem Sklaven zu machen, können Ihnen weder Rej Laithor noch Moses noch Ihr eigenes herausforderndes Benehmen helfen.« Tuf sprach diese Worte aus wie immer, gleichmäßig, ruhig, mit seiner Bassstimme, fast ohne Emotion und Betonung.

Aber Jaime Kreen wurde plötzlich sehr kalt. Und er tat, worum man ihn gebeten hatte.

Moses war ein großer, starker Mann, aber Tuf hatte Jaime Kreen von seinen nächtlichen Spaziergängen erzählt, und es war ein Leichtes, eines Abends in den Hügeln hinter dem Dorf zusammen mit drei anderen im Gebüsch auf ihn zu warten und Moses zu überwältigen, als er vorbeiging. Einer von Kreens Gehilfen schlug vor, den Altruistenführer hier und jetzt zu töten, aber Kreen untersagte es. Sie trugen den bewusstlosen Moses zurück zur wartenden *Greif*, wo Kreen die anderen entließ.

Kurze Zeit später lieferte Kreen Moses an Haviland Tuf aus und wandte sich zum Gehen.

»Bleiben Sie«, sagte Tuf. Sie waren in einem Raum, den Kreen nie zuvor gesehen hatte, einem riesigen, hallenden Saal, wo die Wände und die Decke makellos weiß waren. Tuf setzte sich in die Mitte des Raumes an eine hufeisenförmige Instrumententafel. Dax saß auf der Konsole und machte einen sehr aufmerksamen Eindruck.

Moses war immer noch benommen. »Wo bin ich?«, wollte er wissen.

»Sie befinden sich an Bord des Saatgutschiffs *Arche*, dem letzten funktionstüchtigen Biowaffenschiff des Ökologischen Ingenieurskorps. Ich bin Haviland Tuf.«

»Ihre Stimme«, sagte Moses.

»Ich bin der HERR«, erwiderte Haviland Tuf.

»Ja«, sagte Moses. Er sprang plötzlich auf. Jaime Kreen, der hinter ihm stand, packte ihn an den Schultern und drückte ihn unsanft in den Sitz zurück. Moses protestierte, versuchte aber nicht noch einmal, sich zu erheben. »Sie waren derjenige, der die Plagen gebracht hat, die Stimme aus der Feuersäule, der Teufel in der Rolle Gottes.«

»In der Tat«, sagte Haviland Tuf. »Aber Sie sehen das falsch. Sie spielen hier eine Rolle, Moses. Sie haben versucht, einen Propheten zu verkörpern, und überragende übernatürliche Kräfte vorgetäuscht, die Sie nicht besitzen. Sie haben Tricks angewandt und eine primitive Form eines ökologischen Krieges geführt. Ich dagegen bin kein Heuchler. Ich bin Gott, dein HERR.«

Moses spuckte aus. »Sie sind ein Mann mit einem Raumschiff und einer Unmenge Maschinen. Sie haben das Plagen-Spiel wirklich gut gespielt. Aber zwei Plagen machen aus einem Mann noch lange keinen Gott.«

»Zwei«, sagte Haviland Tuf. »Zweifeln Sie an den anderen acht?«

Seine großen Hände bewegten sich über die Instrumente, der Raum verdunkelte sich, die Kuppel wurde mit Licht überflutet, und es sah aus, als wären sie draußen im Weltraum und würden auf Charity hinunterblicken. Dann tat Haviland Tuf irgendetwas anderes mit seinen Instrumenten. Die Hologramme veränderten sich, und sie flogen, sanken, kreisten, bis sich die Schleier auflösten. Sie schwebten über die Siedlungen der Heiligen Altruisten in den Hügeln der Ehrlichen Arbeit hinweg. »Schauen Sie zu«, befahl Haviland Tuf. »Das ist eine Computersimulation. Diese Dinge sind nicht real, könnten es aber sein. Ich bin überzeugt, dass Sie es sehr erleuchtend finden werden.

Im kuppelartigen Raum um sich herum sahen sie die Dörfer, und schattengesichtige Menschen bewegten sich zwischen ihnen, schaufelten die Kadaver toter Frösche in Gruben, wo sie verbrannt wurden. Sie schauten auch in die Hütten, wo die Schwächeren vor Fieber glühten. »So ist es nach der zweiten Plage«, kündigte Haviland Tuf an, »wie in diesem Moment. Die Blutfrösche haben sich selbst verausgabt.« Seine Hände bewegten sich. »Läuse«, sagte er.

Die Läuse kamen. Sogar der Staub schien von ihnen zu wimmeln, und plötzlich waren sie überall. Das ganze Schattenvolk kratzte sich, und Jaime Kreen (der sich vor seiner Abreise nach K'theddion ebenfalls ziemlich heftig hatte kratzen müssen) kicherte. Dann hörte er auf zu kichern. Die Läuse schienen mehr zu sein als nur Läuse. Die Menschen bekamen einen roten Hautausschlag, und viele von ihnen mussten im Bett bleiben und schrien, weil es so schrecklich juckte. Einige kratzten sich so heftig, dass sie bluteten, rissen sich tiefe Furchen in die Haut und zogen sich in ihrer Raserei die Fingernägel ab.

»Fliegen«, sagte Haviland Tuf. Und die Fliegen schwärmten aus, Fliegen aller Art – die Geschwollenen Stechfliegen von Dam Tullian, die Fliegen der Alten Erde mit ihren uralten Krankheiten, die schwarzen und grauen Fleischfliegen von Gulliver, die Trägen Fliegen von Albtraum, die ihre Eier in lebendes Gewebe legen. Sie überzogen die Dörfer und die Hügel der Ehrlichen Arbeit in riesigen Wolken und ließen sich darauf nieder, als wären sie nicht mehr als besonders große Misthaufen, und bedeckten sie schwarz und dicht und stinkend.

»Die Maul- und Klauenseuche«, sagte Haviland Tuf. Sie beobachteten, wie die Herden zu Tausenden starben. Die dicken unbeweglichen Fleischtiere in den Kellern der Stadt der Hoffnung verrotteten und verfaulten. Verbrennen konnte die Seuche nicht aufhalten. Bald war kein Fleisch mehr übrig, und die Menschen, die noch am Leben waren, wurden dünn und verbittert. Haviland Tuf sprach andere Worte aus – Anthrax, die Ryerson-Krankheit, Rosenfäule, Kalierose.

»Blattern«, sagte Haviland Tuf, und wieder grassierte eine Krankheit, aber dieses Mal unter den Menschen und nicht unter ihren Tieren. Sie schwitzten und schrien, während die Pusteln ihre Gesichter und Hände und die Brust überzogen, jede von ihnen schwoll an, bis sie platzte, sodass das Blut und Eiter herausliefen. Dann wuchsen neue Blattern, genauso schnell, wie die alten verschwanden. Männer und Frauen wankten durch die Straßen der einfachen Dörfer, blind und blatternnarbig, die Körper verkrustet und voller offener Wunden, der Schweiß rann wie Öl über ihre Haut. Wenn sie in den Schmutz fielen, zwischen die toten Fliegen und Läuse und Rinder, verrotteten sie dort, und niemand begrub sie.

»Hagel«, sagte Haviland Tuf, und er kam, ein großer, donnernder, hämmernder Hagel, faustgroße Eiskörner, für einen Tag und eine Nacht und einen Tag und eine Nacht und einen Tag und eine Nacht und so weiter und so weiter, und Feuer mischte sich mit dem Hagel. Alle, die nach draußen gingen, starben, die Hagelkörner erschlugen sie. Und auch viele von denen, die drinnen blieben, starben. Als der Hagel schließlich aufhörte, stand kaum noch eine Hütte.

»Heuschrecken«, sagte Haviland Tuf. Sie bedeckten die Erde und den Himmel, Wolken von ihnen, schlimmer als die Fliegen. Sie landeten überall, krabbelten über die Lebenden und die Toten und fraßen das wenige, was an Nahrung noch übrig war, bis es nichts mehr gab.

»Dunkelheit«, sagte Haviland Tuf. Die Dunkelheit kam. Sie war ein Gas, ein dickes, schwarzes Gas, das mit dem Wind trieb. Sie war wie eine Flüssigkeit, fließend, wie ein sinnlicher Strom, glänzend, schimmernd. Sie war Stille. Sie war Nacht. Sie war lebendig. Wohin sie trieb, blieb kein Leben übrig; die Kräuter und Gräser waren trocken und tot, und der Boden sah roh und verwüstet und verwundet aus. Sie war eine Wolke, größer als die Dörfer oder die Hügel der Ehrlichen Arbeit oder die Heuschrecken. Sie ließ sich über allem nieder, und nichts bewegte sich einen Tag und eine Nacht lang, und dann rollte die lebende

Dunkelheit weiter, und hinter ihr war nur Staub und trockener Verfall.

Haviland Tuf berührte seine Instrumente, und die Vision verschwand. Die Lichter gingen wieder an. Die Wände waren strahlend weiß.

»Die zehnte Plage«, sagte Moses langsam mit einer Stimme, die nicht mehr voll oder laut war. »Der Tod der Erstgeborenen.«

»Ich muss meine Unzulänglichkeit zugeben«, sagte Haviland Tuf. »Derart feine Unterscheidungen kann ich nicht machen. Ich würde jedoch anführen, dass in dieser Szenerie, die nie stattgefunden hat, alle Erstgeborenen gestorben wären, genauso wie die Letztgeborenen. Ich bin diesbezüglich ein grober und unbeholfener Gott, in meiner Ungeschicktheit muss ich sie alle töten.«

Moses war blass und gebrochen, aber in seinem Innern war er immer noch ein starker und verbohrter Mann. »Sie sind nur ein Mensch«, flüsterte er.

»Ein Mensch«, sagte Haviland Tuf mit seiner emotionslosen Stimme. Seine riesige bleiche Hand streichelte Dax. »Ich wurde als Mensch geboren und lebte lange Jahre als solcher, Moses. Dann fand ich die *Arche*, und ich habe aufgehört, ein Mensch zu sein. Die Kräfte, die mir zur Verfügung stehen, sind größer als die vieler Götter, die die Menschheit verehrt hat. Es gibt keinen Menschen, dem ich nicht das Leben nehmen könnte, ohne ihn jemals getroffen zu haben. Es gibt keinen Planeten, auf dem ich lande, den ich nicht vollständig zerstören oder nach meinem Wunsch neu gestalten könnte. Ich bin der HERR – oder so sehr wie einer, dem Sie jemals begegnen könnten.

Es ist ein großes Glück für Sie, dass ich nett und wohlwollend und gnädig und zu oft gelangweilt bin. Sie sind Spielsteine für mich, nicht mehr – Figuren und Spieler in einem Spiel, mit dem ich mir für ein paar Wochen die Zeit vertrieben habe. Es schien recht interessant zu sein, dieses Plagen-Spiel, und das war es auch für eine gewisse Zeit. Aber es wurde schnell langweilig. Bereits nach zwei Plagen war klar, dass ich keinen Gegner von Bedeutung hatte, dass Sie, Moses, nichts hatten, was mich überraschen konnte. Meine Ziele waren erreicht – ich hatte das Volk der Stadt der Hoffnung zurückbekommen, und der Rest würde nur noch ein bedeutungsloses Ritual sein. Ich habe stattdessen entschieden, es zu beenden.

Geh, Moses, und plage nicht mehr. Ich bin fertig mit dir.

Und Sie, Jaime Kreen, sorgen Sie dafür, dass Ihre Charitaner keine weitere Rache nehmen. Sie werden noch genug Siege erringen. In einer Generation werden seine Kultur und seine Religion und seine Art zu leben am Ende sein.

Denken Sie daran, wer ich bin, und erinnern Sie sich daran, dass Dax Ihre Gedanken lesen kann. Sollte die *Arche* wieder hier vorbeikommen und sich herausstellen, dass Sie mir nicht gehorcht haben, wird es so sein, wie ich es Ihnen gezeigt habe. Die Plagen werden über Ihren kleinen Planeten kommen, bis darauf nichts mehr am Leben ist.«

Jaime Kreen beförderte Moses in der *Greif* zu seinen Leuten zurück und holte dann – auf Tufs Anweisung hin – vierzigtausend Standards von Rej Laithor, um sie zur *Arche* zu bringen. Haviland Tuf traf ihn auf dem Landedeck, hatte Dax auf dem Arm und nahm seine Bezahlung mit einem einzigen würdevollen Blinzeln entgegen.

Jaime Kreen war nachdenklich. »Sie bluffen doch nur, Tuf«, sagte er. »Sie sind kein Gott. Das waren nur Simulationen, die Sie uns gezeigt haben. Sie haben das alles gar nicht getan. Aber Sie können einen Computer programmieren, alles zu zeigen.«

»In der Tat«, sagte Haviland Tuf.

»In der Tat«, sagte Jaime Kreen etwas entspannter. »Sie haben Moses zu Tode geängstigt, aber Sie haben mich nicht eine Minute lang mit Ihrer kleinen Show beeindruckt. Der Hagel hat Sie verraten. Bakterien, Krankheiten, Seuchen – all das entspricht den Möglichkeiten der ökologischen Kriegsführung. Vielleicht sogar diese Dunkelheitskreatur, obwohl ich glaube, dass Sie sich das ausgedacht haben. Aber *Hagel* ist ein meteorologisches Phänomen, das hat nichts mit Biologie oder Ökologie zu tun. Sie haben einen Fehler gemacht, Tuf. Aber es war ein netter Versuch, und es wird Moses zur Bescheidenheit zwingen.«

»Bescheidenheit«, stimmte Haviland Tuf zu. »Ich hätte noch etwas zögern und sorgfältiger planen sollen, bevor ich versuche, einen Mann von Ihrem Wahrnehmungsvermögen und Ihrem Scharfsinn zu täuschen, ohne Zweifel. Jedes Mal durchschauen Sie meine kleinen Pläne.«

Jaime Kreen kicherte. »Ich habe hundert Standards gut, weil ich Moses hinauf- und hinuntergebracht habe.«

»Sir«, sagte Haviland Tuf. »Ich würde eine solche Schuld nie vergessen. Es ist nicht notwendig, mich zu drängen.« Er öffnete die Kiste, die Kreen von Charity nach oben gebracht hatte, und zahlte ihm einhundert Standards aus. »Sie werden in Sektion neun eine passende Luftschleuse finden, gleich hinter der Tür mit der Aufschrift ›Klimakontrolle‹.«

Jaime Kreen runzelte die Stirn. »Luftschleuse? Was soll das heißen?«

»Sir«, sagte Haviland Tuf. »Ich hätte gedacht, dass es offensichtlich ist. Ich meine eine Luftschleuse, eine Vorrichtung, durch die Sie die *Arche* verlassen können, ohne dass meine kostbare Atmosphäre mit Ihnen entweicht. Da Sie kein Raumschiff haben, wäre es töricht, die große Luftschleuse hier zu benutzen. Eine kleine Personenschleuse ist, wie ich sagte, in Sektion neun zu finden.«

Kreen schaute entsetzt drein. »Sie wollen mich über Bord werfen?«

»Nicht die beste Wortwahl«, sagte Haviland Tuf. »Das klingt so hart. Allerdings kann ich Sie kaum an Bord der *Arche* behalten, und wenn Sie in einem meiner Shuttles abreisen würden, wäre niemand da, der es zu mir zurückbringen könnte. Ich kann es mir nicht leisten, einen so wertvollen Ausrüstungsgegenstand für Ihre persönlichen Annehmlichkeiten zu opfern.«

Kreen runzelte die Stirn. »Die Lösung Ihres Dilemmas ist einfach. Wir werden beide an Bord der *Greif* gehen. Sie werden mich hinunter nach Port Faith bringen. Dann kehren Sie zu Ihrem Schiff zurück.«

Haviland Tuf streichelte Dax. »Interessant«, sagte er. »Ich glaube sogar, dass es funktionieren könnte. Sie verstehen natürlich, dass eine solche Fahrt mit gewissen Unannehmlichkeiten für mich verbunden ist. Zweifellos sollte ich etwas dafür erhalten.«

Jaime Kreen starrte eine Minute lang in das ruhige, weiße Gesicht von Haviland Tuf, dann seufzte er und gab ihm die hundert Standards zurück.

MANNA VOM HIMMEL

Mit der lautlosen und würdevollen Grazie eines jagenden Tigers durchstreifte die s'uthlamesische Armada in den Außenbezirken des Sonnensystems die samtene Dunkelheit des Alls auf Abfangkurs zur *Arche*.

Haviland Tuf saß vor seiner Hauptkonsole und beobachtete mit kleinen, vorsichtigen Kopfbewegungen die Reihen der Bildschirme und Computermonitore. Die Flotte, die auf ihn zusteuerte, wirkte von Minute zu Minute imposanter. Seine Instrumente erfassten ungefähr vierzehn große Schiffe und mehrere Schwärme kleinerer Jagdflieger. Neun silberweiße Kugeln bildeten die Flügel der Formation und starrten vor fremdartiger Waffentechnik. Vier lange schwarze Schlachtschiffe an den Flanken des Keils dienten als Geleitschutz, ihre dunklen Hüllen knisterten vor Energie. Das Flaggschiff im Zentrum war eine riesige untertassenförmige Festung mit einem Durchmesser von sechs Kilometern von einem Rand zum anderen, wie Tufs Sensoren feststellten. Ein größeres Raumschiff hatte Tuf noch nie erblickt, von dem Tag vor mehr als zehn Jahren einmal abgesehen, als er die herrenlose *Arche* fand. Jäger umschwärmten die Untertasse wie wütende Stechmücken.

Tufs langes, bleiches, haarloses Gesicht blieb ruhig und unergründlich, aber in seinem Schoß gab Dax ein leises unbehagliches Geräusch von sich, als Tuf die Fingerspitzen aneinanderdrückte.

Ein Blinklicht vermeldete einen Anruf.

Haviland Tuf blinzelte, streckte ruhig und bedächtig den Arm aus und nahm den Ruf entgegen.

Er hatte erwartet, dass auf dem Bildschirm ein Gesicht erschien, aber er wurde enttäuscht. Die Züge des Anrufers wurden von einem Visier aus schwarzem Plastahl verborgen, das zum Helm eines spiegelnd glänzenden Kampfanzuges gehörte. Eine stilisierte Abbildung des Globus von S'uthlam zierte den vorspringenden Wulst an der Stirn. Hinter dem Visier glühten Breitbandsensoren wie zwei rote Augen. Sie erinnerten Haviland Tuf an einen ziemlich unangenehmen Menschen, den er einst gekannt hatte.

»Es wäre doch nicht nötig gewesen, sich meinetwegen derart formell zu kleiden«, sagte Tuf einfach. »Und obwohl ich zugeben muss, dass die Größe der Ehrengarde, die Sie mir entgegengesandt haben, meiner Eitelkeit schon ein wenig schmeichelt, wäre eine wesentlich kleinere und weniger beeindruckende Schwadron mehr als ausreichend gewesen. Die gegenwärtige Formation ist derart groß und imposant, dass einem fast der Atem stockt. Ein weniger vertrauensvoller Mann als ich es bin könnte sich veranlasst sehen, ihren Zweck misszuverstehen, und dahinter einen Einschüchterungsversuch vermuten.«

»Hier spricht Wald Ober, Kommandant der Planetaren Verteidigungsflottille von S'uthlam, siebtes Geschwader«, antwortete die grimmige Maske auf dem Bildschirm mit tiefer, verzerrter Stimme.

»Siebtes Geschwader«, wiederholte Tuf. »In der Tat. Dies lässt vermuten, dass es noch mindestens sechs weitere ähnlich furchteinflößende Geschwader gibt. Es sieht so aus, als hätte man die s'uthlamesischen Streitkräfte seit meinem letzten Besuch ein wenig aufgerüstet.«

Wald Ober interessierte das nicht. »Ergeben Sie sich auf der Stelle, oder Sie werden vernichtet«, sagte er ohne Umschweife.

Tuf blinzelte. »Ich fürchte, hier liegt ein schreckliches Missverständnis vor.«

»Zwischen der Kybernetischen Republik S'uthlam und der sogenannten Allianz von Vandeen, Jazbo, Henrys Welt, Skyrmir, Roggandor und der Azurnen Dreiheit wurde der Kriegszustand ausgerufen. Sie befinden sich in einer verbotenen Zone. Ergeben Sie sich, oder Sie werden vernichtet.«

»Sie missverstehen mich, Sir«, sagte Tuf. »Ich bin neutral in dieser unglücklichen Konfrontation, von der ich bis eben nichts gewusst habe. Ich gehöre keiner von beiden Seiten an und repräsentiere ausschließlich mich selbst, einen ökologischen Ingenieur mit den wohlwollendsten Absichten. Bitte lassen Sie sich von der Größe meines Schiffs nicht beunruhigen. Die geschätzten Spinnchen und Cybertechs des Hafens von S'uthlam können meine vorangegangenen Besuche auf Ihrem äußerst interessanten Planeten in der kleinen Zeitspanne von fünf Standardjahren doch nicht völlig vergessen haben. Ich bin Haviland …«

»Wir wissen, wer Sie sind, Tuf«, sagte Wald Ober. »Wir haben die *Arche* sofort erkannt, als Sie verzögert haben. Die Allianz besitzt keine dreißig Kilometer langen Schlachtschiffe, dem Leben sei Dank. Ich habe Sonderbefehl vom Hohen Rat, auf Ihre Ankunft zu warten.«

»In der Tat?«, sagte Haviland Tuf.

»Warum, denken Sie, kreist das Geschwader Sie ein?«, fragte Ober.

»Als herzliche Willkommensgeste, hatte ich gehofft. Als freundliche Eskorte mit Ehrerweisungen, Salutschüssen und Geschenkkörben voller praller, frischer Gewürzpilze. Ich muss feststellen, dass diese Vermutung leider falsch war.«

»Dies ist meine dritte und letzte Warnung, Tuf. Wir werden in weniger als fünf Standardminuten in Reichweite sein. Ergeben Sie sich jetzt, oder Sie werden vernichtet.«

»Sir«, sagte Tuf. »Bevor Sie einen furchtbaren Fehler begehen, konsultieren Sie bitte Ihre Vorgesetzten. Ich bin mir sicher, dass hier ein bedauernswerter Kommunikationsfehler vorliegt.«

»Sie wurden in Abwesenheit für schuldig befunden, ein Krimineller, ein Ketzer und ein Feind des Volkes von S'uthlam zu sein.«

»Ich verstehe nicht«, protestierte Tuf.

»Vor zehn Jahren sind Sie der Flotte entkommen, Tuf. Denken Sie nicht einmal daran, es erneut zu versuchen. Die s'uthlamesische Technologie steht nicht still. Unsere neuen Waffen werden die veralteten Schutzschilde, die Sie da haben, in Stücke schießen, das verspreche ich Ihnen. Unsere führenden Historiker haben Ihr schwerfälliges ÖIK-Relikt eingehend erforscht. Ich habe die Simulationen selbst überwacht. Es ist alles für Ihren Empfang vorbereitet.«

»Ich möchte nicht undankbar erscheinen, aber es war völlig unnötig, sich solche Mühe zu geben«, sagte Tuf. Er schielte auf die Bildschirmreihen entlang der Konsolen an beiden Seiten des langen, schmalen Raumes und studierte die Phalanx der s'uthlamesischen Kriegsschiffe, die sich schnell um die *Arche* schloss. »Wenn diese unbegründete Feindseligkeit ihren Ursprung in den Geldern hat, die ich dem Hafen von S'uthlam noch schulde, so seien Sie versichert, dass ich in der Lage bin, meine Verbindlichkeiten umgehend zu begleichen.«

»Zwei Minuten«, sagte Wald Ober.

»Außerdem bin ich durchaus bereit, Ihnen meine Dienste zu einem äußerst günstigen Preis anzubieten, sollte S'uthlam weitere ökologische Hilfe benötigen.«

»Wir haben genug von Ihren Diensten. Eine Minute.«

»Es sieht so aus, als bliebe mir nur noch eine einzige Möglichkeit«, sagte Haviland Tuf.

»Sie ergeben sich also?«, fragte der Kommandant misstrauisch.

»Das nicht gerade«, antwortete Haviland Tuf. Er streckte den Arm aus, strich mit seinen langen Fingern über eine Reihe holografischer Tasten und fuhr die uralten Schutzschilde der *Arche* hoch.

Wald Obers Gesicht war hinter seiner Maske verborgen, aber es gelang ihm, ein verächtliches Schnauben von sich zu geben. »Imperiale Schilde der vierten Generation, dreifache Redundanz, Frequenzüberlappung, alle Schildphasen vom Schiffscomputer koordiniert. Der Rumpf mit Hartlegierung gepanzert. Ich sagte Ihnen doch, dass wir unsere Hausaufgaben gemacht haben.«

»Ihr Wissensdurst ist bemerkenswert«, sagte Tuf.

»Die nächste sarkastische Bemerkung aus Ihrem Mund könnte Ihre letzte sein, Händler, also sollten Sie sich genau überlegen, was Sie sagen. Wir wissen genau, was Sie zu bieten haben, und wir wissen bis zur vierzehnten Stelle nach dem Komma, welche Schäden ein ÖIK-Saatschiff überstehen kann. Wir sind in der Lage, Ihnen mehr zu verpassen, als Sie verkraften können.« Er drehte den Kopf. *»Feuerbereitschaft!«*, bellte er in Richtung seiner unsichtbaren Untergebenen. Als sich sein dunkel behelmtes Gesicht wieder Tuf zuwandte, fügte Ober hinzu: »Wir wollen die *Arche*, und Sie können uns nicht daran hindern, sie zu bekommen. Dreißig Sekunden.«

»Da bin ich anderer Meinung«, sagte Tuf ruhig.

»Die Leute werden auf mein Kommando feuern«, sagte Ober. »Wenn Sie es wünschen, zähle ich Ihnen die letzten Sekunden Ihres Lebens vor. Zwanzig. Neunzehn. Achtzehn ...«

»Ich habe selten ein derart energisches Zählen gehört«, sagte Tuf. »Bitte lassen Sie sich durch meine beunruhigenden Neuigkeiten nicht stören.«

»… Vierzehn. Dreizehn. Zwölf.«

Tuf faltete die Hände über dem Bauch.

»Elf. Zehn. Neun.« Ober schaute nervös zur Seite, dann wieder auf den Bildschirm.

»Neun«, bemerkte Tuf. »Eine schöne Zahl. Sie wird für gewöhnlich von der Acht gefolgt, dann von der Sieben.«

»Sechs«, sagte Ober. Er zögerte. »Fünf.«

Tuf wartete gelassen.

»Vier. Drei.« Er hielt inne. *»Was für beunruhigende Neuigkeiten?«*, brüllte er in den Bildschirm.

»Sir«, sagte Tuf, »wenn Sie schon brüllen müssen, dann lassen Sie mir bitte etwas Zeit, die Lautstärke an meiner Kommunikationseinheit entsprechend anzupassen.« Er hob einen Finger. »Die beunruhigende Neuigkeit lautet, dass ein bloßer Angriff auf die Schutzschilde der *Arche*, was ohne Zweifel ein Leichtes für Sie wäre, ein kleines thermonukleares Gerät aktivieren wird, welches ich vor Kurzem in der Zellbibliothek des Schiffes versteckt habe und das auf der Stelle das gesamte Zellmaterial zerstören wird, das die *Arche* so einzigartig, unschätzbar und äußerst begehrenswert macht.«

Lange blieb es still. Die karmesinrot glühenden Sensoren hinter Wald Obers dunklem Visier schienen zu schmelzen, als er Tufs blasse Gesichtszüge auf dem Schirm anstarrte. »Sie bluffen«, sagte der Kommandant schließlich.

»In der Tat«, sagte Tuf. »Sie haben mich ertappt. Wie naiv von mir zu denken, dass ich einen Mann von Ihrem Scharfsinn mit einer derart dummen und kindischen List täuschen könnte. Und jetzt, so fürchte ich, werden Sie das Feuer auf mich eröffnen, meine armseligen Schutzschilde pulverisieren und meine Lüge offenbaren. Gestatten Sie mir nur einen Moment, mich von meinen Katzen zu verabschieden.« Er faltete die Hände sorgfältig über seinem voluminösen Bauch und wartete auf die Antwort des Kommandanten. Seine Instrumente zeigten ihm, dass die s'uthlamesische Flotte nunmehr in Reichweite war.

»Genau das werde ich tun, Sie verdammte Missgeburt!«, fluchte Wald Ober.

»Ich warte in tiefster Ergebenheit«, sagte Tuf ungerührt.

»Sie haben zwanzig Sekunden«, antwortete Ober.

»Ich fürchte, meine Neuigkeiten haben Sie etwas verwirrt. Wir waren vorhin bei drei angekommen. Trotzdem werde ich schamlos von Ihrem Fehler profitieren und jede mir verbleibende Sekunde nutzen.«

Über die Bildschirme starrten sie sich lange an. Dax schnurrte in Tufs Schoß. Haviland Tuf streichelte sein langes, schwarzes Fell. Dax schnurrte umso lauter und knetete Tufs Knie mit den Krallen.

»Ach, zur Hölle damit«, sagte Wald Ober. Er zeigte auf den Bildschirm. »Für den Moment haben Sie uns vielleicht ausgetrickst, aber ich warne Sie, Tuf. *Denken* Sie nicht mal daran, fliehen zu wollen. Ob tot oder nicht, Ihre Zellbibliothek wird am Ende uns gehören. Und wenn ich die Wahl hätte, würde ich Sie lieber tot sehen.«

»Ich kann Sie gut verstehen«, sagte Haviland Tuf, »obwohl ich natürlich lieber am Leben bliebe. Außerdem habe ich noch eine Schuld gegenüber dem Hafen von S'uthlam zu begleichen und könnte schon aus diesem Grund nicht einfach verschwinden, wie Sie befürchten. Also akzeptieren Sie bitte meine Versicherung, dass Sie jederzeit die Möglichkeit haben werden, mein Gesicht zu betrachten und ich Ihre furchterregende Maske, während wir in dieser ärgerlichen Sackgasse festsitzen.«

Wald Ober bekam keine Gelegenheit, ihm zu antworten. Seine Kampfmaske verschwand plötzlich vom Bildschirm und wurde durch die hässlichen Gesichtszüge einer Frau ersetzt – ein breiter, schiefer Mund, eine Nase, die mehr als einmal gebrochen war, derbe, ledrige Haut mit dem tiefblauen Schimmer, der von der ständigen harten radioaktiven Strahlung und dem jahrzehntelangen Konsum von Antikarzinogenen herrührte, hell leuchtende Augen in einem Nest aus feinen Falten, all das umrahmt von einer üppigen Korona aus dickem, grauem Haar. »So viel zum Thema stark bleiben«, sagte die Frau. »Sie haben gewonnen, Tuf. Ober, Sie sind jetzt eine Ehrengarde. Formieren Sie sich neu, und eskortieren Sie ihn ins Netz, verdammt noch mal.«

»Wie aufmerksam«, sagte Haviland Tuf. »Ich freue mich, Ihnen mitteilen zu können, dass ich nunmehr in der Lage bin, meine restlichen Schulden gegenüber dem Hafen von S'uthlam für die Instandsetzung der *Arche* zu begleichen.«

»Ich hoffe, Sie haben auch etwas Katzenfutter dabei«, sagte Tolly Mune trocken. »Die sogenannte Fünf-Jahres-Ration, die Sie mir dagelassen hatten, ist vor fast zwei Jahren zu Ende gegangen.« Sie seufzte. »Ich vermute, dass Sie nicht mit dem Gedanken spielen, sich zur Ruhe zu setzen und uns die *Arche* zu verkaufen.«

»In der Tat nicht«, sagte Tuf.

»Das habe ich mir gedacht. In Ordnung, Tuf, machen Sie ein Bier auf, ich komme zu Ihnen, sobald Sie das Netz erreicht haben.«

»Ich möchte nicht unhöflich erscheinen, aber ich muss zugeben, dass ich im Moment nicht in der Stimmung bin, einen solch außergewöhnlichen Gast, wie Sie es sind, zu unterhalten. Kommandant Ober hatte mich jüngst darüber in Kenntnis gesetzt, dass ich ein Krimineller und Ketzer sei. Eine kuriose Vorstellung, da ich weder ein Bürger von S'uthlam noch ein Anhänger Ihrer vorherrschenden Religion bin, aber trotzdem nicht weniger beunruhigend. Ich bin voller Furcht und Angst.«

»Ach, das«, sagte sie. »Das ist nur eine Formalität ohne jeden Inhalt.«

»In der Tat?«, sagte Tuf.

»Verdammt noch mal, Tuf, wenn wir Ihr Schiff stehlen wollen, brauchen wir doch zumindest einen guten legalen Vorwand, nicht wahr? Wir sind eine gottverdammte Regierung. Wir haben das *Recht*, Dinge zu stehlen, die wir haben wollen, solange wir dem Ganzen einen schönen, glänzenden legalen Anstrich verpassen.«

»Auf meinen Reisen bin ich selten einem Politiker begegnet, der so offen redet, wie Sie es tun, das muss ich Ihnen zugestehen. Diese Erkenntnis ist höchst erfrischend. Trotzdem muss ich aufgrund meiner Erfahrungen fragen, welche Sicherheiten Sie mir geben können, dass Sie nicht weiterhin versuchen werden, die *Arche* an sich zu bringen.«

»Wer, ich?«, sagte Tolly Mune. »Wie könnte ich denn so etwas nur tun wollen? Machen Sie sich keine Sorgen, ich komme allein.« Sie lächelte. »Das heißt, fast allein. Sie haben doch nichts dagegen, wenn ich eine Katze mitbringe, oder?«

»Natürlich nicht«, sagte Tuf. »Es freut mich zu hören, dass die Katzen, die ich in Ihrer Obhut gelassen habe, während meiner Abwesenheit gut gediehen sind. Ich erwarte Ihre Ankunft, Hafenmeisterin Mune.«

»Für Sie Erste Ratsherrin Mune, Tuf«, sagte sie mürrisch, bevor sie die Verbindung trennte.

Man konnte wirklich nicht behaupten, dass Haviland Tuf besonders leichtsinnig gewesen wäre; er bezog Position zwölf Kilometer vor dem Ende einer der großen Andockspeichen der Orbitalgemeinschaft, die als der Hafen von S'uthlam bekannt war, und ließ während der ganzen Zeit, die er wartete, die Schilde aktiviert. Tolly Mune kam in dem kleinen Raumschiff, das er ihr bei seinem letzten Besuch vor fünf Jahren geschenkt hatte.

Tuf öffnete für sie die Schilde und die große Kuppel des Landedecks. Die Instrumente der *Arche* zeigten sehr viele Lebensformen in ihrem Schiff, von denen nur eine menschlich war; die restlichen wiesen feline Parameter auf. Tuf machte sich auf den Weg zu ihr; er fuhr einen dreirädrigen Wagen mit Ballonrädern und war in einen tiefgrünen Anzug aus Pannesamt gekleidet, der in der Mitte von einem Gürtel gehalten wurde. Auf dem Kopf trug er eine verschlissene grüne Schirmmütze mit dem goldenen Theta des Ökologischen Ingenieurskorps. Dax ruhte als träge schwarze Fellkugel auf Tufs breiten Knien.

Als sich die Luftschleuse öffnete, fuhr Tuf mit höchstmöglicher Geschwindigkeit über den Schrottplatz aus abgewrackten Raumschiffen, die er über die Jahre angesammelt hatte, direkt auf die Stelle zu, wo Tolly Mune, ehemalige Hafenmeisterin von S'uthlam, soeben von der Rampe ihres Schiffes sprang.

Eine Katze lief an ihrer Seite.

Dax war sofort auf den Beinen, sein dunkles Fell war gesträubt, als hätte man seinen riesigen, buschigen Schwanz in eine Steckdose gesteckt. Die für ihn sonst so typische Lethargie war plötzlich verschwunden; er sprang von Tufs Schoß auf die Motorhaube des Wagens, legte die Ohren an und fauchte.

»Was soll das, Dax?«, sagte Tolly Mune. »Begrüßt man so einen gottverdammten Verwandten?« Sie grinste und kniete nieder, um das riesige Tier zu streicheln.

»Ich hatte entweder Undank oder Zweifel erwartet«, sagte Haviland Tuf.

»Oh, denen geht es gut«, sagte sie. »Ebenso all ihren gottverdammten Nachkommen. Mehrere Generationen übrigens. Ich hätte es mir denken können, als Sie mir ein Pärchen dagelassen haben. Ein fruchtbares Männchen und ein Weibchen. Ich habe …« Sie zögerte und zählte dann schnell an den Fingern ab, einmal, dann noch einmal. »… mal sehen, sechzehn, glaube ich. Ja. Und zwei trächtige.« Sie zeigte mit dem Daumen auf das Raumschiff hinter ihr. »Mein Schiff hat sich in ein riesiges Katzenhaus verwandelt. Die meisten scheren sich genauso wenig um die Schwerkraft, wie ich es tue. Geboren und aufgewachsen in der Schwerelosigkeit. Ich werde nie verstehen, wie sie in einem Moment so graziös sein können und im nächsten so unglaublich tollpatschig.«

»Die Katzenartigen sind voller Gegensätze«, sagte Tuf.

»Das ist Blackjack.« Sie nahm ihn auf den Arm und erhob sich. »Verdammt, ist der schwer! In Null-G bemerkt man es gar nicht.«

Dax starrte die andere Katze an und fauchte.

Blackjack, gegen Tolly Munes alten, stinkenden Hautanzug geschmiegt, blickte mit hochmütigem Desinteresse auf den großen schwarzen Kater hinunter.

Haviland Tuf war zweieinhalb Meter hoch und entsprechend breit, und Dax war im Vergleich zu anderen Katzen genau so groß, wie Tuf es im Vergleich zu anderen Menschen war.

Blackjack war größer.

Sein Fell war lang und seidig, mit rauchgrauen Spitzen und silberheller Unterwolle. Auch seine Augen waren silbergrau, unendlich tiefe Löcher, gelassen und irgendwie unheimlich. Er war das schönste Tier, das je im sich ausdehnenden Universum gelebt hatte, und er wusste es. Er benahm sich wie ein Prinz, der in königlichem Purpur geboren war.

Tolly Mune glitt ungeschickt auf den Sitz neben Tuf. »Er ist auch telepathisch veranlagt«, sagte sie unbekümmert, »so wie Ihrer.«

»In der Tat«, sagte Haviland Tuf. Dax saß steif und erregt in seinem Schoß. Er fauchte wieder.

»Mit Jack habe ich die anderen Katzen gerettet«, sagte Tolly Mune. Ihr hässliches Gesicht bekam einen tadelnden Ausdruck. »Sie sagten, dass Sie mir Katzenfutter für fünf Jahre dalassen würden.«

»Für zwei Katzen, Madam«, sagte Tuf. »Es ist offensichtlich, dass sechzehn Katzen mehr verbrauchen als Zweifel und Undank allein.«

Dax rückte näher, fletschte die Zähne und sträubte das Fell.

»Ich bekam Probleme, als das Zeug zur Neige ging. In Anbetracht unserer Nahrungsknappheit musste ich erklären, wieso ich Kalorien an Ungeziefer verschwenden wollte.«

»Vielleicht hätten Sie Schritte zur Limitierung Ihrer Katzenpopulation in Betracht ziehen sollen«, sagte Tuf. »Eine derartige Strategie hätte zweifelsohne ergiebigere Resultate hervorgebracht. Ihr Heim als Mikrokosmos an sich hätte so als erzieherische und vorbildliche Veranschaulichung der s'uthlamesischen Probleme und deren Lösung dienen können.«

»Sterilisation?«, sagte Tolly Mune. »Das ist lebensfeindlich, Tuf. Punkt. Ich hatte eine bessere Idee. Ich beschrieb Dax gewissen Freunden – Biotechnikern, Cybertechnikern, wissen Sie –, die mir dann einen eigenen Gefährten aus den Zellen von Undank machten.«

»Wie passend«, bemerkte Tuf.

Sie lächelte. »Blackjack ist fast zwei Jahre alt. Er ist so nützlich gewesen, dass ich eine Nahrungsmittelgenehmigung für die anderen erhalten habe. Und er war auch meiner politischen Karriere äußerst dienlich.«

»Daran habe ich keinen Zweifel«, sagte Tuf. »Ich bemerke, dass er mit der Schwerkraft keine Probleme zu haben scheint.«

»Blackjack doch nicht. Man braucht mich heutzutage häufiger unten, als mir lieb ist, und Jack begleitet mich. Überallhin.«

Dax fauchte wieder und gab ein tiefes, grummelndes Geräusch von sich. Er stürzte auf Blackjack zu, drehte sich dann plötzlich um und strafte den größeren Kater mit Verachtung.

»Sie sollten ihn lieber zurückhalten, Tuf«, sagte Tolly Mune.

»Katzen zeigen von Zeit zu Zeit den biologischen Drang zu kämpfen, um die Rangfolge zu klären«, sagte Tuf. »Dies trifft vor allem auf Kater zu. Bereits vor langer Zeit hat Dax zweifelsohne unter Zuhilfenahme seiner verbesserten telepathischen Fähigkeiten seine Überlegenheit über Gomorrha und meine anderen Katzen erkämpft und behauptet. Anscheinend fühlt er sich jetzt in dieser Position bedroht. Deswegen müssen Sie sich keine ernsthaften Sorgen machen, Erste Ratsherrin Mune.«

»Ich mache mir Sorgen um Dax«, sagte sie, als der schwarze Kater näher geschlichen kam. Blackjack auf ihrem Schoß sah mit unendlicher Langeweile auf seinen Rivalen hinab.

»Ich fürchte, ich verstehe Sie nicht«, sagte Tuf.

»Auch Blackjack hat diese verbesserten telepathischen Fähigkeiten«, sagte Tolly Mune. »Und noch ein paar andere, äh, Vorteile. In speziellen Hüllen verborgene implantierte Krallen aus Hartlegierung, scharf wie Rasierklingen. Ein subkutanes Netz natürlich gewachsener Plastahlmaschen, das ihm größere Widerstandsfähigkeit gegen Verletzungen verleiht. Genetisch beschleunigte Reflexe, die ihn doppelt so schnell und gewandt wie eine normale Katze machen. Eine sehr hohe Schmerzgrenze. Ich möchte wirklich nicht zu deutlich werden, aber wenn er gereizt wird, dürfte er Dax in lauter kleine Fellfetzen zerteilen.«

Haviland Tuf blinzelte und schob den Steuerknüppel zu Tolly Mune hinüber. »Vielleicht sollten Sie lieber fahren.«

Er griff seinen wütenden schwarzen Kater am Nackenfell und setzte ihn sich in den Schoß, wo er ihn wirklich sehr fest hielt.

»Fahren Sie geradeaus weiter«, sagte er und zeigte mit einem langen, bleichen Finger die Richtung an.

»Es scheint«, sagte Haviland Tuf und legte die Fingerspitzen gegeneinander, während er Tolly Mune aus den Tiefen eines riesigen Lehnstuhls heraus betrachtete, »dass sich die Umstände ein klein wenig verändert haben, seit ich das letzte Mal auf S'uthlam war.«

Tolly Mune musterte ihn sorgfältig. Sein Bauch war größer geworden, und sein langes Gesicht hatte den Ausdruck purer Trübsal, und ohne Dax in seinem Schoß sah Tuf beinahe nackt aus. Er hatte den großen schwarzen Kater auf einem der unteren Decks eingeschlossen, um ihn von Blackjack fernzuhalten. Da das uralte Saatschiff dreißig Kilometer lang war und mehrere von Tufs Katzen das betreffende Deck bewohnten, würde es Dax an Bewegungsfreiheit oder Gesellschaft kaum mangeln, aber trotzdem musste das Ganze verwirrend und beunruhigend für ihn sein. Die telepathische Katze war seit Jahren Tufs ständiger und unzertrennlicher Gefährte gewesen, hatte als Kätzchen sogar in Tufs geräumiger Hosentasche gesessen. Tolly Mune war deswegen ein klein wenig betrübt.

Aber nicht allzu betrübt. Dax war Tufs Trumpfkarte, und sie hatte ihn ausgestochen. Sie lächelte und fuhr mit den Fingern durch Blackjacks dickes, rauchfarbenes Fell und löste damit ein weiteres lautes Schnurren aus. »Je mehr die Dinge sich verändern, umso mehr bleiben sie dieselben«, erwiderte sie auf Tufs Kommentar.

»Wieder eines dieser seltsamen Sprichwörter, die jeglicher logischer Grundlage entbehren, da sie sich selbst widersprechen«, sagte Tuf. »Wenn sich tatsächlich etwas auf S'uthlam verändert hat, so kann es doch nicht gleichzeitig unverändert geblieben sein. Für mich, der von weither kommt, scheinen die Veränderungen höchst bemerkenswert zu sein. Vor allem dieser Krieg und Ihre Wahl zur Ersten Ratsherrin, was doch eine beträchtliche und unvorhersehbare Beförderung darstellt.«

»Und einen verflixt fürchterlichen Job«, sagte Tolly Mune und schnitt eine Grimasse. »Ich würde sofort wieder Hafenmeisterin werden, wenn ich nur könnte.«

»Ihre Zufriedenheit mit Ihrer Arbeit steht hier nicht zur Diskussion«, sagte Tuf. »Außerdem muss ich feststellen, dass mein Willkommen auf S'uthlam deutlich weniger herzlich ausgefallen ist als bei meinem letzten Besuch, was ich sehr bedaure, wobei doch die Tatsache nicht zu verachten ist, dass ich mich zweimal zwischen S'uthlam und eine Hungersnot, Seuchen, Kannibalismus, Pestilenz, sozialen Kollaps und andere unangenehme und unbequeme Ereignisse gestellt habe. Mehr sogar noch, selbst die bösartigsten Völker zeigen von Zeit zu Zeit eine gewisse rudimentäre Etikette gegenüber jemandem, der ihnen elf Millionen Standards bringt, was ja die Summe meiner Restschuld gegenüber dem Hafen von S'uthlam darstellt, wenn Sie sich erinnern wollen. Ergo hatte ich wohl jeden Grund, einen etwas anderen Empfang zu erwarten.«

»Da lagen Sie falsch«, sagte sie.

»In der Tat«, antwortete Tuf. »Nun, da ich weiß, dass Sie keineswegs eine untergeordnete Position in einer Straffarm, sondern das höchste politische Amt auf S'uthlam bekleiden, erscheint es mir noch mysteriöser, warum es die Planetare Verteidigungsflottille für nötig hielt, mich mit finsteren Drohungen, ernst gemeinten Warnungen und Feindseligkeitserklärungen zu begrüßen.«

Tolly Mune kraulte Blackjacks Ohr. »Ich hatte meine Befehle, Tuf.«

Tuf faltete die Hände über dem Bauch. »Ich erwarte Ihre Erklärungen.«

»Je mehr Dinge sich verändern …«, begann sie.

»Nachdem Sie mich bereits mit diesem abgedroschenen Spruch bedacht haben, denke ich, dass ich die Spur von Ironie, die darin liegt, inzwischen begriffen habe. Es gibt also keinen Grund für Sie, ihn ständig zu wiederholen, Erste Ratsherrin Mune. Wenn Sie nun zum Kern der Sache kommen würden, wäre ich Ihnen zutiefst verbunden.«

Sie seufzte. »Sie kennen unsere Situation.«

»Jedenfalls die groben Umrisse«, räumte Tuf ein. »S'uthlam leidet an einer extremen Bevölkerungszahl und an zu wenig Nahrungsmitteln. Zweimal habe ich wahre Kunststücke an ökologischen Entwicklungen vollbracht, um die S'uthlamesen in die Lage zu versetzen, der furchtbaren Vision einer Hungersnot entgegenzutreten. Die Details Ihrer Nahrungsmittelkrise variieren von Jahr zu Jahr, aber ich denke, dass die Grundzüge der Situation immer noch so sind, wie ich sie beschrieben habe.«

»Die letzten Prognosen sind bisher die schlimmsten.«

»In der Tat?«, sagte Tuf. »Wenn ich mich recht erinnere, war S'uthlam ungefähr einhundertundneun Standardjahre von einer den gesamten Planeten betreffenden Massenhungersnot und dem gesellschaftlichen Zusammenbruch entfernt, vorausgesetzt, dass meine Empfehlungen und Vorschläge entsprechend umgesetzt werden.«

»Wir haben es versucht, verdammt! Wir haben es wirklich versucht. Die Fleischtiere, die Kapseln, die Ororos, der Neptunsschal – alles so, wie es sein soll. Aber die Erfolge waren nur partiell. Zu viele mächtige Leute waren nicht willens, ihre geliebten Luxuslebensmittel aufzugeben, also gibt es immer noch große Teile Weideland für die Herden der ursprünglichen Fleischlieferanten, ganze Farmen mit Neogras und Omni-Korn und Nanoweizen – und so weiter. Die Bevölkerungskurve steigt inzwischen weiter an, sogar noch schneller als zuvor, und die verflixte Kirche der Lebensentfaltung predigt die Heiligkeit des Lebens und die goldene Rolle der Reproduktion in der Evolution der Menschheit zu Transzendenz und Göttlichkeit.«

»Wie lauten die gegenwärtigen Prognosen?«, fragte Tuf frei heraus.

»Zwölf Jahre«, antwortete Tolly Mune.

Tuf hob einen Finger. »Um Ihre Lage zu dramatisieren, sollten Sie vielleicht Kommandant Wald Ober Gesellschaft leisten und die verbleibende Zeit über die Videonetze herunterzählen. Dies würde eine gewisse Dringlichkeit vermitteln, die die S'uthlamesen vielleicht dazu inspiriert, ihre Lebensweise zu ändern.«

Tolly Mune zuckte zusammen. »Ersparen Sie mir Ihre Ironie, Tuf. Ich bin jetzt Erste Ratsherrin, verdammt noch mal, und ich starre geradewegs in das picklige, hässliche Gesicht einer Katastrophe. Der Krieg und die Lebensmittelrationierung sind nur ein Teil davon. Sie können sich nicht vorstellen, welchen Problemen ich gegenüberstehe.«

»Vielleicht nicht bis ins kleinste Detail«, sagte Tuf, »aber die groben Umrisse lassen sich leicht ausmachen. Ich behaupte nicht, allwissend zu sein, aber jeder halbwegs intelligente Mensch kann bestimmte Fakten erkennen und daraus gewisse Rückschlüsse ziehen. Vielleicht sind diese Folgerungen falsch. Ohne Dax kann ich die Wahrheit nicht überprüfen. Zumindest glaube ich das irgendwie nicht.«

»Was für verflixte Fakten? Was für Rückschlüsse?«

»Erstens«, sagte Tuf, »befindet sich S'uthlam im Krieg mit Vandeen und dessen Verbündeten. Ergo kann ich schlussfolgern, dass die technokratische Fraktion, die einst die s'uthlamesische Politik bestimmte, die Macht an ihre Rivalen, die Expansionisten, verloren hat.«

»Nicht ganz«, sagte Tolly Mune, »aber Sie sind auf dem richtigen Weg. Seit Ihrer Abreise haben die Expansionisten bei jeder Wahl Sitze dazugewonnen, aber wir haben sie mit einer Reihe von Koalitionsregierungen in Schach halten können. Die Verbündeten haben vor Jahren klargemacht, dass eine Expansionistenregierung Krieg bedeutet. Zur Hölle noch mal, wir haben zwar immer noch keine Expansionistenregierung, aber den verdammten Krieg haben wir trotzdem.« Sie schüttelte den Kopf. »In den letzten fünf Jahren hatten wir neun Erste Ratsherren. Zurzeit bin ich es, aber ich bin hoffentlich nicht die letzte.«

»Die Dringlichkeit Ihrer letzten Voraussage lässt vermuten, dass der Krieg bisher noch keinen Einfluss auf Ihre Bevölkerungsstärke hatte«, sagte Tuf.

»Dem Leben sei Dank, nein«, entgegnete Tolly Mune. »Wir waren vorbereitet, als die Kriegsflotte der Verbündeten eintraf. Neue Schiffe, neue Waffensysteme, alles im Geheimen entwickelt. Als die Alliierten sahen, was sie erwartete, traten sie ohne einen Schuss den Rückzug an. Aber sie kommen wieder, verdammt. Es ist nur eine Frage der Zeit. Wir haben Berichte erhalten, dass sie sich auf einen großen Schlag vorbereiten.«

»Aus Ihrer generellen Einstellung und einer gewissen Verzweiflung Ihrerseits kann ich schließen, dass sich auch die Bedingungen auf S'uthlam selbst rapide verschlechtern«, sagte Tuf.

»Woher zur Hölle wissen Sie das?«

»Das ist doch offensichtlich«, sagte Tuf. »Ihre Berechnungen mögen in der Tat ergeben, dass es in etwa zwölf Jahren zu einer

Hungersnot und dem totalen Zusammenbruch kommen wird, aber ich glaube kaum, dass das Leben auf S'uthlam angenehm und friedlich bleiben wird, bis irgendwann eine Glocke läutet und Ihre Welt in Stücke bricht. Eine derartige Vorstellung ist absurd. Da Sie nun so nahe am Abgrund stehen, ist es nur zu erwarten, dass viele der Leiden, die für eine zerfallende Kultur symptomatisch sind, bereits in Erscheinung getreten sind.«

»Es ist alles so ... verdammt noch mal, wo soll ich anfangen?«

»Am besten vielleicht am Anfang«, sagte Tuf.

»Es ist mein Volk, Tuf. Es ist mein Planet, der sich da unten dreht. Es ist ein guter Planet. Aber seit einiger Zeit ... wenn ich es nicht besser wüsste, würde ich glauben, dass Irrsinn ansteckend ist. Die Kriminalitätsrate ist seit Ihrem letzten Besuch auf zweihundert Prozent gestiegen. Mord auf fünfhundert Prozent, Selbstmord auf mehr als zweitausend Prozent. Die Dienstleistungssysteme brechen fast jeden Tag zusammen – Stromausfälle, Systemfehler, spontane Streiks, Vandalismus. Wir haben Berichte von Kannibalismus tief unten in den Unterstädten – keine Einzeltäter, sondern ganze verflixte Kannibalengruppen, die eigene Gesellschaften bilden. Eine Gruppe besetzte eine Nahrungsmittelfabrik, hielt sie zwei Wochen lang und lieferte sich einen verbissenen Kampf mit der Planetenpolizei. Ein paar andere Verrückte haben schwangere Frauen entführt und ...«

Tolly Mune runzelte die Stirn, Blackjack fauchte. »Es ist schwer, darüber zu reden. Eine schwangere Frau war schon immer etwas Besonderes in der s'uthlamesischen Gesellschaft, aber diese ... Man kann sie kaum noch Menschen nennen, Tuf. Diese *Kreaturen* haben eine Vorliebe für ...«

Haviland Tuf hob eine Hand. »Sagen Sie nichts mehr«, entgegnete er. »Ich habe verstanden. Fahren Sie fort.«

»Es gibt auch eine Menge Einzeltäter«, sagte sie. »Vor achtzehn Monaten hat einer hochgiftigen Abfall in den Speichertank einer Nahrungsmittelfabrik gekippt. Es gab mehr als zwölfhundert Tote. Die Kultur der Bevölkerungsmassen … S'uthlam ist schon immer tolerant gewesen, aber seit einiger Zeit muss man schon ziemlich tolerant sein, wenn Sie verstehen, was ich meine. Es gibt zum Beispiel eine wachsende Begeisterung für Verstümmelungen, Tod, Gewalt. Es gab massiven Widerstand gegen unsere Versuche, das Ökosystem Ihren Vorschlägen entsprechend umzubilden. Fleischtiere wurden vergiftet oder in die Luft gesprengt und Kapselfelder in Brand gesteckt. Organisierte Banden jagen die gottverdammten Windreiter mit Harpunen und Hochgeschwindigkeitsgleitern. Das ergibt doch alles keinen Sinn. Der religiöse Konsens … alle möglichen Arten von total abwegigen Kulten sind entstanden. Und dieser Krieg! Das Leben allein weiß, wie viele Menschen sterben werden, aber dieser Krieg ist so populär wie … Gott, ich weiß nicht, ich glaube fast, er ist noch populärer als Sex.«

»In der Tat«, sagte Tuf, »bin ich nicht im Geringsten überrascht. Ich nehme an, das unmittelbare Bevorstehen der Katastrophe bleibt, wie in den vergangenen Jahren auch, ein wohlgehütetes Geheimnis des s'uthlamesischen Hohen Rates.«

»Unglücklicherweise nicht«, entgegnete Tolly Mune. »Eine der Ministerinnen konnte nicht länger an sich halten, rief die verflixten Journalisten an und verbreitete die Nachricht über das gesamte Videonetz. Ich glaube, sie wollte ein paar Millionen Stimmen für sich gewinnen. Das Schlimme daran ist, dass es funktioniert hat. Außerdem wurde dadurch ein gottverdammter Skandal losgetreten, der einen weiteren Ersten Ratsherrn das Amt gekostet hat. Damals konnte man nirgendwo anders nach einem neuen Menschenopfer suchen als oben. Raten Sie mal, wen es erwischt hat? Unsere beliebteste Videoshow-Heldin, umstrittene Bürokratin und Ma Spider, die war's.«

»Anscheinend spielen Sie damit auf sich selbst an«, sagte Tuf.

»Zu jenem Zeitpunkt hatte man mich gar nicht mehr so sehr gehasst. Ich hatte einen gewissen Ruf, was Effizienz anbelangte, die Reste eines populären romantischen Images, und für die meisten der großen Ratsfraktionen war ich zumindest halbwegs akzeptabel. Das war vor drei Monaten. Und das Regieren war seitdem die reinste Hölle.« Sie lächelte grimmig. »Auch die Vandeeni hören unsere Nachrichten. Zeitgleich mit meiner gottverdammten Beförderung beschlossen sie, dass S'uthlam, ich zitiere, eine Gefahr für den Frieden und die Stabilität in diesem Sektor darstellt, Zitat Ende, und riefen ihre gottverdammten Alliierten zusammen, um zu überlegen, was man gegen uns unternehmen könnte. Schließlich stellten sie uns ein Ultimatum: Wir sollten umgehend eine zwangsweise Geburtenkontrolle einführen, oder die Allianz würde S'uthlam besetzen und das für uns erledigen.«

»Eine praktikable Lösung, aber nicht besonders taktvoll«, kommentierte Tuf. »Deshalb also Ihr derzeitiger Krieg. Aber das alles erklärt noch immer nicht Ihr Verhalten mir gegenüber. Ich habe Ihrem Planeten zweimal Hilfe leisten können. Sicherlich glauben Sie nicht, dass ich meine beruflichen Pflichten bei einem dritten Mal vernachlässigen würde.«

»Ich glaube, Sie würden tun, was Sie können.« Sie zeigte mit dem Finger auf ihn. »Aber zu Ihren eigenen Bedingungen, Tuf. Verdammt, Sie haben geholfen, ja, aber immer nur zu Ihren Bedingungen, und all Ihre Lösungen haben sich unglücklicherweise nicht als dauerhaft erwiesen.«

»Ich hatte Sie wiederholt gewarnt, dass meine Bemühungen nur Verzögerungstaktiken sein würden«, entgegnete Tuf.

»Warnungen kann man nicht essen, Tuf. Es tut mir leid, aber wir haben keine Wahl. Dieses Mal können wir Ihnen nicht gestatten, einfach ein Pflaster über unsere Hämorrhoiden zu kleben und abzuhauen. Das nächste Mal, wenn Sie wiederkommen und nachsehen wollen, wie es uns so geht, würden sie keinen Planeten mehr vorfinden, den Sie besuchen könnten. Wir brauchen die *Arche*, Tuf, und wir brauchen sie ständig. Wir sind in der Lage, sie zu nutzen. Vor zehn Jahren sagten Sie, Biotechnologie und Ökologie wären nicht unsere Stärke, und Sie hatten damit recht. Damals. Aber die Zeiten ändern sich. Wir sind einer der fortgeschrittensten Planeten der menschlichen Zivilisation, und vor einem Jahrzehnt haben wir damit begonnen, die meisten Anstrengungen auf dem Bildungssektor darauf zu verwenden, Ökologen und Biotechnologen auszubilden. Meine Vorgänger holten Spitzenlehrkräfte von Avalon, Newholm und einem Dutzend anderer Planten nach S'uthlam. Brillante Leute, Genies. Wir haben sogar ein paar führende Genetiker von Prometheus zu uns locken können.« Sie streichelte ihre Katze und lächelte. »Die haben auch bei Blackjack geholfen. Ziemlich viel sogar.«

»In der Tat«, sagte Tuf.

»Wir sind bereit, die *Arche* zu nutzen. Ganz gleich, wie fähig Sie sein mögen, Tuf, Sie sind nur ein einzelner verflixter Mann. Wir wollen Ihr Saatschiff ständig im Orbit um S'uthlam haben, mit einer Dauerbesatzung von zweihundert Spitzenwissenschaftlern und Gentechnikern, sodass wir uns tagtäglich neu auf die Nahrungsmittelkrise einstellen können. Dieses Schiff und seine Zellbibliothek und all die verborgenen Daten in den Computern stellen unsere letzte, unsere einzige Hoffnung dar, verstehen Sie. Glauben Sie mir, Tuf, ich hätte Ober nicht den Befehl gegeben, Ihr Schiff zu übernehmen, ohne jede gottverdammte Möglichkeit zu bedenken, die mir eingefallen ist. Verflixt, ich wusste, dass

Sie nie verkaufen würden. Welche Wahl hätte ich denn gehabt? Wir wollen Sie nicht betrügen. Sie wären gerecht entlohnt worden. Darauf hätte ich bestanden.«

»Das setzt voraus, dass ich nach der Übernahme noch am Leben gewesen wäre«, bemerkte Tuf. »Eine zumindest äußerst zweifelhafte Theorie.«

»Sie sind am Leben, und ich werde Ihr verdammtes Schiff kaufen. Sie könnten an Bord bleiben, mit unseren Leuten zusammenarbeiten. Ich bin in der Lage, Ihnen eine lebenslange Anstellung anzubieten – nennen Sie mir Ihre Gehaltsvorstellungen, alles, was Sie verlangen. Sie wollen diese elf Millionen Standards behalten? Kein Problem. Sie wollen, dass wir unseren verdammten Planeten Ihnen zu Ehren umbenennen? Sagen Sie es, und wir tun es.«

»Planet S'uthlam oder Planet Tuf, egal, wie er hieße, er wäre in jedem Fall überbevölkert«, entgegnete Haviland Tuf. »Sollte ich diesem Kauf zustimmen, wäre es ohne Zweifel einzig und allein Ihre Absicht, die *Arche* zu benutzen, Ihre Kalorienproduktion zu steigern und Ihr hungerndes Volk zu ernähren.«

»Natürlich«, sagte Tolly Mune.

Tufs Gesicht blieb ruhig und ernst. »Es freut mich zu hören, dass es weder Ihnen noch irgendeinem Ihrer Kollegen im Hohen Rat je in den Sinn gekommen ist, dass man die *Arche* als das Instrument der biologischen Kriegsführung verwenden könnte, als das sie ursprünglich einmal gedacht war. Traurigerweise habe ich diese erfrischende Unschuld verloren und sehe mich selbst als Opfer von unbarmherzigen und zynischen Visionen, in denen die *Arche* benutzt wird, um ein ökologisches Chaos über Vandeen, Skyrmir, Jazbo und die anderen verbündeten Heimatwelten zu bringen, sogar bis hin zum Völkermord, um diese Planeten für eine Kolonisierung vorzubereiten, welche doch die bevorzugte Politik Ihrer peinlichen Expansionistenfraktion darstellt, wenn ich mich recht erinnere.«

»Das ist eine gottverdammte Unterstellung«, ereiferte sich Tolly Mune. »Das Leben ist den S'uthlamesen heilig, Tuf.«

»In der Tat. Nun, zynisch, wie ich nun mal bin, kann ich nicht anders, als zu vermuten, dass die S'uthlamesen schließlich entscheiden könnten, dass einige Leben heiliger sind als andere.«

»Sie kennen mich, Tuf«, sagte sie scharf und eisig. »Ich würde so etwas nie erlauben.«

»Und wenn etwas Derartiges ohne Ihre Kenntnis geplant worden wäre, habe ich keinen Zweifel, dass Sie Ihr Rücktrittsgesuch entsprechend formulieren würden«, sagte Tuf tonlos. »Ich denke, dies ist keine besonders gute Rückversicherung, und mich überkommt eine gewisse Vorahnung, ja, eine Vorahnung, dass die Alliierten meine Bedenken diesbezüglich teilen könnten.«

Tolly Mune kraulte Blackjack unter dem Kinn. Die Katze grollte tief in der Kehle. Beide starrten Tuf an. »Tuf«, sagte sie, »Millionen Leben stehen auf dem Spiel, vielleicht *Milliarden.* Ich könnte Ihnen Dinge zeigen, bei denen sich Ihnen die Haare kräuseln würden. Das heißt, wenn Sie denn Haare hätten.«

»Da ich keine habe, ist dies offensichtlich eine Übertreibung«, sagte Tuf.

»Wenn Sie einwilligen würden, mit mir zum Spinnennest zu fliegen, könnten wir den Röhrenzug hinunter zur Oberfläche von S'uthlam …«

»Nein, danke. Es erscheint mir gänzlich unklug, die *Arche* allein und schutzlos zurückzulassen, insbesondere in diesem Klima des Kriegszustandes und des Misstrauens, das gegenwärtig auf S'uthlam herrscht. Auch wenn Sie mich für eigenwillig und überpenibel halten mögen, so habe ich nach all den Jahren der Reise jede noch so kleine Toleranz gegenüber wimmelnden Menschenmengen, misstönendem Lärm, aufdringlichen Blicken, unwillkommenen Berührungen, wässrigem Bier und winzigen Portionen geschmacklosen Essens verloren. Und wie ich mich erinnere, sind dies die wesentlichsten Genüsse, die auf der Oberfläche von S'uthlam zu finden sind.«

»Ich will Ihnen ja nicht drohen, Tuf …«

»Und trotzdem tun Sie es die ganze Zeit.«

»Ich fürchte, Sie dürfen das System nicht verlassen. Versuchen Sie nicht, mich übers Ohr zu hauen, wie Sie es mit Ober getan haben. Das Ding mit der Bombe ist eine gottverdammte Lüge, und das wissen wir beide.«

»Sie haben mich durchschaut«, sagte Tuf ausdruckslos.

Blackjack fauchte ihn an.

Tolly Mune sah ihre riesige Katze überrascht an. »Ist es nicht wahr?«, sagte sie entsetzt. »Oh, verdammt noch mal!«

Tuf lieferte sich mit dem silbergrauen Kater einen Anstarrwettstreit. Keiner von beiden blinzelte.

»Egal«, sagte Tolly Mune. »Sie werden hierbleiben, Tuf. Finden Sie sich damit ab. Unsere neuen Schiffe *können* Sie vernichten, und das werden sie auch tun, wenn Sie versuchen zu verschwinden.

»In der Tat«, sagte Tuf. »Und was mich betrifft, so werde ich die Zellbibliothek vernichten, wenn Sie versuchen, die *Arche* zu entern. Es sieht so aus, als hätten wir hier ein kleines Patt. Glücklicherweise muss es nicht von langer Dauer sein. S'uthlam war nie ganz aus meinem Blickwinkel verschwunden, als ich so kreuz und quer durch das sternenbesetzte All geflogen bin, und wenn ich nicht beruflich gefordert war, habe ich mich mit methodischen Forschungen beschäftigt, um eine wahrhaftige, vernünftige und dauerhafte Lösung für Ihre Probleme zu finden.«

Blackjack setzte sich wieder und schnurrte. »Ach, ja?«, fragte Tolly Mune misstrauisch.

»Zweimal haben die S'uthlamesen von mir eine wunderbare Erlösung von den Konsequenzen ihrer eigenen Reproduktionsdummheiten und der Starrheit ihres religiösen Glaubens erwartet«, sagte Tuf. »Zweimal wurde ich gerufen, um Brot und Fische zu vermehren. Während ich das Buch studierte, welches die Hauptquelle für die uralten Mythen ist, aus denen diese Anekdote stammt, kam mir nun kürzlich der Verdacht, dass ich von Ihnen um das falsche Wunder gebeten wurde. Die pure Vermehrung ist eine unzulängliche Antwort auf eine fortschreitende geometrische Progression, und Brot und Fische, ganz gleich, wie reichlich und wohlschmeckend, sind nach meinen abschließenden Analysen für Ihre Bedürfnisse völlig ungenügend.«

»Wovon zur Hölle reden Sie überhaupt?«, verlangte Tolly Mune zu wissen.

»Dieses Mal«, sagte Tuf, »biete ich Ihnen eine dauerhafte Antwort an.«

»Was?«

»Manna«, sagte Tuf.

»Manna«, wiederholte Tolly Mune.

»Ein wirklich wunderbares Nahrungsmittel«, sagte Haviland Tuf. »Die Details sollen Sie nicht beunruhigen. Ich werde alles zu gegebener Zeit erklären.«

Die Erste Ratsherrin und ihre Katze sahen ihn argwöhnisch an. »Zu gegebener Zeit? Und wann wird das sein, verdammt noch mal?«

»Wenn meine Bedingungen erfüllt wurden«, sagte Tuf.

»Welche Bedingungen?«

»Erstens«, sagte Tuf, »da ich die Aussicht, den Rest meines Lebens im Orbit um S'uthlam zu verbringen, äußerst unanziehend finde, muss festgelegt werden, dass ich gehen darf, wenn meine Arbeit hier vollendet ist.«

»Das kann ich Ihnen nicht zusagen«, erwiderte Tolly Mune. »Und wenn ich es täte, würde mich der Hohe Rat in der nächsten Sekunde abwählen.«

»Zweitens«, fuhr Tuf fort, »muss dieser Krieg beendet werden. Ich fürchte, ich werde mich nicht vernünftig auf meine Arbeit konzentrieren können, wenn es auch nur die leiseste Chance gibt, dass im nächsten Moment eine Weltraumschlacht um mich herum losbricht. Von explodierenden Raumschiffen, Gittern aus Laserfeuer und den Schreien sterbender Menschen lasse ich mich leicht ablenken. Außerdem sehe ich wenig Sinn darin, große Anstrengungen zu unternehmen, das s'uthlamesische Ökosystem ein weiteres Mal ins Gleichgewicht zu bringen, wenn die alliierten Flotten damit drohen, über meiner Hände Arbeit Plasmabomben abzuwerfen und damit all meine kleinen Fortschritte wieder zunichtezumachen.«

»Wenn ich könnte, würde ich diesen Krieg sofort beenden«, sagte Tolly Mune. »Aber das ist nicht so einfach, Tuf. Ich fürchte, worum Sie bitten, ist unmöglich.«

»Wenn schon kein dauerhafter Frieden, dann vielleicht zumindest eine kleine Unterbrechung der Feindseligkeiten«, sagte Tuf. »Sie könnten Botschaften an die alliierten Streitkräfte schicken und um eine kurze Waffenruhe bitten.«

»Das könnte klappen«, sagte Tolly Mune zögernd. »Aber warum?« Blackjack gab ein unzufriedenes Miauen von sich. »Sie haben doch was vor, verdammt!«

»Ihre Erlösung«, gab Tuf zu. »Verzeihen Sie mir, wenn ich mich dazu herablasse, mich in Ihre eifrigen Bemühungen einzumischen, zufällige Mutationen mittels Radioaktivität zu beschleunigen.«

»Wir verteidigen uns doch nur! Wir haben diesen Krieg nicht gewollt!«

»Ausgezeichnet. In diesem Fall wird eine kurze Verzögerung Sie ja nicht über Gebühr beeinträchtigen.«

»Die Alliierten werden uns das niemals abkaufen. Genauso wenig wie der Hohe Rat.«

»Sehr bedauerlich«, sagte Tuf. »Vielleicht sollten wir S'uthlam etwas Zeit zum Nachdenken geben. In zwölf Jahren sind die überlebenden S'uthlamesen vielleicht etwas flexibler.«

Tolly Mune kraulte Blackjack hinter den Ohren. Blackjack starrte Tuf an und gab nach einer Minute ein leises, seltsam fiependes Geräusch von sich. Als sich die Erste Ratsherrin plötzlich erhob, sprang der riesige silbergraue Kater geschickt von ihrem Schoß. »Sie haben gewonnen, Tuf«, sagte sie. »Bringen Sie mich zu einer Komm-Einheit, und ich werde die verdammte Sache in die Wege leiten. Sie haben die Zeit, ewig zu warten, aber ich nicht. In jedem Moment, den wir zögern, sterben Menschen.« Ihre Stimme war hart, aber tief im Innern spürte Tolly Mune zum ersten Mal Hoffnung in sich aufkeimen. Vielleicht konnte er wirklich den Krieg und die Krise beenden. Vielleicht gab es wirklich eine Chance. Aber davon ließ sie sich nicht das Geringste anmerken. Sie richtete einen Finger auf ihn. »Aber glauben Sie nicht, dass Sie mit irgendeinem Quatsch davonkommen.«

»Leider Gottes«, sagte Haviland Tuf, »war Humor noch nie meine starke Seite.«

»Ich habe Blackjack, vergessen Sie das nicht. Dax ist zu sehr mit sich selbst beschäftigt und zu eingeschüchtert, um Ihnen von Nutzen zu sein, und Jack wird es mich sofort wissen lassen, wenn Sie auch nur einen Gedanken daran verschwenden, mich zu betrügen.«

»Ständig wird meinen besten Absichten mit Misstrauen begegnet.«

»Blackjack und ich, wir sind Ihre verdammten Schatten, Tuf. Ich verlasse dieses Schiff nicht, bis alles geregelt ist, und ich passe ganz genau auf, was Sie machen.«

»In der Tat«, sagte Tuf.

»Ein paar Fakten sollten Sie immer im Hinterkopf behalten«, sagte Tolly Mune. »Ich bin jetzt Erste Ratsherrin. Nicht Josen Rael. Nicht Cregor Blaxon. Ich. Damals, als ich Hafenmeisterin war, nannte man mich oft die Stählerne Witwe. Sie sollten vielleicht ein oder zwei Stunden lang darüber nachdenken, wie und warum ich zu diesem gottverdammten Namen gekommen bin.«

»Das sollte ich in der Tat«, sagte Tuf und erhob sich. »Gibt es sonst noch etwas, woran Sie mich erinnern möchten, Madam?«

»Nur noch eines«, sagte sie. »An eine Szene aus dieser *Tuf-und-Mune*-Videoshow.«

»Ich war eifrig bemüht, diese unglückselige Episode aus meinem Gedächtnis zu streichen«, sagte Tuf. »An welche besondere Stelle werde ich gezwungen, mich zu erinnern?«

»Die Szene, in der die Katze den Sicherheitsmann in Stücke reißt«, sagte Tolly Mune mit einem kleinen, lieblichen Lächeln. Blackjack rieb sich an ihrem Knie, wandte Tuf sein rauchfarbenes Gesicht zu, und aus seinem kräftigen Körper kam ein tiefes Grollen.

Es dauerte fast zehn Tage, um den Waffenstillstand zu arrangieren, und weitere drei, bis die alliierten Botschafter auf S'uthlam eingetroffen waren. Tolly Mune verbrachte die Zeit damit, in der *Arche* herumzustreifen, stets zwei Schritte und einen flüchtigen Gedanken hinter Tuf. Sie wollte alles wissen, was er tat, schaute ihm über die Schulter, wenn er an seiner Konsole arbeitete, fuhr an seiner Seite, wenn er seine Runde um die Klontanks machte, half ihm, die Katzen zu füttern (und den feindseligen Dax von Blackjack fernzuhalten). Er unternahm nichts offensichtlich Verdächtiges.

Für sie kamen tagtäglich Dutzende von Anrufen. Sie richtete sich ein Büro im Kommunikationsraum ein, sodass sie nie zu weit weg von Tuf war, und kümmerte sich um alle Probleme, die nicht warten konnten.

Für Haviland Tuf kamen tagtäglich Hunderte von Anrufen. Er instruierte seinen Computer, sie allesamt abzuweisen.

Als der Tag gekommen war, stiegen die Abgesandten aus ihrem langen, luxuriösen Diplomatenshuttle, standen gaffend auf dem höhlenartigen Landedeck der *Arche* und bestaunten die Flotte der schrottreifen Raumschiffe. Es war ein bunter und sehr unterschiedlicher Haufen. Die Frau von Jazbo hatte hüftlanges schwarzblaues Haar, das mit duftenden irisierenden Ölen eingerieben war, und ihre Wangen waren mit komplizierten Rangnarben verziert. Skyrmir entsandte einen untersetzten Mann mit eckigem rotem Gesicht und Haaren in der Farbe von Gletschereis. Seine Augen waren von einem Kristallblau, das gut zu seinem metallisch changierenden Hemd passte. Der Abgesandte der Azurnen Dreiheit, eine zarte, in sich gebrochene, verschwimmende Gestalt, die mit einem echohaften Flüstern sprach, bewegte sich in einem Nebel aus holografischen Projektionen. Roggandors Cyborg-Botschafter war genauso breit, wie er hoch war, zu gleichen Teilen aus rostfreier Hartlegierung, dunklem Plastahl und schwarzrot marmoriertem Fleisch bestehend. Eine schlanke, zerbrechlich wirkende Frau in transparenter Kunstseide vertrat Henrys Welt; sie hatte einen knabenhaft schlanken Körper und alterslose scharlachrote Augen. Die alliierte Gesellschaft wurde angeführt von einem großen, dicken, reich gekleideten Mann von Vandeen. Seine vom Alter gefurchte Haut hatte die Farbe von Kupfer, sein langes

Haar fiel ihm in dünnen, sorgfältig geflochtenen Zöpfen über die Schultern.

Haviland Tuf, der ein aus mehreren Segmenten zusammengesetztes Vehikel fuhr, das wie eine Schlange auf Rädern über das Deck glitt, hielt direkt vor den Botschaftern. Der Vandeeni trat mit strahlendem Gesicht vor, zwickte sich äußert energisch in die eigene Wange und verbeugte sich. »Ich würde Ihnen ja die Hand reichen, aber ich erinnere mich an Ihre Ansichten über diesen Brauch«, sagte er. »Kennen Sie mich noch, Fliege?«

Haviland Tuf blinzelte. »Ich kann mich schwach daran erinnern, Ihnen vor ungefähr zehn Jahren in einem Zug zur Oberfläche von S'uthlam begegnet zu sein.«

»Ratch Norren«, sagte der Mann. »Ich bin kein regulärer Diplomat, aber der Koordinationsausschuss kam auf die Idee, jemanden zu schicken, der Sie und auch die Suthies bereits kennt.«

»Das ist ein widerlicher Begriff, Norren«, sagte Tolly Mune geradeheraus.

»Sie sind eine widerliche Meute«, erwiderte Ratch Norren.

»Und gefährlich«, flüsterte der Gesandte der Azurnen Dreiheit aus der Mitte des holografischen Nebels.

»Sie sind die verflixten Angreifer ...«, begann Tolly Mune.

»Defensive Angreifer«, dröhnte der Cyborg von Roggandor.

»Wir erinnern uns nur zu gut an den letzten Krieg«, sagte die Jazboitin. »Dieses Mal werden wir nicht abwarten, bis Ihre verdammten Evolutionisten ausbrechen und noch einmal versuchen, unsere Planeten zu kolonisieren.«

»Wir haben keine derartigen Pläne«, sagte Tolly Mune.

»*Sie* vielleicht nicht, Spinnchen«, sagte Ratch Norren. »Aber schauen Sie mir in die Optik, und sagen Sie mir ins Gesicht, dass Ihre Expansionisten keine feuchten Träume haben, sich über ganz Vandeen auszubreiten.«

»Und Skyrmir.«

»Roggandor will nichts von Ihrem ausrangierten menschlichen Müll abhaben.«

»Niemals werden Sie die Azurne Dreiheit einnehmen.«

»Wer zur Hölle will denn schon die verflixte Azurne Dreiheit?«, gab Tolly Mune zurück. Blackjack schnurrte zustimmend.

»Dieser Einblick in die innersten Mechanismen interstellarer Diplomatie war äußerst aufschlussreich«, bemerkte Haviland Tuf. »Trotzdem denke ich, dass uns dringendere Geschäfte erwarten. Wenn die Gesandten so kooperativ wären, mein Gefährt zu besteigen, könnten wir uns zu unserer Konferenz begeben.«

Immer noch leise schimpfend taten die alliierten Gesandten, worum Tuf sie gebeten hatte. Voll beladen bewegte sich das Gefährt über das Landedeck, suchte sich seinen Weg zwischen den Myriaden verlassener Raumschiffe. Eine Luftschleuse, rund und schwarz wie der Eingang zu einem Tunnel oder wie das Maul eines gefräßigen Tieres, öffnete sich bei ihrer Ankunft und verschlang sie. Sie fuhren hindurch und hielten an, die Schleuse schloss sich hinter ihnen und umfing die Gruppe mit Dunkelheit. Tuf ignorierte die geflüsterten Beschwerden. Um sie herum ertönte ein quietschendes, metallisches Geräusch, und der Boden senkte sich. Als sie schließlich zwei Decks tiefer waren, öffnete sich vor ihnen eine weitere Tür. Tuf schaltete die Scheinwerfer ein, und sie fuhren durch einen rabenschwarzen Gang.

Sie durchquerten einen dunklen, eiskalten Korridor nach dem anderen, fuhren vorbei an zahllosen geschlossenen Türen, folgten einer schwachen blauen Spur, die, eingebettet in den staubigen Boden, wie ein Geist vor ihnen aufleuchtete. Das einzige Licht kam von den Scheinwerferstrahlen des Fahrzeugs und dem schwachen Leuchten der Instrumente vor Tuf. Anfangs hänselten sich die Botschafter gegenseitig, aber die dunklen Tiefen der *Arche* waren bedrückend und klaustrophobisch, und einer nach dem anderen verstummten die Mitglieder der Delegation. Blackjack knetete Tolly Munes Knie rhythmisch mit den Krallen.

Nachdem sie lange Zeit durch Staub, Dunkelheit und Stille gefahren waren, erreichte der Zug eine turmhohe Doppeltür, die sich bei ihrer Ankunft wie von Geisterhand zischend öffnete und mit einem lauten, endgültigen Knall hinter ihnen schloss. Drinnen war die Luft heiß und feucht. Haviland Tuf hielt und schaltete die Scheinwerfer aus. Vollkommene Dunkelheit umhüllte sie.

»Wo sind wir?«, wollte Tolly Mune wissen. Ihre Stimme brach sich an einer offenbar ziemlich hohen Decke, auch wenn das Echo seltsam gedämpft klang. Obwohl er tiefschwarz war, schien der Raum eine Art Höhle zu sein. Blackjack fauchte nervös, sog die Luft ein und gab ein schwaches, unsicheres Miauen von sich.

Sie hörten Schritte, und ein kleines Licht flackerte zwei Meter entfernt auf. Tuf stand über eine Instrumentenkonsole gebeugt und beobachtete ein paar Monitore. Er drückte eine Taste auf der beleuchteten Schaltfläche und drehte sich um. Ein gepolsterter Lehnstuhl kam flüsternd aus der warmen Dunkelheit geschwebt. Tuf bestieg ihn wie ein König einen Thron und berührte eine Tastatur in der Armlehne. Der Sessel leuchtete in schwach violett phosphoreszierendem Licht auf. »Wenn Sie mir freundlicherweise folgen würden«, verkündete Tuf. Der Schwebesessel drehte sich in der Luft und flog davon.

»Verdammt noch mal«, murmelte Tolly Mune. Eilig erhob sie sich von ihrem Sitz, packte Blackjack und hastete hinter Tufs langsam verschwindendem Thron her. Die alliierten Botschafter folgten, bei jedem Schritt jammernd und klagend. Sie konnte die schweren Schritte des Cyborgs hinter sich hören. Tufs Schwebesessel war der einzige Lichtschein in einem alles umhüllenden

Meer aus Dunkelheit. Während sie ihm nacheilte, trat sie auf etwas.

Das plötzliche Jaulen einer Katze ließ sie zurückschrecken, wobei sie gegen die gepanzerte Brust des Cyborgs stieß. Verwirrt kniete Tolly Mune nieder und tastete vorsichtig mit der Hand, Blackjack unbeholfen in der Armbeuge haltend. Ihre Finger strichen über weiches Fell. Die Katze rieb sich heftig an ihr und schnurrte laut. Sie konnte gerade eben ihre Gestalt ausmachen – eine kleine Kurzhaarkatze, kaum größer als ein Kätzchen. Sie rollte sich auf den Rücken, sodass Tolly Mune ihr den Bauch kraulen konnte. Die Jazboitin stolperte fast über sie, als sie dort so kniete. Und dann hatte sich Blackjack plötzlich befreit und beschnüffelte die fremde Katze. Diese erwiderte die Gunstbezeugung kurz, fuhr dann herum und war im nächsten Augenblick in der Dunkelheit verschwunden. Blackjack zögerte, jaulte kurz und verfolgte sie. »Verdammt noch mal!«, rief Tolly Mune. »Verdammt, Jack, beweg deinen verflixten Arsch hierher zurück!« Ein Echo hallte zurück, aber der Kater kam nicht. Ihr Abstand zum Rest der Gesellschaft wurde größer. Tolly Mune fluchte laut und beeilte sich, die anderen einzuholen.

Eine Insel aus Licht erschien vor ihr. Als sie dort ankam, hatten die anderen bereits in Sitzen an der einen Seite eines langen Metalltisches Platz genommen. Haviland Tuf in seinem thronähnlichen Schwebesessel befand sich auf der anderen Seite. Sein Gesicht war ausdruckslos, seine blassen Hände über dem Bauch gefaltet.

Dax kletterte auf seinen Schultern hin und her und schnurrte.

Tolly Mune hielt inne, blickte finster, fluchte. »Verdammt sollen Sie sein!«, sagte sie zu Tuf. Sie drehte sich um. *»Blackjack!«*, schrie sie, so laut sie konnte. Die Echos erstarben seltsam gedämpft wie in einem dicken Material. *»Jack!«* Nichts.

»Ich hoffe, wir sind nicht den weiten Weg angereist, um zuzuhören, wie die Erste Ratsherrin von S'uthlam Tierrufe übt«, sagte der Gesandte von Skyrmir.

»In der Tat nicht«, antwortete Tuf. »Erste Ratsherrin Mune, wenn Sie nun freundlicherweise Ihren Platz einnehmen würden, damit wir fortfahren können.«

Sie runzelte die Stirn und sank in den einzigen frei gebliebenen Sitz. »Wo zur Hölle ist Blackjack?«

»Woher soll ich das wissen?«, sagte Tuf unbekümmert. »Er ist schließlich Ihr Kater.«

»Und er ist einer von Ihren Katzen hinterhergerannt«, erwiderte Tolly Mune.

»In der Tat«, sagte Tuf. »Interessant. Dummerweise habe ich momentan eine junge Katze, die vor Kurzem rollig geworden ist. Vielleicht erklärt das sein Verhalten. Ich hege keinen Zweifel, dass er wohlbehalten zurückkehren wird, Erste Ratsherrin.«

»Ich möchte ihn bei dieser verdammten Konferenz dabeihaben!«, sagte sie.

»Bedauerlicherweise«, sagte Tuf, »ist die *Arche* ein großes Schiff, und sie könnten an tausend Orten herumtollen, und im Übrigen wäre eine Unterbrechung ihrer sexuellen Vereinigung nach s'uthlamesischen Maßstäben wohl unzumutbar lebensfeindlich. Es liegt mir fern, Ihren Moralansichten derartige Gewalt anzutun. Darüber hinaus haben Sie mir wiederholt zu verstehen gegeben, dass die Zeit knapp ist, da so viele Menschenleben auf dem Spiel stehen. Also denke ich, dass wir mit aller gebotenen Eile fortfahren sollten.«

Tuf bewegte leicht eine Hand und berührte eine Taste. Eine Sektion des langen Tisches versank im Boden. Einen Augenblick später erhob sich an ihrer Stelle eine Pflanze direkt vor Tolly Mune.

»Siehe da!«, sagte Tuf, »Manna.«

Es wuchs aus einer flachen Pflanzschale, ein Gewirr aus blassgrünen Ranken, fast einen Meter hoch, ein lebender Gordischer Knoten, Ranken wanden sich umeinander und vor und zurück und ragten über den Rand des Behälters. Überall an den Ranken waren dicke Blattknoten, so klein wie Fingernägel; ihre wächserne grüne Oberfläche war mit einem komplizierten Muster aus schwarzen Äderchen durchzogen. Tolly Mune beugte sich vor, berührte ein Blatt und stellte fest, dass die Unterseite mit einer Schicht aus feinem Pulver überzogen war, das sich bei Berührung löste. Zwischen den Blattknoten waren die Zweige mit dicken, weißen Geschwüren besetzt, die im Inneren der Pflanze größer und wulstiger wirkten. Halb verborgen unter einem Baldachin aus Blättern sah sie eine Art Warze, die so groß wie eine Männerhand gewachsen war.

»Hässliches Unkraut«, bemerkte Ratch Norren.

»Ich verstehe nicht, warum es nötig war, einen Waffenstillstand auszurufen und den ganzen Weg hierherzureisen, um sich irgendein faulendes Gewächshausmonster anzusehen«, sagte der Mann von Skyrmir.

»Die Azurne Dreiheit wird ungeduldig«, flüsterte deren Gesandter.

»Hinter diesem Irrsinn steht irgendein verflixtes Motiv«, sagte Tolly Mune zu Tuf. »Machen Sie weiter. Manna, sagten Sie. Und weiter?«

»Es wird die S'uthlamesen ernähren«, sagte Tuf. Dax schnurrte.

»Für wie viele Tage?«, fragte die Frau von Henrys Welt mit zuckersüßer Stimme, die vor Sarkasmus nur so troff.

»Erste Ratsherrin, wenn Sie so freundlich wären, eine der größeren Warzen abzubrechen, werden Sie feststellen, dass ihr Fleisch erfreulich saftig und äußerst nahrhaft ist«, sagte Tuf.

Tolly Mune schnitt eine Grimasse und beugte sich vor. Sie schloss die Finger um die größte Frucht und stellte fest, dass sie sich weich und fleischig anfühlte. Sie zog daran, und die Frucht löste sich leicht vom Stängel. Sie zerbrach sie mit den Fingern. Das Fruchtfleisch roch wie frisches Brot. Tief im Innern verborgen war ein Beutel mit einer dunklen, klebrigen Flüssigkeit, die verlockend langsam floss. Ein wunderbarer Duft stieg ihr in die Nase, und ihr lief das Wasser im Mund zusammen. Sie zögerte einen Moment, aber es roch zu gut. Schnell nahm sie einen Bissen. Sie kaute, schluckte, nahm einen weiteren Bissen und noch einen. Nach vier Bissen hatte sie alles aufgegessen und leckte sich den klebrigen Saft von den Fingern.

»Milchbrot«, sagte sie, »und Honig. Schwer, aber schmackhaft.«

»Und dieses Geschmacks wird man niemals überdrüssig«, bemerkte Tuf. »Die Sekrete in der Mitte jeder Frucht sind leicht narkotisierend. Jede Manna-Pflanze hat ihren eigenen Geschmack, der von der chemischen Zusammensetzung des Bodens, in dem die Pflanze wächst, und dem genetischen Erbe der Pflanze selbst beeinflusst wird. Die Geschmacksvielfalt ist äußerst breit und kann durch Kreuzungen noch weiter verändert werden.«

»Moment mal«, sagte Ratch Norren laut. Er zog an seiner Wange und runzelte die Stirn. »Diese verdammte Brot-und-Honigfrucht schmeckt also gut, in Ordnung. Aber was soll das? Also haben die Suthies jetzt was zum Naschen, nachdem sie noch mehr kleine Suthies gemacht haben. Ein hübscher Festschmaus, um die Langeweile etwas zu mildern, während man Vandeen erobert und besiedelt. Tut mir leid, Leute, aber Ratch findet das nicht gerade begrüßenswert.«

Tolly Mune runzelte die Stirn. »Er hat zwar keinen Anstand«, sagte sie, »aber er hat recht. Sie haben uns früher schon Wunderpflanzen gegeben, Tuf. Omni-Korn, erinnern Sie sich? Neptunsschal. Jersee-Kapseln. Warum sollte dieses Manna irgendwie anders sein?«

»Aus mehreren Gründen«, antwortete Haviland Tuf. »Zum Ersten waren meine vorangegangenen Anstrengungen darauf gerichtet, Ihr Ökosystem effizienter zu gestalten, die Kalorienausbeute in den begrenzten Gebieten zu steigern, die auf S'uthlam der Landwirtschaft zur Verfügung stehen, also aus weniger mehr zu erzeugen. Unglücklicherweise habe ich die Perversität der menschlichen Spezies nicht in genügendem Maße berücksichtigt. Wie Sie selbst berichtet haben, ist die s'uthlamesische Nahrungskette immer noch weit von ihrer maximalen Effizienz entfernt. Obwohl Sie Fleischtiere haben, die Ihnen Protein zur Verfügung stellen, züchten Sie immer noch verschwenderische Herdentiere, und zwar einfach deshalb, weil Ihre wohlhabenderen Fleischfresser den Geschmack dieses Fleisches einer Scheibe Fleischtier vorziehen. Außerdem bauen Sie weiterhin Omni-Korn und Nanoweizen an, und zwar nur des Geschmacks und der kulinarischen Vielfalt wegen, obwohl Jersee-Kapseln Ihnen wesentlich mehr Kalorien pro Quadratmeter liefern würden. Kurz gesagt, die S'uthlamesen bestehen weiterhin darauf, der Genusssucht den Vorzug gegenüber der Rationalität zu geben. Dann soll es so sein. Die Möglichkeiten des Manna und sein Geschmack sind einzigartig. Wenn die S'uthlamesen erst davon gegessen haben, werden sie aus Geschmacksgründen keinen Widerstand mehr leisten.«

»Mag sein«, sagte Tolly Mune nachdenklich, »aber trotzdem ...«

»Zum Zweiten«, fuhr Tuf fort, »wächst Manna sehr schnell. Extreme Schwierigkeiten erfordern extreme Lösungen. Manna stellt eine solche Lösung dar. Es ist eine künstliche Kreuzung, ein genetischer Flickenteppich, zusammengesetzt aus DNS-Sequenzen von einem Dutzend Planeten; seine natürlichen Vorfahren schließen zum Beispiel den Brotbusch von Hafeer ein, außerdem wurde Nachtkraut von Noctos hineingeschmuggelt, gulliverianische Zuckerbeutel und eine speziell veränderte Form von Kudzu von der Alten Erde. Sie werden sehen, dass es winterhart ist und sich schnell ausbreitet, kaum Pflege benötigt und in der Lage ist, ein Ökosystem in erstaunlich kurzer Zeit umzugestalten.«

»Wie erstaunlich?«, wollte Tolly Mune wissen.

Tufs Finger bewegten sich leicht über ein leuchtendes Tastenfeld in der Armlehne seines Schwebesessels. Dax schnurrte.

Das Licht ging an.

Tolly Mune blinzelte in der plötzlichen Helligkeit.

Sie saßen im Zentrum eines riesigen, kreisrunden Raumes mit einem guten halben Kilometer Durchmesser, die gewölbte Decke schloss sich einhundert Meter über ihren Köpfen. Hinter Tuf kamen ein Dutzend Pflanzgefäße aus Plastahl aus den Wänden hervor. Jedes war oben offen und mit Erde gefüllt. Es waren ein Dutzend verschiedene Sorten Erde, die ein Dutzend verschiedener Lebensräume darstellten – weißer Pulversand, reiche schwarze Krume, dicker roter Lehm, blauer kristalliner Kies, graugrüner Sumpfschlamm. In jeder Ökosphäre wuchs eine Mannapflanze.

Und wuchs.

Und wuchs.

Und wuchs.

Die Hauptpflanzen waren fünf Meter hoch, ihre Ableger waren bereits über den Rand ihrer Behältnisse hinausgewachsen. Die Ranken schlängelten sich über den Boden bis auf einen halben Meter an Tuf heran, sich umeinanderwindend, wieder und wieder verzweigend. Mannatriebe überzogen die Wände des Raumes. Mannatriebe hingen an der weichen, weißen Plastahldecke und verdeckten halb die Lichtleisten, sodass sich die Beleuchtung auf dem Boden in unglaublich verworrenen Mustern verteilte. Das gefilterte Licht schien grünlich zu sein. Überall wuchsen die Mannafrüchte, weiße Schoten von der Größe eines Männerkopfes hingen von den Ranken und schoben sich durch das Blätterdach. Während sie zuschauten, fiel eine der Schoten mit einem sanften *Plopp* zu Boden. Jetzt verstand Tolly Mune, warum die Echos so seltsam gedämpft klangen.

»Diese speziellen Exemplare«, führte Haviland Tuf mit ausdrucksloser Stimme aus, »sind in vierzehn Tagen aus Keimlingen gewachsen, kurz vor meinem ersten Treffen mit der verehrten Ersten Ratsherrin. Ein einziger Keimling in jedem Pflanzgefäß war alles, was nötig war; seitdem habe ich sie weder gegossen noch gedüngt. Hätte ich das getan, wären die Pflanzen nicht annähernd so klein und kümmerlich wie die armseligen Exemplare, die Sie hier vor sich sehen.«

Tolly Mune erhob sich. Sie hatte jahrelang in der Schwerelosigkeit gelebt, sodass es sie anstrengte, unter voller Schwerkraft zu stehen, aber sie hatte ein Gefühl der Enge in der Brust und einen schlechten Geschmack tief in der Kehle, und sie verspürte das dringende Verlangen nach jedem noch so kleinen physischen Vorteil, und sei es nur, dass sie stand, während der Rest von ihnen saß. Tuf hatte ihr mit diesem Manna-aus-dem-Hut-Trick den Atem genommen, sie war in der Minderheit, und Blackjack war weiß das Leben wo, während Dax selbstgefällig schnurrend auf Tufs Schulter saß und sie mit seinen großen goldenen Augen musterte, die direkt durch sie hindurchschauen konnten. »Sehr beeindruckend«, sagte sie.

»Es freut mich, das von Ihnen zu hören«, antwortete Tuf und streichelte Dax.

»Was genau haben Sie nun vor?«

»Ich beabsichtige Folgendes: Wir werden auf der Stelle damit beginnen, Manna auf S'uthlam auszusäen. Die Belieferung wird mithilfe eines Shuttles der *Arche* erfolgen. Ich war bereits so frei, den Laderaum des Shuttles mit explosiven Luftkapseln zu bestücken, die Mannasporen enthalten. Wenn man sie nach einem bestimmten von mir entwickelten System in der Atmosphäre freisetzt, werden sich die Sporen mit dem Wind von allein über S'uthlam verteilen. Das Wachstum wird unmittelbar darauf einsetzen. Von den S'uthlamesen werden keine weiteren Anstrengungen nötig sein, als die Früchte zu pflücken und zu essen«. Sein langes, ruhiges Gesicht wandte sich von Tolly Mune zu den Gesandten der Alliierten Planeten. »Meine Damen und Herren«, sagte er. »Ich vermute, dass Sie sich fragen, welche Rolle Sie dabei spielen.«

Ratch Norren zwickte sich in die Wange und sprach für sie alle. »Genau«, sagte er und blickte sich unbehaglich um. »Und damit sind wir wieder bei dem, was ich vorhin gesagt habe. Dieses Kraut wird also all die S'uthies ernähren. Na und? Das interessiert uns doch nicht.«

»Ich dachte, dass die Konsequenzen offensichtlich sind«, sagte Tuf. »S'uthlam ist doch nur eine Bedrohung für die alliierten Planeten, weil seine Bevölkerung ständig Gefahr läuft, die Nahrungsmittelreserven aufzubrauchen. Das macht S'uthlam, eine ansonsten friedliche und zivilisierte Welt, zutiefst instabil. Solange die Technokraten an der Macht waren und ein ungefähres Gleichgewicht halten konnten, hatte sich S'uthlam seinen Nachbarn gegenüber äußerst kooperativ verhalten, aber diese Balance, wie ausgewogen sie auch immer sein mag, muss irgendwann zusammenbrechen, und dann werden die Expansionisten an Macht gewinnen, und die S'uthlamesen werden zu einem gefährlichen Aggressor.«

»Ich bin kein verflixter Expansionist!«, sagte Tolly Mune erregt.

»Das habe ich auch nicht unterstellt«, sagte Tuf. »Und Sie sind auch nicht Ihr Leben lang Erste Ratsherrin, trotz Ihrer offensichtlichen Qualifikationen. Sie haben bereits einen Krieg, wenn auch einen Verteidigungskrieg. Wenn Sie fallen, könnte ein Expansionist Sie ersetzen, und der Krieg würde zu einem Angriffskrieg. Unter den Umständen, die die S'uthlamesen sich selbst geschaffen haben, ist ein Krieg genauso wahrscheinlich wie eine Hungersnot, und kein einzelner Anführer, wie wohlwollend und kompetent er auch sein mag, kann ihn letztendlich vermeiden.«

»Genau«, sagte die knabenhafte junge Frau von Henrys Welt mit scharfer Stimme. In ihren Augen lag ein Scharfsinn, der nicht zu ihrem jugendlichen Körper passen wollte. »Und da dieser Krieg unvermeidlich ist, müssen wir ihn jetzt ausfechten und das Problem ein für alle Mal aus der Welt schaffen.«

»Die Azurne Dreiheit kann dem nur zustimmen«, wurde ihr flüsternd sekundiert.

»Richtig«, sagte Tuf, »vorausgesetzt, dass dieser Krieg tatsächlich unvermeidbar ist.«

»Sie haben uns doch gerade gesagt, dass diese verdammten Expansionisten auf jeden Fall einen Krieg anfangen werden, Tuffer«, warf Ratch Norren ein.

Tufs lange, weiße Hand streichelte den schwarzen Kater. »Das ist nicht ganz richtig, Sir. Meine Ausführungen bezüglich der Unvermeidbarkeit von Krieg und Hunger bezogen sich auf den Zusammenbruch des unstabilen Gleichgewichts zwischen der s'uthlamesischen Bevölkerung und deren Nahrungsversorgung. Sollte dieses unsichere Verhältnis wieder ins Gleichgewicht gebracht werden, stellt S'uthlam keine Bedrohung für die anderen Planeten in diesem Sektor mehr dar. Unter diesen Bedingungen ist ein Krieg sowohl unnötig als auch moralisch unverantwortlich, würde ich meinen.«

»Und Sie glauben, dass Ihr scheußliches Unkraut das alles schaffen kann?«, fragte die Frau von Jazbo verächtlich.

»In der Tat«, sagte Tuf.

Der Botschafter von Skyrmir schüttelte den Kopf. »Nein. Eine großartige Leistung, Tuf, und ich respektiere Ihre Absichten, aber ich glaube nicht daran. Ich spreche für alle Verbündeten, wenn ich sage, dass wir unser Vertrauen nicht in eine neue Erfindung setzen werden. S'uthlam hat bereits mehrere Frühlinge und Blütezeiten und ökologische Revolutionen erlebt. Am Ende hat sich nie etwas geändert. Wir müssen diese Sache jetzt ein für alle Mal beenden.«

»Ich bin weit davon entfernt, Sie in Ihrer selbstmörderischen Narrheit aufzuhalten«, sagte Tuf. Er kraulte Dax hinter dem Ohr.

»Selbstmörderische Narrheit?«, sagte Ratch Norren. »Was bedeutet das?«

Tolly Mune hatte sich das Ganze schweigend angehört. Jetzt wandte sie sich den Alliierten zu. »Das bedeutet, dass Sie verlieren, Norren«, sagte sie.

Die Abgesandten lachten – ein höfliches Hüsteln von der Henryanerin, schallendes Gelächter von der Jazboitin, dröhnender Donner vom Cyborg. »Die Arroganz der S'uthlamesen erstaunt mich doch immer wieder«, sagte der Mann von Skyrmir. »Lassen Sie sich von diesem vorübergehenden Patt doch nicht irreführen, Erste Ratsherrin. Wir sind sechs Planeten gegen einen. Selbst mit Ihrer neuen Flotte werden wir Ihnen zahlenmäßig überlegen sein und Sie in Grund und Boden schießen. Wir haben Sie schon einmal besiegt, wenn Sie sich erinnern wollen. Und wir werden es auch ein zweites Mal tun.«

»Das werden Sie nicht«, sagte Haviland Tuf.

Alle Köpfe wandten sich ihm zu.

»Ich habe mir in den letzten Tagen die Freiheit genommen, ein klein wenig nachzuforschen. Dabei haben sich gewisse Fakten herausgestellt. Erstens, der letzte Krieg wurde hier vor Jahrhunderten ausgetragen. S'uthlam erlitt damals eine Niederlage, das ist nicht zu leugnen, doch die Alliierten sind immer noch damit beschäftigt, sich von ihrem Sieg zu erholen. S'uthlam hingegen, mit seiner umfangreicheren Bevölkerung und seiner übermächtigen technologischen Entwicklung, hat alle Schäden dieses Kampfes schon lange hinter sich gelassen. Die s'uthlamesische Wissenschaft hat sich inzwischen wie Manna entwickelt, wenn Sie mir diese farbenfrohe Metapher erlauben, während die alliierten Planeten all ihre kleinen Fortschritte bezüglich Wissenschaft und Technik von S'uthlam importiert haben. Die Gesamtzahl der alliierten Flotten ist sicher beträchtlich größer als die s'uthlamesische Planetare Verteidigungsflottille, allerdings sind die meisten Schiffe der alliierten Armada hinsichtlich ihrer veralteten Waffentechnik und Technologie den neuen s'uthlamesischen Schiffen hoffnungslos unterlegen. Außerdem ist es höchst unkorrekt zu sagen, dass die Alliierten S'uthlam in jedem Fall zahlenmäßig überlegen seien. Sie sind sechs Planeten gegen einen, richtig, aber die Gesamtbevölkerung von Vandeen, Henrys Welt, Jazbo, Roggandor, Skyrmir und der Azurnen Dreiheit beträgt ungefähr vier Milliarden – weniger als ein Zehntel der s'uthlamesischen Bevölkerung.«

»Ein Zehntel?«, krächzte die Jazboitin. »Das ist falsch, nicht wahr? Das muss einfach falsch sein.«

»Der Azurnen Dreiheit wurde zu verstehen gegeben, dass die Gesamtzahl der S'uthlamesen kaum sechsmal über der unseren liegt.«

»Und zwei Drittel davon sind Frauen und Kinder«, fügte der Gesandte von Skyrmir schnell hinzu.

»Auch unsere Frauen kämpfen«, entgegnete Tolly Mune.

»Wenn sie zwischen zwei Windelwechseln etwas Zeit finden«, kommentierte Ratch Norren. »Tuf, sie können nicht *zehn*mal mehr sein als wir. Sie sind zwar ziemlich viele, das stimmt, aber unsere günstigsten Schätzungen …«

»Sir«, sagte Tuf. »Ihre günstigsten Schätzungen sind fehlerhaft. Tut mir leid, Sie enttäuschen zu müssen. Das ist ein wohlgehütetes Geheimnis, und wenn man in solchen Größenordnungen rechnet, kann man leicht eine Milliarde hier oder dort unterschlagen. Nichtsdestotrotz ist es so, wie ich es Ihnen gesagt habe. Im Moment besteht ein schwaches militärisches Gleichgewicht – die alliierten Schiffe sind zahlreicher, die s'uthlamesische Flotte ist fortschrittlicher und besser bewaffnet. Aber dieses Gleichgewicht wird nicht von Dauer sein, da die s'uthlamesische Technologie in der Lage ist, ihre Kriegsflotte schneller aufzurüsten als jeder der Alliierten. Ich wage zu vermuten, dass derartige Anstrengungen gegenwärtig bereits unternommen werden.« Tuf sah Tolly Mune an.

»Nein«, sagte sie.

Aber auch Dax sah sie an. »Ja«, erklärte Tuf den Alliierten. Er hob einen Finger. »Daher schlage ich Ihnen vor, den Vorteil dieses derzeitigen Gleichgewichts auszunutzen und aus der Möglichkeit, die ich Ihnen anbiete, Kapital zu schlagen, um dieses Problem mit S'uthlam ohne Nuklearbomben und ähnliche Unannehmlichkeiten zu lösen. Verlängern Sie diesen Waffenstillstand um ein Jahr, und erlauben Sie mir, Manna auf S'uthlam auszusäen. Wenn diese Zeitspanne abgelaufen ist und Sie immer noch der Meinung sind, dass S'uthlam Ihre Heimatplaneten bedroht, dann fühlen Sie sich frei, Ihre Feindseligkeiten wieder aufzunehmen.«

»Negativ, Händler«, sagte der Cyborg von Roggandor dröhnend. »Sie sind unglaublich naiv. Wenn wir Ihnen ein Jahr geben und Sie Ihre Tricks machen lassen – wie viele Flotten werden sie in der Zwischenzeit gebaut haben?«

»Wir stimmen einem Moratorium bezüglich neu produzierter Waffen zu, wenn Sie das Gleiche tun«, sagte Tolly Mune.

»Behaupten Sie. Und vermutlich sollen wir Ihnen vertrauen«, spottete Ratch Norren. »Zur Hölle damit. Ihr S'uthies habt bereits bewiesen, wie vertrauenswürdig ihr seid, als ihr euch erst vor Kurzem im Geheimen neu bewaffnet und damit gegen den Vertrag verstoßen habt. Und zwar in böser Absicht!«

»Aber sicher, Sie hätten es vorgezogen, wenn wir hilflos gewesen wären, als Sie kamen, um unseren Planeten zu besetzen. Zur Hölle noch mal, was für ein verdammter Heuchler!«, entgegnete Tolly Mune empört.

»Es ist zu spät für Abkommen«, erklärte die Jazboitin.

»Sie haben es selbst gesagt, Tuf«, sagte der Skymirianer. »Je länger wir warten, desto schlimmer wird die Situation. Daher bleibt uns nichts anderes übrig als ein umgehender und umfassender Schlag gegen S'uthlam. Das Schlechte wird niemals besser werden.«

Dax fauchte ihn an.

Haviland Tuf blinzelte, und faltete die Hände sorgfältig über dem Bauch. »Vielleicht würden Sie noch einmal neu beraten, wenn ich an Ihre Liebe zum Leben, Ihre Angst vor Krieg und Zerstörung und Ihre Humanität im Allgemeinen appelliere.«

Ratch Norren gab ein verächtliches Geräusch von sich. Einer nach dem anderen wandten die übrigen Mitglieder der Delegation ablehnend den Blick ab.

»In diesem Fall«, sagte Tuf, »lassen Sie mir keine andere Wahl.« Er stand auf.

Der Vandeeni runzelte die Stirn. »Wohin gehen Sie?«

Tuf hob umständlich die Schultern. »Auf schnellstem Wege zu einer sanitären Einrichtung«, entgegnete er, »und danach in meinen Kontrollraum. Bitte akzeptieren Sie meine Versicherung, dass ich gegen keinen von Ihnen irgendwelche persönlichen Animositäten hege. Trotzdem scheint es unglücklicherweise so zu sein, dass ich nun Ihre jeweiligen Planeten zerstören muss. Vielleicht möchten Sie Hölzchen ziehen, um zu bestimmen, mit welchem Planeten ich beginnen soll.«

Die Frau von Jazbo rang fluchend nach Luft.

Tief im Innern seines flirrenden Hologramms räusperte sich der Gesandte der Azurnen Dreiheit; es hörte sich an, als würde ein Insekt über ein Blatt Papier huschen.

»Das wagen Sie nicht«, dröhnte der Cyborg von Roggandor.

Der Skymirianer verschränkte mit eisigem Schweigen die Arme vor der Brust.

»Äh«, sagte Ratch Norren. »Sie. Äh. Das ist. Das tun Sie nicht. Ja, aber sicher doch. Äh.«

Tolly Mune lachte über sie alle. »O ja, er tut es«, sagte sie, obwohl sie nicht weniger überrascht war als die anderen. »Und er ist auch dazu in der Lage. Oder besser gesagt, die *Arche* ist es. Kommandant Ober wird sicherstellen, dass er eine bewaffnete Eskorte erhält.«

»Nur keine Eile«, sagte die Frau von Henrys Welt mit präziser, wohlbemessener Stimme. »Vielleicht sollten wir uns tatsächlich noch einmal beraten.«

»Ausgezeichnet«, sagte Haviland Tuf. Er setzte sich wieder. »Wir werden mit aller gebotenen Eile fortfahren. Ein Jahr Waffenruhe wird vereinbart, wie ich bereits erwähnt habe, und ich werde das Manna umgehend auf S'uthlam aussäen.«

»Nicht so schnell«, warf Tolly Mune ein. Der Triumph ließ sie schwindeln. Irgendwie war der Krieg gerade beendet worden – und Tuf hatte es bewirkt. S'uthlam war zumindest für ein Jahr sicher. Aber die Erleichterung ließ sie nicht völlig leichtsinnig werden. »All das klingt gut, aber wir müssen an dieser Mannapflanze ein paar Studien durchführen, bevor Sie sie über ganz S'uthlam verbreiten. Unsere Biotechniker und Ökologen werden das verdammte Ding untersuchen, und der Hohe Rat wird ein paar Prognosen erstellen wollen. Ein Monat sollte ausreichen. Und natürlich gilt immer noch, was ich vorhin gesagt habe, Tuf – Sie werden nicht einfach Ihr Manna über uns abwerfen und dann verschwinden. Sie bleiben, für die Dauer der Waffenruhe oder vielleicht länger, bis wir wirklich absehen können, wie gut dieses letzte Wunder wirkt.«

»Tut mir leid«, sagte Tuf. »Ich fürchte, ich habe an anderer Stelle in der Galaxis dringende Geschäfte. Ein Aufenthalt von einem Jahr oder mehr wäre unpassend und unakzeptabel, genau wie es eine Verzögerung von einem Monat für mein Saatprogramm wäre.«

»Warten Sie doch nur einen verdammten Monat!«, versuchte Tolly Mune es erneut. »Sie können doch nicht einfach ...«

»In der Tat kann ich«, sagte Tuf. Er blickte vielsagend von ihr zu den Abgesandten und wieder zurück zu ihr. »Erste Ratsherrin Mune, erlauben Sie mir, auf das Offensichtliche hinzuweisen. Zurzeit besteht ein feines Gleichgewicht der militärischen Kräfte zwischen S'uthlam und seinen Gegnern. Die *Arche* ist ein ausgezeichnetes Instrument der Zerstörung und durchaus dazu geeignet, Planeten zu verwüsten. Und da es mir möglich ist, mich Ihrer Flotte anzuschließen und jeden der alliierten Planeten zu zerstören, ist demnach auch das Gegenteil durchaus in Betracht zu ziehen.«

Tolly Mune fühlte sich plötzlich, als wäre sie überfahren worden. Ihr Mund stand offen. »Wollen Sie ... Tuf, wollen Sie uns drohen? Ich kann das nicht glauben. Drohen Sie uns damit, die *Arche* gegen S'uthlam einzusetzen?«

»Ich weise Sie lediglich auf gewisse Möglichkeiten hin«, sagte Haviland Tuf wie immer mit ruhiger Stimme.

Dax musste ihre Erregung gespürt haben; er fauchte. Tolly Mune war völlig hilflos und verwirrt. Ihre Hände ballten sich zu Fäusten.

»Ich erhebe keine Gebühr für meine Tätigkeit als Mediator und ökologischer Ingenieur«, fuhr Tuf fort. »Aber ich fordere von beiden Seiten gewisse Sicherheiten und Zugeständnisse. Die Alliierten Planeten werden mich mit einer Leibwache ausstatten, wenn man das so nennen will – eine kleine Flotte Kriegsschiffe von ausreichend großer Anzahl und Bewaffnung, um jeglichen Angriff gegen die *Arche* seitens der Planetaren Verteidigungsflotte von S'uthlam abwehren zu können und um mich sicher aus dem System zu eskortieren, wenn meine Arbeit hier getan ist. Die S'uthlamesen wiederum werden dieser alliierten Flotte gestatten, in ihr Heimatsystem einzufliegen, um meine Befürchtungen zu entkräften. Sollte eine von beiden Seiten während des Waffenstillstands irgendwelche Feindseligkeiten zeigen, sollten Sie sich dessen bewusst sein, dass dies auf jeden Fall eine entsprechende Reaktion meinerseits hervorrufen wird. Ich bin nicht sonderlich leicht erregbar, aber wenn mein Ärger erst einmal geschürt ist, bekomme ich oftmals Angst vor mir selbst. Wenn ein Standardjahr vergangen ist, werde ich längst verschwunden sein, und Sie haben jegliche Freiheit, mit Ihrem gegenseitigen Abschlachten fortzufahren, wenn Sie möchten. Es ist jedoch meine Hoffnung und meine Absicht, dass die Schritte, die ich unternehme, dieses Mal so effizient sein werden, dass sich keiner von Ihnen zu weiteren Feindseligkeiten veranlasst fühlen wird.« Er streichelte Dax' dickes, schwarzes Fell, und der Kater betrachtete der Reihe nach jeden von ihnen mit riesigen goldenen Augen und versuchte, sie einzuschätzen.

Tolly Mune fror am ganzen Körper. »Sie zwingen uns zum Frieden«, sagte sie.

»Zumindest zeitweise«, sagte Tuf.

»Und Sie zwingen uns zu dieser Lösung, ob wir nun wollen oder nicht«, fuhr sie fort.

Tuf sah sie an, erwiderte jedoch nichts.

»Wer zur verflixten Hölle glauben Sie eigentlich, wer Sie sind?«, schrie sie ihn an und entließ all die Wut, die in ihr emporgestiegen war.

»Ich bin Haviland Tuf«, sagte er einfach, »und ich verliere allmählich die Geduld mit S'uthlam und den S'uthlamesen, Madam.«

Nachdem die Konferenz vorüber war, brachte Tuf die Botschafter zu ihrem Diplomatenshuttle zurück, aber Tolly Mune weigerte sich, mit ihnen zu gehen.

Stundenlang streifte sie allein durch die *Arche*, frierend, müde, zornig, und suchte. »Blackjack!«, rief sie vom oberen Ende der Rolltreppe. »Hierher, Blacky, hierher«, sang sie, während sie durch die Gänge lief. »Jack!«, schrie sie, als sie ein Geräusch hinter einer Ecke hörte, aber es war nur eine Tür, die sich öffnete oder schloss, das Summen irgendeiner Maschine, die sich selbst reparierte, oder vielleicht eine fremde Katze, die durch die Gänge huschte, irgendeine aus Tufs Schar. »Blaaaackjaaaaack!«, brüllte sie an Kreuzungen, wo sich mehrere Korridore trafen, sodass ihre Stimme bis zu entlegenen Wänden dröhnte und zu ihr zurückgeworfen wurde.

Aber sie fand ihren Kater nicht.

Schließlich führte ihre Wanderung sie mehrere Decks nach oben, und sie erreichte den schwach beleuchteten Zentralschacht, der sich durch das riesige Schiff zog – eine riesige, turmhohe, dreißig Kilometer lange Halle, die Decke im Schatten verloren, die Wände gesäumt von großen und kleinen Klontanks. Sie wählte aufs Geratewohl eine Richtung und ging immer weiter und rief dabei Blackjacks Namen.

Von irgendwoher über sich hörte sie ein dünnes, unsicheres Miauen.

»Blackjack?«, rief sie. »Wo bist du?«

Wieder hörte sie es. Da oben irgendwo, über ihrem Kopf. Sie machte zwei eilige Schritte nach vorn und rannte schließlich los.

Haviland Tuf trat aus dem Schatten eines zwanzig Meter hohen Plastahltanks; Blackjack lag schnurrend in seinen Armen.

Tolly Mune blieb überrascht stehen.

»Ich habe Ihre Katze gefunden«, sagte Tuf.

»Das sehe ich«, sagte sie kühl.

Tuf übergab ihr vorsichtig den riesigen grauen Kater; seine Hände streiften dabei ihren Arm. »Sie werden feststellen, dass er auf seinen Wanderungen keinen Schaden erlitten hat«, erklärte Tuf. »Um sicherzugehen, dass ihm nichts geschehen ist, habe ich mir die Freiheit genommen, ihn vollständig medizinisch zu untersuchen, wobei ich feststellte, dass er sich bei bester Gesundheit befindet. Stellen Sie sich nur meine Überraschung vor, als ich bemerkte, dass all seine umfangreichen bionischen Veränderungen, die Sie mir geschildert hatten, auf mysteriöse und unerklärliche Weise verschwunden sind. Ich habe dafür keine Erklärung.«

Tolly Mune drückte den Kater gegen ihre Brust. »Ich habe gelogen«, sagte sie. »Er ist telepathisch veranlagt, so wie Dax. Vielleicht ein bisschen weniger. Aber das ist alles. Ich konnte es nicht riskieren, dass er gegen Dax kämpft. Vielleicht hätte er gewonnen, vielleicht aber auch nicht. Ich wollte ihm nicht den Stolz nehmen.« Sie schnitt eine Grimasse. »Stattdessen haben Sie ihn gezähmt. Wo war er?«

»Nachdem er die Mannakammer durch einen zweiten Ausgang verlassen hatte, als er dem Objekt seiner Begierde nachlief, musste er feststellen, dass die Tür darauf programmiert war, ihm den erneuten Zutritt zu versperren. Daher hatte er die folgenden Stunden damit zugebracht, durch die *Arche* zu streifen und die Bekanntschaft diverser anderer feliner Mitglieder meiner Schiffsgesellschaft zu machen.«

»Wie viele Katzen haben Sie?«, fragte sie.

»Weniger als Sie«, sagte Tuf. »Wobei das zu erwarten war. Sie sind schließlich S'uthlamesin.«

Blackjack lag warm und beruhigend in ihren Armen, und plötzlich bemerkte Tolly Mune, dass Dax nicht mehr dabei war. Sie hatte die Karten wieder in der Hand. Sie kraulte Jack hinter einem Ohr; er richtete den Blick seiner klaren silbergrauen Augen auf Tuf. »Sie halten mich nicht zum Narren«, sagte sie.

»Ich dachte, das wäre gar nicht möglich«, gestand er.

»Das Manna«, sagte sie. »Das ist irgendeine Falle, nicht wahr? Sie haben uns einen Teller Lügen vorgesetzt, geben Sie es zu.«

»Alles, was ich Ihnen über das Manna erzählt habe, ist die reine Wahrheit.«

Blackjack gab ein Fiepen von sich. »Die Wahrheit«, sagte Tolly Mune. »Oh, die verflixte Wahrheit. Das bedeutet, dass es etwas gibt, das Sie uns noch nicht über das Manna erzählt haben.«

»Das Universum ist reich an Wissen. Schließlich gibt es mehr Dinge zu lernen, als es Menschen gibt, die sie lernen könnten. Eine erstaunliche Feststellung, wenn man bedenkt, dass das bevölkerungsreiche S'uthlam mitgerechnet wird. Ich wäre wirklich kaum in der Lage, Ihnen alles über eine bestimmte Sache zu erzählen, wie klein sie auch immer sein mag.«

Sie schnaubte. »Was haben Sie mit uns vor, Tuf?«

»Ich will Ihre Nahrungsmittelkrise beheben«, sagte er mit einer Stimme so gleichmäßig und kalt wie Wasser – und genauso voller geheimnisvoller Tiefen.

»Blackjack schnurrt«, sagte sie, »also sagen Sie die Wahrheit. Aber wie, Tuf, *wie?*«

»Das Manna ist mein Instrument.«

»Quatsch mit Soße«, sagte sie. »Ich gebe nicht eine verflixte Kalorie darauf, wie wohlschmeckend und sättigend die Mannafrucht ist oder wie schnell das verdammte Zeug wächst. Keine Pflanze kann unsere Nahrungsmittelkrise lösen. Sie haben doch schon alles versucht. Wir hatten das alles doch schon mit Omni-Korn und den Kapseln und den Windreitern und den Pilzfarmen. Sie verbergen doch etwas. Kommen Sie, spucken Sie's aus!«

Über eine Minute lang betrachtete Haviland Tuf sie schweigend. Er blickte ihr tief in die Augen, und für kurze Zeit schien es, als würde er tief in ihr Innerstes schauen, als könne er selbst Gedanken lesen.

Vielleicht las er etwas anderes. Schließlich sagte er: »Wenn die Pflanze erst einmal ausgesät wurde, wird man sie nie wieder ausrotten können, ganz gleich, was man auch versucht. Sie wird sich innerhalb gewisser klimatischer Parameter außerordentlich schnell verbreiten. Manna gedeiht nicht überall, Frost tötet es, und Kälte beeinträchtigt sein Wachstum, aber über die tropischen und subtropischen Regionen S'uthlams wird es sich auf jeden Fall verbreiten, und das reicht ja auch schon.«

»Das reicht für *was?*«

»Die Mannafrucht ist extrem nahrhaft. In den ersten paar Jahren wird sie einen großen Beitrag dazu leisten, Ihre gegenwärtige Kalorienknappheit zu mildern und dadurch die Bedingungen auf S'uthlam zu verbessern. Schließlich wird die Pflanze absterben und verfaulen, nachdem sie aufgrund ihrer schnellen Verbreitung den Boden ausgelaugt hat, und Sie werden notwendigerweise gezwungen sein, ein paar Jahre lang andere Pflanzen anzubauen, bis das betreffende Stück Land wieder fruchtbar genug ist, erneut Mannapflanzen zu ertragen. In der Zwischenzeit aber wird die Mannapflanze ihre eigentliche Arbeit getan haben, Erste Ratsherrin. Der Staub, der sich an der Unterseite der Blätter sammelt, ist in Wirklichkeit ein symbiotischer Mikroorganismus, der zwar von den Pollen des Manna lebt, aber auch unter gewissen anderen Bedingungen. Getragen vom Wind, von Tieren und Menschen, wird er sich in jede Ecke und jeden Winkel Ihres Planeten verteilen.«

»Der Staub«, sagte sie nachdenklich. Sie hatte ihn an den Fingerspitzen gehabt, als sie die Mannapflanze berührt hatte …

Blackjacks Grollen war so tief, dass sie es mehr spüren als hören konnte.

Haviland Tuf faltete die Hände. »Man könnte sagen, dass der Mannastaub eine Art organische Prophylaxe darstellt«, sagte er. »Ihre Biotechniker werden feststellen, dass er wirksam und nachhaltig die Libido des Mannes und die Fruchtbarkeit der Frau beeinflusst. Die genaue Wirkungsweise ist jetzt nicht von Bedeutung.«

Tolly Mune starrte ihn an, öffnete den Mund, schloss ihn wieder und blinzelte, um die Tränen zurückzuhalten. Tränen der Verzweiflung? Tränen der Wut? Sie wusste es nicht. Zumindest keine Freudentränen. Das würde sie nicht zulassen. »Das ist verdeckter Völkermord«, sagte sie und musste sich zu diesen Worten zwingen. Ihre Stimme war heiser und rau.

»Wohl kaum«, sagte Tuf. »Einige der S'uthlamesen werden eine natürliche Immunität gegen die Wirkung des Staubs entwickeln. Meine Berechnungen gehen von einem Bevölkerungsanteil zwischen null Komma null sieben und null Komma elf Prozent aus, der nicht davon betroffen sein wird. Diese Menschen werden sich natürlich fortpflanzen, und auf diese Weise wird die Immunität von Generation zu Generation weitervererbt und verbreitet. Und obwohl die Bevölkerungskurve im Laufe dieses Jahres in beträchtlichem Maße einbrechen wird, dürfte die Geburtenrate danach einen gemäßigten Aufwärtstrend erfahren.«

»Dazu haben Sie kein Recht«, sagte Tolly Mune langsam.

»Die Natur des s'uthlamesischen Problems ist dergestalt, dass sie nur eine einzige dauerhafte Lösung zulässt«, sagte Tuf. »Das habe ich Ihnen von Anfang an gesagt.«

»Mag sein«, sagte sie. »Aber wozu? Was ist mit der Freiheit, Tuf? Was ist mit der individuellen Wahl? Mein Volk mag aus selbstsüchtigen und kurzsichtigen Narren bestehen, aber es sind immer noch Menschen, so wie Sie auch. Sie haben das Recht zu entscheiden, ob sie Kinder haben wollen und wie viele. Wer zur Hölle hat Ihnen die Autorität verliehen, diese Entscheidung für die anderen zu treffen? Wer zur Hölle hat Ihnen gesagt, dass Sie hingehen und unseren Planeten sterilisieren sollen?« Mit jedem Wort wurde sie wütender. »Sie sind auch nicht besser als wir. Sie sind nur ein Mensch, Tuf. Ein verdammt exzentrischer Mensch, das gebe ich zu, aber trotzdem nur ein Mensch – nicht mehr und nicht weniger. Was gibt Ihnen das gottverdammte Recht, mit unserem Planeten und unseren Menschen Gott zu spielen?«

»Die *Arche*«, sagte Haviland Tuf einfach.

Blackjack wand sich plötzlich unruhig und unbehaglich in ihren Armen. Tolly Mune ließ ihn auf den Boden springen, doch ohne den Blick von Tufs glattem, weißem Gesicht abzuwenden. Plötzlich wollte sie ihn schlagen, ihm wehtun, wollte diese Maske aus Gleichgültigkeit und Selbstzufriedenheit zerstören, ihn entstellen. »Ich habe Sie gewarnt, Tuf«, sagte sie. »Macht korrumpiert, und absolute Macht korrumpiert absolut, erinnern Sie sich?«

»Mein Gedächtnis ist unbeeinträchtigt.«

»Zu schade, dass ich das Gleiche nicht von Ihrer gottverdammten Moral sagen kann«, erwiderte Tolly Mune. Ihr Tonfall war ätzend. Blackjack grollte zu ihren Füßen. »Warum zur Hölle habe ich Ihnen jemals geholfen, dieses gottverdammte Schiff behalten zu können? Was für eine verdammte *Närrin* war ich doch! Sie waren zu lange allein in dieser Machtfantasie, Tuf. Glauben Sie, dass irgendjemand Sie zum Gott ernannt hat, ist es das?«

»Bürokraten werden ernannt«, sagte Tuf. »Götter, insofern sie überhaupt existieren, werden auf andere Weise erwählt. Ich beanspruche keine Göttlichkeit im mythologischen Sinne. Obwohl ich zugeben muss, dass ich tatsächlich die Macht eines Gottes ausübe, eine Wahrheit, die Sie sicherlich schon vor langer Zeit erkannt haben, als Sie mich das erste Mal um Brot und Fische gebeten haben.« Als sie etwas sagen wollte, hob er eine Hand. »Nein, bitte unterbrechen Sie mich nicht. Ich werde versuchen, mich kurz zu fassen. Sie und ich, wir sind gar nicht so verschieden, Tolly Mune …«

»Wir haben gar nichts gemeinsam, verdammt noch mal!«, brüllte sie ihn an.

»Wir sind nicht so verschieden«, wiederholte Tuf ruhig und bestimmt. »Sie haben einmal behauptet, Sie seien keine religiöse Frau; genauso wenig verehre ich irgendwelche Mythen. Ich begann als Händler. Nun, da ich der Besitzer dieses Schiffs namens *Arche* bin, finde ich mich auf Schritt und Tritt von Göttern, Propheten und Dämonen verfolgt. Noah und die Sintflut, Moses und seine Plagen, Brot und Fische, Manna, brennende Dornbüsche, Ehefrauen aus Salz – ich musste mich notwendigerweise mit alldem beschäftigen. Sie haben gesagt, ich hätte mich selbst zum Gott gemacht. Ich habe das nie behauptet. Allerdings, so muss gesagt werden, war es vor so vielen Jahren meine erste Handlung in diesem Schiff, die Toten zum Leben zu erwecken.« Er deutete umständlich auf eine Arbeitsstation ein paar Meter entfernt. »Dies ist der Ort, an dem ich das erste Wunder bewirkt habe, Tolly Mune. Mehr noch, ich besitze tatsächlich gottähnliche Macht und regele Leben und Tod auf den Planeten. Und da ich mich dieser gottähnlichen Fähigkeiten erfreue, darf ich die damit verbundene Verantwortung von mir weisen – oder die furchteinflößende Last der moralischen Autorität? Ich denke nicht.«

Sie wollte etwas entgegnen, aber die Worte wollten ihr nicht über die Lippen kommen. *Er ist verrückt,* dachte sie.

»Darüber hinaus«, sagte Tuf, »war die Natur der Krise auf S'uthlam dergestalt, dass sie einer Lösung allein durch göttliche Intervention bedurfte. Lassen Sie uns kurz annehmen, ich hätte Ihnen die *Arche* verkauft, so wie es Ihr Wunsch war. Nehmen Sie tatsächlich an, dass irgendein Ökologe oder Biotechniker, ganz gleich, wie sachverständig und leidenschaftlich er sein mag, je eine dauerhafte Antwort gefunden hätte? Ich glaube, dass Sie zu intelligent sind, um einem derartigen Trugschluss zum Opfer zu fallen. Ich hege keinen Zweifel, dass diese Männer und Frauen – intellektuelle Genies und weit besser ausgebildet als ich selbst – mit all den Möglichkeiten dieses Saatschiffs zweifelsohne eine ganze Reihe hervorragender Zwischenlösungen gefunden hätten, die es den S'uthlamesen erlaubt hätten, sich ein oder zwei weitere Jahrhunderte zu vermehren, vielleicht sogar drei oder vier. Allerdings würden sich auch ihre Lösungen letztendlich als unzulänglich erweisen, wie es meine eigenen bescheidenen Versuche vor fünf Jahren und auch die vor zehn Jahren waren und wie auch all die angeblichen Durchbrüche, die Ihre Technokraten in den vergangenen Jahrhunderten erreicht haben. Tolly Mune, es gibt keine rationale, gerechte, wissenschaftliche, technologische oder humane Lösung für das Dilemma einer Bevölkerung, die in völlig krankhafter geometrischer Progression wächst. So etwas kann man nur mit Wundern lösen – Brot und Fische, Manna vom Himmel und Ähnliches. Zweimal habe ich als ökologischer Ingenieur versagt. Nun beabsichtige ich Erfolg zu haben als der Gott, den S'uthlam braucht. Wäre ich das Problem ein drittes Mal als Mensch angegangen, hätte ich auf jeden Fall ein drittes Mal versagt, und dann wären Ihre Probleme von einem Gott gelöst worden, der noch grausamer wäre, als ich es bin, durch die vier Reiter einer uralten Legende namens Pestilenz, Hunger, Krieg und Tod. Daher musste ich meine Menschlichkeit beiseiteschieben und wie ein Gott agieren.« Er machte eine Pause, sah sie an und blinzelte.

»Sie haben Ihre verdammte Menschlichkeit schon vor ziemlich langer Zeit beiseitegeschoben«, fuhr sie ihn an. »Aber Sie sind kein Gott, Tuf. Ein Dämon vielleicht. Ein verflixter Größenwahnsinniger auf jeden Fall. Vielleicht ein Monster – ja, eine verflixte Missgeburt. Ein *Monster*, aber kein Gott.«

»Ein Monster«, sagte Tuf. »In der Tat.« Er blinzelte. »Ich hatte gehofft, dass jemand mit Ihrer unzweifelhaften Kühnheit und Kompetenz dies alles besser verstehen würde.« Er blinzelte wieder. Zweimal, dreimal. Sein langes, weißes Gesicht war so ruhig wie immer, aber in seiner Stimme lag etwas Fremdes, das sie noch nie zuvor gehört hatte, etwas, das sie ängstigte, sie verwirrte und sie störte, etwas, das beinahe wie eine Emotion klang. »Sie haben mich aufs Schändlichste verleumdet, Tolly«, protestierte er.

Blackjack gab ein dünnes, klagendes Miauen von sich.

»Ihre Katze zeigt mehr Verständnis für die kalte Realität, der wir gegenüberstehen«, sagte Tuf. »Vielleicht sollte ich es Ihnen noch einmal von vorn erklären.«

»Monster!«, sagte sie.

Tuf blinzelte. »Meinen Anstrengungen wird weiterhin mit Missachtung und unverdienter Verleumdung begegnet.«

»Monster!«, wiederholte sie.

Seine rechte Hand ballte sich kurz zu einer Faust, doch dann öffnete sie sich wieder langsam und überlegt. »Es scheint, als hätte irgendein zerebraler Schaden Ihr Vokabular beträchtlich eingeschränkt, Erste Ratsherrin.«

»Nein«, sagte sie, »aber das ist das einzige Wort, das Ihnen gerecht wird, verdammt noch mal!«

»In der Tat«, sagte Tuf. »In diesem Fall ziemt es sich auch, dass ich mich wie ein Monster verhalte. Bedenken Sie das bitte, während Sie Ihre Entscheidung fällen, Erste Ratsherrin.«

Blackjack hob plötzlich den Kopf und starrte Tuf an, als würde irgendetwas Unsichtbares über dessen langes, blasses Gesicht flattern. Er fauchte; sein dickes, silbergraues Fell sträubte sich langsam, während er zurückwich. Tolly Mune beugte sich hinunter und nahm ihn auf den Arm. Die Katze wand sich in ihrem Griff und fauchte wieder. »Was?«, fragte sie beunruhigt. »Welche Entscheidung? Sie haben doch bereits alle verdammten Entscheidungen getroffen. Wovon zur Hölle reden Sie da?«

»Gestatten Sie mir, Sie darauf hinzuweisen, dass in diesem Moment noch keine einzige Mannaspore in die Atmosphäre von S'uthlam entlassen wurde«, sagte Tuf.

Sie schnaubte. »Ach so? Sie haben doch bereits Ihren verdammten Handel abgeschlossen. Ich habe keine Möglichkeit, Sie aufzuhalten.«

»In der Tat. Bedauerlich. Vielleicht fällt Ihnen doch noch eine ein. Ich schlage vor, dass wir in der Zwischenzeit in mein Quartier zurückgehen. Dax wartet auf sein Abendbrot. Ich habe für uns selbst eine exzellente Pilzcremepastete zubereitet, und ich habe gekühltes Starkbier von Moghoun, ein Getränk, das dazu geeignet ist, sowohl Götter als auch Monster zu berauschen. Und natürlich steht Ihnen meine Kommunikationstechnik zur Verfügung, sollten Sie es für notwendig erachten, mit Ihrer Regierung zu reden.«

Tolly Mune öffnete ihren Mund für eine schneidende Antwort, schloss ihn dann aber wieder voller Erstaunen. »Meinen Sie wirklich, was ich glaube, was Sie meinen?«

»Das ist schwer zu sagen«, erwiderte Tuf. »Sie haben doch die telepathische Katze auf dem Arm, Madam.«

Es war ein endloser schweigender Marsch und ein unendlich unbehagliches Mahl.

Sie nahmen ihr Essen in einer Ecke des langen, schmalen Kommunikationsraums ein, umgeben von Konsolen, Bildschirmen und Katzen. Tuf hatte Dax auf dem Schoß und löffelte sein Essen mit methodischer Sorgfalt in sich hinein. Auf der anderen Seite des Tisches verzehrte Tolly Mune lustlos ihre Mahlzeit. Sie hatte keinen Appetit. Sie fühlte sich alt und verwirrt. Und ängstlich.

Blackjack spürte ihre Verunsicherung; seine Würde war verschwunden, er kuschelte sich in ihren Schoß und hob von Zeit zu Zeit den Kopf über den Tisch, um Dax warnend anzuknurren.

Und schließlich kam der Moment, den sie hatte kommen sehen: ein Summen und ein blinkendes Licht signalisierten einen ankommenden Ruf. Tolly Mune erschrak bei dem Geräusch, schob ihren Stuhl zurück und drehte sich abrupt um. Blackjack sprang erschrocken auf. Sie erhob sich und verharrte unentschieden.

»Ich habe strikte Instruktionen programmiert, unter keinen Umständen beim Essen gestört zu werden«, bemerkte Tuf. »Ergo ist das Gespräch für Sie, da man mich ausschließen kann.«

Das blaue Blinklicht ging an und aus, an und aus, an und aus.

»Sie sind kein verflixter Gott«, sagte Tolly Mune. »Und ich auch nicht, verdammt. Ich will diese gottverdammte Last nicht tragen, Tuf.«

Das Licht blinkte.

»Vielleicht ist es Kommandant Wald Ober«, mutmaßte Tuf. »Ich schlage vor, Sie nehmen dieses Gespräch an, bevor er anfängt, rückwärtszuzählen.«

»Keiner hat das Recht dazu, Tuf«, sagte sie. »Sie nicht, ich nicht.«

Er zuckte schwerfällig mit den Schultern.

Das Licht blinkte.

Blackjack jaulte.

Tolly Mune machte zwei Schritte auf die Konsole zu, hielt an und drehte sich zu Tuf um. »Schöpfung ist Teil des Göttlichen«, sagte sie mit plötzlicher Bestimmtheit. »Sie können zerstören, Tuf, aber Sie können nicht schöpfen. Deswegen sind Sie ein Monster und kein Gott.«

»Die Schöpfung des Lebens in den Klontanks ist ein alltäglicher und ganz gewöhnlicher Bestandteil meiner Arbeit«, sagte Tuf.

Das Licht ging an, ging aus, ging wieder an.

»Nein«, sagte sie. »Sie replizieren Leben, aber Sie *schöpfen* es nicht. Es muss bereits existieren, irgendwo in Raum und Zeit, damit Sie eine Zellprobe davon bekommen können, ein Fossil, irgendetwas, oder Sie sind hilflos. Verdammt, ja! Oh, Sie haben die Macht, etwas zu schöpfen, das stimmt. Dieselbe gottverdammte Macht, die auch ich habe und die jeder Mann und jede Frau in den Unterstädten hat. Zeugung, Tuf. Da ist Ihre furchteinflößende Macht, das einzige wahre Wunder – das eine, was wir

Menschen haben, das uns zu Göttern macht, und das einzige, das *Sie* neunundneunzig Prozent der Bevölkerung von S'uthlam nehmen wollen. Zur Hölle damit! Sie sind kein Schöpfer, Sie sind kein Gott.«

»In der Tat«, sagte Haviland Tuf ausdruckslos.

»Also haben Sie nicht das Recht, göttliche Entscheidungen zu treffen«, sagte sie. »Und auch ich nicht, verdammt.« Mit drei langen, selbstbewussten Schritten ging sie zur Konsole und berührte eine Schaltfläche. Ein Bildschirm leuchtete auf und zeigte schließlich einen verspiegelten Helm mit dem Emblem eines stilisierten Planeten. Zwei Sensoren glühten karmesinrot hinter einem dunklen Plastahlvisier. »Kommandant Ober«, sagte sie.

»Erste Ratsherrin«, antwortete Wald Ober. »Ich war beunruhigt. Die alliierten Botschafter verbreiten in den Nachrichten alle möglichen kruden Geschichten. Ein Friedensvertrag, eine neue Blütezeit. Können Sie das bestätigen? Was ist da los? Gibt es Ärger?«

»Ja«, sagte sie. »Hören Sie zu, Ober, und …«

»Tolly Mune«, sagte Tuf.

Sie wirbelte herum. »*Was?*«

»Wenn Zeugung das Kennzeichen für Göttlichkeit ist«, sagte Tuf, »dann sind auch Katzen Götter. Auch sie reproduzieren sich selbst. Gestatten Sie mir darauf hinzuweisen, dass wir innerhalb einer kurzen Zeit die Situation erreicht haben, dass Sie mehr Katzen haben als ich, obwohl Sie lediglich mit einem einzigen Paar begonnen haben.«

Sie runzelte die Stirn. »Was erzählen Sie da?« Sie schaltete den Ton aus, damit Tufs Worte nicht gesendet wurden.

Wald Ober gestikulierte stumm.

Haviland Tuf presste die Fingerspitzen aneinander. »Ich weise nur darauf hin, dass ich, sosehr ich auch die Eigenarten der Katzen schätze, trotzdem Schritte unternehme, ihre Fortpflanzung zu kontrollieren. Ich habe diese Entscheidung nach reiflicher Überlegung gefällt und alle Alternativen abgewogen. Schließlich gibt es lediglich zwei grundlegende Optionen, wie Sie selbst feststellen werden. Entweder Sie finden sich damit ab, die Fruchtbarkeit Ihrer Katzen zu unterbinden, und zwar gänzlich ohne deren Zustimmung, wie ich hinzufügen muss, oder Sie werden eines Tages mit allergrößter Sicherheit dazu genötigt sein, einen Sack voller neugeborener Kätzchen aus Ihrer Luftschleuse in das kalte Vakuum des Weltraums zu entsorgen. Wenn Sie keine Entscheidung treffen, haben Sie bereits gewählt. Auch eine falsche Entscheidung ist eine Entscheidung, Erste Ratsherrin. Indem Sie sich enthalten, haben Sie dennoch abgestimmt.«

»Tuf«, sagte sie mit ohnmächtiger Stimme. »*Tun Sie das nicht.* Ich will diese verdammte Macht nicht.«

Dax sprang auf den Tisch und richtete seine goldenen Augen auf sie. »Göttlichkeit ist ein Beruf, der noch viel anspruchsvoller ist als die Ökologie«, sagte Tuf. »Obwohl man einräumen muss, dass ich wusste, dass dieser Job riskant sein würde, als ich diese Last auf mich nahm.«

»So ist es nicht«, begann sie. »Das können Sie so nicht sagen«, stotterte sie. »Kätzchen und Babys sind nicht …«, versuchte sie. »Es sind Menschen, sie … sie haben die Macht des … des Bewusstseins, des Bewusstseins und des Herzens, genauso wie die der Keimdrüsen. Sie sind rationale Wesen, es ist ihre Wahl – ihre, nicht meine. Ich kann diese Wahl unmöglich für sie treffen – für all diese Millionen, Milliarden.«

»In der Tat«, sagte Tuf. »Ich hatte die guten Menschen von S'uthlam und ihre lange Geschichte der rationalen Entscheidungen vergessen. Ohne Zweifel werden sie dem Krieg, dem Hunger und den Seuchen ins Antlitz blicken, und dann werden sie milliardenweise ihr Leben ändern und geschickt die Schattenseiten meiden, die S'uthlam und seine stolzen Türme zu verschlingen drohen. Wie seltsam, dass ich daran nicht gedacht habe.«

Sie starrten einander an.

Dax schnurrte. Dann wandte er den Blick ab und leckte Pilzcremepastete von Tufs Teller. Blackjack rieb sich an ihrem Knie und hielt ein wachsames Auge auf Dax gerichtet, als er durch den Raum stolzierte.

Tolly Mune drehte sich sehr langsam wieder zurück zur Konsole; sie brauchte dafür fast einen Tag – eine Woche, ein Jahr, ein ganzes Leben. Sie brauchte dafür vierzig Milliarden Lebenszeiten, aber als sie diese Drehung vollendet hatte, war nur ein Augenblick vergangen, und diese Leben waren fort, als hätte es sie nie gegeben.

Sie schaute auf die kalte, stille Maske, die ihr vom Bildschirm entgegenblickte, und im dunklen, glänzenden Kunststoff sah sie all den gesichtslosen Schrecken des Krieges, und dahinter brannten die grimmigen, fiebrigen Augen des Hungers und der Krankheit. Sie schaltete die Tonübertragung wieder ein.

»Was geht da vor sich?«, wollte Wald Ober immer wieder wissen. »Erste Ratsherrin, ich kann Sie nicht hören. Wie lauten Ihre Befehle? Können Sie mich hören? Was ist da los?«

»Kommandant Ober«, sagte Tolly Mune. Sie zwang sich zu einem breiten Lächeln.

»Was gibt es?«

Sie schluckte. »Was es gibt? Gar nichts. Überhaupt nichts. Verdammt noch mal, alles ist ganz hervorragend hier. Der Krieg ist vorüber und auch die Krise, Kommandant.«

»Werden Sie zu etwas gezwungen?«, bellte Wald Ober.

»Nein«, sagte sie schnell. »Warum fragen Sie das?«

»Tränen«, entgegnete er. »Ich sehe Tränen, Erste Ratsherrin.«

»Aus Freude, Kommandant. Das sind Freudentränen. Manna, Ober, so nennt er es. Manna vom Himmel.« Sie lachte hell. »Nahrung von den Sternen. Tuf ist ein Genie. Manchmal …« Sie biss sich fest auf die Lippen. »Manchmal denke ich sogar, er könnte ein …«

»Was?«

»… ein Gott sein«, sagte sie. Sie berührte einen Knopf, und der Bildschirm wurde schwarz.

Ihr Name war Tolly Mune, aber in den Geschichten gab man ihr alle möglichen Namen.